W0310034

BASTEI
LÜBBE

Von Mirjam Müntefering sind bei BASTEI LÜBBE TASCHENBÜCHER außerdem erschienen:

14854 Das Gegenteil von Schokolade
15480 Emmas Story
15663 Jetzt zu dritt

Autorin: Mirjam Müntefering, 1969 im Sauerland geboren, lebt heute im Ruhrgebiet. Sie ist ausgebildete Fernsehjournalistin und arbeitet als Schriftstellerin – und sie ist Hundeerzieherin in der eigenen Hundeschule. *Jetzt zu dritt* ist ihr fünfter Roman in der Verlagsgruppe Lübbe.

Mirjam Müntefering

Ada sucht Eva

Die schönen Mütter anderer Töchter

Zwei Romane in einem Band

BASTEI LÜBBE

BASTEI LÜBBE TASCHENBUCH
Band 15 716

1. Auflage: August 2007

Vollständige Taschenbuchausgabe
der 1998 und 2001 bei Bastei Lübbe erschienenen Titel
Bastei Lübbe Taschenbuch in der Verlagsgruppe Lübbe

© 2007 by Verlagsgruppe Lübbe GmbH & Co. KG,
Bergisch Gladbach
Umschlaggestaltung: Nadine Littig
Titelillustration: getty-images/Vincent Hazat
Satz: hanseatenSatz-bremen, Bremen
Druck und Verarbeitung: Nørhaven Paperback
Printed in Denmark
ISBN 978-3-404-15716-7

Sie finden uns im Internet unter
www.luebbe.de

Der Preis dieses Bandes versteht sich einschließlich
der gesetzlichen Mehrwertsteuer.

Mirjam Müntefering

Ada sucht Eva

Roman

Für meine Freundinnen und Freunde, die mit mir gingen, und für jene, die bei mir stehen.
Und ganz besonders für Astrid, in Liebe.

1. Kapitel

Frederike

Sie will den Roman mit einer Sexszene beginnen lassen. Nicht etwa, weil sie im wirklichen Leben auch so schnell zur Sache kommt. Sondern weil sie es liebt, wenn die Ordnung der Dinge auf den Kopf gestellt wird.

Niemand beginnt einen Roman mit einer Sexszene. Also will sie es tun.

Aber zu der Zeit, zu der diese Geschichte beginnt, lebt sie allein. Sie hat keinen Sex.

In dem orange beleuchteten Tunnel stank es nach Pisse und Autoabgasen. Ich ging so langsam, wie es gerade noch erträglich war. Wenn ich Glück hatte, würde jetzt einer kommen. Es war nach Mitternacht, und ich war allein im Tunnel.

Ich hatte Glück. Ein Zug donnerte über meinen Kopf hinweg. Seine Räder rumpelten über die Gleise. Aber es waren die Verbindungen, die das Donnern machten. Die Verbindungen zwischen zweien und allen anderen. Dieses Badong-Badong-Badong.

Das ist die einzige Möglichkeit im Leben eines normalen Menschen, aus vollem Halse zu schreien. Weil einfach niemand es hört. Niemand nimmt Anstoß. Niemand sagt »Die spinnt« und erklärt einen damit zum Anormalen. Was für eine Gelegenheit! Ich legte den Kopf in den Nacken und schrie. Nur die Lautstärke zählte. Ich ließ meine Lungen zittern. Dann sah ich mich um und lachte. Du kannst nie sicher sein, ob nicht doch einer hinter dir geht.

Kurz bevor ich das Ende des Tunnels erreichte, schlug ich den Kragen meiner Lederjacke hoch. Nicht weil es kalt war. Es war erst Anfang September. Nein, es hatte denselben Effekt wie ein unverwundbarer Panzer. Eine glänzende Rüstung, in der du durch das Portal einer Burg reitest, um die Tochter des Königs zu entführen.

Ich ritt in meiner Rüstung auf die riesigen Eingangstüren der Disco zu.

Vor der Tür standen ein paar Schüchterne herum.

»Keine Angst, heute wird nicht gebissen!«, rief ich ihnen von meinem hohen Ross herunter zu.

Eine von ihnen sah mich mutig an und lächelte. Sie würde die Erste sein, die die Tür öffnen und hineingehen würde.

Hinein, und der Bass der Musik erwischte meinen Magen schon an der Kasse.

Eine Frau lehnte an der Wand und atmete mir Zigarettenqualm ins Gesicht. Diese Frau gibt es auf jedem Schwof. Sie steht immer in meiner Nähe, wendet von Zeit zu Zeit den Kopf und bläst mit weit geblähten Nasenflügeln den blauen Dunst direkt in meine Nichtraucherinnenaugen. Das ist immer so. Immer hängt der Rauch in Schwaden in der Luft. Immer gibt es in diesem Nebel ein paar neue Gesichter. Immer trägt eine ein angenehmes Parfüm, und eine andere riecht nach Schweiß. Immer ist die Treppe zur Empore schwer besetzt.

Ich setzte einen Fuß vor den anderen. Stufe um Stufe. Quetschte mich an Frauenkörpern vorbei. Ein hübscher Nacken. Ein bunter Hemdkragen. Und ein Dekolleté, das noch mal alle Sonnenbräune des Sommers herzeigen wollte.

Weiter hinauf. Weil ich von dort oben den besten Überblick über das bunte Publikum haben würde. Vorausgesetzt, ich konnte einen Platz am Geländer erobern. Wenn ich es schaffte, irgendwie einen Ellenbogen auf der Brüstung zu platzieren, hatte ich praktisch schon gewonnen. Es gibt so viele Frauen mit Berührungsängsten.

Ich war Siegerin nach zwei Minuten.

Sofort machte ich Ilonas wippenden Pferdeschwanz auf der Tanzfläche aus. Meine anderen Freundinnen standen aufgereiht an der Bühne und glotzten in die Gegend. Es war viel zu laut, um sich zu unterhalten. Du kannst nichts anderes tun, als auf die Tanzfläche zu stieren. Oder, wenn du einen guten Abend hast, Blickkontakt aufnehmen zur gegenüberliegenden Seite. Wo eine steht, die aufregend genug aussieht, um einen Flirt zu wagen. Durch die hopsende Masse hindurch, über Köpfe hinweg, wie über einen tiefen, tiefen See. »Es waren zwei Königskinder …«

Ich hängte mich etwas über das Geländer. Vielleicht gab es etwas, das ich noch nicht kannte, irgendetwas Neues. Das war eine großartige Möglichkeit im Leben einer Szenelesbe, zu träumen.

Aber die meisten der Gesichter dort unten kannte ich. Und das, das jetzt zu mir hochsah und den Mund zu einem Lachen verzog, war eines der vertrautesten: Ilona winkte und schob sich dann gelassen, aber beharrlich durch die herumzappelnden Frauen zur Treppe. Sie war ein Maultier unter den Vollblütern. Ruhig schritt sie die Stufen hinauf. Zuverlässig. Sie würde sich durch nichts von ihrem Ziel ablenken lassen.

Wir umarmten uns. Ihre Haare kitzelten mich am Hals.

»Weißt du es schon?« Ilonas Stimme war so tief wie der Klang eines Waldhorns. Aber die Musik war viel zu laut.

»Was hast du gesagt?«

»Weißt du es schon?«, schrie Ilona. »Es gibt Neuigkeiten, die dich nicht freuen werden.«

»Was gibt's denn?«, sagte ich. Ilona las mir die Frage von den Lippen ab.

»Pe ist zurück!«, schrie sie und starrte mich an, um jede Reaktion mitzubekommen.

Ich dachte, ich schliefe und sei im Traum die Bürgersteigkante hinuntergestolpert. Hoppla! Aber ich wachte nicht auf.

»Aber sie wollte doch in Hamburg zu Ende studieren. Sie hatte doch die Schnauze so voll vom Ruhrgebiet ... Was ist denn passiert?«

Ilonas Stirn legte sich in Falten. Sie versuchte, zu rekonstruieren, was ich gesagt hatte.

»Was ist passiert?«, brüllte ich. Und das kam mir plötzlich richtiger vor, als nur betroffen »Oh« zu murmeln. Ich hatte in der Beziehung mit Pe oft gebrüllt. Und alles hatte in etwa denselben Inhalt gehabt: »Was ist passiert?«

Ilona konnte nur mit den Achseln zucken.

Plötzlich war ich froh, dass es so laut war. Ich konnte mit meiner besten Freundin am Geländer der Empore stehen, hinunterschauen, ohne zu reden.

Ich hätte nicht gedacht, dass mich eine solche Nachricht umhauen würde. Es waren ein paar Monate vergangen seit der Trennung von Pe. Zeit genug, hatte ich geglaubt.

Ich dachte an geschiedene Eheleute und wurde neidisch. Wenn ein Mann und eine Frau sich trennen, geht er in die Stammkneipe und sie ins Lieblingsrestaurant. Er sucht sich einen neuen Supermarkt, und sie verzichtet auf den Fußballplatz. So gehen sie sich aus dem Weg. Sie sehen sich nicht, lassen sich Zeit, die Wunden zu lecken. Bis sie sich irgendwann, mit unsichtbaren Narben, durch Zufall beim Italiener treffen, der gerade neu eröffnet hat.

Dann stehen sie verwirrt voreinander. Sie denkt, dass er ein neues Jackett trägt. Und Braun stand ihm noch nie. Und er registriert ihre neue Frisur, die er vielleicht mag oder die er scheußlich findet. Sie sagen freundlich »Hallo«, tauschen ein paar Floskeln. Dann geht der, der als Letzter das Lokal betreten hat, wieder hinaus, weil er angeblich das Portemonnaie vergessen hat.

Wie wunderbar.

In Bochum gibt es einen Frauenbuchladen. Es gibt *ein* Fraucafé. Jeden zweiten Samstag im Monat gibt es einen Frauenschwof. Als Pe und ich uns trennten, trafen wir uns jeden zweiten Tag und an den Wochenenden. Oh ja, ich kannte die Sprüche vom Salz in den Wunden und so. Wie erholsam waren die drei Monate gewesen, in denen sie weg war.

Ilona beobachtete meine Hände, die über das Geländer hinaushingen und sich ineinander verknoteten. Sie kannte mich gut und wusste, dass sie mich jetzt mit diesem Thema eine Weile in Ruhe lassen musste.

»Paula hat mit Jacqueline Schluss gemacht«, rief sie mir zu. Ihre Augen waren jetzt auf das kleine Grüppchen unserer Freundinnen gerichtet. »Sie zieht ihren üblichen Flunsch und späht bereits nach was Neuem.«

Ich sah hinunter. Paula fiel mit ihrem langen, weinroten Haar auf wie ein Korallenfisch im Karpfenteich. Sie hielt die Arme verschränkt, und ihre Mundwinkel näherten sich ihrem Blusenkragen. Aber ich wusste genau, dass unter ihren Ponyfransen die Augen hin und her flitzten.

Neben Paula stand Belle. Sie liebte Ghandi und Sinéad O'Connor und lief deswegen mit rasiertem Schädel herum. Ihre Zwillingsschwester Bête, mit dem frechsten Bubikopf der Saison, hatte sich in einen hautengen schwarzen Stretchanzug gequetscht.

Wenn zwei sich trennen, egal welches Geschlecht sie haben, teilt sich die Masse ihrer Freundinnen wie das Rote Meer. In der Mitte bleibt niemand zurück.

Es tat verdammt gut, auf die zu blicken, die auf der eigenen Seite standen.

»Warum hat Bête sich so aufgedonnert?«, brüllte ich.

»Es gibt zwei Neue.«

»Wie?«

»Zwei Neue! Sie waren im Café. Die eine hat es Bête angetan. Sie hofft, dass die beiden heute Abend hier auftauchen. Wenn das mit den beiden was wird, muss ich meine Meinung zu ›Liebe auf den ersten Blick‹ revidieren. Bête befindet sich in anderen Sphären, verstehst du? Ich werde es nie begreifen.«

»Ich glaube unerschütterlich daran!« Für mich stand fest, dass es besser war, an etwas zu glauben, als es nicht zu tun. Nur das konnte einen für den Ernstfall rüsten.

Ilona lachte mich aus und nannte mich mal wieder eine doofe Träumerin. Wahrscheinlich hatte sie damit recht, aber ich dachte nicht daran, mich dafür zu schämen.

»Ich wette, Bête veranstaltet nächstes Wochenende einen Grillnachmittag oder so was. Dann hätte sie einen Grund, Daniele einzuladen.«

Wie gut, dass wir einander bis ins Detail kannten: Gewisse Schritte des Flirtverhaltens waren im Voraus zu berechnen und im Terminkalender einzuplanen.

Die Zwillinge »la Belle et la Bête«, Paula, Ilona und ich verbrachten alle Wochenenden miteinander. Wie eine Familie, in der alle von Montag bis Freitag zur Schule oder zur Arbeit gehen. Samstags prallten wir dann aufeinander, um zu picknicken oder zu feiern. An den Wochenenden gehörten wir fest zusammen.

»Wie gefällt dir die in dem grünen Hemd da unten? Ich mag ihre Art zu tanzen«, sagte Ilona.

»Woher weißt du das mit Pe?«, fragte ich. Aber sie hörte mich anscheinend nicht. Statt zu antworten, wandte sie sich um und schritt bedächtig die Stufen wieder hinab. Wo andere zwischen den vielen Füßen nur auf einem Bein hopsten, konnte Ilona in ihrer stoischen Ruhe stehen – auch auf dem wackligsten Boden. Ihre Bewegungen waren präzise und genau. Beim Hinabsteigen einer Treppe ebenso wie in ihrem Beruf, beim Zusammensetzen von winzigen Computerbausteinen. Ilona funktionierte selbst wie ein kleiner Rechner. Sie war mindestens ebenso zuverlässig. Ich konnte mich darauf verlassen, dass sie mir noch von Pes Rückkehr berichten würde.

Es war heiß hier drinnen. Ich zog die Lederjacke aus und ließ sie über der Schulter baumeln.

»Die im grünen Hemd da unten« sah gut aus. Ilona bewies Geschmack. Aber mehr konnte ich dazu nicht denken. Ich wusste, welche da unten gut aussah und welche nicht. Die im grünen Hemd tanzte nicht übel. Die verwaschene Jeans war top. Die Frisur war korrekt geschnitten. Kein Make-up. Gut! Als sie von der Tanzfläche ging, gab es da noch ihre Art, das Glas zu halten.

Ich gab ihr eine 8,5 auf der Lesbenskala. Das war mehr als gehobener Durchschnitt. Das war bereits die obere Klasse. Aber in Wahrheit war es einfach nur eine Zahl.

Pe war zurück. Würde jetzt alles so weitergehen wie vorher? Sie konnte hartnäckig sein, wenn sie wollte. Besser ausgedrückt: Wenn sie sich in den Kopf gesetzt hatte, in meinem Leben weiterhin eine Rolle zu spielen, war sie schwerer abzuschütteln, als du einen Schwarm Schmeißfliegen von einem Kuhfladen fernhalten kannst. Ich zählte für sie nicht zur Vergangenheit. Sie war mit unserer Trennung nicht einverstanden gewesen – auch wenn allen klar war, dass sie die Freiheit, die sie brauchte, bei mir niemals haben könnte.

Ich hatte sie im Herbst vor eineinhalb Jahren kennengelernt. Da war sie auf irgendeiner Unifete aufgetaucht, hatte sich mitten im Raum aufgestellt und gerufen: »Wo ist die Schönste?«

Sie hatte wild ausgesehen. Riesengroß, mit blondierten Stoppelhaaren und grellroten Lippen.

Alle hatten zu ihr hingesehen. Sie war freundlich zu allen, versprühte literweise intelligenten Charme, blendete mit weißen Zähnen und lachte jedem frechen Spruch ins Gesicht. Die Männer waren beeindruckt von dieser Konkurrenz. Die Frauen, die mit den Männern gekommen waren, stellten sich vor, wie es wäre, mit Pe wieder zu gehen. Und ich? Ich hatte nicht aufhören können, sie anzustarren und immer mehr von diesem höllischen Wein in mich hineinzuschütten. Bis ich schließlich nicht mehr aufrecht stehen konnte.

Es war Pe gewesen, die mich nach Hause brachte.

»Wer bist du?« Nachdem ich mich mehrmals übergeben hatte, befragte ich die Person, die in meinem Bad über dem Waschbecken hing.

Die Person antwortete nicht.

Jemand lachte. Ich wandte mich um und sah eine Frau auf dem Wannenrand sitzen. Ich kannte sie nicht. Aber soweit ich mich erinnern konnte, hatte sie während der letzten halben Stunde meinen Kopf gestützt.

»Ich habe noch nie eine gesehen, die so betrunken ist, dass sie ihr Spiegelbild nicht mehr erkennt! Außer ich selber dann und wann«, sagte die Frau.

Ich sah sie genau an. Ihre leuchtenden Haare, die gebogene Nase. Und ich dachte, dass das drei Worte waren, die du sicher oft von ihr hören konntest: »Außer ich selber!« In vino veritas.

»Ich trinke nie!«, sagte ich fest. »Trinken ist selbstzerstörerisch und unkontrollierbar.«

»So wie es aussieht, machst du aber Ausnahmen«, erwiderte sie.

»Haben wir schon miteinander geschlafen?«, fragte ich.

Sie lachte wieder. Ich sah in ihr eine Zweiflerin, egoistisch, selbstverliebt, spiel- und rachsüchtig. In vino veritas. Aber ich war zu betrunken, um es mir gut zu merken.

»Nein. Noch nicht«, sagte sie und führte mich ins Schlafzimmer. Und dann begann die Verwechslung. Ich war ein Jahr lang Opfer einer Verwechslung – obwohl der Wein mich gewarnt hatte.

»Hallo, schöne Frau. Wie wäre es mit einem Begrüßungskuss?«

Paula! Ihre dunkelroten Locken kringelten sich wie breit grinsende Nattern von ihrem Kopf herab. Sommersprossen tanzten vor meinen Augen. Schalk sprühte mir entgegen. Jedes Mal, wenn Paula mit einer Frau Schluss gemacht hatte, streute ihr das Sandfrauchen Pfeffer in den Arsch.

»Du siehst aus wie reinster Zucker«, lachte ich.

Paula kreischte und fiel mir um den Hals: »Koste mich!«

Die Frauen um uns herum lachten. Jede hier kannte Paula.

»Ich werde mich hüten.«

»Zier dich nicht! Wir sind doch beide solo!« Paula wollte sichergehen, dass es auch alle Umstehenden mitbekamen.

Eine mit Baseballkappe musterte uns von oben bis unten, aber wir waren beide nicht ihr Typ.

Trotzdem trat sie von einem Fuß auf den anderen. Und ich schwang meine Jacke über dem Kopf. Paula war ein Feuerwerk mit sisselnder Zündschnur. Niemand konnte ihr einfach nur zusehen, ohne sich selber zu bewegen, und sei es auch nur, um sich in Sicherheit zu bringen. Sie hakte sich bei mir unter, und wir spannten gemeinsam auf die Tanzfläche runter.

»Was hältst du von der da drüben, in den roten Jeans?«

»Sie ist mit ihrer Freundin da, Cherie.« Paula hatte wie immer das Gelände bestens sondiert. »Außerdem habe ich etwas anderes ins Auge gefasst, etwas Neues.« Außerhalb der Szene, bedeutete das. »Ich wollte dich gleich anrufen neulich. Aber du bist ja immer im Kino oder bei irgendwelchen schmierigen Typen …«

»Sebastian ist mein Studienfreund. Ich bin froh, dass ich mit ihm über meine Hausarbeiten reden kann. Oder verstehst du etwas von Filmsemiotik?«

»… jedenfalls waren wir letzten Mittwoch im Café. Und wie wir da so sitzen und vor uns hinratschen, kommen doch zwei Neue rein. Noch nie gesehen. Echte Sahneschnittchen.«

»Wie? Das letzte Wort?« Ich hielt die Hand ans Ohr.

»Sahneschnittchen!«, brüllte Paula. »Ich saß mit Belle und Bête an dem großen Ecktisch. Außer an unserem Tisch war nichts mehr frei. Die beiden standen ratlos rum. Die Ältere war wohl etwas schüchtern und wollte gleich wieder gehen. Aber die Jüngere kommt auf mich zu und fragt artig, ob sie sich zu uns setzen dürfen. Ich sag' dir: Ich hatte Bête die ganze Zeit im Auge. In dem Moment, in dem sie die Ältere, diese Daniele, sieht, setzt bei ihr der Verstand aus. Ich dachte, das müssen die beiden doch merken! Und Belle wurde ja auch schon ganz nervös. Aber die beiden Neuen sitzen nur da und bestellen in aller Ruhe ihr Eis. Obwohl Bête Daniele anpeilt wie die Schlange das Kaninchen. Ich hab's dann irgendwann nicht mehr mit ansehen können und hab' ein Gespräch mit den beiden angefangen. Daniele hat auch fleißig ausgepackt. Dass sie aus München kommt und irgendwas mit Fremdsprachen macht. Zweiunddreißig ist sie schon. Da war Bête natürlich dem Koma nahe. Sie fährt doch so auf Ältere ab, seit sie die Elisabeth aus dem Frauendorf kennt. Ich hab' Daniele und ihre Freundin ein bisschen ausgequetscht, wo sie denn hingehen und so. Die beiden haben keinen blanken Schimmer von der Szene. Dachte ich gleich: ›Wenn Pe die in die Finger kriegt, macht sie sich an beide gleichzeitig ran.‹ – Weißt du schon, dass Pe wieder im Land ist?« Nicken.

»Scheiße, was?! Ich dachte, jetzt hätte ich eine Konkurrentin weniger auf dem Markt, und was is'? Die Kuh kommt nach ein paar Wochen schon wieder zurück.«

»Ich trage es mit Fassung.«

»Ja, was sollst du auch sonst machen.« Sie fasste sich an den Kopf, und ich konnte von ihren Lippen »Wo war ich denn?« ablesen. »Ach ja, wie gesagt: Bête wuchsen schon Flügel zum Start in den siebenten Himmel, da sagt diese Daniele doch tatsächlich, dass sie ihr Coming-out erst vor einem Jahr hatte. Da hat sie doch vorher mit Sicherheit mit Typen rumgemacht! Arme Bête. Das ausgerechnet ihr! Hab' mich dann auf die Jüngere konzentriert, schätze so alt wie wir. Wow! Die hat einen Blick, sag' ich dir. So leicht unterkühlt und immer wachsam. Sie hat nichts von einer Freundin erwähnt … na ja, sie hat sowieso wenig gesagt, immer nur geguckt. Aber das Tollste kommt noch: Rate mal, wie sie heißt!«

Ich war eine der wenigen, die in Paulas Geheimnis eingeweiht waren: Paula war die Alphabetsliebhaberin.

Anfangs war es gar nicht beabsichtigt gewesen. Ihre erste Freundin hieß Anna, die zweite Babsi, die dritte Claudia. Auf Claudia folgte Doris und dann Elke. Elke brachte Paula auf die Idee. In einem Streit warf sie Paula vor, sich durchs Alphabet ficken zu wollen. Daraufhin beschloss Paula, sich durchs Alphabet zu ficken.

Jacqueline war ihre letzte gewesen. Bis gestern.

»a, be, ce, de, e, ef, ge, ha, i, jot, … ka … Kerstin?«

Paula schüttelte den Kopf. Ihre Augen funkelten.

»Konstanze?«

»Ach nein, du errätst es nicht. Sie heißt Karolin!«

»Das wollte ich eigentlich als Erstes sagen!« Das stimmte tatsächlich.

»Quatsch keinen Unsinn! – Sie ist eine Wucht. Ein bisschen cool vielleicht. Belle hält sie deswegen für schwierig. Aber ich glaube, sie ist ziemlich unkompliziert.«

Ich mochte Paula. Von ihrer Menschenkenntnis hielt ich allerdings nicht sehr viel.

»Das wird ein heißer Wettkampf diesmal. Willst du nicht einen Tipp abgeben?«

Ich murrte los: »Wir haben vereinbart, so was nicht mehr zu machen, Paula! Wir sind raus aus dem Alter, oder?«

»Ach, komm schon, Frederike, sei keine Spielverderberin! Es tut doch niemandem weh. Bête hat die Herausforderung gleich angenommen. Belle hat natürlich auf sie gesetzt, wie sollte es anders sein. Halt du doch zu mir! Wenn du wettest, dass ich es rascher bei Karolin schaffe als Bête bei Daniele, schenke ich dir eine Packung Gummibärchen.«

»Das ist Bestechung!«, lachte ich.

»Ein Freundschaftsgeschenk«, schlug Paula vor.

»Ich muss mir die beiden erst ansehen, um einen echten Tipp abgeben zu können«, sagte ich.

»Alles klar.« Paula war vom Fach. »Und wie sieht es bei dir aus? Willst du dir nicht auch mal wieder was Nettes anlachen?«

Liebend gern. Aber seit ich hier angekommen war, wurde ich nur mit Neuigkeiten bombardiert.

Paula wertete mein Schweigen als stumme Ablehnung ihrer Anregung.

»So langsam mach' ich mir Sorgen um dich, Cherie. Du warst doch früher für jeden Spaß zu haben. Ist es immer noch wegen Pe? Du lieber Himmel! Wie lange willst du deswegen denn noch schmollend in Enthaltsamkeit leben? Du bist nicht die Erste, die am laufenden Band betrogen worden ist. Du solltest langsam drüber wegkommen. Wenn du so weitermachst, wirst du in gewissen Körperregionen einstauben …« Ein Blick konnte manchmal sogar bei Paula ausreichen. »Okay, okay, ich hör' ja schon auf. Mist, ich muss mal ganz dringend. Dabei hab' ich dir noch gar nicht alles erzählt, was ich über Karolin weiß. Kommst du mit aufs Klo?«

Wir stiegen über Frauenbeine, die in Knäueln die Treppe blockierten und quetschten uns an Brüsten und nackten Schultern vorbei. Währenddessen perlte Paulas helle Stimme in gutgelauntem Singsang an mein Ohr. Aber alles, was ich bei dem Krach um uns herum verstehen konnte, war: »… sie arbeitet im Café Sentimental …«

Paula verschwand hinter einer der bekrakelten Türen.

Ich stand unentschlossen vor den Waschbecken herum und beobachtete eine Frau in Lederhose dabei, wie sie sich im Spiegel musterte. Sie war wohl gut in Form, denn das Einzige, was ihr nicht gefiel, waren ihre Haare. Aber weil ich in ihre Richtung sah, wagte sie erst im Hinausgehen, reinzugreifen und die Frisur zu ordnen.

Stand im Knigge, dass Lesben nicht eitel sein dürfen?

In Heteroläden drängelten sich immer mindestens fünfzehn aufgedonnerte Perlen vor den immer zu kleinen und zu schlecht beleuchteten Spiegeln, zupften an ihren Haarsprayfrisuren, zogen sich die Lippen nach oder tuschten ihre Wimpern zum dritten Mal am Abend.

Auf den Frauenschwofs war dieses Verhalten Ausnahme.

Sieh dich vor, Lesbe! Deine Traumfrau könnte direkt hinter dir stehen und dir zusehen, wie du das Rouge aufträgst.

Frau kannte eben alle Tricks, die Frauen zu Verschönerungszwecken so draufhatten. Und es war peinlich, das nebeneinander zu zelebrieren, wenn frau sich wenige Minuten später am Rande der Tanzfläche heiße Blicke zuwerfen würde.

Paula plätscherte hinter der verschlossenen Tür. Außer mir war nun niemand mehr hier. Ich beugte mich vor und blickte durch den Spiegel in meine Augen. Das linke, von den seitlich fallenden Stirnfransen fast verdeckt, war rehbraun. Es passte zur Farbe meiner kurzen Haare. Ein netter Ton. Warm und freundlich. Aber das rechte Auge war mein Kleinod, mein Saphir. Es leuchtete strahlend blau, irritierte alle, die meinen Blick zum ersten Mal erwiderten. Auch Pe hatte mich angestarrt und dann verwundert den Kopf geschüttelt …

Ich wandte dem Spiegel den Rücken zu. Wieder Pe! Kaum war sie in der Stadt, schlich sie sich bei jeder Gelegenheit in meine Gedanken. Paula lachte. Sie las die Sprüche, die von innen an die Klotür geschmiert waren: »Hier steht ›Jung, dynamisch und aktiv, weil sie nur mit Frauen schlief!‹ und drunter hat eine geschrieben ›Ich will auch endlich mal!‹ Hast du zufällig einen Stift dabei?«

»Nein. Wieso denn?«

»Na, um meine Telefonnummer hinzuschreiben, natürlich!«

Hinter einer der anderen Türen gackerte eine unbekannte Lesbe.

Ich schlüpfte zur Tür hinaus. An der Theke war kein Durchkommen. Ich sah die anderen immer noch drüben an der Bühne stehen. Wie vielen Gesichtern ich auf dem Weg dorthin begegnete. Wie vielen Hälsen. Und Schultern. Manchmal einer Hand, die ein Glas oder eine Zigarette hielt. Münder waren eigentlich überall. Heute Abend waren Münder sehr auffällig.

Belle sah mich kommen und lächelte mir entgegen. Hätte sie sich in weiße Tücher gehüllt, hätte sie mit ihrer kleinen, zarten Gestalt und der freundlichen Sanftheit tatsächlich wie Ghandi ausgesehen. Die kleinen Augen hinter der goldgefassten Nickelbrille waren trainiert zum Lesen – ob nun in Büchern oder in Gesichtern. Aus beidem hatte sie ihr Leben lang viel herausgezogen, und sie hatte zu allem, was sie sah, eine Meinung. Am meisten mochte ich an ihr aber ihre Klugheit. Denn die bestand darin, diese Meinungen niemandem aufzudrängen.

Belles Zwillingsschwester Bête sah mit ihrem witzigen Bubikopf völlig anders aus. Ihren Spitznamen hatte sie sich im gnadenlosen Lesbenzweikampf sauer verdient. Sie war die leidenschaftlichste Feministin, die ich kannte. Jede Frau, die sich einmal mit ihr über feministische Grundsätze gestritten hatte, ging ihr in Diskussionen aus dem Weg, denn da wurde Bête zur reißenden Bestie. Wehe der, die nicht gewappnet war. Jetzt gerade sah sie allerdings nicht im Geringsten gefährlich aus. Sie stand auf Zehenspitzen und spähte schwankend gen Eingang. Ihre Lippen formten ein enttäuschtes »Immer noch nicht da!«. Die beiden Neuen würden wohl heute nicht mehr auftauchen.

Auf den Schwofs gab es kein anderes Thema als Frauen. Alle waren hier, um darüber zu reden, um sie zu sehen, um von ihnen gesehen zu werden. An diesem einen Abend in der Woche gab es nichts anderes.

Die Lesbenwelt war beschränkt und wundervoll.

Als ich die kleine Gruppe meiner Freundinnen erreichte, hörte ich gerade noch, wie Bête gegen die Musik anschrie: »... wenn sie nicht mehr ... nächsten Samstag ... Grillfete! ... Ihr müsst alle kommen ... Hi, Frederike!« Sie quetschte mich an sich, sodass ich durch den Stretchanzug jede Rippe zu spüren bekam. Ihr Gesicht sagte: »Ich muss dir unbedingt das Neueste erzählen!«, und ich wusste, dass ich heute noch eine dritte Geschichte über diese Daniele und ihre jüngere Freundin hören würde. Bevor ich Bête aber klarmachen konnte, dass ich durch Ilona und Paula bereits bestens informiert war, zog ihr Zwilling Belle mich hinunter in ihre Arme. Sie drückte mir einen warmen Kuss zwischen Ohr und Nacken und musste anschließend ihre Brille wieder geraderücken. Sie lächelte ein liebevolles Lächeln in Richtung Bête, die tatsächlich verliebt zu sein schien.

Neben Belle stand ihre Freundin Helmes. Sie nickte mir mit verschränkten Armen zu. Mehr war von ihr nicht zu erwarten. Das Höchste, was ich mir erlauben konnte, war meine Hand auszustrecken und kurz ihre Schulter zu berühren.

Seit einem Jahr hing sie mit uns herum, Belle zuliebe. Helmes war ein Stockfisch. Sie sprach nicht viel und sah immer aus, als sei sie beim Aufstehen am Morgen als Erstes in eine Reißzwecke getreten. Sie war nicht wichtig für unseren Freundinnenkreis, sie spielte eigentlich gar keine Rolle. Weil sie aber immer da war, hatte ich mich an ihre Anwesenheit gewöhnt. Sie gehörte hinein in das Bild unserer kleinen Familie.

Die Familie, die einem keiner wegnehmen kann.

2. Kapitel

Karolin

Die Dunkelhaarige in der alten Lederjacke saß schon eine Weile drüben am Fenster.

Sie war allein gekommen und erwartete niemanden. Sie sah nicht auf ihre Armbanduhr und kümmerte sich nicht darum, wer zur Tür hereinkam. Sie saß einfach so da, trank ihren Milchkaffee und genügte sich selbst.

Immer wieder sah sie her. Sie hatte sehr lebendige Augen. Ihr Mund schien ständig zu lächeln.

Karolin hantierte hinter der Theke.

Der große Zeiger der Wanduhr bannte sie. Er kroch so langsam auf die Zwölf zu, dass es unmöglich war, seine Bewegungen zu verfolgen. Wochentags schloss das Café Sentimental um Mitternacht. Damit war auch Karolins Schicht beendet. Das bedeutete, dass sie heimgehen würde. Es bedeutete ein entspannendes Bad, Ausruhen vom Stimmengewirr und vom Dröhnen der Cappuccinomaschine.

Dann war es Viertel vor zwölf.

Die am Fenster erhob sich aus ihrem Korbstuhl und kam zielstrebig auf sie zu.

»Ich hatte einen Milchkaffee.« Sie hatte unterschiedlich farbige Augen. Eines war braun, das andere blau.

»Dreifünfzig.«

Ihre Geldbörse war mit Minnie Mouse bedruckt. Als sie ein Fünfmarkstück auf den Tresen legte, versuchte sie einen langen Blick.

»Bist du neu hier?«

»Ja, wieso? Falle ich so auf? Einsfünfzig zurück.«

»Ohne Zweifel.«

Vielleicht war sie mutig. Vielleicht hatte sie einfach nur nichts zu verlieren.

Ihr Gesicht sah sehr klar aus. Ihr Hals machte einen schönen Bogen. Aber ihre Frisur war zerzaust und die Jeans am Knie zerrissen. Es sah nicht wie der modische Gag aus, den die Mädels jetzt trugen. Es sah aus, als sei die Jeans am Knie zerrissen und sie hätte es noch nicht bemerkt. Dornröschen in Lumpen. Und ihre Hände spielten mit dem Wechselgeld.

»Also bist du auch neu in der Stadt?«

»Nicht so sehr neu, nein.« Karolin erzählte nie einer Fremden, wer sie war.

»Ich habe dich noch nie gesehen.« Es war schmeichelhaft, dieses unausgesprochene »Daran hätte ich mich erinnert!«. Aber das passierte Karolin oft. Seit sie hier arbeitete, hatten es schon viele auf diese Tour bei ihr versucht. Viele Männer.

»Ich dich auch nicht, weißt du.«

Sie lachten etwas, verlegen.

Karolin war müde. Ihr Rücken schmerzte vom langen Stehen und Laufen. Trotzdem lachte sie. Bei den Männern lachte sie nie.

»Komm schon, frag mich! Frag mich, warum ich nie zu den Schwofs gehe! Oder frag, ob wir uns demnächst mal im Frauencafé treffen. Frag schon!«, dachte sie. So lief es ab. Es war berechenbar.

»Heute fühle ich mich, als sei alles in mir blau«, sagte die Fremde und betrachtete das Markstück, das sie in der Hand hielt. Dann ließ sie es auf dem Tresen liegen, steckte die Hände in die Taschen ihrer Lederjacke und ging.

Ferdi, der Besitzer des Ladens, grinste.

»Karolin, wann verrätst du mir das Geheimnis, mit dem du die Frauen betörst?«

»Niemals«, lächelte sie. Ferdi war in Ordnung. Aber er kapierte nicht, dass Lesben eben anders waren.

»Warum gehst du nicht endlich? Du belauerst diese blöde Wanduhr schon seit einer Stunde.«

Sie war schneller weg, als er gebraucht hätte, um die Aufforderung zu wiederholen.

Die Straßen waren menschenleer. Karolin ging langsam an den erleuchteten Schaufenstern vorbei. Sie achtete nicht auf die Auslagen, die starren Fratzen der Kleiderpuppen.

Sie betrachtete die Häuser. Sie sah die Verklinkerung, den Anstrich, den abblätternden Putz. Wenn sie den Blick auf den Boden richtete, waren da die Pflastersteine. Neulich erst war ihr bewusst geworden, dass sie das Muster kannte: zwei quer, einer gerade, braunrot und grau. In der ganzen Stadt gleich.

Wenn sie das Muster der Pflastersteine kannte, begann sie sich zu Hause zu fühlen. Sie wurde vertraut mit den Straßen. Manchmal erkannte sie im Gewimmel der einkaufenden Menschen, denen sie jeden Tag auf dem Weg zum Café begegnete, ein Gesicht wieder. Das waren schöne Momente. Manchmal erkannte sie in einem Gesicht das Wiedererkennen. Diese Momente waren noch schöner.

Sie kam sich nicht mehr wie eine Lügnerin vor, wenn sie sagte: »Ich gehe jetzt nach Hause!« und dann den Weg zu ihrer Wohnung einschlug.

Karolin war erst vor wenigen Monaten in diese Stadt gekommen. Sie mochte dieses Zwitterwesen aus Großstadt und ländlicher Idylle, mit dem schmuddeligen Beigeschmack, der ihm noch aus der längst vergangenen Kohlezeit nachhing.

Diese Stadt wurde von niemandem richtig eingeschätzt, sondern galt immer als das, was gerade am vordergründigsten war. Karolin fühlte sich mit dieser Stadt ein wenig seelenverwandt.

Weil ihr niemand begegnete, musste Karolin keinen Blick erwidern und keinem ausweichen. Sie ruhte sich aus vom Lächeln und »Bitte sehr – Dankeschön – Was kann ich bringen?«. Ihre Schritte fanden allein den Weg. Karolin riskierte einen Blick in sich hinein.

Erdfarben. Helles Braun. Vermischt mit ein wenig Olivgrün.

Das war Wald. Stämme. Laub. Moos. Es war ruhig. Warm und sicher war es. Es tat gut, diese Farben anzusehen. Wie konnte jemand von sich behaupten, Blau in sich zu haben?

Autos waren blau. Kuliminen. Früher auch die Anoraks der Briefträger.

Aber welches Gefühl war das?

Sie kam an einer Parfümerie vorbei, blieb stehen und betrachtete das dunkle Blau der Flaschen. Sie kannte niemanden, der es benutzte. So konnte sie nicht mal einen Geruch mit dieser Farbe verbinden.

Mit dem Vorsatz, morgen hineinzugehen und den Duft auszuprobieren, ging Karolin weiter.

Der Kater hatte ihre Schritte bereits auf der Treppe erkannt und stand an der Tür, als sie aufschloss. Die zärtliche katzenstürmische Begrüßung war das Beste an jedem Abend.

Früher kam Karolin in die leere Wohnung und wurde von einem anderen, einem unliebsamen Haustier angefallen: dem Alleinsein. Als die Attacken immer heftiger wurden, fuhr sie ins Städtische Tierheim und kam mit Zipp zurück. In diesem Revier war nur Platz für einen. Zipp sprang auf ihren Arm, und sie trug ihn mit sich ins Bad, wo sie den Hahn zur Wanne aufdrehte. Das Rauschen im weißen Porzellan verursachte eine angenehme Gänsehaut. Der Kater schnurrte behaglich.

Aber dann sprang er auf den Boden und galoppierte in munteren Sätzen voraus zur Küche. Essenszeit.

Karolin streifte mit den Fingern das warme Wasser.

»Es ist nicht blau«, murmelte sie. »Obwohl man das immer behauptet.«

Da fiel ihr etwas ein, und sie lief barfuß hinüber ins Schlafzimmer. In der großen Schublade unter ihrem Bett gab es alle Farben. Zipp sprang mit Begeisterung hinein und rieb seinen Kopf an den weichen Stoffen. Seide. Satin. Spitze. Karolin wühlte in den Wäschestücken, bis sie gefunden hatte, wonach sie suchte: ein dunkelblauer Body aus feinem Panné.

Sie hatte ihn noch nie getragen. Sie trug diese feine Wäsche nicht. Aber wenn ihr ein besonders schönes Stück begegnete, konnte sie nie widerstehen und kaufte es.

Jetzt gruben sich ihre Finger in den angenehm rauen und zugleich weichen Stoff, und sie trug ihn über der Schulter mit sich herum. Schließlich lag der Body auf dem Klodeckel, während Karolin sich in der Wanne aalte.

Sie lauschte auf das Knistern des Schaums an ihrem Ohr und betrachtete das vertraute Muster der hellen Kacheln. In ihrem Kopf breitete sich eine angenehme und im gleichen Maße unheimliche Leere aus.

Bis das Telefon klingelte.

Karolin hatte es vorsorglich auf dem kleinen Tischchen neben der Wanne platziert, denn sie lebte im Ausnahmezustand: Ihre beste, ihre einzige Freundin Nele war verknallt!

»Grüß Gott!«, sagte Karolin. Denn Nele kam aus München. »Es ist null Uhr dreißig, und ich bin ganz wild darauf, mal wieder zu hören, wie wunderbar Bête ist.«

»Woher wusstest du, dass ich es bin?«, kam es verblüfft aus dem Hörer.

Karolin seufzte.

Nele wollte sich nicht mit langen Erklärungen aufhalten: »Ich habe Neuigkeiten! Setz dich hin!«

»Ich sitze. In der Wanne.«

»Wir sind eingeladen!«

»Wer?«

»Du und ich natürlich.«

»Wo?«

»Bête …« Nele musste tief Luft holen, nachdem sie diesen Namen ausgesprochen hatte. »… gibt am Samstag eine kleine Grillparty. Mit ihren Freundinnen. Sie hat mich heute angerufen und uns gleich eingeladen.«

»Das ist doch toll!«

»Du kommst doch mit?!« Neles Stimme zitterte bedenklich.

»Du bist zweiunddreißig! Eine Horde Zwanzigjährige wird dir doch wohl keine Angst einjagen!«

»Fünfundzwanzig, so wie du. – Es ist ja auch nicht die Horde, die mir Angst macht. Es ist …«

Sie schwiegen. Der Schaum knisterte an Karolins Ohr. Zipp sprang auf den Wannenrand und sah sie mürrisch an. Sie hatte vergessen, ihn zu füttern.

Auf dem Klodeckel lag der Samtbody, in Blau.

»Weißt du noch, wie Maren mal behauptet hat, es schade meiner Emanzipation, wenn ich schöne Wäsche sammle?!«

Als Antwort kam ein Grunzen aus dem Hörer. An Neles Antipathie gegen Karolins Ex-Freundin in Frankfurt hatten weder die Zeit noch der Abstand an Kilometern etwas geändert.

»Als ich gerade nach Hause kam, hatte ich plötzlich Lust, heute Nacht in einem dieser verruchten Stücke zu schlafen.«

»Na und?« Nele fand daran nichts Ungewöhnliches. Es war nur ärgerlich, dass sie Karolins neueste Stücke nie anprobieren konnte, denn zwischen den Freundinnen lagen zwanzig Zentimeter.

»Ich bin nicht von allein drauf gekommen. Da war heute Abend eine Frau im Café. Sie sah nett aus, Lederjacke und eine süße Nase. Sie wollte mich anquatschen, und ich dachte schon, jetzt kommt die Frage: ›Warum sieht frau dich denn nie in der Szene?‹ Weißt du, so eine, die am liebsten ein Schild im Schritt tragen würden: ›Nur für Frauen geöffnet!‹ Ich dachte, sie soll doch endlich ihren Spruch sagen und es hinter sich bringen. Aber weißt du, was sie dann tatsächlich sagte?«

»Spuck's aus!!«

»Sie sagte: ›Heute fühle ich mich so, als sei alles in mir blau.‹«

Wieder schwiegen sie.

»Und du hast sie gehen lassen?«, sagte Nele dann.

Karolin starrte die hellen Kacheln an.

»Welche Farbe ist in dir, Nele?«

Die Antwort kam so rasch, als habe Nele bereits lange darüber nachgedacht: »Violett!«

Lust und Sinnlichkeit. Sie war verliebt. Violett war dann immer die schönste aller Farben.

Nele schmatzte ein bisschen in den Hörer. Sie aß beim Telefonieren gern Schokolade.

»Was ist das wohl für ein Gefühl, Blau in sich zu haben? Und wieso nur an manchen Tagen? Was glaubst du?«

»Stell es dir doch mal vor! Stell dir vor, alles in dir sei blau.«

Beide horchten sie in sich hinein. Sanft sanken sie hinab, um sich zu erforschen, immer noch verbunden durch die Leitung aus Draht. Ihre Stimmen, ihr Atem, als elektrische Impulse.

Plötzlich rutschte Nele aus. Wie ein Stolpern auf der letzten Stufe.

»Vielleicht bin ich Bête einfach nur sympathisch?«

Karolin konnte nicht darüber lachen. Nele setzte zu viele Hoffnungen auf diese frische Bekanntschaft, die doch vielleicht gar nichts bedeuten würde. Trotzdem versuchte Karolin, sie zu necken: »Du bist nervös. Allen lesbischen Jungfrauen geht das so, glaub mir.«

Aber es war bereits nachts. Und keine, die verliebt ist, ist nachts zum Scherzen aufgelegt.

»Ich wusste, gleich als ich sie sah, dass sie mal wichtig für mich sein wird. Ich weiß, das klingt albern. Du bist immer so vernünftig. Aber manchmal gibt es wirklich so was! Plötzlich kommt eine daher, und du weißt ganz genau, dass sie einmal Bedeutung haben wird.« Neles Atempause wurde zur Denkpause, wurde zum stillen Erschrecken über eine noch andere Möglichkeit: »Oder meinst du vielleicht …? Karolin, glaubst du, dass ich nur deshalb Bête so viel Bedeutung beimesse, weil ich …«

»Ich will kein einziges Wort über Einsamkeit hören!«, fiel Karolin der Freundin ins Wort. Sie konnte das nicht zulassen.

»Du bist mir eine feine Freundin! Wem soll ich sonst davon erzählen, wenn nicht dir?«, brummte Nele.

Aber Karolin dachte an das Wort Selbsterhaltung und lachte nur. Ein Lachen hatte sie ihr Leben lang überall heraus gerettet.

»Ich hab' schon ganz verschrumpelte Zehen, Nele. Es ist Zeit, schlafen zu gehen.«

»Gut. Träum was Schönes. Und trag diese Grillfeier in deinen Kalender ein«, sagte Nele, die verliebt war und deshalb keine Müdigkeit spürte.

Karolin hätte nicht gewusst, was sie sonst am Wochenende getan hätte. Weil sie keine Bekannten in der Stadt hatte, brauchte sie so etwas wie einen Terminkalender nicht. Aber sie hatte einen. Und sie war sicher, dass er sich danach sehnte, bekritzelt zu werden, die Seiten gefüllt zu bekommen mit Notizen, Adressen und sechsstelligen Nummern, kurzen Bemerkungen: Jutta – nur bis 23 Uhr! Evelyn, 20 Uhr Kino. Mit Rotstift: Sandras Geburtstag!

Karolin erklärte ihrem Terminkalender immer wieder, dass es besser sei, wenn seine Seiten leer blieben. Dann könne niemand nachvollziehen, wann ein Name plötzlich nicht mehr auftauchte. Denn das geschieht schließlich immer wieder: Namen tauchen auf und verschwinden wieder. Auf den Blättern eines Terminkalenders sind es nichts als Namen. Aber nichts im Leben ist so einfach, wie es auf den Blättern eines Terminkalenders scheint.

Als sie aufgelegt hatten, stieg Karolin aus der Wanne und spürte ihren Körper wieder in der alten Schwere. Wasser war wunderbar, weil es sie mühelos beweglich und leicht wie ein Stück Seide machte. Aber sobald sie dieses Element verließ, kam sie sich wieder langsam und massig vor.

Mit Wasserperlen auf dem Körper betrachtete sie sich unter dem gelben Licht im Spiegel. Seit Monaten beobachtete sie die Wölbung unterhalb ihres Bauchnabels mit Argwohn. Sie war einfach ein Zeichen ihrer Weiblichkeit. Mit fünfundzwanzig Jahren konnte Karolin sich nicht länger der Illusion hingeben, nicht Frau zu sein. Natürlich hatte das jahrelange Stemmen von 50-Kilo-Gewichten Spuren hinterlassen: Ihre Schultern waren kräftiger als bei anderen Frauen, ihr Bizeps schwoll an, wenn sie den Arm hob, und die Beinmuskulatur oberhalb des Knies würde wohl nie wieder völlig zurückgebildet werden. Das alles machte sie maskulin und stark. Aber an anderen Stellen war es ganz deutlich; die Rundung des Beckens, die zarte Wölbung des Bauchs, der schmale Brustkorb, die festen Brüste: Frau.

Seit Karolin von Frankfurt fort war, fiel es ihr nicht mehr so schwer, sich mit dieser Tatsache abzufinden. Und seitdem hatte sie auch nicht mehr trainiert. Der Drang, der sie immer dazu getrieben hatte, war über Nacht verschwunden. Statt der gewohnten Trainingsstunden fuhr sie den ganzen Sommer hindurch Fahrrad und erkundete die Umgebung. Wenn sie sich abends im Spiegel ansah, war es ganz o. k., dass ihre Brüste jetzt auffälliger waren als der Muskel kurz darüber.

Karolin löschte das Licht und tappte ins Schlafzimmer hinüber. Zipp lag schon im Bett, hatte das Abendessen vergessen und schnurrte, in freudiger Erwartung auf seine Streicheleinheiten. Als Karolin schließlich auch die Lampe neben dem Bett ausknipste, fiel ihr der blaue Body wieder ein. Er lag immer noch im Bad auf dem Klodeckel. Sie hatte vergessen, ihn anzuziehen. Manchmal war das so, und sie vergaß Dinge, die ihr vor einer halben Stunde noch sehr wichtig schienen.

Das hatte ihr noch nie zu denken gegeben. Wenn es ihr nach 30 Minuten plötzlich egal war, was sie vorher so dringend wollte, dann war es eben egal. Sie hatte sich nicht darum gekümmert. Aber jetzt bedrückte es sie auf sonderbare Weise. Als hätte sie sich selber vergessen.

Sie entschied jedoch, dass sie zu müde war, um noch einmal aufzustehen. Aber sie schlief nicht ein. Sie lag wach. Und sie wurde mit jeder Minute unruhiger. Schließlich ging es sogar um Sekunden.

Es war also wieder einmal Zeit für eine besondere Methode der Entspannung. Mit dem Mittelfinger sanfte kleine Kreise ziehen und ein Gefühl von Hitze entstehen lassen. Das war sehr gut.

Bestimmt war es so, dass auch andere Frauen die Selbstbefriedigung hauptsächlich dazu benutzten, um abends besser einschlafen zu können. Oder auch, um ihren Unterleib am ersten Tag der Regel zu entkrampfen. Aber was war mit den Frauen, die sich mit den Händen überall berührten, als liebten sie sich selbst? Die sollte es ja auch geben. Überall berühren? Auch an den Brüsten, den Schultern, dem Hals oder den Knöcheln? Eine verrückte Vorstellung! Sich selber zu lieben! Das hier genügte doch, um hinterher besser einschlafen zu können. Und wenn sie Glück hatte, kamen die Bilder nicht zurück. Bilder von einem fremden Willen. Nein, sie sollte nicht daran denken. Jetzt nicht daran denken, denn das lockte sie immer an. Die Bilder vom fremden Begehren, von ungewollten Berührungen, von unerwünschten Blicken. Nicht daran denken! Jetzt nicht!

Gerade noch rechtzeitig kam sie.

Karolin wandte sich um und vergrub ihr Gesicht im duftigen Zippfell. Diese Bilder. Erinnerungen an eine Zeit, in der sie noch nicht wusste, dass sie sich selber gehörte. Erinnerungen, die sie verbannen wollte. Sie schob sie beiseite und tauchte an ihnen vorbei tief in sich hinein. Sie durchquerte ihre erdige Landschaft. Überrascht fand sie in einem der hintersten Winkel ein Fleckchen pulsierendes Rot.

3. Kapitel

Sonnenblumen

Anfangs bereitet es ihr Schwierigkeiten, einer Figur Leben einzuhauchen. Immer bleibt sie an etwas hängen. Am Skelett. Der Farbe der Haut. Der Beschaffenheit von Knorpel und Knochen. Den inneren Organen. Dem hohen Prozentsatz von Wasser und Hohlräumen. Dann findet sie heraus, dass das alles Nichtigkeiten sind, aus denen kein Leben wächst.

Ich nahm ein Bad im Gelb.

Auf dem Weg zu »la Belle et la Bête« kam ich immer an diesem Feld vorbei. Heute musste ich aber anhalten und staunen!

Letztes Jahr hatte hier Gras gestanden. Aber jetzt lag vor mir ein leuchtendes Meer. Ein wogendes Ballett tausender kleiner Tänzerinnen mit wildem Kopfschmuck aus Blütenblättern.

Ich zog meinen Notizblock aus der Hosentasche und schrieb den letzten Satz auf. In diesem kleinen Heftchen sammelte ich meine Einfälle wie andere Menschen Briefmarken. Seit kurzem befand ich mich in meiner blumigen Phase. Eine Begleiterscheinung des Spätsommers mit seinen explodierenden Farben.

Eine Frau mit Lodenjäckchen, einen Rauhaardackel an der Leine, grüßte von der anderen Straßenseite herüber.

»Ist das nicht irre?«, rief ich ihr zu. »Da könnte man doch einen ganzen Farbfilm verschießen!«

Der Dackel blieb stehen und starrte mich befremdet an. Die Frau lächelte verlegen.

»Frederike«, meldete sich Ilona aus dem Auto. »Lass uns weiterfahren! Selma wird unruhig, wenn dieser Dackel sie noch länger anglotzt.«

Selma war Ilonas Bobtailhündin, die auf dem Rücksitz meines Wagens saß.

Widerstrebend ging ich zum Auto hinüber und setzte mich wieder hinters Steuer.

»Du hast überhaupt keine poetische Ader«, maulte ich. Ich hatte es nicht so eilig, zu Bêtes Grillfeier zu kommen. Es war zwar wunderbar sonnig und fast noch einmal so warm wie im August, aber ich hatte irgendwie ein ungutes Gefühl. Und das hing ziemlich offensichtlich damit zusammen, dass ich heute Karolin wiedersehen würde.

Ich fühlte mich nicht ganz behaglich bei dem Gedanken, ihr gegenüberzutreten.

An dem Abend im Café neulich hatte ich sie nur ansehen wollen. Immerhin musste ich für den Wettstreit zwischen Bête und Paula noch meinen Tipp abgeben, und dafür musste ich die beiden Neuen doch inspizieren.

Ich hatte also nur hingehen wollen und diese Karolin mal anschauen. Einfach nur so. Mal kurz. Aber dann … herrje, ich wusste selber nicht, was dann passiert war. Irgendetwas Verrücktes, mit dem ich nicht gerechnet hatte.

Ich kannte plötzlich ihre Art, sich zu bewegen, ihre Stimme, die ernsten geraden Augenbrauen. Sie hatte sich immer mit der Hand durchs Haar gestrichen. Und sie hatte so besonders ausgesehen, anders als alle, die ich kannte. Ich wurde angesteckt von ihr. Ihre träge Traurigkeit war quer durch den

Raum auf mich zugerollt. Eine Welle von Blau hatte mich einfach so landunter gehen lassen. Und dann. Ich weiß nicht warum, aber ich sagte einer Fremden plötzlich einen erschreckend ehrlichen Satz. Für mich war er ehrlich. Für mich war dieser Satz o. k. Aber ich wusste ja, dass nicht immer alle Menschen gleich kapierten, was ich meine. Meine Freundinnen, die kannten mich, die verstanden meistens. Aber was sollte diese Fremde denken? Und wie sollte ich ihr heute, bei diesem Sonnenschein ins Gesicht blicken? Sollte ich lachen? Und was sollte ich machen, wenn dasselbe geschehen würde wie neulich abends? Vielleicht würde sie mich gleich wieder einfärben, sobald ich sie ansah. Als schwappe etwas über ihren Rand.

»Frederike?«

Ilonas Stimme ließ mich aus meinen Gedanken auftauchen.

»Wie lange willst du noch auf den Tacho starren? Er wird sich nicht bewegen, solange du nicht losfährst.« Sie lächelte nachsichtig. Sie wusste, dass sie es mit einer Träumerin zu tun hatte.

Ich sagte mir, dass der helle Nachmittag bestimmt ein völlig anderes Licht auf Karolin werfen würde. Kein blaues …

Dann fuhr ich mit so viel Gas an, dass wir mit durchdrehenden Reifen vom Wegrand wieder auf den Asphalt schossen.

Ilona lachte fröhlich. Sie hatte den Kopf an die Nackenstütze gelehnt, um den Fahrtwind zu genießen. Ihr Haar wurde zerzaust. Ausnahmsweise trug sie es heute einmal nicht im Zopf, der ihr Gesicht streng und gelehrt aussehen ließ.

Ich betrachtete sie kurz von der Seite, sah das weiche Spielen um ihre Mundwinkel.

»Sie ist wirklich schön«, dachte ich verwundert. Verwundert darüber, wie lange ich das schon nicht mehr gedacht hatte. Das war öfter vorgekommen, als wir uns vor mehr als drei Jahren kennenlernten.

Ich hatte einen Informatikkurs an der VHS belegt und war erstaunt, dass die Leiterin nur wenig älter war als ich selbst.

Sie trug ihre langen Haare streng nach hinten gekämmt. Vor dem Bildschirm setzte sie sich ihre Brille auf. Sie sah so gescheit aus. Ich konnte nicht anders: Ich bewunderte sie dafür grenzenlos.

»Wie bitte?«, hatte sie gesagt. Wir lagen in meinem Bett erschöpft nebeneinander. Ich konnte noch ihren Puls pochen fühlen.

»Du siehst so wahnsinnig klug aus. Und ich himmel dich deswegen an. Tu nicht so, als hättest du das nie bemerkt.«

»Ich habe gemerkt, dass du mich angestarrt hast. Aber ich bin selbstbewusst davon ausgegangen, dass du mich einfach attraktiv findest.«

Ich richtete mich auf und stützte mich auf den Ellenbogen, um ihr Gesicht zu betrachten. Ihr Haar lag wie ein Umhang auf dem Kissen. Als ich es berührte, war es sehr weich, und ich ließ mich hineinfallen wie ein Kätzchen in einen Berg Wolle.

»Du bist fantastisch!«, strahlte ich sie dann an. »Du kennst alle meine Lieblingsfilme, denkst über Umweltschutz nach, liest englische Fachzeitschriften. Du wählst nur grünrot, trinkst alkoholfreie Cocktails und kannst sogar mir beibringen, einen Computer zu bedienen.«

Ilona lachte. »Und ich sehe gescheit aus!«

Ich sah sie erfreut an. »Aber wenn dein Haar offen ist,

dann nicht. Dann siehst du anders aus. Grins nicht so! Ich meine es ernst. Du siehst weicher aus. Du bist schön.«

Da hörte Ilona auf zu lachen. Sie machte zum ersten Mal Bekanntschaft mit der Träumerin in mir.

Das war so lange her, dass ich so gut wie nie daran dachte. Ilona gewiss auch nicht. Wir waren ohne Übergang einfach zu Freundinnen geworden. Aber nie hatten wir das überwunden, was wir zuallererst füreinander gewesen waren: die kluge, schwerfällige Rationalistin und die zappelnde Träumerin.

Es waren das ruhige Brummen des Motors und Ilonas weiches Lächeln auf dem ruhigen Gesicht, der Geruch von frischgemähtem Gras, die mir vorgaukelten, ich könne diesen Unterschied für eine kleine Weile überwinden. Und vor allem waren es meine Gedanken, die schon den ganzen Vormittag um die beiden ersten Kapitel des Romans kreisten. Es geschah gerade etwas Ungeheuerliches.

Ich hatte mir eine Geschichte ausgedacht. Ich hatte Personen erfunden, die in dieser Geschichte handelten. Ich hatte mich für das Aussehen dieser Personen entschieden, ihr Geschlecht, ihre Größe, ihre Haarfarbe, ihre besonderen Merkmale und Charakteristika. Sie waren niemandem gleich. Ich hatte sie erfunden.

Dann hatte ich begonnen zu schreiben. Auf eine klappernde Tastatur einzuhacken, weiße Seiten mit kleinen schwarzen Buchstaben zu füllen. Das war alles, was ich getan hatte.

Irgendwann fiel es mir auf. Ich dachte: »Moment mal! Ich wollte das doch ganz anders …« und las die drei letzten Seiten noch mal durch.

Die Figuren handelten plötzlich anders als von mir geplant.

Sie hassten, obwohl sie doch sanftmütig sein sollten, sie verliebten sich in die Falschen. Manchmal lachten sie in nicht komischen Situationen. Manchmal bekamen sie Falten.

Das war ja nicht zu fassen! Wie konnte etwas, das von mir erfunden worden war, plötzlich beginnen eigenständig zu leben?! Wie schafften die Figuren es, mir Sätze zu diktieren, die ich sie eigentlich gar nicht hatte sagen lassen wollen? Und noch einen Schritt weiter wartete bereits eine ganz spezielle Erkenntnis. Darum kreisten meine Gedanken an diesem Tag. Ich wollte Ilona so gern davon erzählen. Auch wenn ich wusste, dass ihr Gehirn irgendwie anders funktionierte als meines: Ilona fragte schon »Warum?«, wenn ich einfach nur dastand und staunte.

Aber heute sah sie so anders aus …

Ilona öffnete die Augen, hob die Hand, um sich die Haare aus dem Gesicht zu streichen und lächelte mich an.

Das reichte mir vollkommen aus.

»Ich schreibe an etwas Neuem«, sagte ich.

»An etwas Längerem?« Ilona war freundlich interessiert.

»Ein Roman.« Wie großartig das klang! Oh, sie musste mich verstehen. Sie musste begreifen, worum es ging.

Ilona nickte.

»Ich dachte mir schon, dass du so etwas in Angriff nimmst. Das Veröffentlichen von Kurzgeschichten und Rezensionen fängt an, dich zu langweilen.«

Ich drückte fest ihre Hand mit meiner Rechten, die ich gerade nicht zum Schalten brauchte.

»Mein Kopf explodiert einfach, und ich gehe darin völlig auf! Ich sitze stundenlang an der Maschine, ohne Rückenschmerzen zu bekommen. Ich höre nicht, wenn die Kassette durchgelaufen ist. Ich könnte unentwegt schreiben und schreiben!«

»Du bist doch nicht etwa verliebt?«, neckte mich Ilona, die als Teenager Gedichte geschrieben hatte, wenn sie verknallt war.

Ich umklammerte das Lenkrad und holte tief Luft.

»Ilona, du bist die Erste, der ich es erzähle!«

»Wow!«

»Ich schreibe einen Roman … über uns!« Ilona machte eine überraschte Bewegung. »Ich hatte das gar nicht vor. Ich meine, ich wollte einen Roman schreiben, der in der Lesbenszene spielt, eine Lesbenliebesgeschichte, irgendwas Nettes. Dazu habe ich Figuren erfunden, eine ganze Clique von Freundinnen. Das heißt, ich glaubte, sie zu erfinden. Aber dann plötzlich, wie soll ich sagen, plötzlich hatte ich das Gefühl, der einen oder anderen schon mal begegnet zu sein. Sie erinnerten mich an jemand. Vielleicht an Paula mit ihren Alphabetsfrauen oder an Helmes, die irgendwie zu uns gehört und irgendwie auch wieder nicht. Ich merkte mit einem Mal, dass ich die ganze Zeit über uns geschrieben hatte. Unser Leben, unser Alltag, unser verwickeltes Lieben und Hassen, die wundervolle, grauenhafte Lesbenszene.«

Eine rote Ampel zwang mich zum Halten. Am liebsten wäre ich einfach weitergefahren. Mein Gefühl passte nicht zum Stillstehen und Warten. »Ist das nicht toll? Ilona, ein Roman über uns. Ich wäre nie von selbst auf den Gedanken gekommen! Ich bin doch nicht wahnsinnig. Das hätte ich mir nicht zugetraut. Womit hätte ich anfangen sollen und womit aufhören? Welche wären die Hauptfiguren? Was für schwere Entscheidungen! Nein, das hätte ich niemals geschafft. Aber jetzt läuft alles ganz von allein. Es funktioniert. Es funktioniert ganz erstklassig. Ich werde es schaffen!«

Ich hatte mich in ungewohnte Lautstärke geredet. Als ich Ilona jetzt ansah, ruhte ihr Blick ernst und forschend auf mir.

Oh nein, bitte nicht das Gesicht! Sie hatte das Gesicht aufgesetzt, das sie sonst immer nur zu ihrem Pferdeschwanz trug. Sie sah streng aus. Gebildet. Und kritisch. Vor allem kritisch.

»Warum machst du dieses Gesicht, Ilona? Verdirb mir nicht den Spaß!«

Ilona seufzte.

»Ich verderbe dir nicht den Spaß, Rike.« Ich hasste es sowieso, wenn sie mich Rike nannte. »Ich dachte nur daran, warum du ausgerechnet jetzt so etwas anfängst …«

Ich war alarmiert. »Was meinst du damit?«

Ilona zuckte mit den Schultern, weil es ihr klar war.

»Pe, natürlich!«

»Nein!«

»Wieso ›Nein‹? Nur weil du nicht willst, dass Pe noch Einfluss auf dich hat? Es liegt vollkommen auf der Hand, dass du Pe noch nicht verarbeitet hast. Du brauchst noch Zeit. Und du brauchst offensichtlich die vierhundert Schreibmaschinenseiten eines Romans, um über sie wegzukommen.«

So war meine beste Freundin. Grauenhaft.

»Ilona, analysier mich nicht!«

»Ich brauche dich nicht zu analysieren, um dir etwas zu sagen, das so offensichtlich auf der Hand liegt.«

»Aber kannst du dich denn nicht einfach darüber freuen, dass es einen Roman geben wird? Mit Glück und der richtigen Lektorin kannst du vielleicht in zwei oder drei Jahren ein Buch über uns in jedem Frauenbuchladen kaufen. Freu dich doch einfach, ohne darüber nachzudenken, wieso verdammt noch mal ich diesen Quatsch überhaupt veranstalte.«

Ilona sah mich ungläubig an.

»Du willst das doch nicht veröffentlichen? Ist das dein Ernst? Wie persönlich wirst du denn? Muss ich dann aus dieser Gegend wegziehen?«

Wir lachten beide.

»Niemand wird dich wiedererkennen, Ilona. Niemand von euch würde sich selber wiedererkennen. Auch …« Hoppla! »Auch Karolin nicht«, hatte ich sagen wollen.

»Ja?«

»Ach, nichts …«

Jetzt wäre ein guter Moment, um Ilona von der Begegnung mit Karolin im Sentimental zu berichten. Bisher wusste sie noch nichts davon. Auch Belle nicht. Auch Paula nicht. Ich hatte es keiner erzählt. Jetzt könnte ich es tun.

Ich zögerte eine Sekunde zu lang. Dann war der Augenblick vorüber.

Die Landstraße war kaum befahren. Karolin scherte aus und radelte neben Nele. Sie lachten sich an, mit erhitzten Gesichtern und Wochenendmienen.

»Was für eine Wahnsinnsidee, mit dem Rad hinzufahren!«, keuchte Nele. Sie war nicht sehr sportlich und musste sich ordentlich abstrampeln. »Wir werden verschwitzt und klebrig im Eck drin sitzen und beten, nicht allzu sehr zu stinken.«

»Unsinn!«, rief Karolin ihr zu. »Bête wird dich für deine Aktivität bewundern.«

Nele erwiderte nichts. Es war ihr anzusehen, dass sie diese Möglichkeit ernsthaft erwog.

Mit wie viel Energie sie alles verfolgte, was Bête anbelangte!

»Sonnenblumen!«

»Sonnen…?«

»…blumen! Da vorn. Wir kommen gleich dran vorbei. Das erinnert mich an Bilder von van Gogh. Wo sind die hundert pechschwarzen Raben, die über das Feld fliegen?« Karolin wollte gleich hier ihre Staffelei aufstellen und in Ölfarben schwelgen. Satte Kleckse. Üppige Vielfalt.

Sie fuhren so langsam an dem Feld vorbei, dass Nele einmal fast das Gleichgewicht verlor.

Karolin sah einzelne Blüten. Den leuchtenden Strahlenkranz um die dunkle Mitte.

»Hast du die da gesehen? Riesengroß!«, rief Nele.

»Ein paar sehen aus wie mutiert«, gab Karolin zurück. »Sie haben gespaltene Blätter.«

Sie spähten in das Heer der Blumen hinein.

Dann waren sie vorüber und radelten eine Weile schweigend nebeneinanderher. Ihre Freundschaft bestand zu einem Teil aus Schweigen.

»Ich hätte nie gedacht, dass wir Sonnenblumen so ähnlich sind«, sagte Karolin schließlich.

»Fühlst du dich ... gelb?« Nele lachte kurzatmig. Während Karolin radelte, wie sie ging, sich ihres Körpers so gut wie gar nicht bewusst war, trat Nele konzentriert in die Pedale.

»Unke! Ich meine das ernst. Wenn du sie zuerst siehst, das ganze Feld auf einmal, dann denkst du: ›Soo viele, und alle sehen sie gleich aus!‹ Aber dann fährst du langsam dran vorbei und merkst, dass das gar nicht stimmt. Manche sind groß, manche klein, die eine kräftig in der Farbe, die nächste blass ...«

»Wer hätte das gedacht!« Nele klingelte mit ihrer schrillen Fahrradschelle. »In jeder von uns steckt eine Sonnenblume!«

Sie fuhren auf eine Steigung zu. Karolin sah ihrer Freundin zu, wie sie mit der Gangschaltung kämpfte. Eine große farbenfrohe Sonnenblume auf einem Drei-Gang-Hollandrad.

Neles Wangen glühten. Alles in ihr fieberte. Diesmal hatte es sie mit voller Wucht erwischt. Noch schlimmer als die Male vorher. Tatsächlich war das möglich, unglaublich.

Karolin liebte ihre Freundin. Deren wild auflodernde Leidenschaft war faszinierend. Nele war bereit, für eine Frau, die sie kaum kannte, die Hölle zu durchqueren – oder sie sich selber zu bereiten. Ihr Liebeskummer war die Qual des Fegefeuers. Es musste etwas damit zu tun haben, dass sie so lange mit sich gerungen hatte. Erst vor einem Jahr konnte sie ihre Liebe zu Frauen endlich vor sich selber eingestehen. Und seit diesen Tagen hatte sie sich dreimal verliebt. Es war nicht zu einer Partnerschaft gekommen, nicht mal zu einer kleinen Affäre, einem One-Night-Stand. Trotzdem gab Nele sich hin. Wie andere Leute Blut spenden. Ihr Vorrat ging niemals zu Ende.

So etwas kannte Karolin nicht. Sie bewunderte es manchmal. Verstehen würde sie es nicht. Ihre eigenen Gefühle kannten nur eine langsame Gangart. Schleichend. Und vorsichtig.

Ihre Muskeln spannten sich an, entspannten sich, spannten sich an. Sie arbeiteten zuverlässig im Takt von »eins-zwei-eins-zwei-eins-zwei«. Im selben Takt tropften Erinnerungen in Karolins Bewusstsein. Eins-zwei, eins-zwei, mit jedem Tritt ein wenig deutlicher.

Regen und Schnee. Bei jedem Wetter war sie mit dem Fahrrad zum sechs Kilometer entfernten Bahnhof gefahren. Von dort aus in die Stadt, zur berufsbildenden Schule.

Karolin hatte einen Führerschein, und vor dem Haus setzte der Zweitwagen des Stiefvaters Rost an. Ihre Mutter schenkte ihr zum Nikolausfest gefütterte Handschuhe.

Eins-zwei, eins-zwei. Eiskalte Knie im Winter. Im Sommer drang der Schweiß aus allen Poren. Der Weg nach Hause ging scheinbar immer besonders steil bergauf. Sechs Kilometer waren es.

An dem Tag, an dem sie all ihre Sachen weggeschafft hatte, war niemand zu Hause. Nur die Gardinen hinter den Fenstern der Nachbarhäuser bewegten sich.

Karolin nahm alles mit, was sie tragen konnte. Als Letztes schnallte sie ihr Fahrrad auf den Gepäckträger des Mietbullis.

Dann stand sie eine Weile da und konnte sich nicht entschließen zu fahren. Bis sie den Wagen sah. Er stand, wo er immer gestanden hatte. Er wartete darauf, endlich einmal mehr zu sein als ein Haufen Metall ohne Sinn.

Jahrelang hatte sie ihn jeden Tag mit einem sehnsüchtigen Blick bedacht, sich gewünscht, doch wenigstens bei diesem Sturm, wenigstens bei dieser Hitze nicht mit dem Rad die Berge hinaufstrampeln zu müssen. Sie hatte dem kleinen Auto einen Sinn geben wollen. Und jetzt bekam sie ihre Chance dazu. Ganz anders, als sie je erwartet hatte.

In der rechten Hand hielt sie immer noch den Haustürschlüssel. Sie fasste ihn fest zwischen Daumen und Zeigefinger. So ging sie am Wagen auf und ab, auf und ab. Eins-zwei, eins-zwei.

Es quietschte und schabte. Ihre Nackenhaare stellten sich auf. Es entstanden tiefe helle Schlangenlinien in der blauen Farbe.

Dann warf sie den Schlüssel in den Briefkasten, setzte sich in den überladenen Bulli und fuhr los.

Sie fuhr die vertrauten Straßen entlang, bog an den Ecken ab, wie sie es immer getan hatte.

Als Karolin aus dem Dorf heraus war, musste sie noch einmal kurz anhalten. Sie musste weinen, und die Tränen versperrten ihr die Sicht.

»Karolin, grüble nicht! Doch, ich hab's dir angesehn. Du brauchst es nicht zu leugnen!« Nele kannte sie manchmal um einiges besser, als es Karolin lieb war. »Was hast du denn?«

»Du wirst einen Sonnenbrand bekommen!«, lachte Karolin. Ein Lachen rettete sie überall heraus.

Nele verzog ihr Gesicht zu einer sorgenvollen Miene. Sonnenbrand. Nur das nicht! Nicht ausgerechnet heute!

Ihre Seidenbluse flatterte im Fahrtwind. Die lange Korallenkette war wie Christbaumschmuck um den Hals geschlungen. Und sie hatte keine Skrupel, im weiten Ausschnitt ein Spitzenbustier blitzen zu lassen.

»Seht her, was ich habe! Und du, Bête, sollst deine Augen nicht mehr losreißen können. Denn du bist es, für die ich es angezogen habe. Du bist es, von der ich es mir ausziehen lassen möchte.«

Karolin konnte in die Zukunft sehen. Sie erkannte dort Nele und Bête, deren Blicke tiefer wurden. Sie sah tastende Hände, hörte nervöse Stimmen von der Vergangenheit erzählen oder von Zukunftsplänen, nur nicht von der Gegenwart, in der sich doch alles nur um die andere drehte. Die andere, die mit großen Augen und brennendem Herzen lauschte. Karolin konnte sogar die beiden nackten Körper sehen, wie sie ineinander verschlungen waren. Mal heiß, mal warm, je nach Zärtlichkeit oder Leidenschaft.

Die Bilder waren klar. Sie waren voraussehbar.

Karolin wusste, dass Nele endlich mit einer Frau schlafen würde. Sie würde aufhören, verzehrenden Liebeskummer zu hegen, und würde beginnen, stattdessen häufig und auf viele verschiedene Arten zu lieben. Alles nahm seinen Lauf. Und dann würde die Beziehung älter werden, an Tiefe und Alltag gewinnen, an Lust und Feuer verlieren. Es würde grau werden, ein tägliches Einerlei, dem schließlich eine von den zweien zu entkommen versuchte. Und das würde gelingen. Bis etwas Ähnliches von neuem begann …

Alles würde kommen, wie es immer kam. Es wiederholte sich beschämend oft, immer in der gleichen Weise. Ein Anfang und ein Ende. Sie gehörten eben zueinander.

In diesem Moment beschloss Karolin, sich nie wieder zu verlieben.

Es war Anfang September. Die Sonne schien auf ihren Rücken und wärmte sie.

Ich hatte mich angeboten, den Grill zu beaufsichtigen. Immer noch besser als dieses brave Sitzen am Tisch. Viel lieber hätte ich auf dem weiten Rasen ein Picknick veranstaltet. Bête hatte abstimmen lassen, und die meisten waren der Meinung gewesen, dass man der zweiunddreißigjährigen Ehrengästin ein derart ausgelassenes Verhalten lieber nicht zumuten wollte.

»Später bleibt immer noch genug Zeit, sie in die entsetzliche Wahrheit meiner Jugend einzuweihen«, gab Bête sich zuversichtlich. Sie thronte mit betonter Gelassenheit auf der Gartenliege, hielt ihr Gesicht mit geschlossenen Augen der Septembersonne entgegen. Besonders Paula reizte sie mit ihrer Ruhe zu spitzen Bemerkungen. Die beiden hatten den Wettkampf aufgenommen, schon bevor Daniele und Karolin überhaupt aufgetaucht waren. Es ging darum, die gegnerische Linie psychisch zu destabilisieren.

Belle, der Spiegel der schwesterlichen Seele, flatterte aufgeregt wie ein mauserndes Huhn zwischen Küche und Terrasse hin und her.

»Belle, hör doch mal zu. Ich schreibe an etwas Neuem, einem Roman.«

Belles Brillengläser blitzten im Sonnenlicht. »Wirklich, Frederike?! Wie schön! Erzähl mir doch später davon. Kann eine von euch Servietten falten? So, dass sie aussehen wie kleine Seerosen?«

Ich fing einen Blick von Ilona auf, die sich ein unverschämt fettes Grinsen erlaubte, während sie ihre Haare mit geschickten Fingern in einen Zopf flocht. Ich streckte ihr die Zunge heraus. Sobald Belle vom eingegebenen Programm der Hilfskellnerin herunter war, würde sie meinem neuen Projekt bestimmt die gebührende Aufmerksamkeit zollen. Aber bis dahin stand ich hier im Holzkohlenqualm und wendete die Bratwürstchen. Auch Bochumer Lesben ernähren sich nicht, wie allgemein angenommen, nur von Grünzeug. Ich betrachtete diese kleinen länglichen Dinger in den künstlichen Därmen. Plötzlich überkam mich das heftige Verlangen, sie alle in kleine Teile zu zerhacken.

»Müssen wir ausgerechnet Würstchen essen?«, zischte ich Helmes zu, die für den Einkauf zuständig gewesen war. Sie stand in der Nähe und warf Selma Stöckchen über den Rasen. Sie hatte ein Faible dafür, sich von uns abzusetzen. Ihre Zeit verbrachte sie nur Belle zuliebe mit unserer Clique. Niemand wäre auf den Gedanken gekommen, sie gehöre gerne dazu.

»Wie?« Natürlich hatte sie nicht gleich begriffen, dass ich mit ihr sprach.

»Würstchen«, wiederholte ich. »Mussten es ausgerechnet Würstchen sein? Ich finde, sie haben so etwas … Unangebrachtes.«

Helmes starrte mich verständnislos an.

»Sie meint wegen des Symbolgehaltes«, erklärte Paula ihr mit der betont samtweichen Stimme, hinter der sie stets ihren Spott verbarg. Heimlich verdrehte sie aber die Augen gen Himmel. Alle wussten, dass sie auf Helmes nicht gut zu sprechen war. Paula brachte ihre Abneigung gegen Mitläufer bei jeder Gelegenheit zum Ausdruck. Und für so eine hielt sie Helmes. Eine Mitläuferin, die nicht den Mumm hatte, sich ganz für oder gegen die Clique zu entscheiden. Belle, die so ein Verhalten gegen Helmes sonst nicht geduldet hätte, sah Paulas Faxen nicht. Sie verkrampfte sich soeben über einem Dutzend blasslila Papierservietten.

»Symbol …« Ilona betrachtete die Sojafrikadelle auf ihrem Teller.

Vegetarierinnen teilten also noch weit weniger Probleme mit der fleischfressenden Bevölkerung, als sie angenommen hatte.

Paula sah eine Chance, Bêtes Gelassenheit zu erschüttern und einen entscheidenden Punkt zu machen: »Ich habe gehört, dass Lesben im Coming-out auf Würstchen extrem allergisch reagieren.«

Bête öffnete alarmiert die Augen. Ich konnte es kaum glauben: Bête, die Feministin mit dem messerscharfen Verstand, verlor den Kopf, wenn es um Daniele ging.

»Das hast du dir ausgedacht!«

»Nein, es ist wahr. Ganz besonders ausgeprägt soll das bei Frauen vorkommen, die eine längere heterosexuelle … brrr, mich schüttelt's … heterosexuelle Vergangenheit hinter sich gelassen haben. Sie werden durch Bratwürstchen immer an ihre unerfüllte Sexualität erinnert, bekommen Kastrationsvisionen und Tobsuchtsanfälle.«

Bête schloss wieder die Augen und lehnte sich zurück.

»Ich lasse mich von dir nicht nervös machen. Frederike! Leg noch ein paar Würstchen auf.«

Belle zerknüllte eine widerspenstige Serviette zu einem lila Knäuel. Sofort machte sie sich an die nächste. Dabei blitzten ihre Augen hinter der Nickelbrille.

Manchmal war mir die innige Verbindung zwischen den Zwillingen unheimlich. Zwischen Alice und mir gab es das nicht. Sie war meine Schwester, na und? Wenn sie sich jemals verliebte, hätte ich es nicht gemerkt. Und ich hätte bestimmt nicht die Dekoration gebastelt und fünfmal überlegt, ob auch alles auf dem Tisch steht. Wir waren eben keine Zwillinge.

Bête aber entspannte sich auf ihrer Gartenliege. Sie verließ sich voll und ganz auf Belle. Ihre Schwester würde für alles sorgen, würde nichts vergessen. Belle ließ alles perfekt aussehen, und sie hatte immer ein aufmunterndes, leicht nervöses Lächeln für ihren Zwilling. Sie waren einander ganz sicher.

»Stimmt es, dass Daniele acht Jahre lang mit einem Mann zusammengelebt hat?« Paula ließ nicht locker. Ich wäre nicht gern ein Fisch am Haken ihrer Angel gewesen. Sie hatte Göttin sei Dank nie versucht, nach mir einen Köder auszuwerfen.

Bête schielte kurz zu Helmes hinüber. Ich kannte die Blicke meiner Freundinnen. »Warum hast du das ausgerechnet Paula erzählt?«, hieß er. Helmes warf einen Stock über den Rasen. Sie stand nicht nur immer weit weg von uns, sie stand außerdem auch immer zwischen uns allen. Ich wusste nicht, welche von uns sie am meisten mochte. Du lieber Himmel, ich wusste nicht mal, ob sie eine von uns mochte. »Da hätte sie ja genausogut verheiratet sein können. Acht Jahre, puh! Wie sollen sich solche Frauen je wieder vernünftig verhalten? Sie wird bleibende Schäden davongetragen haben«, bohrte Paula weiter. Sie hatte Männern gegenüber ein ähnliches Gefühl wie ich für dicke Bohnen mit Speck. Und sie war geschickt darin, Bêtes feministisches Empfinden zu piesacken.

Eigentlich war es nur ein Spiel. Nur eine Wette. Niemand

würde hierbei zu Schaden kommen. Aber die Art und Weise, wie Bêtes Hand auf dem Polster lag, wirkte so viel angespannter, als ich es erwarten würde … bei einem Spiel.

»Was soll's, Paula?! Die Lesbe ohne einschlägige Erfahrungen dieser Art wirst du mit der Lupe suchen müssen. So gut wie jede hat doch mal mit Typen rumprobiert«, sagte ich schließlich, weil keine andere es sagte.

»Ich wusste gar nicht, dass du auch …?« Dieses Thema zeigte für Bête genug Brisanz, um vorübergehend die Pose der Sonnenanbeterin aufzugeben.

Plötzlich hatte ich in ihren Augen etwas mit ihrer angebeteten Daniele gemeinsam. Bête sah mich an, als wolle sie neu Maß nehmen. Jede, die Freundinnen hat, weiß, dass das nicht häufig vorkommt.

»Erzähl!«, sagte sie.

»Aber nicht in allen Einzelheiten«, schränkte Paula ein, obwohl sie bereits die Ohren spitzte.

»Habt ihr kein anderes Thema auf Lager?«, knurrte Helmes zu uns herüber. Es verblüffte mich, dass sie überhaupt mitbekam, worüber wir sprachen. Meist erweckte sie den Eindruck, als seien ihre Ohren in eine völlig andere Richtung gedreht. »Jetzt fangt ihr auch noch davon an!«

»Warum erzählst du uns nicht gleich von deinen Jugendsünden? Ich wette, dann wird's interessant!«, schlug Paula gutgelaunt vor.

Helmes schleuderte einen dicken Ast, dem Selma begeistert kläffend hinterherjagte.

Bête, Paula und Ilona sahen mich an. Es breitete sich eine erwartungsvolle Stille aus. Belle sah auf und rückte ihre Brille zurecht. »Ist was?«, fragte sie.

Ich versuchte, es rasch hinter mich zu bringen.

»Ich war neunzehn und wollte es mal ausprobieren. Es war

ein Typ von der Uni. Irgendwie fand ich es ganz witzig. Ich hatte keinen blanken Schimmer, wie das so ablaufen würde, und hab' ihn einfach so machen lassen. Ich glaube, sein Spaß ist dabei ganz schön auf der Strecke geblieben.«

»Na, deiner ja scheinbar nicht«, flappte Paula. »Als witzig kannst auch nur du so was bezeichnen, Frederike!«

Ilona grinste.

Bête starrte mich ein paar Sekunden lang fragend an. Aber sie sagte nichts.

Paula hatte das natürlich auch gleich gemerkt: »Wenn du etwas wissen möchtest, Bête, hier und jetzt kannst du es erfahren. Oder traust du dich nicht mal, das Wort Schwanz in den Mund zu nehmen?«

»Das Wort ist dabei noch das kleinere Übel«, flachste Ilona und knabberte hingebungsvoll an einem Salatblatt.

»Aber du würdest es doch nicht wieder tun«, sagte Bête, und ich sah ihr an, dass sie irgendwie einen Bogen zu Nele zu schlagen versuchte. »Immerhin definierst du dich jetzt als Lesbe.«

Ich kam nicht mal dazu, den Mund zu öffnen.

»Lesben!«, grunzte Paula. »Selbstverständlich treiben es Lesben nicht mit Männern! Und wenn sie es mal getan haben, dann war es schrecklich, grauenvoll, ein Trauma, das in einer Therapie verarbeitet werden muss. Die Lesben, die mal was mit Männern hatten, haben selbstredend keinen großen Spaß daran gehabt. Jedenfalls würde das keine jemals zugeben. Genausowenig wie eine offen sagen würde, dass sie es hin und wieder ganz gern mit einem Kerl macht. Also spar dir die Frage. Nele wird sowieso mit Nein antworten.«

»Paula, was würden wir nur ohne deine große Klappe machen?«, sagte Ilona.

Ich sah auf die verdammten Würstchen, und dann zu Bête. Sie erwiderte meinen Blick nachdenklich. All ihre theoretischen Überlegungen zum Coming-out ehemals heterosexueller Frauen wurden von der Praxis über den Haufen geworfen. »Rumprobieren gut und schön«, las ich in ihren Augen. »Aber was stelle ich mit einer Frau an, die acht Jahre lang mit einem Mann gelebt hat?«

Bêtes Ernst machte mich nicht schlecht nervös.

»Bitte, Göttin, es soll einfach eine schlichte, romantische Liebesgeschichte werden. Eine Liebesgeschichte zu zweit. Kein Reigen. Kein Betrug. Keine frustrierte Bisexuelle, die zwischendurch Appetit auf gebratenes Lesbenherz hat …« Mein Stoßgebet wurde unterbrochen. Paula, die sich als Späherin an der Hausecke postiert hatte, gab Alarm: »Sie kommen, mit dem Fahrrad!«

Bête warf einen hilfesuchenden Blick zu ihrer Schwester. »Oh, nein! Sportlich ist sie auch noch!«

»Nur die Ruhe!« Belles Stimme zitterte mitfühlend.

Eine Amsel setzte sich in die Dachrinne und begann zu singen. Geräusche von Fahrrädern, die abgestellt wurden.

»Seht doch nicht alle so erwartungsvoll aus! Sagt irgendetwas!«, befahl Belle.

»Du müsstest Selma wieder scheren«, sagte Helmes gehorsam zu Ilona.

»Möchte noch jemand … Würstchen?«

In diesem Augenblick bogen sie um die Ecke. Lachend, erhitzt. Ich kratzte mit dem Fleischwender etwas Ruß vom Grill und sah mich nach dem Hund um.

Karolin trug ein verwaschenes T-Shirt und eine abgeschnittene Jeans. Um sie herum eine Wolke von Blau. Wie hatte ich glauben können, dass es heute anders sei?

Oh, wenn ich sie länger ansah, würde es wieder zu mir herüberfließen und mich einfärben. Und die anderen merkten es nicht mal.

»Hallo, da seid ihr ja! Habt ihr noch eine Radtour gemacht?« Bête winkte lässig und griff nach einem Glas und einer Colaflasche, die zufällig in ihrer Nähe stand. Sie hasste Cola.

Nele fächelte sich Luft zu. Ihre Wangen waren sonnenverbrannt. Sie lächelte uns alle einzeln an. Als ich ihr Lächeln erwiderte, wusste ich bereits, dass sie verknallt und absolut die Richtige für Bête war. Ich mochte sie sofort. Sie war groß und kräftig, und sie erinnerte mich an Amazonen.

»Das mit den Rädern war Karolins Idee. Sie braust ständig auf ihrem Mountainbike durch die Gegend, und ich strampel auf meinem Hollandrad hinterdrein.« Sie sprach bayrisch. Ilona lachte laut heraus. Eine angebissene Sojafrikadelle hüpfte über den Tellerrand.

Ich wagte einen vorsichtigen Blick zu Karolin. Sie lächelte nicht. Sie guckte nur. Als sie mich erkannte, erschrak sie etwas. Ihre Augen weiteten sich, aber sie sagte nichts. Und schon im nächsten Augenblick hatte sie sich wieder völlig unter Kontrolle.

Plötzlich wünschte ich mir, sie hätte noch einmal an mich gedacht, nachdem ich das Café verlassen hatte. Es hätte mir gereicht, wenn sie sich noch an ein paar Einzelheiten erinnert hätte. Daran, was ich an dem Abend trug. Ob ich mit einem Schein oder Silbergeld bezahlt hatte. Dass ich einen Milchkaffee getrunken und den Keks hineingestippt hatte.

Ich merkte, dass ich ihre Bewegungen kannte. Die Geste, mit der sie sich jetzt durchs Haar strich und dann heimlich die Finger an der Jeans rieb, um das Haargel abzuwischen, war mir vertraut.

Sie hatte kleinere Hände als ich. Hände, die aussahen, als hätte sie damit Seifenkisten gebaut und Handball gespielt. Geschickte Hände. Kurz und heftig dachte ich auch daran, was Karolin als Liebhaberin bereits mit ihren Händen getan hatte.

Das war ohne Zweifel ein lesbenspezifischer Gedanke. Er beschleunigte meinen Herzschlag. Ich musste mehrmals schlucken. Bloß nicht noch mal hinsehen. Bloß an was anderes denken, schnell. Es war doch helllichter Tag, und alle sahen Nele an. Bête und Nele standen mit ihrer munteren Unterhaltung im Mittelpunkt.

Karolin sah mich an. Sie hatte blaue Augen, die weder unfreundlich noch warm waren. Sie waren wie erhobene Handflächen, abwehrend ausgestreckt: »Halt! Nicht weiter hier!«, sagten sie. Über ihnen lagen die Brauen. Ernst und gerade. Sie sprachen auch zu mir. »Ich bin unkompliziert und gradlinig!«, sagten sie. Aber ich glaubte ihnen nicht. Karolins Augen fragten: »Hast du es ihnen gesagt? Wissen sie davon?«

»Nein«, versuchte ich zu antworten. »Ich wollte es niemandem erzählen.«

Ob sie es verstanden hatte oder nicht, konnte ich nicht erkennen. Sie setzte sich hin und war die Selbstsicherheit in Person. Erst streckte sie die muskulösen Beine von sich, dass mir heiß wurde, dann trank sie ein Glas Saft in einem Zug leer. Paula war natürlich an ihrer Seite und machte sich an sie ran.

»Wir sind füreinander bestimmt«, glaubte ich zu sagen. Ich war plötzlich eine Romanfigur und hatte diesen schicksalsbehafteten Mut.

Karolin sah mich an, schüttelte den Kopf. Und ich merkte, dass ich etwas ganz anderes gefragt hatte.

Sie stand auf und kam um den Tisch herum auf mich zu. Als sie die Hand ausstreckte, dachte ich zuerst, sie wolle mich umstoßen. Ich sah mich schon über den Rasen kugeln. Purzelbaum, Purzelbaum, rückwärts, und dann, mit allen vieren von mir gestreckt, liegenbleiben.

Aber Karolin nahm sich nur etwas vom Grill und biss hinein. Die anderen lachten. Ihre Stimmen kamen mir viel zu schrill vor.

Da hörte ich, wie Ilona sagte: »Frederike? – Rike!«

Ich schüttelte verwirrt den Kopf.

»Ich werde ein bisschen spazieren gehen«, sagte ich.

Wie spießig! Alle saßen um den Tisch herum, obwohl da eine große Rasenfläche zum Picknicken einlud.

Karolin setzte sich auf einen freien Platz und streckte die Beine von sich.

»Möchtest du etwas trinken?«, fragte diese Rothaarige, wie hieß sie noch gleich, Paula.

»Apfelsaft.«

»Oh, du lebst gesund«, strahlte Paula. »Das lobe ich mir.«

»Wieso?«

»Gesunde Menschen sind selbstbewusster und können mehr leisten, auch in der Liebe«, erwiderte Paula, ohne den geringsten Hauch von Verlegenheit.

»Bloß gut, dass ich das nicht allen beweisen muss«, murmelte Karolin. »Allen nicht, nein.« Paula sah sie auf eine Art und Weise an, die im höchsten Grade unangenehm war. Karolin versuchte, den Blick mit kühler Miene zu Boden zu fechten, aber Paula ließ sich nicht beirren und lächelte sogar noch verschmitzt.

Karolin sah sich nach Nele um. Doch die hatte nur noch Augen für Bête. Auch die anderen beobachteten die Szene. Nele hatte sich einen Stuhl an Bêtes Liege herangezogen, und die beiden unterhielten sich blendend. Sie waren offensichtlich so verknallt, dass sie nicht mal merkten, wie alle immer wieder in ihre Richtung schielten.

Nur die am Grill sah nicht hin. Sie nahm ihre Aufgabe sehr ernst, schien versunken in glühender Holzkohle und brutzelndem Fleisch. Natürlich hatte sie Karolin erkannt. Gleich als sie mit Nele um die Ecke gebogen war, hatte sie herübergesehen und sich dann zu dem Hund umgedreht.

Sie hätten sagen können: »Du hier? Was für ein Zufall!«

Sie hätten lachen können.

Aber weder Karolin noch die mit den unterschiedlich farbigen Augen hatte eine Miene verzogen.

Einen Augenblick hatte Karolin den verrückten, hoffnungsvollen Gedanken, dass das abgesprochen gewesen sein könnte. Wie beim Rausgehen aus dem Café über die Schulter gesagt: »Und wenn wir uns wiedersehen, dann lass dir nichts anmerken! Ich werde niemandem davon erzählen.«

Aber das war Unsinn. Vielmehr war eindeutig: Karolin war nur begafft worden. Eine hatte sich einen Scherz mit ihr erlaubt, hatte sie angeglotzt und sich gedacht: »Aha, das ist sie also, diese Neue!« Und um das Ganze noch etwas lustiger zu machen, war ein Satz gefallen. Ein wunderschöner, aber leider gelogener Satz, der Karolin tagelang beschäftigt hatte.

Oh, diese Szenelesben arbeiteten mit allen Mitteln.

Sie konnte ihnen nicht trauen.

»Du arbeitest im Sentimental, nicht?« Wieder schob sich von links die Rothaarige in Karolins Blickfeld. Sie blinzelte, als müsse sie nachdenken. Es war das Spiel »Alles-über-dich-hab-ich-mir-noch-nicht-gemerkt!«.

»Ein Aushilfsjob. Bis ich eine Stelle gefunden habe, die mir zusagt.«

»Tolles Café ist das. Ich gehe da auch manchmal hin«, sagte Paula.

»Ihr geht da alle manchmal hin. Auch allein. Kurz vor Mitternacht«, dachte Karolin.

Paula schwatzte über ihre eigenen Eindrücke als Aushilfskellnerin. Sie schien über eine Menge an Erfahrungen zu verfügen. In jeder Hinsicht. Ihr Gesicht war mit Sommersprossen übersät, als sei es von oben bis unten mit Dreck bespritzt worden. Ihre braungebrannten Hände waren ungewöhnlich faltig. Sie erinnerte Karolin mit ihrem stechenden grünen Blick an einen frechen Kobold, der nur darauf wartet, sich lustig zu machen.

»Wenn die Kerle was intus haben, sind sie noch unerträglicher als im nüchternen Zustand! – Ich hoffe, ich tappe da bei dir nicht in ein Fettnäpfchen? Es gibt Lesben, die durchaus Sympathie für Männer empfinden können?!«, lächelte der Kobold lauernd.

»Ich habe nichts gegen Männer«, gestand Karolin.

Paula wischte diese Antwort mit einer Handbewegung weg. »Besonders wenn sie betrunken sind, sind sie schauderhaft. Sie kommen immer näher gerutscht«, Paula rutschte näher heran, »und legen den Arm um einen oder tätscheln drauf herum.« Sie tätschelte Karolins Unterarm und ließ dann ihre Hand darauf liegen. »Und dann kommen diese Sprüche: ›Bist du neu hier?‹«

Das kam Karolin vertraut vor.

»Du konntest dich sicher zur Wehr setzen«, warf die langhaarige Ilona ein. Ihr Hund und sie aßen Salat in Essig-Öl-Soße, und Karolin hatte gar nicht bemerkt, dass sie bei ihrem Gespräch zugehört hatte. Es kam so selten vor, dass Karolin mit so vielen Frauen gleichzeitig irgendwo saß. Sie wusste nicht, was alles möglich war zwischen Frauen, die sich verdammt gut kennen. »Oder könnt ihr euch vorstellen, dass Paula so etwas mit sich machen lässt?«

Nicht nur Ilona hatte zugehört. Jetzt schüttelten auch ein paar andere den Kopf. Karolin war verblüfft und ermahnte sich, vorsichtig zu sein.

»Na, deswegen bin ich doch am Ende gefeuert worden!«, krakeelte Paula hinaus. »Ich hab' einem Kerl seinen Ernüchterungskaffee auf die Hose gekippt. Er musste mit verbrühten Eiern ambulant behandelt werden. Und ich war meinen Job los. Dabei war ich im Recht! Nicht wahr, Bête?«

Alle Köpfe flogen herum zur Liege.

Zwei erhitzte Gesichter wandten sich verwundert den anderen zu.

»Ich habe gerade erzählt, wie sie mich gefeuert haben, als ich dem Typen den Kaffee übergegossen habe, der mich ›seine Pussi-Muschi‹ nannte«, klärte Paula sie kurz auf.

»Das war vielleicht was!«, ereiferte Bête sich, an Nele gewandt. »Kaum zu glauben! Der hatte seine gerechte Strafe verdient. Aber Paulas Arbeitgeber war anderer Meinung. Er wollte sogar Anzeige erstatten wegen Körperverletzung, stell dir das vor! Aber da haben wir dann eingegriffen. So nicht, meine Herren! Und bald war klar, dass sie vor Gericht keine Schnitte gehabt hätten.«

Nele bekam große Augen und warf Karolin einen zögernden Blick zu. Karolin begann sich zunehmend unwohl zu fühlen. Nicht zuletzt deshalb, weil Paulas Hand immer noch auf ihrem Arm lag.

Karolin zog ihn fort und trank das Glas in einem Zug leer.

Paula war aufmerksam wie ein Wachhund und füllte es sofort wieder.

Da öffnete die Frau am Grill den Mund und sagte: »Möchtest du etwas essen?«

Sie meinte Karolin.

Und sie wirkte so geistesabwesend, als hätte sie von dem Gespräch überhaupt nichts mitbekommen. Eine, die nicht voller Eifer bei anderen mitlauschte?

»Ein Würstchen?«

»Kein Würstchen«, erwiderte Karolin rasch. Sie nutzte die Gelegenheit, um dem Kobold zu entkommen und stand auf.

Der Weg um den Tisch herum zum Grill wurde sehr lang. Die ganze Zeit hielt die Frau sie mit den Augen fest. Oder war es nur ihr blaues, das diese magische Wirkung ausübte und Karolins Blick anzog. Aber so, wie die anderen einander sonst im Auge behielten, musste das doch auffallen. Gleich würde es eine bemerken und erstaunt ausrufen: »Aber ihr kennt euch ja schon!«

Ein verrückter Gedanke! Karolin wurde einfach nicht erwachsen. Immer noch schaute das fantasierende Kind aus ihren Augen. Aber es fristete ein heimliches Dasein, verborgen hinter dem ungeschminkten, offenen Gesicht.

Hinter Karolins wenig verspielter Fassade erwarteten alle Gradlinigkeit und Konsequenz. Niemand fragte sie Dinge, die sie nicht gefragt werden wollte. Und dafür kam Karolin den fremden Erwartungen nach, mit einem Lachen.

Sie nahm ein Cevapcici vom Grill, verbrannte sich die Finger.

Die Frau mit dem blauen Auge starrte sie regungslos an.

Nicht mit Blicken, die scheinbar durch dich hindurchtauchen. Eher hinein. Das war irritierend vertraut, als hätte jemand ihr Inkognito gelüftet. Karolin wand sich.

Und sie war nicht die Einzige, die merkte, dass mit Frederike etwas Ungewöhnliches vorging. Ilona sagte: »Herrje, sie träumt wieder. Frederike?! Frederike? Rike!«

Frederike. So hieß sie also.

Frederike schüttelte den Kopf, als hätte ihr die Stimme mit der flachen Hand vor die Stirn geschlagen.

»Ich werde ein bisschen spazieren gehen«, sagte sie dann.

Sie legte den Grillwender zur Seite, und Belle sprang auf, um ihren Platz einzunehmen.

Karolin sah auf den Rücken im Muskelshirt, der sich gen Hausecke entfernte.

Was für ein hübscher Po.

»Das ist jetzt aber nicht der Grund!«, sagte sie zu sich selbst, schob rasch den letzten Bissen in den Mund und beeilte sich, Frederike zu folgen.

4. Kapitel

Im Niemandsland

Sie muss sich nicht entscheiden, welche Figur in ihrem Roman die wichtigste sein wird. Es geschieht von allein.

Ich hatte gehofft, dass sie mir folgt. Aber dass sie im Dauerlauf um die Ecke geschossen käme, das hatte ich nicht erwartet. Die anderen waren sicherlich verblüfft auf ihren Gartenstühlen zurückgeblieben. Schon bald dachte ich nicht mehr an sie.

Wir gingen zwischen den Feldern durch. Karolin war kaum merklich kleiner als ich. So wie ihre Hände kleiner als meine waren. Man konnte es nur ausmachen, wenn man genau darauf achtete.

Pe war so groß gewesen. Größe imponierte mir. Größe vermittelte mir das kribbelnde Gefühl der Unterlegenheit. Ich verbot mir jeden weiteren Vergleich mit Pe.

»Wir haben Glück mit dem Wetter«, sagte ich blöde.

»Unheimliches Glück«, erwiderte Karolin höflich.

»Vor zwei Wochen oder so war es schon richtig kalt.«

»Ja, ich dachte, der Sommer wäre vorbei.«

»Komisch, wie es manchmal gehen kann.«

»Komisch.«

»Wir haben Glück mit dem Wetter!« Was war ich denn? Ein Laubfrosch?

Wo war mein Mut geblieben, mein schicksalsbehafteter Mut, den Romanfiguren haben?

»Als hier noch Kohle gefördert wurde, in der echten schwarzen Ruhrpottzeit, weißt du, da gab es nicht so viele sonnige Tage. Der Himmel war oft verhangen von riesigen rußigen Wolken. Und der Regen war irgendwie staubig. Wenn man mit heller Kleidung in einen Schauer geriet, kam man mit grauen Sachen wieder zu Hause an. – So stelle ich mir das jedenfalls vor.«

Was erzählte ich da?

Ich sollte mich lieber umsehen und etwas wirklich Spannendes ausfindig machen, über das es sich zu reden lohnte mit einer Frau wie Karolin.

Ich fand tatsächlich etwas: »Das dahinten ist übrigens der Kirchturm von Linden. Die Kirche ist im Krieg mehrmals beschossen worden. Aber sie haben den Turm nie getroffen. Die Frau des Küsters hat alle Familien der umliegenden Häuser zu sich in den Turm geholt. Sie haben da gesessen und gebetet, während die Bomben auf sie niederprasselten. Aber niemand wurde je verletzt. Und da steht der Turm immer noch, der so viele Menschenleben geschützt hat. Auch komisch, oder?«

Karolin betrachtete den entfernten Kirchturm und nickte.

Aber sie sagte nichts, und ich fürchtete, ich würde in meinem hohlen Kopf nichts finden, was ihr Interesse wecken könnte. Ich wollte so gern, dass sie mit großen Augen an meinen Lippen hing oder selbst wie ein Wasserfall redete. War das denn so schwierig, verdammt?

»Ich bin eben keine Romanfigur, weißt du«, hörte ich mich zu meinem eigenen Entsetzen sagen. »Ich … ich meine, wenn ich eine wäre, würde ich nicht so einen Unsinn quatschen.«

Karolins Gesicht war ernst und unbeeindruckt. Sie schien im Umgang mit Verrückten einige Erfahrung zu haben.

»Wieso Unsinn?«, erwiderte sie ruhig. »Ich find's interessant, was du erzählst.«

»Ehrlich?«

»Ehrlich.«

Wäre es möglich, dass ich mich endlich entspannte? Ich war verkrampft wie eine verschlossene Auster.

»Woher weißt du das mit dem Kirchturm? Heimatkunde?«

»Ich hab's mir ausgedacht. Ich komme nicht wirklich von hier. Meine Familie wohnt im Sauerland. Das ist eineinhalb Stunden von hier – mit dem Auto. Gerade weit genug weg, um sie nicht ständig auf dem Hals zu haben. Aber auch nah genug, um ab und zu noch hinzufahren. Meistens tue ich das meiner Mutter zuliebe. Sie kann eine echte Nervensäge sein. Wann kommst du? Kommst du am Wochenende?«

Karolin lachte.

»Kennst du das auch?« Ich verstellte meine Stimme noch einmal: »›Ich mache Kartoffelsalat. Und wir können Monopoly spielen!‹ Sie können sich nicht daran gewöhnen, dass man erwachsen ist.«

»Meine Mutter ist nicht so«, sagte Karolin. Wieder ganz ernst.

Mehr sagte sie aber nicht. Schade.

Sie sah über die weiten Wiesen und dann wieder auf ihre Schuhe.

Unsere Schritte staubten auf dem trockenen Weg.

»Die Felder erinnern mich an die Gegend, in der ich aufgewachsen bin«, meinte sie schließlich. »In einem Dorf in der Nähe von Frankfurt.«

Ich wünschte mir ihr Leben als Film. Ich könnte zurückspulen und mir ansehen, wie sie als Kind Drachen steigen ließ oder sich auf einer Stufe die Knie aufschlug.

»Hast du Heimweh?«

»Und wie!« Sie lachte. Und da wusste ich, dass ich ihrem Lachen nicht trauen konnte. Ich hätte wetten können, dass sie es gar nicht so lustig fand. »Ich bin erst vor einem Jahr hierhergezogen.«

»Deine Familie ist noch in Frankfurt?«

»Mein Vater lebt in München«, erklärte Karolin.

Ich hatte nach ihrer Familie gefragt.

»Ich war oft bei ihm zu Besuch. Da habe ich Nele kennengelernt. Wir sind schon seit Jahren befreundet. Sie hatte hier ein tolles Stellenangebot bekommen. Da bin ich ihr gefolgt.«

»Aber ihr seid doch nicht …?«

»Nein, nur Freundinnen.«

Puh!

»Meine beste Freundin ist Ilona. Das ist die mit den blonden langen Haaren.«

»Ich dachte, ihr wäret …?«

»Nein, nur Freundinnen.«

Warum fragte sie das? War es eine ernstgemeinte Frage?

»Ich bin direkt nach dem Abi in eine eigene Wohnung gezogen. Nicht weil ich Streit gehabt hätte zu Hause. Ich verstehe mich mit meinen Eltern ganz gut, weil ich ihnen irgendwann beigebracht habe, sich nicht in meine privaten Sachen einzumischen. Meine ältere Schwester ist auch ganz o. k. – wir sind halt Schwestern, nichts Besonderes. Wir haben alle unsere eigenen Leben. Trotzdem fühle ich mich bei ihnen immer noch aufgehoben. Eine Familie gehört eben doch irgendwie zusammen.«

Sie erwiderte nichts.

Ich hatte bereits einige Menschen kennengelernt. Aber ich konnte mich an keine erinnern, die so interessiert an einem Gespräch war, aber dennoch kein Wort über die Lippen brachte.

»Erzähl mir doch was von dir«, bat ich Karolin.

Sie reagierte nicht sofort. Ich dachte schon, sie hätte meine

Frage nicht gehört, und wollte sie gerade wiederholen, da sagte sie: »Da gibt es nicht viel zu erzählen.«

Es gibt eine Sorte Frau, die diesen Satz gerne sagte. Drei Stunden später weißt du dann alles über ihre Kinderkrankheiten, ihre sexuellen Vorlieben und ihren Vaterkomplex, ohne ein einziges Mal selbst zu Wort gekommen zu sein.

Zu dieser Sorte Frau gehörte Karolin nicht.

Verblüfft musste ich feststellen, dass sie einfach schwieg.

»Hey«, lachte ich, weil mir nichts Besseres einfiel. »Aber das bisschen, das es zu erzählen gibt, das kannst du mir doch beichten. Wie wäre es, wenn wir uns etwas näher kennenlernen?«

Unsere Blicke begegneten einander kurz und scheu. Wir dachten beide an den Augenblick im Café, als ich von der Farbe in mir sprach und die Verwunderung in ihren Augen erkannte.

Ich sah als Erste wieder weg.

»Es gibt wirklich nichts«, beharrte sie. »In Frankfurt gab es jeden Tag Streit. Und in München war es egal, ob ich da war oder nicht. Es gab also keinen Grund, um da oder dort zu bleiben.« Sie lachte wieder, als sei das völlig in Ordnung. »Ich habe keine Familie, die ›trotzdem doch zusammengehört‹. Nein, das gibt es bei mir nicht.«

»Das klingt ziemlich traurig«, sagte ich. »Aber wenn ich genau drüber nachdenke, kann eine Familie auch ganz schön nervig sein. Da haben wir es schon viel besser, was unsere Freundinnen angeht: Die können wir uns aussuchen. Mit Freundinnen können wir uns auch ein Nest bauen. Und die Szene bietet dann in Ungnade gefallene Onkel, liebe Tanten, verwirrte Großmütter, pflichtschuldige Taufpaten, verstoßene oder adoptierte Stiefkinder. Es ist eigentlich auch nichts anderes als eine Familie, oder?«

Karolin starrte in stummer Ablehnung auf den Weg vor uns. »Das ist nichts für mich. Ich kenne die Frankfurter Szene.«

»Und das bedeutet natürlich, dass du alle anderen auch kennst?«, lachte ich. »Du solltest es mal versuchen. Die Bochumerinnen können nett sein. Wenn sie wollen.«

»Oh, nein danke!«

Somit hatte ich mir eine hübsch verpackte Abfuhr eingehandelt. Oder?

Sie hob die Hand und fuhr sich durchs Haar. Ich sah ein dunkles Muttermal an ihrem Hals.

»Ich hoffe, Nele teilt deine Einstellung nicht?! Für Bête bedeuten die Frauentreffs sehr viel. Ich glaube, es würde ihr schwerfallen, darauf zu verzichten.«

»Nele ist ein unbeschriebenes Blatt. Sie wird sich mit Begeisterung in alles Neue stürzen. Sie ist sehr leidenschaftlich.«

»Und du?«

Karolin wandte mir amüsiert ihr Gesicht zu. Ihre Augen wurden weicher. Die Warnung, die in ihrem Blau enthalten gewesen war, schwächte sich ab zu einer leisen Bitte. Diese Bitte konnte ich nicht übersehen. Ich bildete mir bereits ein, Karolin riechen zu können. Das war ein verflixtes Zeichen.

»Du denkst also auch, dass aus Nele und Bête ein Paar wird?«

Sie antwortete natürlich nicht auf meine Frage. Was hatte ich denn erwartet?

»Ich bin davon überzeugt. Ein Blick genügt. – Ist es nicht seltsam, wie man spüren kann, wenn sich etwas entwickelt zwischen zwei Menschen?«

»Ja, furchtbar«, sagte sie. »Mir wird dabei immer ganz schwach zu Mute.« Ich sah sie von der Seite an, aber in ihrem ruhigen Gesicht fand ich keine Regung von Spott oder Belustigung.

»Was wirst du hier machen? Jobben? Leben? Suchen?«

»Suchen?« Sie lauschte dem Klang ihrer eigenen Stimme nach.

»Nach einer guten Stelle, ja, und …«

»Und?«

»Ach, nichts.« Einen sehr kurzen Moment konnte ich Verwirrung auf ihrer Stirn lesen. Aber dann legte sie sich wieder glatt und still, als ginge dahinter nichts vor sich.

Wonach suchte sie also? Was vermisste sie, während sie in ihrem traurigblauen Meer herumschwamm und eine wie mich plötzlich unter Wasser setzte?

Verwundert stellte ich fest, dass ich hier zum ersten Mal eine vor mir hatte, deren Innenleben mir verwehrt blieb.

Ich kann alle Verrücktheiten der Welt verstehen. Ich kann alle Träume nachvollziehen und alle erfundenen Geschichten für wahr erklären. Sie hatte bei mir die einmalige Chance, für nichts ausgelacht und für alles bewundert zu werden. Und sie spürte das. Sie musste das spüren. Dennoch hielt sie alles verborgen, wie einen unsichtbaren Schatz. Mehr als jede andere hatte sie Stück für Stück eine Rüstung angelegt. Nicht so wie ich den Kragen meiner Lederjacke hochstellte, um Prinzessinnen zu entführen. Es war eine echte Rüstung, wehrhaft und unüberwindbar.

Warum?

Wir waren lange Zeit still.

Ich wanderte neben ihr über die erdigen Wege und sah zu, wie meine Schuhe helles Gras umknickten und langsam staubig wurden.

Karolin ging neben mir. Ich war durcheinander und hätte sie gerne gefragt, ob es ihr ebenso ging. Bei keiner anderen hätte ich damit gezögert. Ich hätte gefragt und gelöchert und keine Ruhe gegeben, bevor ich nicht gewusst hätte, wieso sie so traurig war. Aber etwas hielt mich zurück. Es war die Ahnung davon, dass Karolin es vielleicht selbst nicht wusste. Sie war schließlich auf der Suche.

Wir kamen an eine Wegkreuzung und sahen die verschiedenen Wege hinunter.

Karolin entschied sich in derselben Sekunde für den linken Weg, in der ich mich nach rechts wandte.

Ich berührte sie nur kurz, an der Schulter, dem Arm, dem Schenkel. Aber trotzdem meldete eine Stelle meines Rückens plötzlich das Eindringen eines spitzen Gegenstandes. Ich fasste erschrocken hin, aber da war nichts.

»Hoppla«, sagte Karolin und wandte sich um. Sie nahm den rechten Weg, und ich konnte nur hinterherhumpeln, weil mir ein paar Schritte lang alles weh tat. Aber dann hörte ich Paulas belustigte Stimme an meinem inneren Ohr: »Brauchst mir nichts weiter zu erzählen, Cherie. Von wegen, es war ein unsichtbares Messer, oder vielleicht auch Amors Pfeil! Wenn du mich fragst: Du bist notgeil!« Das war nun wirklich beschämend.

Die hochblühenden Gräser ermunterten mich dazu, sie auszureißen und ihre Halme zu zerpflücken. Als Kind hatte ich das stundenlang getan, um sie von innen zu studieren, während meine Schwester kurzlebige Kronen aus Gänseblümchen flocht.

Karolin sah nicht ein einziges Mal hin. Sie ging neben mir und schien mit ihren eigenen, mir verwehrten Gedanken beschäftigt. Aber plötzlich deutete sie auf meine Hände und fragte: »Bist du nervös?«

Mir war mein Herumgezappel peinlich. Ich warf den zerfetzten Halm im hohen Bogen fort.

Drüben tauchten bereits die ersten Häuser der Siedlung auf.

Karolin sah mich nicht an, aber sie neigte den Kopf ein wenig in meine Richtung, und sie wartete auf meine Antwort.

»Ich bin mir nicht sicher, was jetzt passieren wird«, sagte ich schließlich.

Frederike, die Geschichtenerzählerin, war wortlos.

»Ich weiß, was du meinst«, erwiderte Karolin zu meiner größten Überraschung. »Wir haben über dieses und jenes gesprochen. Und jetzt sind wir irgendwo im Niemandsland zwischen Fremdsein und Kennen.«

Ich starrte sie an. Mein Gesicht gehorchte meiner Kontrolle noch nie in meinem Leben. Ich wusste, dass es jetzt leuchtete vor Freude.

Schnell tastete ich nach dem kleinen Schreibblock, den ich immer mit mir herumtrug. Aber ich fand ihn nicht.

»Willst du eine?« Karolin zog aus ihrer Jeanstasche eine zerknautschte Packung.

»Danke, aber ich rauche nicht.«

Sie blickte mich groß an und verstaute die Zigaretten wieder, ohne sich selber eine angezündet zu haben. Aber sie fragte nicht. Wahrscheinlich hatte sie es selber nicht gern, gefragt zu werden.

»Ich verrate dir ein Geheimnis«, flüsterte ich. »Ich liebe Bücher und Sprache. Ich wollte das aufschreiben, was du da gerade gesagt hast. Aber ich muss meinen Block im Auto liegengelassen haben. Ist eine Art Fetisch, verstehst du?«

Karolin lachte nicht über meinen kleinen Fetisch-Witz. Sie lächelte nur überlegen: »Du hast wohl Angst, dass dir was verlorengeht?«

»Irgendetwas sammelt doch jede«, sagte ich.

»Und was ist mit den Sachen, die du lieber vergessen würdest?«

Plötzlich loderte um sie herum diese Farbe wieder auf. Ein blaues Gefühl schwappte in Wellen an mich heran.

»Ich hefte sie ab«, antwortete ich ihr. »Unter Traurigkeit.«

Das Muttermal an ihrem Hals. Ob sie noch mehr davon hatte? Irgendwo auf ihrem Körper?

5. Kapitel
Traum-a

Zusammenhänge werden durch den Ablauf der Zeit auseinandergerissen. Es ist ihre Sache, irritiert und verärgert auf scheinbar Sinnloses zu blicken – oder aber die Lücken zu flicken.

In der zweiten Vorlesungswoche ging es richtig los. Die Erstsemester irrten orientierungslos über die Gänge. Die Aufgänge bei den Fahrstühlen waren mit flatternden Infozetteln und Hinweisschildern zugepflastert. Neunzehn- bis Zwanzigjährige standen ratlos vor Schwarzen Brettern herum.

Ich schlenderte vorbei und genoss das Gefühl zu wissen, wohin ich wollte, und den Weg dorthin zu kennen. Achtes Semester, Hauptstudium. Ich war vor fast vier Jahren mit der Einführung des Studienganges Theater-, Film- und Fernsehwissenschaften an die Ruhr-Universität gekommen. Es hatte keine Aufnahmebeschränkung gegeben. Tausendfünfhundert Studentinnen hatten sich in zu kleine Hörsäle gequetscht und um die Plätze in den medienpraktischen Übungen Ringkämpfe auf der Schwelle ausgetragen. Diese Privilegierten, die jetzt hier herumwimmelten, hatten keine Ahnung von den harten Ellenbogen, die sich einem in die Seiten bohrten, wenn es darum ging, in den überfüllten Seminaren sitzen zu können. Jetzt wurden pro Semester nicht einmal mehr hundert Anfängerinnen aufgenommen. Da zählte der Notendurchschnitt. Kaum zu glauben, dass diese Greenhorns hier mindestens EinsKommaNeuner waren …

Mein semesterzahlbedingtes Überlegenheitsgefühl drohte plötzlich aufgrund meines eigenen Abiturdurchschnittes zu schwinden. Daher stieß ich rasch die Tür zur Cafeteria auf und ging hinein.

Hier tobte der Bär. Alle Tische waren voll belegt, und der Geräuschpegel lag knapp unter der Unerträglichkeitsgrenze. Lässig bunte oder durchweg schwarze Kleidung. Achtlos hingeworfene Lederbeutel. Dreitagebärte. Lange Haare. Wehende Sommermäntel mit Siebziger-Jahre-Make-up darüber. Großkotzige Sprüche und Inszenierungsdiskussionen schwirrten mir um die Ohren. Schallendes Gelächter aus allen Ecken. Und Küsschen links und rechts.

Das war der Regenbogen der schrägen FilmwissenschaftlerInnen. Nicht zu vergleichen mit der Cafeteria im Nachbargebäude, wo sich in Anzug und Kostümchen uniform gekleidete Betriebswirtschaftlerinnen zur Begrüßung über den Tisch die Hand reichten.

Sebastian war schon da. Um auf sich aufmerksam zu machen, hob er seinen Kaffeebecher und verschüttete dabei schwungvoll einen Teil des Inhalts über seine geblümten Bermudas.

Ich liebte Bastian dafür, dass er weder Tunte noch Macho war. Das war nicht nur selten. Das war sehr selten.

»›Die weiblichen Stars‹ ist erste Sahne!« Er schob mir über den verschmierten und mit leeren Pappbechern überfüllten Tisch einen vollgekritzelten Zettel zu. Bereits seit zwei Tagen testeten wir die angebotenen Hauptseminare, um uns die interessantesten herauszupicken.

Zu zweit ging das doppelt so schnell. »Hier, guck dir mal den Semesterplan an. Es sind drei Sitzungen allein über Judy

Garland und ihre schwulen Anhänger eingeplant. Und ich habe auch schon interessante Exemplare unter den Seminarteilnehmern entdeckt.«

»Was für Exemplare? Geklonte Judy Garlands?«

Bastian grinste frivol: »Knackärsche.«

»Du bist vergnügungssüchtig. Aber ich muss dir unbedingt recht geben: Das Seminar über amerikanische Musicals ist grauenvoll. Der Dozent hat Schwierigkeiten mit der englischen Sprache. Er konnte nicht mal ›Fred Astaire‹ aussprechen, ohne dass ich das Gefühl hatte, zwischen dem a und dem i stehe ein Bindestrich.«

Wir krakelten in unseren Stundenplänen herum. Sebastian rieb ergebnislos am Kaffeefleck auf seinen Shorts. Um den Hals trug er ein schrilles Tuch in verschiedenen Gelbtönen, das mich an Sonnenblumen erinnerte.

Er hatte ein ansprechendes Kasperlgesicht, mit spitzer Nase und immer roten Wangen, die beim Ausmachen eines beeindruckenden Mannes allerdings noch aufzuglühen vermochten. Ich verstand mich so gut mit ihm, weil wir den gleichen Grad unberechtigten Optimismus an den Tag legen konnten. Das hatte uns bereits durch so manche Hausarbeit und einige Klausurenzeiten gebracht.

»Du kannst dir meinen Wagen ausleihen, wenn ihr samstags mal wieder in den Sub nach Köln fahren wollt. Deine alte Klapperkiste bricht ja zusammen, wenn mehr als zwei von euch Fliegengewichten drinsitzen.«

Ich blätterte im Vorlesungsverzeichnis.

»Vielleicht werden Karolin und ich lieber nur etwas zu zweit unternehmen. Sie ist nicht sehr begeistert von der Clique.«

»Oje, oje! Eine, die nicht auf deine Tanten kann! Du lieber Himmel! Wo wird das hinführen?«

»Es ist gar nicht klar, dass es überhaupt irgendwohin führt«, erwiderte ich halbherzig.

Sebastian bedachte mich mit einem mütterlichen Blick und gluckste. Stimmbänder können wirklich unerwartet treffende Geräusche des Unglaubens hervorbringen.

»Ich wette, du hast dich schon nach Ringen umgeschaut.« Er schlürfte seinen Kaffee. »Und die Clique? Was halten sie von ihr?«

»Bastian, das ist mir furzegal!«

»Hoho! Was für Töne! Das wird der rothaarigen Hexe aber gar nicht gefallen, dass sie nicht mal gefragt wird. Ich hoffe, sie wird bald begreifen, dass sie die Wette nicht gewinnen kann, weil nämlich du mit der fetten Beute auf und davon sein wirst! Das wird sie vermutlich ziemlich ärgern, oder?«

»Es ist so schön, Freunde zu haben, die sich gegenseitig die Pest an den Hals wünschen«, lächelte ich. »Paula gibt nicht so schnell auf. Und erst recht nicht, wenn es so ein wunderbarer Happen ist.«

»Du bist gar nicht eifersüchtig?«

»Ach, Bastian, es ist ja nur ein Spiel für sie.«

»Und für dich?«

Ich musste tatsächlich schlucken. »Weiß nicht.«

Sebastian nippte am Kaffee und betrachtete mich abschätzend.

»Ich werde melancholisch in Karolins Nähe. Ist das nicht verrückt? Ich möchte anfangen, über mein gesamtes Leben nachzudenken und alles geradezurücken, was im Argen liegt. Sie hat so etwas an sich, dass ich einfach ein Stückchen mehr ich selber sein möchte.«

»Widder?«

»Wie?«

»Ist sie Widder?«

»Ich weiß nicht …«

Sebastian starrte mich mit größtmöglicher Skepsis an. »Du weißt nicht, was für ein Sternzeichen sie ist?«

»Nein«, sagte ich verwirrt. »Wir haben nicht darüber gesprochen. Nur über ihre Familie und Nele. Und später hat sie gesagt, dass sie malt.«

»Wenn sie Widder wäre, dann ist dieses Gefühl der Melancholie, das dich immer packt, ganz natürlich, kein Grund zur Sorge. Ist sie aber Wassermann oder Fische, musst du höllisch aufpassen. Könnte eine Neurose sein.«

»Von mir?«

»Nein, von ihr.«

»Ach so.« Ich war erleichtert. »Ich dachte schon. Ich bin nämlich Wassermann, oder besser gesagt Wasserfrau … diese verdammten geschlechtsspezifischen Bezeichnungen!«

»Wem sagst du das? Glaubst du, es ist für mich lustig, Jungfrau zu sein?«

Wir dachten eine Weile darüber nach.

»Wieso weißt du plötzlich über Astrologie Bescheid?«

Sebastian senkte verlegen den Blick. Natürlich war es irgendeine Männergeschichte. Einer, der nur bei Steinböcken kann und bei Skorpionen keinen hochbekommt. Oder einer, der den bestmöglichen Termin für die erste geschlechtliche Vereinigung anhand der Sternenkonstellationen ausrechnen möchte.

»Was tut sich bei Nele und Bête?« Bastian lenkte geschickt ab.

»Sie telefonieren täglich. Sieht ganz so aus, als würde Bête diesmal die Wette gewinnen. Paula konnte bisher bei Karolin noch keinen Treffer landen.« Das fand ich ziemlich o. k. »Und was wird aus der Siegertrophäe, wenn alles vorbei ist?«

»Keine Angst. Nele wird schon auf ihre Kosten kommen.

Bête ist derartig verknallt, dass sie es sogar durchgehen lässt, wenn ich ›Wie macht *man* dasunddas?‹ sage. Sie zuckt höchstens mal mit der Augenbraue.«

»Mit anderen Worten: Sie möchte Nele heiraten?«

»Bête ist aus feministischen Gründen gegen die ›patriarchale Einrichtung der Ehe‹, aber wäre sie es nicht: Ja, unbedingt! So kann die gute alte Szene mit ihren sonderbaren Ritualen wie dieser blöden Wette sogar dann und wann einen Bund fürs Leben schließen. Ist das nicht erhebend?«

Als ich lachend von meinen Zetteln aufblickte, starrte Sebastian an mir vorbei zum Nordeingang.

»Apropos Szene«, sagte er so leise, dass ich ihn bei dem Tumult kaum verstehen konnte. »Du errätst nicht, wer da grade zur Tür hereingekommen ist.«

Ich brauchte mich nicht umzudrehen.

»Mist! Ich hau ab!« Ich schnappte meine Tasche und sprang auf.

»He!« Sebastian erwischte mich noch am Ärmel meines Hemdes.

Das Geräusch von zerreißendem Stoff ließ seine Augen zur Größe von Fünfmarkstücken wachsen. »Oh, tut mir leid, Frederike …«

»Herzlichen Glückwunsch!«, maulte ich und tastete nach dem Loch.

»Mach doch keinen Quatsch, Mensch. So einfach wegzulaufen ist doch idiotisch.« Sebastian sah wieder zum Nordeingang, von wo aus sich das Unheil näherte. »Irgendwann musst du ihr doch begegnen.«

Ich tätschelte hektisch seine ausgestreckte Hand, die immer noch in der Luft schwebte. »Wenn ich es muss, ist es früh genug. Heute habe ich keinen Bedarf. Bis morgen dann!«

Ich drängelte mich an Kommilitoninnen vorbei, umging in

jahrelanger Übung die ausgestreckten Zigaretten oder bis zum Rand gefüllten Kaffeebecher. Am Ausgang lief ich direkt auf ein Stauende auf. Eine Horde Erstsemester hatte ihren Anführer verloren und stand unentschlossen im Durchgang herum. Ich bohrte mich mühsam hindurch, begleitet von mürrischen Blicken und leise gemoserten Protesten.

Fast hatte ich es geschafft, da sah ich aus dem Augenwinkel das vertraute weiße Blitzen.

»Rike!« Die nasale Stimme schlug auf meinen inneren Amboss. »Hau den Lukas«! Und die Glocke schrillte.

Resigniert blieb ich stehen und warf einen letzten sehnsüchtigen Blick auf den Ausgang.

Pe stellte sich mir direkt in den Weg. Sie beherrschte symbolträchtiges Handeln im Alltag wie keine andere.

»Wolltest dich wohl aus dem Staub machen, wie?« Keinen Zentimeter geschrumpft war sie an der Nordseeküste. Immer noch überragte sie mich. Toll sah sie aus. In teuren Klamotten und mit noch nicht verblasster Sommerbräune. Ich sah an ihr vorbei.

»Ehrlich gesagt hatte ich kein Bedürfnis nach Vergangenheitsbewältigung.«

Pe lachte ihr blendendes Zahnarzt-Tochter-Lachen. Aber in ihrer Stimme quietschte ein nervöser Ton. Sie zählte mich immer noch nicht zur Vergangenheit.

»Du weißt doch, dass Verdrängung zu hochneurotischen Psychosen führen kann. Du solltest dich dieser Bewältigung lieber stellen«, grinste sie. Ihr Gesicht wirkte etwas schief, aber trotzdem erhaschte ich eine Ahnung ihres gewohnten Charmes. Und auch wenn ich es vor mir selber lieber geleugnet hätte, so freute es mich doch, sie wiederzusehen.

Eine letzte Überlegung, ob ich mich nicht doch unter einem Vorwand verdrücken könnte, war eher halbherzig. Sie kannte mich nach unserem gemeinsamen Jahr zumindest so gut, dass sie meine miserablen Lügen auf den ersten Blick erkannt hätte.

Ich seufzte: »Gut, trinken wir einen Kaffee.«

An den verstörten Studienanfängern vorbei schoben wir uns durch das Gedränge bis zu den Getränkeautomaten.

Pes grauer Blick in meinem Rücken war deutlich zu spüren. Er tastete meinen Haaransatz ab, verweilte im Nacken, rutschte über die Schultern hinab, glitt an der Wirbelsäule weiter bis zum Po.

Plötzlich ein Zischen: »Dein Hintern macht mich wirklich an. Komm her, ich will dich jetzt haben!« Die Worte schossen aus der Erinnerung von hinten auf mich zu. Ich wirbelte herum.

»Was ist denn?«

»Nichts.« Ich nahm mir vor, Pe nicht mehr den Rücken zuzudrehen, und warf Kleingeld in den Automaten. Doppelt Zucker. Doppelt Milch.

Pe trank ihren Kaffee wie immer schwarz.

Bitterschwarzer Kaffee. Nach der ersten Nacht. Mein Kopf hatte gedröhnt. Ich hatte noch nie so einen Kater gehabt. Ich hatte mich noch nie so betrunken.

Wir saßen am Frühstückstisch. Ich kaute trockenen Toast. Sie aß zwei, mit Schinken, Gurke, Tomate und Käse überbacken. Der Geruch verursachte mir ein sehr flaues Gefühl unterhalb meines Herzens. Ihr Anblick verursachte mir ein noch viel flaueres Gefühl.

Sie brachte es fertig, ihre Schönheit vom letzten Abend irgendwie zu übertreffen. Ungeschminkt und mit elfenbeinfarbener Haut blinzelte sie mich über den Tisch hinweg an. Ihre

Wimpern schimmerten verdächtig. Ich fühlte mich gar nicht wohl.

»Ich weiß nicht, wie du drauf bist«, sagte sie vorsichtig, zwischen zwei Bissen. »Es gibt Begegnungen, da reißen sich zwei auf, und am nächsten Morgen ist alles vorbei. Hab' ich auch schon gemacht. Aber … das mit dir … ich fände es sehr schade, wenn es dabei bleiben würde. Du gefällst mir.« Sie sah aus wie ein Engel, groß, mutig und zart wie ein Windhauch.

Ich wusste nicht, was ich ihr antworten sollte. Also konterte ich lieber mit einer Frage: »Wenn du von mir keine Affäre für eine Nacht willst, was denn dann?«

Sie legte Messer und Gabel zur Seite und sah mich lange an. Ich versuchte, sie zu durchschauen, aber im nüchternen Zustand gelang es mir nicht. Mühsam versuchte ich, mich an meine Erkenntnisse der letzten Nacht zu erinnern. Ich wusste nur noch, dass ich sie auf einen Blick richtig einzuschätzen glaubte. Aber an all das, was ich über diese große helle Frau gedacht hatte, konnte ich mich jetzt nicht mehr entsinnen.

»Würde es dich erschrecken, wenn ich dir sage, dass ich mit dir alt werden möchte?«

Natürlich erschreckte es mich, denn sie machte auf sehr ernsthaft. War das ein Heiratsantrag?

»Ich weiß nicht«, erwiderte ich und versuchte es mit einem Lachen, was ich aber gleich wieder bereute, »autsch, mein Kopf! Ich meine, ich kenne dich doch gar nicht!«

Pe schob ihren Stuhl zurück und stand auf. Ihre plötzliche körperliche Präsenz in meiner lila gestrichenen Küche ließ mich ein paarmal schlucken. Große Frauen beeindruckten mich in einer Weise, die ich irgendwie nicht gesund fand. Ich genoss ihre Überlegenheit.

»Was glaubst du denn, wie ich bin?«, fragte sie, während sie in der Küche mit jeweils drei Schritten hin und her tigerte. Sie füllte den kleinen Raum ganz und gar mit zitternder Erwartung.

»Schön«, lächelte ich. Sie tat mir leid in ihrer gespannten Nervosität. »Du bist wirklich ziemlich schön.«

Ich dachte, ich könnte sie damit vielleicht zum Lachen bringen. Aber stattdessen fiel sie mit einem Male direkt vor mir auf die Knie und vergrub ihr Gesicht in meinem Schoß.

»Aber nicht so wie du«, konnte ich verstehen. »Du strahlst von innen, du leuchtest. Gleich als ich gestern zur Tür reinkam, hab' ich dich gesehen. Ich wusste, dass du die Frau bist, die die Bücher schreibt. Ich hab' dich schon oft beobachtet, in den Seminaren, in der Cafeteria. Schon als ich dich das erste Mal gesehen habe, wusste ich, dass du zu mir passt und dass ich dich irgendwann kriegen werde. Ich wollte dich vom ersten Augenblick an.«

Ihr warmer Atem erhitzte meine Schenkel. Mir wurde flau.

Ihr Begehren war wie eine gewaltige Faust, die sich mir in den Magen bohrte. Mein Kopf setzte an zu einer Achterbahnfahrt mit Doppellooping.

Sie hatte mich schon vorher gekannt? Sie hatte es auf mich abgesehen gehabt?

»Verstehst du mich?« Jedes Wort eine Welle von feuchter Hitze an meinen Beinen. »Ich möchte von dir lernen. Eine wie du hat viel zu geben. Wärme. Freundlichkeit. Geist. Ich kann dich nur begehren, mit aller Kraft. Spürst du es?«

Ich hätte es nicht besser ausdrücken können.

»Ich werde dir alles geben, was du brauchst. Glaub mir.«

Sie log. Nicht weil sie lügen wollte. In ihrem eigenen privaten kleinen Spielfilm, den Pe eigentlich immer drehte, war sie in diesem Augenblick tatsächlich diese Frau, die lernen und lieben und geben wollte. Und allein dieser Augenblick zählte: Ich fiel darauf herein.

Ich verwechselte Pe mit der Frau, auf die jede kleine Szenelesbe ihr Leben lang wartet. Ich hoffte, dass sie »diejenige welche« wäre.

»O. k.«, sagte ich leise. Jedes laute Wort hätte mein Kopf sofort bestraft. »Versuchen wir es.«

Und das taten wir dann. Ein Jahr lang.

Als wir unsere Becher zu zwei freien Plätzen auf den Heizungen balancierten, vermied ich es bewusst, zu Sebastian hinüberzugucken.

Ich konnte sein gelbes Halstuch blinken sehen. Pes Klamotten zuckten hektisch um sie herum. Sie trug immer weite Hosen und wehende Hemden aus Stoffen, die ich und mein Portemonnaie nur aus der Ferne zu sehen bekamen. Pe erzählte stets, ihr Vater verwöhne sie gern.

In Wahrheit tröstete er sie mit einem großzügigen monatlichen Scheck über die Tatsache hinweg, dass er in seiner neuen Familie glücklicher war, als er es mit Pe und ihrer Mutter je gewesen war.

Auf den Heizungen war es sehr eng. Pes Oberschenkel berührte meinen. Meine Nachbarin auf der anderen Seite wandte den Kopf und sah mich warnend an, als ich ihr zu sehr auf die Pelle rückte.

»Dann erzähl doch mal, wie es dir da oben im Norden so ergangen ist!« Meine betonte Munterkeit löste bei Pe ein klägliches Lächeln aus. Offensichtlich war es ihr peinlich, nach ihrem groß inszenierten Verschwinden aus der Bochumer Szene nun doch wieder hier angekommen zu sein.

»Ich wette, du hast die Geschichte inzwischen schon hundertmal gehört. Karin erzählt sie doch überall herum.«

»Ich habe Karin schon lange nicht mehr gesprochen«, erwiderte ich.

Tatsache war, dass ich mit dem ganzen verkorksten Haufen von Pes sogenannten Freundinnen nichts mehr am Hut hatte.

»Kein Kontakt mehr?« Pes Anspannung steigerte sich noch einmal für eine Sekunde, um dann mit meinem Kopfschütteln in sich zusammenzufallen.

»Sie ist auch ein echtes Klatschmaul«, sagte sie und schlürfte befriedigt an ihrem Kaffee. Nun hatte sie allein es in der Hand, mir ihre Version dieser Geschichte zu servieren.

»Ach, es ist schön, wieder hier zu sein, Rike! All die bekannten Gesichter. Aber Hamburg war auch toll, das sage ich dir. Du hättest dabeisein sollen: Die Frauen in meiner WG waren große Klasse, Sie haben eine Willkommensparty organisiert, damit ich gleich alle wichtigen Frauen kennenlerne. Du weißt schon, alle, die so mit Kunst und Kultur zu tun haben. Ein paar Bildhauerinnen haben mich auch gleich eingeladen, sie zu besuchen. Sie haben einen großen Gutshof, mit allen möglichen Tieren. Schafe und Hühner und so. Irre, nicht?« Pe war in ihrem Element. Wenn sie auf Touren kam, schwirrte der Raum vor Fotografinnen, Künstlerinnen, Großgrundbesitzerinnen, die alle sehr lieb zu ihr und auf ihrem jeweiligen Gebiet sehr wichtig waren.

Ich musste lachen. Pe brach abrupt ab und schwieg.

»Tut mir leid. Es ist nur ... Du bist immer noch wie früher, weißt du.«

Sie sah mich traurig an. »Was meinst du damit?«

»Ich erinnere mich an eine niedliche Profilneurose. Wirklich süß. Aber jetzt erzähl weiter! Wie kam es, dass du bei den wichtigen Frauen der Hamburger Kunst und Kultur dann doch nicht bleiben wolltest?«

»Verarsch mich nicht!«

»Pe!«

Gegen diese grauen Augen den Ringkampf zu gewinnen war mir immer schwergefallen. Aber schließlich kapitulierten sie doch vor Braun und Blau.

Einen Moment lang konnte ich Pe erkennen. Ich sah ihre unveränderten Gefühle für mich und ihre Hilflosigkeit, weil sie mir hier auf einer graugestrichenen Uniheizung unterlag.

»Ich habe dich noch gar nicht gefragt, wie es dir geht«, wich sie aus. »Du siehst glücklich aus.«

Also konnte auch sie noch in meinem Gesicht lesen.

»Ja, es geht mir prima.«

»Und den anderen?«

»Denen geht's auch gut.«

»La belle et la bête? Paula? Helmes?«

»Gut. Und dir?«

Pe lehnte sich weit zurück gegen die Fensterscheibe. »Ausgezeichnet!«

Schweigen. Pe trank ihren Kaffee in hastigen kleinen Schlucken. Wie schaffte sie es bloß, ihren Lippenstift dabei nicht zu verschmieren?

Drüben Bastians Halstuch. Gelb wie Sonnenblumen.

»Du schreibst natürlich noch?!«

»Natürlich.«

»Ich habe auch kürzlich wieder etwas Neues fertiggestellt. Eine Kurzgeschichte. Ich würde sie dir gerne mal zeigen, wissen, was du davon hältst. Vielleicht können wir uns ja mal zusammensetzen?«

»Ich weiß nicht, Pe. Muss das sein? Dir geht es doch nur darum, mich zu treffen. Aber ich würde mir deinen Text wirklich vorknöpfen, und du weißt, was dabei herauskommt: Ich werde dir sagen, dass die Geschichte schlecht ist und du unbegabt bist, du wirst wütend werden und dir eine Schere in den Handballen rammen. Wenn du mich gerne treffen möchtest, dann sag es doch einfach. Aber ich werde wahrscheinlich nein sagen.«

Pe stellte sehr ruhig ihren Kaffeebecher ab. Ihre Hände knäuelten sich zu Fäusten auf ihrer hübschen Seidenhose.

»Du bist immer noch sauer. Aber ich geb' nicht auf. Das kannst du dir abschminken. Ich will ... ich möchte mit dir befreundet bleiben, wenn schon alles andere nicht mehr möglich ist.«

Oh, ich war mal wieder mittendrin in einem exklusiven Pe-Drama. Darin war sie ungeschlagen.

»Ich bin nicht sauer. Ich bin ehrlich zu dir. Das solltest du auch mal versuchen.«

»Ich versuche ...«

»Ganz ehrlich gesagt, habe ich mich gerade tatsächlich ein kleines bisschen gefreut, dich zu sehen. Wir hatten nette Zeiten miteinander. Aber nach drei Minuten Konversation mit dir hätte ich nichts dagegen, wenn du augenblicklich wieder in den sehr hohen Norden reisen würdest.«

Sie lachte, und ihr Gesicht geriet dabei aus den Fugen, wurde zu einer schiefen Engelsfratze.

»Ich weiß schon, was ich an dir gemocht habe«, sagte sie leise. »Was ich an dir mag. Du bist spitz wie eine Harpune.«

»Du klingst obszön!«

»... und witzig bist du auch.«

»Flirtest du gerade mit mir?«

»Ich bin bereit. Du auch?«

Ich sah sie an und erkannte in ihrem frechen Lächeln die Pe, die einmal ihren Charme über mich versprüht hatte. Das war gewesen, bevor sie mich wie selbstverständlich zu ihrem

Leben dazugehörig rechnete und sich immer wieder Abwechslung bei anderen Frauen suchte.

Und ich hatte ganz vergessen, wie es war, wenn sie sich um mich bemühte.

»Etwas zu spät, findest du nicht? Seit wir Schluss gemacht haben, brauchst du dir damit keine Mühe mehr zu geben.«

Pes Kieferknochen knirschten aneinander.

»Nicht wir haben Schluss gemacht! Du hast unsere Beziehung beendet«, presste sie mit bittersüßem Blick heraus.

»He, Moment mal! Kann es sein, dass in deinem Kopf ein paar Tatsachen durcheinandergepurzelt sind? Ich erinnere dich gern an ein paar Frauen: Jutta, Andrea, Marion. Na?«

Meine Heizungsnachbarin konnte nicht widerstehen und musterte verstohlen zuerst mich und dann Pe. Ich konnte es ihr nicht verdenken. Was würde ich darum geben, in der Pause zwischen zwei langweiligen Seminaren unerwartet Zeugin eines Lesbendramas zu werden!

Pe sah sich vorsichtig um. Aber außer meiner stark interessierten Nachbarin schenkte niemand meinen lauten Worten Beachtung.

»Was haben denn diese alten Kamellen damit zu tun?«, zischte sie. »Das haben wir doch wohl hinter uns, oder?«

»Wenn Marion hört, dass du sie nach einem halben Jahr als alte Kamelle bezeichnest, wird sie es vielleicht doch noch bereuen, dass sie wegen dir ihre Freundin verlassen hat, was meinst du?«

»Du Biest!«, fauchte Pe. Ihre Zahnarzt-Tochter-Zähne machten sich beim Lächeln wunderbar, sahen aber jetzt nach bösen Bisswunden aus.

Ich blickte hinüber zu Sebastian. Aber der war schon gegangen. Ich fand das eine gute Idee, warf meinen Becher in den Abfalleimer und stand auf.

»Ganz ehrlich, Pe, ich glaube nicht, dass wir uns dazu eignen, Freundinnen zu sein. Mach's gut.«

Das war ein Abgang! Ein super Abgang, wie in einem Roman.

Ich wandte mich noch mal um.

»Weißt du eigentlich, dass dein Hemd ein ziemlich großes Loch hat?«, fragte Pe.

Ich rannte, um die U-Bahn noch zu kriegen, und auch ein bisschen, weil mir nach Rennen zu Mute war. Bloß weg hier!

Die Türen schlossen sich. Die Bahn glitt aus der Station hinaus ins Dunkel.

Meine Stirn schmerzte, weil ich sie vor lauter Wut in starke Falten gekrampft hatte. Ich musste ein paar Mal mit den Augenbrauen wippen, um sie zu glätten.

»Du, das sieht komisch aus!«, kicherte ein kleines Mädchen, das mir schräg gegenüber saß.

»Schscht!«, machte ihre Mutter.

»Ich muss das machen, weil ich sonst hier eine Falte kriege. Siehst du, so …«

Die Kleine starrte mich neugierig an.

»Bist du böse mit jemandem?«

»Tanja«, sagte die Mutter.

»Ja, das kann man wohl sagen. Ziemlich böse«, sagte ich.

»Wieso denn? Hat dich einer geärgert?«

»Tanja, still jetzt!« Die Frau verstand nicht, dass wir uns unterhielten. Ich blinzelte Tanja zu und wippte noch mal mit den Augenbrauen. Sie kicherte verstohlen.

»Wieso denn? Hat mich eine geärgert?« Das hatte sie nicht. Nicht wirklich. Sie war einfach so gewesen wie immer. Und das allein reichte aus, um mich auf links zu ziehen. Und wieder auf rechts. Und wieder auf links. Bis ich mich in mir selber nicht mehr zurechtfand. Ich war durcheinander wegen diesem Hauch von Wiedersehensfreude, der weiß der Himmel was bedeutete, und der darauf folgenden Enttäuschung über dieses dumme Gespräch.

Es war nicht fair von Pe gewesen, mich so zu überfallen, sagte ich mir. Aber sosehr ich auch versuchte, vor mir selbst eine Entschuldigung zu finden, es wurmte mich ungeheuerlich, dass sie – und nur sie – mich dazu brachte, unter die Gürtellinie zu zielen. Autsch.

Pe hatte unrecht. Ich war nicht wütend auf sie.

Und die kleine Tanja mir gegenüber hatte auch nicht die volle Wahrheit erfahren: Ich war böse. Ziemlich böse war ich. Aber nicht mit »jemand anderem« … in diesem Fall war ich es selbst, die ich gern an die Wand klatschen wollte. Ich war grandios stinkig – auf mich.

Ich kramte nach meinem Notizbuch und kaute kurz am Kuli, bevor mir die richtigen Wörter einfielen:

»*Sie war eine Idiotin, die sich selber nicht verzeihen wollte*«, kritzelte ich. »*Sie wollte sich die einfache Tatsache nicht vergeben, dass sie sich geirrt hatte. Sie hatte geglaubt, eine Frau zu lieben. Aber in Wahrheit kannte sie diese Frau gar nicht. Sie hatte ein Jahr damit verbracht, einer völlig fremden Frau Seitensprünge zu verzeihen. Sie war dumm gewesen. Dumm in der Liebe. Konnte es etwas Schlimmeres geben?*«

Als ich das letzte Wort geschrieben hatte, starrte ich auf die Seite. Ilonas tiefe Waldhornstimme war plötzlich ganz deutlich zu vernehmen, als stände sie neben mir: »Nur weil du nicht willst, dass Pe noch Einfluss auf dich hat, richtet sich dein Hirn nicht darauf ein. Es liegt vollkommen auf der Hand, dass du Pe noch nicht verarbeitet hast. Du brauchst noch Zeit. Und du brauchst offensichtlich die etwa vierhundert Schreibmaschinenseiten, um über sie hinwegzukommen.«

Ich hasste es, wenn Ilona recht hatte.

Aber in meinem Roman gab es doch nicht nur fragwürdige Gefühle, die ihr Haltbarkeitsdatum überschritten hatten!

Hastig krakelte ich weiter: *»Als sie auf den Bahnsteig hinaustrat, fühlte sie sich wundervoll erleichtert und befreit. Alte Lieben sollten abgestreift werden wie … eine zu eng gewordene Haut …«* Oh nein, das konnte ich nicht schreiben! Ich strich *»eine zu eng gewordene Haut«* durch und schrieb: *»muffige Socken!«*. Ja, das war großartig! »Muffige Socken« sagte ziemlich genau das, was ich empfand, wenn ich auf Pe traf. Klamm. Stinkig. Der Wechsel einfach überfällig! *»Sie wollte sich Neuem zuwenden, um es zu ergründen und zu genießen. Also schritt sie durch die Bahnhofshalle auf eine Telefonzelle zu. Die Nummer kannte sie bereits auswendig. ›Hallo?‹, meldete sich die, die es zu ergründen und zu genießen galt. ›Ich bin es‹, sagte sie. ›Ich habe gerade endgültig mit der Vergangenheit abgeschlossen und wollte dir nur sagen: Ich möchte dich gern näher kennenlernen.‹ Ein liebevolles Lachen war die Antwort. ›Komm doch vorbei!‹, sagte sie.«*

Die Türen schlossen sich wieder. Ich hastete gerade noch rechtzeitig durch den Spalt. Fast hätte ich jetzt meine Station verpasst.

Ich rannte über den Bahnsteig, durch die Halle, direkt zur nächsten Telefonzelle. Der Mut, den Romanfiguren haben, trieb mich an.

Karolins Nummer kannte ich auswendig. Nach dem zweiten Tuten hob sie ab.

»Hallo?«

»Hallo, ich bin es, Frederike«, stammelte ich und vergaß, den Rest zu sagen.

»Frederike. Schön, dass du anrufst.«

»Tja, ich dachte, es wäre nett, wenn ich mich noch mal melde, immerhin ist es schon etwas her, seit wir …«

»Drei Tage, ja«, erwiderte Karolin.

»Oh, drei Tage … erst?!«

Sie antwortete nicht. Und ich stellte fest, dass mein Kopf nichts enthielt außer Hirnwasser oder irgendeine Flüssigkeit, die hin und her schwappte und mir ein leichtes Schwindelgefühl verursachte.

»Tja … warum rufst du denn an?«, fragte Karolin.

Ich sah sie vor mir, mit ihrem knallkurzen schwarzen Haar und den blauen Stoppschildaugen, wie sie mit der Hand das Kinn stützte und schmunzelte. Das war ein Bild vom letzten Samstag. Ihre Freundin Nele hatte sie zum Lächeln gebracht, und mein Kopf hatte es fotografiert. Aber konnte ich ihr sagen, dass ich seit drei Tagen, die mir wie mindestens eine Woche erschienen waren, ihr Gesicht vor mir sah? Ihr lächelndes Gesicht – ohne Blautöne.

Das konnte ich ihr doch unmöglich sagen. Etwas anderes fiel mir aber nicht ein.

Ich war gerade dabei, mich komplett zu blamieren. Panisch kramte ich in meiner Unitasche und zerrte mein Notizheft hervor. Die letzte Seite musste es sein!

Sag es, Frederike! Sag es!

»Ich dachte gerade an … muffige Socken«, sagte ich.

Karolin träumte.

Sie ging über einen staubigen Weg, zwischen Feldern hindurch. Zu ihrer Linken ein Sonnenblumenfeld, das sich bis zum Horizont erstreckte. Die Blumen hatten Gesichter und Stimmen. Sie riefen nach Karolin. An einer Wegkreuzung verlangsamte sie ihren Schritt. Sie betrachtete die Wege, die von dort fortführten und die sich ähnelten wie ein Ei dem anderen. Trotzdem wusste sie, dass die Wege zu ganz unterschiedlichen Zielen führen würden.

Sie entschloss sich dazu, geradeaus weiterzugehen.

Da bog aus einem kleinen Seitenweg eine Frau ein und schlenderte vor ihr her, ohne sie anzusprechen.

Karolin beschleunigte ihren Gang, um der Fremden ins Gesicht sehen und sie erkennen zu können, aber die war immer ein paar Schritte voraus.

Plötzlich endete der Weg abrupt in einem steilen Abgrund. Karolin konnte nicht mehr rechtzeitig anhalten und stürzte in die Tiefe.

Auch die Fremde fiel hinunter, und noch im Sturz blickte Karolin sie an und erschrak. Sie erkannte ein junges Männergesicht, das ihr sehr vertraut war. Aber bevor sie sich erinnern konnte, wer der Mann war, verwandelte sich das Gesicht und wurde zu dem einer jungen Frau, die zwei Brillen gleichzeitig trug, eine auf der Nase und eine auf der Stirn. Auch dieses Gesicht verschwand, bevor Karolin es erkannte. Und mit einem Mal schien das Gesicht nur noch aus zwei Augen zu bestehen, zwei unterschiedlich farbigen Augen, die in Karolin hineinsahen wie mit Röntgenstrahlen. In diesem Augenblick landete Karolin mit einem harten Schlag. Und als sie sich umblickte, erkannte sie, dass die Klippen, über die sie gestürzt war, die Seiten eines riesigen, gewaltigen Terminkalenders waren. Turmhohe Blätter erhoben sich vor ihr. Und sie waren vollkommen weiß.

6. Kapitel

Beginn

Obwohl die meisten Geschichtenerzählerinnen chronologische Abläufe schätzen, kann es von Zeit zu Zeit passieren, dass sich der Beginn nicht am Anfang befindet und umgekehrt.

Ich stand in der Tür und wartete, dass die beiden heraufkamen. Ilonas tiefe Stimme dröhnte durch das Treppenhaus, Belle lachte hell. Eine Brötchentüte raschelte.

»Warum kommt ihr so spät?«

»Du kannst dir nicht vorstellen, was Samstagmorgen alles geschehen kann«, keuchte Belle die letzten Stufen herauf. Sie küsste mich und stolperte mit ihren klobigen Gesundheitsschuhen in meine Wohnung.

Ilona lächelte nachsichtig und küsste mich zärtlich auf den Mund.

»Zuerst hat mein Wecker nicht geschellt. Aber das ist ja in Ordnung, weil doch sowieso die Katzen da sind, um mich zu wecken. Aber ausgerechnet heute brachte Tolstoi mir eine Ratte. Keine Maus, Frederike! Es war eine ausgewachsene Ratte! Und sie lebte!«

»Tolstoi findet wahrscheinlich, es sei an der Zeit, dass du das Jagen lernst«, bemerkte Ilona.

»Bis ich das Vieh eingefangen hatte, verging eine halbe Stunde. Und dazwischen immer Bête mit ihrem ewigen ›Was soll ich anziehen?‹ … übrigens, schöne Grüße von ihr! Sie ist zum Frühstücken zu Nele gefahren. Deswegen auch dieser Aufstand um ihre Klamotten.«

»Und?«

»Was ›und‹?«

»Na, was hat sie denn jetzt angezogen?«

»Die Levis-Jeans und … Frederike! Du machst dich über uns lustig!«

»Keine Spur! Setzt euch, packt die Brötchen aus. Ich sterbe vor Hunger.«

Sie folgten meinen Anweisungen.

»Als diese blöde Ratte endlich raus war, schellten nacheinander der Paketdienst, Frau Breier, die sich wieder mal beschweren wollte, und die Zeugen Jehovas. Meine Güte, was für ein Morgen. Ich könnte Thomas Mann zitieren, der in derartigen Fällen zu sagen pflegte ›C'est une mer à boire‹, was so viel heißt wie: Das ist zu weitläufig. Ich zeigte bereits um 9.15 Uhr Stresserscheinungen. Und das an meinem freien Samstag!«, schloss Belle und griff nach einem Vierkornbrötchen, das aussah, als würde sie sich daran einen Zahn ausbeißen.

Ich suchte in der Tüte nach den bewährten weißen. »Es sieht also so aus, als würde Bête das Rennen machen, oder?«

»Natürlich. Sie ist doch mein Zwilling.«

»Soweit ich weiß, hat Paula noch keinen Punkt machen können. Karolin scheint sie nicht besonders aufregend zu finden«, erzählte ich.

»Schwingt da etwa Triumph in deiner Stimme mit?«, erkundigte Ilona sich.

»Ich habe auf Bête gesetzt.«

»Ist das alles? Vielleicht möchtest du, dass Karolin dich statt Paula aufregend findet?«

Belle pfiff durch die Zähne. Ich lachte. Ihre gute Laune

brauste über mich hinweg wie ein kleiner Orkan. Sie rissen mich einfach mit.

»Ich glaube nicht, dass ich da große Chancen hätte«, gestand ich meinen grinsenden Freundinnen. »Ich habe mich erst Dienstag noch bei ihr gründlich blamiert. Ich hatte nämlich Pe an der Uni getroffen und war vollkommen aufgelöst. Im Bahnhof kam ich dann auf diese bekloppte Idee, Karolin anzurufen und ihr etwas aus meinem Roman zu erzählen … Aber als ich sie an der Strippe hatte, fiel mir kein einziges gescheites Wort mehr ein. Ich muss ziemlich blöde rumgestottert haben.«

Belle lachte. Ihre Brillengläser blitzten. Ilona sah mich sonderbar an. Ihr Mund lächelte, aber aus ihren Augen verschwand das Vergnügen.

»Apropos Roman«, sagte sie und zog die ersten vier Kapitel meines Manuskripts aus ihrer Leinentasche. »Hier hast du die Probelesung zurück.« Weiter sagte sie nichts. Belle schüttelte den Kopf, als ich sie fragend ansah. »Ich will nichts Unfertiges lesen. Wahrscheinlich weißt du jetzt noch nicht, wie das Ganze ausgehen wird. Das ist nichts für mich.«

In etwas gedämpfterer Stimmung aßen wir.

»Wollte Helmes nicht mitkommen?« Sie fehlte mir nicht. Ich fragte nur Belle zuliebe. Helmes selbst vermisste ich nicht.

»Sie ist heute Morgen beim Training. Mit Karin«, brummte Belle.

Karin. Pes Busenfreundin aus vergangenen Tagen.

»Wie kommen sie denn dazu?«

»Ein Relikt aus deiner Zeit mit Pe. Ich weiß auch nicht, was Helmes an ihr mag. Ich halte sie für ziemlich oberflächlich und …« Belle suchte nach einer höflichen Umschreibung, wie es ihrer sanften Art entsprach.

»Sie säuft!«, half Ilona ihr radikal. Belle nickte. Sie selber hätte es wohl nicht ausgesprochen.

»Vielleicht kann Helmes dann heute Abend das Geheimnis um Pes Rückkehr lüften. Als ich Pe neulich an der Uni traf, wollte sie nicht damit herausrücken, wieso sie es in Hamburg nicht ausgehalten hat«, sagte ich.

Ilona grunzte.

»Sie ist gegangen worden. So würde ich es nennen. Konnte mal wieder ihre Hände nicht bei sich behalten.«

Mein Adrenalin setzte zur Flutung meiner gesamten Einmeterachtundsechzig an. »Aha«, brachte ich nur heraus, was so viel hieß wie »deshalb wollte sie es mir nicht sagen!«. »Unser bevorzugtes Streitthema.«

»Das war doch vorauszusehen«, erklärte Ilona altklug. Belle schwieg weise.

Ich fixierte das Käsemesser in meiner Hand.

Dass ich es anfangs nie gemerkt hatte, lag an meinem Vertrauen in die Menschen, denen ich mich verbunden fühlte. Es hatte Monate gedauert und unzählige dezente Hinweise mitfühlender Frauen, bis ich geschnallt hatte, dass Pe mir von Anfang an nicht treu gewesen war. Und dann war es nicht die Tatsache der sexuellen Untreue, die mich so erschütterte, sondern die Gewissheit von Betrug und Verrat. Dieses bittere Gefühl, das enttäuschtes Vertrauen zurücklässt.

»Enttäuschtes Vertrauen?«, wiederholte Ilona. Ich hatte meine Gedanken mal wieder laut ausgesprochen. »Ich könnte es auch Naivität nennen – ausgenommen einige spezielle Fälle.«

Sie sah mich über den Frühstückstisch hinweg scharf an. Das tat sie immer, wenn sie es wagte, eine solche Anspielung zu machen. Eine Anspielung auf eine Nacht, in der scheinbar die Welt kopfstand und die am nächsten Morgen niemand lieber ausgelöscht hätte als Ilona selbst, als sie in Pes Bett aufwachte. Ihr scharfer Blick galt mir und meinem Glauben an sie. Er besagte, dass etwas, was so sehr bereut wurde, beinahe als ungeschehen betrachtet werden könnte. Ihr lag sehr viel daran. Also entließ ich das Käsemesser aus meinem Blick und erwiderte Ilonas Lächeln.

Als Belle laut einatmete, merkte ich erst, dass sie die Luft angehalten hatte, während sie uns zusah.

»Aber ich hatte recht mit meiner Vermutung. Dein Roman wimmelt nur so von Pe und immer wieder Pe«, grinste Ilona.

»Dies ist meine liebe Freundin Ilona«, sagte ich zu Belle. »Sie liest belletristische Literatur nur zu analytischen Zwecken. Ein hoffnungsloser Fall.«

»Aber auch, wenn ich eine begabte Analytikerin meiner Freundinnen bin, verstehe ich trotzdem nicht immer alles.« Ilonas selbstgefälligen Augenaufschlag liebte ich ganz besonders. »Ich verstehe nicht, was die Exkurse über die Clique bedeuten sollen. Da kommt Neues hinzu, das im Grunde nicht dazugehört. Und da ich ja weiß, dass das Ganze autobiografische Züge trägt, mache ich mir so meine Gedanken ... Es könnte immerhin sein, dass nicht nur die Realität Einfluss auf deinen Roman, sondern auch dein Roman Einfluss auf die Realität gewinnt. Sehr beängstigend! Es ist nicht in meinem Sinne, dass unser aller Freundschaft langsam zerbröselt und ersetzt wird durch ... Bindungen anderer Art.«

»Unsinn!«, warf Belle kauend ein. »We're a family, oder?! Was soll das mit dem Zerbröseln, Frederike?!«

»Lies es selber!«

»Etwas Unvollendetes? Niemals!«

»Selbst schuld, wenn du das mit dem Zerbröseln nicht verstehst.«

Ich war überrascht über Ilonas Sicht der Realität, wie sie es nannte. Sie war in jeder Hinsicht ein Mensch der Ratio, des Verstandes. Ich hätte nicht vermutet, dass sie sich meinem subjektiven Blick derartig versperren würde. Trotzdem versuchte ich, ihren Standpunkt zu verstehen.

»Findest du es unglaubwürdig?«, fragte ich. Aber Ilona hatte sich ihren nächsten Schritt bereits sorgfältig überlegt und gestattete keine Ablenkung.

»Was mich noch beschäftigt: Wer um alles in der Welt ist diese geheimnisvolle, dunkelhaarige Frau, die im zweiten Kapitel auftaucht? Entspringt sie deiner bemerkenswerten Fantasie? Oder sollte es sie vielleicht wirklich geben? Ich habe den Eindruck, dass du dir eine herbeischreiben willst, die in dein tatsächliches Leben gar nicht hineinpasst, weder zu dir noch zu deiner … selbstgebastelten Familie.«

Ich mochte Ilonas Provokationen. Die Reibung zwischen uns erzeugte normalerweise genau den Wärmegrad, den unsere Freundschaft brauchte. Aber plötzlich, hier hörte der Spaß für mich auf.

»Ilona, du entzauberst ständig Dinge, indem du sie beim Namen nennst!« Das sagte ich zu laut und zu langsam, um es noch als scherzhaftes Kontern abzutun. Ilona starrte mich erschrocken an.

»Wie kannst du …?«, begann sie, und brach ab.

Belle räusperte sich, hob ihren honigverschmierten Zeigefinger und sagte: »Bevor ihr euch jetzt wegen eines noch nicht vollendeten Romans in die Haare geratet, bedenkt bitte: Ich hatte heute Morgen, an meinem freien Samstag, eine lebendige, pinkelnde Ratte in meinem Bettkasten. Ich finde, dagegen verblassen eure Probleme mit der Textanalyse!«

Ilona und ich sahen uns an wie zwei junge Hunde, deren spielerischer Kampf plötzlich ernst geworden war. Wir waren beide davon überrascht worden.

»Scheint so, als hätte ich mich etwas im Ton vergriffen«, brummte ich.

»Aber nur, weil ich mich in etwas einmische, das mich nichts angeht«, erwiderte Ilona mit belegter Stimme. Unser gesträubtes Nackenfell legte sich langsam wieder glatt. »Ich muss mal. Der Kaffee …«

»Ilona, hör mal«, rief Belle ihr noch nach. Sie war mit ihren Gedanken wieder bei Helmes und Karin angelangt. »Woher weißt du das mit Pe eigentlich?«

Mit einem leisen »Klack« schloss sich die Badtür hinter Ilona.

Sich Bête vorzustellen, wie sie an einer Arbeitsbank stand, den Hobel mit beiden Händen fest umschlossen, war einfach. Ruhige, kraftvolle Arbeit passte zu ihr ebenso wie das leise Niederrieseln der duftigen Holzspäne.

Nele hatte erzählt, dass Bêtes Halsbeuge danach roch. Wie ein junges Pferd, das sich an einem Baumstamm geschubbert hatte.

Sie saßen um den kleinen Tisch in Neles Wohnung. Eigentlich hatte es ein samstägliches Frühstück zu zweit werden sollen. Zwei Freundinnen, die sich auch schon um 10 Uhr morgens etwas zu sagen haben, keine Anlaufzeit von ein bis zwei Bierchen brauchen. Aber als Bête angerufen hatte, war bereits nach den ersten Worten klar gewesen, dass es heute anders laufen würde.

Karolin sah ihr zu, wie sie Marmelade auf ein Sesambrötchen häufte und dann mit ihren großen Zähnen hineinbiss.

»In der Werkstatt haben wir momentan so viel zu tun, dass ich heute auch gebraucht würde. Aber ich habe gesagt, Wochenende muss auch mal sein. Frühstück bei einer entzückenden Ex-Münchnerin«, sagte sie mit vollem Mund.

Nele strahlte über den Tisch. Ihr Gesicht war reinste Wonne. Mit den Gedanken war sie offensichtlich beim Begrüßungskuss steckengeblieben.

»Es macht wahnsinnig Spaß, da zu arbeiten. Ich habe meine Lehre in einem anderen Betrieb gemacht, bei einem Mei-st-er«, sie sprach das Wort langgezogen, als ekele sie sich davor. »Die Frauenwerkstatt ist etwas vollkommen anderes. Unsere Meisterin ist eine Feministin der ersten Stunde. Sie hat mir geholfen, gegen meinen alten Meister zu klagen, weil ich unterbezahlt worden bin. Ich habe deutlich weniger verdient als die Jungs im Betrieb.«

»Ist das nicht üblich?«

Bête erwiderte Karolins Blick mit offensichtlichem Anflug einer Gänsehaut.

»Üblich? Wenn politisches und soziales Unrecht üblich ist, heißt das doch nicht, dass frau es dulden darf! Kämpferischer Einsatz ist auf allen Lebensebenen gefragt«, erklärte sie.

»Ich wollte nur wissen …«, begann Karolin.

»Hast du den Prozess gewonnen?«, fragte Nele.

»Natürlich. Ich hatte eine wahnsinnig gute Rechtsanwältin. Sie sagte, frau kann nicht immer den anderen das Kämpfen für unsere Rechte überlassen und sich selber auf deren Siegen ausruhen. Immerhin machen wir mit jedem dieser kleinen Gewinne einen winzigen Schritt nach vorn: raus aus den patriarchalen Zwängen!«

»Ja, sicher«, beeilte Nele sich zu sagen.

»Wir alle können etwas beitragen«, fuhr Bête mit ihrem Plädoyer fort. »Belle zum Beispiel in ihrer Buchhandlung. Ihr würdet euch kaputtlachen, wie subtil sie die Kundinnen und Kunden berät. Sie ist genial, wenn sie etwas vertritt, wovon sie wirklich überzeugt ist. Seit sie in dem Laden arbeitet, hat sich der Umsatz von linker und feministischer Literatur verdoppelt. Ihre Hochform erreicht sie aber in der Vorkommunionszeit. Unzählige alte Tantchen und Onkels kaufen am Ende ganze Stapel mit lesbischen Mädchenbüchern und sind dabei sicher, für die Entwicklung ihrer Nichten oder Nachbarstöchter einen immens wichtigen Beitrag zu leisten.«

»Sie muss über ein geniales Mundwerk verfügen«, stellte Nele beeindruckt fest.

»Belle ist wundervoll!«, lachte Bête und strich über Neles Knie, das sich unter dem Tisch nah an ihrem befand. Nele musste schlucken. An ihrer Oberlippe hing ein Brötchenkrümel, den sie über dieser Berührung glatt vergaß.

Karolin begegnete kurz Bêtes Blick, der selbstsicher und heiter war, aber ernst wurde, als Karolin ihn erwiderte. Karolin wusste, dass sie Bête seltsam vorkommen musste, mit ihrem glatten Gesicht, das gelernt hatte, keine Regung zu zeigen.

Nele dagegen wurde rot, wurde blass, zeigte lachend ihre Zähne und spielte mit den Fingerspitzen im Dekolleté. Und Bête sah das alles. Ebenso wie sie bei Karolin das stumme Beobachten sah, die totale Kontrolle. Und das irritierte sie.

Karolin wusste es, aber sie wollte sich nicht anstrengen, normaler zu erscheinen. Sie wollte sich nicht mal eingestehen, dass sie es gern hätte, wenn Bête sie mögen würde. Denn sie selber mochte Bête. Sie mochte diese frischverliebte Fünfundzwanzigjährige, deren Hände von der Arbeit mit Holz etwas rau waren, deren Schultern sich rund und weiblich unter dem T-Shirt abzeichneten, deren rechtes Ohr mit sieben Silberringen durchstochen war. Karolin mochte sie auch deshalb, weil durch Bêtes Gesicht immer auch das von Belle hindurchschimmerte. Eine solche Schwester war immer Karolins brennender Wunsch gewesen. Ein Zwilling. Eine, die einem näher ist, als jede andere es je sein könnte.

Als Karolin noch klein war, hatte sie sich vorgestellt, die Seele sei ein Organ wie die Leber oder die Lunge. Und Zwillinge, da war sie ganz sicher gewesen, durchdrangen einander bis in die letzte Zelle dieses kostbaren Gewebes.

»Ilona muss sich oft dumme Sprüche anhören«, sagte Bête-Zwilling gerade, die immer noch dabei war, die feministischen Aktivitäten ihrer Freundinnen in ein vorbildliches Licht zu rücken. »Von wegen ›Frau im Männerberuf‹ und so. Die Kerle scheinen zuerst nicht zu begreifen, dass sie wirklich gut ist in ihrem Job. Meine Güte, ich verstehe nichts von diesem Computerscheiß, ehrlich. Aber ich weiß, dass Ilona Spitze ist. Wenn die Typen es dann merken, bekommen sie einen riesigen Schreck, Konkurrenzangst: ›Eine Frau, die besser ist als sie. Das kann doch nicht sein.‹ Wäre Ilona nicht so souverän, wäre sie bestimmt schon mit einem dieser Ärsche aneinandergeraten. Aber sie bleibt cool, lässt sich nicht beirren.«

Bête klang so stolz, wie sie all das erzählte. Karolin konnte zusehen, wie Nele auf ihrem Küchenstuhl ein Stückchen in sich zusammenschrumpfte. Und auch sie selbst fragte sich, wie sie bei solch feministischer Power mithalten sollte.

»Du klingst, als befänden wir uns im Krieg«, bemerkte Karolin.

»Nicht wir haben ihn erklärt!« Bête deutete mit ihrem Marmeladenbrötchen heftig zum Fenster und auf die Straße, wo sich ihrer Meinung nach das Schlachtfeld befand. »Eine Kriegserklärung liegt nicht in der weiblichen Natur. Frauen sind von Natur aus Pazifistinnen. Wusstest du das nicht?«

»Nein. Du meinst genetisch?«

»Ich meine idealistisch!«, trompetete Bête.

Karolin versuchte unbeeindruckt zu bleiben von Bêtes hitzigen Worten und dem kämpferischen Leuchten in ihren Augen.

»Du meinst Thatcher war keine Idealistin?«

»Nicht auf meine Weise!«

»Deine Weise?«

»Meine Weise!«, wurde wiederholt.

Karolin ließ ihre rechte Augenbraue etwas zucken. Das brachte die meisten Frauen auf den Boden der Tatsachen zurück. Den Boden, auf dem Karolin sich niemals auf Leidenschaft und wortstarke Gefechte einlassen würde. Bête schien irritiert. Nele böselte nervös an einem Croissant herum.

»Interessiert es dich, ob Frederike gegen die patriarchalen Zwänge protestiert?«, fragte Bête, um einzulenken. »Dem Dauerlauf neulich um die Hausecke, hinter ihr her … Wir waren alle ganz schön verdutzt. Versteht ihr euch gut?«

Was für eine Indiskretion. Karolin sah sprachlos zu Nele.

»Natürlich«, sagte die. »Frederike ist doch sehr nett.«

»Nett«, erwiderte Bête und grinste verschmitzt. »Und intelligent, und wirklich süß. Sie ist eher eine Träumerin als ein politischer Mensch, aber sie hat trotzdem ihren eigenen Weg gefunden, um ihren Widerwillen gegen unsere Gesellschaft zum Ausdruck zu bringen: Sie schreibt. Sie veröffentlicht Kurzgeschichten und so was. Natürlich alles lesbische Geschichten.«

»Davon hat sie gar nichts gesagt«, schwappte es aus Karolin heraus.

Eigentlich hatte sie es nur denken wollen. »Auf dem Spaziergang hat sie erzählt, dass sie Bücher liebt und in einem Notizbuch Sätze aufschreibt, die ihr gefallen. Aber sie hat keine Geschichten erwähnt.«

Bête betrachtete sie neugierig.

»Das hat nichts zu bedeuten. Sie spricht nicht viel darüber. Sie schreibt es halt auf, und dann ist es da. Und wenn du Glück hast, kannst du es lesen. Sie schreibt nicht, um es wie ein Schild vor sich herzutragen, verstehst du?«

»Das hätte ich auch nie von ihr vermutet«, antwortete Karolin sehr ehrlich. Da war ein kleines Gefühl, wie ein Lächeln. Frederikes Stimme, die am Telefon atemlos lustiges Zeug von »muffigen Socken« erzählt hatte. Karolin lächelte ihr Brötchen an.

»Belle hat ja gemeint«, begann Bête und nahm einen Schluck Kaffee, um ihren Worten durch die Pause mehr Nachdruck zu verleihen. »Sie hat gemeint, dass du und Frederike euch schon kanntet, von früher, oder jedenfalls von vor dem Grillnachmittag. Verrückt, oder?«

Nele öffnete bereits den Mund, aber Karolin schaffte es gerade noch rechtzeitig, sie unter dem Tisch ordentlich zu zwicken.

»Autsch!«

»Tut mir leid, ich muss abgerutscht sein. – Ja, seltsam, wie kommt Belle denn nur darauf?!«

»Ich weiß nicht. Sie redet immer von Intuition, sie ist eine ulkige Nudel manchmal«, erklärte Bête.

Karolin sah Neles peinlich berührte Augen über dem Rand der Kaffeetasse.

Es war so offensichtlich, dass Bête sich immer auf die Menschenkenntnis ihrer Schwester verließ und ihre Vermutungen keineswegs für »verrückt« hielt.

»Werdet ihr euch wiedersehen?«, erkundigte Bête sich jetzt ungeniert.

Karolin fragte sich, ob Bête allen Ernstes eine Antwort darauf erwartete. Schließlich ging sie das doch nichts an.

Ging sie es etwas an?

»Ich schätze mal, das wirst du dann von Frederike selber schon erfahren.«

»Nur, wenn ich Glück habe«, grinste Bête, die sich keine Mühe machte, ihre Neugierde zu verbergen. »Auch wenn Frederike Dreh- und Angelpunkt der Clique ist, heißt das noch lange nicht, dass sie uns alles erzählt, was wir wissen wollen.

Du könntest eine ganze Weile heimlich eine leidenschaftliche Affäre mit ihr führen, ohne dass eine von uns es merken müsste.«

Nele lachte laut. Karolin und heimliche Affären!

Und Karolin selbst musste schmunzeln. Klatsch hin, Klatsch her, Bête kannte Frederike. Frederike gehörte zu ihr, und zu Belle, und zu Ilona, zu Paula und Helmes. Sie kannten einander, wie Freundinnen es eben tun. Natürlich wollten sie alles voneinander wissen. Eine tröstliche, vertraute Zuneigung verband sie. Karolin spürte so etwas wie Neid.

»Sorry, aber ich muss jetzt gehen«, sagte sie in Neles Lachen hinein.

»Aber ich dachte, du muss erst in einer Stunde arbeiten«, protestierte ihre Freundin schwach und versuchte, ein enttäuschtes Gesicht zu machen. Karolin konnte ihr aber ansehen, dass sie sich wünschte, Bêtes Hand würde für etwas länger als nur einen Augenblick auf ihrem Bein verweilen. Oder auch anderswo. Und insbesondere »anderswo« war nur möglich, wenn sie und Bête allein miteinander waren …

»Ich habe noch was zu erledigen.« Karolin fing ein heiter dankbares Grinsen von Bête auf. Aber sie hatte keine Lust, deren Vermutung richtigzustellen. Denn sie hatte tatsächlich etwas vor.

Silberne Pappäxte baumelten als Dekoration von der Decke. Quer über die Scheibe war eine lilafarbene Armbrust geklebt. Die Holzregale reichten bis unter die Decke und waren vollgestopft mit Büchern. Eine Frau mit wildem Irokesenschnitt saß hinter dem ausgedienten Büroschreibtisch, der unter seiner Papierlast zusammenzubrechen drohte, und schaute nur kurz auf.

Der Laden war klein. Aber es waren so verdammt viele Bücher. Karolin hatte keine Ahnung, wo sie anfangen sollte. Unentschlossen stand sie mitten im Raum und las die Hinweise an den Regalen: Reiseführer, Krimis, Science Fiction, Autobiografien …

»Kann ich dir helfen?«

Karolin hasste es, sich auf fremdem Terrain zu befinden. Wie eine Katze, der man die Barthaare gestutzt hatte, kam sie sich vor. Ihr Selbstbewusstsein fiel zusammen unter dem freundlich fragenden Blick.

»Ich suche Kurzgeschichten. Lesbische Kurzgeschichten.«

»Etwas Bestimmtes?«

»Ja«, sagte sie laut. »Von einer Frau, die hier lebt. Sie heißt Frederike …« Sie kannte ihren Nachnamen nicht.

»Frederike, klar. Du musst da vorn in dem Regal nachsehen, wo ›Lesbische Literatur‹ steht.« Diese Frau kannte Frederike? Klar. Dies war Bochum, nicht Berlin.

Karolin stand mit schief gelegtem Kopf vor dem Regal und starrte hinein.

Was tat sie hier? Was versprach sie sich von diesem Unternehmen? Wollte sie überhaupt so viel über Frederike erfahren? Wollte sie wirklich eine Freundschaft mit ihr riskieren? Wurde sie damit nicht automatisch hineingezogen in diese Clique, die so ganz anders war als sie selbst? Was sollte sie mit Frederikes Freundinnen anfangen? Die waren alle so seltsam drauf. Diese feministischen Zwillinge. Oder Ilona, die gegen männliche Computerfachmänner kämpfte. Oder Paula, die Anmachern die Eier verbrühte. Konnte sie mit denen etwas anfangen?

Als Karolin sich gerade abwenden wollte, fiel ihr ein Buchtitel ins Auge, der vielversprechend klang. Es war ein Band über lesbische One-Night-Stands. Interessant.

Die Frau hinter der Kasse kramte in einer kleinen Kasse

nach dem Wechselgeld und steckte ein Lesezeichen zwischen die Seiten.

»Verkauft sich gut«, nickte sie.

Karolin fühlte sich deswegen gleich wohler. Sie konnte als Kennerin gelten, wenn sie kaufte, was vielen anderen auch gefiel. Mutig lächelte sie.

»Stellt sich die Frage, ob aus reiner Neugierde oder aus dem Wunsch, etwas dazuzulernen«, grinste die Frau schelmisch. »Wenn du wieder mal hier vorbeikommst, kannst du mir ja mitteilen, ob du was gelernt hast.« Dabei hielt sie den Kopf leicht gesenkt und sah Karolin von unten herauf an.

Karolin gefiel dieser kleine Flirt, und weil sie seit ihrer kurzen Bekanntschaft mit Frederike und den anderen bereits gelernt hatte, erwiderte sie: »Das wird sich dann ohnehin rumsprechen.«

Jetzt lachte die Irokesenfrau laut. Und sie sah Karolin nach, als die auf die Straße hinaustrat.

Auf dem Weg zum Café hielt Karolin das Buch in der Hand und schwang es vor und zurück.

Das Spätsommerlicht auf den Gesichtern der Menschen stimmte sie fröhlich.

Es blieb noch Zeit bis zu ihrem Schichtbeginn, und so setzte sie sich mit einer Tasse Kaffee in den hinteren Raum und zündete sich eine Zigarette an. Sie schmeckte nicht. Nach wenigen Zügen drückte sie sie aus und schlug das Buch auf.

Im Inhaltsverzeichnis stand Frederike an letzter Stelle. Seite neunundneunzig. Eine Radierung auf der gegenüberliegenden Seite zeigte zwei ineinander verschlungene Frauenkörper. Luftblasen im Bild. Alles unter Wasser.

Karolin las.

Sie las eine Szenegeschichte über eine sehnsüchtige Frau, die vorgab, cool und abgebrüht zu sein. Es war eine schöne

Geschichte, witzig und erotisch. Karolin lachte und bewunderte Frederikes Humor.

Aber dann fing es plötzlich an. Da schwang etwas mit. Als zupfe jemand an einer Gitarrensaite. Ein leiser, disharmonischer Ton. Der nicht verklang. Das Café wurde plötzlich kleiner und kleiner, während auf dem Papier alles größer und bedeutungsvoller wurde. Raue, grobe Seiten waren angefüllt mit Sehnsucht. Karolin wollte hineinschlüpfen in diese Geschichte. Sie wollte das alles erleben. Vielleicht ihre eigene Sehnsucht stillen, die sie sich noch vor einer halben Stunde nicht einmal selbst eingestanden hätte. Ihr Kaffee wurde kalt. Sie verpasste zum ersten Mal ihren Schichtbeginn. Ferdi sah sie sitzen und lesen, und störte sie nicht.

Als Karolin am Ende angelangt war, starrte sie noch ein paar Augenblicke auf den letzten Satz. Dann zündete sie sich noch eine Zigarette an. Auch die schmeckte nicht. Der Kaffee war kalt und zu süß.

Etwas hatte sich verändert.

Karolin sah auf die Uhr, sah Ferdi vorn ihre Gäste bedienen. Aber sie konnte doch jetzt nicht einfach aufstehen und arbeiten, wie sie es immer tat. Und genausowenig konnte sie diesen Spaziergang als eine Stunde müßiger Plauderei abtun. Es bedeutete ihr etwas. Sie hatte ein Gefühl.

Das Lesezeichen rutschte aus dem Buch und fiel vor ihre Füße. Als sie es aufhob, bemerkte sie das Zitat auf seiner Rückseite: *»Ob ihre zärtlichen Schauder Orgasmen waren oder nicht, wusste sie nicht. Und das machte nichts. Nach und nach kamen sie zu allem, sogar zum Lesen.« Isabel Miller*

»Das hat mir gerade noch gefehlt«, sagte sie und lachte. Aber plötzlich konnte auch ein Lachen sie hier nicht mehr herausretten.

Ich kam vom Spaziergang nach Hause und war müde. Nicht schläfrig und erschöpft, sondern müde; weil ich auf dem Rückweg Pes Straße gemieden und deswegen einen langen Umweg in Kauf genommen hatte. Ich hatte genug davon. Natürlich wusste ich, dass es kein Zeichen von Feigheit war. Es war einfach besser so. Aber dieses Wissen änderte nichts daran, dass ich mich feige fühlte.

Im Briefkasten steckten meine Telefonrechung, eine Notiz von Paula und ein sorgfältig gefalteter grauer Zettel.

Auf Paulas Zettel stand: »Ruf mich sofort an! Bin stocksauer, du Miststück!« Ich seufzte. Auch das noch. Paula drehte mal wieder ihren eigenen Film und war der Meinung, ich hätte irgendeine Todsünde begangen. Natürlich würde ich sie nicht anrufen.

Als ich den grauen Zettel öffnete, vergaß ich, weiter darüber nachzudenken.

In einer geraden, unsentimentalen Handschrift stand da: *»Sie hatten über dieses und jenes gesprochen. Und jetzt befanden sie sich im Niemandsland, irgendwo zwischen Fremdsein und Kennen.«*

Das war wohl der eigentliche Beginn.

7. Kapitel

Blaue Flammen

Naturwissenschaftliche Ereignisse fanden bisher keine Erwähnung in ihren Geschichten. Aber so wie alles andere entzieht sich auch das plötzlich ihrem Einfluss.

Ich trug den Zettel im Bund meiner Radlerhose und lief mit flatterndem Hemd über den Hof.

Ilona schritt würdevoll hinter mir die Stufen hinauf und hielt an der Kasse noch ein Schwätzchen, während ich mich bereits in den Saal schob.

Karolin hatte am Telefon gesagt, sie sei ab elf hier. Jetzt war es fast Mitternacht, weil Ilona noch vor ihrem Computer gesessen hatte, als ich zur Tür hereinstolperte.

»Komm her, ich zeig' dir das Spiel, das ich in der letzten Woche erweitert habe. Es ist jetzt noch um eine Stufe komplexer«, hatte sie gesagt und war auf ihrem Stuhl ein Stück zur Seite gerutscht.

»Warum bist du noch nicht fertig?«, maulte ich. »Ich habe versprochen, dass ich um elf auf dem Schwof sein werde.«

»Wem?«, erwiderte Ilona und sah mich merkwürdig an. »Du bist auch nicht pünktlich. Hast du so lange gebraucht, um dich hübsch zu machen? Ich muss sagen, es ist dir wirklich gelungen. Schönes Hemd.«

Sie sah gekränkt aus.

»Tut mir leid. Aber würdest du jetzt bitte vorwärts machen? Ich möchte nicht noch später kommen.«

Sie stand auf und gab mir einen sehr innigen Kuss. »Klar.« Das hatte sie schon lange nicht mehr getan.

Jetzt drehte ich mich noch mal zu ihr um. Sie stand immer noch an der Kasse und winkte mir ein »Geh schon!« zu.

Im Saal sah ich Karolin in einem geringelten T-Shirt am Bühnenaufgang stehen. Ich sah sie immer zuerst, bevor sie mich sah.

Neben Karolin stand Nele, in deren mächtigen Arm sich Bête schmiegte. Alle drei sahen sie auf die Tanzfläche. Es war ein Bild von angenehmer Spannung. Voll von der Gewissheit, dass irgendeine hier sie beobachtete.

Karolin hob die Hand und strich sich durchs Haar.

Ich wusste, dass diese Geste alle täuschte. Karolin konnte ihnen etwas vormachen mit ihren T-Shirts und Jeans, mit ihrem krassen Haarschnitt und dem geraden Blick. Für alle anderen war sie eine Frau, die nicht um Ecken denkt. Unkompliziert. Eine von denen, die ganz einfach sagten: »Du bist ja eigentlich nett, aber ich brauche niemanden«, und das genauso ernst meinten, wie sie im Supermarkt an der Kasse eine Tragetasche ablehnten.

Aber ich wusste, dass Karolin keine von diesen Frauen war. Der Zettel in meinem Hosenbund, der mich in den Bauch kniff, hatte sie verraten. Was auch immer sie zu diesem Zettel hingerissen haben mochte, er hatte mir alles erzählt, was ich wissen wollte.

In dem Telefonat vor ein paar Stunden hatten wir gerade so viel Zeit, um uns zu verabreden. Zeit für mich, um den Zettel zu erwähnen. Zeit für Karolin, verlegen zu lachen. Dieses verlegene Lachen erschien jetzt auch auf ihrem Gesicht, als sie mich sah, wie ich mich mühsam vorwärtskämpfte. Ihre Brauen krümmten sich auf ihrer Stirn zu einem hilflosen Fragezeichen, statt sich gerade und stumm über ihre Augen zu legen.

Dieses Gesicht mochte ich sofort. Es kam mir der Verdacht, dass ich Karolin zu irgendetwas gebracht hatte, das ganz und gar außergewöhnlich für ihr Leben war.

Als ich die Stufen zur Bühne erklomm, gab mir ihr Blick das Gefühl, alle Stufen mit einem einzigen Schritt genommen zu haben. Sie machte mich verwegen.

Wir lächelten uns an, sie griff nach meinem Arm und ließ ihn sofort wieder los, als hätte sie der Mut verlassen. Sie sah so selbstbewusst, sicher und unbeirrbar aus – aber sie hatte nicht den Mut, meinen Arm länger als eine Sekunde zu berühren.

Bête zerrte mich in ihren Arm, drückte mich fest an sich und flüsterte mir ins Ohr: »Heute Nachmittag ist es passiert!«

Über Bêtes Schulter hinweg lächelte ich Nele an.

Kaum hatte Bête mich aus ihren Krakenarmen entlassen, klebten sie und Nele wieder aneinander wie zwei miteinander verschlungene Kaugummis. Es kam mir komisch vor, dass neben Bête nicht auch Belles schmale, kahlköpfige Gestalt zu sehen war. Normalerweise waren die beiden doch unzertrennlich. Aber ich wusste, dass sich dies nach einer Weile wieder ändern würde und dann wie immer la Belle et la Bête der stärkere Kontakt sein würden, an den Nele sich anklicken müsste. Wie Moleküle, die nur die bestmöglichen Verbindungen eingehen, fanden die Zwillinge immer wieder zueinander. Als der erste feste Bestandteil einer beliebig vergrößerbaren molekularen Gruppe.

Karolin wollte meine Aufmerksamkeit für sich haben und nicht an unser beider Freundinnen verschwendet wissen. Sie zeigte auf die Tanzfläche und brüllte mir zu: »Selbst wenn ich bekifft wäre, würde ich so was nicht anziehen!«

Sie meinte eine Frau mit künstlich wirkendem karottenrotem Lockenkopf, die in einem grellgrünen Ledermini auf der Tanzfläche herumsprang.

»Du wirst dich an ihren Anblick gewöhnen müssen«, schrie ich zurück.

»Ich glaube, ich muss mich an vieles gewöhnen«, erwiderte Karolin und deutete vage in den Raum hinein.

Ich folgte ihrem Blick und kniff die Augen zusammen. Was meinte sie? Ich schaute und schaute.

»Was denn?«, schrie ich schließlich.

Karolin lachte. Neles Strahlen färbte ein wenig auf sie ab, ließ Karolins Blau tiefer und schimmernder erscheinen, ein leichter Ton von Violett.

»Der Markt ist eröffnet!«, brüllte Karolin.

Und dann sah ich es auch: gebräunte Arme, die aus ärmellosen Blusen ragten, tiefausgeschnittene Bodyoberteile, deren untere Enden in verheißungsvoll gegürteten Designer-Jeans steckten. Frauen lehnten an Pfeilern oder Stehtischen und versuchten amüsiert und interessant auszusehen. Sie wussten, dass sie auf gar keinen Fall zu erkennen geben durften, dass sie allein und auf der Suche waren – damit stiegen und fielen ihre Chancen. Also übten sie sich in reizendem Lächeln, selbstbewussten Zigaretten- oder Bierglasposen.

»Sie sind überall gleich, oder?«, sagte Karolin. Dabei beugte sie sich zu mir, und ich konnte ihren warmen Körper riechen. Niveacreme, Wetgel und ein ganz eigener Duft nach Waldmeistereis. Ihr Muttermal leuchtete am hellen Hals. Seit unserem Zusammenstoß neulich war es der sinnlichste Moment in meinem Leben.

Bêtes Kopf flog herum.

Am Eingang stand Belle, flankiert von zwei mürrischen Gestalten: Paula und Helmes. Letztere machte selten ein freundlicheres Gesicht. Und Paula hatte wahrscheinlich erfahren, dass sie aus dem Wettkampf als Verliererin hervorgegangen war, was für sie immer schwer zu ertragen war.

Sie erblickte uns als Erste und stürmte auf uns zu.

Erst in diesem Augenblick fiel mir ihr Zettel wieder ein. Das sah verdammt nach Ärger aus!

Ich beschloss in Sekundenschnelle, mich auf und davon zu machen.

Karolin wollte ich aber mitnehmen. Als ich mich umwandte, stand sie aber nicht mehr dort. Sie hüpfte gerade hinter Nele von der Bühne hinunter auf die Tanzfläche.

Ich schnupperte, roch aber nur Zigarettenqualm, Schweiß und Bierdunst. Karolin hatte ihren Duft mitgenommen.

Mein romantisches Geschnüffel hielt mich derartig auf, dass Paula mich doch noch erwischte. Sie war stinkesauer.

»Was ist hier eigentlich los?«, fauchte sie mich an, ohne sich lange mit der Begrüßung aufzuhalten. »Du hast gesagt, du machst diesmal nicht mit! Wieso mischst du dich trotzdem ein?«

»Hallo, Paula«, sagte ich. »Hübsche Bluse. Hi, Belle!« Belle streckte den Arm aus und zerwühlte mit einer einzigen Handbewegung meine mühsam hingebastelte In-Frisur. Ihre Stirn lag in drei tiefen Dackelfalten, als läse sie in einem schwierigen Buch. Helmes war auf dem Weg hierher verlorengegangen.

»Frederike! Stell dich nicht so dämlich an!«, brüllte Paula. »Du machst mich fertig mit dieser Nummer! Sag mir endlich, woran ich bin. Warum kannst du deine Finger nicht bei dir behalten?«

Weiß der Himmel, woher sie etwas wusste. So was ließ sich erfahrungsgemäß kaum nachvollziehen.

»Was meinst du denn, Paula?« Ihre überschäumende Art machte mir zu schaffen. Wo war Ilona? Sie hätte Paula mit einem einzigen Satz auf den Teppich zurückbefördert. Aber ich konnte sie nirgends ausmachen. »Hab' ich irgendein Gesetz übertreten?«

»Genau das hast du! Du machst dich an sie ran, obwohl abgemacht war, dass nur Bête und ich diesmal im Rennen sind! Nur Bête und ich!«

»Halt die Klappe, Paula!«, brüllte Bête, die es nicht gern hatte, daran erinnert zu werden, dass Nele anfangs eine Art Spiel gewesen war. »Es ist sowieso entschieden: Ich habe gewonnen.« Besonders triumphierend klang das nicht. Sie sagte das nur, um mich herauszuhauen. »Herzlichen Dank, das weiß ich bereits!« Paula peitschte die umstehenden Frauen mit ihrem Zopf. Um sie herum entstand ein leerer Kreis. »Es geht hier ums Prinzip. Frederike hat sich nicht hier einzumischen! Und du«, damit wandte sie sich wieder an mich und kam mir so nah, dass ich ihre Sommersprossen tanzen sah, »hast dich nicht an meine K-Frau ranzumachen!«

»Paula, was soll das? Sind wir im Kindergarten? Wir sind sowieso alt genug, um endlich mit diesen blöden Wetten aufzuhören. Das ist doch Schwachsinn, was du da sagst …«

»Es hat immer funktioniert! Wir hatten alle unseren Spaß, oder? Wieso drehst du jetzt die Regeln um?« Sie machte mir mit ihrem Ernst irgendwie ein bisschen Angst. »Aber ich sag' dir was, Frederike: Ich halte mich an das, was gilt. Wenn es mit einer nicht klappt, weg damit! Dann hat sie auch nichts bei uns zu suchen. Sie gehört nicht zur Clique! Wenn Bête mit ihrem Bayernmädel glücklich jodelt, meinetwegen! Immerhin haben wir schon ein Anhängsel der Zwillinge ständig am Bein kleben. Wieso nicht noch eins? Aber die Busenfreundin vom Anhängsel, die hat bei uns nichts zu suchen, klar?!«

»Hör endlich auf, Paula. Du machst dich ja lächerlich! Wer

bist du? Die Inquisition? Jede hat doch wohl das Recht, sich mit der Frau zu treffen, die sie mag!«

»Hast du das damals auch gesagt, als Ilona mit Pe loszog?«

Ich sah Bêtes schreckgeweitete Augen, und ich selbst musste auch erst mal schlucken. Das war ein ordentlicher Hieb unter die Gürtellinie. Belle, die hinter Paula stand, bemühte sich vergeblich, mitzubekommen, worüber wir eigentlich sprachen.

»Was hat das hiermit zu tun?«, fragte ich lahm. Ich konnte es Paulas Gesicht ansehen, dass ich irgendeiner Information hinterherhinkte.

»Das wirst du schon noch merken!« Sie wirbelte herum und war so schnell verschwunden, dass ich hinterher den Eindruck hatte, sie sei quer über die Köpfe der Frauen hinweg zum Ausgang gerast.

Bête sah aus, als wolle sie mich um Entschuldigung bitten.

Ich versuchte ein Lächeln. »He, es wird Zeit, dass wir erwachsen werden!«, rief ich ihr zu.

Belle schob sich von der Seite an mich heran und kuschelte sich zwischen uns.

Bête warf ihr ein paar Worte zu, und Belle begriff sofort, als verständigten sie sich in einem streng gekürzten Code.

Dann standen wir eine Weile zu dritt da oben und glotzten dumm auf die Tanzfläche. Ich hatte alle Mühe, mich von Paulas Ansturm zu erholen. Ihre Worte echoten mit präziser Genauigkeit in meinem Hirn: »Das wirst du schon noch merken!«

Bête starrte Nele an, die ich mir gut walzertanzend vorstellen konnte. Wenn sie eine besonders nette Drehung vollführte, öffneten sich Bêtes Lippen. Ich beobachtete es fasziniert.

»Mach dir nichts draus!«, brüllte Belle mich plötzlich von

der Seite an. »Du kennst Paula doch. Wenn es um Liebschaften geht, ist sie eine Spur zu rothaarig. Sie wird sich schon wieder beruhigen.«

»Klar«, sagte ich. Etwas zwickte mich in den Bauch. Ich griff hin und zog den Zettel heraus. Ich faltete ihn auseinander und gab ihn Belle. Sie las ihn sorgfältig, nickte und reichte ihn mir zurück.

»Das klingt gut«, lächelte sie. Wir sahen beide zu Karolin, die sich auf der Tanzfläche langsam zu einem Stück von Annie Lennox bewegte. Durch den dünnen T-Shirt-Stoff zeichneten sich ihre Brüste ab. Ich betrachtete sie ganz genau. Dann sah ich mich ertappt um.

Belle lächelte immer noch.

»Karolin ist sehr zurückhaltend«, rief ich ihr zu. Es war idiotisch, so etwas durch eine Disco zu schreien. »Aber ich weiß, dass sie mich mag. Sie hat nur vor irgendetwas Angst.«

»Wir alle«, konnte ich von Belles Lippen lesen. »Virginia Woolf!«

»Wie?«

»Wir alle haben Angst vor irgendetwas. Das Einzige, was hilft, ist Vertrauen; und das baut auf Ehrlichkeit. Virginia Woolf hat geschrieben: ›Ehrlichkeit war so wichtig, dass alle meine Spione ewig wachsam sein mussten, auf dem Ausguck nach Schwindlern.‹«

»Danke. Ich werde dran denken.«

Belles Blick huschte immer wieder zum Eingangsbereich hinüber. Da stand Helmes mit Karin zusammen. Sie steckten die Köpfe zusammen und sahen nicht auf. Karin redete, Helmes erwiderte etwas, worauf beide ihre Hälse bogen und lachten.

Belles Stirn bestand aus drei Falten. Ich knuffte sie freundschaftlich in die Seite und meinte: »Bin schon gespannt, was

Helmes gleich zu erzählen hat. Wie ich sie kenne, will sie erst mal den neusten Klatsch aus Karin rauslocken.«

Belle nickte, rückte ihre Brille zurecht und sah nicht mehr hin.

Ich fühlte mich beklommen.

»So, wie ich Helmes kenne ...« Was für ein Spruch! Und wie ich Helmes kannte! Ich hatte ganze Schwofnächte neben ihr gestanden, hatte ihr im Café gegenübergesessen, hatte Belangloses mit ihr gesprochen. Manchmal vergaß ich ihren langen Vornamen, weil wir sie sowieso nie damit ansprachen. Ich konnte mich nicht daran erinnern, je mit ihr geredet zu haben. Viel weniger noch konnte ich mir vorstellen, mit ihr gemeinsam zu schweigen. Die Wahrheit war, dass ich sie überhaupt nicht kannte. Sie hätte mit der ganzen verdammten Szene durch die Betten turnen können, ich hätte es nicht bemerkt.

Karolin, auf der Tanzfläche, sah nicht einmal zu mir her. Sie war weiter entfernt als die vier Meter, die uns trennten. Der Zettel in meinem Hosenbund nahm an Gewicht zu.

Karolin tanzte.

Da hatte sich etwas langsam angeschlichen seit dem Abend im Café. Seit Frederikes nachdenklichem Dornröschen-in-Lumpen-Auftritt mit den Worten: »Heute fühle ich mich so, als sei alles in mir blau.«

In ihr hatte sich etwas in Bewegung gesetzt, hin zu einem unbekannten Ziel. Angestoßen durch diese verrückte Geschichte, die Karolin gelesen hatte. Inzwischen dreimal. Durch Frederikes Telefonstimme, das leise lebendige Lachen. Vielleicht sogar durch die Geste, mit der Frederike heute Abend nach dem Bund ihrer Radlerhose tastete.

Hier auf dem Schwof war es wahrscheinlich nicht üblich, miteinander zu reden. Zwischen all den Frauen, die sich begafften und taxierten, ihren Wert einschätzten, und den Pärchen, die einander umschlangen und beim Küssen die Münder aufrissen.

Wie hätte Karolin da sagen können: »Ich habe deine Geschichte gelesen«, und dann auf das Erstaunen in Frederikes Augen gespannt sein?! Nein, das war nicht drin. Aber es gab eine andere Möglichkeit, um mit Frederike in Verbindung zu treten: Sie tanzte. Sie schloss die Augen und wiegte den Kopf über den sacht angezogenen Schultern.

Einige Frauen sahen zu ihr hin und lächelten fröhlich, weil sie in Karolin nur die Verwandte, die Schwester sahen. Andere sahen zu ihr hin und lächelten nicht, denn sie sahen in Karolin eine Geliebte oder Liebhaberin.

Frederike stand am Bühnenaufgang, sah zu ihr hin und lächelte nicht. Karolin tanzte für sie. Sie streckte die Hände aus und fing darin den Takt auf. Sie zeigte ihre Schultern und ihren Hals. Sie war so weich und fließend wie ein Seidentuch.

Nele neben ihr tanzte für Bête. Sie ließ ihre Bluse flattern, sah trotz ihrer Größe leicht aus. Unbeschwert und jung.

Da stand plötzlich eine Frau neben Frederike. Ihre Haare leuchteten im Schwarzlicht. Ihr Mund leuchtete hellrot, während sie die Hände in die Hüften gestützt hatte und auf Frederike einsprach. Frederike hatte die Arme verschränkt und ihren Blick gen Wand gerichtet. Starr und unbeweglich schien sie dieser großen Schönen gar nicht zuzuhören.

Nele folgte Karolins Blick, wie das oft Blicke von Freundinnen tun. Sie zupfte am Kragen ihrer Bluse und verzog den Mund: »Wer ist das?«

Natürlich ergriff sie Partei für Karolin und deren langsam deutlicher wahrzunehmende Sympathie für die Frau mit den unterschiedlichen Augenfarben.

Karolin tanzte mit einem Male mechanisch und eckig und gefiel sich selber nicht mehr. Es war klar, dass Frederike und diese Fremde vertraut miteinander waren. Und verlassen von Frederikes Blicken, machte ihr das Tanzen keinen Spaß mehr.

Karolin hatte keine Ahnung davon, was eine »Szenefrau« an ihrer Stelle getan hätte und was nicht. Die ungeschriebenen Gesetze, nach denen sich alle zu richten schienen, hatten sie nie interessiert. Manchmal stolperte sie über eines und vergaß es dann rasch wieder, weil ihr gleichgültig war, wonach die anderen ihr Handeln richteten. Nur Frederike zuliebe überlegte Karolin einen Moment, ob es in Ordnung war, sich in so eine Situation einzumischen.

Die fremde Frau, die aussah wie ein exotisches Tier, ein Paradiesvogel vielleicht, beugte sich immer wieder vor und wollte nach Frederike greifen. Karolin beschloss, die Regeln zu brechen. Sie ging hin.

Zuerst bemerkten die beiden sie gar nicht. Sie schrien sich an. Frederikes Stimme war noch lauter als die der anderen, denn sie beugte sich nicht zu ihr hin. Sie nahm keine Rücksicht auf amüsierte und abschätzende Gesichter in ihrer Umgebung.

Sie schrie: »Ich will deine Freundschaft nicht! Hau endlich ab!« Und es war klar, dass sie damit sehr weit ging. Hatte sie keine Angst?

»Du hasst mich immer noch!«, brüllte die andere. »Wann kriegst du das endlich in den Griff?«

Frederike rollte mit den Augen.

»Wenn du mich in Ruhe lässt. Also hör jetzt auf! Dieses Theaterstück haben wir schon oft genug aufgeführt.«

»Kannst du nicht versuchen, das Ganze endlich anders zu sehen?«

»Anders? So wie du? Vergiss es!«

Der Paradiesvogel erwiderte etwas, aber es war zu leise, als dass Karolin es hätte verstehen können. Dann beugte sie sich ungestüm vor, um Frederike zu küssen.

Diese reagierte heftig: »Und rühr mich nicht an, wenn du getrunken hast!« Das bedeutete: »Rühr mich überhaupt nie wieder an!«

Sie machte einen Schritt zurück und trat dabei Karolin auf den Fuß.

»Oh, Entschuldigung … ach du …«

Karolin wusste nicht, ob sie lachen oder einfach so tun sollte, als habe sie von dem Streit nichts mitbekommen. Frederike sprach nicht weiter. Aber der Paradiesvogel kannte Frederike sehr genau. Und sie war sofort interessiert. Ungeniert musterte sie Karolin, taxierte Mund, Hals, Brüste, Schenkel. Karolins Gesicht ging in Flammen auf. Ihre Haut brannte, und ihre Arme überzogen sich mit einer Gänsehaut, die alle Härchen aufrichtete. Die Musik war plötzlich viel zu laut. Und um sie herum hingen nur fremde Augen in der Luft.

»Ich muss mal hier raus«, warf sie Frederike zu, die immer noch mit verschränkten Armen dastand.

Dann bahnte sie sich einen Weg durch die Menge. Dieser bunte Paradiesvogel. Sie hatte etwas an sich. Natürlich. Bestimmt mochten es viele Frauen, wie sie sich gab und wie sie sich anzog. Selbstbewusstsein triefte ihr aus jeder Pore, dass es schon an Gewalttätigkeit grenzte.

Mit Sicherheit besaß sie viel Macht, und diese Macht hatte ihren Reiz. Ließ eine sich auf sie ein, musste sie damit rechnen, alles hergeben zu müssen. Es fiel Karolin nicht schwer, sich vorzustellen, was der Paradiesvogel von den meisten Frauen wollte. Selten hatte sie solch wilde Lust in einem Blick gesehen, hatte diese Lust auf ihrem Körper wie starke Hände gespürt.

Plötzlich war Frederike neben ihr. War ihr gefolgt, so wie Karolin ihr um die Hausecke nachgerannt war. Sie waren beide ein wenig atemlos und lächelten sich zu. Frederike trat von einem Bein aufs andere, bis sie sich auf die Stufen ans Fenster setzten. Hier hielten sie ihre Gesichter in den Zug kühler Oktobernachtluft.

Karolin konnte nur Frederikes blaues Auge sehen. Darin lag alle Lebendigkeit und Offenheit, die Frederike ausstrahlte. Es war schwer, sich vorzustellen, dass ihr zweites eine andere Farbe hatte.

»Ich hasse öffentliche Auftritte dieser Art«, sagte Frederike verärgert.

Karolin war froh, dass sie nicht versuchte, über den Vorfall zu schweigen.

»Sie versucht wohl immer zu kriegen, was sie will?«, fragte sie.

»Sie nimmt es sich«, grinste Frederike achselzuckend. »Aber lass dich nicht davon täuschen. Sie ist nicht wirklich stark, nur aggressiv. Kein Grund, sich einschüchtern zu lassen.«

»Ich war nicht eingeschüchtert!«

»Nein?«

Karolin war die nächsten Minuten vollkommen damit beschäftigt, sich für ihre Unehrlichkeit zu schämen. Es war immer ihre Art gewesen, Verletzungen zu leugnen. Aber Frederikes Frage machte ihr zu schaffen. Natürlich hatte der Paradiesvogel sie beeindruckt. Sie konnte ja jetzt noch diesen Blick auf ihrem Körper spüren.

»Pes Eltern waren eines dieser zerstrittenen Scheidungspaare, die das Kind hin und her werfen wie einen Pingpongball: Immer einmal auftitschen lassen. Vielleicht hat sie deswegen jetzt eine sexuelle und kulturelle Profilneurose und muss beim Erwähnen des Wortes Rücksicht immer wieder im Lexikon nachschlagen? Wir hatten schöne Dinge miteinander, wirklich. Aber gleichzeitig war es eine sehr unglückliche Zeit für mich. Die unglücklichste in meinem Leben, wenn du es genau nimmst. – Und ich rede ziemlichen Unsinn, wie? Interessiert dich das überhaupt?«

Karolin konnte es nicht unterdrücken, über Frederike zu lächeln.

Wie hatte Ilona auf der Grillparty gesagt? »Herrje, sie träumt wieder!«

»Du machst den Fehler, sie verstehen zu wollen«, sagte sie vorsichtig. Das kam in ihren Augen schon fast einer unerlaubten Einmischung gleich. »Jeder Mensch kann an sich arbeiten, oder? Jeder Mensch, der nicht sehr schwach ist.«

Ihr letzter Satz klang sehr giftig, aber sie konnte nicht anders. Wieso versuchte Frederike das Verhalten dieser Frau, die sie offensichtlich unglücklich gemacht hatte, zu rechtfertigen?

In die Pause hinein sagte Frederike plötzlich angewidert: »Sie ist betrunken! Übrigens heißt sie Pe, weil sie alle ohrfeigt, die sie Petra nennen. Der Name ist ihr zu gewöhnlich. Ich war ein Jahr mit ihr zusammen.«

»Warum so lang?« Karolin wusste, dass das die falsche Frage war. Die richtige Frage hätte gelautet: »Warum habt ihr euch getrennt?«

Frederike wandte ihr das ganze Gesicht zu. Ihr Pony fiel zur Seite, und Karolin sah in dem braunen Auge die Sanftheit. Da wurde ihr einiges klar.

Frederike schwieg sehr lange und ließ sich beim Nachdenken beobachten. Das war schon viel mehr, als Karolin selbst erlaubt hätte.

»Ich glaube, es ist unsere Art, mit der Realität umzugehen.

Ich spinne mir oft Sachen aus, erfinde Geschichten. Und Pe konnte mich darin verstehen. Sie dreht ständig ihren eigenen Film. Du hast es ja grade live miterlebt«, sagte Frederike dann. »Aber vielleicht war auch einfach der Sex gut?«

»Du bist ja direkt«, sagte Karolin.

Frederike lächelte, und Karolin fiel auf, dass sich um ihre Augen herum bereits kleine Fältchen versammelt hatten.

In Karolin tat etwas einen Schritt nach vorn.

Sie zündete sich eine Zigarette an und versuchte, in die Zukunft zu sehen. Aber es gelang ihr nicht. Frederike als ihre Freundin, mit der sie im Kino sitzen, Abende lang telefonieren und durch den herbstlichen Wald streunen würde? Als ihre Geliebte, deren Mund ihren Bauch streicheln, der sie Haut an Haut lustvolle Momente bereiten und unter der Dusche das Shampoo reichen würde? Als ein unwichtig gewordenes Gesicht in einer großen Menge anderer Gesichter? Karolin sah nichts. Vielleicht hatte sie einen blinden Fleck, was ihre eigene Geschichte anbelangte. Neles Geschichte hatte sie sehen können.

Die Zigarette schmeckte nicht. Der herbe Rauch im Hals passte nicht zu Frederikes Gegenwart. Es müsste ein süßlicherer Geschmack sein, mit cremiger Konsistenz, viel weiter vorn auf der Zunge.

»Nele und Bête sind wirklich niedlich«, sagte Frederike. Sie lächelte sehr häufig. Karolin mochte die helle Heiterkeit, die Frederike wie eine Wolke umgab.

»Sie sind noch etwas nervös miteinander. Aber das verfliegt bestimmt bald«, sagte sie.

Diesmal lächelte Frederike nicht, sondern lachte laut heraus. »Wie abgeklärt! Denkst du, dass in Liebesgeschichten immer ein gewisses Protokoll eingehalten wird?«

»Meiner Meinung nach ist das so.«

Auf Frederikes Gesicht erschien Ungläubigkeit. Dann zuckten ihre Mundwinkel leicht.

»Nun lach schon! Lach und sag, dass es dumm ist, dieser Meinung zu sein!«, dachte Karolin.

Stattdessen sagte Frederike: »Hast du schon mal eine Liebesgeschichte erlebt?«

In diesem Moment erschien hinter Frederikes Schulter Pe in der Tür zum Saal. Sie stand da wie die Ballkönigin. Und tatsächlich drehten sich etliche der Frauen zu ihr um. Aber Pe hatte keine Blicke für sie. Sie sah direkt herüber zu Frederike.

»Oh …«, sagte Frederike nur.

Pe kam mit unsicherem Schritt auf sie beide zu. Anscheinend hatte sie doch ein einziges Glas über die Sektlaune hinaus getrunken. Ihre Augen waren eisig, während den Mund ein eingefrorenes Lächeln zierte.

Karolin wollte sich gerne fortdrehen. Hoffentlich würde Pe sie nicht wieder so taxieren wie gerade noch im Saal. Der Paradiesvogel, der jede mit Blicken ausziehen kann und dabei gleichzeitig sagt: »Was trägst du da bloß für ein lächerliches Ringelshirt, Kleine?!« Dann jedoch, als wollte sie Gnade walten lassen, schwenkte Pe wenige Meter vor der Treppe ab und zog es vor, erst mal die Toilette aufzusuchen.

Dieser kurze Auftritt hatte das Gespräch vollkommen zum Erliegen gebracht.

Frederike umschlang ihre Knie mit den Armen und behielt stumm die Tür mit dem schwarzen D im Auge.

»Hast du Angst?«, wollte Karolin fragen. Aber der hell erleuchtete Raum, das Stimmengewirr, die Discomusik aus dem Saal machten diese Gedanken so unwirklich. Sie fragte solche Dinge doch auch sonst nie. Sie war nicht der Typ, der solche Dinge fragte.

Hinter ihr sagte eine Frau mit angenehmer Stimme zu einer anderen: »Ich hab' Doro gleich gesagt, sie soll nicht so viel Techno spielen heute Abend. Die Frauen sind eher in Bacardi-Song-Stimmung.« Das war es, worüber sie sich jetzt mit Frederike hätte unterhalten sollen. Aber so etwas fiel ihr nicht ein.

Sie wurde unmutig. Dann wütend. Warum saßen sie hier, und Frederike starrte wie ein gelähmtes Kaninchen auf die Klotür? Warum stand sie selbst nicht auf und sagte: »Lass uns gehen!«?

Karolin kannte diese Trägheit an sich. Sie hockte hier wie in einer Falle und tat nichts. Und in sehr kurzer Zeit käme es ihr so vor, als sei alles gleichgültig, was geschehen würde. Sie war so verdammt »egal«. »Egal« sein bedeutet nichts anderes als »Hilflosigkeit leugnen«, hatte Maren ihr einmal gesagt.

Karolin fand sich selber albern. Sich hilflos zu fühlen war albern. Nur weil sie an diesem Abend nun doch nicht mit Frederike allein sein konnte. Weil sie sie doch nicht kennenlernen konnte, um aus dem Niemandsland hinauszugelangen. Denn das hatte sie sich doch von diesem Abend versprochen. Aber nun würde wohl nichts daraus. Sie saß hier und wartete mit Frederike darauf, dass der personifizierte Ärger aus der Toilette wanken und über sie hereinbrechen würde.

Aber es würde vorübergehen – so wie immer alles vorübergegangen war. Karolin würde die Liste der vielen »Egals« eben erweitern, um einen Abend, von dem sie sich etwas anderes, etwas vollkommen anderes versprochen hatte.

»Nein!«, hörte sie sich sagen.

Frederike wandte verwundert den Blick von der Klotür.

»Wie?«

»Das ist nur die Antwort auf deine Frage«, erwiderte Karolin.

»Welche …?«

»Lass uns schnell abhauen, bevor Petra da rauskommt!«

Frederike lachte auf. In ihren Augen blitzte der Schalk.

»Wahrscheinlich wird sie nach Kotze stinken«, sagte sie.

»Hast du ein Auto?«, fragte Karolin.

Frederike zog einen Schlüssel aus dem Hosenbund. Ein Zettel, den sie dort auch versteckt haben musste, knisterte.

»Wie wäre es, wenn wir irgendwoandershin fahren würden? Irgendwohin, wo wir uns besser unterhalten können.« Karolin wollte nicht, dass ihre Stimme so atemlos klang. Aber es war nicht mehr viel Zeit, und es war nämlich nicht egal, wie dieser Abend verlaufen würde. Es hing ganz einfach von ihr ab, jetzt etwas zu tun!

Frederike sprang auf und lief vor ihr die Stufen hinab. Sie schien es mindestens genauso eilig zu haben wie Karolin.

Als sie nebeneinander zum Ausgang gingen, kamen sie an Helmes vorbei, die mit einer fremden Frau an der Wand lehnte und flirtete.

Frederike steuerte auf sie zu.

»Hi, Helmes.«

»Oh … Hallo …«, murmelte die Angesprochene und rutschte unauffällig ein Stückchen zur Seite, etwas von der fremden Frau fort.

»Hallo, Karin.« Frederike runzelte die Stirn und sagte, ohne sich weiter an Karin zu wenden: »Ich glaube, Belle sucht dich, Helmes.«

Karolin beobachtete genau den Treppenaufgang. Solange sie nicht hier raus waren, bestand immer noch die Möglichkeit, dass Pe sie ausfindig machte und doch noch alles ganz anders kam.

»He, du!« Helmes meinte sie.

Karolin wandte sich um und sah, dass Frederike bereits

durch die Tür hinausgegangen war. Sie war so sehr mit dem Rückzug beschäftigt gewesen, dass sie darüber Frederike aus den Augen verloren hatte.

»Was?« Karolin ging langsam weiter und wartete ungeduldig, was die blonde Frau mit dem mürrischen Gesicht zu sagen hatte.

»Mach, dass du hinterherkommst. Wenn du dich nicht beeilst, verlierst du den Anschluss. Ich weiß das«, sagte Helmes und lächelte sogar ein bisschen.

Karolin lächelte irritiert zurück, mehr aus Zeitnot als aus Verständnis, und beeilte sich, Frederike zu folgen.

Als Karolin um die Hausecke schoss, stieß sie fast mit ihr zusammen.

»Mit dem Dauerlauf um Ecken haben wir es aber!«, meinte Frederike, und sie lachten. »Ich hatte mich gerade gefragt, wo du bleibst. Wir sollten machen, dass wir hier wegkommen. Wenn Pe es sich in den Kopf gesetzt hat, heute Abend mit mir über Freundschaft zu diskutieren, dann wird sie alles daransetzen, das auch zu tun.«

Also eilten sie über den Parkplatz.

»Wer war das gerade?« Karolin konnte nicht glauben, dass sie das fragte. Was ging es sie an, mit wem Belles Freundin sich in dunklen Ecken herumdrückte?

Frederike schien nichts bei dieser Frage zu finden.

»Karin? Sie ist eine Busenfreundin von Pe. Weiß der Himmel, was sich da gerade zusammenbraut«, murmelte sie unwillig.

Das Blau des kleinen Autos wirkte verwaschen. Auf seiner Heckscheibe prangten Aufkleber: Ich bremse auch für Tiere! Why be normal! Stoppt Tierversuche! Come out now – ask me how! Und natürlich die Lesbenhände.

Frederike beobachtete, scheinbar amüsiert, wie Karolin alle Aufkleber sorgfältig las.

»Jetzt weißt du schon mehr über mich, oder?«

Karolin konnte nur nicken. Sie fröstelte. Frederike stellte einen Fuß auf die rostige Anhängerkupplung.

»Wohin fahren wir denn?«, fragte Karolin. In Gedanken war sie bereits die wenigen Kneipen, die sie erst kannte, durchgegangen und hatte alle als unpassend abgetan.

Jetzt sah sie Frederike an, die ihren Blick nachdenklich erwiderte.

Rasch sah Karolin wieder fort, sie erschrak. Sie hatte nicht damit gerechnet, dass es darauf hinauslaufen könnte. Es war viel zu früh dafür.

»Wenn du willst, fahren wir zu mir«, sagte Frederike und warf den Schlüssel in die Luft. Sie schaffte es nicht, ihn wieder zu fangen, und er fiel dumpf in den Kies. Frederike lachte nur und hob ihn auf.

Karolin wollte irgendetwas sagen. Zuerst wollte sie sagen: »Lieber nicht!«, dann ergänzte sie ein weiteres Wort: »Lieber noch nicht.« Und dann glaubte sie, Frederike würde es verstehen, wenn sie »Aber ich möchte nicht, dass es passiert« sagen würde.

Trotzdem sagte sie es nicht. Sie war einfach nicht der Typ, der so was sagte.

Diese Worte steckten in ihrem Hals und erschwerten ein wenig das Atmen, während Frederike die Wagentür aufschloss.

Als Karolin sich in den ausgesessenen Sitz fallen ließ, war es auch nicht anders, als würde sie an der Kasse wieder einmal den ermäßigten Eintritt zahlen – wegen schwerer Gefühlsbehinderung.

Frederike hatte Probleme mit dem Rückwärtsgang. Ihre Hand umschloss eisern den Schaltknüppel. Karolin stellte sich vor, wie ein oder zwei dieser Finger in sie hineintauchen würden. Sie testete auf diese Weise, ob sie nicht vielleicht doch »auch wollte« ... Aber da war ein blinder Fleck. Sie konnte irgendwie ihren eigenen Willen nicht erkunden.

Und während die Scheinwerfer die nächtliche Straße vor ihnen erhellten und Frederike erwartungsvoll schwieg, begann sich dieser Wille vollständig aufzulösen. Sie dachte daran, dass es schön werden könnte. Bis sie weiter und weiter rückte zwischen eigenem Unwillen und fremdem Willen. Das war ein neutrales Gefühl. Angenehm. Grau in seiner Farbe. Egal.

Sie schloss die Augen.

Ich bog auf die Autobahnabfahrt und bemerkte plötzlich die blauen Flammen. Fast hatte ich sie übersehen, weil sie nur sanft züngelten.

Sie bäumten sich nicht auf, wie es gelbe Flammen täten, die wild nach Nahrung leckten. Denn so waren sie nicht. Es waren blaue Flammen. Ich kannte sie noch aus dem Chemieunterricht. Als wir auf kleinen Gasbrennern Stoffe in rußgeschwärzten Reagenzgläsern erhitzen mussten.

Die blauen Flammen waren heiß. Sie schlugen nicht hoch. Deshalb hatte ich sie fast nicht bemerkt. Sie krochen über den Boden dahin und schwelten in jedem Winkel. Sie waren ein blauer Nebel, der sich langsam ausbreitete. Sie hatten Zeit.

Karolin hatte den Kopf an die Nackenstütze gelehnt und die Augen geschlossen. Zweimal hatte sie gegähnt.

Ihre Lider zeigten ihre Verletzbarkeit, zart apricotfarben. Ihre Hände, die in ihrem Schoß lagen, zeigten ihre Stärke.

Und so, wie sie dasaß, ein wenig verletzlich, ein wenig stark, hatte sie mir mit einem Schlag bewusst gemacht, dass die blauen Rammen da waren. Unter diesen Umständen die vertrauten Straßen zu fahren war das Aufregendste, an das ich mich erinnern konnte. Jede Ampel, jede Straßenecke gewann eine neue Dimension.

Ich wusste, dass ich am Anfang von etwas stand. Das schärfte meine Sinne. Ich wollte nichts versäumen. Ich wollte alles wahrnehmen: jede Bewegung, die Karolin auf dem durchgescheuerten Sitz machte. Ich wünschte mir jede Sekunde doppelt so lang.

Das Schweigen im Wagen war angenehm. Eine Kassette mit diesem Schweigen, ja, das wäre etwas: konservierte, friedvolle Stille. Ich beschloss, diesen Satz unbedingt aufzuschreiben.

Als wir vor dem Haus hielten, öffnete Karolin die Augen.

»Was hast du neulich damit gemeint? Dass alles in dir blau ist?«, fragte sie.

Ich würgte erschrocken den Motor ab. Ihre Stimme klang hart und ärgerlich. Vorbei die friedvolle Stille.

Mit dieser Frage hatte ich nicht mehr gerechnet. Sie war so entsetzlich intim.

Es war einfach gewesen, einer Fremden meinen Satz zu sagen und mich dann umzudrehen und zu gehen. Aber jetzt vor Karolin, die mir mit jeder Sekunde vertrauter wurde, eine Erklärung abzuliefern, das war unmöglich.

»Sieh mal«, sagte ich. »Auf dem Bürgersteig liegen Kastanienblätter, obwohl es in dieser Straße gar keine Kastanien gibt.«

Karolin schwieg.

»Tja, weißt du … es ist ein Gefühl, das ich mit dir verbinde. Das Gefühl … ist blau.« Und ich hörte mich so an, als sei ich es ebenfalls. Karolin sah mich einfach nur an, und ich kam mir idiotisch vor. Nichts konnte schlimmer sein als ihr klarer Blick unter stummen, geraden Augenbrauen. Dann stieg Karolin einfach aus.

Im Treppenhaus ließ ich ihr den Vortritt. Ich betrachtete sie und erkannte, dass ihre Sprache verändert war: Ihre Schultern waren zu einem Panzer gestrafft, und ihre Hände starrten neben ihrer Hüfte in die Luft. Ihr ganzer Körper versuchte mir zu sagen, dass sie unkompliziert sei, dass es ihr gutgehe, dass sie sich wohl und sicher fühle. Das alles zusammen war Grund zur Beunruhigung.

Ich wollte mich ohrfeigen, weil ich diese Veränderung nicht gleich bemerkt hatte. Ein Wort, eine Geste musste es gewesen sein. Etwas hatte sie erschreckt.

Vielleicht war Karolin eine von denen, die immer Angst davor hatten, verletzt zu werden. Ganz sicher war sie aber bereit zurückzuschlagen, falls es soweit kommen sollte – und eventuell auch schon, bevor es so weit kam.

Ruhig ging sie in der Wohnung herum, sah die Fotos an der Pinnwand, las die Titel der Bücher im Lesbenregal, befühlte das Seidentuch über dem Sofa, spielte an dem alten Radio vom Trödel, und sagte kein Wort. Ihre Farbe war so dunkel wie noch nie.

Ich stand neben meinem Schreibtisch und hielt mich an der Kante fest.

Als sie an mir vorüberging, konnte ich sie deutlich riechen.

»Karolin«, hörte ich mich sagen und wusste, es würde einer meiner schrecklich wahren Sätze werden. »Ich sage oft direkter, was ich denke, als mir lieb ist. Das wäre noch ganz o. k., schätze ich. Aber das Schlimme ist, dass ich meine Freundinnen auch immer sehr direkt frage. Also: Was ist los mit dir?«

»Du zählst mich zu deinen Freundinnen?«, fragte sie zurück.

»Du könntest eine werden«, gab ich zu.

Karolin sah mich eine Weile ernst an, und mir wurde angst und bange. Welche grauenvollen Wörter würden gleich den Weg über ihre Lippen finden.

Da sagte sie: »Müssen wir?«

Ich blinzelte ein paarmal.

»Müssen wir was?«

»Miteinander schlafen.«

Mir blieb der Mund offenstehen. Ich brachte mich nur mit Mühe wieder in meine Gewalt.

»Ich wäre nicht dafür«, sagte ich dann.

Karolins Augen wurden riesengroß. Als ich sie angrinste, lächelte sie zögerlich.

»Ich schleppe niemals Fast-Freundinnen vom Schwof, um sie dann in meiner Wohnung zu verführen«, erklärte ich.

Jetzt lächelte sie richtig. »Gut«, sagte sie.

»Und jetzt muss ich aufs Klo«, sagte ich und verschwand im Bad.

Mein Spiegelbild, mit dem ich in anderen Zeiten gerne kommuniziert hatte, sah mich verwirrt an. Na gut, es war vielleicht sowieso nicht der Idealfall, gleich am ersten gemeinsamen Abend miteinander ins Bett zu springen. Aber wollte sie es denn überhaupt nicht? Nicht ein kleines bisschen?

Ich nahm zu viel Klopapier und brauchte fünf Minuten, um den Abfluss wieder frei zu bekommen.

Als ich die Badtür wieder öffnete, drang kein Geräusch zu mir. Das Licht im Wohnzimmer brannte noch. Ebenso in der Küche. Auf dem Tisch stand ein leeres Glas. Die Straße vor dem Haus war nächtlich still. Sie war fort.

Ich überlegte, ob ich lachen oder weinen sollte, weil die blauen Flammen so ruhelos in mir herumkrochen. Aber dann tat ich keins von beidem, trank noch etwas und löschte überall das Licht.

Im Schlafzimmer sah ich als Erstes Karolins Socken und ihre Jeans, die ordentlich über den Stuhl gehängt waren. Das T-Shirt hatte sie anbehalten.

Ihre Augen waren geschlossen.

Ich wunderte mich nur einen Moment lang. Dann dachte ich darüber nach, ob sie wohl schnarchen würde oder mit offenem Mund diese leisen Geräusche erzeugen würde, bei denen du nie richtig Schlaf bekommst, weil du immerzu hinhorchst, ob sie den nächsten Atemzug noch zu Stande bekommt.

Und dann war da noch die Gewissheit über mein Aussehen am nächsten Morgen. Ilona nannte mich zu früher Stunde gern »Kautschukface«, was das gesamte Spektrum meiner Aufwachmienen treffend umschrieb.

Es gab auch noch diesen peinlichen Augenblick vor dem Zähneputzen, in dem es darauf ankam, beim »Guten Morgen« genügend Abstand zwischen sich und die andere zu bringen.

Ich dimmte das Licht und kletterte umständlich ins Bett.

Karolins Duft hing überall im Raum, und ich überlegte, wie lange ich es würde verantworten können, nicht zu lüften.

Ohne die Augen zu öffnen, sagte Karolin: »Das ist ein seltsamer Abend heute.«

»Es ist seltsam, deine Stimme hier zu hören«, erwiderte ich.

»Mir fällt überhaupt nichts Belangloses ein, das ich mit dir reden könnte.«

Ich stützte den Kopf in die linke Hand und sah sie an.

»Das halte ich aber für ein gutes Zeichen.«

»Du lächelst immer«, kam die gemurmelte Antwort sehr rasch.

Ich hatte nicht gemerkt, dass ich lächelte.

»Kannst du das nicht leiden, wenn jemand immer lächelt?«

»Ist es echt?«

»Wie heißt es immer so schön: Es kommt von Herzen.«

»Dann mag ich es. Vielleicht könnte ich dich einmal malen?!«

»Gerne, wenn du das möchtest.«

»Ja.«

Wir schwiegen eine Weile. Die Stehlampe malte kreisförmige Lichtmuster an die Decke. Ich kannte alle Schatten, die es hier gab. Karolin hatte die Augen geöffnet, betrachtete die Decke und lernte die Schatten soeben kennen.

»Und was reden wir jetzt?«, fragte sie schließlich.

»Ich dachte gerade an den Garten, der zum Haus meiner Eltern gehört.« Mir fiel auch nichts Belangloses ein. »Ich mochte am liebsten die entlegenen Winkel: Die Fliederbüsche und Beerensträucher rochen jeder zu seiner besonderen Zeit so gut, und man konnte sich toll darin verstecken. Als ich kleiner war, gab es da viele Kinder. Wir sind einfach über die Hecken geklettert, auf die Grundstücke der Nachbarn. Alle durften das. Auch wenn die Hecken dadurch an manchen Stellen Löcher bekamen. Die wuchsen später zu, als wir älter wurden. Abends habe ich oft mit Mama und meiner Schwester Alice im Garten gesessen. Ich glaube, Juli war die Zeit der Glühwürmchen, oder vielleicht August? Es war lange warm abends, und wir konnten warten, bis sie mit ihren kleinen Laternen am Hintern vorbeigeflogen kamen.«

Karolin schmunzelte. Sie nickte langsam. Und das bedeutete, dass ich weiterreden sollte.

»Mama ist eine kleine Hutzelfrau, die im Sommer bunte Kittel mit Blumenmuster trägt und im Herbst den Töpferkurs in der VHS belegt. So richtig typisch. Sie kennt alle Vorabendserien der neuen Kanäle. Immer, wenn du dich zufällig ins Wohnzimmer verirrst und gerade eine davon läuft, versucht Mama dir zu erklären, worum es geht. Aber sie durchblickt die Namen- und Verwandtschaftsverhältnisse selber nicht so gut. Sie verhaspelt sich meistens so furchtbar, dass du das nächste Mal lieber gleich wieder rausgehst, wenn sie damit anfängt.«

»Wie steht sie zu deinem Lesbischsein?«

»Lesbischsein?« Ich musste lachen. »Ist das ein Geschwür? ›Herr Doktor, ist das wirklich wahr? Ich habe Lesbischsein?!‹«

Wir lachten. Karolin hatte die Arme hinter dem Kopf verschränkt. Sie hatte kräftige Arme. Dabei hatte ich sie anfangs für zart gehalten. Das lag wohl an ihrem Gesicht. Gerade jetzt war es so hell wie Porzellan. Aber es war nicht zerbrechlich und auch nicht kalt. Ich würde wetten, ihre Wangen wären warm, wenn ich sie berühren würde. Mit den Fingerspitzen nur vorsichtig ihr Kinn, ihre Lippen, ihre Stirn. Aber so wie sie dalag, war es einfach unmöglich, sie anzufassen. Sie sah nicht aus, als wolle sie mich einladen. Deswegen traute ich mich nicht, auch nur die Hand auszustrecken.

»Meine Mutter ist in Ordnung. Sie hat das übliche Gejammer angestimmt wegen der Enkelkinder und so. Aber inzwischen redet sie nicht mehr davon. Und deine? Verstehst du dich gut mit ihr?«

»Ihr zweiter Mann ist die Nummer eins in ihrem Leben. Für mich ist sie eben meine Mutter«, sagte Karolin.

»Hat sie dir beigebracht, dass man höflich sein muss und jede Frage beantworten soll, die einem gestellt wird?«

»Es ist möglich, zu antworten und trotzdem nichts über sich zu sagen«, erwiderte Karolin sehr richtig. Mir war klar, dass sie damit ein Stück ihrer Rüstung ablegte. Sie kam mir plötzlich viel verletzlicher vor.

»Aber mir könntest du doch etwas über dich erzählen«, lächelte ich.

»Wie bist du vorhin darauf gekommen, das zu sagen?«

»Was?«

»Du willst nicht, dass heute Nacht etwas passiert.«

»Du doch auch nicht! Das hast du gesagt!«

»Hab' ich. Weil ich finde, dass das eine Sache von Vertrauen ist. Und es gibt Frauen, die nicht sofort jeder vertrauen, mit der sie nach Hause fahren«, sagte ich. Denn ich glaubte, dass das der Grund war, warum sie das vorhin gesagt hatte.

Karolin schwieg. Sie bewegte sich unter der Decke, und da berührte ihr Knie meinen Oberschenkel. So blieb sie liegen, während diese Stelle an meinem Bein brannte. Ich fand es plötzlich grauenvoll, so geduldig zu sein, wollte sie an mich ziehen, um mehr als nur ihr Knie zu spüren. Mein Puls raste mir davon. Es kostete mich wirklich Schweiß, ruhig liegen zu bleiben.

»Was ist mit deinem Vater? Er kam gar nicht vor in deinem Garten«, sagte Karolin. Ihre Stimme klang ganz ruhig. Wie machte sie das nur?

»Papa«, sagte ich. Das Wort fühlte sich auf der Zunge kindlich leicht an. »Er ist so ein ruhiger Intellektueller, der sich für Kunst, Musik, Literatur interessiert. Aber sag jetzt nicht, dass ich nur deshalb schreibe, weil er gerne liest!«

»Das wollte ich gar nicht sagen.«

»Ilona sagt das ständig … – Mein Vater war keiner von diesen, die abends nach Hause kommen und erst mal eine Runde rumbrüllen, egal wen sie grade erwischen. So was gibt es.«

»Ich weiß. Mein Vater war so.« Karolin wandte mir auf dem Kissen ihr Gesicht zu. »Vielleicht haben sie sich deswegen getrennt. Da war ich zehn.« Sie redete, als ginge sie das gar nichts an.

»Und wie war das?«, fragte ich.

»Ach, das passiert doch häufig.« Das war natürlich auch eine Antwort. Ich lachte. »Über deine Familie willst du mir anscheinend nichts erzählen. Wie wäre es denn mit etwas anderem? Deinen Ex vielleicht?«

»Ist das hier ein Verhör?« In ihrer Stimme schwang für einen Moment lang Unwille. Ich erinnerte mich daran, wie mir ihre Augen anfangs entgegengeschrien hatten: »Hier nicht weiter!« Jetzt walzte ich sie anscheinend platt mit meinen Fragen. Sie würde mich bestimmt bald satt haben. Wieso musste ich nur immer alles laut heraussagen, was mir in den Sinn kam?

»Ich möchte dich nur kennenlernen«, murmelte ich dumm.

Sie sah plötzlich so aus, als würde sie sich schämen. Der Druck ihres Knies an meinem Schenkel verstärkte sich.

»Na ja«, lachte sie verlegen. »Mit einer schillernden Ballkönigin wie Pe kann ich sowieso nicht aufwarten. Du würdest dich sicher langweilen.«

»Bestimmt nicht! Erzähl mir Geschichten aus deiner Sex-&-Drugs-&-Rock-'n'-Roll-Zeit in Frankfurt!«

»Interessiert es dich wirklich?«, wollte sie wissen.

»Fishing for compliments?«, fragte ich zurück. Hielt sie sich tatsächlich für so langweilig?

Sie lächelte kokett. »Es gab da ein paar Begegnungen. Aber die hatten alle kein Gewicht. Simple Affären. Du kennst das sicher. Meine erste Freundin hieß Maren. Wir haben uns vor etwa drei Jahren kennengelernt und waren zusammen – bis sie plötzlich nicht mehr für mich da war. Das war eine Zeit, in der sehr viel plötzlich nicht mehr da war …«

Sie brach ab.

Ich brachte so viel Mut auf, um ihre warme Hand zu nehmen, die auf der Decke nah an meiner gelegen hatte. Das war sehr intim. Es war ein guter Beginn.

»Erzähl doch!«, sagte ich.

Karolin hielt meine Hand fest.

8. Kapitel

Gründe

Karolin war noch in der Ausbildung und fuhr jeden Tag mit dem Fahrrad zur Schule.

Auf ihrem Weg kam sie an einem kleinen Haus vorbei, das von außen wie ein ganz normales Wohnhaus aussah. Aber da war ein Schild an der Wand: »Mädchen- und Frauenberatungsstelle.«

Karolin fragte sich, was da wohl vor sich ging.

An einem verregneten Donnerstagnachmittag hielt sie bei dem Haus an, stellte ihr Rad ab und ging hinein. Eine junge Frau begrüßte sie, die genau wie sie selbst Doc Martens trug. Sie hatte eine Brille auf der Nase und eine auf dem Kopf. Das war Maren.

Sie sprachen lange miteinander, und am nächsten Tag kam Karolin wieder.

Nicht, dass sie nur über Marens Arbeit sprachen, sie redeten über vieles. Maren hatte weiche Hände und roch immer nach Zimt. Lange bevor sie Karolin das erste Mal küsste, sagte sie einmal: »Du bist lesbisch«, was eine Feststellung war.

Karolin war sowieso schon längst in Maren verliebt. Ihre Männergeschichten. Vorne und hinten hatten sie nicht gestimmt. Und Michael hatte sich nach einem Streit auf sein Motorrad gesetzt und war gegen einen Baum gefahren. Karolin war also mit zweiundzwanzig schon so eine Art Witwe.

Maren war die Einzige, die sie nicht auch so behandelte. Maren sagte: »Ich kenne Leute, die Schlimmeres erlebt haben«, und Karolin war froh, in ihren Augen nicht lähmendes Mitleid zu sehen.

Als sie sich besser kannten, merkte Karolin, dass Maren tatsächlich kein großes Interesse an ihrer Tragödie hatte. Sie wurde neugierig auf die Leute, von denen Maren gesprochen hatte. Sie wollte wissen, was die so Schreckliches erlebt hatten, dass sie selbst mit ihrer Trauer neben ihnen verblasste.

Also begannen die beiden durch die Kneipen zu ziehen. Sie waren nächtelang unterwegs, und Maren zeigte Karolin alle Freaks, die sie kannte. Sie kannte eine Menge. Sie sammelte diese Menschen wie andere Briefmarken oder Biergläser.

Jede Nacht kam Karolin spät nach Hause, manchmal überhaupt nicht. Ihre Mutter machte ihr mindestens eine Szene am Tag: »Diese Maren hat einen schlechten Einfluss auf dich! Siehst du das denn nicht?«, keifte sie zum Beispiel.

»Du bist ja nur eifersüchtig«, schrie Karolin dann zurück. »Maren kann mir jetzt helfen, aber du bist einfach nur hilflos. Trauer hin, Trauer her, das Leben geht doch weiter!« Aber ihre Mutter verbarg ihre Ohnmacht weiterhin hinter strengen Ausgehverordnungen, die Karolin nicht einhielt.

Karolin traf Maren manchmal in der »Roten Marylin«. Hier liefen all die Freaks herum, die Maren kannte. Nach einem furchtbaren Streit mit ihrer Mutter fuhr Karolin mit dem Rad dorthin, setzte sich an einen Tisch und hoffte, dass Maren käme.

Normalerweise trafen sie sich nur an bestimmten Wochentagen. Maren bestand darauf, auch mal Zeit für sich allein zu haben, und Karolin verstand sie. Immerhin war Maren ihre Freiheit gewöhnt. Aber an diesem Abend brauchte Karolin sie so dringend. Deshalb hoffte sie, dass Maren hierherkäme.

Ein schmieriger Typ in Cordhosen setzte sich zu Karolin an den Tisch und gab ihr ein Bier aus. Er sagte, er heiße Christus und sei auf Speed.

»Ich will nichts mit welchen zu tun haben, die auf Speed sind«, antwortete Karolin.

»Du bist lesbisch, nicht?!«, fragte er.

Karolin lief knallrot an. Sie war es noch nicht gewöhnt, diese Frage zu beantworten.

»Das ist super!«, sagte Christus und tätschelte ihren Arm. Wie es sonst alte Opis tun, die zu schwach sind, um noch was anderes zu versuchen.

»Weißt du, ich hab' 'nen Kumpel, der ist echt dufte, sag' ich dir. Nur, der hat ein kleines Problem. Verstehste? Ist so'n bisschen pervers. Da hinten sitzt er: Ernie, der Stiefellecker.«

Ernie sah nicht halb so heruntergekommen aus wie Christus, trug ein gestärktes weißes Hemd und polierte Cowboystiefel. Er saß vor seinem Bier und starrte traurig hinein. Irgendwie tat er Karolin leid.

»Es müssen aber nicht unbedingt Stiefel sein, so echte, mein' ich. Schuhe tun's auch. Oder auch barfuß. Hauptsache Fuß, verstehste? Er schlabbert so'n bisschen rum und fertig. Sonst nichts. Dafür zahlt er'n Hunni. Na?«

Christus sabberte ein wenig aus dem Mundwinkel und stank. Karolin wollte eigentlich nur weg. Das alles war so jämmerlich. Und sie wollte heute keine mehr sehen, die noch schlimmer dran waren als sie selbst. Heute war Karolin mal dran mit dem Bemitleidetwerden. Sie hatte sich schließlich mit ihrer Mutter gestritten und war wütend und traurig. Und sie vermisste Michaels Stimme. Sie wollte zu Maren und sich von ihr trösten lassen.

»Du! Ich geh' jetzt rüber zum Ernie und hol ihn her, ihr

könnt euch ja mal angucken. Und wenn was draus wird, gibste mir die Hälfte für die Vermittlung, ne?!«

Sie wollte aufstehen, aber er war ziemlich stark.

»Sagen wir dreißig, o.k.? Dreißig für mich, siebzig für dich. Das ist doch fair. Für so'n bisschen Schuhehinhalten. Vielleicht zahlt er noch was drauf, wenn er hört, dass du's sonst nur mit Weibern machst.«

Karolin überlegte, dass es die einfachste Lösung wäre, Christus zu Ernie rüberzuschicken und sich dann blitzschnell aus dem Staub zu machen. Also nickte sie.

Christus brüllte durch den ganzen Laden: »Eh, Ernie, komm doch mal her!«

Alle glotzten zu ihnen herüber. Manche grinsten blöd.

Ernie stakste zu ihnen an den Tisch und sah Karolin an. Er hatte Augen wie schwarze Kirschen.

»Gefällt sie dir, Ernie? Sie ist 'ne echte Lesbe. Keine Tricks, kein doppelter Boden. Und für Hundertfünfzig lässt sie dich an ihre süßen Füße.«

Ernie sah Karolin immer noch an.

»Du trägst Doc Martens mit Stahlkappe, Größe neununddreißig«, sagte er und lächelte. Er hatte nicht unter den Tisch geguckt.

»Weinrot«, sagte sie.

»Verpiss dich«, sagte Ernie zu Christus, und der stand auf. zwinkerte Karolin zu und schlurfte zur Bar.

»Woher weißt du, welche Schuhgröße ich habe?«

Ernie prostete ihr zu. Eigentlich sah er ganz normal aus. Er hatte unheimlich hübsche, lange Wimpern.

Würde er wirklich so viel Geld hinlegen für das Ablecken ihrer Schuhe? War er so verzweifelt? Wahrscheinlich saß er jeden Abend hier. Sie konnte sich plötzlich wieder an sein Gesicht erinnern.

»Das ist Übung. Ich schätze gut. Wahrscheinlich kenne ich die Schuhgröße von jedem und jeder, die hier zur Tür reinkommen.«

»Und ihre Gesichter?«

»Meistens sind ihre Füße schöner.«

Sie lachten.

»Hast du heute Abend eine Frau gesehen, so groß wie ich, dreißig Jahre, braunes Haar und mindestens eine Brille?«

»Du meinst Maren? Nein. Die kommt dienstags immer spät. Bist du ihre Geliebte? Sie hat sehr schöne Füße.«

»Das finde ich auch.«

»Im Sommer trägt sie immer Sandalen …«

Karolin hatte noch nie einen Mann von Füßen schwärmen hören: »Sie sind so weit weg vom Kopf. Sie lassen sich nicht so lenken wie Hände, mit denen man streichelt oder schreibt. Sie können nur fühlen. Ich glaube, sie sind das Ursprünglichste und Triebhafteste am ganzen Körper. Ist das nicht wundervoll?«

Sie hatte noch nie darüber nachgedacht, aber wahrscheinlich hatte er recht.

»Darf ich dich etwas fragen? Es ist sehr persönlich, du brauchst nicht zu antworten«, sagte sie.

»Was denn?«

»Warum stehst du so darauf, die Schuhe fremder Menschen abzulecken? Was ist denn so toll daran?«

Ernie starrte sie mit schwarzen Augen an. »Du bist die Erste, die mich das fragt.«

»Das ist doch eine naheliegende Frage.«

Er blickte in sein Bierglas und schüttelte verwundert den Kopf.

»Vielleicht. Aber nur unter Normalen.«

Karolin war verblüfft. Sie hatte ihm gesagt, dass sie eine

Lesbe war, und trotzdem hielt er sie für »normal«. Wie lange hatte sie selbst dazu gebraucht, um das so zu sehen!

»Ich bin mal bei einem Psychoheini gewesen. Ich wollte einfach sein wie alle: ein bisschen bumsen mit der Freundin, irgendwann Kinder, Family. Irgendein Platz, an dem man geborgen ist.« Ernies Hand zitterte, als er nach dem Glas griff. »Ein halbes Vermögen hab' ich in diese Eine-Stunde-pro-Woche gesteckt. Aber das Einzige, was dabei herauskam, war, dass mein Vater mich mit seinen Arbeitsschuhen verprügelt hat. Er war Straßenarbeiter, hatte Schuhe mit Spikes untendrunter. Tat höllisch weh, wenn er damit zuschlug. Ich hab' ihn gehasst. Aber dieser Psychoheini meinte, ich steh' auf Füße und Schuhe, weil ich in Wahrheit meinem Vater nah sein will, diesem Schwein. Das Schwein hat mich grün und blau geschlagen.« Karolin dachte: »Deshalb siehst du so traurig aus.«

»Gut möglich«, sagte er, und sie merkte, dass sie es laut ausgesprochen hatte.

Sie saßen eine Weile nur da und schwiegen.

Es überraschte Karolin, als Ernie sich plötzlich räusperte und sagte: »Und du? Warum siehst du so traurig aus?«

Karolin erschrak. Jeder, der das wollte, konnte also auch in ihrem Gesicht lesen. In diesem Augenblick fasste sie den Entschluss, ihr Gesicht so gut beherrschen zu lernen, dass ihr das nicht mehr passieren konnte.

»Hat dein Vater dich auch geschlagen?«, fragte Ernie.

So dachten doch alle: immer in der eigenen, kleinen Welt mit dem eigenen, beschränkten Erfahrungshorizont.

Karolins Vater war ein kleiner, dickbäuchiger Mann mit roten Wangen gewesen, der in seiner Schreinerwerkstatt Holz bearbeitete. Er hatte Karolin einmal geohrfeigt, als sie mit vier Jahren aus einem Kanister mit Verdünnungsmittel trinken wollte.

»Nein, aber mein Stiefvater wollte mich vergewaltigen«, hörte sie sich sagen. Es war das erste Mal, dass sie davon sprach.

Ernie blickte von seinem Bierglas auf. Karolin sah ihm an, dass er in ihr plötzlich einen Menschen zu erkennen glaubte, dem er trauen konnte.

»Aber das war schon das Ende davon. Vorher ist viel passiert, ein paar Jahre lang.«

Ernie nickte, als sei das alles ein guter Grund. Er hielt sich für kompetent genug, um das beurteilen zu können.

Als er gerade ansetzen wollte, etwas zu sagen – und Karolin hätte wirklich gern gewusst, was es war – stand plötzlich Maren am Tisch und stellte ihr Glas vor ihnen ab.

»Was machst du denn hier?« Ihre Stimme hatte nicht den üblichen warmen Klang. »Und dann noch mit dem da.« Ein Nicken zu Ernie.

»Wir haben uns nur unterhalten«, antwortete Ernie rasch.

»Unterhalten? Ich kann mir vorstellen, was du mal wieder vorhattest. Aber daraus wird nichts, klar?! Lass sie in Ruhe. Los, hau ab!«

Ernie wollte aufstehen und kampflos gehen.

»Aber wir haben uns wirklich nur unterhalten, Maren«, warf Karolin ein. »Ich will nicht, dass er geht.«

Maren blickte erst sie an und dann ihn. Ernie hob die Hände und rückte seinen Stuhl vom Tisch weg. Als er aufstand, sah er Karolin noch ein einziges Mal an, und sie dachte, dass sogar Leute wie Maren daran schuld waren, dass er so traurig aussah.

Er zahlte und ging hinaus. Karolin wäre an seiner Stelle auch nicht hiergeblieben, wo die Hälfte der Kneipe die Szene beobachtet hatte.

»Was um Himmels willen tust du hier in diesem Laden?

Hast du auf mich gewartet?« Maren setzte sich nicht, sondern blieb vor Karolin stehen.

»Ich hatte Streit mit meiner Mutter. Und ich fühlte mich mies. Ich …«

»Ich will das nicht! Ich will nicht, dass du hinter mir herläufst. Tu das nie wieder.«

»… fühlte mich so beschissen. Immer musste ich daran denken. An den Unfall. Dass er nie wiederkommt. Ich bekam es nicht aus meinem Kopf.«

»Ich will nicht, dass du auf mich wartest!«

»Wieso nicht?«

»Weil mich das unter Druck setzt. Ich habe dann das Gefühl, dass ich unbedingt zu dir kommen muss. Und wenn ich es nicht tue, wartest du und bist enttäuscht.«

»Aber so ist es doch.«

»Ich will das nicht!«

»Aber es ist so, Maren. Das ist immer so, wenn man jemanden braucht.«

Maren starrte sie mit offenem Mund an, packte sie am Arm und zog sie hoch. »Komm mit!«

Dem Mann hinter der Theke rief sie zu: »Ich zahl' morgen!« Er winkte nur.

Draußen lehnte Karolin sich gegen die Hauswand, deren raue Struktur sich angenehm unter ihren Händen anfühlte: ganz real und beständig.

Maren stand ein Stück weiter weg im Kegellicht einer einzelnen Lampe und starrte ab und zu herüber.

Karolin verstand nicht, was passiert war. Sie hatte Maren gesagt, dass sie sie brauchte. Aber sie hatte ihr doch schon hundertmal vorher gesagt, dass sie sie liebte. Natürlich gab es das eine auch ohne das andere – aber doch nicht hier, in einer Liebesbeziehung zwischen zwei Frauen. Oder?

Schließlich kam Maren heran und sah an Karolin vorbei auf die graue Wand. »Du fängst an, mir über den Kopf zu wachsen«, sagte sie. »Komm, ich fahr' dich nach Hause.«

Sie luden das Fahrrad in den Kofferraum des Wagens, und Maren fuhr los.

In Karolin gab es eine Stelle, die ihr oft weh tat. Manchmal dachte sie, es sei der Magen. Manchmal der Blinddarm oder die Nieren. Auf dieser Fahrt tat es ganz besonders weh. Es brannte wie Feuer und sandte seinen Schmerz in alle Winkel ihres Körpers.

Als sie an einer Ampel halten mussten, hatte Maren sich gesammelt, und ihre Stimme hatte wieder diesen vertrauenerweckenden Klang.

»Hast du eigentlich eine Ahnung, was das für ein Typ ist, mit dem du da gerade gesprochen hast?«

»Das war Ernie, der Stiefellecker«, antwortete Karolin brav.

»Er ist ein Perverser. Wenn du den einmal ranlässt, bekommst du ihn nicht mehr los. Er windet sich vor dir auf dem Boden und will, dass du ihn trittst. Er kriegt deinen Namen raus, ruft dich an, schickt dir Päckchen mit Dreihundertmarksstiefeln. Wo er dich erwischen kann, hängt er an dir dran, will immer mehr: erst die Füße, dann die Schenkel, dann die Möse. Und bei allem sollst du ihn möglichst treten. Er geht dir so auf die Nerven, dass du nachts plötzlich aufwachst, seinen Anruf fürchtest und dir plötzlich wünschst, ihm den Schädel zu zerschmettern. So ist das nämlich mit dem guten Ernie. Sei froh, dass ich vorbeigekommen bin. Eigentlich wollte ich erst viel später auftauchen.«

Die Ampel wurde grün.

»He, Kleines, nun sag schon was. Sei nicht eingeschnappt.«

Karolin konnte an nichts anderes denken als daran, wie sehr sie sie liebte.

»Liebst du mich?«, fragte sie.

Maren legte ihre Hand, die sie sonst zum Schalten brauchte, auf ihr Knie: »Ja, ich lieb' dich.«

»Warum erschreckt es dich dann, wenn ich dich brauche?«

Maren antwortete nicht.

»Maren, ich weiß nicht mehr, wohin mit mir. Es tut so weh. Hier.« Sie zeigte auf die Stelle, die schlimmer brannte als ätzende Säure. »Man kann doch nicht immer im Leben so stark sein, dass man alles allein schafft, oder? Maren, ich bin so allein.«

Maren sagte nichts. Sie schwiegen, bis das Haus in Sicht kam.

9. Kapitel

Nele

Nele war Mitte zwanzig, als Karolin ihr vor sieben Jahren begegnete. Sie trafen sich auf einer zusammengewürfelten Silvesterparty bei Freunden von Karolins Vater.

Karolin war selbst gerade achtzehn.

Während die anderen mit viel Geschrei Zinn gossen, die Männer in jeder skurrilen Form Titten oder Schenkel, die Frauen in denselben Formen Babystrampler oder verwunschene Frösche sahen, zogen Karolin und Nele sich in eine Ecke zurück.

Karolin schätzte sie auf etwa dreißig. Sie war zu dick, und ihre Bewegungen waren so langsam, als sei sie unendlich müde. Ihre Hände streichelten den seidigen Stoff ihrer Bluse.

»Hast du einen guten Vorsatz für das neue Jahr?«, fragte sie Karolin.

Sie selbst sah aus, als hätte sie zu jedem Silvester einen ganzen Haufen solch guter Vorsätze.

»Klar.« Karolin deutete auf vier junge Männer, die um die improvisierte Theke standen und laut lachten. »Siehst du den im roten Hemd?«

Nele sah hin.

»Dein Freund?«

»Nicht mehr lange. Mein erster Vorsatz für das neue Jahr ist, mit ihm Schluss zu machen. Wir gehen erst seit drei Wochen miteinander, und er langweilt mich jetzt schon zu Tode.«

Nele kicherte nervös und warf einen raschen Blick zu einem anderen Mann, der sich angeregt mit dem Gastgeber unterhielt.

»Und der da ist dein Freund?«, fragte Karolin. Er sah gut aus.

»Ja, Alexander«, flüsterte Nele ihr zu und leerte ihr Sektglas in einem Zug. Dann setzte sie hinzu: »Der Große.«

»Oh …«

»Wie?«

»Ich sagte nur ›oh‹.«

»Ah.«

Karolin schenkte Nele aus der Sektflasche nach, die sie in der Hand hielt und aus der sie dann und wann nippte.

»Warum ›oh‹?«

Wenn Nele nicht verstohlen vor sich hin kicherte, wirkten ihre Augen groß und waren voller Verwunderung.

»Ich sagte ›oh‹, weil du so ein Gesicht gemacht hast bei dem Wort ›der Große‹«, erklärte Karolin ihr. »Das sah nicht so aus, als würdet ihr euch so bombastisch verstehen. Wie lange seid ihr schon zusammen?«

»Drei Jahre. Fast auf den Tag genau. Meine Güte …« Nele seufzte und zerwühlte ihre ohnehin schon zerrupfte Frisur. »So lange schon.«

Alexanders Stimme schallte zu ihnen herüber. Er sprach von seinen Erfolgen an der Universität. Jurastudium.

»Er gibt wohl gern an?«

»Wie kommst du darauf?«

»Weil du ihn ›den Großen‹ genannt hast.«

Nele starrte sie einen Augenblick verblüfft an, kicherte heftig los und lief rot an. Sie verschüttete etwas Sekt auf ihre glitzernden Schuhe und trank deshalb den Rest vorsichtshalber aus.

»Ich meinte damit … verstehst du? Ich meinte damit nicht … Was ich damit meinte, ist …«

»Ja?« Karolin war fasziniert von ihren Kichersalven.

»Ich meinte seinen … seinen …« Es folgte eine eindeutige Handbewegung.

Puterrot saßen Nele und Karolin jetzt auf der Bank und kicherten beide. Karolin sah ihren Vater, der verwundert zu ihnen herblickte. So ausgelassen kannte er sie gar nicht.

»Ist es nicht furchtbar, wenn sie so groß sind? Ich hasse es!« Nele verzog das Gesicht.

»Ich kenne erst zwei«, gestand Karolin.

»Wirklich? Ich müsste mal zählen … Aber die anderen waren kleiner. Na ja, zu klein ist auch nicht schön. Einmal hatte ich einen, der war vielleicht winzig, sozusagen völlig unbedeutend.« Sie kicherten wieder. Karolin befürchtete, die Kontrolle zu verlieren und nicht mehr damit aufhören zu können.

»Ich kann es nicht leiden, wenn er auf mir liegt. Dann stochert er in mir herum, als müsse er einen Akkord brechen, und ich liege nur doof rum. Ich sitze lieber oben«, sagte Nele. Ihre Lippen zitterten ein wenig. Sie war nervös. Vielleicht fragte sie sich gerade, was sie hier tat.

»Ja, ich auch«, erwiderte Karolin, überrascht, dass es so einfach war, so etwas zu sagen. »Dann habe ich die Kontrolle über alles. Und wenn ich Glück habe, komme ich dann auch.«

Karolin hatte nie mit jemandem darüber gesprochen, wie es für sie war, mit einem Mann zu schlafen. Aber wenn es unbedingt hier und jetzt sein sollte, warum nicht.

»Ach, es ist immer das Gleiche«, erwiderte Nele und drehte an einem ihrer vielen Ringe. »Für unseren Spaß müssen wir doch eigentlich selber sorgen. Die wenigsten haben es raus. Am besten, man nimmt ihre Hand und zeigt ihnen, was einem gefällt.« Sie betrachtete sinnend ihre Hand, die immer noch das Sektglas hielt.

»Redest du mit deinem Freund darüber?«, wollte Karolin wissen.

Nele war so locker. Sie wusste anscheinend genau, was sie wollte.

»Reden?«, wiederholte Nele. »Mit einem Mann?«

Karolin dachte darüber nach, woran es wohl lag, dass sie mit manchen Menschen auch nach mehrmaligen Treffen nie über den Schulkram, die vier Lieblingsbands und den letzten Urlaub hinwegkam.

»Und wie ist es, wenn du es allein tust?«, fragte sie.

»Wie gut, dass das erfunden wurde!«, platzte Nele heraus, und sie kicherten wieder.

»Manchmal frage ich mich, ob wir sie überhaupt brauchen«, flüsterte Nele, und ihre Handbewegung deutete vage in den Raum hinein, meinte nicht nur Alexander und Den-im-roten-Hemd. »Ich meine, du kannst schon Spaß mit ihnen haben. Aber brauchen tun wir sie doch nicht, oder?«

»Ich finde es geil«, sagte Karolin.

»Ja, ja, ich auch«, beeilte Nele sich zu sagen.

Karolin horchte ihren Stimmen nach. Sie hatte etwas durch und durch Positives sagen wollen, denn sie fand, Sex sollte durch und durch positiv sein. Aber jetzt fand sie plötzlich, dass dieses Wort nicht nach Lust und Freiheit klang, sondern nach einer unübersehbaren Lücke.

Nele richtete ihre Augen in die Ferne, obwohl der Partyraum nur knapp sechs Meter maß. Ihr Parfüm zog an Karolin vorbei. Es roch nach milchsatten Kätzchen. Ein zufriedener Geruch, der Karolin einhüllte mit seiner süßlichen Müdigkeit. Er passte zu Neles fast geschlossenen Lidern, ihrem Blick, der jetzt wie ein Gespenst durch Wände glitt.

»Meinst du, dass da noch irgendetwas kommt?«, fragte Karolin und zögerte plötzlich. Ihr war gerade eingefallen, dass sie sich überhaupt nicht kannten.

Nele sah sie an und schwieg.

10. Kapitel

Unerwartetes

Als sie mit ihrem Schreiben das Leben zu überholen beginnt, überholt plötzlich ihr Leben ihr Schreiben und stellt die Ordnung der Dinge auf den Kopf.

Alles in Karolin glühte weiß. Wie über dem Feuer erhitztes Eisen.

Es war klar, was in dieser Nacht nach dem Schwof hätte passieren können. Es wäre normal gewesen, jetzt den ersten Schlaf zu bekommen. Eingehüllt in den Duft von Schweiß und Liebessäften.

In der Dämmerung, die sie durch den Vorhang erspürt hätten, wären sie wieder erwacht, hätten sich halb noch im Schlaf aneinandergeschmiegt und den Körper der anderen aufs Neue erkundet. Das Weiche, das Starke, das Zarte und das Wilde. Sie hätten nicht aufhören können mit dem Streicheln und Tasten und hätten sich plötzlich aufgeregt und hitzig noch einmal geliebt. Und am Morgen noch mal.

Aber vor langer Zeit war etwas geschehen, das diese schönen Dinge für Karolin so schwer machte.

Jetzt dachte sie daran, davon zu reden, sich Zeit zu lassen und Vertrauen zu finden. Und Nähe. Aber dann fiel ihr ein, dass ihr Gerede völlig umsonst sein konnte, wenn Frederike es in diesem Augenblick nicht selber erkannte.

»Weißt du, was ich ganz traurig finde?«, sagte die plötzlich.

Sie hielten sich immer noch an der Hand, und es fühlte sich schon nicht mehr fremd an. »Wir tun immer alle so cool und laufen mit unseren Masken durch die Welt. Aber das Traurige daran ist: Die meisten haben verdammt gute Gründe, um so zu sein.«

Als sie am Morgen erwachten, hatte in Karolin etwas einen sehr großen Schritt nach vorne gemacht.

»So geht das nicht!«, erklärte Bastian. »An dieser Stelle hier müssen wir unbedingt noch etwas über die gängige Lichtsetzung in den Fünfzigern sagen. Der ganze Kontext wird auseinandergerissen, wenn wir das nicht tun.«

»Vielleicht könnten wir den Lichtabschnitt hier einbauen?! Vor dem Kapitel über die Filmmusik«, schlug ich vor.

Wir saßen auf dem Boden in meinem Wohnzimmer und hatten um uns herum Berge von handgeschriebenen Zetteln verteilt, die wir für eine Hausarbeit zusammenordnen wollten.

»Ja, das könnte funktionieren.« Er schichtete ein paar Seiten um. »Ich kann es immer noch nicht glauben: Du hast mit Karolin schon im Bett gelegen, und es ist nichts passiert!«

»Was ist so schlimm daran? Sie hat mir viel von sich erzählt. Das ist mir wichtiger, als sofort mit ihr rumzumachen. Ich will sie schließlich kennenlernen.«

»Ich lerne meine Freunde auch erst kennen«, mokierte sich Bastian. »Aber wenn wir dann im Bett landen, dann landen wir auch richtig im Bett!«

»Ich bin wirklich froh, dass das bei Karolin nicht so ist. Es wäre einfach nicht richtig gewesen. Das ist keine Hopplahopp-Frau. Und weißt du was? Genau das mag ich an ihr! Ich mag es, dass sie erst wartet, dass sich etwas Tiefes zwischen uns entwickelt. Das ist doch eine tolle Beziehung. Ich möchte noch viel mehr von ihr wissen.«

»Dann wirst du endlich wissen, wieso sie dich am Anfang immer so melancholisch gemacht hat. Du kannst dieser Frau auf den Grund gehen, wie bei der Filmanalyse.«

»Sebastian! Bitte!«

»Ernster, natürlich. Mit dem notwendigen, menschlichen Ernst, der angemessen ist. Aber mit der Erfahrung einer Filmwissenschaftlerin. Wenn du so an die Sache rangehst, was fällt dir dann als Erstes ein?«

»Dass meine Freunde und Freundinnen fast alle spinnen, die Schwulen allen voran! Es handelt sich hier nicht um einen inszenierten abendfüllenden Spielfilm, mein Guter. Es ist ihr Leben.«

Bastian winkte ab.

»Das ändert nichts an der Tatsache, dass diese Frau analysiert werden sollte. Sonst wirst du doch nie aus ihr schlau.«

»Ich will sie aber nicht untersuchen, Bastian. Ich will sie einfach nur …«

»Na? Was?«

»… glücklich machen.«

»Oje, bei dir ist ja alles verloren.«

»Verloren!«, wiederholte ich energisch. »Das ist das richtige Wort im Zusammenhang mit Karolin. Sie hat so viel verloren.« Ich betrachtete Bastian, der ganze Kapitel unserer Hausarbeit auf dem Teppich herumschob. Konnte ich mich auch auf diesem privaten Gebiet so gut auf ihn verlassen, dass ich ihm von Karolins Geschichte erzählen durfte?

»Verlust?«, fragte Bastian.

Meine Türglocke schrillte. Wir sahen uns fragend an.

»Ich erwarte niemanden.«

»Geh doch mal an die Tür. Vielleicht ist es Karolin.«

Ich wusste, dass Karolin niemals einfach so hier auftauchen würde. Trotzdem ließ ich mich von dieser Möglichkeit verleiten.

»Hoffentlich ist es nur nicht Paula. Auf ihre Bemerkungen über männliche Besuche in meiner Wohnung habe ich keine Lust«, maulte ich. Und in die Sprechanlage brüllte ich: »Wer ist denn da?«

Es krachte und knackste. Dann kam eine Antwort.

Ich drückte auf den Türöffner und steckte meinen Kopf wieder ins Wohnzimmer.

»Es ist mein Vater!«, sagte ich verblüfft.

Als ich im Treppenhaus sein Gesicht auftauchen sah, erkannte ich an seiner Miene deutlich, dass etwas passiert war. Mein Rücken verkrampfte sich zur Unbiegsamkeit eines Surfbrettes.

»Ist was mit Alice?«, brachte ich heraus, als er vor mir stand. Die Epilepsie meiner Schwester hatte mich meine ganze Kindheit hindurch immer wieder in Schrecken versetzt. Jederzeit konnte etwas Unvorhergesehenes passieren. Einen plötzlichen Besuch meiner Eltern, die mir eine Horrorbotschaft brachten, hatte ich bereits in mehr als einem Albtraum durchlebt.

Papa klopfte mir auf die Schulter und lächelte etwas steif: »Nein, nein, alles in Ordnung. Ich kam hier grad vorbei und dachte, ich besuch' dich mal.«

Ich wich ein paar Schritte in die Wohnung zurück, und er folgte mir in den Flur.

»Du hast neu gestrichen«, stellte er fest und betastete vorsichtig die Wand, als befürchtete er, die Farbe sei noch feucht.

»Vor einem halben Jahr schon«, antwortete ich und starrte ihn gebannt an. Bastian im Wohnzimmer hatte ich vollkommen vergessen. Ich könnte mich jetzt über den gelungenen Überraschungsbesuch freuen. Allerdings wirkte das vertraute Gesicht wie ein Fremdkörper in meinem kleinen Flur. Ich wurde den Verdacht nicht los, dass irgendetwas nicht stimmte.

Papa war erst wenige Male in meiner Wohnung gewesen. Meistens zu meinem Geburtstag, mit Mama und Alice zusammen. Sie kündigten sich jedes Mal schon Wochen vorher samt Kuchen und Geschenken an. Unangemeldet war noch kein Mitglied meiner Familie hier angerauscht.

Papa legte auch nicht gleich mit irgendetwas Wichtigem los, wie er es sonst tat. Er fragte nicht nach meinem Studium oder meinen Fortschritten im Schreiben. Stattdessen hielt er sich verdächtig lange beim Wetter auf, das er für Oktober als zu warm, subjektiv aber als sehr angenehm empfand.

Ich hörte ihm eine Weile zu, dann unterbrach ich sein Gerede mit meiner üblichen Direktheit:

»Papa, was ist eigentlich los?«

Es rührte mich ungemein, als ich jetzt den Kampf in seinem Gesicht miterlebte: Es war ein Hin und Her, ein Für und Wider darin zu erkennen.

»Komm erst mal rein«, sagte ich und deutete ins Wohnzimmer. »Möchtest du Tee?«

»Oh ja, Freddy, dank' dir.«

Ich musste blinzeln. »Freddy« hatte er sehr lange nicht mehr zu mir gesagt. Ich war für diesen kindlichen Spitznamen zu alt geworden. Papa folgte mir ins Wohnzimmer, und als er Bastian erblickte, blieb er stehen.

»Oh, Besuch …«

»Hi«, sagte Bastian artig und reckte Papa seine Hand entgegen. »Sebastian Steinberg-Holtey. Für den Doppelnamen sind meine Eltern verantwortlich. Ich bin ein Kommilitone von Frederike.«

»Hi«, erwiderte Papa und schüttelte Bastians Hand etwas hektisch. Dann folgte er mir in die Küche.

»Ich wusste nicht, dass du Besuch hast«, flüsterte er.

»Wir haben gerade an einer Hausarbeit gewurschtelt. Nichts Wichtiges«, erklärte ich. »Wir sind auch fast fertig. Wenn du willst, schmeiß' ich ihn raus?!«

Ich kannte meinen Vater immer als entschlussfreudig. Jetzt machte er den Eindruck, als wisse er nicht, was er wolle.

Er fuhr sich mit der Hand durch das dünne Haar an der Stirn und lächelte zögerlich: »Ich bin etwas verwirrt.«

»Ich merke auch schon so was. Hoffentlich ist das nicht ansteckend«, lachte ich.

Während der Tee in die Kanne tröpfelte, machte ich schnell einen Abstecher ins Wohnzimmer. Aber Bastian hatte bereits die Lage begriffen und packte schon seine Unterlagen zusammen.

»Sie brauchen jetzt aber nicht zu gehen, nur wegen mir«, beteuerte Papa, der plötzlich hinter mir stand.

»Sie glauben nicht, wie willkommen mir das ist«, erwiderte Bastian mit betont gequältem Gesicht. »Ihre Tochter darf sich rühmen, hochgradig arbeitssüchtig zu sein. Sie will immer alles an einem Tag schaffen.«

Papa sah mich erstaunt an, als kenne er mich nicht schon länger.

»Manche Sachen kannst du einfach nicht an einem Tag schaffen!«, sagte ich.

Bastian stand auf und nahm seine Tasche.

»Das ist wunderbar, dass du das jetzt einsiehst«, grinste er und küsste mich sehr brüderlich auf die Wange. Papa sah trotzdem weg.

»Tja, ich geh' dann. Wir sehen uns ja morgen sowieso in der Uni.«

»Immer fleißig, hm?«, scherzte Papa lahm. Ich wunderte mich. Aber ich sollte mich noch viel mehr wundern. Plötzlich kam Leben in meinen zuvor noch so zögerlichen Vater, und ihm fiel – jetzt in dieser Sekunde – wieder ein, dass er noch einen dringenden Termin hatte.

So stapften er und Bastian dann gemeinsam die Treppe hinunter. Ihre Bassstimmen verklangen, als unten die Tür ins Schloss fiel.

Ich ging in die Küche und setzte mich an den Tisch. Der verschmähte Tee tröpfelte in die Kanne.

»Was war denn das?«, sagte ich zu meinem Ficus auf dem Fensterbrett.

Die Grünpflanze, die wegen starken Blattverlustes eher an ein abgeerntetes Lorbeerbäumchen erinnerte, diente mir des öfteren als Gesprächspartner.

Natürlich hatte Papa mir etwas sagen wollen. Etwas lastete ihm schwer auf der Seele, war aber anscheinend noch um einiges schwerer auszusprechen.

Könnte er Krebs haben? Krebs fiel mir bei Leuten über vierzig immer als Erstes ein, wenn sie mit mir reden wollten. Allerdings war mein Vater doch nicht der Typ, der bei so einer Lage seine Tochter durch unerwartete Auftritte in Angst und Schrecken versetzen würde. Diese Möglichkeit kam also eher nicht infrage.

Hatte er vielleicht Schulden? Ein uneheliches Kind? Ach, das war doch alles Unsinn!

Es schellte wieder an der Tür.

»Aha!«, sagte ich zum Ficus. »Da ist er wieder. Hat es sich wohl überlegt. Na, da bin ich aber gespannt.«

Es waren lange Schritte im Treppenhaus zu hören.

Ich huschte zurück in die Küche und goss meinem armen, gebeutelten Vater schon mal eine Tasse Tee ein. Im Schrank fand ich auch noch etwas Rum, der von einer »Jamaicatortenschlacht« übriggeblieben war.

Als ich aufsah, stand aber nicht Papa im Türrahmen, sondern Pe.

»Da bin ich wieder mal«, sagte sie. Vorsichtshalber hatte sie die Wohnungstür noch nicht hinter sich geschlossen. »Du erwartest jemanden?«

»Meinen Vater«, antwortete ich fast wahrheitsgemäß.

Pe schloss die Wohnungstür. »Der ist grad mit seinem Wagen weggefahren.«

»Hast du unten gewartet, bis die Luft rein war?« Ich konnte nicht anders, als sie mal wieder für ihre Geduld und Findigkeit zu bewundern.

»Bekomme ich auch einen Tee?« Pe setzte sich zu mir an den Tisch.

»Nimm dir!« Nun war Pe also in meiner Wohnung. Und wenn ich nicht hyperunhöflich sein wollte, konnte ich sie nicht einfach wieder rausschmeißen. Da gab es nur eines: Ich bediente mich am Rum; und nicht zu knapp. Pe bedachte mich mit einem erstaunten Blick.

Meine Tasse war rasch leer, und ich sah verwundert auf ihren schmierigen Boden, wo sich ein kümmerlicher Rest bräunlicher Flüssigkeit sammelte.

Pe saß an meinem Tisch, als sei sie nie weggewesen. Ich wartete ab, was dieser Tag noch für mich bereithielt.

»Sebastian hab ich auch gesehen. Sieht gut aus.«

»Er hat was mit einem Steinbock«, erklärte ich ihr.

Sie lachte. Und wir musterten uns ausgiebig.

»Du fragst mich gar nicht, warum ich gekommen bin«, stellte Pe nach einer Welle des Schweigens fest.

»Ich nehme mal an, dass du mir das gleich selber sagen wirst.«

»Weißt du, dass du zum ersten Mal seit sechs Monaten freundlich zu mir bist?«, sagte Pe und nippte an ihrem Tee. Mir fiel auf, dass sie nicht geschminkt war. Sie trug keinen Lippenstift und keine Wimperntusche. Nicht mal Kajal hatte sie aufgetragen.

»Es liegt daran, dass du deine Kriegsbemalung weggelassen hast«, erklärte ich ihr. »Das hemmt meine Aggressionen, die ich gegen Pe Feldmann hege.«

Wir schafften es, uns anzulächeln.

»Und somit wären wir auch schon beim Thema«, sagte Pe. »Ich möchte gern mit dir reden – über deine Pe-Feldmann-Aggressionen. Ich würde gerne etwas dagegen tun. Ich vermiss' dich, Rike. Natürlich weiß ich, dass es nicht mehr so sein kann wie früher. Aber ich möchte mit dir befreundet sein. Ich möchte mit dir umgehen können wie mit einer guten Freundin, in deren Nähe ich sein kann. Aber du bist zu mir immer nur abweisend. Wenn es dagegen ein Mittel gibt, dann wüsste ich es gern.«

»Hormonspritzen?«, schlug ich vor. Aber ich konnte ihrem gezwungenen Lachen ansehen, dass es ihr ernst war. Ich seufzte. Allmählich hatte ich einfach keine Nerven mehr für die Dramen, die Pe mir ständig aufzwingen wollte.

»Gegen diese Aggressionen, Pe, da gibt es kein Mittel – außer vielleicht die Zeit. Ich brauche Ruhe, Abstand. An eine Beziehung mit dir kann ich nicht so einfach eine Freundschaft anknüpfen.«

»Aber ich will es«, sagte Pe. Natürlich! Sie wollte mal wieder etwas. Das erinnerte mich an diesen ersten Morgen nach der ersten Nacht. Ihr Kniefall vor mir und wie sie mit heißem Atem in meinen Schoß gesprochen hatte. Sie hatte mich so sehr gewollt, dass ich trotz dieses unguten Gefühls schließlich gesagt hatte »Versuchen wir es!«.

»Es geht nicht«, sagte ich nun mit fester Stimme. »Noch nicht.« Diese zwei Worte verdankte ich diesem bekloppten Gefühl, das mir sagte, irgendetwas sei doch »gut« gewesen in der Zeit mit ihr.

Pe schwieg. Sie fragte nicht nach dem »Warum?«, so wie ich es erwartet hatte. Sie saß gerade und gefasst auf meinem Küchenstuhl, als wäre es ihrer, und trank meinen Tee. Ihre schlanken, langen Finger hielten die Tasse locker und gelassen, klammerten nicht.

Ich wusste nicht, was ich mit ihr anfangen sollte, wenn sie einfach schwieg. Das hatte sie so gut wie nie getan. Einfach meine Entscheidung über sich ergehen lassen. War das tatsächlich Pe, die da vor mir saß?

Sie hatte doch immer gefragt, immer hatte sie das »Warum?« wissen wollen.

Darin waren wir so unterschiedlich wie Feuer und Wasser. Ich ließ den Dingen Ruhe und Zeit. Aber Pe hatte gegen diesen Teil in mir rebelliert, hatte mich tyrannisiert mit ihrem »Warum?«, hatte mich nicht in Frieden gelassen. Das hatte mich jedes Mal verzweifeln lassen.

Aber jetzt schwieg sie. Jetzt war sie still. Warum? Hatte sie tatsächlich etwas über mich gelernt? Oder wusste sie einfach, dass diese Stille die einzige Möglichkeit war, um mich wieder zum Reden zu bringen.

»Du fragst ja gar nicht«, konnte ich mir dann auch nicht verkneifen.

Ich stand auf, um mir noch etwas Tee einzugießen. Aber als ich stand, wackelte plötzlich der Boden unter mir, und ich musste mich wieder hinsetzen.

»Ein Erdbeben!«, sagte ich verwundert zu Pe.

Sie lächelte liebevoll, fast so wie damals, als ich mein eigenes Spiegelbild beschimpfte.

»Ich tippe eher auf den Rum«, bemerkte sie.

Natürlich. Das hatte ich vollkommen vergessen.

»Scheint ganz so, als müsstest du dich in meiner Gegenwart regelrecht zwanghaft betrinken.«

Darauf antwortete ich lieber nicht. Schließlich war sie diejenige, die nach einem Streit mit mir regelmäßig ein Glas über die Sektlaune hinaus getrunken hatte. Statt etwas zu erwidern, startete ich einen zweiten Versuch, die Teekanne zu erreichen, und diesmal blieb der Boden ruhig. Ich verschüttete nicht mal etwas. Aber der Rum hatte es in sich. Ich war eine komplette Idiotin.

»Du fragst gar nicht, warum es nicht geht.«

Pe hielt immer noch den Mund. War das nun eine neue Taktik? Ich ärgerte mich. Pe schwieg einfach und brachte mich damit völlig aus der Fassung.

»Es hat nichts mit dir zu tun«, sagte ich. Das stimmte. Aber trotzdem hielt ich Pe für einen Wolf im Schafspelz, für ein kleines menschliches Schwein, eine egoistische und falsche Schlange. Das sind eine ganze Menge Tiere, oder? »Es liegt an mir selber. Ich wusste schon nach einer kurzen Weile, dass das mit uns nie gut gehen könnte. Aber ich habe es trotzdem nicht aufgegeben. Ich habe es weiter versucht, obwohl ich wusste, dass es sinnlos war. Ich kann mir selbst eben nicht verzeihen. Und das hat ziemlich wenig mit dir zu tun.« Ich dachte, dass der Mensch lieber alle Schuld auf sich nimmt, als dass er sich seine Ohnmacht eingesteht. Hilflosigkeit ist so ziemlich das Schlimmste.

Pe sah mich nicht an. Ich konnte auch so in ihren Wimpern einen Tropfen hängen sehen.

Ich stellte die Teekanne ab und wusste dann nicht, wohin

mit meinen Händen. Eine fand ich plötzlich auf Pes Schulter wieder. Ihre Finger berührten zaghaft meine.

»Du hättest nicht alles beenden sollen«, schluckte sie. »Wir waren viel zu sehr aneinandergekettet. Du warst an mich gefesselt, weil du mich trotz allem geliebt hast. Trotz allem, was schiefgelaufen ist, hast du mich geliebt.«

Jetzt stand sie vor mir, in ihrer vertrauten Größe. Ich betrachtete verwundert ihren Kragenaufschlag. Die drei obersten Knöpfe an ihrer Bluse waren offen. Pe umarmte mich nicht, sie legte nicht den Arm um mich oder zog mich heftig an sich. Sie beugte sich nur ganz langsam ein Stückchen herunter zu mir und küsste mich zart auf den Mund.

Ich wurde schlagartig wieder nüchtern.

»Jetzt hätte ich fast meine gute Erziehung vergessen. Da heißt es nämlich: Knutsch nicht mit Ex-Frauen in deiner Küche, solange du unter Alkoholeinfluss stehst.«

»In vino veritas«, erinnerte mich Pe. »Das hast du selber immer gesagt. Wenn du betrunken bist, tust du das, was du wirklich tun willst.«

Ich war tatsächlich betrunken genug, um kurz darüber nachzudenken. Aber alles, was mir einfiel, war Karolins Gesicht.

»Weißt du, dass jeder Mensch in sich eine Farbe trägt? Welche Farbe ist in dir?«, fragte ich Pe. Sie richtete sich wieder zu ihrer vollen Größe auf.

»Eine Farbe?« Ihre Stimme klang immer noch liebevoll und sanft.

Ich sah auf ihren Mund und fand es absurd, dass ihre schmalen Lippen gerade noch meine berührt hatten.

»In mir ist Lindgrün. Aber manchmal färbe ich mich blau, tiefblau, vor Traurigkeit«, erklärte ich ihr.

»Worüber bist du traurig?«, fragte Pe misstrauisch und kramte in den Hosentaschen. »Wo sind meine Zigaretten?«

Keine Ahnung, worüber ich traurig war. Wusste Karolin es von sich? Von ihr ging schließlich meine ganze Traurigkeit aus.

Als ich nicht antwortete, wurde Pe nervös. Ich hatte auf ihre Fragen immer geantwortet. Sie setzte sich hin und stand wieder auf, weil ich auch noch stand. Sie mochte es nicht, wenn ich größer war als sie. Und sie mochte es nicht, wenn ich auf ihre Fragen nicht antwortete.

Ich dachte, dass das vielleicht auch eine Möglichkeit gewesen sei: Wenn Pe die Hälfte ihrer »Warums?« nicht gefragt und ich die andere Hälfte der »Warums?« nicht beantwortet hätte, dann hätte es vielleicht klappen können zwischen uns. Vielleicht.

»Wer war die Frau auf dem Schwof neulich?«, brach es plötzlich aus Pe heraus.

Das war mir unheimlich. Ich stellte mir vor, sie habe direkt in meinen Kopf gegriffen und von dort Karolins Gesicht hervorgezerrt.

»Frage um Frage«, sagte ich langsam. »Zuerst du: Welche Farbe ist in dir?«

Pes grauer Blick, da war er wieder. Wieder kämpften wir miteinander unseren alten Kampf, bis sie die Augen niederschlug und sich an den Tisch setzte. Seit wir getrennt waren, trug ich öfter mal einen Sieg davon.

»Ich hab's gleich gewusst. Als ich dich mit ihr gesehen habe, wusste ich, dass du in sie verliebt bist. Ich kenne dich so gut.«

Ich ärgerte mich, dass ausgerechnet Pe diejenige war, die es zum ersten Mal aussprach, aber trotzdem schlug mein Herz ein wenig rascher.

»Ist es deswegen?«, fragte Pe nun doch. Sie konnte eben nicht aus ihrer Haut heraus. Wer kann das schon? »Willst du deswegen keinen Kontakt mehr zu mir, weil du dich auf diese neue Liebe konzentrieren willst?«

»Was für ein Unsinn!«, platzte ich heraus. »Als ob ich nur Platz für einen Menschen hier drin hätte.«

»Vielleicht braucht Karolin sehr viel Platz mit ihrem farblosen Gesicht und dem Ringel-T-Shirt«, erwiderte Pe.

Meine Wut kam so schnell zurück, als sei sie überhaupt nicht weg gewesen. Dass Pe Karolins Namen kannte, war schon Grund genug, um sehr sehr sauer zu sein. Aber sie hatte auch noch die Frechheit, den Namen vor mir auszusprechen. Sie wollte mir mal wieder zeigen, dass sie immer bestens über mich informiert war. Ich hasste sie.

»Raus!«, sagte ich leise.

»Was findest du an ihr? Sie macht doch überhaupt nichts aus sich. Was nützt ihr das hübsche Gesicht, wenn sie so langweilig ist?«, antwortete Pe.

Ich machte einen Schritt auf sie zu.

»Verschwinde auf der Stelle!«, knurrte ich. Die Worte grollten in meiner Kehle herauf, als hielte ich dort nur mit Mühe ein ziemlich wildes Tier gefangen.

Ich fasste Pe am Arm und schob sie rasch Richtung Wohnungstür.

»Jetzt ist Schluss! Du spielst keine Rolle mehr in meinem Leben! Ich hab' endgültig die Schnauze voll. Mach, dass du hier rauskommst, dalli! Und ich rate dir, dich nicht noch mal einzumischen. Halt dich bloß fern von mir, Pe! Und halt dich fern von meinen Freundinnen! Versuch bloß nicht wieder irgendwelche Fäden zu ziehen.«

»Deine doofe Clique! Als ob ich interessiert an denen wäre. Diese Kopflastigen, die erst zehnmal überlegen, ob es auch moralisch in Ordnung ist, mit der-und-der Frau ins Bett zu gehen.«

»Du bist zum Kotzen! Kannst du an nichts anderes denken? Mach endlich, dass du aus meiner Wohnung rauskommst! Und lass dich hier nicht mehr blicken!« Ich riss die Tür auf und schubste sie unsanft ins Treppenhaus.

»Rike«, sagte Pe und stellte ihren Fuß in die Tür. »Die Farbe! Meine Farbe ist Rot!«

»Steck dir deine Farbe in den Arsch!«, fauchte ich, kickte ihren Fuß zur Seite und schmiss die Tür zu.

Ich hörte, wie sich ihre Schritte langsam entfernten und schließlich unten die Tür zufiel.

Nachdem ich ein bisschen durch die Wohnung getobt war, ließ ich mich aufs Bett fallen. Der verdammte Alkohol haute mich um.

Das sah Pe mal wieder ähnlich. Sie tanzte ungeschminkt hier an, weil sie auf dem Schwof gleich registriert hatte, dass Karolin auf Make-up und dergleichen verzichtete. Pe hatte sogar noch gewusst, dass Karolin ein geringeltes T-Shirt getragen hatte. Und ich hatte geglaubt, ich sei die Einzige, die das noch mit Gewissheit hätte sagen können.

Meine Nackenhaare sträubten sich bei dem Gedanken, dass ich Pe freiwillig in meine Wohnung gelassen und ihr Tee angeboten hatte.

An den Kuss, den ich zwar nicht gewollt, aber auch nicht verhindert hatte, dachte ich lieber erst gar nicht.

Papa war daran schuld! Er hatte mich mit seinem Besuch und dem Herumgestottere durcheinandergebracht.

Ich überlegte kurz, ihn anzurufen und ihn zur Rede zu stellen. Doch dann fiel mir auf, wie gut dieser Streit in eine Geschichte passen würde. Ich fand, ich sollte die Gunst der Stunde nutzen. Also stand ich auf und setzte mich an meinen Arbeitstisch, um zu schreiben.

Pe wusste nicht nur Karolins Namen. Die Szene war ein verlässlicher Brei aus Informationen. Es war gar nicht schwer gewesen, etwas über die Neue herauszufinden, zum Beispiel, wo sie wohnte.

Pe ging mit großen Schritten. Es hatte also nicht geklappt, die Schminke und all das wegzulassen. Vielleicht würde ihr der Lippenstift jetzt helfen? Sie kramte ihn aus der Jackentasche und benutzte den Rückspiegel eines geparkten Autos. Dieses knallige Rot machte sie ein bisschen stärker.

Das würde sie jetzt vielleicht brauchen.

Pe lächelte, als sie durch die Straßen ging. Frederike war wirklich eine besondere Frau. In ihr brannte eine Leidenschaft fürs Leben, zu der nur wenige andere den Mut hatten. Es war doch unmöglich, von ihr abzulassen. Notfalls musste Pe eben einen Umweg nehmen in Frederikes Leben. Und dies war ein Notfall.

Sie fand Karolins Klingelknopf sofort. Die schlichte Handschrift berührte Pe unangenehm: ein persönliches Zeichen ihrer Konkurrentin.

Als sich auf ihr Klingeln nichts rührte, wurde Pe langsam ärgerlich. Sie schellte noch mal. Lange anhaltend. Niemand öffnete.

Pe stand vor der Tür herum, und ihr Lächeln verschwand endgültig. Sie konnte unmöglich noch mal wiederkommen. Sie musste jetzt etwas tun. Frederikes »Raus! Verschwinde!« hatte sie in eine Wut hineingedemütigt, die sie jetzt – und nur jetzt – in wunderbaren Charme verwandeln könnte.

Wo steckte diese verdammte Frankfurterin?

Pe wusste, dass Karolin kellnerte. Aber sie wusste nicht wo. Bochum ist eine kleine Stadt – aber es gibt ziemlich viele Kneipen, Cafés, Bistros.

Pe trat gegen die Haustür, klingelte noch mal.

Über ihr öffnete sich ein Fenster, und eine alte Frau starrte feindselig auf sie herunter. Es kam Pe so vor, als sei das gesamte Haus plötzlich ein Gegner, der sie finster musterte. Im gleichen Augenblick fiel ihr etwas ein. Sie drehte sich um und rannte los.

Als sie ankam, atmete sie ein paarmal tief ein und drückte dann auf den Klingelknopf. Die Tür öffnete sich, und sie ging den Gang entlang zur hinteren Wohnung.

In der Tür stand eine Frau mit blondem Pferdeschwanz und schmaler Brille. Ihr Blick war kritisch, aber nicht unfreundlich.

So standen sie eine Weile voreinander und sahen sich an, ohne etwas zu sagen. Pes Lippe zitterte. Es war so still hier. Und es kam darauf an, was die ersten Worte sein würden. Die ersten Worte zwischen ihnen waren entscheidend.

»Komm rein«, sagte Ilona.

11. Kapitel

Nachts

Die Figuren handeln plötzlich anders als geplant. Sie hassen, obwohl sie doch sanftmütig sein sollen, oder sie verlieben sich in die Falschen. Manchmal lachen sie in nichtkomischen Situationen. Manchmal bekommen sie Falten.

Ich drehte mich um und bemerkte, dass der Sommer plötzlich vorbei war. Die Ahorne vor dem Haus schienen von gestern auf heute ihre Blätter verloren zu haben. Paff, weg waren sie. In der Stadt sind die Jahreszeiten nicht daran zu erkennen, dass Laub auf dem Boden vermodert. Es wird rasch zusammengeharkt und in grünen Bullis der Stadtreinigung abtransportiert. In der kurzen Zeit, in der es liegen darf, hinterlässt es einen erdigen Geruch, der zusammen mit der Kälte und den Autoabgasen in die Kleidung kriecht.

Hoch oben auf den dünnen Zweigen der Bäume taumelten ein paar verlassene Elsternester im Sturm. Die Laternen über der Straße schwangen hin und her, warfen gespenstische Lichter und wildbewegte Schatten auf den Gehweg unter den Bäumen.

Es war Samstagabend. Das war deutlich an den Geräuschen zu erkennen. Ich brauchte nur die Augen zu schließen und darauf zu achten: Vom Südring näherten sich Motoren, die sich von weitem durch rhythmisches Stampfen ankündigten. Waren sie neben mir, konnte ich Stimmen unterscheiden, Baßgitarre, Schlagzeug, Technotechnotechno. Sie waren irgendwohin unterwegs, wo dieselbe Musik gespielt würde, noch viel lauter.

Manchmal kurbelten junge Männer, die Scheibe herunter und riefen etwas herüber. Dann hob ich gelangweilt den Mittelfinger.

Endlich kam Karolin.

Sie trug ihre schwarze Lederjacke, die alle Lesben stark macht und einen lila Schal, der ihr bis über die Ohren reichte. Über seinem Rand flitzten ihre Augen an mir rauf und runter.

»Tut mir leid, dass ich zu spät bin, Frederike. Wir haben uns festgequatscht. Und darüber haben wir beide doch glatt unsere ... sie hat ihre Verabredung mit Bête fast verschwitzt. Sie wollten sich im Frauencafé treffen.«

»Prima! Gehen wir auch hin!«

Auf dem Weg zum Café mussten wir die Stadt durchqueren. Wir gingen los, und nach wenigen Schritten hakte Karolin sich bei mir ein.

Ich spürte das Gewicht und die Wärme an meiner Seite und wurde sehr friedlich. Manchmal tat sie so etwas, berührte mich. Seit neulich nacht machte sie mir damit dann und wann klar, dass wir Freundinnen waren.

Ich presste meinen Arm an den Körper und quetschte ihren damit in meine Seite.

»Nele weiß nicht, was sie tun soll. Demnächst steht bei ihnen eine Beförderung ins Haus. Mehr Geld, gute Arbeit und so. Sie will die Stelle unbedingt haben. Aber es gibt einen Haken.«

»Ihr Konkurrent ist ein Mann«, sagte ich. Das war doch immer so.

Karolin nickte: »Und er heiratet bald, will Familie gründen und so, sülzt rum, dass er den Job jetzt braucht, obwohl er schon seit Jahren verlobt ist.«

»Die kämpfen wirklich mit allen Mitteln!«, unterbrach ich sie.

»Er hat sich auf diese Tour die Karriereleiter doppelt so schnell nach oben geschleimt, wie Nele gebraucht hat, um da zu sein, wo sie jetzt ist«, fuhr Karolin fort.

Dazu gab es nichts weiter zu sagen.

Wir gingen eine Weile schweigend. Meine friedliche Stimmung, ausgelöst durch Karolin an meiner Seite, ließ nach. Ich belauerte einen jungen Mann, der uns begegnete, ob er eine von uns unangebracht fixierte. Ich hatte Lust zum Rumpöbeln.

»Nele hat Scheiß gebaut«, sagte Karolin. »Sie hat diesem Schleimscheißer vor den Kopf geknallt, dass sie auch verlobt ist.«

Ich pfiff durch die Zähne: »Eins zu eins!« Und dann musste ich lachen.

»Du kannst darüber lachen?!«

»Soll ich weinen? Welche Lesbe hat sich noch nie so eine Zwickmühle gebastelt? Wahrscheinlich wird sie das nicht noch mal machen. Aber wie kommt sie da jetzt um Himmels willen wieder raus?«

»Es kommt noch dicker: Ihr Chef will unbedingt, dass sie ihren Verlobten mitschleppt zu einem Essen, das demnächst geschmissen wird. Wahrscheinlich fällt an dem Abend die Entscheidung.«

»O Gott. Das ist ja ein schöner Schlamassel. Nele ist doch bestimmt völlig verzweifelt?«

»Ich hab' heute gesehen, wie sie die gelben Seiten nach Callboys absuchte.«

Ich musste stehenbleiben. Ich musste so sehr lachen, dass ich nicht mehr grade gehen konnte.

Karolin beobachtete mich mit zärtlicher Kritik, die ich

mehr spürte als durch den Tränenschleier erkennen konnte.

»Dass du immer über alles lachen musst!«, sagte sie dann vorwurfsvoll und reichte mir ein Tempo. »Kannst du dir nicht vorstellen, in was für einer beknackten Situation Nele steckt? Das war eine Notlüge! Aber wie soll sie sich da jetzt rausmogeln? Sie riskiert Kopf und Kragen. Und du lachst nur! Als könnte dir das nicht passieren.«

»Tut mir leid«, keuchte ich. »Aber stell dir doch vor: Bête und Nele suchen gemeinsam einen Verlobten aus. Bête wird alle nach ihrer Einstellung zum Feminismus befragen, und sie lässt sich in dieser Hinsicht bestimmt nicht hinters Licht führen. – Natürlich kann es mir genauso passieren. Glaubst du, irgendeine ist dagegen gefeit?«

»Bête denkt bestimmt, sie ist es.«

Karolin zog mich näher zu sich. Unsere Schultern stießen in einem freundlichen Stupser aneinander. Als sie aufsah, traf ihr Atem direkt mein Gesicht.

»Wahrscheinlich schreibst du das alles in dein grässliches Notizbuch, um es dann in irgendeiner Geschichte zu verwerten.«

Wir lachten. Ich etwas lauter, weil es wirklich so war.

»Erzähl mir von deinem Roman. Kommen auch Freundinnen darin vor?«

Ich dachte, dass ich niemals über Karolin schreiben könnte, so wie sie war, denn ihre Gedankensprünge waren in konventionellen Geschichten nicht üblich. Ihre Gedanken huschten durch ihr Hirn wie kleine Mäuse: mal hier, mal da, wo es gerade was zum Knabbern gab.

»Klar. Freundinnen«, antwortete ich.

»Das stelle ich mir schwierig vor. Man kann sich so viel ausdenken und daraus dicke Bücher machen. Aber Freundinnen hat jede. Ist es nicht schwierig, andere zu erfinden?«

»Es ist scheinbar unmöglich«, lachte ich. »Besonders meine Freundinnen sind in dieser Hinsicht absolut grauenvoll. Sie schleichen sich bei jeder Gelegenheit wieder aufs Papier. Und später stelle ich dann fest, dass die eine oder andere Figur genauso redet oder mit den Händen wedelt, wie es vielleicht Belle tut oder Ilona. Ist das nicht verrückt?«

»Und Eltern? Kannst du die erfinden?« Karolin wollte alles wissen.

»Kein Problem. Sie sind schon so weit weg. Meine Familie, das sind jetzt andere Menschen, nicht mehr meine Eltern.«

Sie nickte ernsthaft zu meinen Worten.

»Wenn ich meine Mutter malen sollte«, sagte sie plötzlich, »würde ich sie wohl mit hochrotem Kopf und im Nachthemd zeichnen. Wie sie keuchte: ›Das war das letzte Mal, dass du erst mitten in der Nacht heimkommst!‹, und sie wollte Maren wegschicken. Sie drehte völlig durch und drohte mit ihrem Mann. Es gab einen echten Ringkampf. Meine Mutter im weißen Nachthemd, ich plötzlich zu allem entschlossen. Ich hab' sie zum ersten Mal angebrüllt. Hab' ihr die Wahrheit über ihr Arschloch von Mann ins Gesicht gebrüllt. Ja, ich glaube, ich sollte das mal malen. Einen Boxkampf. Irgendwie gehen beide in der ersten Runde k. o. Sie sitzen in ihren Ringecken und starren sich an. Und schweigen.«

Ich wünschte mir manchmal, noch kleinere Hände als der Regen zu haben. Extra für Karolin. Sie gab nichts von sich preis, wenn ich es erwartete. Stattdessen platzte manchmal etwas aus ihr heraus, wenn ich überhaupt nicht damit rechnete. Eine Samenkapsel, die bei einer Berührung nur leicht schaukelt und bei einer anderen explodiert und ihren Inhalt weit in die Gegend schleudert.

»So ging die Geschichte also weiter«, sagte ich.

»Ja, so ging sie zu Ende.«

»Ist sie zu Ende?«

»Ich weiß nicht. Kann diese Art von Geschichte je zu Ende sein?«, sagte sie. »Also, dein Roman. Zwei Frauen lernen sich kennen?«

»Und sie verlieben sich.«

»Und wie geht es weiter? Sie kommen natürlich zusammen. Und dann? Trennen sie sich wieder?«

»Nein, es ist keine von diesen Geschichten.«

»Was dann?«, fragte Karolin. Sie war plötzlich ungeduldig. Ich fand es toll, dass sie sich bei mir manchmal mehr erlaubte als bei anderen.

»Ich kann dir erzählen, was ich heute geschrieben habe. Es geht nicht um die frische Liebesbeziehung der beiden Frauen, sondern darum, was eine von ihnen erlebt hat.«

Ich machte eine Pause, in der ich »Willst du das hören?« hätte fragen können. Karolin nickte. Wir hatten uns fest eingehakt, und sie wärmte mich.

»Sie war damals, das ist schon Jahre her, mit einer Frau zusammen, deren größte Lüge darin besteht, dass sie immer behauptet, sie hätte ein großes, warmes Herz. Ich habe nicht erfunden, wieso sie so ist.

Das ist nämlich egal.

Die Frau, um die es geht, hat einen scharfen Blick und könnte ihre Geliebte durchschauen, aber sie liebt sie sehr und ist deswegen blind. Deswegen muss es zu diesem schmerzlichen Augenblick kommen, in dem meine Figur endlich ihre Geliebte durchschaut. Und zwar passiert das so: Sie besuchen gemeinsam eine Freundin der Geliebten, eine Drogenberaterin. Sie hat gerade einen jungen Mann in ihrer Wohnung. Er versucht einen kalten Entzug, was wirklich ein Horrortrip ist, denn er sieht ständig Monster und seinen Vater, der in seinen Träumen auch ein Monster geworden ist. Der junge

Mann läuft in der Wohnung auf und ab, während die Frauen reden. Meine Figur langweilt sich bald. Der schlotternde und sabbernde Junge tut ihr leid, und sie fängt ein Gespräch mit ihm an. Er erzählt ihr seine Geschichte, vom Klauen, dem Polizisten in seiner Zelle, dem Strich am Bahnhof. Und dann, als Stunden vergangen sind und die Frauen wieder gehen wollen, dreht er plötzlich durch. Vielleicht, weil sie rauskönnen, während er bleiben muss. Vielleicht auch, weil es Nacht ist und er die Dunkelheit nur schwer ertragen kann. Er sagt zu ihrer Geliebten: ›Ich kenne dich! Du bist eine Verbündete des Teufels.‹

Die Frau ist darüber erschrocken, doch ihre Geliebte lacht: ›Ich bin keine Verbündete von ihm. Ich bin der Teufel!‹, und sie selbst möchte am liebsten rufen: ›Erzähl nicht so'n Scheiß! Was soll das?‹ – aber dann sagt der Junge schon: ›Wenn du der Teufel bist, dann schließ mit mir einen Pakt: Du machst mich richtig clean bis morgen früh, und dafür gebe ich dir meine Seele.‹

Ihre Geliebte lacht wieder und sagt: ›Die hab' ich doch schon‹, und zeigt ihm ihre Faust, als hielte sie darin wirklich etwas fest. Sie hören noch draußen auf der Straße sein wildes Geschrei: ›Gib sie mir zurück! Bitte! Gib sie mir zurück!‹

Aber ihre Geliebte ist müde und will ins Bett. Sie fühlt sich nicht verantwortlich. Also gehen sie weg.«

Auf der linken Seite der Straße lag der Kortumpark. Karolin blieb stehen und sah hinüber. Im Sommer wären um diese Uhrzeit die Bänke mit Pennern belagert gewesen. Jetzt lag die Wiese unter den Bäumen ganz still im Dunkel. Der Springbrunnen war geleert und mit Laub gefüllt worden, als wolle man nicht dieses große, blau gekachelte Loch herzeigen.

»Komm, lass uns in den Park gehen.«

»Dahinter liegt der Friedhof«, sagte ich vorsichtig.

»Ich hab' keine Angst vor Toten.« Karolin zog mich über die Straße. Das ist eine gesunde Einstellung, wenn du noch nie Schauermärchen gehört oder Gruselfilme gesehen hast.

Wir blieben auf dem Weg und spähten nach links und rechts in die kahlen Büsche und Sträucher. Ein Zweig knackte sehr laut. Unsere Stimmen zwischen den Bäumen klangen wie aus einem Traum. Manchmal knirschte ein Kiesel unter unseren Schuhen. Die Geräusche der Stadt wurden leiser und leiser. Dafür gab es sehr viele neue. Ich konnte den Wind deutlich hören, wie er um die Stämme strich oder Blätter über den kurzen Herbstrasen trieb. Tiere huschten an Mauern entlang oder in ihre Löcher.

Ich liebte es wirklich, mit Karolin allein zu sein.

»Was du schreibst, gefällt mir«, sagte sie unvermittelt und blieb stehen. »Erzählst du mir irgendwann mehr davon?«

Mein Herz raste mir davon. Vor Freude. Vor Aufregung.

»Möchtest du es nicht lieber lesen?«, fragte ich atemlos.

»Auch«, sagte sie. »Aber vorher möchte ich es von dir hören. Ich mag es, wenn du mir etwas erzählst. Mir hat nie …«

Wir sahen uns an. Dies war ein anderer Blick. Ihre Augen, die ich als abwehrend erhobene Handflächen kennengelernt hatte: Jetzt griffen sie nach mir. Das war einer von den Momenten. Ganz bestimmt.

Wir standen miteinander in einem dunklen Park, in dem sich jede von uns allein gefürchtet hätte. Alles war genau richtig so.

Karolin legte die Hände auf meine Schultern, und ihre Fingerspitzen wühlten sich durch meinen Schal, streichelten meinen Hals. Sie schloss ihre Augen nicht, als sie mich küsste. Es war warm in der Kälte. Die Zungen weich. Ich sah meinen Atem die Haut ihrer Wange streicheln, wo winzige

Haare wuchsen. Alles war zerbrechlich und machte mich glücklich.

Sie fasste in meinen Nacken, fuhr mit der Hand ins Haar und hielt meinen Kopf fest. Sie sah mich ganz genau an, studierte mich. Zuerst mit den Augen, dann mit ihrem Mund. Ihre Lippen berührten meine Nase, meine Stirn, meine Lider. Ihr rascher Atem streichelte mein Gesicht. Wir küssten uns wieder und wieder, bis wir rote Wangen hatten.

»Meine Güte, du bist …«, flüsterte ich. Mehr als ein Flüstern gab meine Stimme nicht her, sonst wären mir die Knie eingeknackst.

»Du aber auch«, sagte Karolin. Ihr Gesicht sah ganz verändert aus, so nah. Es leuchtete von innen heraus. Sie sah aus wie eine Kerzenflamme, die nach allen Seiten strahlte.

»Ich kann es nicht glauben«, sagte sie leise und küsste und küsste. »Dass du es wirklich alles verstanden hast. Und nicht nur das. Du schreibst es auf, machst eine Geschichte draus. Du hast es verändert, aber ich habe es trotzdem erkannt. Du hast mich verstanden.«

Ich hielt Karolins zitternde Hände und nahm die Ankunft des Glücks deutlich wahr. Es verwunderte mich nur, dass es gleichzeitig auch weh tat. Karolins Verletzbarkeit bohrte sich mir an hundert Stellen ins Fleisch. Aber Vergangenes war nicht rückgängig zu machen. Geschehenes nicht auszulöschen in Herzen. Ich würde Karolin nicht vor zukünftigen Verlusten schützen können. Wie also konnte ich hoffen, die vergangenen Schmerzen lindern zu können?

»Sag *mir,* dass du mich brauchst«, bat ich, »und dass du mich nie wieder gehen lässt und dass du bei mir bleibst, ganz eng.«

Sie lächelte. Ich wollte all diese Sachen wirklich hören. Aber sie sagte sie nicht. Also tat ich das Nächstliegende: Ich küsste sie wieder. Ihr Schal war verrutscht. An ihrem Hals fand ich das Muttermal. Ich küsste es. Es war das erste von Karolins Muttermalen, das ich küsste. Karolin schmiegte sich in meinen Arm, hielt mir den Mund hin, die Augen, den Hals, den Nacken. Jede Stelle sog die Wärme der Küsse auf wie ein Schwamm. Bis der Schwamm voll und satt war und selber zurückgeben wollte. Bis er wieder aufnehmen wollte. Bis er wieder geben wollte.

Nach einer Welle bekamen wir kalte Füße.

»Das ist ein Problem, über das man sich nie Gedanken macht, wenn man einen Film sieht. Da blenden sie einfach aus«, lachte ich. Wir traten von einem Bein aufs andere und betrachteten unsere glühendrot geküssten Lippen.

»Lass uns schnell ins Café gehn und uns aufwärmen«, sagte Karolin und rührte sich nicht von der Stelle.

»Ja, lass uns gehen«, sagte ich auch. Wir setzten uns nur langsam in Bewegung, als hätten wir in der Zwischenzeit das Gehen verlernt. Langsam schlenderten wir den Weg zurück, blieben immer wieder stehen, um uns noch mal anzusehen oder dringend noch mal Stirn, Nase, Lippen zu küssen.

Ich wollte nichts davon vergessen. In meinem Kopf formten sich Bilder, die ich aufschreiben wollte. Ich konnte den Worten und Sätzen nicht ausweichen. Ich fühlte mich poetisch und begabt – hauptsächlich zu lieben.

Karolin blieb stehen, legte den Kopf schief und schloss die Augen.

Sie sah wunderschön aus, und ich ertappte mich dabei, sie mit offenem Mund anzustarren.

Wir hielten uns im Arm und hörten auf der Straße vereinzelt Autos vorbeifahren. Aus einem der Häuser klang Tanzmusik. Ein Hund bellte sich heiser.

»Es ist viel stiller als am Tag«, stellte Karolin fest.

»Es ist sicherer, sich zu verkriechen, wenn es dunkel ist. Denn dann kannst du von denen, die hungrig draußen herumlaufen, nicht gefressen werden«, erklärte ich ihr.

»Das hieße ja, dass alle, die nachts unterwegs sind, die anderen fressen?!«

»Ja.«

»Aber … Was machen wir dann hier?«

Wir liefen los und ließen einige unserer Schatten im Dunkel zurück.

Auf der Straße vor dem Café standen zwei, die vollkommen ineinander versunken waren.

»Hi, wollt ihr schon gehen?«, rief ich, als ich sie erkannte. Es waren Nele und Bête. Beide hatten rote Wangen und rochen nach Milchkaffee. In unser Begrüßungsgeplänkel mischten sich heimliche Verschwörerinnenblicke zwischen den Freundinnen. Ich bekam mit, dass Nele Karolin zuzwinkerte.

»Wir sind müde«, sagte Bête, die gar nicht müde aussah. Sie blickte zu Nele hoch, die sie um einen halben Kopf überragte und ein verlegenes Gesicht machte.

Ich fühlte mich innig verbunden mit allen Liebenden der ganzen Welt.

Im Vorübergehen kickte Bête fröhlich an meinen Po und streckte mir die Zunge heraus. Ich kannte ihre Sprache. Sie war glücklich.

»Nele!«, rief ich noch. Sie wandte sich zu mir um.

»Ich habe vielleicht eine Lösung für dein Problem: mein Freund Sebastian. Er ist groß, gutaussehend und – was wichtig ist – schwul. Ich glaube, er würde den perfekten Verlobten für dich abgeben. Soll ich ihn mal fragen, ob er bei der Sache mitspielen würde?«

Selbst auf die Entfernung zwischen uns konnte ich erkennen, dass Nele ein bisschen blass wurde, während auf Bêtes Gesicht ein großes Fragezeichen aufblinkte. Ich hörte Karolin an meiner Seite leise seufzen.

»Das wäre nett. Danke.« Nele rang sich noch ein Lächeln ab, drehte sich rasch um und ging weiter. Bête eilte hinterher. Ich konnte ihr von hinten ansehen, dass sie vor Neugierde brannte.

»Ist es möglich, dass ich da gerade etwas Falsches gesagt habe?«, fragte ich ahnungsvoll.

»Bête weiß noch nichts davon. Nele wollte es ihr in aller Ruhe erklären«, murmelte Karolin, als schäme sie sich ein wenig für die Verzögerungstaktik ihrer besten Freundin. Aber dann lächelte sie wild entschlossen: »Ich will jetzt nicht darüber nachdenken!«

Im Café saßen Ilona, Belle und Paula an unserem Stammtisch und aßen Gemüseauflauf. Es sah nach dicker Luft aus.

Belle lächelte verloren. Ihr dicker Norwegerpulli war zu groß für sie. Ilona nickte uns zu und blickte mir scharf ins Gesicht. Paula ließ sich nicht mal dazu herab, von ihrem Teller aufzusehen. Über ihr schwebte eine pechschwarze Gewitterwolke, aus der sie hoffentlich nicht wieder Blitze auf mich abschießen würde.

Ich lächelte Karolin zu, deren Wangen immer noch gerötet waren, dann eröffnete ich die Schlacht: »Was ist denn mit euch los? Ihr hängt hier wie ein Waggon Sülze in der Kurve.«

»Ich verschluck' mich gleich vor Lachen«, brummte Paula.

»Es ist das Wetter«, erklärte Ilona. Sie stocherte lustlos in ihrem Essen herum.

»Was ist denn mit dem Wetter? Ich finde es herrlich«, erwiderte ich gutgelaunt. Karolin legte unter dem Tisch plötzlich ihre kalte Hand auf mein Bein.

»Scheißwetter!«, stieß Paula mit vollem Mund hervor. Belle lächelte traurig und rührte in ihrer heißen Zitrone, in der es nichts zu rühren gab.

»Du hast einen neuen Job?«, fragte Belle Karolin, interessierte sich aber auch sehr für ein Salatblatt auf ihrem Teller.

»Ich habe nächste Woche ein Vorstellungsgespräch«, antwortete Karolin ruhig. Sie erzählte von der Stellenausschreibung, und Belle hörte ihr zu. Wo Paula und Ilona hinhörten, konnte ich nicht erraten. Keine meiner Freundinnen machte sich die Mühe, Karolin genau anzusehen. Karolin, die ihren Panzer noch nicht wieder angelegt hatte. Merkten die anderen das denn nicht? Die Augen, die weichen Lippen. Eine strahlende Kerzenflamme. Sie mussten blind sein.

Ich bemerkte, dass Ilona mich anstarrte. Irritiert starrte ich zurück, und Ilona wandte verlegen den Blick ab.

»Dir scheint's ja gut zu gehen«, murmelte sie, ohne sich um Karolin und Belle zu kümmern, die sich über Vor- und Nachteile von Teilzeitarbeit unterhielten. Ich hörte zu, wie Karolins Stimme wieder sachlich wurde statt warm, wieder freundlich statt liebevoll. Karolin spürte wohl, dass hier irgendetwas im Argen lag, und verschloss sich vor meinen launischen Freundinnen wie eine Auster.

»Ja, mir geht's gut. Sehr gut«, beantwortete ich Ilonas Frage.

Ich bestellte quer durch den kleinen Raum. Als ich mich wieder umwandte, haftete Ilonas Blick immer noch an meinem Gesicht.

»Ich kriege dich ja kaum noch zu sehen …«

Plötzlich überkam mich das schlechte Gewissen. Die Sorte, die dich nur befällt, wenn du glücklich bist und dir mit einem Schlag bewusst wird, dass es nicht allen so geht.

»Tut mir leid, Ilona, ehrlich. Wir können uns doch mal

wieder treffen. Vielleicht morgen? Nein, nicht morgen. Aber übermorgen. Kannst du übermorgen?«

»Natürlich.« Natürlich. Ilona konnte immer. Ihrem Computer war es egal, wenn sie ihn versetzte.

»Es gibt bestimmt viel zu erzählen. Ich kriege kaum was mit von der Szene. Irgendwie bin ich ständig beschäftigt«, sagte ich. Ilona warf einen Blick zu Karolin hinüber.

Überhaupt flitzten Blicke über den Tisch. Hin und her. Von Paula zu Karolin. Von Karolin immer wieder zu mir. Von Ilona zu mir, zu Karolin. Von Belle zur Tür, zur Tür, zur Tür.

Ich war hoffnungslos überfordert. Karolin und ich allein im Park. Das hatte ich gerade noch verkraften können. Ich würde nie wieder verstehen können, was all diese Blick zu bedeuten hatten.

»Paula, dein Haar«, sagte Belle. Eine lange rote Strähne hing über Paulas Teller.

»Scheiße!«, fluchte Paula. »Ich schneid' sie ab, diese verfluchten Zotteln. Ständig hängen sie einem irgendwo drin oder stören sonstwie. Beim Sex muss ich sie immer zusammenbinden, und das Gummi ziept, dass ich Kopfschmerzen kriege. Was ist? Was guckst du denn so?« Damit war ich gemeint.

Ich öffnete den Mund. Karolin schob ihre Hand auf meinem Schenkel ein Stückchen höher. Ich schloss den Mund wieder und zählte innerlich bis zehn.

»Ich frage mich nur, was hier los ist. Wieso seid ihr alle so hypermies gelaunt?«

»Es ist das Wetter, verdammt. Das beschissene Wetter«, fauchte Paula rothaarig. »Seit Wochen geht das nun schon so. Ich frage mich, ob sich das je wieder ändert.«

Da begriff ich es endlich. Paula war allein. Seit mehreren Wochen. So lange, wie angeblich das Wetter schlecht war.

»Ach«, murmelte ich und wollte meine Hand auf ihren

Unterarm legen. Aber sonderbarerweise war der plötzlich nicht mehr da.

Wieder Paulas Blick zu Karolin. Ihre K-Frau. Das wäre sie gewesen. Ich nahm meine Hand zurück und griff nach der Karte, die ich auswendig kannte.

Dass Paula mir die Schuld für ihr Alleinsein gab, fand ich nicht fair. Wenn sie nicht so wählerisch mit ihren bekloppten Buchstaben wäre, wäre sie längst frisch verknallt. Trotzdem fand ich ihre Gefühle nachvollziehbar. Ich glaubte Paula, dass es ihr diesmal ernst gewesen war. Ich glaubte daran, denn ich konnte mir nicht vorstellen, dass diese Frau nicht um ihrer selbst willen gewollt wurde, sondern nur wegen des Ks in ihrem Namen. Die Frau mit den ernsten Augen, die ihre Hand so ruhig und schwer auf meinem Bein liegen ließ.

Ich las die Auflistung aller Getränke und blätterte nach hinten zu den warmen Gerichten, malte mir zwischen Ginger Ale und überbackenen Zucchini aus, ich säße hier an Paulas Stelle am Tisch. Karolin mir gegenüber. Karolin, die lachte und zerstörerisch frisch und verliebt aussah, deren Haare vom Wind und zärtlichen Händen zerzaust waren, die ein Fremdkörper zu sein schien im Kreis der vertrauten Gesichter und Stimmen, und das alles an der Seite einer anderen, die unglückseligerweise eine gute Freundin war.

Paulas Gesicht über dem Tellerrand, ihr Mund, der einzelne Gurkenscheiben von der Gabel pflückte, rührte mich plötzlich. Ich musste sie eigentlich bewundern für ihre Stärke und Selbstbeherrschung. Ich selbst hätte an ihrer Stelle wohl ganz anders reagiert, hätte gelähmt auf meinem Sitz gehockt und appetitlos in meinem durchweichten Auflauf herumgestochert, ohne den Blick zu heben. Und irgendwann hätte ich mich bestimmt nicht mehr zurückhalten können, und ich wäre rasch aufgesprungen.

»Sorry«, murmelte Ilona, stieß ihren Stuhl heftig zurück und verschwand eilig zur Toilette. Ihr durchweichter Auflauf blieb verlassen auf ihrem Teller zurück. Sie hatte das Essen kaum angerührt.

Karolin baute ein wackeliges Haus aus Bierdeckeln.

»Und du hast nun also vor, dich uns anzuschließen?«, brummte Paula unerwartet in ihre Richtung.

»Anschließen?«, wiederholte Karolin verwirrt.

»Dazugehören. Mitmachen. Mitglied der Clique sein«, spießte Paula mit ihrer Gabel Löcher in die Luft. Karolin blinzelte mit den Augen.

»Ich wusste gar nicht, dass ihr ein Verein seid«, sagte sie dann zu mir, als hätte ich ihr eine wichtige Information vorenthalten.

Belle kicherte in ihre heiße Zitrone.

»Du hast Nerven«, brummte Paula, konnte sich aber nicht entschließen, sauer zu sein. »Das Bayernmädel ist auch so gut drauf wie du. Sie hat vorhin gesagt, dass sie mit ihrer Frisur die typischen Lesbenhaarschnitte boykottiert. Jetzt sieh mich an: Habe ich einen ausrasierten Nacken? Ihr habt echt noch keine Ahnung von der Szene.«

»Vielleicht wollte Nele nur einen Witz machen?«, schlug Karolin vor. »Oder sie will vielleicht gar nichts über die Szene wissen?«

Paula sah mich an und rollte mit den Augen. Das war die Miene, die sie normalerweise für Helmes reservierte. Ich hatte immer darüber gelacht. Aber jetzt fühlte ich zum ersten Mal Belles Groll gegen diese Faxen. Als ich mich gerade ärgerlich über den Bistrotisch zu ihr beugen wollte, spürte ich wieder Karolins Hand. Als ich sie anblickte, rollte sie ebenfalls mit den Augen. Sie imitierte Paulas Schielen so perfekt, dass sogar Paula grinsen musste.

»Aber das eine sag' ich dir«, drohte Paula ihr. »An den Wochenenden gehört Frederike uns. Mir egal, was ihr in der Woche treibt oder ob du samstags mitkommst, an den Wochenenden ist Cliquentime, klar?!«

Karolins Maske war so perfekt, dass selbst ich es nicht schaffte, dahinterzuschauen.

»Mir ist es auch egal, ob du samstags dabei bist«, erwiderte sie nur.

Paula stieß das Bierdeckelhaus um.

»Habt ihr von Tina und Meike gehört?« Belle schob ihren leeren Teller zu Seite, behielt aber die Gabel wie eine provisorische Waffe in der Hand. Ihr war Paulas Laune wohl auch nicht geheuer. »Sie sind angegriffen worden.«

»Oh nein!«, sagten Karolin und ich gleichzeitig. Karolin kannte Tina und Meike gar nicht.

Paula kratzte mit dem Messer auf dem Porzellan herum und zog sich Ilonas Teller näher. Sie kannte die Geschichte schon.

»Sie sind gestern aus Bremen gekommen, um endlich das Kanu hier runter zu schaffen. Auf der Rückfahrt sind sie auf einen Parkplatz gefahren. Sie wollten wohl nicht mehr bis zu Hause warten … Als sie dann richtig loslegen wollten, klopft doch jemand an die Scheibe und blinkt mit einer Taschenlampe rein. Die beiden natürlich nix wie raus aus der Karre und Riesengeschrei gemacht. Es waren zwei Berge von Typen, sagt Tina, so Einsfünfundneunzigfleischklopse …«

»Scheiße«, knurrte Paula, die bei bekannten Geschichten gern kommentierte.

»… Die beiden haben sich bestimmt gefreut: Lesben! Die kann man ja nicht nur zusammenhauen, mit denen kann man auch noch Spaß haben.« Belle nahm einen Schluck von ihrer Zitrone und verzog das Gesicht. »Was die Kerle aber nicht wussten: Meike ist ein Sport-Ass in mindestens drei Kampfsportdisziplinen. Eine davon arbeitet mit Stöcken; Stöcken, die etwa so lang und so schwer sind wie ein hölzernes Paddel. Meinetwegen ein Kanupaddel …«

Ich prustete los. Karolin staunte. »So schnell wie Meike das Paddel vom Dach runter hatte, konnten die Typen gar nicht gucken. Und während Tina herumsprang und einen markerschütternden Karateschrei nach dem anderen losschmetterte, klopfte Meike die beiden Fleischklopse etwas weich. Die mussten dann leider den Rückzug ins nahgelegene Waldstück antreten.« Wir lachten.

»Es ist ein entschiedener Fehler, Lesben beim Sex zu stören!«, gackerte ich und spürte sehr deutlich, wie beim Erwähnen des Wortes »Sex« ein Ziehen von Karolins Hand in mein Bein ausging.

Paula, die sich inzwischen über Ilonas erkalteten Auflauf hermachte, erzählte die Geschichte mit vollem Mund weiter: »Tina und Meike haben zwei Stunden im mollig warmen Auto gesessen, und jedes Mal, wenn die beiden Klopse wieder aus dem Dickicht geschlichen kamen, eine neue Attacke gestartet. Es war unter null letzte Nacht. Die werden sich die Ärsche abgefroren haben!« Mit ihren ausholenden Gesten verstreute sie die Reste des Abendessens rund um den Tisch.

Als Ilona nach verwunderlich langer Zeit von der Toilette zurückkam, fand sie eine recht heitere Runde vor. Belle hatte mit ihrer Geschichte genau das erreicht, was sie wollte: Die dunklen Gewitterwolken über unserem Cliquentisch hatten sich verzogen. Nichts funktionierte besser, um Solidaritätsgefühle unter Frauen auszulösen, als diese Horrorgeschichten, die jede von uns schon mal erlebt hatte.

Also erzählten wir uns noch eine Weile von auf Schwänze abgerichteten Cockerspanielhündinnen, in Boxershorts versenkten Bananensplits, Verfolgungsfahrten »Lesbenauto contra Fußgänger« in dunklen Parkhäusern, dem Eierklammergriff, dem Härter-als-Zähne-Siegelring und der sogenannten »Krawocka-Einkaufstasche«, gefüllt mit zwei Flaschen Cola und einem Gurkenglas.

Wir lachten viel. Und jede von uns wusste, dass wir über Ausnahmen redeten. Wir sprachen über Dinge, die normalerweise ganz anders liefen.

»Ich glaube nicht, dass wir jemals andere Zeiten erleben werden«, sagte Karolin, als wir zahlten und alle zusammen das Café verließen.

»Wir müssen alles dafür tun!«, erwiderte ich. Ich mochte trübe Zukunftsaussichten noch weniger als die meisten Menschen. Ich war einmal sehr wütend geworden, weil jemand vermutet hatte, es gäbe am Wochenende Regen.

»Und hoffen«, sagte Belle und sah die Straße hinunter, so wie sie drinnen immer zur Tür geschaut hatte. Ich merkte erst jetzt, dass Helmes nicht dabei war. Der stumme, ewig mürrische Schatten fehlte. Kaum zu glauben, aber ich hatte es vorher einfach nicht gemerkt.

Es war kalt. Alle bohrten ihre Fäuste in die Taschen und zogen die Schultern hoch.

»Bevor wir das unschlüssige Rumstehen anfangen, verabschiede ich mich lieber für heute«, sagte Paula. »Dieses verdammte Wetter.«

»Ich bin auch müde«, gähnte Belle und warf einen letzten resignierten Blick die Straße hinunter. Das Café würde bald schließen, und niemand käme mehr hierher. Am allerwenigsten die blonde Frau, auf die sie schon den ganzen Abend gewartet hatte.

»Soll ich dich zu Hause absetzen?« Paula hatte ihr schrottreifes Auto immer dabei. »Was ist mit dir, Ilona?«

Ilona schreckte auf, als habe sie geschlafen. Eine Strähne

hatte sich aus ihrem Pferdeschwanz gelöst. Sie hatte schon den ganzen Abend so fahrig und abwesend gewirkt.

»Wie? Nein, ich fahre mit der Bahn.«

»Wie du willst.«

Belle umarmte uns alle der Reihe nach, auch Karolin. »Nacht, ihr Süßen.«

Paula winkte nur kurz. »Ja, ja, schon gut, schon gut. Komm jetzt, Belle. Ich will nach Hause.« Die beiden hakten sich unter und gingen davon. Paulas nörgelnde Stimme war noch zu hören, als sie bereits um die Ecke verschwunden waren.

Ilona schnaubte: »Sie braucht diese Show einfach. Geht ihr Richtung Innenstadt? Dann komme ich mit.«

Als wir uns umdrehten, schob Karolin wieder ihre Hand unter meinen Arm. Ich hatte nicht geträumt. Das Kapitel im Park war tatsächlich passiert. Ilona blickte angestrengt in die andere Richtung. Wir gingen schweigend.

Ich war ganz und gar damit beschäftigt, auf Karolins Atem zu lauschen und die Sätze im Kopf zurechtzulegen, die sich mir vorhin im Park aufgedrängt hatten.

Karolins Muttermal, stellte ich bedauernd fest, war wieder unter dem dicken Schal verborgen. Aber ich hatte es geküsst. Ich konnte mich deutlich daran erinnern.

Es war nur ein Detail unter anderen, die alle sehr wichtig waren. Jede Geste, jedes Wort war von Bedeutung. Ich konnte es kaum erwarten, alles aufzuschreiben und es vor mir zu sehen.

Am schönsten war, dass sie meine Geschichte als ihre eigene erkannt hatte. Und wie sie mir daraufhin noch mehr preisgegeben hatte.

Karolins Anteilnahme und ihre Anerkennung hatten mich beflügelt. Sie fand gut, was ich schrieb. Das trieb mich weiter an. Hatte ich vorher schon mit großem Eifer an meiner

Geschichte geschrieben, sah ich mich jetzt Tag und Nacht an meinem Schreibtisch sitzen. Seite um Seite würde sich in einem beständigen Fluss füllen, mühelos. Das Telefon würde ungehört schrillen. Die Nachbarn unter mir würden an die Decke klopfen, weil ich noch nachts auf der Tastatur herumhämmerte. Aber nichts würde mich abhalten können. Ja, genau so würde es sein. Genau so.

»Frederike?« Ilona sah mich verwundert an. Karolins Gesicht drückte amüsiertes Verständnis aus. Sie ahnte vielleicht, woran ich dachte.

»Wie?«

Ilona blieb stehen und rückte entnervt ihre Brille zurecht: »Ja, ist es denn wahr?! Ich plage mich hier ab, um es dir schonend beizubringen, aber du bist mal wieder in eine deiner fünfundzwanzig himmelsgleichen Traumwelten abgetaucht! Kannst du nicht mal zuhören, wenn ich dir was zu sagen habe?!«

Karolin gab so etwas wie ein Kichern von sich, das mich mehr verblüffte als Ilonas Entrüstung.

»Tut mir leid. Was willst du mir schonend beibringen?«

Ilona holte tief Luft.

»Es geht um Pe. Sie stand neulich vor meiner Tür, brauchte jemanden zum Reden. Ich hab' sie reingebeten, und wir haben uns unterhalten. Das ist alles.«

»Oh«, war mein ganzer Kommentar. Karolin sah in die Schaufenster, an denen wir vorüberkamen, und ging sehr aufrecht.

»Ja, oh«, imitierte Ilona mich. »Ich wollte nur nicht, dass du es von irgendeiner erzählt bekommst und dann für Monate eingeschnappt bist.«

»Das hat sich Paula also neulich verkneifen müssen.«

»Was denkst du darüber?«, wollte Ilona wissen.

Ich tastete meine Schläfe ab.

»Pes Stelle in meinem Kopf ist leer«, sagte ich vorsichtig. »Mein Kopf ist so voll mit anderen Dingen. Da ist Pe einfach irgendwann rausgeflogen. Das nennt man wohl Zentrifugalkraft.«

Ich hatte tatsächlich Mühe, überhaupt etwas zu denken. Da war einfach nur so eine beschissene Ahnung, dass ich gerade den Anfang von etwas ziemlich Schwierigem erlebte.

»Ich hoffe, du fällst nicht wieder auf sie rein. Wenigstens hat sie momentan keine Freundin, die sie betrügen kann«, sagte ich schließlich.

Ilona zuckte mit dem Kopf, blieb aber stumm.

Ich hatte damit das Siegel aufgebrochen, das wir damals über diese Sache gepappt hatten. Mit heißem Wachs hatten wir es zugeschmiert und unsere Handflächen hineingedrückt – als Versprechen. Es sollte nie ein Vorwurf daraus entstehen, der unsere Freundschaft zerstören könnte.

In mir regte sich plötzlich Rot. Pes Farbe. Grelle Farbe von Wut und Ohnmacht. Warum musste sie zurückkommen? Warum konnte sie nicht in Hamburg bleiben und dort Frauen betrügen, Freundschaften zerstören? Warum hielt sich Ilona nicht von ihr fern? Warum wusste ich so wenige Antworten?

»Wenn du mit Pe befreundet sein willst, ist das deine Sache. Zwischen uns wird das nichts ändern. Immerhin haben wir ja alle unser eigenes Leben«, sagte ich und hätte am liebsten auf meiner Stirn ein Warnsignal aufleuchten lassen: »Gut gemeinte Lüge!« Ich hoffte, dass Ilona mir nicht glaubte und deshalb Pe nicht weiter an sich ranlassen würde.

Karolin löste sich aus meinem Arm, blieb vor einem Schaufenster stehen und ließ uns ein paar Meter weitergehen, ehe sie uns folgte.

Ich sah Ilona auffordernd an, aber sie schwieg.

»Wieso streitest du nicht mit mir? Wir können doch über alles streiten. Wir lieben uns. Wir können so was aushalten. Wir haben es doch schon mal ausgehalten, damals. Wieso sagst du nichts?«

Ilona schwieg.

»Ist das etwa eine Art Rache, dass du dich jetzt mit Pe triffst?«, fragte ich.

Ich sah Karolin, die ihren Schal fester stopfte. Ich fror plötzlich auch und fand das Wetter Scheiße. Es stürmte.

»Unsinn«, sagte Ilona nach einer Pause, die für so eine Antwort viel zu lang gewesen war. »Rache? Weswegen denn?«

Ich betrachtete sie genau. In ihre tiefe Stimme hatten sich ein paar hohe Töne eingeschlichen. Ich hatte sie aus ihrer geliebten stoischen Ruhe gebracht.

»Ich hatte nicht gerade viel Zeit für dich …«, begann ich, aber diesmal kam die Antwort so schnell, dass ich zurückprallte.

»Du glaubst, die ganze Welt dreht sich nur um dich! Alle veranstalten einen Heidentanz darum, was *du* wohl als nächstes tun wirst, mit wem du gesehen wirst und über wen du eine deiner blöden Geschichten schreibst. Aber *ich* habe noch ein paar andere Dinge im Kopf, verstehst du?«

Ich war sprachlos. So hatte ich Ilona noch nie erlebt. Warum war sie denn plötzlich so sauer auf mich? Schließlich hatte sie sich heimlich mit Pe getroffen und riskierte damit einen Krach zwischen uns. Aber sie war so wütend, als sei das alles meine Schuld.

Ich drehte mich um. Karolin lächelte mir mit ernsten Augen zu.

»Ich sag' euch was«, meinte sie. »Ich bin hundemüde. Ich werde hier die Straße reingehen, und dann bin ich ja quasi schon zu Hause.«

Ilona sah sie nicht an. »Nacht, Karolin.«

Ich konnte es nicht fassen. Ilona brach hier grade einen Streit vom Zaun, der sich völlig überflüssigerweise ausgerechnet um Pe drehte. Und deswegen sollte ich auf die Fortsetzung meiner Liebesgeschichte verzichten? Karolin konnte doch nicht einfach gehen.

Ilona schlenderte ein Stück voraus. Karolin stand sehr nah bei mir.

»Ihr solltet euch aussprechen«, sagte sie leise. »Ich würde nur stören. Morgen haben wir Zeit für uns.« Die blauen Flammen loderten plötzlich hoch.

»Ich denk' an dich«, sagte ich.

»Schlaf gut, träum schön.« Karolin war kaum zu verstehen. Sie hauchte alles in die Kapuze meiner Jacke, die über meine Schulter fiel. Dann küsste sie mich. Dann war sie weg.

Ilona stand frierend vor dem Schaufenster einer Parfümerie. Hinter der Scheibe standen schon seit Wochen diese blauen Flaschen. Das war Karolins Duft. Ich hatte eine solche Flasche in ihrem Bad stehen sehen.

Wieder merkte ich erst nach einer Weile, dass Ilona mich anstarrte. Wieder starrte ich zurück, und sie wandte den Blick ab.

»Glücklich?«, fragte sie und suchte in ihrer Jackentasche nach irgendetwas. Ein Schlüsselbund klimperte. Ich wusste genau, dass er an einem schwarzen Lederbeutel hing, dessen Unterseite ein Loch hatte. Ich kannte jeden Schlüssel an diesem Bund.

»Glücklich«, sagte ich. Mein Lächeln gelang mir nur schief, denn die Nacht streckte sich plötzlich in einer Vielzahl von Stunden vor mir aus; Stunden ohne Karolin. »Ich gerate nur leider etwas in Panik, wenn wir uns verabschieden. Es ist grässlich, sie weggehen zu sehen.«

»Ich denke nicht, dass sie für länger als einen Tag weggehen wird«, murmelte Ilona. Ich war ihr dafür sehr dankbar.

»Weißt du noch, unsere Lesbenskala?«, sagte ich. »Diese Punkte, die wir immer abgehakt haben: Gesicht, Figur, Haare, Stimme, Bildung, Humor … Bei ihr ist das alles so unwichtig. Es ist, als ob ich diese verdammte Liste … als ob ich diese Punkte …«

»Als ob du sie nicht mehr brauchen würdest«, sagte Ilona. Sie schneuzte in ein Taschentuch und verbarg dahinter ihr Gesicht. Nur ihre Augen beobachteten mich auf ihre eigene, kritische Weise.

»Ich habe ihr von meinem Roman erzählt. Es hat ihr gefallen. Sie hat verstanden, was ich damit meine. Vielleicht hatte sie beim Zuhören ein ähnliches Gefühl wie ich beim Schreiben. Glaubst du, das ist möglich?«

Ilonas Nase war rot und blank gerieben. Meine Freundin sah müde aus.

»Lass uns einen Schritt schneller gehen. Ich will die nächste Bahn noch erwischen«, sagte sie.

Ich wollte nicht, dass sich etwas zwischen uns änderte, nur weil Pe wieder auf der Bildfläche erschienen war. Ich wollte Ilona etwas Nettes sagen. Etwas, worüber sie sich freuen würde. Wir gingen so schnell, dass Ilonas Pferdeschwanz hin und her wippte.

»Warum trägst du dein Haar nicht offen? Das steht dir so gut. Dein Gesicht sieht dann ganz weich aus«, sagte ich.

Ilona gab einen Laut von sich, der zwischen Erstaunen und Wut hing: ein geräuschvolles Einziehen der Oktoberluft.

»Rike, du kannst einen zur Verzweiflung treiben!« Sie meinte es ernst. »Tagelang, wochenlang, monatelang siehst du nichts anderes als deine Geschichten und Spinnereien, und neuerdings auch noch Karolin. In diesen Zeiten würdest du doch nicht mal merken, wenn ich plötzlich braune Augen hätte oder einsfünfundachtzig groß wäre oder mir mein rechtes Bein fehlen würde. Du bist mir gegenüber so sensibel wie ein Stein im Schuh. Aber dann … sagst du plötzlich so etwas!«

So hatte sie noch nie mit mir gesprochen. Ilona war anders heute Abend. Ihre Blicke waren anders. So als wäre sie seit Tagen im Traum von jemand anderem herumgeirrt und hätte plötzlich die eigenen Grenzen verloren.

Als Ilona mitten im raschen Gehen zum Zopf griff und das Gummi herauszog, sah ich sie an. Ilona lachte kurz. Dann schwiegen wir beide.

Weil mir diese Stille unheimlich war, fragte ich: »Ist es wirklich so schlimm mit mir?«

»Du bist furchtbar!«, antwortete sie. »Du springst herum, kennst alle, magst alle, verstehst alle. Aber in Wirklichkeit bist du abwesend. Bist du jetzt überhaupt hier?«

Ich nickte, obwohl ich nicht sicher war, ob das einer Antwort bedurfte.

»Es ist ziemlich lange her, seit du das letzte Mal so was wie gerade zu mir gesagt hast. Ich glaube, du hast es nicht mehr getan, seit wir damals das Wochenende in deinem Bett verbracht haben«, sagte Ilona.

Sie und ich. In meinem Bett. Konnte ich mich daran überhaupt richtig erinnern? Hatte ich nicht bereits vieles vergessen? Konnte ich mir noch die Farbe und Form ihrer Brustwarzen vorstellen?

»Ach, das ist doch schon hundert Jahre her«, murmelte ich. »Das ist doch schon gar nicht mehr wahr.«

Und dann sah ich Ilonas Gesicht im nächtlichen Kunstlicht der Stadt. Keine Ahnung, warum ich es plötzlich wusste. Wahrscheinlich hatte sie diese Hinweise immer und zu jeder

Zeit bereitgehalten. Ich hatte sie nur einfach nicht gesehen. Warum jetzt? Und was sollte ich nun tun? Ich starrte angestrengt die Straße entlang. Komischerweise überraschte es mich nicht. Ich musste es die ganze Zeit irgendwie schon gewusst haben. Aber ich hatte es nicht sehen wollen. Ich hatte es von mir geschoben wie etwas vollkommen Abwegiges. »Ilona? Aber sie ist doch meine beste Freundin!« Plötzlich schämte ich mich. Es beschämte mich, dass ich es nicht schon früher klar gesehen hatte.

Mir wurde heiß und dann kalt. Ich begann zu schwitzen. In meinem Kopf herrschte dumpfe Leere. Meine Zunge war anscheinend gelähmt. Und was hätte ich auch sagen können? Gab es eine Frage, die ich mir nicht selbst beantworten konnte? War nicht immer alles klar gewesen zwischen uns? Gab es nie einen Zweifel an der Art meiner Freundschaft? Überhaupt keinen Zweifel?

Ich verschluckte mich und musste husten. Ilona lachte über meinen hochroten Kopf und klopfte mir auf den Rücken.

»Woran hast du gedacht?«, lachte sie. Sie war nicht traurig. Sie war nicht verbittert. Warum sah ich es ihr nicht an? Warum stand es nicht auf ihrer Stirn?

Scham, dieses unerfreuliche Gefühl, das ich in meiner Kindheit zurückgelassen glaubte. Das ich irgendwo verloren hatte zwischen unglaublichen Lügengeschichten und jähzornigen Schlägen, die damals meine Schwester abbekam.

Jetzt erkannte ich, dass die erwachsene Scham noch schlimmer war als dieses kindliche, unbeholfene Schuldgefühl. Ich schämte mich, weil ich automatisch annahm, mein plötzliches Erkennen würde auch Ilona erreichen. War für sie denn alles wie immer? So wie viele Male vorher, wenn ich mich in irgendeine verknallt hatte oder vom Sex mit Pe schwärmte?

Ilona hatte wohl wirklich nicht gemerkt, dass ich gemerkt

hatte, was los war. Hatte sie längst aufgegeben, darauf zu warten oder es zu fürchten? Weil ich sie ja sowieso nicht sah. Weil ich nicht mitbekam, was mit ihr war. Weil ich es nicht merken würde, wenn ihr rechtes Bein fehlte.

»Ilona, ich …« Ich verstummte.

Sie sah mich an und lächelte liebevoll.

»Träumerin!«, sagte sie zärtlich.

Wir erreichten ihre Haltestelle.

»Ich habe beschlossen, nicht mehr zum Bochumer Schwof zu gehen. Das liegt zu weit draußen. Wie leicht kann da was passieren. Was sollte dann aus Selma werden? Sie würde sterben im Tierheim.« Ilona fing einfach ein neues Thema an. War für sie alles gesagt?

Ich starrte sie an und dachte an ein Uniseminar, das Bastian und ich belegt hatten: Absurdes Theater. Ich war eine Figur in einem dieser Stücke. Eine absurde Figur in einem absurden Stück mit einem absurden Dialog.

»Da guckst du! Ich meine es ernst. Wenn sie zu Fuß kommen, rumpöbeln, dich vergewaltigen wollen, dann funktioniert das alles, woran du jetzt denkst: Du kannst schreien, wegrennen oder ihnen dein ›Ich-geh-abends-weg-Messer‹ in den Bauch rammen. Aber was ist, wenn ihnen das nicht genügt? Vielleicht lassen sie erst gar nicht zu, dass du an sie rankommst? Vielleicht siehst du sie nicht einmal? Du kriegst nur plötzlich von irgendwoher einen harten Gegenstand an den Kopf geschmissen, der zufällig ein Molotowcocktail ist. Und spätestens dann wirst du von den karatetrainierten Schutzlesben in wilder Panik totgetrampelt.«

Plötzlich begriff ich, wieso Ilona sonst immer alles mit dem Verstande anging. Sie benutzte ihn als Waffe. Die einzige Waffe, die Ilona vor mir schützen konnte. Aber war das wirklich notwendig gewesen? Hatte sie sich denn von Anfang an vor mir schützen müssen? Hatte es denn nie eine Möglichkeit gegeben für uns?

Auch wenn ich mich nicht mehr genau an dieses Wochenende in meinem Bett erinnern konnte, wusste ich doch, dass es schön gewesen war. Aber daraus war nichts gewachsen. Wieso nicht? Ilona hatte es doch gewollt. Und ich? Ich war doch damals auch irgendwie verknallt in sie. Hatte sie einfach aufgegeben, ohne es je zu versuchen? »Manchmal bewundere ich deinen klaren Verstand«, sagte ich. Sie stutzte, hatte so einen Satz nicht erwartet. »Du kommst oft besser durchs Leben mit deiner Art, die Dinge zu sehen. Du erreichst damit meistens, was du willst. Aber es gibt auch Situationen, in denen du dir damit selbst im Weg stehst. Was bringt es dir dann, zu analysieren und im Voraus zu berechnen, was die Zukunft bringt? Warum lebst du nicht einfach?«

Jetzt starrte Ilona mich mit offenem Mund an, als hätte ich ein drittes Auge zwischen den beiden anderen. Womöglich in einer dritten Farbe. Klar. Für sie klang ich nach völligem Schwachsinn. Sie merkte nicht, dass wir hier gerade vollkommen aneinander vorbeiredeten. Oder?

»Was erzählst du da! Wenn ich eine Gefahr erkenne, ist es doch wohl nicht dumm, ihr auszuweichen.«

Ich versuchte, es ihr zu erklären: »Aber vielleicht umschiffst du nur jahrelang eine vermeintliche Gefahr! Bevor du etwas aufgibst, solltest du doch wenigstens die Chance nutzen zu leben!«

Ilona schüttelte den Kopf. »Hilfe! Wo bin ich? In einer deiner Geschichten? ›Die Chance nutzen zu leben?‹ Was ist das? Der Untertitel zu einer Kurzgeschichte über Ilona P.? Vielleicht lebe ich verstandesgesteuert, wie du immer sagst. Aber ich will nichts versuchen, wovon ich weiß, dass es in die Hose gehen kann.«

Ich stampfte auf wie Rumpelstilzchen. Warum verstand sie denn nicht, was ich meinte?!

»Ein verdammter Feigling bist du! Warum hast du nie versucht, die Dinge in die Hand zu nehmen? Hattest du Angst, deine Selbstbeherrschung zu verlieren? Kannst du nur etwas riskieren, wenn du nicht mit deinem Herzen daran hängst? Oder was soll dieses Spielchen mit Pe sonst bedeuten?«

»Was hat das mit Pe zu tun? Was hat das mit Selbstbeherrschung zu tun? Ich habe Angst, dass mir etwas passiert. Und es könnte etwas passieren! Da kommt meine Bahn. Willst du noch etwas sagen? Aber versuch nicht, mich rumzukriegen! Ich habe mich entschieden: Ich mag den Schwof genauso gern wie du, aber ich werde nicht mehr hingehen!«

Die Bahn hielt. Zischend glitten die Türen auf.

»Ich rede nicht von diesem verdammten Schwof!«, brüllte ich.

Ilona wandte mir bereits den Rücken zu und ließ mich stehen. Sie stieg ein, nahm einen Platz gleich neben der Tür am Fenster. Ihre Schultern in der dicken Winterjacke. Ihr Haar hinter die Ohren gestrichen. Sie war eine fremde Person, die in die Ecke eines fluoreszierenden Bildes gemalt worden war.

Ich sah sie so lange an, bis die Bahn anfuhr, und versuchte, in ihrem Gesicht etwas zu erkennen. Ein Nicken. Ein Verstehen. Hatte sie denn tatsächlich nicht gemerkt, wovon ich die ganze Zeit geredet hatte? Aber Ilona hob nur die Hand und formte mit den Lippen ein »Schlaf gut!«.

Die Bahn fuhr als eine Kette aneinandergereihter leuchtender Rechtecke davon. Ich sah ihr nach und fragte mich, woran es lag, dass an manchen Tagen jeder kleine Abschied schwerfällt.

Nele war sehr leidenschaftlich und Bête sehr vorsichtig. Nele wollte Bêtes Bluse herunterzerren und an ihren Brüsten saugen. Aber sie spürte Bêtes Zögern und öffnete langsam Knopf für Knopf und küsste mit trockenen Lippen den Hals hinunter. Bête benahm sich so zurückhaltend, als lebe sie jetzt gerade mehr im Kopf als im Bauch.

Nele hatte Lust auf Körpersäfte. Sie wollte Bêtes Speichel mit ihrem vermischen. Sie wollte Schweiß schmecken, wollte ihr Gesicht benetzen mit Bêtes Feuchtigkeit. Es war ein Genuss, von dem sie nicht genug bekommen konnte. Das war irgendwie animalisch. Es hatte etwas mit der Gier auf Essen zu tun. Auch etwas mit Durst, der sich in die Magenwände brennt und trocken in der Kehle schabt.

Anfangs hatte sie noch manchmal an Alexander gedacht und sich gewundert. Acht Jahre lang hatte es ihr nie so viel Freude bereitet, seinen Penis anzufassen.

Sie hatten Spaß miteinander gehabt, natürlich. Aber mit Bête war es einfach alles besser. Nele wollte sie immerzu berühren und sie fühlen. Sie war einfach unersättlich, wollte immer mehr finden. Ihre Lehrerin war sie selber. Bête war ihre Gefährtin, die sie begleitete auf dem Weg zu immer Neuem, die manchmal ihre Ungeduld bremste, damit Nele innehalten konnte, um einfach nur zu staunen.

Nele hatte selten Zeit auszuruhen, so sehr gierte sie nach mehr. Sie war ein Gefäß, das sich nicht füllte.

Es dauerte ihr viel zu lang, bis sie endlich beide nackt auf dem Boden lagen, ihre Hand zwischen Bêtes Knie wandern konnte. Sie rutschten herum, verbrannten sich die Haut an den rauen Teppichfasern. Nele rutschte an Bête herunter und wollte sie schmecken, aber Bête fasste in ihr Haar und zog sie zu sich herauf.

»Wieso kannst du ihnen nicht ganz einfach die Wahrheit

sagen?«, fragte sie. Es bestand kein Zweifel, dass sie die ganze Zeit an nichts anderes gedacht hatte.

Nele, die sich auf eine unbekannte Art gedemütigt fühlte, griff nach ihrem T-Shirt.

»Es geht nicht. Versteh das doch! Mein Chef ist ein Arschloch. Ich würde die Stelle bestimmt nicht bekommen, und ich müsste vielleicht mit Schlimmerem rechnen.«

»Sie können dich nicht feuern, nur weil du Lesbe bist«, sagte Bête.

Nele kam sich neben ihr plötzlich alt vor.

»Es wäre nicht das erste Mal, dass so was passiert. Ich will nicht auf einem Schleudersitz hocken.«

»Das hast du selbst verbockt. Wie konntest du ihnen vorlügen, du seist verlobt? Da kommst du nie wieder raus!«

Nele zog ihr Shirt an. Es roch nach Bêtes Parfüm.

»Ach Bête, muss das jetzt sein? Das Ganze ist doch kein Drama. Ich fühle mich auch nicht wohl damit. Irgendwann werde ich es besser hinkriegen, das verspreche ich. Aber es ist nun mal passiert. Der Arsch verdient den Job einfach nicht. Und wenn Frederikes Freund bereit ist, einzuspringen, nimmt das Ganze vielleicht noch ein gutes Ende.«

Bête zupfte Flusen vom Teppich. »Ganz im Ernst, Nele, willst du das wirklich tun? Wie kannst du das hiermit vereinbaren? Dein Mund ist noch ganz klebrig. Willst du in der Nacht bei mir anrufen und fröhlich sagen: ›Stell dir vor: Sie haben es geschluckt!‹? Was werde ich fühlen, wenn du mit einem Typen dahin marschierst?«

»Er ist schwul.«

»Er ist ein Mann. Und er wird auf meinem Platz an deiner Seite sitzen. Das ist nicht fair, Nele!«

So hatte Nele das noch nicht betrachtet. Bêtes ärgerlich gerunzelte Stirn beschämte sie plötzlich.

»Du missverstehst mich«, stammelte sie. »Ich schäme mich doch nicht für dich, für mein Leben mit Frauen. Aber dieser Abend ist wichtig für meinen Job. Ich …«

»Du fällst allen stolzen und mutigen Lesben in den Rücken!«

Nele schwieg. Das wollte sie nicht. Sie wollte niemandem in den Rücken fallen. Nele spürte ihr Rückgrat zerbrechen. Genau in der Mitte krachte und knackte es. Sie saß plötzlich in zwei Teilen dort. »Ich möchte dazu stehen«, sagte der obere Teil. »Und ich wünschte, ich wäre so stark wie du, um mich dem jetzt schon zu stellen. Ich muss lernen, für mich als Lesbe einzustehen. Jede muss schließlich bei sich selbst anfangen.«

Bête nickte. Ihre Stirn klärte sich zögerlich auf.

»Alles ist noch so neu. Ich entdecke gerade meine lesbische Sexualität. Alles ist fremd. Die Discos, die Kneipen, ich selbst, eine verkehrte Welt. Wie soll ich etwas selbstbewusst vertreten, wenn ich noch auf wackeligen Beinen stehe? Ich muss mir Zeit lassen«, sagte Neles unterer Teil. »Und jetzt möchte ich gern das Thema wechseln. Der Abend ist doch viel zu kurz. Wir sollten ihn nicht mit Diskutieren verplempern, oder?«

Bête seufzte tief. Sie streckte sich auf dem Teppich aus und kaute an einem Fingernagel.

Nele legte ihre Hand auf den warmen Bauch.

»Nein«, sagte Bête. »Ich mag jetzt nicht mehr.«

12. Kapitel

Karolin

Karolin erwachte im Dunkeln. Im ersten Augenblick dachte sie, sie läge in Frederikes Bett. Sie glaubte, neben sich den anderen Atem zu hören, ein schwacher Geruch hing im Raum, und da war eine Bewegung. Aber es war nur Zipp, der über ihren Beinen gelegen hatte und nun vom Bett sprang, um nachzusehen, ob über Nacht das Frühstück in seinen Fressnapf gefallen war.

Karolin streckte sich. Die Wärme um sie herum war so wohlig, als sei da noch ein anderer Körper unter der Decke, dessen Schenkel sie mit dem nackten Knie berühren könnte.

Neulich nachts bei Frederike, nach dem Schwof, war nichts zwischen ihnen geschehen, was die Heerscharen von Klatschmäulern der Szene hätte befriedigen können. Nachdem Karolin ihre Geschichte erzählt hatte, waren sie, durch ihre Hände verbunden, eingeschlafen. Aber Karolin war immer wieder aufgewacht. Sie hatte festgestellt, dass sie einen Meter gewandert war, gekrümmt lag sie halb auf der anderen Matratze, nur noch halb zugedeckt. Sie war wieder eingeschlafen, rutschte so tief, dass ihre Füße unten aus dem Bett hingen, tiefgefroren, mit Eisklumpen als Zehen. Verrenkt. Schwitzend. Oder frierend. Die Decke unter sich oder über dem Kopf. Das Kissen zu Fußballgröße zusammengeschlagen.

Sie hatte dann immer zu Frederike geguckt. Aber die war eine ordentlich Schlafende. Sie lag entspannt, den Kopf auf dem Kissen, die Füße unter der Decke, die auch noch die

Schultern bedeckte. Karolin war neidisch geworden auf diesen Frieden. Diese Selbstsicherheit, die sie nur ungläubig bestaunen konnte. Hatte diese Frau keine Kämpfe auszutragen?

»Ich trage meine Kämpfe nicht mit mir allein und schon gar nicht im Bett aus«, hatte Frederike am nächsten Morgen gelächelt. »Sondern da, wo sie hingehören.«

Karolin lächelte bei der Erinnerung auch. In wenigen Stunden würde sie Frederike sehen. Sie würde sie küssen. Sie würde sich küssen lassen. Vielleicht würden sie tatsächlich wegfahren, über den Rummelplatz ziehen, in der Geisterbahn kreischen, Zuckerwatte im Gesicht verschmieren, mit geballter Übelkeit aus der Achterbahn steigen und dann in einer stillen Ecke sitzen und miteinander lachen. Vielleicht.

Karolin stellte sich vor, wie sie das nicht täten. Stattdessen würden sie aufs Bett fallen oder – besser – im Flur an der Wand hinunterrutschen, Karolin wollte Frederikes Po in ihren Händen halten und sie dabei bewundernd ansehen. Sie könnten sich gleich im Flur lieben, wo sie leise sein mussten, denn ihre Stimmen durften nicht ins Treppenhaus dringen.

Karolin hatte Lust. Sie stand auf und zog die große Schublade auf, in der es so viele Farben gab. Sie probierte ein paar Stoffe aus, rieb Seide an ihrer Wange oder Samt über ihren Arm. Bis sie einen dunkelgrünen BH fand, dessen Spitze auf der Haut prickelte. Sie zog ihn an, den passenden Slip dazu ebenfalls. Dann stand sie lange vor dem Spiegel der Kommode und betrachtete die schönen Stellen ihres Körpers. Sie hatte übrigens heute Morgen nur schöne Stellen.

Sie leckte an ihren Fingern und strich damit über ihre Brüste. Sie streichelte ihren Hals, wo er gestern Abend noch von Lippen berührt worden war. Sie warf sich leise lachend aufs Bett, wo sie auf den Bauch rollte, auf die Seite, auf den

Rücken, sich aufsetzte. Sie hatte zu wenig Hände, um sich überall da zu berühren, wo sie erspürt werden wollte. Sie dachte nicht einmal kurz an fremde Gesichter oder ungewolltes Begehren. Sie hatte einen so mächtigen eigenen Willen. Sie fühlte sich neu und vertraut. Sie flüsterte ihren Namen.

»Frederike«, sagte sie. Sie hielten sich im Arm. Zipp strich um ihre Beine. In der Wohnung roch es nach frischer Farbe.

»Würde es dir etwas ausmachen, das noch einmal zu sagen?«, bat Frederike.

»Frederike«, sagte Karolin noch einmal direkt in ihr süßes Ohr.

»Ich bin viel zu früh.«

»Du bist genau nichtig.«

»Wonach riecht es hier? Hast du gestrichen?«

Karolin schob Frederike ins Zimmer hinein. Sie genoss die Berührung, Frederikes höfliches Zögern.

»Ich habe heute Morgen etwas gemalt.« Es war fast noch Nacht gewesen. Sie war satt gewesen von der einen Lust, dem wilden sanften Sex mit sich selbst. Aber dann hatte sie eine andere gepackt: der Wunsch, in Farben zu baden und eine Geschichte zu erzählen. Und jetzt, in diesem Moment, eroberte sie bereits wieder eine neue: »Ich hab' einen Bärenhunger! Magst du aufgebackene Brötchen?«

»Klar. Hast du Erdbeermarmelade?« Frederike trat ans Licht, um einen Blick auf die Staffelei zu werfen.

Karolin öffnete in der Küche die Tüte mit den Brötchen. Für sie war es so, als sei Frederike hier gewesen, als hätten sie die Nacht miteinander verbracht. Sie war Karolin auf intime Weise vertraut. Sie deckte den Tisch, legte Servietten hin und zündete eine Kerze an. Alles sollte so schön und romantisch sein wie die Lust der Nacht. Sie wollte Frederike gern vorschwärmen, von dem wunderbaren sexuellen Erlebnis, das sie beide heute Nacht bereits gehabt hatten. Aber das musste noch ein wenig warten. Als Erstes musste jetzt das Frühstück her! Mit leerem Magen liebte es sich nicht gut.

Als Karolin wieder hinüberging, betrachtete Frederike immer noch das Bild. Karolin versuchte, mit ihren Augen zu sehen. Es war eine Szene aus einer Puppenstube. Da gab es eine Großmutter, die Mutter und ein halbwüchsiges Mädchen, die zu dritt am Küchentisch saßen und Skat spielten. Die Großmutter trug eine goldene Nickelbrille, und ihr Kopf war kahlrasiert wie bei Ghandi oder Sinéad. Das Mädchen war ihr wie aus dem Gesicht geschnitten, aber ihre Frisur war ein vorwitziger Bubikopf. Sie krauste frech die Nase. Die Mutter dagegen, ebenfalls mit Brille, trug ihr blondes Haar in einem strengen Pferdeschwanz geordnet. Sie strich eine verirrte Strähne mit der einen Hand zurück, während sie gerade aus ihrem Blatt eine Karte herauszog, die sie ausspielen wollte.

Der Vater der Familie versuchte sein Interesse am Spiel hinter seiner mürrischen Miene zu verbergen, linste aber dennoch der lächelnden Großmutter über die Schulter, um etwas mitzubekommen. Der halbstarke Sohn turnte um den Tisch herum. Das rote lange Haar flog ihm ums lachende Gesicht mit den vielen Sommersprossen. Er versuchte, allen in die Karten zu gucken, um über den Spielverlauf genaustens informiert zu sein. Die beinahe erwachsene Tochter lehnte am Stuhl der Mutter. Ihre unterschiedlich farbigen Augen waren verträumt auf die Karte gerichtet, die gerade auf dem Tisch lag. Es war die Herzdame.

»Wie machst du das?«, fragte Frederike. Karolin freute sich darüber mehr als über jedes andere Lob. »Du hast mir nicht erzählt, dass du das so gut kannst.«

Es war nicht klar, ob sie das Malen oder das Beobachten meinte.

»Als ob wir schon alles voneinander wüssten«, sagte Karolin frech.

Frederike staunte und folgte ihr in die Küche. Sie aßen und dachten beim Milchkaffee beide an ihre erste Begegnung im Café.

»Heute Morgen ist nichts um dich herum blau«, sagte Frederike da plötzlich. »Aber ich selber fühle mich ein bisschen so.« Sie machte eine kleine Pause, als müsste sie überlegen, ob es tatsächlich stimmte, was sie sagen wollte.

»Ich glaube, ich bin für Ilona mehr als nur eine Freundin.«

»Das war mir klar«, erwiderte Karolin. »Das war mir klar von dem Augenblick an, als ich euch beide das erste Mal zusammen sah. Von ihr schwingt etwas in deine Richtung, ein Hauch von Rot und Blau und Violett.«

Frederike sah auf ihren Teller, als schäme sie sich.

»Ich habe das nicht gemerkt. Erst gestern Abend, ganz plötzlich. Aber ich hatte nicht den Mut, sie darauf anzusprechen. Ich habe mich dumm angestellt, wir haben aneinander vorbeigeredet. Sie war so ganz anders gestern.«

»Sie spürt, was mit uns los ist. Deshalb ist sie anders als sonst«, sprach Karolin es zum ersten Mal aus. Dieser Satz machte sie glücklich.

Frederike zeigte ihr beide Farben ihrer Augen und lächelte.

»Ich sollte es ihr nicht noch schwerer machen. Ich glaube, ich sollte mir besser nichts anmerken lassen und so sein wie immer.«

Karolin glaubte eher, dass Ilona es hassen würde, wenn eine Entscheidung über ihren Kopf hinweg getroffen wurde. Aber Ilona war Frederikes Freundin. Sie konnte sich da ja nicht einmischen.

»Du hast uns alle so gründlich durchschaut, Karolin«, sagte Frederike kleinlaut.

»Warum ist Paula so wütend auf dich?«, fragte Karolin.

Frederike überlegte nicht lange. »Sie ist der Meinung, ich hätte dich ihr weggenommen.«

Karolin lachte.

»Kein Wunder. Sie ist auf mich angesprungen wie wild. Wie hoch standen die Wetten?«

»Die meisten haben auf Paula gesetzt. Nur Belle hat dran geglaubt, dass Bête bei Nele schneller das Rennen macht. Wahrscheinlich, weil sie sowieso immer an ihren Zwilling glaubt.«

Karolin setzte sehr langsam ihre Tasse ab.

»Was sagst du da?«

»Paula hatte nicht gerade ihre Gewinnerphase. Bête hatte einfach einen Vorsprung«, wiederholte Frederike.

»Ihr habt tatsächlich gewettet?«

Sie sahen sich an. Das Lachen in Frederikes übermütigen Augen verschwand.

»Nimm es nicht so ernst.«

Karolin sah an ihr vorbei aus dem Fenster. Es war ein schöner Tag mit blauem Himmel.

»Wer hat sich so eine Scheiße ausgedacht?«, fragte sie.

Frederike öffnete den Mund. Dann schloss sie ihn wieder. Dann öffnete sie ihn wieder.

»Es tut mit leid. Ich wollte nicht, dass du es erfährst.«

»Du hättest es mir nicht gesagt!«, stellte Karolin fest. Sie konnte sich selbst dabei zuhören, wie ihre Stimme kühl und sachlich wurde. Sie hatte sich schon oft dabei zugehört. Sie sagte sich, dass es immer so war. Du wirst verletzt, wenn du gerade verwundbar geworden bist. Sie sagte sich, dass so etwas passieren kann. Früher hatte es immer geholfen, wenn sie sich das gesagt hatte. Aber jetzt tröstete es sie überhaupt nicht.

»Es tut mir leid«, wiederholte Frederike. »Aber das hat nichts mit uns zu tun. Ich war gar nicht im Rennen. Es ging nur um Bête und Paula. Mit mir und dir hat das gar nichts zu tun. Ehrlich.«

Karolin konnte »Ehrlichs« nicht ausstehen.

»Soll ich jetzt gehen?«, sagte Frederike schließlich.

»Ich möchte allein sein«, erwiderte Karolin. Das war eine Lüge, denn sie wollte nicht allein sein. Sie wollte nie wieder allein sein. Aber es schien die passende Antwort zu sein.

Frederike stand rasch auf und schlüpfte in ihre warme Jacke. Ihre Bewegungen waren panisch schnell. Sie sah nicht ein einziges Mal auf. Sie vergaßen, sich zu verabschieden. Die Tür fiel ins Schloss.

Karolin tat alles doppelt so schnell wie gewohnt. Sie brauchte für vertraute Wege nur die halbe Zeit. Sie lief durch die Stadt, die ihr plötzlich nur noch halb so groß erschien. Sie tat alles mit einer Geschwindigkeit, als ob sie viel vorhätte. Beim Spülen zerbrach sie Geschirr.

Weil sie so schnell war, blieb am Ende des Tages so viel Zeit über. Sie versuchte fernzusehen, aber sie hatte keine Geduld. Sie telefonierte mit Bekannten, aber die waren so träge; Karolin konnte kaum abwarten, bis sie ausgesprochen hatten. Sie kamen alle nicht auf den Punkt.

Karolin konnte sich nicht daran erinnern, jemals so wütend gewesen zu sein.

Sie ging zu dem Vorstellungsgespräch und prallte mit solcher Wucht durch die Tür, dass niemand an ihrem Einsatz zweifelte und sie zum nächsten Ersten anfangen sollte.

In der Nacht lag sie wach. Sie versuchte sich geschmeichelt zu fühlen, dass auf sie gesetzt worden war. Aber stattdessen empfand sie Verachtung. Sie erkannte die Selbstgerechtigkeit in diesem Spiel. Sie verstand, dass sich in solchen spielenden Köpfen nur die Egos selbst befanden: Sie dachten nur an sich. Sie dachten nicht an die, um die gespielt wurde.

Die Nacht hatte acht Stunden. In der einen Stunde war Karolin wütend, trank ungezuckerten Tee und spülte mit jedem Schluck ihren Mund aus von Küssen, die sie vergessen musste.

In der nächsten Stunde lag sie mit kalten Füßen im Bett und sehnte die Wärme zurück, wusste, dass sie nicht vorgetäuscht gewesen war, wusste, dass alles ehrlich gewesen war. Dann weinte sie und versuchte, ihren neuen Willen zu bezwingen. Sie sehnte sich ihr Egal herbei, ihre Gleichgültigkeit, damit sie Frederike anrufen und diese dumme Sache vergessen konnte. Aber es funktionierte mit einem Mal nicht mehr. Auch ein Lachen rettete sie nicht mehr überall heraus. Dieser Ausweg war versperrt.

Karolin konnte ihren Willen plötzlich nicht mehr zerbröseln wie einen Zwieback.

Sie wünschte sich, Frederike hätte gelacht und gerufen: »Stell dich doch nicht so an! Reiß dich mal zusammen, blöde Gans. Was ist denn schon dabei?«

Aber stattdessen hatte Frederike ihre Verletzung anerkannt und war schweigend, demütig fortgelaufen. Sie hatte nicht versucht, Karolin ihren Willen aufzuzwingen. Verflixte Frederike. Sie war schuld daran, dass »Egal« nicht mehr half.

Karolin wusste viel zu genau, was sie wollte und was sie fühlte. Vorbei waren die Zeiten, in denen sie sich einfach in die Hände anderer geben konnte.

Sie hatte ein Gefühl; es war Enttäuschung. Sie hatte ein Gefühl; es war Hoffnung.

Nach ein paar Tagen hatte Karolin sich immer noch nicht an diese Wut gewöhnt. Sie erwartete die Ankunft des Egalseins, aber es blieb aus. Ruhig vor Zorn trat Karolin morgens aus der Wohnungstür und rechnete jeden Augenblick mit seiner Ankunft. Aber es kam nicht. Es wurde nicht das eine, weitere Mal »Egal!«.

Karolin hatte einen klaren, scharfen Blick: Sie war verliebt in Frederike, die ein dummes, ein kindisches Spiel mitgespielt hatte, in dem Karolin nur eine Spielfigur war. Ein kleines blaues Plastikfigürchen, mit dem mal die eine, mal die andere über das Spielbrett zieht.

Als sie aus dem Café heimkam, klingelte das Telefon. Sie hielt Zipp im Arm und starrte auf den lila Hörer. Dreimal. Viermal. Fünfmal. Sie hoffte, dass es Frederike war, die versuchte, sie zu erreichen. Aber sie würde nicht drangehen.

Sie erinnerte sich noch zu gut an alles: Frederikes Stimme am Telefon hatte nicht zu jeder Tageszeit gleich geklungen. Morgens mussten sie viel lachen, wenn sie miteinander sprachen. Frederike versprühte ihren Witz, und Karolin kam aus dem Staunen nicht heraus. Ihre eigene, volle Stimme, wie sie unbekümmerte Laute reinen Vergnügens ausstieß und melodisch klang. Das war ihr so wenig vertraut, dass sie immer wieder darauf lauschte.

Wenn sie mittags miteinander telefonierten, war Frederike nervös. In diesen Telefonaten wurde nämlich entschieden, ob sie sich sehen würden. Karolin hatte diese Mittagstelefonate geliebt. Sie waren voller Perspektiven und Möglichkeiten.

Das Wunderbarste aber waren die leisen, geraunten Gespräche in der Nacht gewesen. Dabei hatte Karolin sich vorgestellt, Frederike hielte sie an der Hand. Alles an diesen Abendtelefonaten war warm gewesen. Durch den Draht floss warme Traurigkeit, weil sie nicht beieinander waren.

Frederikes Stimme war Karolin in ihre Träume gefolgt, begleitete sie auf ihren Reisen. Und Karolin hatte das Bedürfnis gehabt, ihr ständig zu antworten. Im Schlaf hatte sie oft gelächelt und fand morgens ihr Spiegelbild zum Verlieben.

Es war alles so perfekt gewesen. Aber jetzt war es wieder fort.

»Soll ich jetzt gehen?«, hatte sie gefragt. Karolin wollte nicht allein sein, aber da war die Wut in ihr, die sich plötzlich nicht mehr zügeln ließ. Sie wusste, dass sie ein Recht darauf hatte. Aber warum musste sie erst verlieren und dann daraus lernen?

Ihr Terminkalender hatte weiße Blätter. Denn dann könnte niemand nachvollziehen, ab wann ein Name plötzlich nicht mehr auftauchte auf den hellen Seiten. Nichts ist so einfach, wie es auf den Blättern eines Terminkalenders scheint.

Karolin hatte den Eindruck, sie bekäme wieder einmal von einer Menschenschlange nur die Rückseite zu sehen. Und nun stand auch Frederike in dieser Reihe.

Das Telefon klingelte ein letztes Mal. Dann schwieg es.

Karolin hätte unmöglich hingehen können, nicht wahr?

Schließlich nahm es immer diesen Verlauf. Es war voraussehbar, sagte sie sich.

Aber überrascht stellte sie fest, dass sie sich da gar nicht mehr so sicher war.

13. Kapitel

Frederike

Sie kann plötzlich nach rechts gehen oder nach links oder geradeaus. Überall findet sie Wege. Das Neue daran ist, dass sie sich selbst zu jedem Ziel mitnimmt.

Das Haus meiner Eltern liegt in einer Siedlung, in der sich alle Nachbarn mit Vornamen ansprechen. Niemand geniert sich, nach einer Tasse Reis fürs Mittagessen oder einem Babysitter zu fragen. Nach anderem wird selten gefragt, das bekommen alle zwangsläufig zu hören. Gibt es irgendwo einen lautstarken Krach, weiß das ein paar Tage später der ganze Block. Die Nachricht von Todesfällen verbreitet sich wegen ihrer Dringlichkeit innerhalb von wenigen Stunden bis in den letzten Winkel.

Es ist wie unsere Lesbenszene auch: Es gibt sorgsam gepflegte Freundschaften, ebensolche Feindschaften, bittersüßes Lächeln in Gesichtern, die wir alle kennen, aber nicht unbedingt alle mögen.

Ich kehrte nicht besonders gern hierher zurück. Nur dann und wann tat ich Mama den Gefallen, so wie heute. Sie hatte mich mit Käsekuchen und meinem Lieblingssalat hierher gelockt. Aber als ich nun vor dem Haus den Motor ausstellte, bereute ich diesen Ausflug fast. Die sich sacht bewegenden Gardinen hinter den Fenstern der Nachbarhäuser machten mir immer wieder bewusst, dass in den Köpfen hinter den Gardinen eine Frage herumsurrte wie ein überdimensionaler Moskito: »Warum hat die Kleine noch keinen Freund?«

Es hatte mal Gerede gegeben, als Pe noch mit hierher kam. Mama war in höchster Alarmbereitschaft: »Küsst euch bitte nicht auf der Straße! Das würde hier niemand verstehen, und sie würden auf uns herumhacken.«

Ich mochte es gar nicht, hier zu sein. Ich war aus dieser Gegend herausgewachsen wie aus meinen Kinderschuhen.

Wir blieben ein paar Minuten im Auto sitzen. Belle betrachtete mich nachdenklich, wie treue Freundinnen dich betrachten, wenn sie von deinem Liebeskummer wissen.

Ich hatte zuerst Ilona angerufen. Aber als ich sie am Apparat hatte, blieben mir die Worte im Hals stecken.

»Was ist denn? Du hast doch was?«, hatte sie gefragt. Aber ich konnte nur von einem »kleinen Streit mit Karolin« stammeln, ohne auch nur annähernd an den Kern der Sache zu gelangen. Ich hatte es vermasselt. Ich hatte alles versaut.

Ich schaffte es nicht, vor Ilona zu weinen, weil ich Angst vor ihren eigenen Tränen hatte – denn sie hätte doch auch Grund dazu, dachte ich.

Also legten wir auf. Ich unbefriedigt und ruhelos, Ilona verwirrt und ahnungsvoll.

Sebastian musste zu Hause sein. Warum ließ er denn das Telefon so endlos klingeln? Er hörte wahrscheinlich über Kopfhörer Musik mit einer Lautstärke, die mir das Trommelfell zerschmettern würde. Na toll, er amüsierte und entspannte sich, während ich auf meinem Zahnfleisch vorm Telefontischchen auf und ab kroch.

Bêtes Stimme aus dem Hörer klang so deprimiert, dass ich fast wieder aufgelegt hätte. Nein, Belle sei nicht zu Hause. Und bevor ich einen weiteren Ton sagen konnte, erklärte sie mir die Krisensituation zwischen Nele und ihr. Nele wollte einfach nicht von ihrem Standpunkt weichen. Bête fand, Nele habe die Hosen voll und lasse sich vom Patriarchat einschüchtern. Nach einer Weile fragte sie mich, warum ich eigentlich anrief. Als ich es ihr erzählte, bestand ihre Reaktion aus einem einzigen Satz: »Hat sie es Nele gesagt?« Dann schmiss sie den Hörer auf die Gabel, wahrscheinlich, um sofort zu Nele aufzubrechen und auszukundschaften, ob ihre Geliebte inzwischen von der Wette Wind bekommen hatte.

Meinen letzten Versuch hätte ich mir besser erspart. Er galt Paula, deren Meinung zu diesem Thema war: »Verklemmt! Völlig verklemmt, die Kleine! Such dir was anderes.«

Ich hatte in meiner Wohnung gesessen und mich allein gefühlt. Ich wollte jemanden bei mir haben, der mich liebte. Jemanden, der mir nicht das Gefühl gab, versagt zu haben.

Also nahm ich meinen Autoschlüssel und ging hinunter, um meiner Familie einen Besuch abzustatten.

Auf der Straße traf ich Belle. Wir lachten, als wir uns sahen.

»Wie siehst du denn aus?«, fragte sie. Ich hatte rote Augen und darunter dunkle Ringe, die aussahen wie Täler in 3D.

»Und was machst du hier?«, fragte ich.

»Du weißt nicht zufällig, wo Helmes steckt?«, erwiderte sie.

Wir standen seufzend voreinander.

»Komm mit!«, hatte ich dann gesagt. »Ich fahre zu meinen Eltern. Es gibt Kuchen und so. Wenigstens ist da alles normal und in Ordnung.«

Nun saßen wir hier im Wagen vor dem Haus, und Belle betrachtete mich nachdenklich, wie es eine tut, die von deinem Liebeskummer weiß. Wir hatten den ganzen Weg über Karolin geredet, und ich war an einem Punkt angelangt, an dem ich es endlich glaubte: Es war vorbei. Es hatte noch nicht mal richtig angefangen, aber schon war es wieder vorbei.

»Fühlst du dich auch so beobachtet?«, fragte Belle mit einer Kopfbewegung hinaus, wo hinter den Fenstern die Gardinen wackelten.

»Das Schlimme daran ist, dass du nicht zurückstarren kannst«, sagte ich. »Starr mal eine Adogardine an! Es hat überhaupt keinen Effekt. Es ist nicht dasselbe.«

Belle nahm ihre Brille ab und putzte sie sehr sorgfältig.

»›Dasselbe‹? Was ist das überhaupt für ein komisches Wort?«, sagte sie. »Ich bin heute mit dir unterwegs und deshalb nicht zu erreichen. Helmes ist mit werweißwem unterwegs und nicht zu erreichen. Ist das vielleicht ›dasselbe‹?«

Mama war nicht anders als unsere Nachbarn. Sie hatte mein Auto auf der wenig befahrenen Straße ausgemacht, und jetzt stand sie in ihrem buntgeblümten Kittel und Hausschuhen auf der Matte und winkte. Wir stiegen aus.

»Da bist du ja endlich. Ich dachte, du kommst rechtzeitig zum Mittag?«, rief sie.

»Das ist Isabelle. Ich hab' dir mal von ihr erzählt. Sie ist eine von den beiden Zwillingen la Belle et la Bête.«

Mama strahlte Belle mit ihrem herzlichen Lachen an.

»Ist das Absicht mit deinen Haaren?«, fragte sie.

»Mit der Schere ausgerutscht«, sagte Belle ernst.

Mama schaufelte uns ins Haus. Sie war nicht im mindesten sauer, dass ich Belle, die so eindeutig lesbisch aussah, einfach mit hierherbrachte. Mama wusste nicht, wie Lesben aussahen.

Es hatte sie nicht viel Überwindung gekostet, mit mir über Liebe zu Frauen zu reden. Allerdings schien sich der Gedanke, ich könne Derartiges womöglich von ihr geerbt haben, eine ganze Weile hartnäckig in ihrem Kopf zu halten. Ich redete auf sie ein, diskutierte mit ihr, schmiss sie mit Aufklärungslektüre zu. Aber Mama blieb bei der Meinung, erotische Liebe zu

Frauen werde vererbt. Erst ein Jahr nach meinem Coming-out vertraute sie mir an, dass sie von Zeit zu Zeit »solche Träume« habe. Also war sie der Meinung, den Unterschied zu kennen, und sie war ganz zufrieden mit ihrer jüngsten Tochter.

»Wie geht's dir, mein Schatz?«, fragte sie mit einem Seitenblick auf Belle. »Habt ihr euch an der Uni kennengelernt?«

Ich seufzte. »Belle ist nicht meine neue Freundin! Wir sind einfach nur so befreundet. Ich hab' dir doch schon mal von ihr erzählt. Weißt du nicht mehr?«

»Die ganzen Namen kann sich ja keiner merken«, verteidigte sich meine Mutter. »Hast du denn eine Freundin im Moment? Du erzählst gar nichts mehr.«

Belle bekam große Augen.

»Unglücklich verliebt«, sagte ich, um meine Situation in wenigen Worten klar zu umreißen. Ich hatte mit meinen Eltern noch nie über meine Liebesbeziehungen reden können. Dass meine Mutter ausgerechnet jetzt, vor Belle, damit anfing, war mir unangenehm.

»Will sie nichts von dir wissen?«

»So einfach ist das nicht. Ich habe mich wohl etwas danebenbenommen, und jetzt ist sie sauer.« Na ja, das war insgesamt etwas vereinfacht.

»Ach, das renkt sich schon wieder ein!«, meinte Mama zuversichtlich und tätschelte mir den Arm. »Bedient euch doch!«

Sie zeigte auf die Kekse, die bereits auf dem Tisch standen. Belle nahm höflich einen und probierte.

»Du kannst es ja auch gut gebrauchen bei deinem Figürchen.«

»Mama, lass doch!«, versuchte ich Belle zu retten, die etwas verdutzt dreinblickte.

Wie hatte ich das vergessen können! Diese peinlichen

Momente, die Eltern leider immer liefern, wenn du mal eine Freundin mit nach Hause bringst.

Mama schaffte es, über meine Verlegenheit hinwegzusehen. »Ich wollte, ich hätte auch noch mal so eine Figur! Natürlich, vor den Kindern damals …« Dann wandte sie sich wieder zu mir. »Papa und Alice sind unterwegs. Aber sie kommen gleich wieder. Dann gibt es endlich den Kuchen, wegen dem du gekommen bist.«

Warum war ich hergekommen? Ich wusste doch, dass es irgendwie immer eine Enttäuschung wurde. Ich hatte Trost erhofft. Mit Verständnis hatte ich ja gar nicht gerechnet, aber wenigstens Trost.

»Das renkt sich schon wieder ein!« Und dann wurde über Kochrezepte gesprochen.

Während Mama über die Neuigkeiten im Dorf plauderte, warf Belle mir hin und wieder einen amüsierten Blick zu und steckte sich einen weiteren Keks in den Mund. Ich war heilfroh, dass sie es von der humorvollen Seite nahm. Mama war nicht mal so höflich gewesen, nach Belles Beruf zu fragen oder so was. Sie war viel zu voll von all den Gerüchten und dem Klatsch, der hier in der Siedlung im Umlauf war. Sie erzählte und erzählte.

Der lederbezogene Stuhl knarrte, wenn ich auf ihm hin und her rutschte.

»Stefanie Hogler wird übrigens demnächst heiraten. Sie hat wohl die Pille vergessen. Es wird ein Mädchen. Der Reiner und sie freuen sich ja schon so.« Was früher ein Skandal gewesen wäre, ein entsetzlicher Fauxpas, erhielt in Mamas Augen plötzlich den Status einer wünschenswerten Romanze. Dabei streifte ihr Blick kurz meinen Bauch, in dem nie etwas Wichtigeres als Verdauungsprobleme vorgehen würde.

»Mama möchte so gern Enkelkinder«, erklärte ich Belle, die mit vollen Backen Kekse kaute, als müsse sie sich Winterspeck anfuttern. Früher einmal hatte es mich traurig gemacht, dass ich meiner Mutter diesen Wunsch nicht erfüllen würde. Aber inzwischen konnte ich es mit einem lachenden Auge betrachten.

»Möchtest du auch keine Kinder?«, nahm Mama Belle ins Visier.

»Kinder? Na ja …«

»Ihr bringt euch um was! Lasst es euch gesagt sein! Ihr bringt euch um einen wunderschönen Teil des Lebens.«

»Mama!«

In dem Augenblick verriet das Donnern der Haustür Papas Ankunft. Er kam schwungvoll herein, gab Belle freundlich die Hand und küsste mich schmatzend. Keine Spur von der Befangenheit, die er neulich in meiner Wohnung an den Tag gelegt und mich damit zutiefst verstört hatte.

Hinter ihm huschte Alice herein, hantierte kurz und geräuschlos in der Küche, lächelte durch die offenstehende Tür und verschwand wieder. Sie war neunundzwanzig Jahre alt, und bei ihrem Anblick dachte ich oft an ein scheues Waldtier. Sie war dick und schämte sich wohl dafür. Es hatte noch nie etwas geholfen, dass Mama allen erzählte, dass es nicht Alices Schuld sei. Es seien die Medikamente, die meine Schwester vor den schweren Anfällen schützen.

Ihre Krankheit brach zu Beginn der Pubertät aus. Niemand wollte sich damit abfinden; eine Odyssee von einem Arzt zum nächsten begann. Damals hatte ich in ihren Augen diese Frage gelesen: »Warum ich? Warum nicht du? Du bist gesund und hübsch und tust, was du willst. Du bist die Freche von uns, die Ungehorsame, die Wilde. Also, warum ich?«

Diese stumme Rebellion war irgendwann gewichen. Aus

Alice wurde ein scheues Wesen, das sich lautlos bewegen konnte und sich Fremden nur selten und ungern zeigte.

Heute hätte ich sie aber gerne gesehen. Ich hätte mich gerne eine Weile mit ihr unterhalten. Und vielleicht hätte es einen Moment gegeben, in dem es nicht so abwegig gewesen wäre zu fragen: »Bist du gerade verliebt? In wen?«

Aber Alice war schon verschwunden. War ihre Scheu vor der fremden kahlköpfigen Frau am Esszimmertisch größer als ihre Freude, mich zu sehen? Freute sie sich überhaupt, mich zu sehen? Solange ich denken konnte, war ich ihre Rivalin gewesen. Zugleich war ich auch die kleine Schwester, für die sie Sorge trug und um die sie sich rührend kümmerte, wenn ich mal krank im Bett lag.

Als ich sieben Jahre alt war, spielte ich mit einer Freundin an einem entlegenen Platz. Wir merkten, dass es dunkel wurde, aber wir wollten nicht heimgehen. Wir spielten, wir seien ausgesetzt worden und hatten eine Menge Gefahren zu bestehen. Ich war eine beliebte Spielkameradin, denn mit mir bestand die ganze Welt aus Abenteuern.

Wir spielten, bis es stockdunkel war. Dann liefen wir zurück zu unseren Häusern. Als wir die Straße hinunterschlichen, sah ich schon vom weitem die Leute herumirren und hörte sie nach uns rufen. Unsere Eltern hatten offensichtlich einen Krisenalarm ausgelöst und sämtliche Nachbarn mobilisiert. An der nächsten Kreuzung trennten meine Freundin und ich uns schweigsam als Verbündete. Wir hatten mit Standpauken zu rechnen.

Ich bog um die Hausecke, und vor mir stand meine Schwester.

Sie hatte große, haselnussbraune Augen, so wie mein linkes. Wir standen voreinander wie kindliche Kriegerinnen. Sie knirschte mit den Zähnen und sah mich an. Ihre Feindin; die,

die alles hatte und trotzdem noch undankbar war; die, die sich das Recht herausnahm, fortzubleiben und alle in Aufregung zu versetzen; die, die sich das Knie aufschlug und darüber lachte; die, die schnell rennen und über Zäune springen konnte, ihre Hand ins Maul von großen Hunden legte.

Da holte meine Schwester plötzlich aus und schlug mir mit ihrer Kinderhand ins Kindergesicht. Dann begann sie laut zu heulen. Denn sie hatte fest geglaubt, ich würde irgendwo tot und verstümmelt gefunden. Sie zerrte mich an sich und hielt mich ganz fest in ihren dünnen Armen.

Wann hatte ich das letzte Mal so an sie gedacht? Mich an die ihr eigene Mischung aus zärtlicher Fürsorge und feindlichem Misstrauen erinnert?

Jetzt waren wir erwachsen. War es nicht endlich Zeit für eine andere Art von Schwesternsein? Könnten wir etwas anderes finden?

Weg war sie.

»Wegen ihr möchte ich anfangen, über mein gesamtes Leben nachzudenken, und alles geraderücken, was im Argen liegt«, hatte ich zu Bastian gesagt.

Karolin.

»Wie kommst du im Studium voran?«, fragte Papa. Ich musste lächeln, weil in diesem Haus alles wie immer war. Mama versorgte mich mit dem neusten Dorfklatsch, und Papa fragte mich in seiner Geschäftsmanier nach dem Studium. Es war beruhigend, dass hier alles so war wie immer. Karolin hatte meine Ordnung der Dinge so dermaßen auf den Kopf gestellt, dass ich froh war, für die kurze Dauer dieses Besuches Teil einer anderen, einer intakten Ordnung zu sein.

»Es läuft ganz gut«, sagte ich zu Papa. »Ich mache in diesem Semester viele Theater-Seminare, weil ich sie bisher zugunsten von Film vernachlässigt habe. Außerdem sehe ich dann Pe nicht dauernd.«

Mama blitzte mich an: »Lass bloß die Finger von der! Das geht nicht gut. Das eine Jahr war schon mehr als genug.« In Wahrheit hatte sie keine Ahnung.

»Ist sie nicht weggezogen? In den Norden?«, erinnerte sich Papa.

»Sie ist aus der WG geflogen, in der sie gewohnt hat«, erklärte ich Papa.

»Wenn die noch mal hier auftaucht, fliegt sie raus!«, wetterte Mama. Sie war die Mutter der Nation, gleich nach Inge Meysel und Frau Beimer.

»Mama, Pe wird hier nie wieder erscheinen. Und mir kann sie auch nichts mehr anhaben. Du kannst dich also abregen!«

Papa und Belle grinsten.

Mama tat brüskiert. »Und was sind so Ihre Pläne?«, wandte Papa sich an Belle. Er siezte meine Freundinnen, respektierte sie als Unabhängige, als fremde Erwachsene. Mama duzte sie durch die Bank. Für sie war es einfach unmöglich, dass meine Freunde für sie Fremde sein sollten.

»Bücher«, antwortete Belle ernsthaft.

Papa nickte anerkennend. »Sie schreiben auch? Haben Sie schon Texte veröffentlicht?«

»Ich schreibe keine Bücher. Ich verkaufe sie. Möglichst viele«, erwiderte Belle.

Um ihre Mundwinkel zuckte es leicht. Ich konnte mir wunderbar vorstellen, was sie Bête und auch der Clique erzählen würde: dass meine Eltern so typisch sind wie aus einem schlechten Film. Meine Mutter backt Kuchen und verbreitet Gerüchte, während mein Vater nur an beruflichem Erfolg interessiert ist.

»Ich muss dieses Rezept haben!«, verkündete Belle und

kann sich seitdem rühmen, einen dicken Stein im Brett meiner Mutter zu haben. Sie zogen gemeinsam in die Küche. Ich fixierte das Telefon auf der Anrichte. Dann stand ich auf und wählte Karolins Nummer. Es tutete zehnmal, dann legte ich auf. Als ich mich wieder an den Tisch setzte, lächelte Papa verlegen.

»Deine Freundin nicht zu Hause?«

»Sie ist nicht meine Freundin. Wir haben uns gestritten.«

»Ach, deshalb hast du so geseufzt.«

Hatte ich das?

Wir sahen uns vorsichtig an. Mama überredete Belle gerade dazu, sich auch noch andere Rezepte anzuschauen. Ihre Stimmen erfüllten geschäftig die Küche. Es war die ideale Gelegenheit für ein Vater-Tochter-Gespräch.

Papa fingerte am Tischtuch herum.

»Sie heißt Karolin«, sagte ich. Mein Blick war immer noch vorsichtig. Ich hatte mit ihm noch nie über so was gesprochen. Das waren immer, wenn überhaupt, Mutter-Tochter-Gespräche gewesen. Aber warum nicht einfach mal die Ordnung der Dinge auf den Kopf stellen?

»Und weiter?«

»Sie ist allein von Frankfurt hierhin gezogen. Sie ist ein bisschen kleiner als ich, aber das merkt man nur, wenn man ganz genau darauf achtet, hat schwarze kurze Haare und schminkt sich nicht. Sie ist Ökotrophologin und so alt wie ich. Und sie malt.«

»Und du liebst sie?«, fragte Papa, der so etwas noch nie gefragt hatte.

Ich zögerte einen Moment. Es war wie der kurze Augenblick, wenn du vom Sprungturm heruntersaust, das Wasser über deinem Kopf zusammenschlägt und nun unter deinem Körper den Sturz auffängt.

»Ich glaube ja!«, sagte ich dann, und das Blut schoss mir in den Kopf.

Papa betrachtete das vertraute Muster der Tischdecke.

In der Küche lachte Belle laut.

»Sie ist wichtig für mich«, setzte ich hinzu. »Bei ihr ist irgendetwas das erste Mal.« Ich war nicht sicher, ob er mich verstand. Er lächelte nervös, blickte in Richtung Küche und dann wieder auf seine Hände. Seine Unbeholfenheit rührte mich.

»Ich schreibe an einem Roman.« Keine Ahnung, warum ich das jetzt sagte. Eigentlich gehörte es doch zum Kapitel Karolin nicht dazu. Oder?

»Karolin. Und du schreibst an einem Roman. Eine neue Liebe bringt viele Veränderungen, viel Neues«, sagte mein Vater und sah hinaus in den Garten. »Manche beginnen einen Roman.«

Noch im Wagen aß Belle das letzte Gebäck.

»Ich begreife nicht, wie du es schaffst, derartig viele Kekse zu vertilgen«, lachte ich. Ich musste erst wieder zu mir kommen. Diese Besuche zu Hause waren auf eine Art immer gleich. Ich war in diesem Haus auf der Suche nach Trost und einer Geborgenheit, der ich inzwischen entwachsen war.

Und die wenigen Worte mit meinem Vater hatten eine Glasglocke über mich gestülpt, unter der es nur Karolin gab, und meinen heftigen Wunsch, sie um Verzeihung zu bitten. Und meine Aufregung, weil ich sie seit Tagen nicht gesprochen hatte und vielleicht lange nicht sprechen würde.

»Hör bloß auf! Ich bekomme gerade Sodbrennen«, jammerte Belle. Das war ein Problem, mit dem ich gut fertig geworden wäre.

»Was ist das für ein Buch, das dein Vater dir gegeben hat?« Meine Freundin angelte nach dem schmalen Taschenbuch auf dem Rücksitz. »Erich Fried. Liebesgedichte.«

Ich dachte an die Übergabe des Buches im Flur. Etwas verlegen hatte Papa es mir in die Hand gedrückt.

»Ich habe ihm von Karolin erzählt. Du weißt schon, Haarfarbe, Beruf und so. Plötzlich fragte er: ›Liebst du sie?‹, und ich dachte, ich höre nicht recht. Hat dein Vater dich so was je gefragt?«

»Sieht so aus, als hätte er verstanden, dass es dir mit Karolin ernst ist. Leidenschaftliche, gefühlsbetonte Gedichte sind doch genau das Richtige für eine verliebte Frederike«, meinte Belle.

»Bitte sag das nicht dauernd! Ich muss sowieso die ganze Zeit an sie denken.«

Belle blätterte in dem Buch herum, und ich fragte mich, wieso mir schon immer übel wird, wenn ich als Beifahrerin nur mal kurz auf den Stadtplan schauen muss.

»Liest dein Vater häufig Liebesgedichte?«, fragte sie schließlich, ganz die Buchhändlerin.

Ich überlegte kurz. »Das ist wohl stimmungsabhängig«, meinte ich dann. Und horchte meinen eigenen Worten hinterher.

Plötzlich dachte ich wieder daran, wie er neulich in meiner Wohnung gestanden hatte, aufgelöst und doch so schweigsam wie ein Fisch. Er war mir ganz fremd gewesen. Aber trotzdem hatte ich gespürt, dass er mir etwas hatte sagen wollen, es sich aber am Ende doch nicht traute.

Könnte es sein, dass …?

Nein, völlig unmöglich. Meine Eltern kannten so etwas doch nicht mehr. Wenn sie abends im Wohnzimmer saßen, Mama halb mit dem Krimi auf ihrem Schoß, halb mit der Fernsehserie beschäftigt, Papa vertieft in eines seiner Wirtschaftsmagazine, waren sie doch nicht nur im gleichen Raum. Ich hatte mir immer vorgestellt, dass sie verbunden waren durch ein inneres Band, das sich zwischen ihnen spannte und lockerte, sobald sich einer von ihnen im Sessel vorbeugte oder zurücklehnte. Welche Farbe würde dieses Band wohl haben? Nein, es war unmöglich, dass mein Vater plötzlich Liebesgedichte las aus einem anderen Grund als dem schlichten, dass sie ihm einfach gefielen. Oder?

Die Landschaft draußen bewegte sich in Wellen an uns vorbei. Da waren wenige Grüntöne von Wiesen und ein paar Sträucher. Die Äcker waren braun, die Straße fleckig grau. Hatte denn alles an Farbe verloren?

Es roch nach frisch gefallenem Laub, feuchter Erde und Keksen.

»Er hatte heute einen neuen Pullover an«, sagte ich versunken. »Weißt du, Belle, ich möchte meine Kindheit am liebsten in einem Puppenhaus für immer stilisieren. Eine Art lebendes Bild der Vergangenheit. Bei Veränderungen, die nicht mich selbst betreffen, schreie ich empört auf: ›Aber das geht doch nicht! Das war doch schließlich immer so!‹«

»Sei nicht so hart mit dir«, lächelte Belle.

»Wieso? Es ist wahr. Ich will nicht, dass sich irgendetwas verändert, denn darauf habe ich keinen Einfluss, es entgleitet mir. Ich möchte mich verändern, ja, das will ich natürlich, denn ich will ja lebendig sein. Aber alles andere soll so bleiben, wie es schon immer war – damit ich mich noch zurechtfinde. Ich würde Veränderungen wohl gar nicht sehen wollen.«

»Wie scharfsinnig du manchmal sein kannst!«

»Sag mir bitte nicht, dass ich das nicht immer bin! Sag mir nicht auch noch, dass ich meistens sowieso abwesend bin«, bat ich sie. »Lies doch mal ein Gedicht vor, Belle!«

Belle las.

14. Kapitel

Antworten

Belle stand herum, am Fenster, am Schreibtisch. Sie setzte sich nicht mal zum Essen hin oder um Helmes' Nummer zu wählen. Seit Tagen ging dort niemand ans Telefon.

Sie und ich dachten darüber das Gleiche, aber Belle sprach es nicht aus, und ich hütete mich deshalb auch, es auszusprechen.

»Du hast aufgehört, bei ihr anzurufen«, stellte Belle fest.

Mein verkorkstes Frühstück mit Karolin war genau elf Tage her. Das bedeutete sicher, dass Karolin sich entschieden hatte, ohne wettenabschließende Kleinkinder zurechtzukommen.

»Sie geht ja doch nicht dran«, erwiderte ich.

Belle nickte. »Helmes hat es nicht einfach mit mir. Ich bin nie mit ihr zu ihren Freundinnen gegangen. Ich mag ihre Freundinnen einfach nicht. Glaubst du, ich habe auch nur einmal darüber nachgedacht. Für mich gibt es Bête und euch. Ihr seid meine Sippe, verstehst du?«

Ich verstand nur, dass sie sich selbst treu sein wollte.

»Ich habe sie auch nie gefragt, ob sie sich mit uns überhaupt wohl fühlt. Wahrscheinlich fühlte sie sich nie richtig zugehörig. Und ich habe es nicht wahrgenommen. Wieso muss bloß immer erst so was passieren, bevor ich raffe, was los ist?«

Im Moment ging es ihr hauptsächlich darum, Gründe zu finden. Belle wollte verständliche Gründe vorbringen können für das endlose Tuten am anderen Ende der Telefonleitung. Belle suchte nach Rechtfertigungen für Helmes' Verhalten.

Leider war sie viel zu klug, um wirklich zu glauben, dass sie welche finden würde. Deswegen besaß sie nicht mal die Ruhe, um sich kurz hinzusetzen.

»Ich glaube, ich werde mal zu ihr fahren. Vielleicht hat sie beim Stolpern den Stecker aus der Wand gerissen und weiß es nicht«, sagte sie jetzt.

Hier musste es sich um wirkliche Liebe handeln. Sie hielt auch die unglaublichste Ausrede für möglich.

Als ich sie an der Tür verabschiedete, mussten wir es nicht aussprechen. Gedanken reichen manchmal aus, um die Art und Weise einer Umarmung zu verändern.

Als ich allein war, zog ich meine dicke Jacke an und ging auch los. Die Straße hinunter, dann rechts, dann links, dann wieder rechts oder links.

Ich brauchte mir nicht mehr sagen zu lassen, ich sei abwesend. Ich war so anwesend, dass es weh tat. Ich zerriss mich, weil ich an mehreren Stellen zugleich anwesend war. Nach rechts begleitete ich Belle auf der Suche nach ihrer Liebe. Belle verirrte sich in einem Labyrinth aus Zeit. Sie suchte in der Vergangenheit nach Gründen für die Gegenwart. Ich ging mit ihr, nur so weit ich konnte. Nach links ging ich und musste neu Maß nehmen an einer alten Freundschaft. Ich hatte meine Verabredung mit Ilona nicht eingehalten. Einen Tag nach dem missglückten Frühstück mit Karolin hätte ich Ilona nicht gegenübertreten können. Ich hatte einfach noch nicht zu ihr gehen können. Und sie hatte mich auch nicht angerufen, keine tadelnde Stimme am Telefon. Sie war es vielleicht gewohnt, von mir vergessen zu werden. Als ich durch die Straßen ging, war ich bei ihr, immer wenn ich links abbog.

Geradeaus war es am einfachsten, einen Fuß vor den anderen: Wenn eine lernt zu vertrauen, wird sie verletzbar. Wenn sie dann verletzt wird, zerbricht der Wunsch nach mehr.

»Warum bist du nicht geblieben und hast es Karolin erklärt?«, hatte Belle gefragt.

Ich hatte geantwortet: »Wer kann schon Wunden heilreden?«

Ich ging durch die Straßen und war ganz und gar anwesend.

Plötzlich stand ich vor Ilonas Tür.

Sie öffnete erst nach dem dritten Schellen. Als ich in die Wohnung kam, fiel mein Blick auf ihren Computer. Der Bildschirm war schwarz, das hatte ich noch nie gesehen.

Die Tür zum Schlafzimmer war geschlossen.

»Ich wollte dich nicht stören«, sagte ich, bot aber nicht an, wieder zu gehen.

»Aber du hast dreimal geklingelt«, erwiderte Ilona. Sie trug eine ausgebeulte Jogginghose und ein T-Shirt. Sie verschränkte die Arme vor der Brust. Ich setzte mich auf eine Sofaecke und konnte ihr ansehen, dass sie mich unverschämt fand.

»Letzten Montag bin ich nicht zu unserer Verabredung gekommen, weil Karolin mich vor die Tür gesetzt hat. Ich musste erst mal nachdenken.«

Ilona sagte nichts.

»Sei nicht böse. Ich wollte erst herkommen, wenn ich mich auch wirklich auf dich konzentrieren kann.«

Ilona blinzelte. Sie hatte ihre Brille nicht auf.

»Du hast jetzt keine Zeit, wie? Vielleicht kannst du mich einfach anrufen. Wann du willst. Machst du das?« Ich stand auf und ging ein paar Schritte zur Tür.

Ilona blickte nervös hinüber zur Schlafzimmertür, schien kurz zu überlegen, dann sah sie wieder zurück zu mir.

»Was um Himmels willen ist mit dir los?«, fragte sie schließlich. »Warum bist du so durcheinander? Was ist mit Karolin passiert?«

»Ich habe ihr von der Wette erzählt.«

»Das war aber sehr dumm von dir.«

»Das dachte ich auch erst. Aber jetzt finde ich es richtig. Es ist fairer, oder?«

Ilona schüttelte ihr offenes Haar. »Mit dem Wissen wird sie deine Freundinnen nie akzeptieren. Sie wird nie dazugehören.«

Ilona sagte ›deine Freundinnen‹! Sie sagte nicht ›uns‹!

»Unwichtig«, erklärte ich. »Sie will jetzt sowieso nichts mehr von mir wissen. Aber wir reden ja schon wieder von ihr! Ich wollte das eigentlich nicht. Ich wollte mit dir reden!«

Ilona sah mich gespannt an. Immer wieder wanderte ihr Blick zur Schlafzimmertür.

»Was für eine Farbe ist in dir, Ilona?«

Ich hatte sie das noch nie gefragt. Ich wusste nicht, was für eine Farbe in ihr war. Ich hatte keinen Schimmer.

»Was?«

»In mir ist Lindgrün. Aber Traurigkeit färbt mich blau.«

»Du bist komisch heute«, sagte sie befremdet. Sie hatte eine Frau im Schlafzimmer, aber ich fragte nicht, wer es war. Stattdessen wollte ich ihre Farbe wissen.

Ich versuchte, ihr zu helfen: »Belle ist auch blau im Moment, hat sie gesagt. Aber nur hellblau, so als wisse sie nicht, was sie fühlen soll. Weil sie nicht weiß, ob Helmes und sie noch ein Paar sind oder nicht. Helmes ist verschwunden. Sie meldet sich nicht. Und Belle versucht herauszufinden, woran es gescheitert ist. Sie bleibt immer an uns hängen. Sie denkt, sie hat die falschen Prioritäten gesetzt, hat zu eigensinnig auf uns als ihrer Familie bestanden. Sie sucht die Schuld bei sich.«

Ilona knabberte an ihrer Oberlippe. Sie betrachtete mich, als sähe sie mich zum ersten Mal.

»Und was denkst du, woran es liegt?«, fragte sie.

»Auch Familien können zerbrechen«, sagte ich.

Im Schlafzimmer fiel etwas um. Ilona und ich sahen beide zur Tür.

Ich fragte nicht.

»Du hast recht«, erwiderte sie leise. »Karolin hat dir die Augen geöffnet. Ich hätte das nie gekonnt.«

»Unsinn! Du hast mir doch gesagt, dass ich so oft abwesend bin. Das warst doch du!«

»Wie oft habe ich dir das vorher schon gesagt? Und woran liegt es, dass du jetzt plötzlich zuhörst, dass du merkst, was los ist – auch mit mir? Du hast es doch gemerkt, oder?«

»Ja, ich habe es gemerkt«, sagte ich leise.

»Ich liebe dich«, sagte Ilona mit blassem Gesicht. »Und ich halte nur Menschen aus, die dich auch lieben, aber nicht zu sehr. Nicht so, dass du sie auch liebst. Und woran liegt es, dass du es endlich gemerkt hast? Doch nur an ihr.«

Ich dachte an Karolin, die nie etwas von sich preisgegeben hatte, wenn ich es von ihr erwartete. Sie platzte manchmal wie eine Samenkapsel, die ich berührte. Ich musste wachsam sein, um nichts zu versäumen. Ich musste meine Sinne schärfen. Ich musste anwesend sein. Ilona hatte recht, es lag an Karolin.

»Aber sie ist fort. Irgendwie unerreichbar für mich. – Ich muss jetzt gehen. Ruf mich an, wenn du mich sehen willst.«

Da öffnete sich die Schlafzimmertür, und Pe stand vor mir.

Ilona machte die Sache sehr einfach für uns alle, denn sie tat nicht so, als müsse sie sich entschuldigen.

Pes vertraute körperliche Präsenz war noch gewaltiger, wenn sie geliebt hatte.

»Ich hab' gehört, was du über Helmes gesagt hast.« Sie schaffte es, den Satz so klingen zu lassen, als sei das Mithören rein zufällig gewesen. »Vielleicht wird es dich interessieren …«

»Pe! Nicht!«, bat Ilona. Aber Pe hörte sie einfach nicht. Sie sah nur mich. Sobald ich in der Nähe war, wollte sie wichtig sein.

»Helmes steckt bei Karin«, sagte Pe und sprach damit aus, was Belle und ich so sorgsam nicht benannt hatten.

Sie tat mir plötzlich erbärmlich leid, wie sie versuchte, mit diesem Satz meine Aufmerksamkeit zu erhaschen. Sie trug ein buntes Seidenhemd, das ihr bis zum Oberschenkel reichte. Alles, was sie besaß, war teuer. Ihr Vater, der sich ihr verpflichtet fühlte, hatte sich damit freigekauft von ihren Versuchen, seine Aufmerksamkeit zu ergattern. Ich war Pe aber nicht verpflichtet.

Wir standen zu dritt im engen Flur. Genauso hatten wir damals auch voreinander gestanden.

Ich wandte mich an Ilona. »Es bleibt dabei, zwischen uns muss das hier nichts ändern!« Aber das war schon beim ersten Mal eine Lüge gewesen.

Ilona nickte.

Pe hielt hilflos die Klinke der Tür in der Hand. Vielleicht hatte sie gerade begriffen, dass ich ihr nicht mehr antworten würde.

Ich nahm einen Umweg zurück durch die Stadt. Ilonas blasses Gesicht ging mir nicht aus dem Kopf. Wie sie es gesagt hatte. Als ob sie es schon hundertmal vorher in Gedanken getan hätte.

Im Frauencafé saßen la Belle et la Bête an unserem Tisch. Ich setzte mich zu ihnen.

»Helmes nicht gefunden?«, fragte ich dumm.

»Sie war nicht zu Hause«, antwortete Belle und wollte noch etwas hinzusetzen, aber Bête fiel ihr ins Wort: »Nele war dafür nicht allein zu Hause, als ich vorhin zu ihr kam! Dein toller Freund war bei ihr, und sie schmiedeten Hochzeitspläne!«

Ich seufzte. »Sei nicht sauer auf mich deswegen. Ich wollte Nele nur helfen.«

Sie berührte kurz mit der Hand meine Schulter. »Ist nicht deine Schuld. Die Frage ist nur, ob du ihr damit einen Gefallen getan hast. Sie ist wirklich dumm, wenn sie glaubt, sie käme damit durch! Sie werden es merken. Aber recht geschieht ihr! Wieso marschiert sie mit einem Typen los und erzählt allen, sie seien verlobt?! Ich könnte so was nicht mit meinen feministischen Grundsätzen vereinbaren!«

Ich sah sie an und fragte mich plötzlich zum ersten Mal, warum Bête Kontaktlinsen trug. War sie eitler als Belle? Oder hatte Belle bewusst diese intellektuelle Wirkung einer goldgefassten Brille gewählt? Ich hatte meine Freundinnen viel zu selten genau betrachtet.

»Findest du nicht, dass dabei jede Lesbe auf der Strecke bleiben muss?«, fragte Bête mich.

»Nele muss wissen, was sie tut«, sagte ich. »Ich möchte jetzt eigentlich nicht darüber diskutieren.«

Bête spitzte ihren Mund. »Ich verstehe!«, erklärte sie laut. »Du denkst, ich solle nachgeben und Nele mit einem Mann losziehen lassen, den sie als ihren Partner ausgibt, während ich selbst zu Hause Däumchen drehe! Oder glaubst du, dass ich nur gegen diese Maskerade bin, weil ich derweil mit meinem Hintern daheimsitzen muss? Aber da liegst du falsch! Ich finde es ganz einfach nur erniedrigend, was Nele da tut: Sie verbündet sich mit einem Typen, um einem anderen Honig ums Maul zu schmieren. Und das alles für einen beschissenen

Job in einem Männerunternehmen! Nele spielt das patriarchale Spiel einfach mit. Aber ich bin dagegen. Das ist eine Frage der feministischen Überzeugung!«

»Stimmt«, sagte ich. Ich sah zu Belle, die mit geröteten Augen in ihren Kaffee blickte. Sie tat mir leid. Ob ich es ihr sagen sollte? Ob sie es nicht sowieso schon wusste?

»Was?«, fragte Bête und lenkte meinen Blick wieder auf sich.

»Stimmt«, wiederholte ich. »Es ist eine Frage der feministischen Überzeugung.«

»Belle, was meinst du dazu?« Bête war befriedigt durch mein Einlenken.

»Ich meine, dass mir Feminismus im Moment als grotesker Streitpunkt erscheint«, sagte Belle.

Bête starrte sie entsetzt an.

»Wie meinst du das?«, fragte sie ungläubig.

»Ich meine es genau so, wie ich es gesagt habe«, erwiderte Belle. »Es geht hier doch um etwas anderes. Um Liebe.«

»Aber … deine politische Gradlinigkeit?!«

»Sind Häufchen gerade?«, murmelte Belle mit einer ganz und gar untypischen Ruppigkeit. »Ich scheiß' drauf!«

Bête schluckte laut. Verwirrt nahm sie ihre Tasse, stellte sie aber wieder ab, ohne etwas getrunken zu haben.

Wie lange würde es noch dauern, bis sie beschloss, ihre umfochtenen Streitpunkte erst mal in den Wind zu schießen und sich jetzt um die Liebe zu kümmern?

Ich musste nicht sehr lange warten. Nach ein paar Minuten bedrückten Schweigens schlang sie sich plötzlich ihren roten Schal um den Hals und sagte: »Macht es euch was aus, wenn ich euch allein lasse?«

Belle straffte tapfer die Schultern und lächelte. Bête stand auf, zahlte rasch und war fort.

»Sie reitet genauso auf Prinzipien herum, wie ich es getan habe, als ich noch nicht eingesehen hatte, dass wir manchmal einfach drübersteigen müssen«, sagte Belle leise. »Manchmal kann ich kaum glauben, dass wir gleich alt sind.«

Ich nickte und dachte an die Großmutter und die Enkeltochter in Karolins Bild.

Da stand plötzlich Paula vor uns. Ihre Wangen waren rot vor Kälte, aber sie strahlte übers ganze Gesicht.

»Hi, ihr Süßen! He, krieg' ich ein Pils?«, rief sie zur Theke rüber und ließ sich schnaufend auf die Bank fallen. »Wo ist denn Bête so schnell hin? Sie hatte ja kaum Zeit, um hallo zu sagen.«

»Sie muss ihr eigenes Leben leben«, sagte Belle pathetisch.

Paula lachte und stupste mich freundlich in die Seite. Ich staunte. Wo war denn ihre Wut von neulich geblieben? Es schien, als hätte es diesen dummen Streit zwischen uns nie gegeben.

»Mädels, ist das nicht ein klasse Wetter? Hoffentlich schneit es bald. Ich freu' mich schon aufs Skifahren«, plapperte sie los. »Ich hab' im Frauensportzentrum schon diesen Gymnastikkurs dafür belegt. Bei dieser Superfrau. Ich sag' euch, es würde euch umhauen! Einsachtzig, sportlich natürlich, lange schwarze Haare, traumhaftes Lächeln. Sie heißt Kathrin!«

Jetzt musste ich auch lachen. Sogar Belle grinste über ihrer Kaffeetasse.

»Lacht nur!«, meinte Paula gut gelaunt. »Sie ist eine Kanone! Und wir haben morgen bereits unsere zweite Verabredung! Ich glaube, diesmal könnte es was Ernstes sein ...«

Ich drückte kurz ihre kalte Hand. Wer konnte Paula schon nachtragend sein?

»Wo ist Helmes?«, fragte Paula da. »Hat sie endgültig die Schnauze voll von uns?«

Belle sah sie nicht an. Paula hörte auf zu lachen.

»He, das war ein Witz.«

»Leider nicht sehr komisch«, sagte Belle.

Paula warf die Arme hoch. »Tut mir leid. Konnte ich das wissen? Hab' seit Wochen nichts mitbekommen. Wo steckt sie denn? Ist es was Ernstes?«

Belle setzte ihre Brille ab und rieb sich die Augen. Sie sah müde und erschöpft aus. Sie hatte die letzten Tage nur mit Suchen verbracht, und mit Warten, und mit Hoffen. Sie sah aus, als könnte sie nicht mehr.

»Ich war überall. Natürlich in ihrer Wohnung. Bei all ihren Freundinnen. Bei ihren Arbeitskolleginnen. Sogar bei ihren Eltern. Paula, ich wünschte, ich wüsste, wo sie steckt.«

»Du brauchst sie nicht länger zu suchen«, sprach ich es endlich aus. »Helmes ist bei Karin.«

Wir saßen zu dritt an unserem Tisch im Café. Es war ein kalter Abend. Jedes Mal, wenn eine Frau die Tür öffnete, wirbelte die Kälte vom Bürgersteig herein. Belle putzte gefasst ihre Brille und setzte sie wieder auf.

»Zahlen wir«, sagte sie.

Draußen fegten die Herbststürme in Böen trockenes Laub über den Weg. Die Straßen und Plätze waren menschenleer.

Es hätte ein ganz normaler Abend sein können. Aber nicht mehr für eine von uns, nicht mehr für Belle.

Wahrscheinlich würde sie später nicht mehr wissen, wie sie zu dem Haus gekommen war, in dem Paula wohnte. Sie würde nicht mehr wissen, wann sie zu weinen anfing und ob sie etwas gesagt hatte. Für sie würde es eine dieser traumatischen Nächte bleiben, in denen alle Bilder und Worte zu einem einzigen Gefühl verschmolzen, das meistens Schmerz war.

Belle wollte keinen Tee trinken, aber Paula kochte trotzdem welchen für uns drei.

»Weißt du noch, wie ich damals immer mit dir gemeckert habe, weil du Pe nicht sofort den Laufpass gegeben hast nach dem ersten Betrug?«, sagte Belle. »Du wirst es nicht glauben, aber wenn Helmes mich jetzt noch wollen würde, dann könnte ich uns noch eine Chance geben … fürchte ich.«

»Dann tu es doch!« Ich drückte ihr die Tasse in die Hand.

»Aber wie soll ich dir dann noch in die Augen sehen?«

»Nein! Du meinst: Wie sollst du *dir* dann noch in die Augen sehen?!«

Belle trank ihren Tee und weinte Unmengen von Taschentüchern klebrig.

Paula schwieg die ganze Zeit und hielt Belle im Arm. Aber nach einer Weile stand sie auf und hantierte im Bad. Wasser rauschte. Dann erschien sie wieder in der Tür. Auf ihrem Gesicht lag ein liebevoller Ausdruck.

»Ich lasse dir eine heiße Wanne mit viel Schaum ein, ja? Und nachdem du gebadet hast, ziehen wir uns einen meiner Gruselschocker rein, die ich auf Video hab'. Du musst ein bisschen auf andere Gedanken kommen.«

Belle lächelte sie dankbar an.

Ich verstand, dass es Zeit für die beiden besten Freundinnen war, miteinander allein zu sein.

»Ich verschwinde dann.« Ich gab Belle einen Kuss. Sie hielt meine Hand fest und sah mich fragend an.

»Es hängt von dir ab«, sagte ich. »Nur von dir allein.«

15. Kapitel

Regentropfen

Inzwischen hat sie Sex, aber sie schreibt nicht darüber. In Geschichten gibt es keine Zufälle. Alles geschieht erst dann – und nur dann! –, wenn alle dafür bereit sind.

Es war am späten Nachmittag schon dunkel. Karolin lief durch die Stadt, hatte ein Stück Pizza angebissen und weggeworfen. Da fiel ihr plötzlich etwas Unheimliches auf. Die Telefonzellen leben! Sie stürzten aus ihren Ecken und Nebenstraßen hervor, dass es Angriffen gleichkam. Sie wussten, dass Karolin Kleingeld in der Tasche trug. Eine von ihnen versperrte regelrecht den Weg, als Karolin die Straße überqueren wollte. Karolin verpasste deswegen die Grünphase und musste bei Rot rüberrennen.

Als sie am Kino ankam, war sie außer Atem von dieser unerwarteten Hatz.

In dem kleinen Foyer ließ sie sich am einzigen noch freien Tisch nieder. Als ihr Herzschlag sich beruhigt hatte, betrachtete sie die anderen Besucherinnen.

Alle schienen in Gruppen oder zu zweit gekommen zu sein. Nur an der Wand gegenüber lehnte ein junger Mann, der in das Programmheft vertieft war und noch nicht gemerkt hatte, dass sein Schnürsenkel am rechten Schuh sich gelöst hatte. Er trug zu einem roten Hemd ein schwarzkariertes Halstuch. Er hätte schön sein können, hätte seine Nase nicht genau diese Form gehabt, die jedes Gesicht putzig aussehen lässt.

Karolin konnte ziemlich gut erkennen, ob jemand auf seine Begleitung wartete oder allein ausging. Der hier war bestimmt allein unterwegs.

Da hob er den Kopf und sah direkt zu ihr herüber. So schnell, dass sie seinem Blick unmöglich ausweichen konnte. Sie erwiderte das interessierte Mustern.

»Dein Schuh ist auf«, sagte sie. Er sah hin, lächelte und kniete sich auf den Boden.

Als er sich wieder aufrichtete, grinste er sie freundlich an. Es war kein Stuhl frei, und so blieb er vor Karolin stehen. »Hi. Hast du mich erkannt?« Er steckte die Hände in die Taschen und sah höflich und sensibel dabei aus. »Ich bin Sebastian.«

Karolin merkte, wie ihr Nasenrücken sich krauste, und sie lachte ihre Überraschung hinaus. Sebastian stand wie ein freundliches Fragezeichen vor ihr.

»Woher weißt du, wie ich aussehe?«, fragte sie schließlich.

Bastian spielte mit dem Halstuch. »Ich könnte sagen, dass Frederike dich so gut beschrieben hat. Aber ich werde ehrlich sein. Ich habe heute Nachmittag Fotos von dir bei deiner Freundin Nele gesehen. Ihre Wohnung besteht ja quasi aus Fotos von euch beiden.«

»Ich wusste gar nichts von eurem Treffen«, rutschte es Karolin heraus.

»Oh, es war wegen ihrem Ärger im Büro. Ich helfe ihr da aus der Patsche und werde den Verlobten mimen bei dem Essen nächste Woche. Was tue ich nicht alles für ein kostenloses Steak vom Grill? Aber bevor wir uns verloben, müssen wir uns wohl ein bisschen kennenlernen.«

»Nele erzählt mir sonst alles«, fuhr Karolin fort und kam sich trotzig vor. »Sie hat es mir nicht gesagt, damit ich nicht wieder an Frederike erinnert werde. Als ob es nötig wäre, mich an sie zu erinnern!«

»Bête wusste anscheinend auch nichts von mir. Sie hat ganz schön geguckt, als wir uns in der Haustür begegneten. Ich finde ja, ich bin ein idealer Verlobter. Aber Bête scheint irgendetwas gegen mich zu haben.«

»Ihr Problem ist, dass du ein Mann bist«, erklärte Karolin ihm.

»Ich habe das eigentlich noch nie als Problem betrachtet«, erwiderte Bastian. »Hast du den Kinotipp auch von Frederike?«

»Ja.«

»Was für ein Sternzeichen bist du?«, fragte er.

»Löwe«, antwortete Karolin überrumpelt.

Er nickte wissend. »Wie kommt Frederike darauf, dass du traurig bist? Löwen sind nicht traurig!«

Nein, dachte Karolin. Seit einer Woche bin ich wütend! Denn dauernd wurde ihr in die Suppe gespuckt. Und das war kein Grund, traurig zu sein. Es war ein Grund, wütend zu sein. Und das war der erste Schritt in die einzige Richtung.

»Sie lassen ein. Komm!« Sie drängten mit dem anderen Volk in den Kinosaal und erwischten zwei gute Plätze in der Mitte.

Bei schummrigem Licht Musik von Sade. Auf der Leinwand ein Dia: Bitte nicht rauchen! Hier fiel Karolin auf, dass sie seit Tagen keine Zigarette mehr angesteckt hatte. Seit Wochen. Sie hatte es nicht mal bemerkt.

Bastian bot ihr von seinen Gummibärchen an.

»Als ich dich gerade draußen sah, hast du mich an meinen Freund erinnert, den ich vor ein paar Jahren hatte«, hörte Karolin sich plötzlich selbst sagen.

»Du meinst den, der mit dem Motorrad verunglückt ist?« Natürlich wusste Bastian über alles Bescheid.

»Wenn du Löwe bist, willst du sicher immer stark sein. Ich kenne Löwen«, fuhr Sebastian fort. Ihre leise Unterhaltung, untermalt von sentimentaler Musik, erinnerte Karolin an einen Traum, den sie neulich gehabt hatte und aus dem sie zu früh erwacht war. »Es ist schwachsinnig, immer stark und gradlinig sein zu wollen. Ich finde, auch ein Löwe sollte sich mal die Ohren kraulen lassen.«

Dann ging das Licht aus, und der Film begann. Manchmal berührte Karolins Hand die von Bastian, wenn sie zur gleichen Zeit in die Gummibärchentüte griffen.

Karolin starrte auf die Leinwand, ohne viel vom Film mitzubekommen. Sie fühlte sich träge wie ein vollgefressenes Tier. Dabei war sie gar nicht satt, im Gegenteil! Sie glaubte nicht, dass sie jemals im Leben wirklich satt gewesen war. Alles, was ihr geschehen war, hatte sie nur noch hungriger gemacht.

Sie sah Frederike wieder vor sich, wie sie rasch die Wohnung verlassen hatte, ohne noch einmal aufzublicken. Die Frau mit den unterschiedlich farbigen Augen hatte die Hosen voll gehabt. Sie hatte Angst vor Karolins Wut.

Aber war es jetzt nicht langsam genug damit?

Sebastian saß wie ein Katalysator in seinem plüschbezogenen Sessel, verströmte einen schwachen Männergeruch und die Gewissheit auf Vertrauen. Er erinnerte Karolin an etwas, das sie vor Jahren verloren hatte. Und war es jetzt nicht Zeit, endlich die Sache in die Hand zu nehmen? Nicht länger zuzusehen, wenn wieder mal jemand, der ihr wichtig war, zu verschwinden drohte?

In ihr war Grün und Braun. Sie sagte sich, dass sie sich selbst treu sein musste. Sonst niemandem, und erst recht nicht ihren Egals. Solange sie ihre Wut nicht leugnete, konnte sie sie nehmen und damit tun, was sie wollte. Karolin wollte sie jemandem ins Gesicht schleudern. Sie wollte sie auf ehrlichem Wege loswerden. Sie wollte Platz schaffen in sich, zwischen viel zu vielen Egals. Es gab doch noch so viel.

Der Film war noch nicht zu Ende, aber sie hatte lange genug hier gesessen.

»War nett, dich zu treffen. Ich muss jetzt gehen«, flüsterte sie Bastian zu.

»Wir sehen uns!«, sagte er zuversichtlich. Als Karolin aufstand, reichte er ihr seine Hand. Sie spürte den Händedruck noch lange, als sie schon auf dem Weg durch die Stadt war. In Gedanken begann sie die Farben für ihr nächstes Bild zusammenzustellen. Bastian erschien auch darin. Seine Farbe war Gelb.

Die Telefonzellen waren weniger aggressiv als vor einer Stunde. Sie hatten sich eine andere Taktik überlegt. Sie hüllten sich in Verlockung, winkten zart. Es war so schwer, ihnen zu widerstehen. Karolin ging zu einer hin und wählte.

»Ja?«, meldete sich die Stimme.

»Kann ich vorbeikommen?«, fragte Karolin.

Um die Zelle herum tobte plötzlich Krach. Leute schrien ihre Kinder an. Motorräder dröhnten auf. Autos wurden gestartet. Hunde bellten.

Aus dem Hörer aber drang kein einziger Laut.

Dann sagte Frederike: »Worauf wartest du noch?«

Auf Karolins Schellen wurde sofort geöffnet. Sie stieg die Treppe hinauf und spürte, wie sich ihre Schultern strafften und ihre Hände sich zusammenballten. So ging das nicht! Karolin schüttelte sich auf dem letzten Treppenabsatz wie Zipp. Dann öffnete sich die Tür vor ihr.

Da stand sie. Sie hatte zwei unterschiedlich farbige Augen. Eines braun, eines blau. Ihr Gesicht sah sehr klar aus. Ihr Hals machte einen schönen Bogen. Aber ihre Frisur war zerzaust und die Jeans am Knie zerrissen. Dornröschen in Lumpen. Ihre Hände spielten miteinander.

»Ich bin eigentlich gekommen, um dir meine Wut ins Gesicht zu schleudern«, sagte Karolin. Sie sahen sich verlegen an und lachten erleichtert. Es war geschehen.

Während wir Tee tranken und sprachen, nahm ich Karolin plötzlich wahr, wie ich sie vorher noch nicht gesehen hatte. Wie sie sich weit über das Bett lehnte, die Hände hinter dem Rücken aufstützte. Wie sie den Rand der Tasse vorsichtig mit den Lippen ertastete, bevor sie einen Schluck nahm. Sie sah aus, als erwarte sie etwas. Aber was?

Ich versuchte eine Entschuldigung. Aber das war es nicht. Ich erzählte ihr Neuigkeiten über den Streit zwischen Nele und Bête. Aber das war es nicht. Ich gab ihr mehr Tee und mein Lächeln. Auch das war es nicht. Ich wurde ernst und sah sie schweigend an. Da setzte sie sich auf.

Ich hatte noch gar nicht richtig kapiert, dass sie zurück war, da lagen wir plötzlich auf meinem Bett und küssten uns und schoben unsere Hände unter T-Shirts und über Brüste.

Ihr Reißverschluss klemmte, und wir lachten, weil ich minutenlang fummeln musste, um ihn endlich doch zu besiegen. Karolin behauptete, sie sei zu dick, und meinte es nicht so. Sie sagte es wohl nur, um nicht allzu selbstverliebt zu wirken, so wie sie sich hier vor mir rekelte und sich berühren ließ. Ich strich ihre Seite hinunter und stellte fest, dass ich das schon vom ersten Augenblick an hatte tun wollen. Ich entdeckte Muttermale, die ich küsste, und andere, die ich nicht einmal streicheln durfte, weil Karolin kitzlig war. Aber ich tat es trotzdem, und sie hüpfte kreischend auf der Matratze herum. Sie hatte so weiche Füße, die ich streichelte. Als wir uns herumrollten, lag ich auf ihr, und sie umfasste meinen Po und sah mich bewundernd an. Aber dann sprachen wir nicht mehr. Romanfiguren wären da ganz anders. Sie würden den Namen der anderen flüstern, wenn sie romantisch veranlagt wären, oder sie würden »Leck mich!« sagen, wenn sie frivol drauf wären. Wenn Romanfiguren kamen, schrien sie oder wimmerten »Ja, ja, oh, wie wunderbar!«. In Wahrheit wurde Karolin aber schon verlegen, als ich an ihrem Bauch hinunterrutschte und den krausen Haaransatz küsste. Sie lachte verlegen und sah mich mit ernsten Augen an. Ich küsste den Bauch wieder hinauf, wurde von ihrem Hals in Empfang genommen.

Unsere Hände wussten genau Bescheid. Endlich traute sich eine, und die anderen folgten mutiger. Es ist eine Sache, miteinander zu lachen oder zu weinen oder sich zu küssen und im Grunde immer die Kontrolle zu behalten. Ganz anders ist es, wenn du im Arm von einer liegst, die dein Herz berührt und dich hilflos macht. Die dir gibt und dir damit alles aus der Hand nimmt.

Karolin wachte nach einer Weile wieder auf. Als Erstes erwachte ihre Nase, sie roch die feuchte Haut. Dann spürte sie mit ihrem ganzen Körper den anderen Körper, auch in sich. Dann hörte sie den Atem. Als sie die Augen öffnete, sah sie Frederike, die sich auf einen Ellenbogen stützte und sie beobachtete.

»Wie machst du das? Du stellst alles auf den Kopf. Was machst du nur mit mir?«, fragte Frederike zärtlich.

Karolin hängte den Satz an die Decke des Zimmers. Sie

würde es lieben, dorthin zurückzukehren. Nicht zuletzt wegen seines Deckenschmucks.

Es war schon Abend geworden.

Karolin schlief wieder ein, entspannt, wie sie nur nach großer Lust war. Sie öffnete kurz die Augen und presste sich an mich. Ich sagte lauter verrückte Dinge, zu denen ich vorhin nicht den Mut gehabt hatte. Karolins Halbschlaf schützte mich.

Die meiste Zeit lag ich da, ihr zugewandt, und betrachtete sie, wünschte mir jede Sekunde doppelt so lang. Ich wollte nichts versäumen.

Karolin bewegte im Schlaf die Lippen, und ich hielt mein Ohr daran. Sie sagte: »Gewitterwolken ziehen durch meine Träume und regnen sich aus.« Ich ließ die warmen Tropfen meinen Körper hinabrinnen.

Mirjam Müntefering

Die schönen Mütter anderer Töchter

Roman

Für Christel und für alle anderen
lebendigen, mutigen, wissenden Frauen
jenseits der vierzig.

Und für Marina,
die immer ein Teil von vielen
meiner Geschichten sein wird.

Dieser Roman spielt mit Fiktion und Realität. Daher möchte ich an dieser Stelle versichern: Alle Figuren und Handlungen der vorliegenden Geschichte sind erfunden. Sollten sich Ähnlichkeiten mit tatsächlichen Ereignissen oder lebenden Personen finden, sind diese rein zufällig und nicht beabsichtigt. Allerdings könnte es geschehen, dass einer Leserin/einem Leser auch diese Geschichte wie eine Liebeserklärung an meine Freundinnen erscheint. Dieser Eindruck entspricht der Wahrheit.

1. Kapitel

Wie die Jungfrau zum Kinde

Nichts in meinem Leben ist wichtiger, als auf der Alm zu sein.

Nicht jeder versteht gleich, was ich damit meine, aber wenn ich dann episch die Arme ausbreite und mit ruhiger Stimme erzähle, dann senken sich die Augenlider der Zuhörerinnen, und ihre Gesichtszüge entspannen sich. Falten glätten sich auf ihrer Stirn, und ihre Hände, gerade noch nervös miteinander beschäftigt, ruhen plötzlich in ihrem Schoß.

Auf der Alm zu sein, lernte ich vor einigen Jahren, als mich von einem Tag auf den anderen eine Allergie gegen Zigarettenqualm befiel. Demzufolge litt ich unter phobischen Angstzuständen, sobald ich mich mit mehreren Personen in einem Raum befand. Ich vermutete Zigarettenraucherinnen in jeder und jedem und zog mich misstrauisch mehr und mehr vor meinen Mitmenschen zurück.

Meine damalige Freundin Ellen, Göttin sei Dank Nichtraucherin, machte sich furchtbare Sorgen, sprach von Vereinsamung und Lethargie. Aber je länger mein scheinbar so besorgniserregender Zustand andauerte, desto besser fühlte ich mich. Ich lernte die Ruhe kennen.

Nicht dass ich vorher eine Hektika gewesen war. Nein, ich lebte nur wie viele andere: Ich ging auf Partys, in Discos, Kneipen, Cafés und Kaufhäuser. Und das alles war mir mit einem Schlag nicht mehr möglich. Zigarettenqualm droht so gut wie überall. Und so suchte ich viele öffentliche Orte von heute auf morgen nicht mehr auf. Ich dachte, ich würde mich schrecklich langweilen, trostlos herumsitzen, mein Geld mit unsinnigen Bestellungen aus Versandhauskatalogen verpulvern – aber nichts davon geschah.

Stattdessen begann ich, auf der Alm zu sein.

Ich ging im Städtischen Park spazieren und hörte den Vögeln zu. Ich lernte, die sorgsam angepflanzten oder auch die wild gedeihenden Blumen am Duft zu erkennen und die Bäume mit geschlossenen Augen am rauen Relief ihrer Rinde. Dann bestellte ich per Katalog ein Vogelbestimmungsbuch, aber das war auch das Einzige, was ich anforderte. Ich las. Ich las Gedichte aus fünf Jahrhunderten, las Sciencefiction und historische Romane, politische Pamphlete und Liebesschmonzetten. Geschichten zogen sich durch meine Tage und durch meine Nächte. Ich träumte von den Menschen in den Geschichten und weinte manchmal, wenn ich auf der letzten Seite eines Buches angekommen war.

Meine Freundinnen begannen sich bevorzugt allein mit mir zu treffen. Plötzlich war da die Rede von Ausruhen vom Stress, die Rede von lang verheimlichten Problemen, und da war das Schweigen. Vielleicht ist es peinlich und irritierend, in einem Café zu schweigen oder in einer Kneipe. Aber am Waldrand, unter uralten Bäumen, und wenn man dank eines Vogelbestimmungsbuches weiß, dass da oben eine Lerche ihr Liedchen schmettert, ist es geradezu frevelhaft, ununterbrochen zu reden. Schweigen ist angebrachter und kommunikativer, fand ich plötzlich.

Ellen ihrerseits fand mich in meiner meditativ anmutenden Entwicklung sexuell höchst attraktiv. Wenn ich heute zurückblicke, kann ich sagen, dass das die schönste Zeit unserer Beziehung war. Wir liebten uns häufig und in immer neuen Variationen. Ich fand immer mehr Gefallen daran, auf der Alm zu sein.

Natürlich blieb es nicht auf Dauer bei diesem seligen Zustand. Ich lief von einer Therapie zur nächsten und hatte tatsächlich Erfolg: So plötzlich wie mich die bösartige und Glück bringende Allergie befiel, genauso rasch zeichnete sich Besserung ab. Schritt für Schritt konnte ich mich wieder unter »normale« Menschen wagen und auch zu alten Gewohnheiten zurückkehren, wenn ich wollte.

Doch meine Zeit auf der Alm hatte mich verändert und meine Prioritäten im Leben verschoben. Und ich nahm an, dass dies immer so bleiben würde, als ich eines Abends im scherzhaften Monat April einen Anruf von meiner guten Freundin Jackie erhielt.

»Kommst du heute mal wieder mit?«, begann sie unser Gespräch in einem provozierenden Tonfall, der eine eventuelle Absage von vornherein mit schlechter Laune sanktionierte.

»Wohin?«, wollte ich wissen.

»Zweiter Samstag im Monat«, flötete Jackie, ermutigt durch meine Nachfrage. An jedem zweiten Samstag im Monat war Frauenschwof im Kulturbahnhof. Ich war schon seit Ewigkeiten nicht dort gewesen. Bilder zogen vor meinen Augen auf, von grau wirkenden Frauen, die zu ohrenbetäubender Musik auf der Tanzfläche herumzuckten.

»Ach, ich glaube, ich werde lieber lesen. Ich habe ein neues Buch von dieser tollen Autorin, von der ich dir erzählt habe. Es spielt zur Zeit der Französischen Revolution und behandelt die Affäre zwischen zwei …«

»Michelin?«

»Ja?«

»Ich weiß, dass du seit geraumer Zeit auf dem Trip bist, lieber zu lesen als zu tanzen, lieber zu lächeln als zu lachen und lieber zu meditieren als zu vögeln. Aber heute ist mal mein Trip dran. Okay? Und ich will auf den Schwof.« Jackie war gnadenlos. Wir hatten uns einmal, vor langer Zeit, gegenseitige Unterstützung versprochen, wenn es sich um lebensnotwendige Erfüllung gewisser Grundbedürfnisse handelte.

Jackie hatte ganz und gar andere Bedürfnisse als ich. Und gerade im Moment kamen die besonders stark zum Tragen, denn Jackie war genau wie ich seit einem Jahr solo und sie hatte diesen Zustand vollkommen satt. Sie betrachtete unsere ähnliche Lage der Partnerinnenlosigkeit viel pragmatischer als ich. Ich träumte von einer wunderbaren Begegnung auf einer Waldlichtung oder in den Dünen eines holländischen Strandes. Dabei spielten Romantik, tief schürfende Gespräche, funkenschlagende Blicke und sanfte Flüstereien eine entscheidende Rolle.

Jackie dagegen zog seit Wochen durch die Szeneläden und flirtete auf Teufel komm raus mit jeder blonden Pagierten, die dem Idealbild von ihrer Traumfrau nah genug kam. Sie wollte keine Gelegenheit auslassen, dort zu sein, wo sich viele Frauen trafen und wohin sich womöglich auch ihre nächste Liebe gesellen würde. Die Vision, eine umwerfend charmante, kluge, wunderschöne und unverständlicherweise momentan allein lebende Frau könne eine Party oder einen Schwof besuchen und auf ihrer Suche nach einer geeigneten monogamen Langzeitpartnerin Jackie um Haaresbreite verfehlen, verursachte meiner Freundin Albträume.

Daher stürzte sie sich bei jeder Gelegenheit ins Gewimmel, sondierte das Gelände und trieb sich unauffällig auffällig stets in der Nähe von infrage kommenden Kandidatinnen herum. Für eine Fatalistin wie mich war das eine ziemlich dumme Methode. Denn wenn ich eben jener Frau, von der ich durchaus auch hin und wieder träumte, begegnen *sollte*, dann *würde* ich es auch. Selbst wenn ich es gar nicht wollte. Auch im hohen Norden oder daheim in meinen eigenen vier

Wänden würde ich diesem Schicksal nicht entgehen können. Dazu musste ich meine Abende nicht in stickigen Räumen mit viel zu lauter Musik verbringen.

»Du kennst meine Meinung dazu, Jackie. Und ich lasse mich von dir auch nicht erpressen. Aber weißt du was? Ich komme trotzdem mit!«, erklärte ich ihr gut gelaunt.

»Wieso?«

»Weil ich dich mag«, gab ich zu.

»Göttin, rette mich vor so viel Liebe!«, maulte Jackie. Aber dann lachte sie.

Die Wahrheit war: Ich hatte wirklich Lust darauf, mal wieder etwas anderes zu sehen als Kameras, Schnittstudios, Telefontasten und meinen Computer. Als Fernsehjournalistin mit eigener kleiner Produktionsfirma gab mein Alltag nicht immer den größten Anlass zur Fröhlichkeit. Fernsehen ist entsetzlich. Es verfälscht die Wahrheit wie kein anderes Medium, denn es gaukelt den Menschen vor, »alles mit eigenen Augen gesehen zu haben«. Emotionen werden geweckt, wo sie fehl am Platz sind, und abgestumpft, wo sie doch eigentlich wüten sollten. Meine Kollegin Frauke und ich hatten uns bei der Gründung unserer kleinen GbR vor zwei Jahren vorgenommen, etwas anderes, etwas Besseres zu fabrizieren. Wir wollten mit ehrlicher Haut erzählen, berichten und dokumentieren. Die Recherche für ansprechende Themen, die sowohl mit unseren hehren Ansprüchen als auch mit den Einschaltquoten konform gingen, verschlang unendlich viel Zeit und Energie. Und so hangelten wir uns mühsam von einem wohlwollenden Auftrag zum nächsten, immer an der Grenze zum Aufgeben. Etwas abendliche Abwechslung von diesem momentan recht frustrierenden Versuch, eine bessere Welt zu schaffen, wäre also gar nicht so übel.

Um Punkt zehn Uhr abends quäkte auf der Straße vor dem

Haus, in dem ich wohnte, die klägliche Hupe von Jackies schrottreifem Wagen.

Ich hatte natürlich bis zur letzten Sekunde in meinem neuen Buch gelesen und nicht einen Gedanken an mein Styling verschwendet. Also nahm ich mit einem Achselzucken meine Jeansjacke vom Haken, zog sie über mein bunt geringeltes, aber wenigstens sauberes T-Shirt und verließ in hellen Leinenhosen und ausgelatschten Turnschuhen das Haus.

Jackie küsste mich zur Begrüßung nicht auf die Wange, hielt mir aber ihre hin. »Mein Lippenstift verschmiert sonst«, war ihr Kommentar.

Sie hatte sich mit Sicherheit schon Stunden vorher mit ihrem Aussehen für den Abend beschäftigt. Was allerdings nur für mich erkennbar war, weil ich Jackie gut kannte. Sie nahm nie zu viel von etwas, sondern trug sexy Kleidung, Schminke und Parfüm immer so, dass sie gepflegt und gleichzeitig natürlich wirkte. Jede Frau weiß aber, wie viel Mühe genau diese Erscheinung macht!

Jackie wirkte in ihrem schwarzen Sommeranzug mit langem Jackett leger und luftig. Sie hatte ihre schulterlangen Haare in Zöpfe geflochten, die keck im Nacken baumelten.

»Wie findest du mich heute Abend?«, fragte sie etwas atemlos, obwohl sie doch die letzten zehn Minuten im Auto gesessen hatte.

»Eine Mischung aus Femme fatale und Unschuld. Einfach perfekt«, lobte ich ihre Bemühungen, und sie war zufrieden. Allerdings rutschte sie nervös auf ihrem Sitz herum.

»Slipeinlage«, erklärte sie mir kurz auf meinen fragenden Blick. »Wie du's machst, ist es verkehrt. Nimmst du keine, bekommst du deine Tage ausnahmsweise zwei Tage zu früh und schon ist der Anzug reif für die Reinigung. Nimmst du eine, klappt sie sich nach drei Minuten in der Unterhose um und du hast den Klebestreifen am Bein hängen … Aber ich wollte heute nichts riskieren. Ich bin sicher: Heute passiert es!«

Dessen war Jackie alle zwei Wochen sicher.

Ich nickte friedlich.

»Ich werde langsam zu alt für so was, findest du nicht?!«, überlegte Jackie laut, als sie aus der Parklücke fuhr und sich in den Samstagabendverkehr einfädelte. »Ich meine, alle Welt schreit nach Gleichberechtigung und will in den Hafen der Homoehe einlaufen. Aber wenn ich noch nicht mal eine habe, mit der ich abends auf dem Sofa sitzen kann, um jetzt mal das Profanste zu nennen, mit wem soll ich dann für unser Recht auf Kindsadoption demonstrieren?«

»Bedeutet das, du würdest nur für Dinge demonstrieren, die dich persönlich angehen?«, wollte ich wissen. Ich diskutiere gern mit meinen Freundinnen.

»Unsinn! Du weißt, dass ich keine Kinder will. Aber ich will nicht mehr allein sein. Ich finde diese Suche nach einer geeigneten Partnerin demütigend«, klagte Jackie.

»Dann hör doch auf!«

»Aufhören? Bist du verrückt?«

Scheinbar wollte Jackie nicht diskutieren.

Sie zappelte neben mir herum, als wir schließlich den Weg vom Parkplatz unter den Zugbrücken her nahmen. »Ich hatte heute Nacht einen Traum«, erzählte sie. »Darin ging es um eine dunkelhaarige Frau …«

»Dunkel?«, hakte ich rasch dazwischen, denn die haselnussbraune Jackie, deren Mutter aus Nigeria stammt, steht eben auf Blond.

»Dunkel!«, wiederholte Jackie. »Und ich glaube, das bedeutet, dass es sich um eine Frau handelt, die mir in gewisser Hinsicht ähnelt. Das verdeutlicht sich in Träumen oft in identischem Aussehen.«

»Und weiter?«

»Diese dunkelhaarige Frau war seltsam. Sie war zum einen eine verführerische, unglaublich leckere Frau – und du kannst mir glauben, dass ich unruhig geschlafen habe – und zum anderen war sie wie ein Kind, ein kleines Mädchen, das mit mir wirklich unschuldige Spiele spielen wollte, ganz im Gegensatz zur erwachsenen Frau.«

Ich hoffte auf nähere Ausführungen zu den Spielen der Letzteren, aber Jackie spähte bereits voraus zum Eingang des Kulturbahnhofs, wo sich eine kleine Gruppe von tanzwütigen Frauen vor der Kasse tummelte.

»Was sagt dir diese sonderbare Zwiespältigkeit der Traumfrau?«, erinnerte ich sie daher an unser Gesprächsthema.

»Sieh mich an!« Jackie grinste und zupfte an ihren niedlichen Zöpfen. »Alle Welt weiß doch, dass Verliebte zu Infantilismus neigen. Sie werden phasenweise wieder zu Kindern, sprechen mit piepsigen Stimmchen und geben sich alberne Kosenamen. Eine Frau, die auf so was steht, muss geködert werden.« Daher also ihre freche Frisur.

»Leg nicht so viel Wert auf deine Träume, Jackie«, riet ich ihr. »Die sagen dir vielleicht etwas über dein Unterbewusstsein. Aber über die Zukunft werden sie dir schwerlich etwas erzählen können.«

»Ach, ja? Und wie war das damals mit Ellen?«, konterte meine Freundin überlegen. »Da hast du mich auch ausgelacht, als ich dir von der blondgelockten Prinzessin in meinem Traum erzählt habe. Und was war am gleichen Abend? Wir trafen beim Frisbeespielen am See Ellen, der du versehentlich die Scheibe an den Kopf geworfen hast. Na ja, das war wohl eher ein Zukunftstraum, den ich stellvertretend für dich geträumt hatte … Schließlich habt *ihr* euch vom Fleck weg ineinander verliebt. Um *mich* ging es da ja weniger.«

Der Himmel war satt blau gewesen, und am Horizont zeichnete sich schon der zarte Streifen Apricot ab, der nur im Sommer über der schwarzen Silhouette der Bäume steht. Ellen hatte den Sonnenuntergang am See betrachten wollen. Sie war melancholisch, weil frisch getrennt von ihrem Freund und auf der Suche nach etwas anderem, etwas geradezu Gegensätzlichem ... Als ihr meine Frisbeescheibe an die Schläfe knallte, schwanden ihr für einige wenige Sekunden die Sinne. Diese kehrten jedoch rasend schnell zurück, als ich mich besorgt über sie beugte und sie in meine, wie sie es später nannte, sanften Rehaugen blickte. Ich sah meinerseits in ihre blauen, strahlenden, in diesem Augenblick leicht verwirrten und war verloren. *Das* war romantisch gewesen. Ganz anders als diese Atmosphäre von Tschakatschakabängbäng, die uns jetzt aus der überfüllten Discohalle entgegenbollerte.

»Na, dann viel Glück!«, rief ich Jackie gegen den Krach um uns herum zu, als wir den Eingang passiert hatten. Jackie war bereits auf dem Weg zur Treppe, um sich oben auf der Empore einen Überblick über das Gedränge zu verschaffen. Es war seit Jahren immer das Gleiche: Von dort oben würde sie hinuntersehen auf die Tanzfläche, wo sich dicht gequetscht zig Frauen im Rhythmus der Musik wiegten. Wie sie in diesem Gewimmel noch den gepriesenen, ganz besonderen Tanzstil der favorisierten Frau dieses Abends erkennen konnte, war mir schleierhaft. Für mich bestand die Masse aus einem einzigen Gehopse.

Klar. Ich konnte mich noch gut daran erinnern, dass das mal anders war. Mit Anfang bis Mitte zwanzig, zu meinen Szenehochzeiten, war auch ich zuerst auf die Empore gestürzt, hatte nach neuen Gesichtern gelechzt und meine Augen überall gehabt. Aber seit ich gelernt hatte, auf der Alm zu sein, war mir dieses zweifelhafte Können irgendwie abhanden gekommen. Es war mir auf eine beruhigend überhebliche Weise egal.

Und so schob ich mich in meiner pupsnormalen Jeansjacke, die schon nach wenigen Augenblicken in diesem Brutkasten viel zu warm war, durch die Menge Richtung Büchertisch. Vielleicht gab es ja die eine oder andere Neuerscheinung. Ich hatte mal wieder Lust auf eine fesselnde Biografie.

Als ich mich dem Stand näherte, fiel mir jedoch als Erstes etwas sehr Vertrautes ins Auge …

»Hallo, Michelin. Was tust du denn hier? Hast du dich verlaufen?« Ellen lächelte mich an.

Ich weiß noch, was für ein beeindrucktes Gesicht sie machte, als sie meinen Namen das erste Mal hörte, damals am See. Allen, die Michelin Schwarz heißen, sind Witze über »heiße Reifen« nicht unbekannt. Aber genau so einen brachte Ellen nicht. Sie brachte selten das, was man von ihr erwartete. In diesem Fall war das allerdings eine echte Gnade.

Jetzt breitete sie die Arme aus und umarmte mich. Sie hat dabei immer die richtige Zeitspanne raus. Sie umarmt mich so lange, dass ich mich jedes Mal ihres Körpers erinnere und Wärme auf vertraute Weise zwischen uns zu fließen beginnt. Und sie umarmt mich so kurz, dass wir anschließend einander ohne eine Spur von der Verlegenheit ins Gesicht blicken können, wie man sie bei Verflossenen immer wieder beobachten kann.

»Jackie ist schuld. Sie ist sicher, dass es heute Abend passiert.«

»Oh, da müssen wir uns ja in Acht nehmen«, sagte Ellen, die vor Jahren einmal in Jackies Träumen als blonde Prinzessin erschienen war, lächelnd. Und sie hatte tatsächlich Ähnlichkeit mit einer Prinzessin. Jedenfalls mit einer, wie wir sie uns vorstellen, wenn wir sieben Jahre alt sind und noch fest mit verzauberten Kavalieren im Froschkostüm rechnen.

Ellen besaß das, was ich als liebliche Erscheinung bezeichnen würde. Sie war ein heller Typ mit Pfirsichhaut und immer leicht geröteten Wangen. Selbst ihre Augenbrauen waren hellblond und mussten ebenso wie ihre Wimpern in atemberaubenden Torturen regelmäßig dunkler gefärbt werden, weil Ellen stets wenig lieblich erklärte, sie wolle nicht wie ein Albino rumlaufen. Insgesamt wirkte sie mit ihrer meist pastellfarbenen Kleidung und den leuchtenden Haarbändern, mit denen sie den Eindruck erweckte, ihre inzwischen hüftlangen Locken seien nur schwer zu bändigen, wie eine himmlische Erscheinung auf die meisten Frauen.

Sie bewegte sich langsam und träumerisch, als könne sie es sich leisten, nicht in Hektik auszubrechen: Sie war es gewohnt, umschwärmt, umworben und betüdelt zu werden. Und das konnte sie für ihre Beziehungspartnerin auf Dauer zu einer recht anstrengenden Partie machen. Seit wir uns getrennt hatten, hatte sie im Gegensatz zu mir einige »Versuche« hinter sich. Doch keine der Bewerberinnen hatte die Prüfungszeit mit einer guten Beurteilung und der Chance auf Übernahme überstanden.

»Gib mir einen Tipp. Welche hat Jackie heute aufs Korn genommen?«, fragte der Engel jetzt mit unschuldigem Augenaufschlag und sah sich lauernd um. »Lass mich raten: die da vorn mit dem roten Top, das so gar nicht zu ihrer Haarfarbe passt? Oder, nein warte, die da drüben ist es, in der ›Come-on-Eileen-Latzhose‹, die gerade ihre Zigarette ansteckt, obwohl heute Nichtraucherinnentag ist! Ja, die ist es!«

Ellen kannte Jackie so lange, wie sie mich kannte, also seit fünf Jahren. Und seit Anfang an hatten die beiden sich gestichelt und gezankt. Keine konnte allzu viele guten Haare an der anderen lassen. Ich war davon, wie immer, überfordert und lachte vorsichtshalber ein bisschen.

»Sie will eben nicht mehr allein sein. Wer kann es ihr verübeln?«

Ellen sah mich neckisch an. »Höre ich da eine gewisse Wehmut aus deinen Worten? Könnte es sein, dass du heute auch hier bist, um mal wieder auf Fang zu gehen? Oh nein, sorry«, unterbrach sie sich selbst mit einem Blick an mir herab. »Das kann gar nicht sein. Sogar du würdest zu diesem Zweck andere Schuhe als diese anziehen.«

»Sie sind bequem«, erwiderte ich ungerührt.

»Klar. Birkenstocks sind auch bequem«, entgegnete Ellen trocken.

Seit ich damals lernte, auf der Alm zu sein, waren meine Sachen immer wieder ein Punkt, an dem Ellen sich unverhältnismäßig leicht erhitzen konnte. Kleidung war für sie eine Visitenkarte. Für mich waren aber auch Visitenkarten nicht wichtig. Vielleicht bin ich ein Dinosaurierweibchen mit meinen sonderbaren Ansichten über die inneren Werte. Als Journalistin brachten sie mir immer wieder wunderbare Themen ein, die keine oberflächenorientierte Kollegin zu greifen verstand. Ich hatte also wenig Lust, mit Ellen über meine Schuhe zu diskutieren. Ich gähnte stattdessen betont und ließ meinen Blick über den Büchertisch schweifen. Ich könnte mir etwas Nettes aussuchen und mich damit einfach für ein, zwei Stunden an einen der Bistrotische zurückziehen …

»Ich weiß, was dieses Gesicht zu bedeuten hat«, murrte Ellen. »Du langweilst dich und möchtest nach Hause, um zu lesen.«

Was hatte ich erwartet? Wir waren immerhin vier Jahre lang ein Paar gewesen.

»Nicht falsch verstehen!«, bat ich, denn eine von Ellens Künsten bestand darin, schneller gekränkt zu sein als die Kränkung brauchte, um ausgesprochen zu werden. »Ich freue mich, dich zu sehen, und vielleicht sollten wir uns mal wieder treffen, was meinst du? Ich finde nur das Ambiente hier nicht besonders passend. Es ist …«

»… nicht mehr deine Welt!«, vollendete Jackie, die hinter mich getreten war, meinen Satz. »Aber vielleicht wird es ja wieder deine, wenn ich dir jetzt zeige, was ich von da oben aus erspäht habe.«

Ellen zog eine Grimasse, die Jackie glücklicherweise nicht sah. Die beiden hatten sich zur Begrüßung betont wohlwollend zugenickt. Und nun schob Jackie sich in Position, direkt neben meine Schulter, und raunte mir zu: »Sieh genau über meine Schulter. Siehst du da hinten die Gruppe Frauen, die an der Säule stehen?« Ich nickte, und mir schwante Schlimmes. »Wie findest du die in der Eileen-Latzhose? Ist die nicht süß?«

Ellen, die alles mitverfolgt hatte, wandte sich ab, um ihr Herausplatzen vor Jackie zu verbergen. Scheinbar hochinteressiert an der einschlägigen Lesbenliteratur, beugte sie sich bebend vor Lachen über einen Berg Taschenbücher.

Jackie merkte nichts davon, sondern strahlte mich Beifall heischend an.

»Was sagst du zu ihr? Sie ist die Frau, von der ich heute Nacht geträumt habe, bestimmt! Gut, sie hat keine dunklen Haare, sondern eher rotblonde, aber sie trägt eine kindlich verspielte Latzhose. Ich finde, das ist ein Zeichen. Soll ich hingehen, was meinst du?«

Ich war gewiss nicht die Person, die sie in solch einer Sache befragen sollte. Aber um ihr einen Gefallen zu tun, warf ich noch einen Blick durch den Raum, hinüber zu der kleinen Gruppe lachender Frauen. Doch mein Vorhaben wurde vereitelt, weil eine Frau sich von rechts in mein Blickfeld schob.

Und da geschah das, was man immer in Büchern liest oder in romantischen Filmen erwartet. Etwas, das zu erleben einfach unmöglich scheint.

Denn ich sah sie.

Déjà-vu-Erlebnisse kennt jede. Aber was, wenn gleichzeitig ein Lichtfinger aus der Decke fällt und wie ein Spot auf ihrem Gesicht klebt? Wenn die Musik mit einem Mal vom Krach zu einem Flüstern wird? Wenn alle Bewegungen zu einem Einerlei verschwimmen und nur ihre Schritte, ihre Hand, die nun zu einem Glas greift, wie in Zeitlupe sich ins Herz brennen, heiße Spuren hinterlassend? Was denken? Was fühlen, wenn dort plötzlich die Frau steht, auf die zu warten es sich ein Leben lang lohnt?

Jackie merkte überhaupt nichts von dem einsetzenden Erdbeben, sondern diskutierte mit sich selber über verschiedene bewährte Methoden der Annäherung an Madame Latzhose. Doch Ellen, die, immer noch amüsiert über Jackie, grinsend von den Büchern aufsah, hielt verwundert inne und folgte meinem Blick.

Keine Ahnung, was sie sah. Das, was ich sah, war ausschlaggebend: Sie war wunderbar. Ihre dunklen Haare fielen weich auf ihre runden Schultern. Ein ebenholzfarbener Rahmen um ihr zart leuchtendes Gesicht, das so frisch und unverbraucht strahlte, dass ich eine kühle Brise zu spüren glaubte. Ihre angespannte Körperhaltung und ihr Blick verrieten, dass sie sich wohl verlaufen haben musste. *Wo bin ich nur? Wie bin ich hierher geraten? Und will ich überhaupt hier bleiben?*

Sie bewegte sich vorsichtig wie ein scheues Tier und hielt den klassisch schönen Kopf aufmerksam aufrecht. Ihr Hals war eine Einladung zur Liebkosung. Ihr Profil hätte ich mir mühelos auf einer edlen Gemme vorstellen können. Und wie konnte eine ungeschminkte Frau so lange schwarze Wimpern haben? Darüber waren die dichten dunklen Brauen fortwährend in Bewegung, als führe sie stille Zwiesprache mit sich selbst. *Gefällt es mir hier? Ach, ich weiß nicht. Die Leute sind alle so ... seltsam. Aber nett ist es schon. Ich könnte es vielleicht am Ende doch mögen. Oder? Ach, weiß nicht ... Alles ist so neu, neu, neu!*

Sie sah auf die Tanzfläche, während ihre Lippen ... oh, ihre Lippen ... zart den Glasrand berührten und einen kleinen Schluck nahmen, als sei es Nektar. Alles an ihr war rund und weich, zart und verführerisch. Wenn mein Kindheitstraum endlich in Erfüllung ginge und wir einander Namen geben würden, wie die Indianer es taten, nach Wesen und besonderen Eigenarten, dann würde ich sie ›Leuchtender Anfang‹ nennen. Sie sah aus, als begänne sie das Leben. Und mit ihr begann auch wieder meines ...

Ich konnte es nicht glauben, diese Erscheinung hier zu finden, inmitten eines Haufens dahergelaufener Großstadtlesben, wie ich auch eine war. O Göttin. Ich war ja nicht anders als all die anderen. Ich war einmal zu Hause gewesen in diesen Räumen, unter diesen Menschen. Jahrelang hatte es mir wie eine Familie angehaftet, und ich hatte Spielregeln befolgt, war eine von ihnen gewesen. Mit Coolness und notfalls erzwungener Ausgelassenheit, zwanghaft produzierter guter Laune und Saturday-Night-Fever. Doch sie, das erkannte ich genau, war noch nicht gefangen genommen von diesem Treiben und den sonderbaren Ritualen. Sie kannte sich noch nicht aus im Lächeln und Flirten und dem Showbusiness der Lesbenszene. Was würde sie denken, wenn sie ... Und da wandte sie sich um und sah direkt zu mir her. Kein Zögern, kein Zweifeln. Das konnte kein Zufall sein. Unsere Blicke trafen sich in einem kurzen Moment, der meinen Herzschlag aussetzen ließ.

Ich kannte Augen. Die Mehrheit der Menschen besitzt zwei davon. Sie sitzen etwas oberhalb der Gesichtsmitte, rechts und links über der Nase. Sie konnten blau, grün, grau oder blau sein oder in einem Zwischenton schimmern. Das war alles nichts Besonderes. Aber wie konnte es solche Augen geben?

Sie waren schwarz. Schwarz wie ein polierter, durch Sonnenstrahlen erwärmter Edelstein. Augen zum Hineinstürzen. Sie waren Brunnen, auf deren Grund heilige Wasser schwammen, auf deren Grund Schätze lagen. Es galt nur zu tauchen …

Sie drehte sich wieder fort. Noch wenige Sekunden lang konnte ich ihren Hinterkopf durch die Menge sehen, wie er sich immer weiter von mir entfernte. Dann war sie verschwunden.

Ich erschauderte. So etwas war mir noch nie passiert. Es war unheimlich und erschreckend. Eine Begegnung wie aus einer anderen Welt.

»Ellen«, rief ich gegen die Musik an, die plötzlich wieder in normaler Lautstärke dröhnte. »Hast du sie auch gesehen?«

Ellen deutete Richtung Café, sich offensichtlich nicht bewusst, was soeben geschehen war.

»Die Dunkelhaarige da drüben?«

Ich starrte sie an. Wie viel wusste sie von mir? Und was wusste schon Jackie, die unschuldig neben ihr stand und die Frau in der Latzhose fixierte?

Ellen piekste mich mit einem Finger in die Seite. »Du kannst einem manchmal richtig Angst machen. Was ist denn? Kennst du die Frau? Ist was mit ihr nicht in Ordnung?«

Ich schüttelte den Kopf. Ich war dreißig Jahre alt. Wer würde mir glauben? Glaubte ich selber, was gerade geschehen war? Tatsache war jedenfalls, dass ich jetzt den Durchgang zum Cafébereich nicht aus den Augen ließ. Dorthin war sie verschwunden.

Mit einem Mal war nichts mehr wie vorher. Ich fühlte, wie

mein Herz in meiner Brust schlug, stark und rascher als normal. Ellens Blick irritierte mich. Ich wollte allein sein. Allein sein, um hinüberzugehen und … Und dann? Sie wie zu meinen besten Szenezeiten anzuquatschen? Ihr eine Cola anzubieten oder meine Telefonnummer?

Wie abgeschmackt das alles war. Ich hatte das hinter mir gelassen. Es war nicht mehr meine Welt. Aber vielleicht war es ja ihre? Vielleicht mochte sie diese ihr noch fremde Welt und trug ihr Rechenschaft, indem sie lässig ihre weite Marlene-Dietrich-Hose auf den Hüften trug und unter ihrem knapp sitzenden T-Shirt mit V-Ausschnitt immer mal wieder Haut blitzen ließ. Vielleicht wollte sie Teil dieser neuen, spannenden Welt sein, so wie sie das Glas hielt, wie sie ging, sich der neugierigen Augen ringsherum wohl bewusst. Augen, die taxierten, prüften, abwägten. Ich kannte das alles so gut, viele Jahre. Ich war müde davon. Warum musste ich ihr hier begegnen?

»Was ist das Leben, wenn man Herausforderungen nicht sieht und annimmt?«, wandte ich mich abrupt an meine beiden Freundinnen.

Jackie riss sich mühsam vom Anblick ihrer »Traumfrau« los. Meine Stimme rüttelte sie wach, und sie sah mich fragend an.

»Von welchen Herausforderungen sprichst du?«, tastete Ellen sich vorsichtig heran.

»Von denen, die dein Leben verändern können. Nicht, weil es um Sieg oder Niederlage geht. Es geht darum, ob man die Herausforderung erkennt und ob man bereit ist, für sie über den eigenen Schatten zu springen«, erklärte ich.

Ellen und Jackie tauschten einen beunruhigten Blick, der von recht viel empfundener Qual sprach, die sie durch meine Person schon erlitten haben mussten.

»Das klingt nicht so, als könnten wir darüber ausgerechnet hier und heute diskutieren«, wagte Ellen vorsichtig anzumelden, denn sie sah in meinem Gesicht das Flammen der Notwendigkeit.

»Also ehrlich, Michelin, jetzt lass uns doch wenigstens einen Abend ohne tiefschürfende Erkenntnisse verbringen. Morgen kannst du dann wieder Wunder im Alltag suchen, okay?« Jackie schielte zur Säule, wo die Latzhosen-Dame immer noch stand.

Ich erinnerte mich einer schmerzlichen Situation. Es war kurz nach unserer Trennung: Ellen stand mir mit gerötetem Gesicht gegenüber, bereit, mich zu verletzen, wie es leider oft in solchen Situationen geschah. ›Du bist der endgültigste Mensch, den ich kenne‹, hatte sie zu mir gesagt. ›Wenn du dich für etwas entscheidest, steht es fest. Und du denkst nicht mal darüber nach. Alles kommt aus dem Bauch. Nichts wird überlegt. Deine Liebeserklärung ist ein unumstößliches Urteil.‹ Ich war ihr damals dankbar, dass sie nicht ›Todesurteil‹ daraus gemacht hatte. Denn Ellen hatte mich aufgrund bedrückender Enge verlassen.

Aber sie hatte recht. Ich bin ein solcher Mensch, der Entschlüsse fasst, wie andere an der Bude Schaschlik oder aber Currywurst bestellen. Sie entscheiden auch aus dem Bauch heraus und mit Endgültigkeit. In diesem Augenblick, mitten in einer Schwofnacht, stand für mich fest, dass etwas geschehen war, was nicht rückgängig zu machen war.

»Ich habe mich verliebt«, sagte ich, möglichst sachlich. Jackie entfuhr ein hysterisches Kreischen, während Ellens Augen sich vor blankem Erstaunen rundeten. »Ich glaube, ich sollte ihr nachgehen. Oder was meint ihr? Das Café hat auch einen Ausgang zur Straße. Sie könnte einfach verschwinden …«

»Du machst einen Witz!«, stellte Ellen entsetzt fest und lachte kurz, wenig von sich selber überzeugt. »Du nimmst uns auf den Arm, Michelin! Hör sofort auf damit!«

»Nein, sie meint es ernst!« Jackie jubelte und schlug mir auf die Schulter. »Von wegen Sandstrand! Von wegen Waldlichtung! Es hat sie auf dem Schwof erwischt! Ist das die Möglichkeit!?«

»Quatsch!«, entgegnete Ellen fest. »Keine vernünftige Frau verliebt sich innerhalb von drei Sekunden, nur weil sie ein Sahneschnittchen von weitem sieht.«

»Wie profan! Wie durch und durch gewöhnlich! Nein, ich lach mich tot. Wer ist es denn? Welche? Zeig! Schnell!« Jackie redete sich regelrecht in Raserei.

»Ich sagte doch gerade: Sie ist ins Café gegangen«, knurrte ich missgestimmt. Vielleicht sollte man von Freundinnen nie mehr als das Geringste erwarten. Sie waren nicht fähig, die Tragweite dessen zu begreifen, was gerade geschehen war. Diese Frau war in mein Blickfeld gelaufen, mitten zwischen meine beiden Augen, als trüge sie ein Schild SCHICKSAL um den Hals.

Ellen starrte mich immer noch an. »Du meinst das wirklich ernst? Du willst uns nicht verulken? Aber Michelin, das gibt es doch nicht! Nicht mal bei Jackie gibt es so was!« Jackie schnappte nach Luft, wusste aber nicht, ob das eine echte Beleidigung war, auf die sie hätte reagieren müssen. »Aber du, du bist doch eine, die an die wahre Liebe glaubt. Du sprichst doch immer vom Wachstum der Liebe! Nichts ist einfach plötzlich so da. Was redest du da jetzt?«

Ich legte eine Hand auf meinen Bauch, denn dort drinnen schwappten warme Wellen. Die Flut hatte sich noch nicht wieder beruhigt, und das würde sie auch nicht. Ich wusste das einfach.

»Los! Wir gehen ins Café! Die will ich mir angucken!« Jackie schob mich vor sich her und zog Ellen am Ärmel nach. Die Frau in der Latzhose sah interessiert herüber, wurde jedoch plötzlich keines Blickes mehr gewürdigt.

Ellen sträubte sich hinten ein wenig, so wie ich vorn.

»Jackie, was machst du denn? Das ist doch keine Zirkusveranstaltung!«, rebellierte ich gegen ihre beharrlich drängenden Hände. Hätte ich es doch für mich behalten! Aber Jackie war energisch, und Ellen folgte zögernd, aber mit dem Gesicht der verantwortungsvollen Freundin, die durch ihre Anwesenheit und ihr eventuelles Einschreiten zumindest das Schlimmste abwenden könnte.

Zunächst orientierungslos und mit geweiteten Augen standen wir wie hysterische Teenager im Eingang zum Café. An den Nichtraucherabenden versammelten sich hier alle Süchtigen, um den Raum zu vernebeln. Es war mühsam, die Gesichter ganz hinten klar zu erkennen. Daher sah ich sie nicht sofort. Aber dann, nach wenigen Minuten, löste sich im hinteren Teil ein Grüppchen und gab die Sicht frei …

»Da«, sagte ich tonlos. Ich hatte Beziehungen gelebt. Ich hatte mich verantwortungslos und genusssüchtig einigen One-Night-Stands hingegeben. Aber jetzt und hier schrumpfte meine innere Reife zurück auf jene, die unter den Schülerinnen der Sekundarstufe I gemeinhin anzutreffen ist. Ich wagte allen Ernstes nicht, in ihre Richtung zu deuten. Aber Jackie und Ellen konnten an meinem Blick alles ablesen.

Und ich war erschüttert. Nein, ich hatte mich vor ein paar Minuten, drüben im Tanzraum, nicht geirrt. Was für alle anderen galt, setzte sie außer Kraft: Sie bekam bei heller Beleuchtung und bei lautem Stimmengewirr nicht irgendwelche ›Macken‹, an denen man erkennen konnte, dass sie ebenso durchschnittlich war wie wir. Sie stand dort und trank und rauchte und war umgeben von der sonderbaren Aura der Außergewöhnlichen. Um sie herum war ein kleiner freier Raum, den jemand Unaufmerksames vielleicht nicht bemerkt hätte. Aber mir fiel er auf. Und ich schloss daraus, dass auch die Frauen in ihrer Nähe dieses Besondere und Spezielle spüren mussten, das sie aussandte wie ein Zitteraal seine Blitze. Ich hatte plötzlich Mühe zu atmen.

»So hält man sich jung«, hörte ich Ellen murmeln. Und fortan würde ich an diesen Satz denken müssen, wann immer von der ›Stimme der Realität‹ die Rede sein würde. Denn in dieser Sekunde wurde mir zum ersten Mal klar, dass das glatte Gesicht, die vollkommen faltenlose Haut nicht bedeutete, dass diese wunderschöne Frau mit dem scheuen Blick alterslos war. Nein, sie war nur einfach von sehr geringem Alter. Sie war jung. Und diese Erkenntnis, gekoppelt mit Ellens ironischem Tonfall, bohrte sich mir zwischen die Rippen. Es war, als nähme ich zum ersten Mal wahr, was sich auf ewig als unüberwindbares Hindernis zwischen dieser Frau und mir auftürmen würde. Es war grauenhaft und zerriss mich beinahe. Wäre da nicht Jackies Hand gewesen, die sich in meinen Arm krallte.

Als ich sie ansah, blickte ich in ein aschfahles Gesicht, aus dem jeder freudige, sensationslüsterne Überschwang gewichen war, den es gerade noch so ausgelassen getragen hatte.

»Mein Traum«, flüsterte sie. »Das ist sie! Dunkel und jung. So furchtbar jung, du meine Güte …« Damit wandte sie sich um und ging. Später erfuhr ich, dass sie heimgefahren und sofort ins Bett gegangen war.

Ellen schüttelte den Kopf.

»Das würde ich mir an deiner Stelle noch mal verdammt gut überlegen, bevor ich sie anspräche!«, mahnte sie mich.

»Aber siehst du denn nicht …?«, begann ich. Und hatte

keine Worte. *Ich sehe was, was du nicht siehst*, fiel mir ein. Ein Kinderspiel, das plötzlich eine ungeahnte Bedeutung bekam.

»Ich sehe nur, dass sie wahrscheinlich noch nicht lange auf die Schwofs geht und daher der Meinung ist, alle sähen zu ihr hin. Weiterhin sehe ich, dass sie sich wahrscheinlich für schicke Klamotten interessiert – hoffentlich ist das nicht das Einzige. Und ich sehe, dass sie wahrscheinlich gerade ihr Abi macht«, grunzte Ellen. Sie machte einen gekränkten Eindruck. Vielleicht hatte sie sich ihre Nachfolgerin würdiger vorgestellt.

Doch statt von ihren Worten abgeschreckt zu werden, hatten ihre Vorbehalte eine ganz andere Wirkung auf mich: Mir wurde schlagartig klar, dass ich ein bunt geringeltes, verwaschenes T-Shirt trug und an der Jeansjacke ein Knopf fehlte.

»O Gott!«, stöhnte ich. »Ellen! Ich sehe aus, als hätte ich kein Zuhause. Und wenn, dann steht darin kein Kleiderschrank. Ich kann doch so nicht ...!«

Meine Turnschuhe! Ich trug diese wirklich ausgelatschten und megaouten Turnschuhe, bei deren Anblick jede attraktiv gekleidete Frau bestenfalls lachen würde, bevor sie ungläubig an den dazugehörigen Beinen hinaufsehen würde. Ich war so unvorteilhaft gekleidet, wie es nur gerade ging. Meine Augen waren vollkommen ungeschminkt, nicht einmal ein einfacher Lidstrich verschönerte die dreißigjährige Erscheinung, von exquisitem Lippenstift oder gar betörendem Parfüm mal ganz zu schweigen. Ich konnte sie in meinem desolaten Zustand unmöglich ansprechen!

2. Kapitel

Zu jung ist ein Fehler, der sich täglich bessert

Wenn meine Oma früher mit dem Bus und dem Zug in die nächstgrößere Kirchenstadt fuhr, verglich sie das immer mit einer Fahrt nach Lourdes. Mich faszinierte das, denn ich stellte mir vor, dass es in vielen Städten außerhalb unseres Kuhdorfes von weinenden Madonnenstatuen und blutenden Christusfiguren am Kreuze nur so wimmelte.

Was mir stark im Gedächtnis blieb, war diese sonderbare Verklärtheit, die meine Großmutter noch Wochen nach diesen sagenhaften Pilgerfahrten zeigte. Die sonst so energische Frau war außergewöhnlich sanft und träumte mitten am Tag vor sich hin.

Als ich am Morgen nach dem Schwof am Frühstückstisch saß, kam mir plötzlich die Idee, dass Oma gar nicht in diverse Kirchen pilgerte, sondern regelmäßig bei einem ungewöhnlich fähigen Liebhaber zu Gast gewesen war. Falls Oma die Fähigkeit besitzt, mich aus dem Jenseits noch zu hören und vielleicht sogar meine Gedanken zu lesen, würde sie sich sicher bekreuzigen und dann in Ohnmacht fallen. Dabei verglich ich sie nur mit meinem eigenen Zustand, der, bestückt mit verklärten Träumereien, einer Erleuchtung durch Rosenkranzbeten gewiss in nichts nachstand.

Ich hatte kaum Schlaf bekommen. Zunächst war ich die halbe Nacht hinter der Unbekannten hergeschlichen und hatte SIE beobachtet. So musste ich es leider nennen – auch wenn ich mir dabei vorkam wie meine Oma, die eine heilige Reliquie nur mit dem der Ehrfurcht gebührenden Abstand bestaunte. SIE war allein da und schien niemanden zu kennen. Zumindest sprach sie mit keiner und wechselte mit keiner lange Blicke. Das beruhigte mich ein bisschen, wenn auch nicht völlig, denn sie war eindeutig aus einem ganz bestimmten Grund hier.

Ich hatte nach zehn Jahren Szeneleben ein untrügliches Gespür dafür entwickelt, welche von den Frauen zum Tanzen und Lachen, welche zum Flirten und Schäkern und welche zum Suchen und Finden gekommen waren. SIE war hier, um gefunden zu werden. Sie wirkte schüchtern, und doch musste sie jeder auffallen, wie sie sich da am Rand der Tanzfläche präsentierte. Anmutig, doch scheinbar selbstvergessen ließ sie ihre Finger über den Glasrand gleiten, wiegte sich sacht im Takt der Musik. Manchmal ging ein kaum wahrnehmbarer Ruck durch ihren Körper, wenn ihr ein Lied besonders gut gefiel. Dann stellte sie ihr Glas zur Seite und schlich sich durch die Frauenkörper, um sich am Rand der Tanzfläche zu Balladen zu wiegen. Erst nach einigen Tänzen war sie mutig genug, um sich in die Mitte der Tanzfläche zu wagen, wo die bunten Discolights die Gesichter all jener erhellten, die sich gern zur Schau stellten. SIE wusste, dass sie sich auf einem Markt befand. Ein Markt, auf dem Träume und Wünsche ebenso feilgeboten wurden wie Versprechungen.

Und wie ich zu träumen begann! Ich vergaß alles um mich herum. Wegen meines unzureichenden Kleidungszustandes immer in ängstlich eingehaltenem Abstand zu ihr, ließ ich sie nicht aus den Augen, konnte mich nicht sattsehen an ihrem warmen, glimmenden Blick unter dichten schwarzen Wimpern, ihrem ungeschminkten, schön geschwungenen Mund, der ständig leicht zu lächeln schien. Wie alt mochte sie sein? Wie jung, sollte ich besser fragen. Auf alle Fälle war sie viel zu jung für mich. Vielleicht hatte Ellen, die sich nur hin und wieder bei mir blicken ließ und sich keine spöttische Bemerkung verkniff, recht, und meine Angebetete ging gar noch zur Schule? Ein paar Mal war ich aufgrund solcher und ähnlich frustrierender Gedanken drauf und dran, einfach den Schwof zu verlassen: mich zu Hause ins Bett legen, am nächsten Tag sechs Stunden spazieren gehen, auf die Alm zurückziehen. Aber etwas hielt mich zurück wie eine Fußfessel. Ich hatte Blei in den Beinen und konnte mich einfach nicht vom Fleck bewegen.

Es war nicht nur ihre Schönheit, und schön war sie ganz unübersehbar. Sie hatte etwas, das mich regelrecht erschütterte. Ich erkannte in ihr eine unschuldige Verletzbarkeit, die mich rührte und Wogen von Zärtlichkeit über mich hinwegbranden ließ. Sie wirkte so ganz und gar unverbraucht von unserer manchmal leider recht engen Welt. Deswegen lächelte ich über ihre leicht zu durchschauenden Taktiken, nicht allein dumm herumzustehen: Sie las dreimal den überall ausgelegten Flyer zu einem weiteren Schwof und siebenmal einen Infozettel zum aktuellen Kinoprogramm. Nur manchmal, in Augenblicken, die mir innerhalb von Sekunden Schweiß aus allen Poren trieben, schimmerte durch diese so erfrischend naive Erscheinung etwas hindurch, das ich nur als abgrundtief weiblich und verführerisch bezeichnen kann. Eine Femme fatale, so wie Jackie die Frau in ihrem Traum erklärt hatte.

Ich starrte dieses Wunder an und wurde durch ihren Anblick von Dr. Jekyll zu Mrs. Hyde: Bilder traten vor meine Augen, wie Fotos und Filmaufnahmen von diesem Körper, der sich über ein helles Laken spannte. Berührungen, die in Blitzen endeten. Ich war extrem beunruhigt, denn scheinbar ging in dieser Liebesgeschichte nichts die von mir gewohnten Wege. Ich hatte noch kein einziges Wort mit ihr gewechselt und dachte schon über Hormone nach. Wäre ich etwa weitere fünfzehn Jahre älter, hätte ich alles auf die einsetzenden Wechseljahre geschoben. Aber so? Ich war machtlos gegen den Wunsch, sie zu berühren, ihren Augen zu begegnen, ihre Stimme zu kennen.

Als sie schließlich ging, weit vor Ablauf des Tanzabends, folgte ich ihr in einigem Abstand zum Parkplatz. Ich schlenderte auf ihrer Spur und stellte mir vor, meine Füße dorthin zu setzen, wo ihre gerade noch den Boden berührt hatten. Ihre Silhouette vor mir, ging ich den von vielen Lesbenfüßen ausgetretenen Weg entlang, den ich schon so oft gegangen war. Alles war anders. Jedes Mal, wenn sie in den Lichtkegel einer Straßenlaterne geriet, hielt ich kurz inne und versuchte, mir einzuprägen, wie ihr Haar fiel, wie sie die Füße setzte, wie sie beim Gehen die Hände vor und zurück schwang. Selbstverständlich war dies Karma. Aber falls dem Schicksal doch ein Irrtum unterlaufen sollte und wir uns vielleicht nie wiedersehen würden, wollte ich doch so viel wie möglich in meiner Erinnerung behalten. Schließlich stieg sie in ein winziges weißes Auto und startete bereits den Motor, als mir etwas Entscheidendes einfiel: das Kennzeichen!

Die Ruhrgebietsschwofs hatten ein großes Einzugsgebiet. Frauen aus dem Sauerland, aus Unna, Dortmund, Bochum, Essen, Recklinghausen und dem weiteren Umkreis besuchten diese Veranstaltungen. Ein Blick auf ihr Kennzeichen würde mir also zumindest verraten, aus welcher Stadt sie stammte. Die Abkürzung durch die kleine Hecke am Parkplatz erwies sich als einzige Chance, noch einen Blick auf den Wagen werfen zu können, bevor sie auf und davon fuhr. Ich sah mich einmal rasch um, ob auch niemand meine kleine Verfolgungsaktion beobachten könnte, und rannte los. Fast hätte ich im Laufen gelacht, denn nichts war alberner, als wegen eines Autokennzeichens derart außer Puste zu geraten.

Schon sah ich die Scheinwerfer über den Parkplatz huschen. Sie legte ein ganz schönes Tempo vor. Ich brauchte nur noch wenige Meter. Da stand plötzlich ein riesiger Blumenkübel im Weg. Ich zögerte nicht und sprang … Es war schauderhaft. Ich hatte das Gefühl, ein leises Knacken zu vernehmen, als mein rechter Fuß in einem denkbar ungünstigen Winkel zum Bein aufkam. Und im nächsten Augenblick lag ich flach auf dem Boden, das Gesicht im Schotter. Mein Fuß brannte und pochte, dass mir die Tränen in die Augen schossen, dennoch hob ich noch im letzten, entscheidenden Moment den Kopf.

Dann war es wieder dunkel auf dem Parkplatz, und ich setzte mich vorsichtig auf. Mein Knöchel wurde bereits heiß und schwoll an. Ich dachte an die Theorie, dass innere Unruhe das Risiko für Unfälle um mehr als sechzig Prozent erhöht. Zum Glück kamen drei hilfsbereite Lesben des Weges, die mich tatkräftig zurück zum Schwof halb schleppten und halb schoben. Nachdem ich Ellen über die Musikanlage hatte ausrufen lassen, verbrachten wir den Rest der Nacht in der Ambulanz der Städtischen Kliniken. Daher hatte ich nicht viel Schlaf bekommen.

Der Fuß war nicht gebrochen, aber stark gestaucht. Ein Band war gezerrt.

Die Schmerztabletten hatten mir zu den wenigen traumreichen Stunden verholfen. Nun saß ich hier am Sonntagmorgen und stierte ungläubig vor mich hin.

Als die Tür aufgeschlossen wurde, wusste ich, dass Frauke meinem frühmorgendlichen Ruf auf dem Anrufbeantworter eiligst gefolgt war. Da wir Arbeitskolleginnen waren und Partnerinnen in der gemeinsamen GbR, hatte sie einen Schlüssel zu meiner Wohnung, deren Arbeitszimmer unser Büro beherbergte.

Die Mischlingshündin Loulou stürzte in die Küche und schmiss sich vor mir auf den Boden. Frauke warf einen einzigen Blick auf mich und meinen hochgelegten bandagierten Fuß und blieb abrupt im Türrahmen stehen.

»Mensch, Michelin!«, maulte sie. »Ich dachte, es sei etwas mit der Produktion nächste Woche. Vielleicht die Absage der Baumklettergruppe oder die Rodung des Waldes, in dem wir drehen wollen. Aber so wie es aussieht, scheint es sich eher um ein sehr persönliches Problem zu handeln.«

Ich fand es irgendwie unhöflich, dass sie mein verletzter Fuß regelrecht zu erleichtern schien. Aber auf die Korrektur derlei Umgangsformen konnte ich jetzt nicht eingehen.

»Frauke, du musst mir helfen!«, überfiel ich sie, ohne viel zu erklären. »Kennst du noch diesen Typen, der bei der Zulassungsbehörde des Straßenverkehrsamtes arbeitet?«

»Hast du jemanden beim Schuttabladen im Feld überrascht, Prügel bekommen und willst ihn jetzt ausfindig machen?«

Diese Frage bezog sich natürlich auf meine aufgeschrammte Wange.

Bei einem Kaffee mit Sahnekrönchen schenkte ich meiner Kollegin und Freundin reinen Wein ein.

»Zwanzig?«, wiederholte Frauke entsetzt und vergaß, ihren Sahnebart wegzuschlecken.

»Na ja, vielleicht auch einundzwanzig oder zweiundzwanzig«, murmelte ich, wenig überzeugend.

Frauke war dreißig und lebte seit fünf Jahren mit meinem besten Freund Lothar zusammen. Ich fand es irritierend, dass alle Welt sich plötzlich so stark für das Alter interessierte.

»Und ihr habt nicht miteinander geredet?«

»Ich hab's dir doch gerade erklärt: Ich hatte Turnschuhe an, diese ausgelatschten Dinger, von denen du auch eine Ausgabe hast, die wir uns vor drei Jahren auf Norderney gekauft haben und die du nur noch zur Gartenarbeit anziehst. Und meine Frisur … ich hatte nicht mal einen winzigen Hauch von Parfüm drauf. Ehrlich.«

Auch hier erntete ich nur Unglauben.

»Überwältigt vom Trieb?«, hatte Frauke die Unverfrorenheit zu fragen.

»Trieb?«, rief ich. Loulou sprang erschrocken auf. »Ja, allerdings! Mich treibt es. Und zwar zu ihr. Als du damals Lothar getroffen hast, da war es doch bestimmt auch so, dass du sofort wusstest, dass er es ist. Du wusstest, dass du stirbst, wenn er dir nicht ein Lächeln schenkt, wenn du ihn nicht für dich begeistern kannst. War es nicht so?«

Frauke machte ein spitzes Gesicht. »Nein, war es nicht. Er schüttete mir sein Bier über die Hose, und ich fand ihn tollpatschig, unhöflich und viel zu kahlköpfig.«

»Ach ja.« Ich erinnerte mich.

Vor sieben Jahren saß ich nachts allein in der Schwulenkneipe um die Ecke und betrank mich, weil meine damalige Freundin etwas mit der Leiterin ihrer Selbsthilfegruppe für Allergikerinnen angefangen hatte. Ein junger Mann setzte sich zu mir an den Tisch, und wir prassten gemeinsam weiter. Lothar erzählte mir, dass er soeben von seiner Freundin verlassen worden sei und er daher den Schritt in die homosexuelle Subkultur wagen wollte. Er war sicher, von Männern zwar nicht besser geliebt, aber doch ehrlicher verlassen zu werden.

»Würdest du einen Mann verlassen, weil er angeblich zu sanft ist, dir jeden Wunsch von den Augen abliest und ständig Rücksicht nimmt?«, plärrte er mich an.

»Nein«, heulte ich. »Niemals!« Dann erzählte ich ihm, dass ich bereits seit meinem sechzehnten Lebensjahr nur noch mit Frauen befreundet war.

»Wie hältst du das aus?«, wollte Lothar mitfühlend wissen. »Diese Grausamkeiten? Diese Qualen, die sie einem permanent zufügen. Nimm den Sex. Nur so als Beispiel. Nie sagen sie einem, was sie mögen, weil sie finden, dass man es selber herausfinden sollte. Sie stöhnen und schreien. Aber am Ende werfen sie dir vor, dass sie den Orgasmus immer nur gespielt haben. Wie verkraftest du so was?«

Ich hatte meine eigenen Erfahrungen: »Sie wollen gewärmt werden und umsorgt. Sie wollen die totale Verschmelzung. Und nach einem Jahr stellen sie fest, dass sie ihre Mutter auf dich projizieren, und fangen was mit einer autonomen Dritten an.«

Der schwule Kellner brachte uns eine weitere Runde Tequila und zwinkerte Lothar zu.

»Entschuldige«, lallte dieser. »Hast du schon mal einen Orgasmus vorgetäuscht?« Der Kellner schickte von da an seinen Kollegen an unseren Tisch.

Das hatte zur Folge, dass meinem frisch gewonnenen Kumpel Männer plötzlich auch nicht mehr verlockender schienen als seine ehemalige Freundin. Da ich mittlerweile auch beschlossen hatte, nie wieder eine Beziehung zu einer Frau einzugehen, kamen Lothar und ich zu einer Übereinkunft: Wir wollten uns in einer harmonischen, gleichberechtigten Partnerschaft zusammentun – wobei Sex von vornherein ausgeschlossen sein sollte, da der sowieso grundsätzlich nur Ärger macht. Diese Variante schien uns beiden erstrebenswert. Wir wankten in Lothars Wohnung, um gleich heute Nacht unseren Plan in die Tat umzusetzen, und er überließ mir ritterlich sein Bett, während er in einer Hängematte zwischen Schrank und Tür nächtigte.

Es kam garantiert zu keinerlei sexuellen Handlungen, was wir beide zur erwachenden Mittagszeit am nächsten Tag mit unendlicher Erleichterung zu erinnern vermochten. Allerdings kam es zu einer intensiven und langjährigen Freundschaft zwischen uns. Auch wenn Lothar zwei Jahre später, nämlich vor fünf Jahren, Frauke kennenlernte und seinen Schwur damit brach, nie wieder eine Frau außer mir in sein Herz zu lassen. Ich schüttelte den Kopf und belächelte diese männliche Schwäche … und verliebte mich zwei Wochen später in Ellen mit den blauesten Augen, die ich je gesehen hatte.

Dass ich mich auch mit Lothars neuer Flamme Frauke, die zufällig eine Berufskollegin war, ganz wunderbar anfreundete und wir gemeinsam vor zwei Jahren unser eigenes Journalistinnenbüro ins Leben riefen, tat der Kumpel-Freundschaft mit Lothar keinen Abbruch. Ich durchstand mit den beiden Höhen und Tiefen ihrer Beziehung, ohne jemals in Loyalitätskonflikte zu geraten. Die einzige Möglichkeit, zwischen ihre Fronten zu geraten, ist ihrer beider Liebe zu ihren Haustieren.

Lothar besitzt seit vielen Jahren einen inzwischen etwas steifbeinigen alten Kater namens Lanzelot, dem er vor nicht allzu langer Zeit eine blendende Langfell-Schönheit zugesellte, die selbstverständlich den Namen Gwenhyfer trägt.

Die beiden Katzen haben in Lothars Leben einen hohen Stellenwert. Er genießt ihre wohlig schnurrende Anwesenheit beim Lesen auf sämtlichen Polstermöbeln und beobachtet gern ihre Gott sei Dank vergeblichen Versuche, im kleinen Innenhofgarten Singvögel zu Zwischenmahlzeiten zu zerlegen. Die gelassene Harmonie zwischen den dreien durchdringt ihrer aller Wesen und kann nur gestört werden durch Hektik, Lärm und Aufdringlichkeit … wie sie zum Beispiel Loulou von morgens bis abends, nur unterbrochen von kurzen schnarchintensiven Schlafphasen, zu verbreiten versteht.

Loulou ist von Schäferhundgröße, jedoch viel schlanker und agiler. Einer ihrer Vorfahren muss ein Dalmatiner gewesen sein, denn ihr weißes struppiges Fell ist von vielen schwarzen Punkten übersät. Sie ist eine Frohnatur, die häufig mit offenem Mund lacht. Ausgelassenheit zählt zu ihren Grundzuständen. Weiterhin besitzt Loulou die faszinierende Funktion eines Schattens: Immer an Fraukes Seite, taucht sie selbstverständlich überall auf, wo ›Frauchen‹ auch ist.

Lothar und Frauke sind beide überaus glücklich und tief zufrieden mit ihren jeweiligen Haustieren. Allerdings machten sie vor einem Jahr den Fehler, eine gemeinsame Wohnung zu beziehen. Seitdem fielen täglich neue Schranken. Erinnere man sich an alles, was man jemals zum Thema Feindschaft zwischen Hunde- und KatzenliebhaberInnen gehört und als dumme Sagen abgetan hat: Hier ist es Realität! Ich habe seitdem oft gedacht, wie sehr die beiden sich lieben müssen, um sich diesem Terror täglich auszusetzen.

Lothar ist Wohnästhet und Kunstfreund. Er liebt helle Polstermöbel und weiße Wände, weil sie farbenfrohe Gemälde oder wohlpointierte Wohnelemente wie zum Beispiel eine uralt wirkende Schatztruhe oder gepflegte Katzen so wunderbar zur Geltung kommen lassen. Frauke dagegen ist eine naturverbundene Träumerin, die nichts lieber tut, als mit dreckbespritzten Hosen und einer ebensolchen Loulou durch Felder und Wiesen zu streunen, Stöckchen zu schleudern und Frischluft einzusaugen.

Für Kindereien ist sie, genau wie Loulou, immer zu haben. Und ich glaube, das war ausschlaggebend dafür, dass sie mir jetzt zuzwinkerte und grinste.

»Meine Güte, muss es dich erwischt haben!«

»Hier ist das Kennzeichen.« Ich schob ihr einen Zettel über den Tisch, und sie nahm ihn, steckte ihn in die weiten Taschen ihrer Cordhose.

»Wenn du ihren Namen weißt, wirst du sie anrufen?«

Ich schüttelte den Kopf. »Nein, das wäre ja ein regelrechter Überfall. Das ist sehr unschön und wirkt penetrant. Ich muss mir etwas ganz Besonderes einfallen lassen. Etwas, womit ich sie anspreche und von dem sie gleich fasziniert sein wird. Aber vielleicht kann ich ja vorher noch etwas über sie herausfinden? Etwas, das mir weiterhilft.«

Frauke sah beeindruckt aus. »Du gehst das an wie einen neuen Fall, hm?« So nannte sie unsere Fernsehaufträge. Frauke gab sich gern der Illusion hin, statt eines profanen Journalistinnenbüros eine Detektei zu betreiben. Sie stellte sich das dramatische Leben einer Marlowe irgendwie spannender vor als die mühselige Recherche zum Thema Berufsausbildung für Feuerwehrmänner.

»Nicht so sachlich«, berichtigte ich und seufzte dann tief. »Weiß die Göttin, nicht so sachlich.«

Es klingelte an der Tür.

Frauke zog die Augenbrauen hoch. Ich zuckte die Achseln, und sie ging nachschauen, wer sich an einem Sonntagmorgen so früh zu mir verirrt hatte.

Ich hörte ihre Stimme etwas von »Fuß kaputt« und »wenig geschlafen« argumentieren, aber der Besuch erwiderte etwas energisch und mit hoher klirrender Stimme und ließ sich nicht abwimmeln. Einen Augenblick lang dachte ich sogar, eine Art Handgemenge zu hören. Und im nächsten Moment stürzte Frederike aufgelöst in die Küche.

Ihre Augen waren weit aufgerissen, und sie atmete schwer, als sei sie gerannt. In der Hand hielt sie verkrampft einen dicken Notizblock plus Kugelschreiber.

Frauke erschien etwas konsterniert hinter ihr im Türrahmen und deutete mir an, dass sie machtlos gewesen sei. Zur ihr unbekannten Frederike gewandt murmelte sie leicht gekränkt: »Hättest mich nicht gleich schubsen müssen …«

Aber Frederike bedachte sie nur mit einem kurzen gehetzten Blick. Sie ist diejenige unter meinen Freundinnen, die ich für ihre spinnerte Art am meisten liebe. Ihr musste ich die Sache mit der Alm damals als Einziger nicht erklären, und das erklärt gewiss so einiges.

Ich lernte Frederike durch mein Studium der Film- und Fernsehwissenschaften kennen. Wir saßen in den gleichen Seminaren. Als wir zum zweiten Mal in Konflikt miteinander gerieten, da wir beide dasselbe Referatsthema auf der Liste ausgesucht hatten, beschlossen wir, uns näher kennenzulernen. Wir bearbeiteten das Referat gemeinsam und sind seitdem Freundinnen.

Frederike ist Autorin. Das heißt, ähnliche Dinge, wie sie in meinem Kopf zwar Purzelbäume schlagen können, allerdings zwischen meinen Schädelwänden gefangen sind, finden bei ihr einen Ausgang und gelangen aufs Papier.

Nun schreibt Frederike aber keine Kriminalgeschichten, keine Sciencefiction und keine Kindermärchen. Sie schreibt freche und witzige Geschichten aus ihrem Leben, und das ist nun mal, genau wie meines, ein lesbisches Leben. Die Szene des Ruhrgebiets ist Frederikes Zuhause, und dort ist sie inzwischen berühmt. Ihr erster Roman erschien vor zwei Jahren und schlug ein wie eine Bombe. Zig Frauen erkannten sich in den beschriebenen Personen dieser Lesbenszene-Liebesgeschichte wieder, freuten oder empörten sich. Frederike tourte mit ihrem Buch von Lesung zu Lesung, und nach kurzer Zeit war ihre Geschichte zum Kult geworden.

Meine ganz persönliche Theorie zu Frederikes schriftstellerischer Fähigkeit lautet ›Notwendigkeit‹. Denn meiner Meinung nach ist es für sie unbedingt notwendig, ein Ventil zu besitzen, durch das sie all diese irrwitzigen Dinge, die sie tagtäglich erlebt, wieder loswerden kann. Frederike zieht nämlich verrückte und unglaubliche Geschichten nahezu magnetisch an. Aus diesem Grunde machte ich mich jetzt auf alles gefasst. Und da brach es auch schon aus ihr heraus: »Michelin, es ist etwas Entsetzliches geschehen!«

Die hellbraunen Haare standen ihr wirr vom Kopf ab, als seien sie nicht gekämmt und zusätzlich gewaltig zerzaust worden. Ihr niedliches Aussehen wurde von ihren markant wirkenden Augen kontrapunktiert, denn ihr linkes war braun, das andere strahlend blau. Doch jetzt blitzten beide gleichermaßen vor Aufregung. »Es war fertig. Ich hatte es auf meinem Schreibtisch im Arbeitszimmer liegen. Karolin und ich waren heute Morgen zum Frühstücken im Sentimental. Und als wir heimkamen war … es war …«

Frederike verstummte sprachlos, sah mich um Fassung ringend an und ergriff hilfesuchend meine Hand. Frauke sah in eine andere Richtung. Sie kannte Frederike ebenso wenig wie die meisten meiner lesbischen Freundinnen. Nicht dass Frauke in einer betont heterosexuellen Welt lebte. Sie lebte einfach in ihrer Lothar-und-Loulou-Welt, und abgesehen von unseren täglichen und umfassenden acht Stunden Bürovergnügen teilten wir nur hin und wieder ein Abendessen zu dritt oder einen ausgedehnten Spaziergang miteinander. Vielleicht war sie unsicher, weil sie nicht wusste, in welchem Verhältnis Frederike und ich zueinander standen oder mal gestanden hatten. Ich glaube, sie hielt die Lesbenszene für einen undurchdringlichen Dschungel aus Exen und Möchtegern-Liebhaberinnen.

»Wovon sprichst du denn?«, wollte ich mit beruhigender Stimme von Frederike wissen. »Was war fertig? Und was ist passiert, als ihr nach Hause kamt? Wo ist Karolin jetzt?«

Karolin war Frederikes ›Lebensgefährtin‹. So nannten sie sich seit einiger Zeit gegenseitig. Und bei ihnen hatte ich das sichere Gefühl, dass dieser Ausdruck ganz und gar stimmte. Sie hatten sich vor fünf Jahren gefunden und lebten seitdem miteinander in einer wunderbar ausgewogenen Beziehung.

»Karolin ist zu Hause und wartet auf Christine. Wir brauchen ihre Beratung, falls es nicht wieder auftaucht«, brachte Frederike atemlos hervor. Wenn die Rechtsanwältin Christine hinzugerufen wurde, musste etwas wirklich Ernstes passiert sein.

»Wenn was nicht wieder auftaucht?«, wollte ich ungeduldig wissen.

»Mein neues Manuskript!«

Frederikes neues Manuskript war eine Art Fortsetzung ihres Bestsellers von vor zwei Jahren. Wieder spielte die Geschichte in der Lesbenszene im Ruhrgebiet. Ich war bereits einmal in den Genuss eines Kapitels gekommen, als Frederike noch an dem Werk schrieb. Weil sie gern noch während des Schaffensprozesses konstruktive Kritik einholte und wohl auch aus einer gewissen Vorfreude heraus, las sie ihren Freundinnen hin und wieder einige Seiten daraus vor.

»Dein neues Manuskript ist verschwunden?«, wiederholte ich verblüfft.

»Ich sage dir, es lag auf meinem Schreibtisch. Ich bin doch nicht dumm. Ich weiß genau, dass ich es da hingelegt habe. Karolin hat natürlich zuerst geglaubt, ich hätte mal wieder einen von meinen verträumten Anfällen. ›Wirst es irgendwo an einer irrsinnigen Stelle sicher versteckt haben!‹, meinte sie. Wir haben überall gesucht, im Kühlschrank, unterm Bett, hinterm Sofa und auf dem Kleiderschrank. Nichts! Michelin, ich bin zwar etwas spinnert, aber nicht blöd im Kopf. Es ist verschwunden!«

Frederike fuhr sich erneut durchs Haar, auf dass ihr noch eine weitere Strähne wirr vom Kopf abstand. Dann schien sie sich plötzlich zu besinnen. Sie wandte sich an Frauke: »Ist ein echt heißer Stoff. Es geht um Frauen. Du weißt schon: Verlieben, Entlieben, Kampf, Streit, Versöhnung. Ein Spiegel der Szene, verstehst du? Fast jede der Romanfiguren besitzt eine Art Vorlage in der Realität. Sei also froh, dass wir uns nicht näher kennen, ich würde dich und deinen schnuckeligen Hund bestimmt in einer Geschichte verbraten.«

Fraukes verdutzte Miene klärte sich bei dem euphorischen Lob gen Loulou deutlich auf. Wer ihren Hund schnuckelig nannte, hatte eindeutig einen Stein bei ihr im Brett, auch wenn diese Jemand reichlich merkwürdig daherredete.

»Authentizität ist die Würze meiner Geschichten«, fuhr Frederike fort und vergaß über ihrer Begeisterung fast ihre eigene Hysterie. »Das finden jedenfalls all meine Bekannten. Auch die, die es mal waren oder die es werden sollen oder wollen. Ich trete niemandem zu nah, aber ich greife tatsächlich Geschehenes auf. Keine Autorin verfügt über solch eine entsetzlich blühende Phantasie wie das Leben. Intrigen. Betrug. Hochstapelei. Alles schwarz auf weiß. Besser als ein Krimi, sag ich dir. Und was hab ich davon? Es ist weg! Ach, übrigens, ich bin Frederike.«

Frederike reichte Frauke die Hand, die Frauke vorsichtig nahm.

»Wo soll es denn hin sein, Frederike?«, wagte ich zu fragen.

Frederike fuhr herum. »Genau das hat Karolin auch gesagt! ›Wo soll es denn hin sein?‹«, äffte sie ihre Freundin nach.

»Vielleicht hast du es versehentlich zum Altpapier gegeben? So was ist mir auch schon mal passiert«, schlug Frauke vor.

»Du tust ja gerade so, als wäre jemand in eurer Abwesenheit in eure Wohnung eingedrungen und hätte von deinem Schreibtisch dieses Manuskript geklaut.« Ich fand diese Vorstellung so unsinnig, dass ich lachen musste.

»Es hätten eine Menge Leute eine Menge Gründe dafür, das kann ich dir sagen«, brummte Frederike. »Nicht dass ich jemanden hätte in die Pfanne hauen wollen. Du kennst mich, Michelin, so was mach ich nicht. Aber weißt du, oft reicht es schon, einfach nur die Wahrheit anzudeuten, um sich regelrecht Feinde zu machen.«

»Aber übersiehst du dabei nicht etwas?«, konterte ich scharfsinnig. »Selbst wenn jemand so blöde wäre, um bei euch einzubrechen und dein Manuskript von deinem Schreibtisch zu stehlen, du hast doch bestimmt den kompletten Text auf deiner Festplatte und einer Sicherungsdiskette, oder?«

Frederike sah mich groß an. Dann schlug sie sich mit der flachen Hand vor die Stirn.

»Michelin«, sagte sie. »Ich wusste, dass es richtig war, zuerst zu dir zu gehen! Du glaubst es vielleicht nicht, aber daran habe ich noch gar nicht gedacht! Wie blöd von mir! Na ja, und Karolin, du weißt ja, was sie von Computern hält. Sie ist natürlich auch nicht auf die Idee gekommen. Vielleicht war ja aller Stress umsonst?«

Umgeben von plötzlich aufflammender Hoffnung lief sie ins Arbeitszimmer hinüber und kam mit dem schnurlosen Telefon zurück, in das sie bereits die Nummer eintippte.

»Karolin, ich bin's. Ja. Ja, ich wusste doch, dass Michelin irgendwie helfen kann. Du weißt doch, auf der Alm lässt es sich viel besser denken. Ja, pass auf. Geh mal zu meinem Computer und mach ihn an. Der Knopf ganz rechts, genau. Ja, und jetzt musst du von diesen vielen kleinen Bildern das mit dem Wegweiser anklicken, auf dem *Explorer* steht. Womit anklicken? Mit der Mouse natürlich. Hast du? Gut. Und jetzt klick auf meinen Namen und dann auf das Stichwort *Romane*. Siehst du das? Jetzt müsste da stehen *Exen.doc*. Wo? Na ja, so ziemlich am Anfang. Ist ja alphabetisch geordnet. Nein, es ist ganz einfach! Du musst dir nur einmal die Namen aller vorhandenen Dateien durchlesen. Ach, Süße, was machst du denn da? Was soll das heißen? Nein, ich unterstelle dir nicht, dass du nicht mit einem Computer umgehen kannst. Ich dachte nur … Jetzt sei doch nicht gleich sauer. Ich bin einfach etwas angespannt. Pass auf, wir versuchen es anders. Öffne meinen Schreibtisch und hol die Diskettenbox raus. Ganz vorn steckt die Diskette mit dem vollen Romantitel, meine Sicherungsdiskette. Die hol mal raus und schieb sie ins Diskettenlaufwerk und … Was? Was sagst du?«

Frederike krümmte sich einige spannende Momente lang über den Hörer und lauschte Karolins Stimme, die Frauke und ich als einen Schwall von aneinandergereihten hohen Tönen wahrnehmen konnten. Dann richtete Frederike sich auf. Aus ihrem Gesicht war jede Farbe gewichen. Ihre Augen waren groß wie Fünfmarkstücke. Ihre bleichen Lippen formten sich vorsichtig zu Worten, als traue sie sich nicht recht, es auszusprechen.

»Nichts«, sagte sie tonlos. »Keine Diskette. Und auf meiner Festplatte gibt es keine Datei mit diesem Namen.

Eine halbe Stunde später tauchte Ellen auf, um nach mir, meinem verletzten Fuß und meinem entflammten Herzen zu sehen. Sie war überrascht, eine ganze Horde von aufgeregten Frauen vorzufinden.

Karolin war nämlich, mit der Juristin Christine im Schlepptau, zur Unterstützung ihrer Frederike hergeeilt. Als Ellen bei mir eintraf, diskutierten wir gerade darüber, ob das Einschalten der Polizei notwendig und überhaupt sinnvoll sei.

»Tut mir leid, ihr Lieben, aber könnt ihr euch vorstellen,

dass die Leute von der Spurensicherung unsere Wohnung nach Fingerabdrücken durchsuchen und am Schreibtisch stehend fragen: ›Ist dies der Platz, an dem das Manuskript des sensationellen Lesbenromans verschwand?‹ Also ehrlich, die werden sich schlapp lachen und eine kleine Aktennotiz draus machen«, tat Frederike gerade ihre Meinung kund.

»Es ist absolut notwendig, dass du den Diebstahl meldest. Nur so hast du eine Chance, dass dein entwendetes geistiges Eigentum wieder gefunden werden kann«, erklärte Christine der konfusen Frederike in klarem Juristendeutsch. »Was schreibst du da eigentlich die ganze Zeit, Karolin?«

»Eine Liste«, antwortete die Angesprochene schlicht. Im Gegensatz zur verspielt und verträumt daherkommenden Frederike, die Sätze gern blumig ausschmückte, bevorzugte Karolin die gerade, schnörkellose Linie. »Eine Liste derer, die in Frage kommen.«

Ich fand ihren Ansatz gar nicht dumm. »Du meinst, alle, die wissen, dass sie in Frederikes Roman eine Rolle spielen und damit nicht einverstanden sein könnten?«

Karolin nickte grimmig.

Ellen hatte gleich von Krankenschwester auf Detektivin umgeschaltet. »Das werden ja so einige sein, nachdem Frederike neulich auf Neles Geburtstagsparty gleich ein ganzes Kapitel zum Besten gegeben hat.«

Ich wandte mich an Frederike: »Du hast vor achtzig Frauen aus der Szene aus deinem unveröffentlichten …?«

Frederike nickte geknickt. »Ich bin eben eine kleine Rampensau. Na ja, und in dem Zusammenhang habe ich erwähnt, dass ich das Werk sehr bald fertig stellen werde und es dann quasi sofort an den Verlag geht.«

»Hast du zufällig auch jemandem erzählt, wo du das Manuskript aufbewahrst und unter welchem Dateinamen es in deinem Computer gespeichert ist?«, erkundigte sich Christine sachlich.

»Ach, es lag gut sichtbar auf meinem Schreibtisch. Und die Datei hieß ganz ähnlich wie der Titel, natürlich nicht mit einem Codewort geschützt. Warum auch? Hätte eine von euch gedacht, dass irgend so eine Irre sich ins Haus stiehlt und es von der Festplatte löscht?« Wir sahen uns alle an. Nein, das hätte wirklich keine von uns je vermutet.

»Frederike, Frederike, was hast du da nur ausgeplaudert, dass eine auf so eine Idee kommt?«, seufzte Ellen. »Aber schieß doch mal los, Karolin. Wer steht inzwischen auf deiner Liste?«

Karolin rutschte auf ihrem Stuhl hin und her. Natürlich kannte sie Frederikes Geschichten fast auswendig. War sie doch die erste Testperson, die das neu Geschriebene zu hören bekam.

»Also, wenn ich richtig liege, dann gibt es drei Hauptverdächtige. Als Erstes fällt mir natürlich Pe ein.«

Alle außer Frauke stöhnten einmal auf. Pe war in der Szene bekannt wie ein bunter Hund. Leider hatte Frederike vor zig Jahren mal eine kreuzunglückliche Beziehung mit ihr geführt. Unglücklich deswegen, weil Pe sich ständig wieder neu beweisen musste, indem sie Frauen im Sturm eroberte. Spätestens seit Frederikes erstem Roman fiel jedoch keine mehr so leicht auf die große Hellblonde mit den weißen Zähnen herein.

»Aber kommt Pe denn im neuen Manuskript vor?«, fragte Ellen überrascht. Denn Frederike hatte keinen Kontakt mehr zu dieser ungnädig Verflossenen.

»Nicht die Spur«, versicherte die jetzt.

»Aber sie war damals so sauer, dass sie gedroht hat, es werde nicht ein einziges weiteres Buch von dir erscheinen!«, erinnerte Karolin, die für derartige Bösartigkeiten ein gutes Gedächtnis hatte.

»Pe käme also in Frage. Und weiter?«, hakte Christine nach.

»Na ja, dann geht es weiter mit einer wenig sympathischen Figur aus dem Manuskript. Sie heißt Ilka und ist eine Intrigantin vor dem Herrn, Entschuldigung, vor der Herrin. Im Roman ist sie Rädelsführerin der lokal sehr erfolgreichen Fußballmannschaft und hat es auf eine Dame aus der Szene abgesehen. Als das aber nicht fruchtet, weil die in einer monogamen Beziehung steckt, setzt Ilka alles dran, trotzdem irgendwie mitzumischen. Zufällige Begegnungen mit ihrem Stern lässt sie als geplant erscheinen, und sie bringt sogar gefälschte Briefe in Umlauf. Am Ende ist die Beziehung der Angebeteten, die Ilka verschmähte, reichlich angekratzt, und es ist nur einer umsichtigen Szenebekanntheit zu verdanken, dass Schlimmstes vermieden wird und alle Intrigen aufgeklärt werden.«

Mir stockte der Atem, und ich warf einen vorsichtigen Blick hinüber zu Ellen. Deren immer gerötete Wangen waren blass geworden. Ihre blauen Augen suchten den Kontakt mit Frederikes zweifarbigen.

Es war mit einem gewissen Risiko verbunden, Frederike zu kennen und sie an den Geschichten, die das eigene Leben diktierte, teilnehmen zu lassen. Diese Anekdote rund um die Handballerin Iris war geradewegs aus Ellens und meinem Beziehungsleben gegriffen.

Iris, alias Ilka, war eine auf den ersten Blick überaus sympathische Frau in unserem Alter, die noch unter keinerlei schlechtem Ruf litt, als wir sie kennenlernten. Ja, wir! Denn Ellen und ich wollten unsere gemeinsamen Unternehmungen etwas durch sportliche Aktivitäten aufpeppen. Und so trafen wir beim Fitnessprogramm die natürlich wirkende Iris, die locker fünfzig Liegestütze machte und sich schon bei den darauf folgenden Situps in den hellblonden Engel Ellen verschoss.

Dass ich zuerst nichts merkte, kann man meiner Gutgläubigkeit zurechnen. Dass Ellen es verpasste, der netten sympathischen Iris rechtzeitig Grenzen zu setzen, hing wohl eher mit Ellens Eitelkeit zusammen. Sie ließ sich so gern hofieren. Und schon hatten wir den größten Schlamassel am Hals – in Form einer entflammten Sportskanone, die es nun einmal gewöhnt war, zu gewinnen, und die sich in diesem Spiel durchaus Chancen ausrechnete. Niederlagen in Form von Abweisung wollte Iris anscheinend nicht hinnehmen, und so ließ sie nichts unversucht, um still und heimlich einen Keil zwischen meine liebe Ellen und mich zu treiben. Meine Güte, ich war so naiv. Ich machte den Tanz so lange mit, bis ich diese kleinen Zettelchen fand, die Iris der unwissenden Ellen untergeschoben hatte, in der berechtigten Hoffnung, ich würde sie entdecken, lesen und Ellen fortan misstrauen.

Unsere Freundinnen hatten damals Ellen große Vorwürfe gemacht. Iris derart nah an sich heran zu lassen, war gewiss ein Fehler gewesen.

Dementsprechend ungehalten war Ellen heute, wenn jemand sie auf diese alte Geschichte ansprach. Niemand von uns hatte geahnt, dass Frederike sie in ihren neuen Roman eingebettet hatte. Jetzt sahen sich Ellen und Frederike quer durch die Küche lange an. Alle schienen den Atem anzuhalten. Sogar Frauke, die von all dem ja nichts wusste, saß stumm auf ihrem Küchenstuhl in der Ecke und staunte.

»Wie kommst du nur immer auf solche haarsträubend unglaubwürdigen Geschichten?«, sagte Ellen dann und alle lachten erleichtert auf, einschließlich Frederike.

»Dass du aus ihr eine Fußballerin gemacht hast, wird sie dir nie verzeihen«, gackerte Christine. »Sie hat bestimmt ihren Platz auf der Liste verdient.«

»Und die Dritte, Karolin? Wer ist die Dritte?«, wollte ich rasch wissen, um endlich das Thema Iris hinter uns zu bringen.

Frederike und Karolin sahen sich zögernd an. An ihrem Blick war deutlich zu erkennen, dass sie sich nicht ganz wohl dabei fühlten, dieses Geheimnis auszuplaudern.

»Es ist eine Frau …«, begann Frederike wenig aussagekräftig und verstummte unsicher. Im Raum breitete sich eine elektrisch geladene Spannung aus.

›Das ist sie!‹, dachte ich. ›Das ist die, die das Manuskript gestohlen hat. Und Frederike weiß es auch!‹

»Ach, ich glaube, sie kommt eigentlich gar nicht in Frage!«, sagte Frederike da und schüttelte den Kopf.

»Nun spann uns nicht auf die Folter!«, mahnte Ellen.

Karolin räusperte sich und nickte ihrer Freundin zu. »Ihr Name wird euch nichts sagen, Tatjana Grünapfel. Sie ist verheiratet und macht hin und wieder mal einen kleinen Abstecher in die Szene …«

»Grünapfel?«, unterbrach Christine sie. »Aber doch nicht der Grünapfel, der am Gericht …«

»Du kennst ihn?«

»Kennen? Na, hör mal, ich bin Juristin, und der Mann ist einer der ganz dicken Fische …« Christine unterbrach sich selber und fasste sich an die Stirn. Ihr wurde scheinbar jetzt erst bewusst, dass die Ehefrau dieses dicken Fisches in Frederikes neuem Manuskript eine Rolle spielte. »Meine Güte! Was für ein Kaliber! Und dessen Frau holt sich in der Szene ihre Bonbons für Samstagnacht ab? Na, die könnte allerdings etwas dagegen haben, wenn das bekannt wird!« Christine war beeindruckt.

Karolin nahm sich eine Banane aus der Obstschale und

schälte sie. Mit einem Blick zu Frederike sagte sie: »Vielleicht hättest du zumindest einen anderen Namen wählen sollen. Ich finde, Tanja Blaubirne klingt schon relativ ähnlich.«

Ich versuchte, das eben Gehörte in die richtige Ordnung zu bringen.

»Tanja Blaubirne, alias Tatjana Grünapfel, schleicht also in deinem Roman durch die Szeneläden und verführt Frauen, um sie anschließend wieder für ihren Knilch mit den grauen Schläfen sitzen zu lassen? Und ausgerechnet das Kapitel, in dem diese brisanten Zusammenhänge geschildert werden, suchst du dir aus, um es auf einer Party zu präsentieren, auf der achtzig Klatschtanten nur darauf warten, jedes Detail an mindestens zwanzig ihrer Freundinnen weiterzutratschen?«

Frederike grinste entschuldigend wie Loulou, wenn die etwas ausgefressen hatte. »Was soll ich tun, Michelin, die Frauen wollen ›so was‹ lesen.«

»Kannst du ›so was‹ nicht einfach nur erfinden, ohne dass du den Frauen von einflussreichen Kommunalpolitikern auf die Zehen trittst?«

»Ich könnte einfach zu ihr fahren und ihr versichern, dass ich einen komplett anderen Namen wählen werde und aus dem Mann der Romanfigur vielleicht einfach einen wichtigen Arzt mache?!« Frederike schien über all der Aufregung ihren Verstand eingebüßt zu haben.

»Bist du irre?«, rief Christine da auch schon. Ihre Wangen bekamen hektische Flecken bei dem bloßen Gedanken, sich mit diesem hohen Angestellten des Rechts anzulegen. »Sie wird natürlich nicht zugeben, dass sie hinter der ganzen Aktion steckt und – schwupps – hast du eine Verleumdungsklage am Hals. Das ist nicht witzig, Frederike.«

»Tut dein Fuß weh, Michelin?«, wandte sich Ellen plötzlich in ganz und gar untypischer Fürsorge an mich.

»Er pockert etwas. Aber so lange er hoch liegt, ist es okay«, antwortete ich. »Wieso fragst du?«

»Du sahst so abwesend aus«, lautete die Erklärung.

Abwesend? Natürlich. Ich fand es geschmacklos von der Diebin, sich ausgerechnet heute an Frederikes Enthüllungsroman zu vergreifen. Wo ich doch den Tag zu feiern hatte, an dem ich mich zum ersten Mal nach fünf Jahren wieder verliebt hatte. Das interessierte jetzt natürlich keine mehr. Nur Frauke hielt noch in ihrer Hosentasche sorgsam verwahrt den Zettel mit dem Autokennzeichen.

›Alles der Reihe nach!‹, sagte ich mir. Nichts sprach dagegen, dass ich mich zuerst um dieses Problem hier kümmern konnte, während Fraukes Kumpel mir Name und Adresse der Fahrzeughalterin beschaffte.

»Aber was wollen wir denn jetzt tun?«, fragte ich.

»Tun?«, echote Frederike.

»Ja. Wir müssen doch die Hauptverdächtigen irgendwie im Auge behalten. Vielleicht weiß ja irgendjemand, ob sich heute Morgen eine von ihnen in der Nähe eures Hauses rumgetrieben hat.«

Frauke in ihrer Ecke spitzte die Ohren. Kein Wunder. Das alles nahm langsam, aber sicher die Züge eines echten Marlowe-Falles an. »Du meinst die Überprüfung ihres Alibis?«

»Wenn du es so nennen möchtest. Ich nenne es eher ›rumschnüffeln‹!«, meinte ich etwas großkotzig.

»Wie sollen wir das anstellen? Wir sind doch alle keine echten Szenehasen mehr«, wandte Frederike zweifelnd ein. »Das meiste, das ich aufgeschrieben habe, sind Geschichten, die mir erzählt wurden. Ich kenne zwar solche ähnlichen Konstellationen von früher. Aber heute stecke ich da nicht mehr drin. Wir sind doch inzwischen alle aus dem Alter raus, in dem wir ständig auf dem Schwof rumgehangen haben. Wie sollen wir da an die Verdächtigen kommen?«

»Uns kennt jedenfalls jede. Wenn wir mit Sonnenbrillen vor einem Haus herumstehen, das fällt auf!«, weissagte Karolin.

»Ich kenn da jemanden, den ich fragen könnte!«, erklärte ich.

Frauke tätschelte Loulous struppigen Kopf. »Wenn ihr Hilfe braucht von einer, die unter Garantie niemand in … in der Szene kennt …«, hörte ich sie zu meiner Überraschung ein wenig schüchtern sagen. Ihr Hang zu echter detektivischer Arbeit ließ sie ihre alten Berührungsängste bezüglich Lesben wohl vergessen.

Frederike sah mit ihren warmen Augen zu ihr hin und lächelte sie voller Dankbarkeit an. »Das ist sehr lieb von dir, Frauke. Und das, obwohl du mich doch gar nicht kennst. Aber das können wir ja jetzt ändern, nicht?«

Frauke wurde puterrot, nickte und wandte den Blick dann ab, um Loulou wichtig hinter den Ohren zu kraulen.

»An wen hast du denn so hilfstechnisch gedacht?«, wollte Karolin von mir wissen.

»Na, wer turnt denn seit Monaten in der Szene rum, quatscht jede attraktive Frau an und kennt die meisten Klatschtanten?«, fragte ich zurück.

»Oh nein!«, seufzte Ellen auch schon, und ich griff zum Telefonhörer.

Es tutete nur dreimal, dann wurde abgehoben.

»Hi, ich bin's!«, strahlte ich in den Hörer. Die anderen hingen an meinen Lippen.

»Lass mich in Ruhe«, maulte Jackie. »Ich hab es satt, ständig stellvertretend für dich heiße Träume von großen Lieben zu träumen. Der spirituelle Austausch zwischen uns ist nicht sehr ausgewogen.«

»Ach, Jackie, vergiss doch jetzt die Geschichte von gestern Abend«, beruhigte ich sie. Allerdings nahm ich bei der Erwähnung der gestrigen Ereignisse ein nervöses Flattern im Magen wahr. Zu viel Aufregung in den letzten vierundzwanzig Stunden! »Wir brauchen deine Hilfe.«

Jackie hatte es gern, wenn man ihre Hilfe brauchte. Sofort änderte sich ihr Tonfall von mürrisch zu selbstbewusst geschäftig. »Du kennst mich, ich hab bisher noch jedes Kindchen geschaukelt!«, sagte sie. »Wo brennt's denn?«

3. Kapitel

Pflücke die Rose, wenn sie blüht; schmiede, solange das Eisen glüht

Es war ein Martyrium.

Ich neige nicht dazu, gerne zu leiden. Daher nahm sich die folgende Woche für mich als eine Art Vorhölle aus. Tagsüber konnte ich mich nur schlecht ausruhen, weil mein Fuß weh tat. Nachts konnte ich nicht schlafen, weil mich Zweifel plagten. Ich bin nämlich nicht dumm. Und so setzte sich mein Verstand in Gang und erzählte mir, dass es einfach unmöglich sei, nach einer einzigen Begegnung und nicht einmal einem einzigen Wort von Verliebtsein zu reden.

Ich war eindeutig nicht verliebt.

Ich hatte SIE nur ansehen, mir ihre Gesten einprägen, ihr Lächeln erahnen können. SIE war ein hübsches, aber ganz und gar leeres Gefäß, das ich aus irgendwelchen uneinsichtigen Gründen dazu auserkoren hatte, es mit all meinen Träumen und Sehnsüchten zu füllen.

Meine Euphorie des Saturday-Night-Fever schlich sich kleinlaut davon und machte einem dumpfen Brüten Platz, das nur begleitet wurde von einem ebensolchen pockernden Schmerz in meinem rechten Fußgelenk. Ein echtes Trauerspiel.

Der durch das verschwundene Manuskript aufgewirbelte Staub kam zur Ruhe und legte sich wie ein wunderbarer Mantel des Vergessens über die Geschehnisse auf dem Schwof. Keine meiner Freundinnen sprach mich noch auf die unbekannte Schöne an. Nur Ellen schüttelte bei ihrer Stippvisite am Mittwoch noch einmal gründlich den hellgelockten Kopf über so viel pechbringenden Enthusiasmus. Doch wir vertieften das Thema nicht, und so konnte ich weiter für mich allein meine Theorien über Verlieben durch Projektion aufstellen.

Hin und wieder überfiel mich zwar noch wie der berüchtigte Blitz aus heiterem Himmel eine bruchstückhafte Erinnerung an diese dicht bewimperten, sanften schwarzen Augen, in denen ich so viel Tiefe zu erblicken glaubte. Dann schlichen sich eben jene schlafhemmenden Zweifel aus den dunklen Ecken meines offenbar weiträumigen Geistes herbei, um mir zuzuflüstern, dass doch etwas dran sei an dem Glauben an die schicksalhaften Begegnungen voller karmischer Energie. Da ich, wie gesagt, nicht dazu neige, gerne zu leiden, war dieser Zustand zwischen Verstand und Gefühl, zwischen Sinn und Sinnlichkeit bereits zu einem nahezu unerträglichen geworden, als Frauke am Samstagmorgen in meine Wohnung hetzte, um die Einkaufsliste abzuholen. Sie war so nett, einer kurzfristig Gehbehinderten zu helfen.

»Ich dachte, dein rechter Fuß sei verletzt und nicht deine Hand!«, krittelte sie, als sie mühsam versuchte, den hingeschmierten Zettel zu entziffern. »Was heißt das hier? Frei laufende …? Du willst, dass ich irgendetwas einkaufe, das frei laufen kann?«

»Das ›freilaufend‹ gehört noch zur Zeile darüber, zu den Eiern. Und komm mir jetzt bitte nicht mit einer dummen Bemerkung über Eier mit Beinen. Ich meine natürlich die Hühner, die möglichst glücklich sein sollen, meine Frühstückseier legen zu dürfen«, erklärte ich ihr mit bitterer Miene.

Als sie den Rest der Liste studiert hatte, besprach Frauke mit Loulou, dass sie eine Stunde bei mir bleiben dürfe, damit ich in der Zwischenzeit nicht so allein sei.

Mir fiel noch etwas ein: »Ach, Frauke, sei doch so nett

und schick einen Fleurop-Strauß ab. Der Laden die Straße runter macht so was. Aber es sollen Lilien sein. Weiße Lilien, passend für eine Elfe!«, sagte ich, schrieb die Adresse auf den Einkaufszettel und kramte noch extra Geld heraus. »Ich glaube nämlich, ich sollte Ellen nach dem Schreck mit meinem Fuß mal eine kleine Freude machen. Schick es aber ohne Absender, hörst du? Mal sehen, ob sie errät, wer dahintersteckt.«

Frauke nickte, schulterte ihre Tasche und sagte recht nebensächlich: »Ach, übrigens habe ich gestern Dieter getroffen, du weißt schon, der vom Straßenverkehrsamt. Bist du noch interessiert an der passenden Adresse zum Kennzeichen?«

Mit plötzlich staubtrockenem Mund nickte ich.

Frauke kramte in ihrer Hosentasche und beförderte einen mehrfach gefalteten Zettel zutage.

Als ich danach griff, kam mir plötzlich zum ersten Mal in meinem Leben in den Sinn, dass auch Hände auf eine ganz subtile Art gierig aussehen können. Noch nie vorher war mir das aufgefallen, doch es war ganz eindeutig. Meine vor Gier klebrigen Finger falteten das Papier einmal, zweimal, dreimal auseinander.

Angela Rose stand da. *Herzoginnenstraße 31*. Mein Herz tat ein paar aufgeregte Hopser.

»Angela«, seufzte ich, ohne vorher geahnt zu haben, dass es ein Seufzer werden würde. Eigentlich hatte ich den Namen nur mal probehalber aussprechen wollen. »Angela Rose. Was für ein Name!«

Frauke feixte mir ins verzückte Gesicht. »Aber leider nicht ihrer«, grinste sie schadenfroh und deutete auf die nächste Zeile. »Nach dem, was du erzählt hast, wird deine Angebetete ja wohl nicht bereits über vierzig sein, oder?«

Ich starrte verwirrt auf das Geburtsdatum. Was hatte das zu bedeuten?

»Wie kann das denn sein?«, wollte ich beunruhigt wissen. Gerade noch hatte ich die süße Gewissheit, ihren Namen zu kennen, aber schon wurde mir auch das wieder entrissen. »Er wird das falsche Kennzeichen eingegeben haben! Du musst ihm sagen, er soll es noch mal versuchen. Oder kann ich mich geirrt haben? Vielleicht habe ich einen Zahlendreher drin? Statt vier sieben sechs vielleicht vier sechs sieben oder so …«

»Michelin?!«, unterbrach Frauke mich mit hochgezogenen Augenbrauen.

»Ja?«

»Hast du schon mal dran gedacht, dass es gar nicht ihr Wagen gewesen ist?«

»Nicht ihr Wagen? Ja, aber wem …?«

»Ihrer Mutter natürlich.«

Ihre Mutter. Natürlich. Meine unbekannte Schöne war eine Tochter. Sie hatte eine Mutter, von der sie sich hin und wieder das Auto borgte und die Angela Rose hieß.

Mein Lächeln über dieses Wissen erstarb, als ich erneut auf das Datum schaute. Angela Rose war zweiundvierzig. Das bedeutete, dass ihre Tochter sehr, sehr jung war.

»Vergiss es, Michelin!«, mahnte Frauke mich, im Türrahmen verweilend. Anscheinend wurde ihr durch meinen Anblick klar, dass diese Sache ganz und gar noch nicht vom Tisch war. »Vielleicht hast du dich geirrt, sodass du sie noch älter geschätzt hast, als sie wirklich ist?«

»Achtzehn muss sie ja sein. Sonst könnte sie nicht Auto fahren«, erwiderte ich tapfer.

Frauke hob den Zeigefinger. »Und was denkst du, was du mit einer Achtzehnjährigen gemeinsam hast? Was kannst du mit ihr teilen, außer …« Sie brach ab und wandte sich errötend ihrem Jutesack zu, um nochmals zu kontrollieren, ob auch Portemonnaie und Einkaufszettel sicher verstaut waren.

Zwar hatte sie sich letztes Wochenende des sympathischen Erstkontakts mit einigen meiner lesbischen Freundinnen erfreut, doch waren damit ihre Scheu und Zurückhaltung – dieses Thema betreffend – keineswegs bedingungslos über Bord geworfen. Dass sie selber nun plötzlich lustbetonte Sexualität unter Frauen zur Sprache brachte, musste sie verstören.

»Wie auch immer, Michelin, du musst es am Ende ja doch selber wissen. Ich werde jetzt erst mal deinen Einkauf erledigen.« Und weg war sie.

Loulou sah mich an, als könne sie bis auf den Grund meiner Seele blicken. Es schien ihr damit nicht besonders gut zu gehen, denn sie winselte leise.

»Red keinen Quatsch!«, sagte ich. »Vielleicht ist die Fahrzeughalterin ja einfach ihre junge Tante? Oder auch eine etwas ältere Freundin?«

Loulou spielte mit den Ohren.

Wieder starrte ich minutenlang auf den Zettel. Was sollte ich damit jetzt anfangen? Sie anrufen? Nein, zu platt. Vorbeifahren und einfach klingeln? Nein, nie im Leben hätte ich den Mut dazu. Blumen schicken? Vielleicht war sie allergisch?

Nein, die beste Methode war immer noch ein wie zufällig geratenes Zusammentreffen.

Da fiel mir siedend heiß ein: Heute war Samstag! Schwoftag.

Ich angelte mir rasch das Telefon vom Tisch und begann. Nach vierzig Minuten hatte ich mit zehn Frauen gesprochen und war unglaublich frustriert. Alle meine Freundinnen und Bekannten schienen sich dahingehend verabredet zu haben, diese Gelegenheit zum Tanzen und Frauen-Treffen auszulassen.

Das wäre unter normalen Umständen kein Problem gewesen, denn es machte mir wirklich nichts aus, allein zu einem Schwof zu fahren. Das hatte ich vor Jahren öfter getan. Und auch dass viele meiner Freundinnen inzwischen keine eifrigen Szenegängerinnen mehr waren und ich somit nicht allzu vielen bekannten Gesichtern begegnen würde, schreckte mich nicht. Immerhin hatte ich einen guten Grund, um allein diesen Gang zu wagen. Und genau da lag mein Problem: beim Gang. Ich blickte skeptisch auf meinen hochgelagerten und bandagierten Fuß. Mit dem konnte ich noch nicht einmal richtig gehen und schon gar nicht Auto fahren.

Ich war also demütigenderweise auf Fahrdienste meiner Lieben angewiesen.

Jackie hatte ein Blind Date mit einer Frau, auf deren Kontaktanzeige sie geantwortet hatte. Ellen hatte Theaterkarten. Alle anderen, die ich anrief, hatten keine Lust oder keine Zeit. Es war wie verhext. Ich hörte mich selber in dem, was sie mir mit müden oder gelangweilten Stimmen am Telefon erzählten:

»Schwof? Heute ist Schwof?« – »Da kommt heute dieser Film im Fernsehen, mit dieser tollen Schauspielerin …« – »Raclette. Wir machen Raclette. Das wird urgemütlich. Wenn du willst, komm doch auch! Hinterher spielen wir noch etwas Karten.« – »Ach, ich weiß nicht … Was sollte ich anziehen?« – »Vielleicht nächste Woche, Michelin.«

Nächste Woche, das war niemandem außer mir klar, würde ich nicht mehr dieselbe sein, wenn das so weiterging! Ich wusste, ich musste dorthin!

Nach einer Dreiviertelstunde hörte ich wieder den Schlüssel im Schloss, und Frauke kam schwer beladen herein.

»Was machst du denn für ein Gesicht?«, erkundigte sie sich

gleich und hievte die voll gepackten Taschen auf den Tisch, um sie auszuräumen. »Nein, bleib sitzen, ich mach das für dich.«

»Was für ein Gesicht mache ich denn?«, fragte ich abwesend und spielte mit dem Gedanken, meine Mutter anzurufen. Sie hatte vor einigen Jahren mal Interesse geäußert, sich dieses ›Lesbengehüpfe‹ ja mal aus der Nähe ansehen zu können. Vielleicht hätte sie heute Lust dazu?

Während Frauke meine Lebensmittel in den Schränken verstaute, brütete ich dumpf vor mich hin. Wen hatte ich bei meinen Anrufen bisher vergessen?

»Kommt der Zucker hier neben das Salz?«

»Nee, oben, zum Mehl.«

»Butter in den Kühlschrank?«

»Nee.«

»Ich hab Strauchtomaten genommen. Ist dir das recht? Sehr aromatisch. Hm, wie die duften. Riech mal!«

Sie hielt mir die Tüte unter die Nase, und ich sah sie verklärt an.

»Du bist eine prima Freundin, Frauke«, sagte ich.

Frauke schaute etwas verdutzt, lächelte dann aber erfreut, ein wenig verlegen.

»Das würdest du für mich doch auch tun, Michelin!«, meinte sie und räumte geschäftig Käse und Eier in den Kühlschrank.

»Und noch mehr!«, versicherte ich ihr.

»Na, ich bestimmt ebenso!«, gab Frauke großspurig zurück.

»Tatsächlich?«, hakte ich nach.

Diesmal war ihr Blick ein wenig vorsichtiger.

»Worauf willst du hinaus?«

Frauke ist eine bewundernswert energische und hilfsbereite Frau. Sie denkt niemals zuerst an sich und stellt sich gern für andere in den Sturm, um ihren ausgeprägten Beschützertrieb auszuleben. In dieser Hinsicht gehört Mut unbedingt zu ihren Charakterstärken. Würde sie einen Spaziergänger beim Wegwerfen einer Coladose oder einen Hundebesitzer bei unfairer Behandlung seines Rauhaardackels beobachten, würde sie keine Sekunde zögern und sich in jede unerfreulich streitbare Begegnung hineinwerfen. Allerdings gibt es einen Punkt, an dem Frauke immer wieder klein und feige wird: der Frauenschwof.

Bis heute war mir nicht ganz klar, wieso sie meine Aufmunterungen, doch einmal *just for fun* mitzukommen, stets so rigoros ablehnte. Es war keineswegs so, dass es sie nicht interessierte. Nein, es war etwas anderes. Jedes Mal, wenn wir auf dieses Thema kamen, las ich statt Desinteresse in ihrer Miene etwas ganz Ähnliches wie Panik. Auf meine intensiven neugierigen Nachfragen antwortete sie nur vage. Scheinbar spukte in ihrem Kopf eine Vision herum, die ihr unverhältnismäßige Angst einflößte: Nichts wäre peinigender für sie, würde sie, groß, schlank, knallkurzhaarig und blond, mit einem auffällig hübschen Grübchen in der Wange, auf einem solchen illustren Tanzvergnügen von einer Lesbe angequatscht werden, etwa mit den Worten: »Kann ich dir von der Theke etwas zu trinken mitbringen?«

Wie würde ich sie also jetzt überzeugen können?

»Frauke. Es handelt sich hier um einen echten Notfall«, begann ich und erklärte ihr meine missliche Lage.

Meine hilfsbereite Freundin und risikobereite Kollegin musste schlucken.

»Ich würde dich nicht fragen, wenn es nicht wirklich wirklich wichtig wäre, das weißt du!«, suggerierte ich ihr.

»Was ist mit Lothar? Vielleicht kann er …?«, schlug Frauke vor. Ihre Stimme zitterte merklich.

»Frauke! Es handelt sich hier um einen Frauenschwof. Männer sind nicht zugelassen. Und Lothar ist nun mal…«

»Ein Mann. Ich weiß. Musstest du das erwähnen?«

»Tut mir leid. Ich wollte nicht wieder darauf herumreiten. Also, was ist nun? Kommst du mit? Oh, Frauke, bitte, bitte! Ich brauche in dieser lebensbedrohlichen Situation deinen Beistand, glaub mir!«

Frauke fummelte nervös an ihren silbernen Ringen, die sie vor lauter Aufregung mit der Geschwindigkeit von Hula-Hoop-Reifen um ihre Finger rotieren ließ.

»Ich verspreche dir, auf dich aufzupassen. Niemand wird dich ansprechen! Keine einzige Frau wird länger als nur flüchtig in deine Richtung blicken! Und keine, ich schwöre dir, wirklich keine wird dir von der Theke ein Getränk mitbringen. Okay?«

»Du sprichst mit gespaltener Zunge, weiße Frau!«, brummte Frauke.

Das klang nicht so, als habe sie vor, meiner Bitte nachzugeben. Mir blieb nur noch ein ganz mieser Trick.

»Also gut«, seufzte ich und gab vor, aufzugeben. »Ich will dich zu nichts zwingen. Aber allein werde ich die Hauptverdächtigen, die womöglich Frederikes Manuskript gestohlen haben, bestimmt nicht im Auge behalten können. Ach, richtig, du hast die drei ja noch nicht einmal gesehen. Schade. Es wäre eine spannende Sache, sie mal ein wenig zu beobachten. Frederike sagte nämlich erst gestern noch, dass sie befürchtet, womöglich demnächst erpresst zu werden.«

»Michelin! Du bist ein ganz fieses Stück!«, rief Frauke und warf die Küchenrolle nach mir. Ich bückte mich, und sie flog an mir vorbei. Loulou schnappte sie aus der Luft auf. »Glaub bloß nicht, dass ich darauf reinfalle. Wenn ich mich entscheide mitzukommen, dann nur, weil ich mitansehen möchte, wie du dich vor Miss Zuckerschnute blamierst!«

»Frauke, ich liebe dich! Komm, lass dich von mir küssen!«

»Komm mir nicht so oder ich erzähl alles Lothar.«

»Aber einen kleinen Gefallen wirst du mir doch jetzt noch tun, oder?« Mir war nämlich gerade eingefallen, dass dieser Vormittag auf ganz hervorragende Weise genutzt werden könnte.

»Und der wäre?«, fragte Frauke.

Herzoginnenstraße.

Gegenüber der Nummer 31 war idealerweise eine Parklücke frei, und Frauke lenkte den Wagen dort hinein. Sie war dabei nicht so geschickt wie sonst, denn die riesige dunkle Sonnenbrille behinderte sie. Sie schob sich die Baseballkappe wieder ein wenig aus dem Gesicht und schnalzte mit der Zunge.

»Da wären wir.«

Wir sahen am Haus hinauf. Es waren vier Stockwerke. Altbau. Nicht die nobelste Gegend, aber auch nicht die schlechteste. Das Viertel sprach für mittlere Einkommensverhältnisse. Ob sie hier aufgewachsen war? Und ob sie überhaupt hier wohnte? Die Adresse galt natürlich nur für die Fahrzeughalterin, in welchem Verhältnis die auch immer zu meiner schönen Unbekannten stehen mochte. Der kleine weiße Wagen war nicht zu sehen.

»Du?«, flüsterte ich.

»Ja?«, wisperte Frauke zurück.

»Würdest du zum Haus rübergehen und mal auf die Klingelschilder gucken? Vielleicht steht ihr Vorname mit drauf?«, raunte ich.

Frauke, in deren Adern durch unsere geheimnisvolle Flüsterei bereits das Detektivinnenblut zu wallen begann, öffnete im nächsten Augenblick schon die Fahrertür. Sie stieg aus, lehnte die Wagentür nur an und schlenderte über die Straße hinüber, zuerst zum Haus mit der Nummer 29. Dort sah sie sich interessiert die Klingelleiste an und ging gemütlich weiter zur Nummer 31. Auch das Haus mit der Zahl 33 an der Wand wurde dieser Inspektion unterzogen. Ich konnte nicht umhin, sie für ihre Geistesgegenwart zu bewundern. So wüsste niemand mit Bestimmtheit, welches der drei Häuser sie nun tatsächlich interessierte oder ob sie nicht nur nach einem verloren gegangenen Bekannten fahndete.

Als Frauke wieder auf den Sitz glitt, grinste sie etwas schief.

»Also, ich weiß nicht, Michelin. Rumspionieren fühlt sich nicht so toll an, wie ich gedacht hatte. Ich glaube, Marlowes Job hat auch diverse Schattenseiten. Ich hatte das Gefühl, von gegenüber beobachten mich mindestens neunzehn Augen.«

»Neunzehn?«

»Der einäugige Kater mitgezählt. Übrigens: Es steht nur ROSE drauf. Und da es die dritte Klingel von unten ist, kombiniere ich, dass die Rosen im zweiten Stock wohnen.«

Ich starrte durch meine Sonnenbrillengläser hinauf. Hinter den Fensterscheiben waren Pflanzen zu sehen und hin und wieder eine kleine Tischlampe oder ein Kerzenhalter. Keine Gardinen. Die Fenster waren mir sehr sympathisch.

Ich wandte mich wieder um und bemerkte, dass Frauke auf ihren Sitz immer tiefer gerutscht war.

»Was machst du denn da?«, raunte ich ihr zu. »Das sieht merkwürdig aus. So was fällt auf.«

»Ich schäme mich, Michelin. Was wir hier machen, ist pubertär. Ich hab so was noch nie getan. Was ist, wenn jemand den Spieß einfach rumdreht und uns beobachtet?«

»Der soll sich was schämen!«, konterte ich und rückte meine Mütze zurecht. Hinter den Fenstern im zweiten Stock rührte sich nichts. Doch Frauke hatte recht. In dem Fall, dass jemand zufällig aus dem Fenster sehen sollte, würden wir gewiss einen ungewöhnlichen Anblick bieten. »Also, gut, lass uns fahren. Einen ersten Eindruck habe ich ja jetzt. Außerdem will ich noch ein paar Dinge erledigen. Hände maniküren. Klamotten für heute Abend raussuchen, notfalls bügeln. Irgendwas muss ich auch mit meinen Haaren machen. Vielleicht ein paar dezente helle Strähnchen, was meinst du?«

Als wir am Abend die Kasse des Frauenschwofs passierten, waren Fraukes Augen so weit aufgerissen, als stände sie unter Drogen. Sie vermied es, in irgendeine andere Richtung zu sehen als auf den Boden, an die gegenüberliegende Wand oder in mein Gesicht.

Ich nahm einen der vielen angebotenen Weingummischnuller aus der Schale neben dem Wechselgeld und steckte ihn ihr in den Mund.

»Was hat Lothar zu deiner ungewöhnlichen Abendgestaltung gesagt?«, erkundigte ich mich. Vielleicht würde ihr ein kleines Schwätzchen über ihre Nervosität hinweghelfen. Nun. Vielleicht würde ein kleines Schwätzchen auch mir über meine Nervosität hinweghelfen?

»Nichts«, erwiderte sie achselzuckend. »Er hat mich nur so angesehen. Du weißt schon, dieser Blick, mit dem dir dein Partner zu verstehen geben will, dass er dich liebt und respektiert, für manche deiner Einfälle aber einfach kein Verständnis aufbringen kann.«

»Du meinst, er hat was dagegen, dass du mich heute begleitest? Es ist doch nur dieses eine Mal. Ein Notfall.«

»An den Spruch ›Einmal ist keinmal‹ habe ich noch nie geglaubt. Es könnte ja ausreichen.«

In der Tür zum Discobereich blieb ich stehen und sah Frauke aufmerksam an. »Lothar befürchtet doch nicht etwa, dass du die Fakultäten wechseln könntest?«

»Hä?«, machte Frauke, doch dann fiel auch bei ihr der Groschen. Sie errötete und murmelte: »Was weiß ich, was er denkt.«

Ich musste den Blick abwenden, um sie mein Grinsen nicht sehen zu lassen. Ich fand ihre Berührungsängste niedlich. Ihr erster Frauenschwof! Ich versuchte mich zu erinnern, wie ich mich damals bei meinem gefühlt hatte. Eine vage Ahnung stieg in mir auf, dass es gar nicht so anders gewesen war: eine erfahrene Freundin vornweg und ich hinterdrein. Angefüllt mit den unterschiedlichsten Emotionen. Stolz, diesen Schritt zu tun, einen weiteren auf dem etwas holprigen Weg zu meinem wahren Ich. Das Hochgefühl, dazuzugehören. Wie oft hatte ich mich wie ein Alien gefühlt während meiner Schulzeit, in dem Kuhdorf, in dem ich aufgewachsen war, wo ich so offensichtlich anders war als alle anderen. Und damals, auf meinen ersten Szenestreifzügen, durchflutete mich Euphorie, da ich mich endlich einmal nicht unterschied von denen, die mich so gut gelaunt und lachend umgaben. Stattdessen war ich eine von ihnen. Diese positiven Gefühle, vermixt mit dem Staunen darüber, wie viele es waren, wurde durchsetzt von einem Kribbeln und Bitzeln im Magen. Das war die Furcht, eine könne mich ansprechen, Interesse an mir bekunden. Wie sollte ich reagieren?

Diese knifflige Situation hatte ich mittlerweile schon viel Male bestanden. Mein erster Schwof lag zehn Jahre zurück. Zehn Jahre, in denen ich viel über Lesben im Allgemeinen und mich selbst im Besonderen gelernt hatte. Ich hatte erfahren, dass wir Lesben im Grunde nur eines gemein haben: Wir lieben Frauen statt Männer. Die Gründe hierfür sind so unterschiedlich, wie in einer klaren Mittsommernacht Sterne am Himmel stehen. Als mir das klar wurde, hörte ich auf, alle kurzhaarigen Frauen mit gepflegten Händen und kurzen Fingernägeln über einen Kamm zu scheren. Ich lernte zum Beispiel die politisch engagierten Lesben von denen zu unterscheiden, deren Interesse in erster Linie den Partys gilt. Und als ich mehr und mehr Frauen kennenlernte, die Opfer von sexuellem Missbrauch waren, begriff ich, dass Notwehr und Stolz oft nah beieinander liegen. Es gab so viele unter uns, die nur hier ihren Kopf hoch zu tragen wagten. Und manchmal nicht einmal das. Denn je tiefer ich in die engen Strukturen der Szene geriet, sie nicht nur begeistert ansah, sondern sie durchschaute, desto befremdeter musste ich immer wieder feststellen, dass auch wir einander nicht nur Schutz und Hilfe gewährten. Auch wir Lesben wurden zu Täterinnen und Aggressoren füreinander, kämpften nicht immer mit-, sondern auch mal gegeneinander. Es war eben so, wie es überall ist, wenn Liebe und Hass, wenn gleichberechtigte Sexualität und sexualisierte Macht miteinander ringen. Es schien mir wie eine große Familie, in der einzelne Mitglieder sich nach dem Leben trachten und alle sorgsam darauf achten, dass das Wissen darüber nicht nach außen dringt. Nestbeschmutzung wäre es, darüber mit der Nachbarschaft zu reden.

Wenn ich so recht darüber nachdachte, hatte ich Frauke auch noch nie davon erzählt, dass mein Rückzug aus der Szene vor einigen Jahren nicht nur etwas mit meiner Zigarettenqualmallergie zu tun hatte …

Die arme Frauke hielt also dieses Gewimmel hier für eine eingeschworene Gemeinschaft, in der jede die andere kannte und – selbstverständlich – mochte. Kein Wunder, dass sie befürchtete, sofort aufzufallen, und daher nicht wagte, einer der uns umgebenden Frauen ins Gesicht zu sehen. Jeder Blickkontakt war ihrer Meinung nach Anlass zu einem kleinen Flirt, dem sie so hilflos gegenüberstand.

»Hast du sie schon gesehen?«, fragte sie, kaum dass ich mit meinen Krücken über die Schwelle gehumpelt war.

Ich sah mich angespannt um.

Woher wollte ich eigentlich wissen, dass SIE heute Abend hier auftauchen würde? Viel zu viel in ihrem Verhalten hatte dafür gesprochen, dass sie zwar schon diverse Szene-Eindrücke gesammelt, jedoch den rechten Anschluss noch nicht gefunden hatte. Genau wie Ellen glaubte ich daher, dass SIE noch nicht lange zu den Schwofs ging. Und mit denen verhielt es sich ganz ähnlich wie mit allen anderen Süchten auch: Anfangs reichte eine geringe Dosis für den Kick. Das konnte unter Umständen bedeuten: nur einmal im Monat.

Vielleicht saß SIE jetzt in diesem Augenblick im Kino, zu Hause in der Badewanne oder – mein Magen grummelte bei diesem Gedanken – auf dem Schoß ihrer Liebsten?

»Komm, schaun wir uns ein bisschen um. Alles kann man von hier aus ja nicht überblicken.«

Auf der Alm zu sein, bedeutet nicht, allein zu sein, und auf keinen Fall, einsam zu sein. Allerdings ist eines ganz sicher: Auf der Alm würden niemals sechshundert parfümierte, lippenkonturstiftverzierte, arrogant dreinblickende Möchte-gern-cool-Wirkende herumstehen, krampfig ihre Gläser halten und die Atmosphäre eines Fahrstuhls verbreiten.

Den Blick immer in die Ferne gerichtet, nur die anschauen, die selber gerade nicht gucken können, weil sie tanzen oder sich unterhalten. Die unmittelbaren Nachbarinnen im Voyeurinnenparkett an der Tanzfläche schaut keine an. Nein, das wäre gewiss zu intim.

Manchmal frage ich mich, wie es überhaupt sein kann, dass hin und wieder ein Wunder geschieht und zwei Frauen es fertig bringen, sich auf dem Schwof kennenzulernen.

Wenn ich so recht darüber nachdachte, fielen mir nicht viel mehr Orte ein, an denen sich viele Menschen bewegten, ohne einander zu begegnen. Es waren nicht nur die trostlosen Betonpfeiler und das schrille, bunte Discolicht, die mich in ihrer makabren Kombination irritierten. Die Einsamkeit in der Menge war es, weshalb ich mich von diesen Unternehmungen nach und nach zurückgezogen hatte. Meine Alm glitterte und glimmerte zwar nicht, aber das war gut zu verschmerzen, denn dort herrschte auch niemals diese Leere, die ich jetzt wieder in vielen Augen erkennen konnte. Was hatte mich nur früher jeden Samstag zu diesen Veranstaltungen gezogen? Mir schien mit dem Älterwerden der Sinn dafür verloren gegangen zu sein, indem ich einen anderen für etwas anderes entdeckte. Und jetzt vermisste ich meine Alm. Ich hatte meine Ruhe verloren. Missmutig starrte ich in die Masse der wogenden Körper und bekam so richtig miese Laune.

Warum musste ich Misses Right ausgerechnet hier begegnen?

»Wie gefällt es dir?«, wollte ich knurrig von Frauke wissen. Die stand eng an mich gedrückt und beobachtete atemlos zwei Frauen beim Standardtanzen.

»Das ist ein wirklich nettes Paar, nicht? Sind schon lange zusammen. Die mit den längeren Haaren ist Tanzschullehrerin, ihre Freundin Kulturmanagerin. Sie kommen immer noch her, um für die neusten Projekte oder spezielle Tanzkurse Werbung zu machen. Ansonsten hätten sie hier auch nichts mehr zu suchen, glaub mir«, stellte ich klar.

»Ich weiß nicht, was du hast«, erwiderte Frauke ungerührt, ohne die Tanzenden aus den feucht schimmernden Augen zu lassen. »Gerade fange ich an, mich ein wenig einzugewöhnen. Hoffentlich willst du mir das jetzt nicht vermiesen?«

Genau das hatte ich eigentlich vorgehabt, aber in Anbetracht des großen Gefallens, den sie mir mit diesem gemeinsamen Abend erwies, ließ ich es nun doch. Außerdem erspähten meine Augen am gegenüberliegenden Ende des Raumes gerade eine bekannte Person …

»Da!«, rief ich und deutete unverfroren hinüber. »Da hast du eine deiner Verdächtigen, auf die du so scharf bist.«

Frauke folgte meinem Fingerzeig mit ihrem Blick.

»Pe.«

Mehr brauchte ich nicht zu sagen. Selbst die lesbenunerfahrene Frauke konnte erkennen, welchen Typ Frau sie hier vor sich hatte.

Pe schritt durch die Reihen, als handelte es sich hier um einen Ballsaal, in dem sämtliche Anwesenden nur auf ihr Erscheinen gewartet hatten. Alle paar Meter blieb sie stehen, um Frauen zu begrüßen. Sie war außergewöhnlich groß und mit ihren grell blondierten Stoppelhaaren eine imposante Erscheinung. Ich hatte sie noch nie ohne ihren knallroten Lippenstift gesehen.

»Sie war's!«, wusste Frauke plötzlich ganz genau. »Ich hab's im Urin, Michelin! Die muss es gewesen sein. Sieht so aus, als hätte sie eine ganze Menge zu verbergen. Aber was ist das eigentlich für ein Name, um alles in der Welt?«

»Sie nennt sich Pe, weil ihr ›Petra‹ zu profan ist. Eine Weile lang hieß es, sie würde jede ohrfeigen, die sie bei ihrem richtigen Namen zu nennen wagt.«

»Also, wenn die so was tut, dann klaut sie mit Sicherheit auch Manuskripte, aus reiner Boshaftigkeit!« Frauke war sich sicher.

Ich lachte hölzern. »Ich gebe dir mal Frederikes erstes Buch zu lesen, dann wirst du sehen, dass du mit deiner Einschätzung gar nicht so schief liegst.«

»Was meinst du? Traust du ihr die Rache zu?«

Wir sahen beide hinüber. Gerade strahlte Pe mit ihrem Zahnarzttochterlächeln eine Frau an, die der darauf folgenden herzlichen Umarmung offensichtlich ausweichen wollte. Aber Pe war einfach schneller und stärker.

»Ist sie nicht wie ein Wesen aus einer anderen Welt?«, erklang da hinter uns eine mir wohlbekannte Stimme. Frederike stützte sich auf meiner Schulter ab, ohne Rücksicht auf meine Krücken zu nehmen. »Manchmal frage ich mich, ob sie überhaupt wahrnimmt, wie wir anderen leben und lieben. Sie hat einfach ihre ganz eigenen Spielregeln.«

Frauke errötete vor Freude. Die plötzliche Nähe zu dieser sympathischen Frau brachte sie in Verlegenheit.

»Was tust du denn hier? Ich dachte, du wolltest zu Hause am Computer sitzen und eine Rekonstruktion versuchen?«, fragte ich.

Frederike zog eine Grimasse. »Das war leichter gesagt als getan. Es handelt sich um fast vierhundert Seiten. Wie soll ich das wieder herbeizaubern? Nein, es ist unmöglich. Das ist mir heute klar geworden. Und deshalb wollte ich auch kurz hier vorbeischauen, ob ich nicht jemanden entdecke…, ob ich nicht irgendeine Eingebung habe…« Sie brach ab und sah mit traurigen Augen über das Gewimmel vor uns. Wir wussten alle drei, dass ihr Erscheinen ein wohl vergeblicher Versuch war, dem Geschehenen irgendwie zu trotzen.

Ich legte den Arm um sie, und sie rieb kurz den Kopf an meiner Schulter wie ein freundliches Pony. Frauke lächelte tapfer dazu.

»Karolin und ich haben hin und her überlegt, aber wir sind zu keinem Schluss gekommen, was wir jetzt tun können.

Schließlich können wir nicht alle Verdächtigen rund um die Uhr beschatten«, rief Frederike gegen die Musik an, damit auch Frauke etwas verstand.

»Aber wenigstens könnte man doch alle drei mal etwas aushorchen«, brüllte Frauke zurück.

Ich winkte ab. »Wer soll das denn machen? Nimm zum Beispiel Pe. Sie kennt doch die Szene in- und auswendig. Keine von Frederikes Freundinnen könnte sie ansprechen, ohne dass Pe die Habtachtstellung einnimmt.«

»Ach, vergesst doch Pe«, meinte Frederike müde. »Wen interessiert die schon?«

Was sollten wir darauf schon erwidern? Schließlich musste sie es ja wissen.

Also starrten wir erneut dumpf vor uns hin. Ich dachte an die Biografie, die ich letzte Woche zu lesen begonnen hatte und die nun langsam zu Hause auf dem Holzpferdchen, das neben meinem Bett als Nachttisch diente, einstaubte. Irgendwie keimte in mir der Verdacht, dass die schicksalhafte Begegnung in der letzten Woche in meinem Leben womöglich noch so einiges durcheinanderbringen könnte. Vorausgesetzt SIE würde heute Abend hier auftauchen.

»Michelin«, raunte Frauke da und zupfte zaghaft am Ärmel meines feinen Gehrocks. »Ich werde angestarrt.«

»Frederike ist inzwischen ziemlich bekannt. Wenn sie bei dir steht, wird es immer ein paar Neugierige geben, die dich anglotzen«, erklärte ich lapidar, fragte aber sicherheitshalber doch nach: »Von wem denn?«

Frauke deutete mit dem Kopf nach rechts, und ich blinzelte unauffällig an ihr vorbei. Ein paar Meter weiter lehnte eine junge Frau an der Wand, die jetzt allerdings scheinbar entspannt zur Tanzfläche sah. Ich runzelte die Stirn. Sie kam mir irgendwie bekannt vor ... Aber sie war viel zu jung, um aus meinem Bekanntenkreis zu stammen. Vielleicht sah sie auch nur jemandem ähnlich?

Ich sah lange genug hin, um mitzubekommen, wie die junge Frau aus dem Augenwinkel immer mal wieder zu Frauke herüberschielte. Meine Freundin hatte eine feine Antenne für so was. Mir wäre eine so diffuse Anhimmelei bestimmt nicht aufgefallen.

»Lächle sie einfach mal an«, schlug ich Frauke vor, die entsetzt den Blick auf ihre Schuhspitzen heftete.

»Wisst ihr was?«, sagte Frederike da und klopfte mir auf den Rücken. »Ich mach wieder die Flatter. Das Ganze hier deprimiert mich. Ich hätte doch nie einen Szeneroman geschrieben, wenn ich die Leute, die Schuppen und das ganze Drumherum nicht doch irgendwie lieben würde, oder? Aber ich schwöre euch: Dies wird mein letzter Roman über die Lesbenszene im Ruhrgebiet gewesen sein. Ich kann es nicht leiden, wenn meine Geschichten einfach so verschwinden.« Sie gab mir einen Kuss, reichte Frauke die Hand, und während ich noch um eine Mut machende gescheite Antwort rang, ging sie bereits.

Ich sah Frederike nach, wie sie sich durchs Gewimmel Richtung Ausgang davonschob. Wie viele Flirts hatte sie hier bestanden? Wie vielen Gerüchten widerstanden? Wie oft war sie durch diese Tür gekommen in Erwartung auf einen ganz besonderen Abend, an dem etwas ganz Spezielles passieren würde? Sie kannte die Szene so gut, liebte sie und verachtete sie auch manchmal. Und jetzt wurde ihr dieses intime Verhältnis zum Verhängnis.

Ich seufzte, unhörbar für alle um mich herum, und wollte mich gerade wieder zu Frauke umwenden, da ging in der Nähe der Tür das Licht an. Es war ein so strahlend helles Licht, dass ich für einen Moment meine Augen schloss. Ich hatte Angst vor einer Blendung. Ich hatte Angst, womöglich dann nicht mehr sehen zu können, was ich gerade erblickt hatte. Es war eines dieser kleinen Wunder, die einem nur allein gewahr werden können. Niemand sonst drehte sich um oder starrte gebannt hinüber. Nur mir zeigte sich dieser zauberhafte Schein. Mit einem Schlag richtete sich ein Spot in diese dunkle Ecke, auf eine Person, die dort derart unauffällig stand, dass ich sie bisher noch nicht bemerkt hatte. SIE war da!

Und SIE sah so unverändert schön aus, dass ich fast vergaß, dass eine Woche vergangen war. Immer noch das weich fallende dunkle Haar, das sie immer mal wieder hinter ihre hübschen Ohren strich. Die schwarzen Augen, die ruhelos wanderten und suchten und niemals ihr Ziel fanden. Ihre Wangenknochen zeichneten sich unter der zarten Haut ab wie von einer großen Künstlerin modelliert. Ja, SIE war wieder da. Hätte ich nicht im gleichen Augenblick ein wenig auf meinen Krücken geschwankt, hätte ich an eine Zeitreise geglaubt, sssrrrrt, um sieben Tage zurück. Nur ihre Kleidung hatte sich geändert. Doch da Klamotten für mich im Grunde unwesentlich waren, schenkte ich ihnen selten Beachtung ... es sei denn, sie enthüllen mehr, als sie verdecken. Und das schwarze T-Shirt, das SIE trug, gehörte eindeutig in diese Kategorie. Es war kurz genug, um etwas von ihrem Bauch zu zeigen. Etwas? Nun, um genauer zu sein: Ihr hellhäutiger Bauch mit dem formschönen Nabel vermochte mich schon durch eine einzige Sekunde in tiefste Verwirrung zu stürzen. Als ich jedoch nach dieser ersten Sekunde erkannte, dass sie direkt neben dem Nabel ein filigranes Tattoo trug, musste ich die Krücken fester umfassen. Ich fühlte mich plötzlich sehr schwach.

Seit Jahren hatte ich für den geradezu krankhaften Körperkult, der aus dem schwulen Sub zu uns Lesben herübergeschwappt war, nur ein müdes Lächeln übrig. Ich war nicht politisch genug, um dagegen zu wettern. Ich war gewiss nicht hipp genug, um ihn mitzumachen. Piercing, Branding, gestählte Muskeln und sonnenstudiogefärbte Haut lagen außerhalb meiner Welt. Doch SIE machte mich mit ihrer Art, der Modeerscheinung des sanften Exhibitionismus nachzueifern, geradezu willenlos. Ich starrte SIE an. Vielleicht sollte ich einfach gehen? So wie Jackie letzte Woche: auf dem Absatz rum und nix wie weg.

Warum fiel mir immer Flucht ein, wenn ich sie ansah?

Da trat von links eine Frau an SIE heran und sagte ihr etwas ins Ohr. Sie lachten beide. Ich war hingerissen. Denn schließlich hatte ich sie noch nicht lachen gesehen.

Die letzte Woche, in der ich gearbeitet, Freundinnen gesehen, über den Manuskriptdiebstahl diskutiert hatte, erschien mir plötzlich wie reine Zeitverschwendung. Wie konnte in meinem Leben irgendetwas auch nur für kurze Zeit wichtiger sein, als diese Frau lieben zu wollen!?

Als ich jetzt ihre Freundin genauer betrachtete, staunte ich nicht schlecht: Es war eben jene, die vor ein paar Minuten noch Frauke mit begehrlichen Blicken bedacht hatte. Ihre Haare waren zu einem superkorrekt geschnittenen, messerscharfen Pagenkopf frisiert. Wirklich ›in‹. Als ich sie jetzt nebeneinander stehen sah, ging mir auch auf, warum die andere mir bekannt vorgekommen war: Es war das knapp sitzende T-Shirt mit den tiefen V-Ausschnitt, das SIE letzten Samstag getragen hatte.

Klamotten mit der besten Freundin austauschen. Das hatte ich auch mal gemacht. Vor vielen Jahren … Mir wurde etwas flau.

Andererseits war es auch ein gutes Zeichen. Ich kombinierte den Klamottentausch mit den flüchtigen, vertrauten Berührungen, dem Trinken aus einem Glas, den suchenden Blicken, die nur hin und wieder zueinanderglitten, um von einem wissenden Nicken begleitet zu werden. Diese Kombination ergab: Busenfreundinnen, keine Liebesbeziehung!

Solchermaßen erleichtert, wandte ich mich zu Frauke, um ihr einen Tipp zu geben, wo es heute Abend wirklich etwas zu sehen gab. Doch ich kam nicht dazu.

Fraukes Gesicht war zu einer entschlossenen Miene gerafft. Sie blickte unverwandt quer durch den Raum und sagte so knapp, wie sie es nur in lebensbedrohlichen Situationen tun würde: »Wenn ihr Frederike da nicht helfen könnt, dann werd ich es eben tun.« Und damit war sie fort.

Sie steuerte an der Tanzfläche entlang direkt auf Pes Standpunkt zu. Ich beobachtete atemlos, wie sie ihr reizendstes Lächeln aufsetzte, um genau auf Pes Höhe zu straucheln und sich mit einer Hand auf deren Schulter abzustützen.

Pe hatte eine Sekunde lang Mühe, diesem Angriff standzuhalten, denn Frauke war fast so groß wie sie selber, doch dann fing sie sich und ebenso Frauke, die sie sogleich in ein Gespräch zu verwickeln versuchte. Und Frauke, die ja aus eigens diesem Grund auf sie zugesteuert war, ging nach anfänglichem Zieren scheinbar magnetisch angezogen darauf ein.

Was sollte ich in so einer Situation tun? Atmen! Ja, richtig. Erst einmal atmen. Alles andere würde ganz von allein geschehen.

Und es geschah wirklich. Es passierte etwas, das ich nie im Leben für möglich gehalten hätte. Gerade noch hatte ich deprimierende Gedanken zur Illusionsfabrik Szene gewälzt, hatte Abscheu empfunden und mich weiß Göttin nicht mehr dazugezählt. Doch nun stand diese wunderbare Frau dort an der Tür, in einem Lichtkegel, den nur ich sehen konnte. Adrenalin strömte anstelle von Blut durch meinen Körper, der sich plötzlich reckte und dehnte, als sei so viel ungenutzter Platz in ihm. Platz zum Sehnen und Verlangen. Platz zum hingebungsvollen Verschenken. Platz zum Lieben. Wie leichtfertig gehen wir doch mit dem Wunder des Liebens um. Und wie grandios war es, dass ich mit einem Mal wieder, nach einem Jahr des Alleinseins, mich tief berührt fühlte wie von den Schwingen eines gewaltigen Vogels. Er würde mich davontragen, wenn ich erst einmal ihre Nähe gekostet hatte, das wusste ich. Alles in mir stand in den Startlöchern zu einer wunderbaren Liebesgeschichte. Es kribbelte und zerrte in mir voller Vorfreude. Ich scharrte im Geiste bereits mit den Hufen, konnte es nicht erwarten, loszustürmen. Auf zu Liebesgedichten, auf zu Waldspaziergängen und Sonnenuntergängen am See, auf zu Kerzenlicht und der Entdeckung neuer Düfte, zu innigen Zungenküssen und tastenden Fingern.

Und, nein, ich hatte nicht den Eindruck, das Ganze etwas zu überstürzen!

Ich stand unverändert auf meine Krücken gestützt, sah wie bei einem Tennisspiel von links nach rechts, von rechts nach links, um weder SIE noch Frauke aus den Augen zu lassen. Und da griff eine sehr, sehr große Hand in den gewaltigen Sack mit Goldstaub und Zauberglimmer. Die riesige Hand streute das Glitzern und Flimmern quer durch den Saal. Ich rieb mir die Augen, doch es verschwand nicht. Überall war Pink und Lila, Grün und Knatschgelb. Regenbögen spannten sich über die Tanzfläche und ließen den Boden erbeben, wo sie auftrafen. Mein Herz schlug rasch, und Freude pulsierte durch mich hindurch bis in die Fingerspitzen. Das hatte natürlich alles etwas mit ihr zu tun, aber ich konnte es nicht aufhalten, und ich wollte es ja auch gar nicht ändern. Viel zu freundlich war plötzlich mein Ausblick.

Und so nahm innerhalb von wenigen Minuten alles um mich herum die Gestalt des Wunderlandes an. Während ich außer Atem beobachtete, wie meine liebe Kollegin und

Freundin in geradezu halsbrecherischer Art mit der Frau herumplänkelte, die in der Szene dafür bekannt war, dass sie am liebsten alles abschleppte, was neu war.

Solcherart verstört, in kürzester Zeit von der desillusionierten Szenelesbe zur verzauberten Verliebten mutiert, stellte ich fest, dass ich strahlte. Meine Mundwinkel zogen sich eindeutig übertrieben nach oben.

Es gab nur eines, das mich beunruhigte: Was sollte geschehen, sollte SIE plötzlich hinausgehen? Und was um alles in der Welt sollte ich bloß tun, wenn Pe plötzlich einen Überraschungsangriff auf Frauke starten sollte, der sich in einer scheinbar flüchtigen Umarmung oder gar einem spontanem Kuss äußern würde?

Welche Göttin auch immer dafür zuständig war, armen Alm-Beurlaubten auf einer Tanzveranstaltung beizustehen, sie war mir gnädig. Ich wurde keiner Situation ausgesetzt, in der ich mich entweder hätte halbieren oder einen Augapfel verlieren müssen.

Nach dreißig Minuten tat sich am anderen Ende der Tanzfläche etwas. Pe verabschiedete sich unter großen Gesten der Kennenlernfreude, die ich schon unendlich oft hatte beobachten können, und stakste etwas steifbeinig gen Ausgang.

Frauke wartete schlau, bis die große Blonde definitiv verschwunden war. Dann schoss sie wie ein Irrwirsch durch die tanzenden Frauen auf mich zu. Ihr Gesicht war gerötet, aber sie strahlte. Sie sah aus, als könne ihr ab jetzt auf dieser Welt absolut nichts mehr an Herausforderungen begegnen, die sie nicht bestehen würde.

»Wie fandest du meinen Einsatz?«, wollte sie Beifall heischend wissen.

»Ich war geschockt«, sagte ich ehrlich, und sie nickte zufrieden. »Hast du denn etwas herausfinden können?«

»Sie war es!«, stellte sie überzeugt fest. »Ich bin mir ganz sicher. Sie ist so … so schleimig.«

»Das ist nicht mal ein Indiz«, wandte ich ein und sah wieder zur Ecke neben der Tür hinüber. SIE stand immer noch da. Aber ihre Freundin war fort. Wo?

»Glaub mir, ich habe da einen siebten Sinn. So was weiß man einfach plötzlich. Puff! Und du bist dir sonnenklar, dass jemand zu so etwas fähig ist!« Frauke bemerkte meinen angespannten Blick hinüber zur Tür. »Wo schaust du hin? Ach, du liebes bisschen, ist sie das? Oh, Michelin, sorry, das hatte ich doch glatt ganz … ich mein, ich hab's nicht vergessen. Es war nur vorübergehend außerhalb meiner …«

»Krieg dich wieder ein«, beruhigte ich sie. »Nicht du bist wegen ihr hier, sondern ich. Ist doch so, oder? Aber jetzt sag mal selbst: Ist sie nicht einfach wundervoll?«

Frauke wagte einige sehr lange, intensive Blicke. Auf ihrem Gesicht zeichnete sich eine Mischung aus wohlwollender Anerkennung und verzagtem Unverständnis ab.

»Sehr hübsch. Sehr attraktiv. Sehr … jung«, sagte sie, zwar ganz richtig, aber nicht unbedingt zu meiner vollsten Zufriedenheit.

Ich knuffte sie in die Seite.

»Und gut, dass du jetzt von Pe erlöst bist. Dann kann ich jetzt endlich mal einen Versuch starten.« Zitterte meine Stimme da etwa ein wenig?

Frauke nickte aufmunternd und sah sich vorsichtig in Richtung Wand um, wo vor einer halben Stunde noch flirtversessen IHRE Busenfreundin gelehnt hatte. Wahrscheinlich befürchtete Frauke, nun doch, wo ich sie allein ließ, zum Opfer zu werden. Ich wollte ihr gerade mitteilen, dass ihre Interessentin und meine Interessante sich gut kannten, als Frauke, die über meine Schulter sah, mich anstieß: »Sie geht.«

Ich fuhr herum, dass meine Krücken wackelten.

»Was? Wohin?«

»Da vorn. Ich glaube, sie will zur Theke.«

»Das ist eine gute Gelegenheit!«, machte ich mir selber Mut. Und plötzlich sehnte ich mich nach Jackie, die es wie keine andere verstand, in solchen Situationen Adrenalin zu puschen. Warum war sie nicht da? Es sah so aus, als müsse ich diese Geschichte auf ganz ungewohnte, einsame Art bestehen. »Ich tu es jetzt einfach!«

Los ging es!

Frauen sind die sanfteren Menschen. Sie sind hilfsbereit und freundlich. Wo immer Krankheit und Schwäche sich ihren Weg sucht, räumen Frauen alle Steine fort. Leider scheint dieses Vorurteil nicht für die Konfrontation zwischen Lesben und einer Gehbehinderten samt Krücken zu gelten. Ich hatte alle Mühe, mich mit zuerst noch höflichen, jedoch bald gebrüllten »Darf ich mal durch!« Meter für Meter in Richtung Theke zu schieben. Immer wieder sah ich auf und direkt auf den dunklen Hinterkopf.

Ich brauchte leider etwas zu lange. Die günstige Situation, nebeneinander an der Theke zu stehen, sich, seufzend über den lahmen Service, zuzulächeln und dann überraschend ihr Getränk mitzuzahlen, verging ungenutzt. Ich kam erst an, als SIE gerade das Wechselgeld entgegennahm.

Als SIE sich mit ihrem Getränk in der Hand umdrehte, stand ich genau hinter ihr. Es war eng hier. Von hinten schoben sich weitere Durstige heran. Sie balancierte ihr Glas über meinem Kopf, sah an mir herunter auf meinen bandagierten Fuß und lächelte mich für einen winzigen Augenblick entschuldigend an. Ah!

Dann war sie schon an mir vorüber. Sie ging aber nicht zu ihrem ursprünglichen Platz zurück, sondern verharrte am

Rande der Tanzfläche, um sich das heutige Angebot anzuschauen. Sie sah freundlich und aufgeschlossen aus, aber sie wirkte viel zu ruhig, als dass etwas dort sie hätte brennend interessieren können.

Ich humpelte neben sie, stützte mich auf einer meiner Krücken ab, klemmte mir die andere unter die Achsel und fingerte in der Innentasche meines sorgfältig ausgewählten Gehrocks herum. Mein Herz klopfte so laut, dass ich dachte, sie müsse es trotz des Krachs um uns herum hören.

Ich beugte mich ein wenig zu ihr. Um ihr nicht zu nahe zu treten, behielt ich aber einen korrekten Abstand. Dieses Spielchen zwischen höflicher Distanz und der Ahnung von intimer Nähe hatte ich in vielen Schwofnächten geübt und scheinbar selbst auf der Alm noch nicht verlernt.

»Hast du Feuer für mich?«, fragte ich sie. Sie wandte sich mir zu und sah mich wieder für einen kurzen Moment an. Und ich hatte das Gefühl, alle meine Sinne seien plötzlich ganz und gar ausschließlich auf sie gerichtet. Meine Ohren verschlossen sich jedem Getöse. Meine Haut richtete die feinen Härchen auf, über die ihre Nähe wie Elektrizität hinwegstrich. Ihr dunkler Blick traf mich genau zwischen meine Augen. Und die konnten plötzlich gar nichts anderes mehr fokussieren als ihr Gesicht. So nah war sie bestimmt noch schöner als von weitem. Ich spürte, wie meine Knie weich wurden.

Sie stutzte einen Augenblick, griff dann in ihre Hosentasche und zog ein silbernes Feuerzeug hervor. Natürlich erwartete sie jetzt eine Zigarette. Doch stattdessen hielt ich ihr eine Wunderkerze hin. Ihre schwarzen Augen rundeten sich für einen Moment, doch dann wurden sie schmal und klein, als sie mich überrascht anlachte. In dieser Sekunde wusste ich, dass ich gewonnen hatte. Ich hatte es gewusst: Sie mochte spinnerte Individualistinnen!

Sie entzündete den Feuerstein, ihre Hand zitterte ein wenig dabei. Vielleicht war sie noch nicht oft angesprochen worden. Ich hielt die Wunderkerze in die Flamme, und gemeinsam sahen wir zu, wie der Funkenregen unserer ersten Begegnung einen ganz besonderen Zauber verlieh. Mir wurde direkt ein wenig feierlich zumute.

Ein paar Frauen, die um uns herumstanden, sahen auch zu, lachten und machten witzige Bemerkungen. Mein Gegenüber registrierte mit leicht nervösem Wohlgefallen die Aufmerksamkeit, die wir erregten, und lächelte immer noch, als die Wunderkerze schließlich erloschen war.

Ein paar Sekunden war es still.

Selbstverständlich war es nicht wirklich still. Die Musik dröhnte weiterhin gegen mein Zwerchfell, und sechshundert Frauen quasselten immer noch durcheinander. Doch für mich war dort eine Stille zwischen uns, die auch mich lächeln ließ.

»Und? Hast du dir etwas gewünscht?«, fragte sie dann. Ich konnte ihr Parfüm riechen, als sie sich zu mir beugte. Das Bild von weißen Blüten tauchte vor meinem geistigen Auge auf. Es war nur ein Hauch von Duft, und er zog so schnell vorüber, dass ich fast den Kopf gedreht hätte, um hinterherzuschnüffeln.

»Hab ich. Aber es ist gar nicht so leicht zu erfüllen«, antwortete ich ihr.

»Verrätst du es mir?«

»Ich habe mir gewünscht, heute Abend eine wirklich nette Bekanntschaft zumachen.«

»Das ist ein ziemlich gemeiner Trick«, meinte sie augenzwinkernd. »Ich könnte mich jetzt dafür verantwortlich fühlen, dass du nicht enttäuscht wirst.«

Sie zeigte mir beim Lächeln ihre weißen Zähne. Zwischen den oberen Schneidezähnen war eine winzige, verwirrende

Zahnlücke zu sehen. Verwirrend deshalb, weil ich bisher der Meinung gewesen war, derartige Zahnfehler müssten sich negativ auf das Gesamtbild auswirken. Jetzt wurde ich allerdings eines Besseren belehrt. Ab dem heutigen Abend würde ich kleine Zahnlücken einfach sexy finden.

So standen wir nebeneinander, sahen auf die Tanzfläche, und hin und wieder, wenn sie ihre Haare hinters Ohr strich, glitt ihr Blick über mein Gesicht. Manchmal ließ ich sie einfach nur schauen, mich in Ruhe angucken und kennenlernen. Manchmal erwiderte ich diesen Blick. Ihre Kirschaugen glänzten. Es ging ein Funkenregen nieder zwischen uns – als hätte jemand gleich zwei große Wunderkerzen entzündet.

»Gehst du öfter zum Schwof?«, fragte sie schließlich. Ich nahm an, sie ertrug die Stille zwischen uns nicht länger. »Ich kenne dich irgendwoher.«

Dieser Zusatz brachte mich in Verlegenheit. Ich erröte selten, aber jetzt spürte ich, wie mir die Hitze über die Ohren floss. So unauffällig war meine Beschattung neulich Abend wohl doch nicht gewesen.

»Früher sehr häufig. In letzter Zeit nicht mehr, nein. Ich hatte eine Weile eine ziemlich hinderliche Allergie gegen Zigarettenrauch.«

»Oh«, machte sie und steckte die gerade hervorgekramte Packung rasch wieder in den Bund ihrer Hose zurück. Ich sah es und wertete es als Pluspunkt. Es schien ihr etwas daran zu liegen, mich nicht gleich wieder zu vergraulen. »Wie unangenehm. Ich komme jetzt eigentlich ziemlich regelmäßig her. Na ja, noch nicht so wahnsinnig lange. Früher bin ich an der Kasse immer abgeblitzt, weil ich zu jung war.«

War das vielleicht ein Versuch, mir durch die Blume mitzuteilen, dass sie mich entschieden zu alt für eine Schwofbekanntschaft hielt?

»Das ist das Schicksal, das viele Lesben teilen«, seufzte ich. »Wir sehen einfach so wahnsinnig jung aus.«

Göttin sei Dank. Sie lachte.

»Ich bin übrigens Michelin.«

»Ungewöhnlicher Name. Ich heiße Lena.«

Lena. Lena Rose. Ich schmolz bereits dahin.

»Bist du allein hier?«, wollte Lena wissen.

»Oh nein, ich bin mit einer Freundin hier. Sie steht da hinten.« Ich schaute zurück, doch ich konnte Frauke nur im Anschnitt sehen, da sie sich fast hinter eine Säule geschoben hatte. Sie sah zur Seite und lächelte nervös, dann sagte sie etwas zu einer Frau, die leider für meine Augen hinter dem Betonpfeiler verborgen blieb.

»Mist!«, entfuhr es mir.

»Wie?« Lena folgte meinem Blick.

Ich sah sie kurzentschlossen an. »Magst du mitkommen? Ich hab sie dummerweise allein da stehen lassen, und ich fürchte, jetzt muss sie sich gerade irgendjemanden vom Hals halten. Sie hasst solche Situationen.«

Lena sah mich mit einem Blick an, in dem ich sowohl Zögern als auch Neugierde lesen konnte. Ich schickte ein kleines Stoßgebet zum Himmel, damit sich unsere Wege hier nicht bereits wieder trennen würden.

»Warum nicht?«, sagte sie lächelnd.

Ich humpelte vor ihr her und konnte es nicht fassen, dass sie mir tatsächlich folgte. Ich wusste, dass ich die richtige Wahl getroffen hatte. Oder besser: Die Wahl hatte mich richtig getroffen.

Frauke nahm uns erst wahr, als ich den Gummipfropfen meiner rechten Krücke auf ihrem linken Fuß abstellte. Ihr Gesicht war leicht gerötet, und ihre Augen blitzten vor Aufregung viele kleine elektromagnetische Impulse. Neben Frauke stand Lenas Freundin. Lena grinste still amüsiert von einem Ohr zum anderen. Ich dachte daran, dass ich gesagt hatte, Frauke müsse sich irgendjemanden »vom Hals halten« …

»Hi. Nancy«, stellte diese sich vor.

Ich nannte meinen Namen und Lena zu Frauke gewandt ihren und Frauke zu Lena gewandt ihren. Dann lachten wir alle lange und grundlos.

Nancy wechselte erfreulicherweise die Seite, sodass nun Lena zwischen ihr und mir eingeklemmt war und Frauke an meiner rechten Seite wieder aufatmen konnte.

Die beiden Freundinnen tauschten einige lange Sätze von Ohr zu Ohr, ohne dabei den Anschein von Heimlichkeiten zu wecken oder gar den Verdacht, sie würden über uns reden.

Frauke beugte sich zu mir und wisperte: »Ich habe ihr gleich gesagt, dass ich dreißig bin, aber das hat sie überhaupt nicht abgeschreckt. Sie ist neunzehn, Michelin! Neunzehn!«

Ich war schockiert.

»Was erzählst du hier dein Alter rum? Was ist, wenn sie das gleich weiterplaudert und Lena Schlüsse auf mich zieht? Und das mir! Wo mir doch immer alle sagen, dass ich noch aussehe wie sechsundzwanzig.«

Frauke staunte nicht schlecht.

In dem Augenblick drehte Lena sich wieder herum, und Nancy machte ein paar Schritte nach vorn, sodass wir ein richtiges kleines Grüppchen bildeten.

Ich dachte in diesem Augenblick nicht mehr daran, welche Vorstellungen eines romantischen Zusammenseins ich normalerweise propagierte. Die erste Begegnung am Waldrand, während gerade hinter den Bergen die Sonne untergeht und der Mond heraufzieht. Nein, daran dachte ich nicht in diesen ersten Minuten. Ich war ganz dort, wo ich war, inmitten einer Masse von gestylten Frauen, die einander umarmten, liebkosten, belächelten. Der Rhythmus der Musik gab meinem Herzen den Takt vor, und das war reichlich schnell. Adrenalin strömte durch meine Adern, und ich fühlte, wie ich wieder zu strahlen begann. Wenn dies hier die Welt war, die Lena sich zu eigen machen wollte, die sie fesselte und animierte, dann war auch ich bereit, hier wieder Einzug zu halten. Ich konnte den alten Zauber wieder spüren, konnte Farben auf grauem Beton sehen und knisternde Spannung durch den Raum pulsieren spüren.

»Nancy und ich gehen meistens zusammen zum Schwof«, erklärte Lena. »Aber neulich war ich mal allein unterwegs. Ich sage euch, das war wie eine vollkommen neue Erfahrung. Ich hatte die ganze Zeit das Gefühl, beobachtet zu werden.«

Frauke erstarrte, und ich lächelte Lena an: »Ja, das Gefühl kenne ich.« Sie brauchte jetzt wahrlich noch nicht zu wissen, dass ihr Gefühl sie nicht getrogen hatte.

»Wir sind allerbeste Freundinnen!«, erklärte Nancy ungefragt und grinste dann Frauke derart auffordernd an, daß selbst ich ein wenig nervös wurde. Die arme Frauke! Was musste sie jetzt durchstehen? So offensichtlich hochinteressiert beäugt zu werden!

Nancy war eine von jenen Frauen, die wohl auch in zehn Jahren noch als Girlie durchgehen würden. Sie wirkte so cool und abgeklärt, und ich redete mir ein, dass Lena einen viel reiferen Eindruck machte. Ich war überzeugt, dass die beiden Freundinnen im Grunde recht unterschiedlich seien: Lena war vielleicht ein wenig unruhig, Nancy dagegen war zappelig. Lena flirtete ein wenig, Nancy dagegen provozierte. Was ich an Nancy am sympathischsten fand, war ihre Art, sich kurz zu Lena hinüberzubeugen, ihr etwas ins Ohr zu raunen und sie damit zu einem herzhaften Lachen zu animieren. Ja, das mochte ich an Nancy wirklich sehr.

So standen wir beieinander und machten uns gewiss – jede für sich – unsere ganz speziellen Gedanken. Wie gern hätte ich die der anderen erraten! Die anfangs etwas schleppende Unterhaltung kam langsam in Gang. Auch wenn es wegen der lauten Musik und den vielen drängelnden Frauen schwierig war, schafften wir es, ein anständiges Gespräch zustande zu bringen. Wir? Nun ja, es war ein faszinierendes Phänomen, aber ich entwickelte das Gefühl, Scheuklappen zu tragen. Meine Welt wurde immer enger, sie zog sich um Lena herum zusammen. Und wenn ich nun ›wir‹ dachte, meinte ich sie und mich. Frauke und Nancy standen neben uns wie Anstandsdamen. Natürlich sagten sie hin und wieder etwas. Natürlich antworteten wir. Doch diese Situation war mehr als ein Small Talk im Grüppchen. In Wahrheit entstand hier, inmitten des Krachs und der Hektik, ein erster und vorsichtiger Dialog zwischen uns, zwischen Lena und mir. Wir bewegten uns vorwärts wie Seiltänzerinnen, balancierten auf einem feinen, steilen Grad aufeinander zu. Vom Stichwort »Technogezappel« kamen wir zum »Musikunterricht« und schließlich zum »Saxophon«. Und da sagte Lena, sie spiele es »ganz gut«. Sie hatte sogar mal für kurze Zeit in einer Band gespielt. Aber die Gründerin und Sängerin der Gruppe fühlte sich zu sehr dominiert von den eindringlichen, klagenden Tönen dieses Blasinstrumentes.

»Außerdem dachte sie, ich sei auf ihren Typen scharf. Die hat das irgendwie nicht begreifen können, dass ich nicht auf Männer stehe«, sagte Lena und zuckte mit den Achseln. Doch ich sah ihre leicht flatternden Lider, als sie jetzt zur Tanzfläche hinübersah. Ob es sie verletzt hatte, von der Band wieder rausgeworfen zu werden?

Wie unglaublich schön sie war und wie jung und so unberührt von all jenen Erfahrungen der Jahre, an denen unsereins bereits »gereift« war.

Ihr frisches Lachen rührte mich und klang tief in mir nach, als hätte sie eine Saite in mir zum Schwingen gebracht.

Plötzlich nahm ich wahr, dass rechts neben mir jemand stand und mich penetrant anstarrte.

Ich wandte mich um. Es war Pe. Und Pe bedeutete meiner Erfahrung nach, die sich aus persönlichen Begegnungen und Erzählungen von Frederike zusammensetzte, immer Ärger.

»Hallo«, sagte ich gut erzogen und sah wieder weg.

»Hi, Michelin.«

Schweigen. Pe sah von mir zu Frauke und zurück. Ich konnte aus dem Augenwinkel das süffisante Grinsen sehen, das um ihre Mundwinkel spielte. Selbstverständlich musste ihr nun Fraukes Auftritt vorhin in einem komplett neuen Licht erscheinen. Ihre Unsicherheit darüber äußerte sich mal wieder in Überheblichkeit.

»Frederike heute nicht hier?«

»Nein.«

»Kommt auch nicht mehr?«

»Nein.«

»Würdest mir auch nicht sagen, wo ich sie heute finden kann?«

»Nein.«

»Dacht ich mir.«

Ich nahm einen Schluck aus meinem Glas. Frauke war an meiner Seite zu einer Salzsäule erstarrt.

»Es ist ziemlich wichtig. Ich bräuchte ihre Telefonnummer.«

»Die sollte sie dir selber geben.« Auf eben jene Freundin Frederikes, die Pe diese geheime Telefonnummer geben würde, war ein Kopfgeld ausgesetzt.

»Hab gehört, das zweite Buch kommt bald raus.«

»Möglich.«

»Ich bin wirklich gespannt darauf.«

»Es gibt viel zu lachen.«

Pes Augen verengten sich zu schmalen Schlitzen. Doch dann entschied sie wohl, dass dieses Gespräch sie nicht weiterbringen würde, und sie wandte sich zum Gehen.

»Nette Freundinnen hast du neuerdings«, konnte Pe sich nicht verkneifen und schritt würdevoll dorthin zurück, von wo sie gekommen war. Vielleicht ins Land, in dem der Pfeffer wächst?

Frauke ließ keuchend Luft ab.

»Na, das war ja eine echte Flirtkanone«, bemerkte Lena mit hochgezogener rechter Augenbraue.

»Keine engere Bekannte«, stellte ich klar, denn dafür hätte es keine Entschuldigung gegeben.

»Sie wirkte irgendwie … sauer.«

Ich lachte. Ich mochte Lenas Humor, den sie in der letzten halben Stunde schon mehrmals unter Beweis gestellt hatte. Diese trockene Art, Dinge auf den Punkt zu bringen.

»Eine dumme Geschichte. Eine Freundin von uns hat ein Buch geschrieben, und Pe glaubt, darin vorzukommen«, erklärte ich spärlich und hoffte, damit nicht zu viel zu sagen und gleichzeitig nicht unhöflich zu scheinen.

»Was du nicht sagst«, schaltete Nancy sich ein. »War das nicht diese Frau, die vorhin mit euch hier stand? Diese Schriftstellerin … wie heißt sie noch gleich?«

»Du meinst Frederike!«, erwiderte Frauke lässig und kippte ihre Hüfte in die Contrapost-Stellung, wie ich sie von alten griechischen Statuen kannte.

»Genau! Frederike!«, echote Nancy. »Ich hab ihr Buch gelesen. Kommst du etwa auch drin vor?« Damit meinte sie Frauke.

Ich musste laut lachen. Frauke wirkte so hilflos, wie sie da

Nancys überschäumendes Flirten zurückzuballern versuchte, im Glauben, das gehöre hier zum guten Ton.

»Hör bloß auf! Die arme Frauke kommt sonst noch ganz durcheinander«, wollte ich meiner Freundin aus der Patsche helfen. »Ihr Lebensgefährte ist mein bester Freund. Aber hin und wieder tanzen wir gemeinsam auch mal auf dem Schwof ab.«

Frauke bekam einen Feuermelderkopf und stammelte: »Genau. Die Atmosphäre ist so … so locker, irgendwie.«

Lena schmunzelte, doch Nancy nickte ernsthaft, wobei sie ihre Enttäuschung gar nicht zu verbergen versuchte.

»He, geiles Lied, kommst du mit tanzen?« Lena zog Nancy mit sich fort.

Frauke fuhr zu mir herum. »Bist du verrückt geworden? Wie kannst du einfach von Lothar anfangen? Du hast mich bis auf die Knochen blamiert!«

Ich war eingeschnappt. »Ich wollte dir nur helfen. Ich dachte, es kann auf keinen Fall schaden, wenn die Damen wissen, dass sie bei dir nicht landen können.«

Frauke fuchtelte wild in der Luft herum.

»Aber so haben sie bestimmt gedacht, ich sei eine Voyeurin oder eine, die sich hin und wieder mal ein Bonbon für die Samstagnacht abholen will!« Das hatte Christine neulich über Tatjana Grünapfel gesagt. Der Satz musste bei Frauke Wirkung hinterlassen haben.

Ich zuckte die Achseln und überließ meine Freundin ihren dumpfen Brütereien, wie sie den eben gebotenen Eindruck nun wieder wettmachen könne.

Es missbehagte mir, dass Lena und Nancy so davongestürmt waren. Vielleicht hatte Pes Erscheinen sie erschreckt. Manche Bekannte laufen nicht unbedingt Werbung für diejenigen, die von ihnen angesprochen werden. Oder aber dieser spontane Aufbruch zum Tanz war ein geheimes Zeichen, mit dessen Hilfe sie sich üblicherweise aus der Umklammerung entflammter Dreißigjähriger befreiten.

Meine Geduld wurde nicht lange auf die Probe gestellt, denn schon als das Lied verklang und das nächste begann, erschienen die beiden erhitzt wieder bei uns.

»Dass sie nicht mal 'ne Weile bei guter Musik bleiben können«, beschwerte sich Lena. »Immer diese ollen Kamellen.«

Ich freute mich, dass sie wie selbstverständlich zu uns zurückgekehrt waren. Und fortan blieb ich wie festgewachsen auf dieser Stelle stehen. Denn jedes Mal, wenn Lena und Nancy zum Tanzen gingen und Frauke mal wieder verneint hatte, um »mich nicht allein hier warten zu lassen«, kamen die beiden anschließend wieder zu uns. Es hätte sich nicht erfreulicher entwickeln können.

Als sich das Spielchen dreimal wiederholt hatte, wurde ich ruhig.

Endlich konnte ich Lena ohne minütlich wachsende Nervosität beim Tanzen zusehen, konnte ihre Bewegungen genießen und ihren Anblick wie einen Strom Honig in mich hineinsaugen. Sie schwenkte beim Tanzen ihre Arme seitwärts wie eine Tempeltänzerin, die Schlangen beschwören will. Kein Wunder, dass ich mich wie hypnotisiert fühlte.

Zwischen den Tanzeinlagen sprengten wir hin und wieder die Gepflogenheiten der Gruppe und unterhielten uns pärchenweise. Ich erfuhr von Lena, welche Lieder sie mochte und welche überhaupt nicht und warum. Das war schon fast eine kleine Wissenschaft für eine Musiklaiin wie mich. Sie erzählte, dass sie vorgehabt hatte, Musik zu studieren. Doch die Zukunftsaussichten einer mittelmäßig begabten Saxophonspielerin hätten sie von dieser Idee abgebracht. Architektur studierte sie jetzt stattdessen, und ich konnte mein

Glück kaum fassen. Ich hatte schon immer eine Schwäche für Frauen, die in Ingenieursberufen tätig waren. Und was konnte es Wunderbareres geben als eine Frau, die für andere ein Heim erschuf?

Als Lena berichtete, dass sie die Fernsehserie *Ally McBeal* liebte, obwohl sie es als manchmal doch enttäuschende Alternative zu *Ellen* empfand, erwähnte Frauke unseren Beruf. Und das schlug ein wie eine Bombe! Fragen über Fragen. Ich verheimlichte meine grundsätzliche Aversion gegen das Medium Fernsehen, erzählte witzige Anekdoten, und Lena lachte. Frauke lachte auch. Und in einem heimlichen Augenblick beugte sie sich zu mir und meinte, immer noch glucksend: »Alle Achtung, Michelin! Du machst auch aus unserem miesesten Fall eine tolle Geschichte.«

Kurze Zeit später griff die Aufbruchsstimmung um sich. Erst da merkte ich, dass es um uns herum schon recht leer geworden war. Nur vereinzelt standen noch Pärchen oder Grüppchen beieinander, knutschten oder unterhielten sich etwas angeheitert.

Noch nie war eine Schwofnacht so schnell vorübergegangen.

»Tja, dann werden wir mal. Tschüss dann«, sagte Lena und sah mich zögernd an.

Dass sie ein klein wenig schüchtern war, hatte ich inzwischen gemerkt. Zu schüchtern, um nach einer Verabredung zu fragen? Also genauso schüchtern, wie ich mich plötzlich fühlte?!

Ich sah es Frauke an, dass die es nicht fassen konnte, wie ich Lenas endgültigen Aufbruch vollkommen hilflos einfach so geschehen lassen konnte. Nun hatte ich es bereits so weit geschafft und scheiterte an der ersten Hürde zu allem weiteren…

»Ach, Michelin?!«, Lena wandte sich noch einmal um, während Nancy bereits zur Tür hinausstrebte.

»Ja?«

»Du hast nicht vielleicht am Donnerstag Zeit?«

»Donnerstagabend?«, krächzte ich.

»Was hältst du von Kino oder dem ›Sentimental‹? So um acht? Du könntest bei mir vorbeikommen, und wir ziehen dann zusammen los.« Lenas Augen schwammen vor mir, einzig sichtbar und bedeutungsvoll in einem Meer aus Unwichtigkeiten.

»Gut.« Ich räusperte mich. »Machen wir es so. Um acht bei dir.«

Sie winkte noch einmal und wurde von der Tür verschluckt.

In der nächsten Sekunde wurde es taghell im Discoraum. Die Musik verstummte. Hinten begannen zwei Frauen, den Boden zu fegen. Der Zauber war vorüber.

Frauke wedelte sich Luft zu.

»Das war knapp!«, kommentierte sie meine Handlungsunfähigkeit.

»Alles Taktik«, hielt ich dagegen. »So hatte sie die Gelegenheit, auch aktiv zu werden.«

Frauke hauchte einen kleinen Rülpser in die stickige Schwüle hinaus. »Tschuldigung. Zu viel alkoholfreies Bier.«

Ich humpelte auf meinen Krücken zum Ausgang, und wir gingen in gemächlichem Tempo zum Parkplatz hinüber. Frauke hatte zwar vorgeschlagen, den Wagen herzuholen, aber ich freute mich an diesem kleinen Spaziergang in der frischen Nachtluft.

Immer noch war ich eingehüllt in einen türkisgrünen hauchdünnen Schleier, der weich meine Haut streichelte und zart duftete. Im Geiste kuschelte ich mich hinein und flüsterte den Namen des Glücks: »Lena.«

»Bitte?«, fragte Frauke.

»Nichts.«

»Ich wette, diese Pe ist es gewesen. Sie war so arrogant und distanziert. Als hätte sie etwas zu verbergen. Was meinst du, Michelin?«

»Frauke, ich sag dir was: Es ehrt dich wirklich zutiefst, dass dich der Fall um Frederikes Manuskript derart beschäftigt. Aber wenn du erlaubst, ich habe gerade etwas ganz anderes im Kopf!«

»Du meinst, wenn du verknallt bist, kannst du an gar nichts anderes denken als an eben jene?«

Warum mussten Heten immer so pragmatisch sein? Wäre Jackie in unserer Begleitung gewesen, würde sie jetzt ohne Unterbrechung schnattern, Sätze aus Lenas Mund wiederholen, ihre Vorzüge preisen und eventuell aufkeimende Bedenken rundheraus zerschlagen. Klar konnte das manchmal nerven. Wenn ich auf der Alm weilte, nervte mich so etwas wie Jackies Flirteuphorie immer ungemein. Aber in den letzten Minuten war mir klar geworden, dass ihre überschäumende, rundherum bejahende Art, mit Liebesdingen umzugehen, auch durchaus Vorteile haben konnte.

»Ich bin betört. Ich bin verzaubert. Sie ist alles, ach was, sie ist *mehr*, als ich mir je erträumt habe«, gab ich mir in Ermangelung Jackies selber den notwendigen Kick.

»Arg jung ist sie aber schon«, wandte Frauke mit unverdorbener Klarsicht ein. Doch jetzt gerade war ich nicht zur Scheibenwischermentalität aufgelegt. Ich wollte nicht, dass sie mir etwas verdeutlichte, wo doch diese leicht verschwommene Wahrnehmung so angenehm war.

»Ich fand sie für eine Neunzehnjährige ungeheuer geistvoll und unterhaltsam. Ich meine, sie konnte in ganzen Sätzen sprechen. Und sie hat nicht diesen schrecklichen Witz über meinen Namen gemacht, du weißt schon: ›Michelin Schwarz – ah, ein ganz heißer Reifen, wie?‹ Sie war zwar etwas schüchtern, hat sich aber nicht wie ein kleines Schulmädchen benommen, sondern wie eine erwachsene … Frau«, hauchte ich das letzte Wort, etwas benommen von meiner eigenen Lobeshymne.

»Ich fand, sie war überhaupt nicht schüchtern«, stellte Frauke in einem Ton fest, dem nicht zu entnehmen war, ob sie das gut oder schlecht fand. »Also, ich in dem Alter, ich wäre in den Boden versunken, wenn mich eine ältere Frau angesprochen hätte und …«

»Schweig! Das mit der älteren Frau vergessen wir jetzt ganz schnell wieder, okay?! Tatsache ist, dass sie sich in keinster Weise davon abgestoßen gezeigt hat, dass ich Interesse an ihr bekundet habe. Im Gegenteil, vergiss nicht: Ich habe eine Verabredung!«

Ja, das hatte ich. Und Frauke würde mir diese Sensation noch ganz vermiesen mit ihren Sprüchen. An ihrer verstandesorientierten Reaktion erkannte man deutlich, dass sie lesbenszeneunerfahren war. Natürlich kannte sie die obligatorischen Schwofregeln nicht. Sie wusste nicht, dass nach einer solchen Tanzveranstaltung, die doch so viel mehr war, das gerade Erlebte unbedingt wiedergekäut werden musste. In an Hysterie grenzender Euphorie mussten die Vorzüge der neusten Flamme genauestens beleuchtet werden. Für den Sturz in den Abgrund, das heißt den unbeugsamen Blick auf die Realität, war dann der Sonntagmorgen da.

Frauke nickte nachdenklich. »Scheinbar lohnt es sich doch, wenn man selbstbewusst auf ein Ziel hinsteuert und es konsequent nicht aus den Augen lässt. Da rückt Unmögliches plötzlich in den Rahmen des immerhin Wahrscheinlichen und …«

»Du wirst schon wieder taktlos!«, erinnerte ich sie. »Unmögliches? Was sind heutzutage schon zehn Jahre Altersunterschied? Pah. Dreißig oder vierzig Jahre, das wäre ein Grund, um beunruhigt zu sein. Aber zehn?«

»Diese Sachen, die sie übers Saxophonspielen gesagt hat, die fand ich richtig gut.« Frauke gab sich endlich geschlagen und stimmte in meinen Lobgesang ein. »Diese Sinnlichkeit aus dem Bauch heraus. Das gefällt mir auch immer so sehr daran. Wenn sie so gut spielt, wie ich glaube, kannst du dich ja auf eine nette Soloeinlage gefasst machen.«

So gefiel mir die Unterhaltung schon besser.

»Na, im Kino oder im ›Sentimental‹ oder wo immer wir hingehen werden, wenn ich sie abgeholt habe, wird das ja kaum möglich sein. Aber ich habe im Gefühl, dass das nicht unsere einzige Verabredung bleiben wird. Ich habe ein gutes Gespür für so was, Frauke. Damals bei Ellen wusste ich auch sofort, dass wir einmal eine enge Bindung zueinander eingehen werden.«

»Aber weißt du was, Michelin?!« Frauke blieb stehen und fasste mich am Arm.

»Was denn?«

»Sie hat ganz vergessen, dir ihre Adresse zu geben«, sagte meine liebe Freundin.

4. Kapitel

Der Apfel fällt nicht weit vom Stamm

Unnötig zu erwähnen, dass mein Realitätskater am Sonntagmorgen von grauenhaftem Ausmaß war. Ich wälzte mich durchs Bett, erlebte in Gedanken immer wieder die unterschiedlichsten Situationen des vergangenen Abends und fand demütigend viele Hinweise darauf, dass zwischen Lena und mir elf Jahre lagen.

Ihre Euphorie für die Szene, die sie zwar zu verbergen suchte, die aber aus ihren glänzenden Augen nur so herausblitzte, rumorte wie ein Kilo Kohl in meinen Eingeweiden herum. Das war nicht gut.

Und dann die schlichte, aber möglicherweise durchaus sprechende Tatsache, dass Lena zwar eine Verabredung angeboten, dann jedoch das Wichtigste vergessen hatte: mir ihren kompletten Namen und ihre Adresse zu nennen. War das nur eine Gedankenlosigkeit, die eine kopflose, weil hoffentlich frisch verknallte Neunzehnjährige noch auf der Heimfahrt vom Schwof bemerkte und die ihr seitdem schlaflose Nächte bereitete – weil sie selbst ja auch keine Möglichkeit hatte, mich über ihre bedauerliche Unterlassung zu informieren? Als ich Ellen davon erzählte, sah die mich nur mit hochgezogenen hellblonden Brauen skeptisch an und kommentierte meine Ratlosigkeit mit: »Ganz schön clever, die Kleine.«

Und für mich blieb nichts anderes übrig, als entweder brav abzuwarten, ob wir uns durch Zufall wiedertreffen würden, oder aber sie mit meinem geheimen und sicherlich überraschenden Wissen über sie zu konfrontieren.

Bis Donnerstagabend hatte ich mich zu der Annahme durchgerungen, Lena sei schlicht in dem Glauben, sie habe mir die notwendigen Angaben gemacht. Und so ließ ich mich von einer mürrischen Jackie zur Herzoginnenstraße chauffieren.

Jackie meckerte die ganze Fahrt über alles, was sich vor uns auf der Straße ihrer Meinung nach entweder zu schnell oder zu langsam bewegte. Es war einer der seltenen Tage, an denen sie so richtig schlecht drauf war. Ihr Blind Date am Samstag war ein echter Reinfall gewesen, und Jackie konnte es nicht ausstehen, für Reinfälle einen Schwof sausen zu lassen. Fortan kämen derartige Verabredungen am Samstagabend nicht mehr in Frage.

»Soll ich warten? Für den Fall, dass sie nicht da ist«, neckte sie mich, als sie vor dem Haus hielt. Aber sie meinte es natürlich nicht ernst, denn ihre angekratzte Laune gründete unter anderem darauf, dass sie es satt hatte, allein zu sein und mich bereits vor ihrem geistigen Auge in eine glückliche Beziehung eintauchen sah. Immerhin hatte sie einen zukunftsweisenden Traum gehabt. Und daher glaubte niemand so sehr an Lena und mich wie Jackie, nicht mal ich selbst.

»Drück mir jetzt gefälligst die Daumen!«, befahl ich ihr. »Und schick mir ein paar von diesen spirituellen Energien, mit denen du sonst immer um dich wirfst. Ich möchte herausfinden, was genau ich eigentlich von dieser Frau will und ob das machbar ist.«

»Positives Denken!«, erinnerte Jackie mich und zeigte mir ihr strahlendstes Lächeln. »Es liegt alles in deiner eigenen Hand.«

Ich krückte über die Straße und fand die Haustür leicht

angelehnt. Das wertete ich als gutes Zeichen, winkte Jackie noch einmal zu und ging hinein. Ich hörte den Motor des Wagens starten und die Straße hinunter sich entfernen.

Die zwei Stockwerke waren mit den Krücken nicht so einfach zu bewältigen. Deswegen atmete ich erst einmal tief durch, als ich oben angekommen war. Dann drückte ich auf den Klingelknopf.

Auf mein Schellen hin tat sich zunächst nichts. Ich sah noch einmal auf die Uhr. Es war genau acht. Ich war mehr als pünktlich. Lena könnte demnächst ihre digitale Uhr nach mir stellen.

Ich schellte noch einmal.

Diesmal näherten sich drinnen eilige Schritte der Tür. Ich war innerhalb eines Bruchteils von einer Sekunde derart beflügelt, dass mein Herz zu rasen begann. Sie beeilte sich, mir zu öffnen. Sie beeilte sich. Sie ...

Die Tür wurde aufgerissen: »Kannst du nicht deinen Schlüssel benutzen? Ich hatte grad den Auflauf in der Hand ...« Und sie verstummte.

Wir starrten uns an.

»Oh, entschuldigen Sie«, sagte sie dann. »Ich dachte, es sei meine Tochter. Kann ich Ihnen helfen?«

Konnte sie mir helfen? Ja, gewiss konnte sie das. Sie konnte mir ein Glas Wasser und einen Stuhl bringen oder besser: ein Kissen für den Kopf und zwei für die Füße – zum Hochlegen.

»Kann eine Frau mit dreißig, die nur drei Monate in ihrem Leben die Pille genommen hat, einen Herzinfarkt bekommen?«, hörte ich mich zu meinem eigenen Entsetzen fragen.

Sie schaute konsterniert. »Ist das eine dieser Umfragen, bei denen ich was gewinnen kann, wenn ich die Antwort weiß?«

»Oh nein, nein. Ich ... entschuldigen Sie, ich habe nur laut gedacht. Ich wollte sagen: Ich wollte eigentlich zu Lena. Wir sind verabredet.«

Ich konnte sehen, wie in ihrem Gesicht die Jalousie runtergelassen wurde. *Sssssssrrt!* machte es, und die Schublade mit der Aufschrift ›Penetrante, lesbische Freundinnen meiner unschuldigen Tochter‹ schloss sich mit einem leisen *Klack*.

»Das ist merkwürdig«, sagte sie, wobei sie die Tür ein klein wenig wieder schloss. »Ich bin nämlich auch mit ihr verabredet.«

»Oh, etwa auch um acht?«, fragte ich, ihre unhöfliche Geste großzügig übersehend und sie unverwandt anlächelnd.

»Um acht.«

Wir sahen uns durch die halbgeöffnete Tür an.

Da ich keine Anstalten machte, mich wieder zu verabschieden, dehnte sich dieser Augenblick ungewöhnlich lang aus. Ich spürte, wie ein Kribbeln in mir heraufstieg, wie ein Nieser in der Nase. Wenn ich nichts dagegen unternahm, würde ich mit irgendeiner unangebrachten Formulierung herausplatzen.

Doch das Schicksal bewahrte mich vor dem Schlimmsten. Frau Rose hob mit einem Ruck den Kopf und sah gehetzt zurück in die Wohnung.

»Das Soufflé!«, sagte sie. Es klang fast ein bisschen geflucht. Aber natürlich ist ›Soufflé‹ kein Schimpfwort. Dann sah sie mich wieder genervt an und winkte mit der Hand. »Kommen Sie rein. Soll Lena gleich entscheiden, mit wem sie den Abend verbringen will!« Und dieser Satz ließ keinen Augenblick vermuten, dass ich diejenige welche sein könnte.

Während sie in die Küche rannte und dort am Herd herumwerkelte, von dem aus es wunderbar duftete, stand ich wie ein geprügelter Yorkshireterrier im Flur und versuchte, nicht anwesend zu sein.

Ich versuchte es beharrlich zu ignorieren, aber die Einsicht drängte sich mir regelrecht auf, dass dies die erste Situation war, in der allein Lenas Anwesenheit in meinem Leben dazu führte, dass ich mich selber wieder wie ein Teenager fühlte. Nicht nur, dass ich mich nachts schlaflos im Bett wälzte und mit weit offenen Augen von ihr träumte. Nein, unberechtigt eingedrungen in den intimen Ort des Zuhauses, der unglückseligerweise bewacht wurde von der Allmacht Mutter, erinnerte ich mich daran, wie es war, höchstens sechzehn zu sein und kaum ein Recht zu besitzen.

Ich fühlte mich gar nicht wohl in meiner Haut. Viel zu lange hatte ich es nicht mehr mit Müttern zu tun gehabt. Natürlich haben all meine Freundinnen auch Familie, allerdings mit einem recht erwachsenen Standpunkt. Frauen im Alter von Frau Rose kannte ich eigentlich gar nicht. Sie war gewiss eine von diesem unerfreulichen adlerhaften Typ, der der Meinung ist, auch volljährige Töchter müssten noch ein gewisses Maß an Kontrolle hinnehmen.

Ich tröstete mich damit, mit ihr keinen engen Kontakt pflegen zu müssen, und beschloss, das Beste aus meiner momentanen Situation zu machen: Ich konnte ja zum Beispiel die Gelegenheit nutzen und mich ein wenig umschauen. Hier wohnte Lena also. An der Garderobe hing die kurze schwarze Strickjacke, die sie sich am Samstag nach dem Schwof übergeworfen hatte. Ihr Anblick allein reichte, um mein Herz rascher schlagen zu lassen. Ich spielte einen Augenblick mit dem Gedanken, hinüberzugehen und in einem unbeobachteten Augenblick verstohlen daran zu schnuppern. Doch das Risiko, von Lenas Mutter dabei ertappt zu werden, schien mir doch zu groß. Schade.

Weiter hinten im Flur lag ein Paar peppige Turnschuhe quer im Weg. Die gehörten bestimmt auch ihr. Welches war wohl ihr Zimmer? Ich tippte auf das neben dem Badezimmer, das durch einen lustigen Aufkleber zu erkennen war. Ich spähte durch den schmalen Spalt der angelehnten Tür, konnte aber nichs erkennen.

Frau Rose hantierte in der gemütlichen Wohnküche und deckte bereits den Tisch: für zwei!

Ich wandte den Blick rasch wieder ab, als sie zu mir sah. Doch sie kam ein paar Schritte auf mich zu und blickte mich zögernd an, während sie sich die Hände an einem Geschirrtuch abwischte, dessen einen Zipfel sie sich in ihren Hosenbund gesteckt hatte.

»Sie können nicht so im Flur herumstehen«, sagte sie ratlos, als sei ich ein Möbelstück, das sich nicht am rechten Platz befand. »Kommen Sie rein. Setzen Sie sich.« Sie war knapp, aber deutlich, das musste ich ihr lassen. Ich straffte meine Schultern, um größer und selbstbewusst auszusehen, und humpelte in die Küche. Vielleicht sollte ich froh sein, von ihr nicht in Lenas Zimmer geschickt worden zu sein? Sie bot mir einen Stuhl an, aber keinen Platz am Tisch.

»Möchten Sie etwas trinken?«

»Sehr gern. Wenn Sie etwas Wasser haben?!«

Das Wasserglas wurde mir hingehalten, ohne dass ein weiteres Wort aus Frau Roses Mund fiel. Ich schaute sie an. Sie sah Lena geradezu verblüffend ähnlich. Nur dass ihre ebenfalls sehr schönen Augen hinter den langen schwarzen Wimpern grün waren. Das ergab einen sonderbaren Kontrast zu ihrem dunkelbraunen Haar, das sie mit längerem Deckhaar im Nacken kurz trug. Leider versuchte sie, ihre Augen kühl und unnahbar aussehen zu lassen, und so ganz verfehlte das nicht seine Wirkung. Also nahm ich das Glas, sagte brav »danke« und schlug ein Bein über das andere. Es war bereits Viertel nach acht.

Angela Rose konnte schweigen. Es war keines dieser verächtlichen Schweigen, wenn man einander mit Nichtachtung straft und den anderen wie Luft behandelt. Nein, es war eher das Schweigen derer, die sich wohl nicht viel zu sagen haben und die lieber nichts sagen, als Unsinn zu reden, sich im Small Talk zu ergehen. Ihr Schweigen flößte mir Respekt ein, während sie Soßen rührte, mehrmals in den Ofen schaute, Temperaturen kontrollierte, die Nachspeise mit Rum verfeinerte, die zarten Glasschälchen dann im Kühlschrank kalt stellte und ständig auf die Uhr sah.

Um halb neun drehte sie alle Knöpfe am Herd herunter und wandte sich abrupt zu mir um.

»Mögen Sie Soufflé?«, überfiel sie mich mit ihrer unerwarteten Frage.

»Ja, schon …«, murmelte ich, um Zeit zu gewinnen. Wenn ich mich nicht täuschte, würde mir gleich ein Abendessen angeboten, von dem ich nicht wusste, ob ich darauf nicht besser verzichten sollte.

»Fünf Stunden!«, schoss es da aus ihr heraus. Ihre Augen, gerade noch kühl und distanziert, blitzten plötzlich. Sie riss sich das Geschirrtuch herunter und wischte sich energisch die Hände daran ab. »Fünf Stunden habe ich hier gestanden. Gemüse geputzt, Kräuter gewaschen und gehackt. Alles frisch, alles aus dem Bioanbau. Was anderes rührt die Dame ja nicht an. Sogar die Milch für den Käse: von glücklichen Kühen! Ha! Sie finden das komisch?« Ich fand es nicht komisch. Ich wusste gar nicht, wie mir geschah. Stellvertretende Aggressionsadressatin zu sein, lag mir nicht. Ich war schließlich keine Therapeutin.

»Nein, Sie können darüber auch nicht lachen!«, stellte sie ganz richtig nach einem forschendem Blick in mein Gesicht fest. »Wahrscheinlich würden Sie Ihre Mutter niemals sitzen lassen, wenn Sie selbst um so ein Mutter-Tochter-Abendessen gebeten hätten, oder?«

»Niemals!«, bestätigte ich tapfer.

»Das dachte ich mir. Wissen Sie, andere Mütter haben Töchter, denen etwas an solchen Dingen liegt. Man trifft sich nicht oft wirklich. Verstehen Sie? Ich meine, man wohnt in der gleichen Wohnung. Aber ich bin berufstätig, und abends ist sie oft weg. Wenn wir dann ausnahmsweise mal gemeinsam hier sind, haben wir auch nicht immer Lust dazu, über unsere Sorgen und Problemchen zu reden. Wie soll man denn noch etwas übereinander wissen, wenn man nicht hin und wieder solche Gelegenheiten wie diesen Abend beim Schopf ergreift?«

Sie machte eine kurze Pause, und ich überlegte rasch, ob sie vielleicht erwarten würde, dass ich mich dazu äußerte. »Ich hasse es, von Gleichgültigkeit umgeben zu sein!«, fuhr sie aber schon in unverminderter Lautstärke fort. »Meine Mutter war gleichgültig gegen mich. Ich war nur ein lästiges Anhängsel, wissen Sie. Nichts weiter als ein Klotz am Bein. Sie wollte Model werden. Das konnte sie natürlich vergessen, als sie mich bekam. Und irrwitzigerweise wiederholt sich alles im Leben. Ich wurde schwanger, als es mit meiner Karriere richtig losging. Aber ich wollte es anders machen als meine Mutter, besser! Ich habe Lena immer das Gefühl gegeben, gewollt und erwünscht zu sein. Ich möchte ihr das Gefühl heute immer noch geben. Deswegen nehme ich mir Zeit für sie ...« Sie hielt inne und sah auf die hübsch angerichteten Platten und dampfenden Schalen, die einladend auf dem Tisch standen und warteten. Sie warteten auf Lena, die vermutlich nicht mehr rechtzeitig kommen würde. Ihr kampfbereiter Blick brach mit einem Male. Sie fuhr sich mit einer Hand durch ihren Pony.

»Was müssen Sie jetzt von mir denken?!«, murmelte sie, vielleicht eher zu sich selber.

Sie tat mir plötzlich leid, wie sie da stand und auf die liebevoll zubereiteten Speisen starrte, die so gleichgültig verschmäht wurden. Ich wollte sie gerne aufmuntern, ihr zeigen, dass ich auf eine menschliche Weise Interesse an ihr hatte.

»Was für eine Karriere war das?«, fragte ich, gewiss nicht sicher, ob das die richtige Frage war.

»Bitte?« Angela Rose sah mich an, als sei sie gerade aus einer Hypnose erwacht.

»Die Karriere, die Sie abbrechen mussten, als Lena geboren wurde. Was waren Sie von Beruf?«

Der grüne Blick wanderte verwundert über mein Gesicht. Er blieb an meinen Augen hängen, die ich zwingen musste, nicht die Flucht zu ergreifen. Dann zog sie sich einen Stuhl heran.

Sie erzählte.

Schauspiel hatte sie studiert. Und sie bestand darauf, dass das etwas ganz und gar anderes war, als in hübschen Kleidern vor Fotografen zu posieren, so wie ihre Mutter, Lenas Oma, es getan hatte. Die Schauspielarbeit war Knochenarbeit. Es war Aufgabe und Hingabe in einem. Sie hatte jede einzelne Rolle geliebt, die sie in der kurzen Zeit, die ihr zur Verfügung gestanden hatte, spielen durfte. Die hochmoralische Emilia Galotti, die lieber stirbt, als der Sünde zu verfallen. Emma, die Kupplerin. Shakespeares Hera aus *Wie es euch gefällt*, die am Tag ihrer Hochzeit aufgrund von Intrigen des Betrugs bezichtigt wird …

Ich hörte ihr zu. Nein, ich lauschte ihr, denn sie war eine begnadete Erzählerin. Es machte Spaß, ihren Geschichten in die Vergangenheit zu folgen. Und mit jeder Anekdote, die sie erzählte, wich ein wenig mehr ihrer Distanz von ihr. Irgendwann, nach der Suppe und der Vorspeise und bei Beginn des Hauptganges, stellte ich fest, dass Lenas Mutter mir sympathisch war. Dass sie ihren Traumberuf für ihre Tochter an den Nagel gehängt hatte, war zwar einerseits schade, andererseits sprach es von klaren Prioritäten. Und das fand ich beeindruckend.

»Sekretärin«, sagte sie. Es klang müde.

»Doch kein übler Job«, versuchte ich eine Aufwertung.

Sie schüttelte langsam den Kopf. »Nein, kein übler Job.«

Lena hatte ihre vornehme Nase von ihr. Sie war nicht zu schmal und nicht zu breit. Am unteren Ende rundete sie sich ein wenig, ohne zu einer echten Stupsnase zu werden. Ich konnte nicht genug bekommen von dem Anblick dieser Nase. Ja, genauso sah Lenas Nase auch aus. Und Angela Rose hatte nicht einmal besonders viele Fältchen darauf oder drumherum.

Während wir aßen und unsere Unterhaltung immer entspannter und ausholender wurde, überlegte ich, ob ich sie auf Lena ansprechen durfte. Ich hatte so viele Fragen, die sie mir gewiss mit Leichtigkeit würde beantworten können. Aber Angela Rose kam nicht von selber auf ihre Tochter zu sprechen. Stattdessen fragte sie mich aus über meinen Beruf, über mein Studium, über mein Wohnviertel. Ich erzählte ihr bereitwillig alles und hoffte die ganze Zeit verrückterweise, dass sie einiges davon Lena weitererzählen würde. Was davon würde Lena interessieren, fragte ich mich zum soundsovielten Male.

»Sie sehen aus, als möchten Sie mich gern etwas Heikles fragen«, stellte Angela Rose in diesem Augenblick fest, und ich verschluckte mich an einem Stück Spargel. Mein Husten ertrug sie mit Gelassenheit, schüttete mir noch etwas Wasser nach und reichte mir ein Stück Weißbrot.

Unsere bisherigen Themen waren unverfänglich gewesen

im Gegensatz zu dem, was mir im Kopf herumging. Ab und zu sprachen wir weder über sie noch über mich, sondern ruhten uns aus bei Geplauder über das Salatdressing, die Vorteile des Dünstens, Preise von Einbauküchen und so weiter. Ich hatte nicht damit gerechnet, dass sich das ändern würde. Ich war mir auch gar nicht sicher, ob es gut war, wenn sich das jetzt ändern würde. Natürlich wollte ich eine Menge wissen – über Lena. Aber Lenas Mutter war mir aus einem unerfindlichen Grund nicht ganz geheuer, und so fand ich es sicherer, mich auf ungefährlichem Terrain zu bewegen, bis ich nach überstandenen vier Gängen zur Tür hinausrollen würde.

»Ich glaube kaum«, räusperte ich mich schließlich, »dass ich hier in der Position derer bin, die heikle Fragen stellen darf.«

Sie schwenkte ihr Weinglas und lächelte zum ersten Mal an diesem Abend. »Meinen Sie, *ich* bin in dieser Position?« Und es hatte etwas geradezu Kokettes, wie sie das sagte. Ich konnte mir plötzlich vorstellen, wie sie mit ihrem Mann in einem netten französischen Restaurant saß – und französische Küche mochte sie bestimmt, bei all den köstlichen Leckereien, die sie hier aufgefahren hatte. Ich stellte mir vor, sie säßen in einer kleinen Nische, die von Liebespaaren bevorzugt wurde, hielten sich an den Händen und warfen sich zärtliche Blicke zu. Wenn der Ober kam, flirtete er jedes Mal ein bisschen mit ihr, worauf sie charmant und kokett einging – ebenso wie sie jetzt gerade gelächelt hatte: Es handelte sich dabei um nichts, was sie wirklich ernst nehmen würde.

»Wo ist Lenas Vater?«, fragte ich also, und als ich ihr Gesicht sah, wusste ich sofort, dass dies tatsächlich etwas Heikles war.

»Wir leben getrennt«, antwortete sie sachlich. Der Ansatz des Lächelns, das mich zu dieser dummen Frage verleitet hatte, war in Sekundenschnelle verschwunden. »In drei Monaten ist der Scheidungstermin.«

»Oh«, sagte ich mitfühlend und nickte wissend. In Wahrheit fühle ich mich beim Thema Scheidung immer ganz ähnlich wie bei der Erwähnung von Beerdigungen. Ich weiß nie so genau, ob von einem uralten, ewig meckernden und unbeliebten Nachbarn oder einem innig vermissten Freund die Rede ist. Und dann sage ich leicht irgendetwas Dummes.

»Meine Eltern sind auch geschieden«, sagte ich deshalb. Denn emotionales Verständnis wird bekanntlich durch persönliche Betroffenheit bestärkt. Und aus irgendeinem Grund wollte ich plötzlich, dass Angela Rose glaubte, ich würde sie verstehen.

Sie schob einen Bissen auf ihrem Teller herum, mehrmals durch die Soße, und sah mich auch da nicht an, als sie leise sagte: »Ja. Die Kinder leiden sehr darunter.« Diese Aussage enttäuschte mich ein wenig. Aber natürlich musste sie mich auch für ein »Kind« halten. Immerhin war ich eine Freundin ihrer Tochter. Und was mir zum Thema Scheidung als Erstes einfiel, waren meine Eltern. Aus eigenen Erfahrungen konnte ich ja schwerlich schöpfen.

»Hatte Ihr Vater auch eine andere?«, fragte sie und sah mich entsetzt an. »O Gott, bitte entschuldigen Sie! Ich weiß nicht, was in mich gefahren ist.«

»Kein Problem«, erklärte ich großzügig. »Meine Mutter hat auch immer alle Geschiedenen gelöchert, warum die große Lotterie bei ihnen daneben gehauen hat.« Michelin, du Idiotin! Etwas Schmeichelhafteres hättest du jetzt nicht sagen können! Sie vertraut sich dir geradezu an, und du vergleichst sie mit deiner eigenen Mutter! Wie scheußlich.

»Nett, dass Sie dem Ganzen etwas Humor abgewinnen können«, kommentierte Angela Rose prompt meinen dümmlichen Gesichtsausdruck.

Die nächsten Minuten aßen wir schweigend.

Ich bekam kaum noch einen Bissen herunter, obwohl es köstlich war. Aber ich erwartete jeden Moment, dass sie aufspringen und mich hinauswerfen würde.

»Darf ich Sie mal etwas fragen?«, begann sie unser erschlafftes Gespräch mit dem nächsten Gang wieder.

Ich vermutete, dass es sich nur um etwas Unangenehmes handeln konnte, nickte aber trotzdem. Jede Weigerung hätte sicher nur wieder ihr Misstrauen geweckt.

»Wie alt sind Sie?«

Das war eine einfache Frage. Aber die Antwort war mir irgendwie unangenehm.

»Nicht mehr ganz neunundzwanzig«, sagte ich daher.

Frau Rose nahm einen Schluck Wein, um genau zu sein, einen großen Schluck Wein.

»Dreißig.« Es klang, als hätte sie ›Kinderschänderin‹ gesagt. Oder glaubte ich das nur zu hören? Waren es meine verqueren Gedanken, genarrt durch die Skepsis einer Horde von besorgten Freundinnen, die allesamt weissagten, eine Liebesbeziehung zu einer Neunzehnjährigen könne bestenfalls in die Hose gehen – und zwar wortwörtlich.

»Ja«, sagte ich.

»Und wie läuft es so in Ihrem Job. Ich meine, verdienen Sie gut?«

»Frau Rose, also, ich weiß nicht … Ich will Ihre Tochter doch nicht heiraten.«

Sie ließ ihre Gabel, zu einem Bissen erhoben, wieder auf den Teller sinken.

»Nicht?«

Wir blickten uns gleichermaßen verstört an. Dann fuhr sie fort: »Nein, natürlich nicht. Aber wissen Sie, ich habe wirklich wenig Erfahrung im Umgang mit … diesen Dingen. Ich weiß nicht, woran man ernste Absichten erkennt und ob es überhaupt von mir erwartet wird, dass ich mich dafür interessiere. Ich meine, immerhin kann nicht viel passieren. Lena kann nicht ungewollt schwanger werden oder sonst was, wovor man früher selber Angst haben musste.« Sie maß mich wieder mit einem forschenden Blick. »Natürlich weiß ich nicht, ob *Sie* jemals Angst vor so was haben mussten…«

»Ich habe die Pille genommen.«

»Nun, mit dieser Antwort sind wir schon ein großes Stück weiter«, erwiderte sie und lachte plötzlich.

Ich betrachtete die kleinen Fältchen, die sich dabei auf ihrer Nase bildeten. »Weil Sie jetzt wissen, dass ich mal mit Männern geschlafen habe?«

Sie erschrak und ließ das Messer neben den Teller fallen. Das Geräusch ließ mich zusammenzucken. Ich war auch nicht unbedingt die Ruhe in Person.

»Nein«, sagte sie, als sie das Messer wieder aufgenommen hatte. »Weil ich jetzt weiß, dass wir, Sie und ich, mal die gleichen Sorgen gekannt haben. Nur dass es bei mir anders ausging als offensichtlich bei Ihnen.«

Ich starrte sie an.

»Verstehen Sie mich bloß nicht falsch! Ich liebe sie wirklich. Aber ein Kind zu bekommen mit dreiundzwanzig…«

»Viele Frauen bekommen in diesem Alter ihr erstes Baby.«

»Es war zu früh. Für mich. Mir scheint, in unserer Familie gibt es eine Menge Spätentwickler. Sehen Sie doch Lena selber an. Können Sie sich vorstellen, dass sie in so wenigen Jahren schon für ein Baby sorgen sollte? Sie ist doch selber noch ein echter Kindskopf.« Wieder der kurze Blick, fast zu schnell, um ihn zu bemerken. »Aber das sehen Sie ja wohl etwas anders.«

Ich zog es vor, zu dieser Feststellung lieber zu schweigen.

Das Essen war einfach hervorragend, und ich sparte nicht

mit Lob, das sie sehr freute, was mich wiederum zu immer neuen Lobpreisungen anfachte. Ich aß den Teller so leer, dass nicht mal eines der kleinen Salatblätter zurückblieb, die eigentlich wohl eher dem Dekor gedient hatten.

Der Wein war wunderbar. Ich verstand nicht viel davon, aber er schmeckte perfekt zur Soße. Vielleicht hatte sie einen Schuss Wein hineingeschüttet?

Alles war so liebevoll hergerichtet. Die Kerzen, die Köstlichkeiten, die leise Musik. Es musste toll sein, eine Tochter zu haben, für die man so etwas Hübsches machen konnte. Und es musste eine herbe Enttäuschung sein, wenn die Tochter das dann nicht zu schätzen wusste, sondern einfach wegblieb – wahrscheinlich beim Candlelight Dinner bei einer ihrer Liebsten …

Grrr. Ich spürte ein Grollen meine Kehle heraufrollen. Doch ich kam nicht dazu, den Gedanken zu Ende zu denken.

»Darf ich Sie noch etwas fragen?«, fragte Frau Rose und tupfte sich mit der Serviette den Mund ab. Sie hatte einen sehr schönen Mund, geschwungen und voll, den ich neben der hübschen Nase in meinen sowieso – aus Angst vor Entdeckung meiner Neugierde – flüchtigen Betrachtungen eher vernachlässigt hatte. Er sah sinnlich aus, aber ihm fehlte das kindliche Schmollen, das ich inzwischen von Lenas Lippen kannte. Nun, eigentlich konnte ich nicht behaupten, dass Angela Roses Mund etwas fehlte, denn er schien perfekt zu sein. Vielmehr war also an Lenas Mund etwas zu viel, überflüssig? Wie konnte ich so etwas denken?

»Nur zu!« Ich prostete ihr noch einmal zu.

»Was finden Sie eigentlich an meiner Tochter?«

»Wie meinen Sie das?«

Sie wedelte mit der Hand und verfehlte dabei nur knapp ihr Weinglas.

»Ach, kommen Sie, Sie wissen doch bestimmt, was ich meine. Ich kenne Sie erst ein paar Stunden, aber das reicht, um zu sehen, wer Sie sind: Sie sind eine erwachsene, reife Frau, die mit beiden Beinen auf dem Boden steht. Sie sind sehr erfolgreich in Ihrem Beruf, Sie sind selbstständig, Sie sind … attraktiv …« Ich spürte, wie sich mein Gesicht mit einer leichten Röte überzog. Sie sah es und schaute weg.

»Na, hören Sie«, sagte ich, um darüber hinwegzutäuschen, wie sehr sie mich in Verlegenheit gebracht hatte. »Das klingt ja ganz so, als hielten Sie Lena für eine minderwertige Ausgabe.«

»Sie ist erst neunzehn. Sie ist so was wie ein grüner Apfel, wenn Sie verstehen, was ich meine. Was kann sie Ihnen bieten?«

Wunderbar. Hier saß ich mit der Mutter der Frau, von der ich nun seit zig Nächten träumte, und die sagte nichts anderes als meine doofen Freundinnen.

Ehe ich noch antworten konnte, erklang im Flur ein sonderbar klackerndes Geräusch. Ich begriff erst, dass das der Schlüssel im Schloss gewesen war, als die Wohnungstür sich öffnete.

Frau Rose legte den Zeigefinger an den Mund.

»Mami? Ich bin da-ha.«

Ein Paar Schuhe flog hörbar in die Ecke. Schritte näherten sich der Küchentür, die sogleich aufgestoßen wurde.

Lena stand dort im Türrahmen und starrte mich an.

»Guten Abend«, sagte Frau Rose genüsslich und nahm sich noch ein After Eight, mit dem sie die Nachspeise verziert hatte.

»Hi, Lena.« Meine Stimme klang ein wenig hölzern. Sie war strahlend schön in einem kurzen hellblauen Kleid, über das sie ein schwarzes Sakko gezogen hatte.

Lena hob die Hand und zeigte voller Erstaunen auf mich.

»Was machst du denn hier? Ich hatte doch vergessen, dir meine Adresse zu geben …«

»Scheinbar haben wir doch entfernte gemeinsame Bekannte«, log ich ungeschickt und verbot mir das übertrieben freundliche Grinsen, das sich bereits vor lauter Aufregung auf meine Lippen stehlen wollte.

»Wo bist du gewesen?«, ertönte Frau Roses Stimme noch wesentlich weniger freundlich.

»Ich war den halben Abend im ›Sentimental‹. Es bestand ja zumindest die Möglichkeit, sich da zufällig zu treffen.« Lena sah in meine Richtung, aber nicht direkt in meine Augen. Irgendetwas an der Art, wie sie sich am Türrahmen festhielt, sagte mir, dass sie nicht ganz die Wahrheit sagte.

»Und die andere Hälfte des Abends?« Frau Rose wartete nicht ab, bis ihre Tochter sich zu einer Antwort entschloss, sondern fuhr gleich fort: »Kommt dir vielleicht jetzt gerade eine vage Erinnerung an unsere Verabredung für heute Abend?«

Lena machte auf zerknirscht. »Tut mir echt leid. Irgendwie bin ich momentan ziemlich durcheinander. Sonst hätte ich das mit der Adresse auch nicht vergessen.« (Das ging an mich!) »Und vor allem hätte ich mich nicht gleich zweimal an einem Abend verabredet …«

Frau Rose nickte resigniert, als hätte sie keine andere Antwort erwartet, stand auf und ging zur Tür.

»Wir sollten uns gleich noch mal unterhalten«, zischte sie Lena zu, als sie an ihr vorbeiging. Weiter hinten im Flur schloss sich eine Tür.

Lena ließ sich etwas blass nah neben mir auf den Stuhl plumpsen. Sie sah mir zögerlich forschend ins Gesicht und biss sich dabei auf die Unterlippe.

»War es sehr schlimm?«, wisperte sie mit Blick in den Flur. Sie gab der Tür einen kleinen Schubs, und sie schloss sich ein Stück.

»Es war total lecker. Noch nie so ein tolles Essen serviert bekommen und so köstlichen Wein. Kann mich wirklich nicht beklagen.«

Lena legte ihre Hand auf meinen Arm, und ich bekam einen Schluckauf. Es war die erste Berührung, die von ihr ausging. Und sie hätte mich nicht davon überzeugen können, dass es so locker-lässig gemeint war, wie es scheinen sollte. »Mann, ist mir das peinlich! Ich dachte gerade, ich kriege einen Schlag, als ich euch hier so sitzen sah. So was ist mir einfach noch nie passiert!«

Ich lachte laut. Meine Güte, der ›köstliche Wein‹ war mir ganz schön zu Kopf gestiegen. »Mir bestimmt auch nicht! Ich bin hier raufgetapert und hatte ja keine Ahnung, dass deine Mutter mir aufmachen würde. Ich hab ganz schön dumm aus der Wäsche geguckt, das kannst du mir glauben.«

»Und Mama?«, fragte Lena und sah zur Tür. Hinten im Flur rauschte die Klospülung.

Ich machte einen Kussmund. »Süß! Sie ist echt total süß. Also, sie war erst ziemlich sauer, weil du nicht pünktlich warst. Aber dass sie mich dann so spontan eingeladen hat, das fand ich schon eine echte Nummer. Ich meine, ich an ihrer Stelle … Es ist doch schon eine irre kompromittierende Situation, wenn da plötzlich eine neue Bekannte der Tochter steht und man nicht weiß, ob man sie die Treppe runterschubsen oder ihr einen Stuhl anbieten soll, findest du nicht?«

Ich hatte das Gefühl, einen Knoten in der Zunge zu haben. Mein Sprachzentrum befand sich sozusagen nicht mehr unter meiner Kontrolle. Meine Lippen und der dicke Muskel dazwischen führten ein Eigenleben.

»Ich weiß nicht recht, was ich finden soll«, entgegnete Lena nun und blickte mich zögernd an. »Du bist nicht sauer, dass wir uns nicht getroffen haben? Du könntest ja auch denken, ich hätte dich einfach versetzt?!« Ihre Wimpern waren so lang und schwarz, dass es schien, als würden sie mit jedem Augenklimpern um Verzeihung bitten. Dem konnte ich natürlich nicht widerstehen.

Ich winkte ab. »Mach dir keine Gedanken. War ja keine Absicht.«

»Das wär ja auch noch schöner«, murmelte Lena und sah verlegen auf ihre Hände. »Es ist mir so dermaßen unangenehm, dass meine Mutter dir jetzt dieses Essen aufgezwungen hat. Mannomann, was habt ihr nur die ganze Zeit geredet?«

»Oh, da gab es keine Probleme!«, beteuerte ich und gedachte der letzten halben Stunde. »Es war einfach nur ... überraschend, ja, überraschend.«

Lena seufzte. »Weißt du, ich hasse solche Situationen eigentlich. Und genau deshalb hatte ich Mama auch um diesen Abend gebeten. Ich muss es ihr unbedingt bald sagen ...«

»Was denn?«

»Dass ich ausziehen werde. Ich habe eine Wohnung in Aussicht.«

»So, so«, meinte Frau Rose, die plötzlich in der Tür erschien. Sie sah auf Lena hinab, die sich bemühte, nicht allzu erschrocken dreinzuschauen. Ich betrachtete das Muschelmuster der Servietten. Es war mir äußerst unangenehm, der Verwandlung Lenas von einer wunderschönen jungen Frau in eine Tochter mitanzusehen. »Und eben weil du mir das sagen wolltest, hast du dann im letzten Augenblick doch noch gekniffen?«

»Ach, Mama!«, stöhnte Lena.

Ich sah die beiden abwechselnd an. Auch mit Frau Rose

war eine kaum merkliche Veränderung vorgegangen, seit Lena hereingeschneit war. Es war, als sei sie von einer Rolle in die andere geschlüpft. Zurück in die Mutterrolle, die sie zwar perfekt beherrschte, die ihr aber, so fand ich plötzlich, gar nicht so gut stand. Ich mochte sie lieber so, wie sie gerade noch gewesen war, nach drei Gläsern Wein, einem hervorragenden Essen und in Gesellschaft einer einfühlsamen Gesprächspartnerin. Doch so wie die beiden sich nun gegenseitig musterten, bestand die Aussicht auf einen erneuten Rollenwechsel in die mir angenehmen Figuren gewiss nicht.

Ich räusperte mich, und sie unterbrachen ihr Blickemessen, um mich erwartungsvoll anzusehen.

»Ich werd jetzt besser gehen«, sagte ich und hoffte, der Höflichkeit damit Genüge zu tun. Zwischen Mutter und Tochter zu schlichten, lag mir weiß Göttin nicht im Blut.

Lena und ich standen gleichzeitig auf, und wir gingen alle zur Wohnungstür.

»Das war ein super Essen, Frau Rose. Ganz herzlichen Dank dafür. Falls Lena Sie mal wieder im Stich lassen sollte, rufen Sie mich an.«

Frau Rose lachte leicht, und für einen Augenblick schimmerte ihr anderes Ich durch, zu mir herüber. »Ich komme darauf zurück. Auf Wiedersehen!«

»Wiedersehn.«

Sie wandte sich um und verschwand über den Flur in einem der Zimmer. Lena stand verlegen in der Tür.

»Tut mir wirklich leid, Michelin.« Sie grinste schief. »Weißt du eigentlich, dass du einen tollen Namen hast? Ich meine, Michelin Schwarz, da kommen einem schon die tollsten Assoziationen.« Ich sah sie wie ein hypnotisiertes Kaninchen an und dachte: ›Bitte sag das jetzt nicht! Bring bitte nicht diesen abgeschmackten Witz über meinen Namen!‹, als sie schon den Mund öffnete und sagte: »Unsere nächste Verabredung verschlampe ich ganz bestimmt nicht. Ehrenwort. Wie wäre es mit übermorgen? Ist ja Pfingsten, und im Park gibt es ein kleines Konzert. Wir könnten auf der Wiese sitzen und …?!«

Und? Ich schluckte unauffällig.

»Oder wir fahren einfach ein bisschen rum – mit einem echt heißen Reifen …«

Als ich langsam die Treppe hinunterging, hatte ich noch ihr helles Lachen im Ohr.

5. Kapitel

Von Schafen in Wolfspelzen

Was brauchte ich eigentlich eine Alm? Ich konnte doch den Himmel haben.

Der Samstagabend, den Lena und ich im Park verbrachten, war so wunderschön, dass ich den kompletten Sonntag einige Zentimeter über dem Boden schwebte. Ich gedachte mit Mitleid der vielen hundert Frauen, die zum alljährlich zu Pfingsten stattfindenden Lesbenfrühlingstreffen pilgerten. Ellen, Jackie, alle meine Freundinnen waren dorthin unterwegs. Aber ich hatte Besseres vor, denn bereits am Pfingstmontag hatte ich eine weitere Verabredung zum Kino …

Leider, das muss ich so sagen, war auch Nancy mit von der Partie und wäre beim Plätzeverteilen tatsächlich fast zwischen Lena und mich geraten, hätte ich nicht geistesgegenwärtig gehandelt und mich in den Sessel neben Lena geworfen. Mir egal, wenn das womöglich etwas gewollt aussah. Es war sowieso an der Zeit, Lena eindeutig darauf hinzuweisen, dass ich an ihrer Gesellschaft mehr als freundschaftlich interessiert war.

Diese entscheidende Tatsache schien sie nämlich entweder noch nicht registriert zu haben, oder sie war tatsächlich noch schüchterner, als ich geglaubt hatte.

Sie vermied jeden tiefen Blick, und ihre Berührungen waren zwar mit Sicherheit gewollt, besaßen jedoch einen so flüchtigen Charakter, dass ich sie niemals darauf hätte festnageln können. Außerdem ließ sie sich auch nicht von den geschicktesten Fragen dazu bewegen, einen einzigen aussagekräftigen Satz über ihr Liebesleben fallen zu lassen. Ich war ein wenig ratlos. Das, was mich an Lena so fesselte, nämlich ihre Unberührtheit von der Szene, machte mir nun auch die Probleme. Sie kannte anscheinend die Spielregeln nicht. Und die lauteten: Zeig ihr spätestens bei der zweiten Verabredung, was du von ihr willst. Doch genau das tat Lena eben nicht. Ich tappte vollkommen im Dunkeln, was ihre Absichten, mich betreffend, anbelangte.

Trotzdem hatte ich den Abend mit einem populären Liebesfilm genossen. Lenas Parfüm zog zwei Stunden lang als zarter Hauch an meiner Nase vorüber. Noch in der Nacht glaubte ich, ihn zu riechen, und träumte von der dazugehörigen Gestalt. Am Montagmorgen schellte der Wecker viel zu früh für meine süßen Träume, denn ich hatte mal wieder einen Dreh. Endlich mal wieder, sollte ich wohl besser sagen, denn mein Konto bei der Städtischen Sparkasse näherte sich einem bedenklichen Stand. Schließlich war es für niemanden besonders lustig, nur über Minusgeld zu verfügen.

Es war ein Auftrag für eine Kindersendung, und ich hatte die Aufgabe, den Elfjährigen vor der Flimmerkiste ein so komplexes Thema wie Genmanipulation zu erklären. Erschwerend kam hinzu, dass es nicht nur Fernsehen *für*, sondern auch *mit* Kindern werden sollte. Doch glücklicherweise hatten mir Frauke und das Schicksal eine schlaue Dreizehnjährige vermittelt, die nicht nur recht gewitzt daherkam, sondern außerdem auch noch die notwendige Disziplin mitbrachte, um mehrere Stunden lang konzentriert mitzuspielen.

Erschöpft, aber auch heiter und ausgeglichen, wie ich es immer nach einem angenehmen Drehtag war, stieg ich gegen sechs Uhr die Treppe zu meiner Wohnung hinauf. Wie die Galopper auf der Rennbahn aus ihren Boxen schossen, so stürmten jetzt aus allen Winkeln meines Bewusstseins Bilder und Erinnerungen, die alle mit Lena zusammenhingen. Nachdem ich meine Arbeit gut hinter mich gebracht hatte, konnte ich mich nämlich jetzt wieder der wahren Süße des Lebens widmen.

Ich sah Lenas Gesicht noch vor mir, wie es im diffusen Licht der Kinoleinwand geschimmert hatte. Sie tauchte so sehr ins Geschehen dort vorn ein, dass sie nicht merkte, wie intensiv ich sie hin und wieder aus dem Augenwinkel betrachtete. In der Kussszene öffneten sich ihre Lippen leicht, und ihre Augen bekamen einen verdächtigen Glanz. Dort vorn fand gerade ein Liebespaar zueinander, und ich hatte es kaum fassen können, neben Lena im dunklen Kino zu sitzen und nicht mal ihre Hand halten zu dürfen.

Es war wirklich sonderbar mit ihr. Sie schien mich zu mögen, denn warum sonst sollte sie sich mit mir verabreden? Aber den Schritt zur echten Annäherung hatte sie bisher noch nicht gewagt. Ging es überhaupt um *wagen*, oder *wollte* sie vielleicht gar nicht? Unsere Gespräche wurden nie wirklich privat, und ihre Nähe war immer nur die Ahnung eines winzigen Augenblicks. Nun, an diesem Abend würde ich das Rätsel wohl nicht mehr lösen können.

Als ich den Schlüssel ins Schloss steckte, blaffte drinnen Loulou einmal kurz auf. Nanu?! Ich hatte eigentlich damit gerechnet, in eine leere Wohnung zu kommen.

Ich schloss auf und streichelte Loulous struppigen Kopf. Der Freudentaumel, mit dem ich sonst begrüßt wurde, blieb aus. Stattdessen sah sie mich mit ihren braunen Hundeaugen vorwurfsvoll an. Kein Wunder, dass sie schlecht gelaunt war, denn normalerweise war Frauke um diese Uhrzeit längst mit ihr in Feld und Flur unterwegs.

Aus der Küche erklangen Fraukes muntere Stimme und

ein unbekanntes Lachen. Das Lachen einer Frau. Ich streifte meine Schuhe ab und lugte vorsichtig durch die Tür.

Mich traf fast der Schlag.

Dort an meinem wunderbaren ausladenden Küchentisch saß niemand anderes als Iris, die Handballkönigin, und trank aus meiner Lieblingstasse einen frischen Kaffee.

»Tag, Michelin!«, begrüßte sie mich freundlich, doch mit der sicherlich angebrachten Zurückhaltung.

Frauke, die meiner kalkweißen Miene ansah, dass ich keineswegs erfreut über den Besuch war, sagte betreten: »War doch okay, dass ich Iris erlaubt habe, hier so lange auf dich zu warten?«

Ich musste mich schon sehr wundern! Früher hätte Frauke jede lesbisch wirkende Besucherin auf später vertröstet. Aber seit der Schwofnacht neulich wurde ich den Verdacht nicht los, dass sie ihre Neugierde für unseren Sub entdeckt hatte. Und dass Iris dem angehörte, das konnte bestimmt sogar Frauke auf hundert Meter Entfernung erkennen. Iris war mit ihrer sportlichen Figur, der bereits jetzt frischen Sonnenbräune und der Ausrasierter-Nacken-Kurzhaarfrisur eine durchaus attraktive Erscheinung. In der Küche hing verheißungsvolle Flirt-Atmosphäre. Sobald ich Iris wie auch immer hinausbefördert hatte, würde ich wohl mit Frauke mal ein paar Takte reden müssen.

Leider wusste sie nämlich nicht, dass Iris die lebensgroße Vorlage für eben jene Ilka aus Frederikes Roman war, die auf Karolins Liste der in Frage kommenden Manuskript-Diebinnen gleich an zweiter Stelle gestanden hatte. Außerdem wusste Frauke nicht, dass es kein Wunder war, dass das Wort ›Intrigen‹ auch mit dem Buchstaben ›I‹ anfing.

»Willst du dich nicht setzen«, begann die für mich so gebrandmarkte Iris jetzt unsere Unterhaltung.

»Was willst du?«, erwiderte ich knapp.

Iris blickte so unschuldig drein, dass Frauke mich wegen meiner Unhöflichkeit entsetzt ansah.

»Also ehrlich, *wollen* tu ich hier gar nichts. Schätze mal, dass ich dazu nun wirklich kein Recht habe, oder?«, erwiderte Iris und nahm einen Schluck aus der Tasse, die Ellen mir einmal aus einem Kurzurlaub mitgebracht hatte. »Aber ich will ehrlich zu dir sein: Ich hab dich neulich auf dem Schwof gesehen und fand es plötzlich richtig blöde, dass wir uns gegenseitig ausweichen. Ich wollte einfach mal mit dir reden. Ist doch jetzt wohl lange genug her, diese dumme Sache, oder?«

»Woher plötzlich dein Klärungsdrang?«, knurrte ich. Loulou verkroch sich unter dem Tisch.

»Hat lange genug gedauert, nicht?«, erwiderte Iris und grinste schief.

Ich zögerte. Konnte das vielleicht ernst gemeint sein?

»Dann schieß mal los!«, forderte ich sie auf.

Iris warf einen zögernden Blick auf Frauke, die am Tisch saß und versuchte, nicht anwesend zu sein.

»Loulou muss bestimmt mal 'ne Runde Gassi«, murmelte sie und wollte schon aufstehen, aber ich hob die Hand.

»Bleib doch!«, und zu Iris gewandt: »Frauke ist eine sehr gute Freundin. Ich hab vor ihr keine Geheimnisse.«

Dass wir nicht allein waren, gefiel Iris offensichtlich nicht besonders. Doch sie gab sich seufzend geschlagen und zuckte als Zeichen, dass sie jede Bedingung akzeptieren würde, die Schultern.

»Schätze mal, dass wir eh keine dicken Freundinnen mehr sein können«, begann Iris ganz richtig. »Aber zumindest würde ich mir wünschen, dass wir einander begegnen können, ohne dass wir uns mulmig fühlen, weil so vieles … unausgesprochen geblieben ist. Wenn du jetzt auch wieder ein wenig häufiger in die Szene gehst, wird es bestimmt zu solchen Begegnungen kommen und …«

»Ich habe nicht vor, wieder häufiger in der Szene aufzutauchen«, unterbrach ich sie rasch. Der Anblick ihrer muskulösen, selbstbewusst gestikulierenden Arme war mir unangenehm und erinnerte mich an diese schlimme Zeit, in der ich vor Eifersucht lichterloh in Flammen stand und nicht mehr wusste, ob ich meiner Freundin, mit der es eh schon nicht mehr so zum Guten stand, noch vertrauen konnte. Ellen hatte sich zwar nicht von Iris einlullen lassen, die beiden hatten nie etwas miteinander gehabt, aber unsere wunderbare Beziehung, sowieso schon mehr als angeknackst, hatte dadurch einen schweren Schlag erlitten. Bis heute glaubte ich, dass es nicht zur Trennung gekommen wäre, hätte ich die freiheitsliebende Ellen nicht durch meine Eifersucht immer mehr in ihrem Bewegungsfreiraum eingeschränkt. »Ich kapiere auch nicht ganz, wieso du jetzt plötzlich, nach mehr als einem Jahr, hier auftauchst und so ein Friedensangebot machst.«

Iris grinste wieder entschuldigend. Am liebsten hätte ich sie gepackt und geschüttelt, um aus ihr herauszubekommen, was sie hier eigentlich wollte.

»Kann ich mir vorstellen, dass dir das komisch vorkommt. Vielleicht war es ja auch ein Fehler herzukommen. Aber ich bin im Moment einfach so drauf, dass ich ein paar Dinge gern in Ordnung bringen würde …«

»Hör zu, Iris, ich habe nun mal mit dir ein paar wirklich unangenehme Erfahrungen gemacht. Und jetzt kannst du nicht einfach hier aufkreuzen und hoffen, dass danach alles wieder paletti ist. Ich finde es nicht so wahnsinnig erschütternd, wenn wir uns auf dem Schwof nicht grüßen, sondern aneinander vorbeisehen. Es gibt da ja genug andere Frauen, die wir anschauen können, oder?«

Wir lachten krampfig. Frauke starrte in ihre Kaffeetasse und wünschte sich vermutlich sehr weit weg. Sie hasste Situationen solcherart.

»Tja, wenn du das so siehst«, sagte Iris und stand langsam auf. »Kannst du dich noch an meine Freundin Simone erinnern? Sie war neulich auf der Geburtstagsfete von Nele. Frederike hat dort aus ihrem neuen Manuskript vorgelesen.«

Mit einem Mal war ich hellwach und sehr aufmerksam. Das Manuskript. Iris lächelte beschämt.

»Wahrscheinlich weißt du das ja längst: Scheint so, als habe Frederike sich von dieser Horror-Anekdote zwischen uns etwas inspirieren lassen. Na ja, man kann's ihr nicht verübeln, oder? Es war ja auch wirklich filmreif.«

»Frederike verwendet immer andere Namen und verfremdete Charaktere, wenn sie auch manchmal in Anlehnung an tatsächlich lebende Personen schreibt«, leierte ich den Spruch herunter, den alle Freundinnen Frederikes nach Erscheinen des ersten Buches zwangsläufig auswendig lernten. »Mag sein, dass die eine oder andere etwas bekannt vorkommt. Aber das hat nichts zu bedeuten.«

»Nein, sicher nicht«, stimmte Iris mir zu, sich am Tisch abstützend. »Vielleicht kannst du ja Frederike von mir ausrichten, dass ich gespannt darauf bin, falls es dann mal erscheint. Und dass ich es als eine Art Ehre betrachte, so verwurstet zu werden … obwohl sie ja aus einem Handballstar eine popelige Fußballerin gemacht haben soll. Schauderhaft. Brr.« Sie lachte hölzern und klopfte auf die Stuhllehne. »Tatsache ist, dass ich mich eher drüber freue, in einem Roman aufzutauchen, als mich darüber zu ärgern. Es werden mich eh nur diejenigen wiedererkennen, die von dieser wenig ruhmhaften Geschichte wissen. Ich hätte also keinen Grund, mir zu wünschen, dass irgendjemand der Veröffentlichung Steine in den Weg legt.«

Sie sah mich eindringlich an und dann auch Frauke, die pflichtbewusst nickte.

Ich lauschte Iris' Worten nach und wunderte mich. Nein, ich war vollkommen verwirrt. Ihr Besuch allein hätte schon ausgereicht, um mich durcheinanderzubringen. Aber jetzt sprach sie auch noch in Rätseln. In meinem Kopf ratterte es.

»Was ich dir eigentlich sagen wollte, ist, dass ich damals das ganze Chaos wirklich nicht wollte. Es war mir ernst. Ich mochte Ellen wirklich sehr, sehr gern. Auch wenn dir das jetzt komisch vorkommen muss: Ich hab all das nicht aus Bösartigkeit getan. Ich hab's nicht gemacht, um dir weh zu tun.«

»Es war dir aber egal, was mit mir war«, stellte ich fest.

Sie nickte ehrlich und griff nach ihrer Sporttasche, die neben dem Stuhl gestanden hatte.

»Stell dir vor«, sagte sie und betrachtete dabei scheinbar hoch interessiert das Logo der Sportmarke, das quer über der Tasche prangte. »Es gibt Menschen, denen ist es in gewissen Lebensphasen sogar egal, was mit *ihnen selber* ist.«

Loulou begleitete Iris zur Tür. Frauke und ich blieben betreten am Küchentisch zurück. Die Wohnungstür schloss sich. Die Schritte des ungebetenen Besuches entfernten sich im Flur. Schließlich fiel auch die Haustür zu.

»Das war Lesbenszene live«, kommentierte ich das eben Geschehene. »Manchmal glaube ich, Frauen werden lesbisch, weil sie ihren Hang zum Pathos ausleben wollen. War es nicht furchtbar?«

»Es war noch erträglich«, log Frauke netterweise. »Das einzig Dumme war, dass ich am Anfang nicht wusste, worum es geht. Als ich ihr die Tür aufgemacht habe, da hätte ich nie gedacht, dass das *die* Iris ist, wegen der du damals diesen scheußlichen Stress hattest. Ich konnte ja nicht wissen, dass sie einfach so mir nichts, dir nichts hier auftaucht. Und erst recht konnte ich nicht wissen, dass sie sich hinter Frederikes unsympathischer Romanfigur Ilka verbirgt. Tut mir echt leid.«

»Schon in Ordnung. Ich möchte nur mal wissen, was dieser Auftritt hier sollte. Irgendwas kam mir verdammt spanisch daran vor.«

Frauke sah mich verwundert an. »Du meinst, sie hat das mit der Entschuldigung gar nicht ernst gemeint?«

»Natürlich nicht!«, schmetterte ich. Wenn ich jedoch still und ernsthaft in mich hineingelauscht hätte, hätte ich gemerkt, dass ich selber davon nicht unbedingt überzeugt war.

Frauke wiegte ihr Haupt. »Auf mich machte sie einen recht ehrlichen Eindruck. Wieso sollte sie nicht nach einer Weile bereuen, was sie euch mit dem ganzen Theater angetan hat? So was gibt es doch. Ich finde es ziemlich mutig von ihr, hier aufzukreuzen und dir das zu sagen. Ich glaube, sie meint es ernst.«

»Was weißt du denn schon davon?«, rutschte es mir raus, und im gleichen Moment sah ich ihrem Gesicht an, dass das taktlos gewesen war.

»Klar«, brummte Frauke mit säuerlicher Miene. »Was weiß ich denn schon von euch Lesben?!«

»Sorry«, sagte ich. »Aber es ist doch so. Wer weiß, was sie wieder im Schilde führt. Irgendwie fand ich ihren Besuch reichlich merkwürdig.« Und als ich es aussprach, fiel es mir plötzlich wie Schuppen aus den Haaren. Ich schlug triumphierend mit der flachen Hand auf den Küchentisch. Frauke, die noch verstockt vor sich hin starrte, zuckte zusammen.

Ich war mit einem Mal so aufgeregt, dass ich trotz des ausgestandenen Schreckens jubelte: »Frauke, ich könnte dich küssen! Bloß gut, dass du sie reingelassen hast! Sie muss etwas damit zu tun haben! Muss sie einfach! Niemand außer uns kann etwas davon wissen, dass Frederikes Manuskript verschwunden ist. Aber *sie* weiß es!«

»Wie kommst du darauf?«

»Dass sie hier aufgekreuzt ist, ist sozusagen ihr Alibi. Sie tut so, als hätte sie gar kein Problem damit, in Frederikes Buch aufzutauchen. Und schon fällt kein Verdacht auf sie. Dummerweise konnte sie es sich aber nicht verkneifen, uns allzu deutlich darauf hinzuweisen, dass sie nicht am Verschwinden des Manuskriptes interessiert ist. Was hat sie noch genau gesagt? ›Ich habe keinen Grund, mir zu wünschen, dass jemand der Veröffentlichung Steine in den Weg legt.‹ Hey, niemand, und ich betone *niemand* außer uns weiß, dass es jetzt, wo das Manuskript verschwunden ist, selbstverständlich Probleme mit der Veröffentlichung geben wird. Kein Manuskript, kein Roman. So einfach ist das. Aber Iris kann theoretisch ja gar nicht wissen, dass es weg ist. Verstehst du? Sie hat sich verraten!«

»Meinst du wirklich?« Frauke verknotete unruhig ihre Finger miteinander.

»Logo!« Ich war mit einem Male gar nicht mehr erschöpft, sondern voller Eifer. »Erinnerst du dich nicht mehr an den Sonntagnachmittag neulich? Wir hatten doch ausdrücklich beschlossen, dass keine von uns es weiterträgt, an niemanden! Es ist unter uns geblieben, nur wir wissen davon: Ellen, Jackie, Karolin und Frederike natürlich, Christine, ich und du. Und wir haben alle dichtgehalten. Schließlich wussten wir ja, was auf dem Spiel steht. Du musst dir die Lesbenszene als eine einzige riesige, brodelnde Gerüchteküche vorstellen. Wenn etwas dort den Umlauf macht, kannst du es nicht mehr aufhalten! Und genau das war ja unsere einzige Chance. Diese verdammten Klatschmäuler waren unsere einzige Möglichkeit, unserer Täterin auf die Spur zu kommen. Und genau das ist jetzt passiert! Diejenige muss bei irgendjemandem mit ihrer Tat geprotzt haben, und so kommt es automatisch bei uns an. Es sei denn, Iris hat es vielleicht sogar selber getan. Was meinst du? Bloß gut, inzwischen sind wir im Zurückverfolgen von Gerüchten alle ziemliche Spitzenklasse. Marlowe würde staunen, sag ich dir!« Ich lachte.

Während ich erzählt hatte, war Frauke immer mehr in sich zusammengesunken.

»Michelin«, sagte sie schließlich kleinlaut und sah mich über ihren Kaffeebecherrand hinweg an wie Maria Magdalena. »Ich muss dir was beichten.«

»Da bin ich aber gespannt.«

Frauke wand sich auf ihrem Stuhl hin und her. »Na ja, weißt du. Ich habe neulich, genauer gesagt vorgestern Abend, da habe ich gedacht, warum nicht, und habe Nancy angerufen...«

Übermütig platzte ich laut heraus. »Aber Frauke! Das ist nicht dein Ernst! Du musst mir doch nicht beichten, wenn du eine neunzehnjährige Lesbe anrufst. Ich meine, du solltest wissen, dass ich die Erste bin, die Verständnis dafür aufbringen kann!«

Sie zog eine Grimasse.

»Bäh! Das ist doch gar nicht der Punkt. Es war ja auch völlig harmlos. Ich meine, sie weiß ja, dass Lothar und ich... Aber sie hatte mir doch ihre Telefonnummer gegeben, und ich wollte nicht unhöflich sein. Ich meine, ich weiß doch nicht, was so Sitte ist unter Frauen. Ich dachte, es sei eine Form von Freundlichkeit, sie zumindest mal kurz zurückzurufen. Aber dann wurde es doch etwas länger. Wir haben gequatscht und gequatscht und... ach, ich weiß schon gar nicht mehr, wie wir genau drauf gekommen sind. Es war irgend so ein Zufall, meine ich. Sie sagte etwas von... nein, es war anders. Wir sprachen über... oder war es doch...?«

»Frauke«, unterbrach ich sie. »Was willst du mir eigentlich sagen?«

Durch Fraukes Körper ging ein heftiger Ruck. »Ich hab Nancy von dem verschwundenen Manuskript erzählt.«

Mir klappte der Unterkiefer runter. Ich war sprachlos.

»Was?«

Frauke beobachtete meine Reaktion mit zusammengebissenen Zähnen.

»Dachte ich mir, dass du nicht so erfreut bist. Erst hab ich gar nichts dabei gefunden. Aber dann am Ende des Telefonats hat Nancy so was Komisches gesagt. Sie sagte, sie müsse jetzt noch unbedingt ein paar Leute anrufen. Und da dachte ich dann, dass sie vielleicht...«

»Bist du irrsinnig?«, schrie ich sie an. Meine Sprachblockade war mit einem Male aufgehoben. »Wir sollten nicht mal unseren engsten Freundinnen davon erzählen, haben Jackie und Christine uns eingebläut, du warst dabei! Wir sollten es niemandem anvertrauen. Niemandem! Es wird rumgehen wie ein Lauffeuer, und jetzt haben wir keine noch so geringste Chance mehr, rauszufinden, wer hinter dem Diebstahl steckt.«

»Woher sollte ich denn wissen, dass sie gleich alle ihre Bekannten anruft und ihnen davon erzählt? Ich fand, sie klang ganz vernünftig. Ich hab das wirklich nicht aus böser Absicht heraus getan«, versuchte Frauke sich zerknirscht zu entschuldigen.

»Das macht es leider auch nicht besser«, raunzte ich sie an. »Fahrlässigkeit ist in diesem Fall leider genauso verheerend!«

Jetzt verzog sich auch Fraukes Gesicht leicht verärgert. »Also, hör mal, das klingt ja, als hätte ich eine Straftat begangen. Verschieb da mal nicht die Relationen. Ich hab nur etwas zu viel erzählt. Das ist alles.«

»Frauke, du verstehst das nicht! Das wäre der notwendige Hinweis gewesen. Aber so? Wie sollen wir jetzt noch auseinanderhalten können, was von der Diebin und was von … dir ausgeht?« Ausgerechnet meiner Freundin musste so etwas passieren!

»Ich wusste doch nicht, dass das so schnell die Runde macht. Ich weiß auch nicht, wieso ich das erzählt habe. Jetzt sei doch nicht so sauer, Michelin«, bat sie.

»Ich bin aber sauer! Wie steh ich jetzt da? Meine liebe Kollegin, ohne einen blassen Schimmer von der Szene, hat trotz ausdrücklicher Absprachen nichts anderes zu tun, als loszuziehen und Dinge rumzutratschen, die kein Mensch erfahren sollte. Was ist nur in dich gefahren?«

»Was in mich gefahren ist?«, fauchte Frauke zurück. »Frag dich mal, was in dich gefahren ist! Du führst dich ja auf, als hätte ich eine Todsünde begangen. Ich hab Scheiß gebaut, und es tut mir leid, okay. Aber hör auf, mir ständig vorzuhalten, dass ich keine Ahnung von der Lesbenszene habe. Ich bin nun mal keine Lesbe, kapiert?!«

»Dann halt dich gefälligst auch raus aus unseren Angelegenheiten!«, bölkte ich.

»Das werd ich jetzt auch. Ich hab nämlich die Nase gestrichen voll von euch, das kann ich dir sagen.«

»Ach ja? Und wieso musstest du dann unbedingt vor Nancy damit angeben, dass du so viel weißt über die Szenebekanntheit Frederike und deren verschwundenes Buch? Wieso flirtest du hier mit Iris in der Küche herum, wo du dich doch sonst immer so vor Lesben gefürchtet hast? Das sieht für mich eher so aus, als hättest du in letzter Zeit gesteigertes Interesse an allem, was zwischen Frauen so abgeht.«

»Du mit deinem elitären Lesbengefasel!«, fauchte Frauke. »Du tust immer so, als müsse man erst ein Diplom machen, um in euren Kreisen aufgenommen zu werden. Und jetzt soll ich mich dafür entschuldigen, dass ich irgendwelche Sitten und Gebräuche nicht kenne. Weißt du, was ihr seid? Einfach nur ein Haufen Weiber, die sich einbilden, weiß der Himmel was Besonderes zu sein. Ihr schreit zwar immer nach Gleichberechtigung, aber selber haltet ihr nicht viel davon, weil ihr selbstverständlich noch ein wenig gleicher als alle anderen seid. Ich hab die Schnauze voll von dem Gelaber über Lesben, die ja so was von speziell sind, dass ich sie sowieso nie verstehen werde. Das denkst du doch die ganze Zeit, oder?«

»Tu nicht so, als wüsstest du, was ich denke!«, fuhr ich sie an.

Frauke sprang von ihrem Stuhl auf und fuchtelte mit dem Zeigefinger vor meiner Nase herum. »Ich weiß es aber nun mal. Du denkst, dass Lesben verdammt noch mal die besseren Menschen sind und dass jede, die es noch nie mit einer Frau probiert hat, eigentlich hinter dem Mond lebt oder sich unterdrücken lässt oder sich selber noch nicht entdeckt hat. Am besten alles zusammen. Aber das eine sag ich dir, Michelin, wenn ich wollte, dann könnte ich ratzfatz auch lesbisch sein, und da würdest du ganz schön dumm aus der Wäsche gucken!« Damit drehte sie sich ruckartig herum, warf sich ihre Tasche über die Schulter und wirbelte hinaus. Die Wohnungstür fiel mit einem Krachen hinter ihr und Loulou ins Schloss.

Ich rannte zum Fenster des Arbeitszimmers, um es aufzureißen und Frauke zurückzurufen. Aber dann ließ ich es. Meine Wut war noch längst nicht verraucht, und ich wusste nicht, was ich dem eben Gesagten noch hätte hinzufügen sollen. Auf der Straße verschwand Frauke gerade stampfend um die nächste Hausecke.

Eins musste ich ihr lassen, bei ihrem letzten Argument hatte ich wirklich ganz schön dumm geschaut.

Eine Weile lang tigerte ich in der Wohnung auf und ab. Frauke war ein echter Hitzkopf, wenn man sie auf die Palme brachte. Und das war mir wohl gelungen. Sie brauchte gewiss einen Tag, um sich wieder zu beruhigen. Und ich brauchte diesen Tag, um mal in Ruhe darüber nachzudenken, wie viel Wahrheit in ihren Worten zu finden sein würde, wenn ich mich in einer stillen Stunde mit viel Selbstkritik danach befragen würde.

Da wir also beide ein wenig Zeit brauchten, kam es auch nicht infrage, sie anzurufen und mich zu entschuldigen oder weiter mit ihr zu streiten, wie auch immer.

Also rief ich Jackie an, die unter uns die Expertin in Sachen Szene geblieben war. Sie war zu Hause und lauschte meiner Erzählung mit höchster Aufmerksamkeit.

»Hm«, machte sie schließlich. »Das klingt nach einer Krisensitzung. Ich komme am besten kurz vorbei, und wir besprechen alles Weitere. Ach ja, und ich glaube, es wäre vorerst nicht besonders klug, Frederike davon zu erzählen. Sie dreht seit gestern völlig am Rad, weil ihr klar geworden ist, dass sie durch das Verschwinden des Manuskriptes den Vertrag mit ihrem Verlag nicht einhalten kann.«

Ich nickte. »Hast recht. Das bringen wir ihr am besten sehr schonend bei. Okay, dann bis gleich.«

Meine Wanderung durch die achtzig Quadratmeter meiner Altbauwohnung ging weiter. Ich hatte mich unmöglich benommen. Frauke hatte natürlich recht. Lesben waren für mich Frauen mit erweitertem Bewusstsein. Frauen, die nicht in den plattgelatschten Bahnen vor sich hin schlurften, die schon ihre Urgroßmütter ausgetreten vorgefunden hatten. Selbstverständlich war ich der Meinung, dass Lesben *anders* waren, und wahrscheinlich, ich seufzte laut, da es ja eh niemand hören konnte, glaubte ich tatsächlich, dass sie damit auch *besser* waren. Was für ein überheblicher Lesbensnob ich doch war …

Und das, obwohl ich der Szene gegenüber doch auch durchaus kritische Töne anschlagen konnte. Ich hielt wahrhaft nicht alles hoch, was Lesben so von sich gaben oder auf die Beine stellten, ich krittelte, meckerte, bedauerte und forderte. Und doch … es lag ein Zauber in der Idee der weiblichen Welt, des weiblichen Denkens und weiblichen Miteinanders. Ich konnte nicht leugnen, dass ich wirklich sehr froh darüber war, lesbisch zu sein.

Als es an der Tür klingelte, betätigte ich den Summer, lehnte die Tür an und ging wieder hinüber ins Wohnzimmer.

Eigentlich hatte ich in der Zwischenzeit eine kleine schriftliche Aufstellung anfertigen wollen, die uns beim weiteren Nachdenken zum Manuskript-Fall behilflich sein sollte. Aber durch meine selbstkritischen Grübeleien war ich nicht dazu gekommen.

So saß ich über ein Blatt Papier gekrümmt auf dem Sofa, als ich Schritte im Wohnungsflur hörte und es zaghaft an den Rahmen klopfte.

Es war Lena.

»Hi«, sagte sie. »Darf ich reinkommen?«

Ich sprang auf und deutete auf Sofa und Sessel. »Klar. Logisch. Setz dich. Möchtest du etwas trinken?«

Sie schüttelte den Kopf und setzte sich in den Sessel. Sie lächelte nicht, sondern machte ein ernstes Gesicht. Ihre Augen waren gerötet.

»Du siehst aus, als kämst du nicht aus reinem Zufall hier vorbei«, begann ich vorsichtig und versuchte, mich an ihren Anblick in meinem Sessel zu gewöhnen.

Sie machte eine Handbewegung, als würde sie lustlos einen Tennisball nach mir werfen. Ihr Arm vibrierte davon.

»Meine Mutter!«, stöhnte sie. Das erklärte schon einiges.

»Gestritten?«, fragte ich dennoch nach.

»Sie ist super mies drauf. Seit neulich Abend. Du weißt schon, das verpasste Mutter-Tochter-Abendessen. Keine Ahnung, was los ist. Ich glaube, sie ist noch sauer oder so. Obwohl sie sonst nicht so nachtragend ist. Aber irgendwas ist mit ihr los. Sie ist echt komisch drauf. Mit der Wohnung kann es nicht zusammenhängen. Sie hat ja selber schon mal den Vorschlag gemacht, dass ich mir eine eigene Bude suchen könnte.«

»Schenk ihr doch mal Blumen«, schlug ich vor. Ich hätte wetten könne, das würde sie freuen. Ihre Mutter.

»Scherzkeks«, brummte Lena, sah aber schon etwas freundlicher drein. »Meinst du, es hilft, wenn ich sie besteche?«

»Sieh es doch einfach als eine Art der Entschuldigung. Und das sollte sie auch so sehen. Wenn du ihr so sagst, dass es dir wegen neulich leid tut, kann sie bestimmt nicht widerstehen.«

Lena strahlte mich an.

»Du hast immer so nette Ideen«, sagte sie erfreut. »Scheint so, als könntest du dich wirklich in jeden hineinversetzen.«

Zum ersten Mal sagte sie so etwas zu mir. Etwas, das mir zeigte, dass sie sehr genau registrierte, was ich tat oder sagte, dass sie mochte, was sie da sah und hörte.

Und zum ersten Mal sah ich sie in abgewetzten Alltagsjeans, nicht schickimicki rausgeputzt für eine Unternehmung am Abend. Es war eine von diesen superweichen verwaschenen Hosen, die so aussehen, als könne man sie vom Körper streicheln. Ich liebte sie in Jeans.

»Tja, was soll ich darauf sagen«, erwiderte ich, betont bescheiden. »Du wirst wohl recht haben damit.«

Wir lächelten uns vielsagend an. Leider war mir nicht ganz klar, was genau sie mir mit ihrem Lächeln sagen wollte.

»Ist dir die Wohnung, von der du gesprochen hast, denn schon sicher?«, erkundigte ich mich.

»Zum nächsten Ersten.« Lenas Gesicht leuchtete bei diesem Gedanken auf wie eine Glühbirne. »Eine echte Blitzaktion. Eigentlich gar nicht meine Art, aber es wird einfach Zeit. Und es ist eine total schöne Wohnung. Nicht so groß wie deine, aber es reicht für mich. Zwei Zimmer, eine kleine Küche und ein kuscheliger Balkon zum Innenhof, sehr gemütlich.« Sie sah sich aufmerksam um. »Womit hast du die Wände tapeziert. Sieht cool aus.«

»Keine Tapete«, erklärte ich. »Einfach nur Wand. Tapeten runter. Ein bisschen Grundierung. Und schon kannst du drauflospinseln.«

Lena legte die Hand an die Wand hinter dem Sessel.

»Ich dachte immer, so eine kahle Wand muss kühl und abschreckend wirken. Aber das hier gefällt mir total gut. Da wird einem regelrecht warm.« Sie seufzte. »Ich hab keine Ahnung von so was. Als Architekturstudentin eigentlich ein Unding, oder?«

Das war meine Gelegenheit! »Ich helf dir gern!«

»Ehrlich? Würdest du?«

»Logisch. Wenn ich's doch sage.«

Ihre Augen und ... oh, ihr Mund. Was konnte wunderbarer sein, als gemeinsam eine Wohnung zu streichen? Wir würden in Orange und Gelb schwelgen, uns mit dunklem Bourdeauxrot übergießen. Farben würden tanzen. Vielleicht wir ja auch.

»Das ist super nett von dir. Du bist ...« Lena sah mich an und brach ab. Verlegen betrachtete sie erneut den Anstrich. »Hast du die anderen Räume auch so gestrichen?« Oh, endlich wusste ich, warum ich mir damals mit der Renovierung so viel Mühe gemacht hatte!

»Komm, ich zeig sie dir.«

Da schellte es erneut.

»Das wird Jackie sein«, sagte ich und ging zur Tür. Manchmal stellte ich mir einfach selbst ein Beinchen. Hätte ich Jackie vorhin nicht angerufen, stände mir jetzt womöglich der erste sehr persönliche Abend mit Lena bevor. Ich blieb an der Tür stehen, um meine Freundin auf den bereits anwesenden Besuch vorzubereiten und eine kurze Ermahnung zu tadellosem Benehmen anzubringen. Die konnte bei Jackie hin und wieder durchaus angebracht sein, denn sie ließ sich gern zu unkontrollierten Quiekern, Hüpfern oder Gekicher hinreißen, wenn eine überraschende Situation ihr zu viel Selbstbeherrschung abverlangte. Als ich Schritte von zwei Personen im Hausflur hörte, staunte ich nicht schlecht. Hinter Jackie erschien Ellens pastellfarbene Gestalt auf der Treppe.

»Ich hab Ellen auf der Straße aufgelesen«, erklärte Jackie, und ihre dunkle Haut überzog sich mit einer selten auftretenden leichten Rötung. Die beiden sahen gar nicht so genervt aus wie sonst, wenn sie ungefiltert aufeinanderstießen.

»Ich stör doch nicht?«, stellte Ellen die rhetorische Frage, die selbstverständlich mit einem überzeugenden Kopfschütteln beantwortet werden musste.

Ich tat, was getan werden musste, flüsterte den beiden jedoch dabei zu: »Bitte keine dummen Kommentare, wenn ihr reinkommt. Lena ist da.«

Mehr Erklärung war leider nicht drin. Ich wollte nicht, dass Lena unser Gewisper bis ins Wohnzimmer hören würde.

Jackie kicherte ein bisschen, bekam allerdings von Ellen einen scharfen Stoß in die Rippen zur Ernüchterung. Ich erwartete schon halb, dass Jackie deswegen einen Zank anfangen würde, doch sie sah Ellen nur vorwurfsvoll an und trat hinter ihr ein.

Lena saß immer noch im Sessel und tat so, als würde sie mit schief gelegtem Kopf die Titel im Bücherregel lesen. Genau so hatte sie auf dem Schwof neulich alle Infozettel und sogar die Verzehrkarte gründlich studiert. Dieser Anblick von krampfhaft zur Schau gestellter Gelassenheit haute mich um. Es traf diesen gewissen Punkt in mir, dessen Stimulation in meiner Kindheit beim Anblick von kleinen Lämmchen auf der Wiese zu den unvermeidlichen »Oh, – wie – süüüüß!«-Kreischern geführt hatte. Vor derartigen Ausrutschern schützte mich heute glücklicherweise eine große Portion Selbstdisziplin.

Ellen schmunzelte und klopfte betont forsch an die Tür zum Wohnzimmer, die weit auf stand.

Lena spielte die Überraschte: »Oh, hallo. So viel Besuch. Ich habe dich vorhin gar nicht gefragt, ob du überhaupt Zeit hast, Michelin.«

Wie gern hätte ich irgendetwas erfunden, das Jackie und Ellen nur kurz abholen wollten, während sie selbstverständlich gleich weitermussten. Leider war ich zu gut erzogen, um meine Freundinnen auf solche Art abzuservieren.

»Wir haben nachher noch etwas zu besprechen. Nichts Wichtiges. Du kannst also gern noch etwas bleiben«, antwortete ich ihr. »Das hier sind Ellen und Jackie. Das ist Lena.« Mein Handbewegung in Richtung Sessel geriet etwas zu pathetisch. Doch das schien niemandem aufzufallen.

»Ich mach uns einen Kaffee«, schlug Ellen vor und verschwand in der Küche.

Jackie setzte sich aufs Sofa, und ich konnte ihrem verkrampften Körper förmlich ansehen, wie viel Anstrengung es sie kostete, Lena weder anzustarren, noch sie mit Fragen zu bombardieren. Sie saß dort wie ein frisch aufgerolltes Jo-Jo, das nur darauf wartete, loszuschnacken.

Lena, mit übereinandergeschlagenen Beinen, wusste nichts von der unmittelbaren Gefahr, in der sie schwebte. Sie bedachte Jackie mit einem freundlichen Blick unter ihren langen, schwarzen Wimpern. Es fehlte nur noch, dass sie höflich gefragt hätte: »Kommen Sie öfter hierher?«

»Auf den Straßen ist heute die Hölle los!«, begann Jackie, die den Schnabel nicht länger halten konnte. Ihre aufgestaute Anspannung entlud sich in der Schilderung einer langen und komplizierten Geschichte, in der vorfahrtsschneidende Mofafahrer, eine Straße überquerende Katze und ein minderjähriges Mädchen hinter dem Steuer eines Kleinbullis eine Rolle spielten. Lena lachte bei jedem der eingestreuten Witze und stachelte damit Jackie zu Höchstleistungen an. Ellen stand mit säuerlicher Miene in der Tür und wartete darauf, dass der Kaffee durchlaufen würde.

»Wenn ich dir so zuhöre, Jackie, werde ich es mir bestimmt nachher überlegen, ob ich noch einmal auf deinem Beifahrersitz Platz nehmen werde«, sagte sie und schwang herum, um uns aus der Küche Tassen zu holen.

»Nur kein Neid«, rief Jackie ihr nach. »Ich kann nichts dafür, dass ich solche irren Geschichten erlebe. Ach, übrigens, welches Sternzeichen bist du?«

Lena schaute verblüfft, antwortete aber gehorsam: »Skorpion.«

Jackies Augen weiteten sich entsetzt. ›Lass sie jetzt bloß nicht mit ihrem Astro-Kram anfangen! Skorpione hat sie doch immer so auf dem Kieker!‹, ließ ich ein Stoßgebet los und nahm mir vor, mich demnächst mal in die Satzungen der verschiedenen Religionen einzulesen. Danach könnte ich mich vielleicht für eine von ihnen entscheiden, damit ich nicht weiterhin derartige sekundenschnelle Bitten ziellos ins Universum hinausschicken musste.

»Mein Aszendent ist aber Fische. Das lotet bei mir einiges aus. Ich scheine mich sehr in die Richtung meines Aszendenten zu entwickeln. Glück gehabt, oder?« Lena zwinkerte Jackie zu, und mir wurde klar, dass sie zwar neunzehn, aber bestimmt kein Kleinkind mehr war. Sie hatte genau heraus, dass Jackie sie auf irgendwelchen Skorpioneigenschaften festnageln wollte.

Ich feixte.

»Dann geh ich mal wieder. War wirklich schön, dich kurz gesehen zu haben«, sagte Lena und sprach mir aus der Seele. »Das mit der Wohnungsführung machen wir dann ein andermal, okay?«

»Okay«, hauchte ich, betört von der Vorstellung, sie noch mal in meiner Wohnung begrüßen zu dürfen. Und noch mal. Und noch mal.

Ich begleitete sie zur Tür und empfand ihre körperliche Anwesenheit in dieser vertrauten Umgebung als aufregend und beruhigend zugleich. Natürlich hatte sie keine Ahnung, wie oft ich sie inzwischen vor meinem geistigen Auge durch diesen Flur hatte gehen sehen. Doch ihr Astralleib hatte zum Beispiel nie eine definitive Größe gehabt. Jetzt wurde mir sehr bewusst, dass sie ein wenig größer als ich war. Perfekt.

Der Augenblick, in dem wir uns an der bereits von mir geöffneten Tür gegenüberstanden, ließ mir plötzlich das Blut gerinnen. Sie zögerte. Ich dachte: ›Sie will mich doch jetzt nicht küssen?‹, und da tätschelte Lena kurz meinen Arm: »Wir sprechen uns dann wegen der Renovierung und so, nicht? Tschüss, Michelin.«

»Tschüss, Lena.«

Ich sah ihr nach, bis sie auf der Treppe verschwand.

Als ich wieder ins Wohnzimmer kam, fand ich dort zwei Honigkuchenpferde auf dem Sofa.

»Grinst nicht so!«, befahl ich ihnen glücklich. Der Gedanke an den Kuss war wirklich etwas großkotzig gewesen. Dass sie meinen Arm so zaghaft berührte, das war schon was!

»Ich muss sagen, sie hat Stil«, meinte Jackie beeindruckt. Bloß gut, sie hielt ihren Mund, was diese Skorpiongeschichte anging.

»Und wie geht es dir jetzt?«, wollte Ellen liebevoll von mir wissen. Ich lehnte mich an sie, und mein Kopf fiel an ihre schmale Schulter.

»Ach, Ellen, ich glaube, ich könnte gut ein Wochenende auf der Alm vertragen.«

Deutlich spürte ich, wie ihr Körper vor Lachen zuckte.

6. Kapitel

Wenn der Wein die Wahrheit spricht, verrät er dich?!

Am ersten Abend im Juni wusste ich nichts mit mir anzufangen. Es wäre mir gewiss besser gegangen, wenn sich unter Lenas Telefonnummer jemand gemeldet hätte, aber dort antwortete nur monotones Tuten als Zeichen dafür, dass alle ausgeflogen waren.

Zu Hause hielt ich es nicht aus. Die Alm hatte sich vor mir verkrochen. Ich schaute in allen Ecken nach und konnte sie nirgends finden. Ganz allein in meiner schönen, gemütlichen Wohnung zu sitzen, war plötzlich nicht mehr ruhig, friedlich und besinnlich, sondern langweilig und nervenaufreibend.

Es war für Anfang Juni unglaublich warm. Doch ich hatte noch nicht einmal Lust, Jackie anzurufen und mit ihr über die Klimaveränderung zu diskutieren. Also musste ich wohl rausgehen. Aber ich hatte mich heute Morgen in eine kurze Hose und ein knacke enges Trägershirt geworfen und keine Lust, mich umzuziehen. Die einzige Kneipe, in der ich mit meinen langen blonden Haaren und in diesem Aufzug in Ruhe gelassen würde, war das ›Yellow‹, eine nette Schwulenkneipe zwei Straßen weiter.

Hier hatte ich vor sieben Jahren auch Lothar kennengelernt.

Immer mal wieder zogen wir gemeinsam dorthin. Heute würde es allerdings auch allein gehen müssen, denn zwischen Frauke und mir herrschte nach unserem heftigen Zusammenstoß Sendepause.

Lothar hatte mich am Tag nach dem Streit angerufen und mit belegter Stimme erklärt, Frauke fühle sich nicht wohl und wolle lieber daheim arbeiten. Ich hatte diese Ausrede vorerst akzeptiert. Aber seitdem war nun eine Woche vergangen, und allmählich machte ich mir Sorgen. Frauke wollte doch hoffentlich nicht bis in die Steinzeit schmollen? Hatte ich sie mit meinen lesbenelitären Sprüchen derart furchtbar verletzt, dass sie mich nun gar nicht mehr sehen wollte? Ich sollte eine Aussprache mit ihr anstreben! Aber nicht heute! Besser nicht heute, denn heute war kein guter Tag für konstruktive Auseinandersetzung und anschließende Versöhnung. Der heutige Tag schien nur zu einem gut zu sein: sich in einer gemütlichen Schwulenkneipe langsam und unauffällig und vor allen Dingen allein unter den Tisch zu trinken.

Im ›Yellow‹ pflanzte ich mich sofort an einen der ausladenden Tische und winkte dem Kellner in der knackigen Levis-Jeans. Mir gegenüber saßen zwei gibbelnde Mädels aus der Obersekunda des angrenzenden Mädchengymnasiums, die Banane-Kirsch-Saft tranken und den hereinkommenden Männern auf den Hintern starrten. Ich dachte darüber nach, ob die Schwulen das als sexuelle Belästigung werten würden.

»Ein Sider, bitte!«, bestellte ich. Bier im Allgemeinen hasse ich. Aber im ›Yellow‹ gab es die wunderbare Ausnahme: das verführerisch süße irische Bier, bei dem ich immer an donnernde Brandung an felsenzerklüfteten Küsten, kreischende Möwen und an Ponyritte über endlose Weiden mit aufgeschichteten Steinmauern denken musste. Mir war heute danach. Warum ging Lena seit Tagen nicht ans Telefon?

»Sider kommt sofort.« Der nette junge Mann mit dem Goldohrring strahlte mich an. »Aber könntest du dich bitte woanders hinsetzen? Wie du siehst, sind die Tische hier vorn reserviert.«

Oh, das kleine Schild hatte ich vollkommen übersehen.

»Dann geh ich nach hinten«, teilte ich dem Davoneilenden noch mit und schlenderte durch die herumstehenden Männer in den hinteren Teil der Kneipe.

Hier waren durch kleine Mäuerchen winzige Nischen voneinander abgeteilt, die von Paaren bevorzugt wurden, die entweder verliebt über den Tisch hinweg Händchen hielten oder aber angeregt miteinander tuschelten. Aber auch hier waren fast alle Plätze besetzt. Sollte mein Vorhaben zu einem Sidergesteuerten-Vergessen-für-einen-Abend etwa an einem mangelndem Sitzplatz scheitern?

Nein, da ganz hinten! Zwar reckte sich dort ein Bein in den Gang, aber der Person gegenüber war die Bank noch frei.

Ich schritt selbstbewusst dorthin. Das war meine letzte Chance, mich heute Abend besaufen zu können.

Als ich den Kopf um die Ecke der Nische schob, sahen mich ein Paar grüner Augen erschrocken an.

»Ups! Ich meine, guten Abend. Was machen Sie denn hier?«, fuhr es mir heraus.

»Sie werden lachen. Aber ich begann auch gerade, mich das zu fragen«, antwortete Angela Rose.

Ich musste ziemlich verdattert dreingeschaut haben, denn sie lachte.

»Wollen Sie sich nicht setzen? Wie Sie sehen, hat sich noch niemand zu mir getraut.« Sie wies auf die gegenüberliegende Bank.

»Trifft sich gut. Ich war gerade auf der Suche nach einem Sitzplatz. Danke.« Ich setzte mich und versuchte meine anhaltende Überraschung über diese unerwartete Begegnung zu verbergen. Aber ich konnte noch nie gut täuschen. Frau Rose verzog den lippenstiftgeschminkten Mund zu einem amüsierten Lächeln.

»Sie wollen wissen, was ich hier mache?«, wiederholte sie meine Frage. »Ich betreibe etwas Feldforschung.«

»Dieses Feld interessiert Sie?«

Ihr Blick fiel in das Glas Wein, das vor ihr stand.

»Immerhin ist meine Tochter ... ich meine, Lena kennt sich hier doch bestimmt gut aus. Ich war einfach neugierig, wo sie so ihre Freizeit verbringt. Und da hab ich mir eine dieser Szenezeitschriften geschnappt und mal nach einem von diesen Szeneläden in der Stadt Ausschau gehalten. Wissen Sie, unser gemeinsames Essen neulich hat mir gezeigt, wie wenig ich über Lenas Leben eigentlich weiß.«

Ich musste schmunzeln. Denn ich glaubte kaum, dass sie in einem schwulen Laden allzu viel über Lena erfahren würde. Unbedarfte Eltern neigen immer dazu, lesbische Töchter und schwule Söhne in einen Topf zu werfen. Dabei haben Lesben und Schwule eigentlich nur gemein, dass sie »anders« sind, als von ihnen erwartet wird. Ansonsten haben Männer und Frauen eben nicht sehr viel gemeinsam.

»Dann bin ich also nicht ganz unschuldig daran, dass Sie jetzt Ihren Abend in einer Schwulenkneipe verbringen?«, grinste ich.

Sie sah nicht von ihrem Glas auf, nahm aber annähernd die Farbe des Weines an, der vor ihr stand. Es war ein tiefdunkler Rioja.

»Wie meinen Sie das?«

»Könnte mir vorstellen, dass ich Sie durch mein Erscheinen neugierig gemacht habe. Aber alle Antworten, die Sie gern hätten, habe ich bestimmt nicht geben können.«

»Oh, das meinen Sie ...« Sie lächelte, scheinbar erleichtert. Vielleicht, weil sie hier fremd war, ihr vieles neu und ungewöhnlich schien. Hatte sie schon mal zwei küssende Männer gesehen, wie die beiden in der Nachbarnische, die sich gegenseitig fast ununterbrochen die Zunge in den Hals schoben?

Als ich sie anschaute, ihren grünen Blick im Wein versinken sah, war sie plötzlich eine angenehm fremde Person für mich. Hier fühlte ich mich ihr gegenüber ganz anders als in ihrer Küche. Das ›Yellow‹ war mein Revier, und sie war diejenige, die peinlich darauf achtete, nichts Unpassendes zu tun oder zu sagen. Ich fand Gefallen an diesen geänderten Verhältnissen.

»Lena hat mich gebeten, ihr beim Renovieren zu helfen«, sagte ich.

Frau Rose nickte wissend. Immerhin sprach ich von ihrer Tochter, sollte das wohl heißen.

»Mal wieder typisch für sie. Kaum versucht sie, sich von mir abzunabeln, hängt sie sich an jemand anderen. Sie kommt noch nicht so recht allein klar, ohne diesen gewissen Mutterersatz … oh, entschuldigen Sie! Ich bin ein Trampeltier!«, fluchte Angela Rose, als sie mein Gesicht beim Wort ›Mutterersatz‹ sah und richtig deutete. Ich fragte mich heimlich, wie viel Wein sie bereits konsumiert haben mochte. »Neulich bin ich auch schon so ins Fettnäpfchen getreten. Und dafür wollte ich mich übrigens noch bei Ihnen entschuldigen.«

»Wofür?«

»Ich wusste nicht, dass Sie und Lena sich erst so kurze Zeit kennen. Ich meine … verstehen Sie, was ich meine? Ich dachte, Sie beide seien gute Freundinnen … vielleicht ein Paar.« Sie räusperte sich. »Wenn ich gewusst hätte, dass Sie sich erst vor kurzem kennengelernt haben, dann hätte ich Ihnen niemals das Essen aufgedrängt und Sie zugeredet mit all diesem …«

Ich winkte ab und hoffte, dass meine Worte so ehrlich klangen, wie sie auch gemeint waren: »Bitte keine solchen

Entschuldigungen. Es war doch ein netter Abend zum gegenseitigen Kennenlernen. Und nicht zuletzt habe ich das köstliche Essen sehr genossen.«

Sie guckte zweifelnd. Hatte ich es mir doch gedacht, dass sie nicht so leicht zu überzeugen war. Doch der einfachste Trick in solch einem Falle von zaghaftem Unglauben ist es immer, eine klare Aussage einfach stehen zu lassen – ohne weitere erklärende Zusätze, die doch nur wie eine unglückliche Verstrickung von Ausreden wirken würden. Also schwieg ich vielsagend und nickte nur noch einmal zur Bekräftigung des eben Gesagten.

Wie ich erwartet hatte, entspannte sie sich nun und nickte ebenfalls. Sie glaubte mir meine Aufrichtigkeit.

Wäre sie meine Mutter, hätten wir wahrscheinlich nicht sehr viele Reibungspunkte. Ich glaubte, gut mit ihr umgehen zu können. Aber es kam mir irrwitzig vor, sie mir als meine Mutter zu denken. Früher hatte ich das Spiel oft gespielt. Mir vorzustellen, wie es wäre, die Eltern von jemand anderem zu haben. Aber bei ihr wirkte die Vorstellung absurd, als würde ich mir vorstellen, Jackie sei meine Mutter oder Ellen. Ja, Frau Rose fühlte sich ganz eindeutig eher wie eine Freundin als wie eine Mutter an.

Spontan beugte ich mich vor und klopfte direkt neben ihrem Weinglas mit der flachen Hand auf den Tisch.

»Ich freue mich, dass ich Sie hier getroffen habe. Eigentlich bin ich nämlich hierher gekommen, um mir so richtig die Kante zu geben. Ich glaube, in Ihrer Gesellschaft könnte der Abend auch ohne zu viel Alkohol schön werden.«

»Wissen Sie, dass das das Netteste ist, das mir seit langem jemand gesagt hat?«, murmelte sie.

»Sie müssen in schlimmen Verhältnissen leben«, scherzte ich, denn ich war von ihrer leisen Stimme berührt.

»Sie haben recht. Ich sollte das ändern!«, stellte sie entschlossen fest. Und ich fand es fast schade, dass der stille Moment vorüber war.

Der goldene Ohrring kam herbeigeschwebt und stellte ein Sider vor mir ab. Frau Rose nippte am Wein.

»Vielleicht hätte ich lieber gleich ein Viertel bestellen sollen?«, sann sie nach, als sie einen Blick auf die Striche auf ihrem Bierdeckel warf, wo ihre Zeche verzeichnet war.

»Wollen Sie sich betrinken, weil es Ihnen nicht gut geht?«, erkundigte sie sich, nachdem wir uns zugeprostet und getrunken hatten.

»Ach, na ja, es laufen ein paar Dinge nicht ganz so, wie ich es mir wünschen würde, wenn ich es mal ganz pragmatisch ausdrücken darf«, erging ich mich in Andeutungen und hoffte verrückterweise, dass sie weiter nachfragen würde.

»Mit Lena?«, wollte sie wissen.

»Zugegeben, ja, auch mit Lena«, seufzte ich, und sie lächelte.

»Ich kann mir vorstellen, dass sie nicht leicht zu handhaben ist, was diese Dinge angeht. Immerhin ist sie Einzelkind, im wahrsten Sinne des Wortes. Ich bin um sie gekreiselt, als sie noch jünger war. Grässlich. Ich muss eine richtige Glucke gewesen sein. Und weil sie so verwöhnt ist, stellt sie bestimmt hohe Ansprüche an alle, die … die …«

»Ihr nah kommen wollen?«, half ich ihr weiter.

»Ja! Das wollte ich sagen!« Sie griff dankbar nach diesem Strohhalm. Doch dann fuhr ihre Hand unwirsch durch die Luft. »Fällt es eigentlich allen Eltern so schwer, mitanzusehen, wie ihre Töchter erwachsen werden, sich verlieben, Beziehungen eingehen, sich trennen?«

»Fällt es Ihnen denn schwer?«, erkundigte ich mich.

Obwohl wir über ihre Tochter sprachen, wurde Angela

Rose nicht zu der Mutter, die ich neulich Abend hatte kennenlernen können und die ihr nach meinem Ermessen gar nicht gut zu Gesicht stand. Jetzt und hier blieb sie ganz sie selber, ohne Gluckenallüren.

»Es ist ein so anderes Leben, das sie lebt. Weit entfernt von allem, was man sich so für sein Kind vorstellt…« Sie unterbrach sich selbst und funkelte mich über den Tisch hinweg mit meergrünen Augen an. »Jetzt glauben Sie bloß nicht, dass ich scharf drauf bin, dass Lena sich mit zwanzig verlobt und möglichst rasch Enkelkinder produziert. Nein, weiß Gott, ich käme mir viel zu alt vor. Aber es ist alles so fremd. Sie erzählt nicht viel, aber wenn sie sich mir dann mal mitteilt, versteh ich nur die Hälfte, weil ich mich in diesem Metier nun mal nicht auskenne…« Es folgte eine ausladende Handbewegung in den Raum hinein. »Lena sagt immer, es sei doch alles gar nicht so anders. Es gehe doch nur darum, dass sie nicht mit Männern, sondern mit Frauen ins Bett geht.«

Das sagte Lena?

Frau Rose trommelte mit den Fingern auf den Tisch. »Was denken Sie dazu? Sie sehen nicht zufrieden aus mit dieser Aussage.«

»Ist mir das anzusehen?«

»Ich sehe es.«

Wir maßen uns kurz mit Blicken. Aber es wurde kein ernster Wettkampf. Wir lächelten beide.

»Ich finde, diese Aussage vereinfacht einen Sachverhalt, der in Wahrheit viel komplexer ist. Es steckt noch so viel mehr dahinter. Feminismus. Das ist eine politische Gesinnung. Ein Gefühl von anderer Gemeinsamkeit. Lesbisch zu sein, bedeutet nicht nur, mit Frauen zu schlafen, sondern auch mit Frauen zu leben. Die Belange von Frauen sind wichtig.«

»Sehen Sie!«, schalt Frau Rose triumphierend und drosselte mit einem säuerlichen Blick auf ihr Weinglas gleich wieder ihre Lautstärke. »Das sage ich Lena auch immer.«

Der Teil meines Hirns, der für Diskussionen geschaffen wurde, konnte es nicht dabei belassen. »Außerdem leben wir notgedrungen sehr viel anders, wenn wir uns nicht verstecken wollen. Das Coming-out verändert vieles im Leben, manchmal alles. Die Welt sieht einen mit anderen Augen an. Man selber muss lernen, selbstbewusst zu sich zu stehen. Es gibt manchmal nirgendwo einen Platz zum Verkriechen und Verstecken. Wenn man es allen sagt, haben alle die Möglichkeit, einen zu verletzen.«

Jetzt schwieg sie betroffen.

»So habe ich das noch nie gesehen«, murmelte sie schließlich. »Ich dachte immer … Lena tut immer so, als hätte es nur mit viel Stolz und Spaß zu tun. Warum sagt *sie* mir so etwas nicht?«

»Eltern sind oft diejenigen Personen, die uns am meisten verletzen können«, wagte ich eine vorsichtige Andeutung.

»Wem sagen Sie das?« Frau Rose zog mit dem Finger den Rand des Bierdeckels nach. »Meine Mutter hätte mich in die Verzweiflung treiben können mit ihrer Ablehnung, wenn ich nicht eine Fluchtmöglichkeit gehabt hätte.«

Ich fand es bemerkenswert, dass sie in diesem Zusammenhang über sich zuerst als Tochter und nicht als Lenas Mutter sprach.

»Sie sind abgehauen?«

Sie lachte auf, ein kurzes bitteres Lachen.

»Abhauen? Wohin? Als Kind in den Sechzigern, in denen alle von Revolution und Aufstand johlten. Nur die eigene Mutter achtet auf spießige Benimmformen und kennt nichts Wichtigeres als die neusten Moden aus Paris. Schicke Kleidung als A und O des Lebens, innere Werte zählten nicht. Und ich als Modepüppchen, als Kleiderständer für die neusten Kinderklamotten. Ein Vorführmäuschen, das jedem schmierigen Onkel brav ein Küsschen geben musste. Wohin hätte ich schon gehen können? Nein, ich meine damit eine andere Fluchtmöglichkeit. Ich stellte mir vor, woanders zu sein.«

»Woanders?«

»Nicht etwa nebenan oder am anderen Ende der Stadt oder so, sondern … weit weg. Ich träumte von den Kängurus in Australien, stürzte mich in die Kultur und Spiritualität der Maori auf Neuseeland. In Amerika gab es die Rocky Mountains, die riesigen Canyons, die Nationalparks mit all ihren Tier- und Pflanzenarten. Und Brasilien lockte mich mit seinem Amazonasgebiet, dem riesigen Fluss und dem Dschungel. China war so geheimnisvoll und Japan so streng, Indonesien spielerisch. Ich las alles, was ich über fremde Länder erfahren konnte. Und die konnten gar nicht weit genug weg sein.«

Ich betrachtete sie, wie sie mit ihrem apart geschnittenen kurzen Haar und der luftigen Seidenbluse mir gegenüber am Tisch saß, schon mehr als leicht angetrunken, gesprächig und entspannt. Ich stellte sie mir als Mädchen vor, in süßen Pariser Kleidchen, vielleicht mit langen Zöpfen, wie sie Bücher wälzte und vor Zeitschriften saß, neben sich einen Atlas, über dessen Seiten sie mit dem Zeigefinger fuhr.

»Eine Reisende im Geiste«, nannte ich sie, und ihr Mund wiederholte tonlos diese Bezeichnung.

Dann lächelte sie zufrieden. »Klingt hübsch.«

»Klingt wunderschön«, sagte ich.

Wieder sahen wir uns an.

›Seltsam, dass sie Lenas Mutter ist‹, dachte ich. ›Lena und sie sehen sich zwar verdammt ähnlich, aber ansonsten haben sie keinerlei Ähnlichkeit miteinander.‹ Sie benutzten andere

Gesten, lachten anders, schauten mich anders an. Lenas Blick war stets scheu und ein wenig verlegen, als fühle sie sich überall fremd und neu. Angela Roses Blick dagegen variierte von forschend bis herausfordernd, suchte sich gerade seinen Weg und wich meinem nicht aus.

Ich mochte es, wie sie schaute.

Als ich einen Schluck aus meinem Glas nehmen wollte, merkte ich, dass es leer war. Ich bestellt noch eins. Und Angela Rose orderte sicherheitshalber gleich ein Viertel Rioja.

»Wissense ... oh, entschuldigen Sie«, sie kicherte kurz, bekam sich aber gleich wieder in die Gewalt, »dass Sie mir meine Frage immer noch nicht beantwortet haben?«

»Welche meinen Sie?«

»Warum haben Sie sich ausgerechnet in Lena verliebt?«

Würde bei ihr die pragmatische Schiene besser ziehen oder die romantische? Ach, ich konnte sie einfach nicht einschätzen. Also entschied ich mich für die Wahrheit.

»Es war einfach Schicksal, denke ich. Ich sah sie, und *Peng*! Klingt etwas banal, nicht?«

»Banal? Unsinn! Es klingt dramatisch und ... schön, es klingt schön. Können Sie sich vorstellen, dass ich mich auch manchmal nach so etwas sehne?«

»Sie meinen nach romantischer Liebe?«

»Nach allem!« Frau Rose breitete die Arme aus und warf dabei fast ihr Weinglas um. »Knisternde Spannung bei der ersten Begegnung, geheimnisvolle Blicke, Flirren im Bauch, wenn man sich zufällig berührt ... eine Liebesgeschichte eben.« Wieder schüttelte sie den Kopf. Es wirkte resigniert und plötzlich müde. Sie sank in sich zusammen. Wie neulich, als ihr mitten in ihrem Wutanfall plötzlich klar geworden war, dass ihre Tochter das gemeinsame Abendessen einfach vergessen hatte. »Ich war meinem Mann immer treu, bin nie fremdgegangen«, fuhr sie dann mit gemäßigter Stimme fort. »Vor ihm war ich mit einem Schauspieler zusammen. Oh, wie hab ich ihn geliebt. Kurt Wiegerland. Ein Traum von einem Mann. Er sah aus wie Adonis, mit blonden Locken und einem Körper ... es hat mich jedes Mal umgehauen, wenn ich ihn gesehen habe. Er war so zärtlich, einfühlsam, unglaublich sensibel, er spürte alle meine Stimmungen wie eine Frau, eine gute Freundin, verstehen Sie? Meine Güte, er liebte Abende bei Kerzenlicht, lange Spaziergänge, Opernmusik, und er ging mit mir auf meine fernen Reisen im Geiste.« Ein wehmütiges Lächeln.

»Aber?«, fragte ich nach. Das klang in meinen Ohren nach einem Mann, den sie entweder unter dem langfristigen Einfluss vieler Jahre und dem kurzfristigen Einfluss einer Flasche Rotwein unglaublich verklärt erinnerte, oder ... Oder?

»Er war schwul«, sagte Angela Rose da und sah mich mit einer komischen Fratze an, in der sich hysterisches Lachen und der Ansatz zum enttäuschten Weinen schamlos paarten. Als sie meinen herunterklappenden Unterkiefer sah, entschied sie sich fürs Lachen und brüllte los. Ich mit ihr.

»Nach zwei Jahren wundervollen Zusammenseins sagte er mir, dass er mir nicht gerecht werden könne. Er selbst stehe auf Männer. Schwul, schwul, schwul!«, rief Frau Rose, und einige der umsitzenden Männer drehten sich kurz verwundert um. Ich war froh, dass wir uns nicht statt im ›Yellow‹ in einer Kneipe am Markt oder sonst wo getroffen hatten, in der sie weit mehr Aufmerksamkeit erregt hätte.

Wir lachten, bis uns die Tränen die Wangen hinunterliefen.

»Jetzt sagen Sie doch mal ehrlich, würden Sie da an meiner Stelle nicht aufhören, an Gott zu glauben. Die große Liebe schwul, die Tochter lesbisch ... Wenn der alte Herr im Himmel da oben sich selbst mal ein bisschen mehr an seine Gebote halten würde, wäre das nicht passiert.«

Ich war mit einem Schlag wieder ernst.

»Sagen Sie das Lena auch?«

»Was?«

»Dass Sie nicht mehr an Gott glauben, weil Ihre Tochter lesbisch ist.«

Sie sah mich entsetzt an, die Lachtränen standen noch in ihrem Gesicht. »Halten Sie mich für einen Zombie oder so was?«

Darauf antwortete ich lieber nicht. Ich hielt sie bestimmt nicht für einen Zombie. Aber ich hatte so einiges erlebt, was Eltern von Lesben anging. Da hält man irgendwann nichts mehr für unmöglich.

Meine Frage hatte sie schlagartig ernüchtert. Wir saßen schweigend am Tisch und nippten an unseren Getränken.

»Sie erzählt so wenig von sich«, sagte sie schließlich und sah mich bittend an.

»Ich kann Ihnen auch nichts von Lena erzählen. Ich kenne sie ja selbst kaum.« Mir fiel wieder ein, dass ich mir ursprünglich, neulich in ihrer Küche, genau dasselbe von ihr erhofft hatte: etwas über Lena zu erfahren.

»Aber Sie könnten mir etwas von sich erzählen!«

»Dann dürfen Sie aber nicht den falschen Schluss ziehen, dass alles, was Sie von mir erfahren, auch für Lena gilt. Sie ist doch erst…«, ich brach ab. »Sie hat einfach diverse Erfahrungen noch nicht gemacht.«

»Einem Teenager kann man das ja wohl auch nicht vorwerfen. Einer Frau um die vierzig wohl schon eher.«

»Von welchen Erfahrungen, die eine Frau um die vierzig gemacht haben sollte, sprechen Sie da ganz genau?«, wollte ich interessiert wissen.

Angela Rose ließ den Wein in ihrem Glas hin und her schwappen. Was würden wir bloß tun, wenn wir keine Gläser vor uns stehen hätten, mit denen wir konzentriert spielen konnten? Würden wir die Wände anstarren?

»In den Siebzigern war so einiges anders als in den Jahrzehnten davor. Freie Liebe. Egal mit wem, egal wie, Hauptsache drüber. Ich habe da nicht mitgemacht, verstehen Sie. Kurt und Volker, das ist mein Mann, mein Ex-Mann, waren die Einzigen für mich. Und es mal mit einer Frau zu versuchen, also ... ich hab das nie gewagt. Obwohl es regelrecht ›in‹ war. Es gehörte schon fast zum guten Ton. Und für mich gab es da auch ein paar Gelegenheiten, aber ich habe immer gekniffen.«

Ich grinste. »Angst vor der großen Offenbarung?«

»Wie?«

»Ach, nichts. Ich wollte nur sagen, dass viele Frauen es nie ausprobieren. Sie sollten nicht denken, dass Sie da die Einzige sind.«

»Das klingt wie ein gut gemeinter, aber leider kläglicher Trost«, brummte sie unzufrieden.

»Was erwarten Sie? Ich bin lesbisch und sehr glücklich damit. Natürlich müssen alle Frauen mir leid tun, die diese schönen Erfahrungen der Intimität mit einer Frau nie gemacht haben.«

Frau Rose wiegte den Kopf. »Sie haben gut lachen. Sie haben schließlich die Vergleichsmöglichkeit.«

Das hatte sie sich also gemerkt!

»Stimmt. Und obwohl ich mit meinem Liebhaber damals nicht die große Erfüllung fand, bin ich froh um die Erfahrung. Denn seitdem weiß ich eben genau, dass das andere Geschlecht bestimmt nicht für mich persönlich gemacht wurde.«

»Sie haben ihn nicht geliebt?«

»Ich fand ihn sexy und war verschossen. Sie müssen sich vorstellen, dass ich meine ganze Jugend nur für Mädchen geschwärmt habe. Als ich vierzehn war, habe ich das erste Mal mit einem Mädchen geknutscht. Jungs existierten für mich nur als Kumpels beim Völkerballspielen. Und dann kam Gero, und ich war völlig fasziniert von diesen fremden Gefühlen. Wahrscheinlich war er das, was man heute ›ein Objekt‹ nennt. Ich vermute, er war eine Art Experiment. Aber das schlug nicht unbedingt ein wie eine Bombe.«

»Und Sie haben sich nie wieder in einen Mann verliebt?«, wollte sie wissen.

»Was ist so besonders an ihnen?«, fragte ich zurück.

Darüber dachte sie eine Weile nach. Dann lachte sie. »Na ja, Sie haben doch was, was wir nicht haben.«

»Uh!«, machte ich. »Wenn Sie das meinen, was ich denke, dass Sie es meinen: Kein Interesse!«

»Das klingt ja eher nach Langeweile, weniger nach Männerfeindlichkeit.«

»Ich bin nicht männerfeindlich …«, begann ich und brach dann ab. Konnte sie die Wahrheit an einem Abend wie diesem verkraften? »Doch, ich bin doch männerfeindlich«, verbesserte ich mich dann.

Sie war verblüfft.

»Ich bin feindlich gegen alle Männer, die ihre Frauen schlagen oder vergewaltigen, die ihre Kinder misshandeln oder sexuell missbrauchen. Ich kann auch keine Männer leiden, die sich Sex erkaufen, auf dem Strich oder im Puff. Ich hasse betrügende Ehemänner oder Freunde, und ich hasse Typen, die Frauen als Ware betrachten, die Pornos glotzen, in denen Frauen erniedrigt werden. Ich hasse …« Ich brach ab. »Ja, ich glaube, ich bin männerfeindlich.«

Angela Rose war noch nicht überzeugt. Sie hatte immerhin lange Zeit mit einem Exemplar dieser Gattung zusammengelebt. Und auch wenn der in die Kategorie ›Betrüger‹ fiel, wollte sie es nicht unversucht lassen, die Männer im Allgemeinen vor meinem Pauschalurteil zu retten.

»Denken Sie nicht, dass Sie den vielen Männern, die diese Dinge nicht tun, eine Chance geben sollten? Es gibt bestimmt sehr viele Männer, die weder vergewaltigen, noch ihre Kinder prügeln und missbrauchen. Und was das Fremdgehen anbelangt, da gibt es auch genug Frauen, die das tun«, sagte sie.

»Seit kurzem schwappt eine Kampagne aus Kanada zu uns rüber. Die Kanadier nennen ihr Symbol ›White-Ribbon‹. Männer, die sich öffentlich gegen Männergewalt gegen Frauen aussprechen und ihre Solidarität mit den Frauen zeigen wollen, tragen kleine weißen Schleifchen. Diese Männer sind meine Freunde!«

»Das klingt nach einem ›Aber‹.«

»Wissen Sie, an der Uni haben wir im Frauenraum mal ein Rechenexempel gestartet. Wir haben die Zahlen der Freier hochgerechnet, die in Puffs gehen oder den Straßenstrich in Anspruch nehmen. Demzufolge müsste jeder ungebundene Mann zwischen achtzehn und sechzig siebenmal am Tag Sex mit Prostituierten haben.«

Frau Rose wiegte den Kopf. »Das scheint mir etwas viel.«

»Sie glauben nicht, dass ein Mann das schaffen kann?«

»Ich zweifele dran. Es wäre auf jeden Fall zu teuer für ihn.«

»So ist es. Und wer, glauben Sie, unternimmt also all diese häufigen Besuche in diesen Etablissements und fährt suchend auf der Straße lang?«

Angela Rose schlug mit der flachen Hand auf einen Bierdeckel, als sei es der Alarmknopf in *Der große Preis*: »Männer, die verheiratet, verlobt oder in festen Beziehungen sind?«

»Richtig!«

»Dafür bekomme ich noch ein Viertel!« Sie winkte dem Goldohrring, der fröhlich heranrauschte und die Bestellung aufnahm. Frau Rose orderte auch zur Ernüchterung, wie sie sagte, eine Gemüsedipplatte und Taccos mit Käsesauce.

»Den Rioja werden Sie brauchen, wenn ich Ihnen noch mehr erzähle«, sagte ich. »Zum Beispiel von den vielen Frauen, von denen ich inzwischen weiß, dass sie missbraucht worden sind. Sexuelle Misshandlung. Prügel. Psychoterror. Ich kann die Frauen, die ich persönlich kenne, an meinen Fingern und Zehen längst nicht mehr zählen. Was glauben Sie, wer das getan hat? Ein einzelner Massentäter? Oder etwa doch Väter, Brüder, Onkel und Nachbarn? Was meinen Sie?«

Angela Rose schwieg.

»Jetzt habe ich Sie geschockt«, stellte ich fest, ohne das recht bedauern zu können.

»Wie können Sie einfach so weiterleben, wenn Sie all das die ganze Zeit vor Augen haben?«, fragte sie ernst.

Eine Antwort darauf wusste ich selber manchmal nicht. Das Gespräch drohte in Bahnen zu geraten, die ich nicht gutheißen konnte. Jedenfalls nicht für einen Abend im ›Yellow‹, an dem ich eigentlich meine Unruhe hatte forttrinken wollen und an dem meine unerwartete Gesellschaft mittlerweile mehr als genug intus hatte.

»Lass uns duzen!«, schlug ich vor. Sie blickte etwas verwundert. »Ich weiß, eigentlich ist es Sache der Älteren, das Du anzubieten. Aber …« Sollte ich ihr erklären, dass mir das förmliche ›Sie‹ plötzlich viel zu distanziert erschien für das, worüber wir jetzt bereits geredet hatten?

»Aber hier ist ja auch alles andersrum!«, vollendete sie meinen Satz und hob ihr Weinglas hoch. »Angela«, sagte sie.

»Michelin«, antwortete ich und hob mein Sider. Ehe ich

mich versah, hatte Angela ihren Arm um meinen geschlungen und ihr Glas an den Lippen. Ich trank auch einen Schluck aus meinem. Dann lösten wir uns wieder voneinander und sahen uns zögernd an. Eigentlich gehörte jetzt noch ein Kuss dazu, der das Trinken auf die Schwesternschaft besiegeln würde. Ich würde mich bestimmt nicht trauen, ihr einen … Da beugte sie sich kurzentschlossen vor und küsste mich auf den Mund. Ihre Lippen berührten die meinen, als handele es sich dabei um ein Stück Brot. Falls irgendjemand so verrückt ist, ein Stück Brot zu küssen.

»Angst habe ich vor so was nicht!«, stellte Frau Rose, nein, Angela, klar.

Ich presste meine Lippen aufeinander und konnte es nicht fassen. Lenas Mutter hatte mich soeben geküsst.

Vor vier Wochen kannte ich noch nicht einmal ihre Tochter, und jetzt konnte ich noch den sanften Druck ihres Mundes spüren. Auch wenn es sich angefühlt hatte, als stelle sie sich bei diesem Kuss ein Stück Toast vor …

Nein, momentan konnte ich mich bei den rasanten Entwicklungen in meinen Leben über Langeweile wirklich nicht beklagen. Das Einzige, das mir auf Dauer fehlen würde, war meine Alm. Aber jetzt gerade, in diesem Moment, vermisste ich sie nicht. Ich fühlte mich wohl dort, wo ich war. Ja, ich hätte es gar nicht anders haben wollen.

»Bei all dem Schimpfen über Männer darfst du …«, das Du kam mir nicht leicht über die Lippen. Diese Anrede schlug eine Distanz weg, die wie ein Schutzwall vor mir gestanden hatte. »Also, du darfst dabei nicht vergessen, dass ich nicht deswegen lesbisch bin, weil Männer etwa so schrecklich sind, sondern weil Frauen so wunderbar sind.«

Die Bestellung kam an den Tisch, und Angela griff nach einem Stück Paprika, das sie in die Knoblauchsoße dippte und dann herzhaft krachend abbiss. Kauend sah sie mich gespannt an.

»Ja? Ich warte«, sagte sie auffordernd.

»Du bist doch selbst eine Frau. Du müsstest doch wissen, dass Frauen sensibel sind, emotional zu großer Tiefe fähig, konfliktbereit, harmoniesüchtig, gleichberechtigt miteinander leben …«

»Ja, ja«, unterbrach sie mich da ungeduldig. »*Das* weiß ich natürlich alles. Aber was sind die Vorzüge von Frauen, die ich nicht kenne?«

Aha, darauf wollte sie also hinaus. In mir keimte allmählich der Verdacht, dass Angela vielleicht nicht nur unbedingt allein aus Gründen des Verständnisses für ihre Tochter den Weg hierher gefunden hatte. Sie war mir eine Spur zu neugierig, zu brennend interessiert und zu kokett, wie sie sich da über den Tisch zu mir beugte und genüsslich Käse von Taccochips knabberte.

Möglich, dass sie einfach betrunken war und es in diesem Zustand mit einem Mal ganz lustig fand, ein wenig mit der Umwerberin ihrer Tochter zu flirten. Möglich. Aber eher unwahrscheinlich.

Was sagte Frederike immer? In vino veritas? Der lateinische Spruch zum deutschen Gegenstück ›Wein spricht Wahrheit‹. Und dieser Ansatz war in der Tat hochinteressant. Was Lena wohl davon halten würde, wenn sie von meinem Verdacht erführe? Ich könnte wetten, sie hatte keinen blassen Schimmer davon, dass ihre eigene Mutter … ja, was eigentlich? Sie lauerte förmlich auf das, was ich nun zu den Vorzügen von Frauen als Liebhaberinnen sagen würde. Es würde mir ein Vergnügen sein!

»Ich habe nicht viel Erfahrung mit Männern …«, begann ich vorsorglich.

»Immerhin halb so viel wie ich«, bemerkte Angela richtig und stocherte mit einer gehälfteten Möhre in der Luft herum.

»Frauen sind ... weich. Ja, das fällt mir immer als Erstes ein. Und damit meine ich nicht nur ihren Körper, der ist natürlich auch weich. Schon allein wegen der Brüste, dem Po und den Schultern und vor allem den Händen. Die meisten Frauen haben wunderbar weiche Hände, kleiner als Männerhände, passend zu meinen eben. Aber auch ihre Seele und ihr ganzes Benehmen beim Lieben ist weich. Sie geben sich hin, genießen, was ihnen gegeben wird. Welcher Mann legt sich schon mit geschlossenen Augen auf den Rücken und überlässt alles der Frau? Natürlich schenken Frauen auch mit dem gleichen vollen Genuss, mit dem sie nehmen können, wieder zurück. Sie widmen sich ganz der Partnerin, ohne dabei groß an ihren eigenen Trieb zu denken ...«

Angela grinste. Es sah ein wenig verklärt aus. Ihre Augen hatten sich verengt, und ihre Blicke summten wie verträumte kleine Nachtfalter quer über den Tisch, immer mal wieder zu meinem Gesicht. Als sie jetzt merkte, dass ich sie eindringlich ansah, setzte sie sich aufrecht hin und lächelte spöttisch.

»Du denkst an Blümchensex«, unterstellte ich ihr.

»Wie?«

»Blümchensex. So nennen wir den Sex, bei dem nur geschmust und gekuschelt wird. Aber weißt du, auch davon kannst du mal genug bekommen. Und dann willst du nur noch pure Leidenschaft und dich aneinander reiben und vielleicht auch mal ein paar Spielzeuge ausprobieren ...«

»Spielzeuge?«

So naiv konnte sie doch nicht sein, oder? Wollte sie vielleicht einfach nur, dass ich es aussprach?

»Dildos oder Vibratoren oder Liebeskugeln oder Gumminoppen-Finger oder was auch immer. Du weißt schon.«

Angela sah aus, als wüsste sie nun wirklich nicht. Aber sie nickte und nahm hastig noch einen Schluck Wein.

»Das klingt alles sehr ... sehr ... ungewöhnlich«, brachte sie schließlich heraus.

»Ungewöhnlich?«, echote ich. »Ich finde, es klingt ganz einfach lustbetont.«

»Tja, vielleicht deshalb«, meinte Angela und seufzte tief. »Ich habe in den zwanzig Ehejahren nie so etwas wie einen Vibrator gekauft, um ihn mit Volker zusammen zu benutzen. Obwohl ich mir das lustig vorstellen könnte. Es gibt ja auch so Gürtel, die man sich umschnallen kann.« Sie klang so, als nähme sie all ihren Mut zusammen, um sich auf dieses gefährliche Terrain zu wagen.

»Harness«, sagte ich, nicht ohne die leichte Überheblichkeit derer, die über jene Art der Verlegenheit längst hinweg sind. »Gibt es fürs Becken oder fürs Knie.«

Angela schluckte.

»Wenn wir schon mal beim Thema sind.« Sie dämpfte geschickt ihre Stimme. »Ich habe mich schon öfter gefragt, warum Frauen so was benutzen. Ist das nicht das Gleiche wie Sex mit einem Mann?«

»Ein uraltes Argument der Sex-Toys-Gegnerinnen«, winkte ich ab. Die Spannung, mit der sie meinen Worten folgte, amüsierte mich. Sie fragte doch nicht aus Interesse an Lenas Leben! Es war eindeutig ihre eigene Neugier, die sie stillen wollte! Dafür hätte ich ein ganzes Auftragshonorar verwettet! »Die meinen nämlich, dass Hände und Mund das sind, was uns mitgegeben wurde, um Frauen zu lieben, also sollten wir uns darauf beschränken. Denn Dildos, igitt, kopieren ihrer Meinung nach den Phallus und sind damit nicht ›pc‹!«

»Was sind die nicht?«

»Pc. Das ist die Abkürzung für ›politically correct‹. So nennen wir Dinge, die lesbische Radikal-Feministinnen gern sehen. Wenn etwas nicht ›pc‹ ist, ist es in ihren Augen somit nicht korrekt, und das mögen sie gar nicht gerne. Und wenn ich sage ›gar nicht gern‹, dann ist das eine echte Untertreibung, das kann ich dir sagen!«

Angela nickte nachdenklich. Ohne mich anzusehen, fragte sie dann zögernd: »Bist du auch eine PC-Lesbe?« Und sie sprach es aus wie die Abkürzung für ›personal computer‹. Ich unterdrückte mein heraufbebendes Lachen nur mühsam.

»Ich bin Feministin. Aber ich glaube, ich bin nicht so ›korrekt‹ wie die ganz Hartgesottenen. Und ich habe wirklich nichts gegen Dildos, wenn es das ist, was du wissen willst«, sagte ich breit grinsend.

»Gott bewahre, nein! Geht mich ja nichts an. Ich dachte nur, ob Lena vielleicht ... Deshalb habe ich gefragt.«

Ob sie noch eine Oma hatte? Der konnte sie das vielleicht erzählen. Aber ich bezweifelte, dass selbst eine Urgroßmutter auf diese müde Ausrede hereinfallen würde.

»Sex-Toys machen Spaß«, erklärte ich mit erhobenem Zeigefinger, den sie scharf im Auge behielt – als könne er plötzlich aus Versehen in ihrem Dekolleté landen. In das fiel nämlich mein Blick hin und wieder, mehr oder weniger notgedrungen, wenn sie sich mir entgegenbeugte. »Ich finde, alles ist erlaubt, was Frauen Freude am Sex macht. Wieso sollte die Penetration nur den Männern vorbehalten sein? Schließlich ist es unser Körper, mit dem wir doch tun dürfen, was uns gefällt, nicht? Und so ein Hilfsgerät kann wirklich nett sein. Vorausgesetzt, man selber kann entscheiden, wann und wie lange und wie schnell und so weiter. Das ist nämlich das Feine an Dildos: Sie sind immer da, wenn sie gewünscht werden, und zwar nur so, *wie* sie gewünscht werden. Aber wenn sie unerwünscht sind, bleiben sie unter Garantie auch im wahrsten Sinne des Wortes ›aus dem Spiel‹.«

Angela nippte an ihrem Weinglas und spitzte die Lippen. »Das klingt überzeugend.«

»Es fühlt sich auch überzeugend an«, setzte ich noch hinzu und damit gewiss dem Ganzen die Krone auf. Auf Angelas Stirn hatte sich ein feiner Schweißfilm gebildet, den sie jetzt mit einer Hand fortwischte.

»Wir kennen uns ja eigentlich gar nicht«, fiel ihr nämlich plötzlich ein.

»Ein bisschen schon«, räumte ich ein.

Sie ließ ihre Zunge über ihre Zähne huschen.

»Sprichst du mit deiner Mutter auch über solche Dinge?«, wollte sie wissen.

Ob sie dachte, ich sähe in ihr ständig die Mutter meiner Angebeteten? Das tat ich nämlich gar nicht, stellte ich plötzlich fest. Manchmal, wenn ich sie ansah, dachte ich noch nicht einmal kurz an Lena. Seltsam.

»Das wäre mir zu peinlich. Immerhin ist sie meine Mutter. Und es geht da um mein Intimleben. Da hat sie nichts zu suchen, oder? Genauso wenig wie ich in ihrem.«

»Wie sind deine Eltern sonst so damit umgegangen, wie du lebst?«

Selbstverständlich fragte sie danach. Als Mutter fragt man in so einem Fall nach den Eltern.

»Sie sind großartig. Beide für sich.«

»Ho, ho! Das klingt ja nach einer echten Luxusbeziehung zwischen Tochter und Eltern. Wow! Gratuliere! Ob Lena das wohl auch über mich sagen würde? Was glaubst du?«

»Als ich neunzehn war, hätte ich das wohl auch nicht so gesagt«, gab ich zu. »Ich hab in den letzten zehn Jahren verdammt viel dazugelernt. Auch über meine Eltern. Irgendwann habe ich aufgehört, mir von ihnen zu wünschen, dass sie mich weiterhin wie ihr Baby behandeln. Ich bin eben erwachsen geworden und habe erwachsene Standpunkte. Ich kann sagen, dass ich sie großartig finde, weil ich sie wohl so liebe, wie sie sind: nämlich bestimmt nicht perfekt. Aber wer ist das schon?«

»Ich dachte immer, alle Töchter wünschen sich die perfekte Mutter. Eine kinderliebe Glucke, die immer beide Augen zudrückt, die da ist zum Kuscheln und Betüdeln und dann rechtzeitig die Zügel loslässt, um mühelos hinüberzugleiten ins Stadium der älteren Freundin, mit der man Shoppen gehen kann und Beziehungsprobleme bequatscht. Ist es nicht so?«

»Das denkst du, weil du früher eine perfekte Tochter sein solltest. Aber wir sind nicht auf der Welt, um perfekt zu sein.«

»Hast du einen Hang zum Pathos?«, fragte sie spontan. Ich überhörte es einfach. »Mein Vater hat einen coolen Trick. Er führt immer allen Bekannten gegenüber folgenden Vergleich an: Er sagt, dass es etwa fünfzehn Prozent Linkshänder in der Bevölkerung gibt. Früher hat man versucht, denen diese Andersartigkeit abzuerziehen. Aber heute ist es ganz normal. In ein paar Jahren wird man das hoffentlich mit den Lesben und Schwulen ebenso halten, denn das sind auch etwa fünfzehn Prozent der Bevölkerung.«

»Das ist witzig«, sagte sie. »Lena ist nämlich Linkshänderin!«

›Auch das noch!‹, dachte ich. Ich stand auf Linkshänderinnen! Ich fand ihre Art, sich beim Schreiben über das Papier zu beugen oder eine Schere oder das Bügeleisen scheinbar spiegelverkehrt zu benutzen, anziehend.

»Und es sind fünfzehn Prozent? Das ist eigentlich viel,

oder?«, überlegte Angela und sah sich um. »Aber sind von den fünfzehn Prozent dann etwa zwölf Prozent Männer? Oder warum sind hier so wenige Frauen?«

Ich musste schmunzeln. »Du bist hier nun mal in einer Schwulenkneipe. Das ist ein Unterschied. Als ich begann, in die Szene zu gehen, habe ich mir auch zuallererst die Schwulenkneipen rausgepickt und bin nur auf die gemischten Schwofs gegangen. Ich glaube, ich hatte Angst, plötzlich mit so vielen Frauen liebenden Frauen allein zu sein. Ich hatte Angst davor, angesprochen zu werden. Ich hatte vielleicht auch Angst davor, festzustellen, dass ich gar nicht wie sie war. Ich hätte mich ja auch fremd und nicht dazugehörig fühlen können, obwohl ich mir doch nichts sehnlicher wünschte als dazuzugehören.«

»Genauso ist es. Ich weiß, was du meinst«, sagte sie, und wir starrten eine Weile auf den Tisch vor uns. In unser beider Köpfe ratterte es. Ich konnte es hören. Was hatte sie da gerade gesagt?

Sie hob den Blick und sah mir in die Augen.

»Ein sehr schönes Rehbraun«, stellte sie fest. »Ich kannte mal eine Frau, die auch solche Augen hatte. Ist schon eine Weile her. Ich war gerade mal zwanzig. Ungebunden. Jana war am gleichen Theater engagiert, an dem ich auch meine ersten Rollen spielen durfte. Sie war sooo talentiert. Alle lagen ihr zu Füßen. Und rate, welche der Schauspielerinnen sie sich zur Freundin aussuchte?«

Ich deutete mit dem Finger auf sie, und sie nickte, ein Schimmer von Stolz rieselte ihr geradezu aus dem nach vorn gefallenen Pony.

»Ich war total begeistert von ihr. Wir verbrachten viel Zeit miteinander. Besonders die Abende, an denen wir keine Vorstellung hatten, waren wunderschön. Wir sind Arm in Arm durch die Stadt gelaufen, ins Kino gegangen und haben uns unsere Stars angeschaut, die den Weg nach oben schon geschafft hatten. Genau der Weg, den wir miteinander gehen wollten, auf der Karriereleiter steil rauf! Also, wenn du mich fragst, war ich damals fast ein bisschen verliebt in sie.«

»Und was passierte dann?«, drängte ich sie atemlos.

Angela zuckte mit den Schultern. »Nichts. Ich lernte kurz darauf Volker kennen, und wir heirateten. Jana wechselte an ein anderes Theater. Wir haben uns noch ein paar Mal geschrieben.«

»Och«, machte ich enttäuscht. »So eine unausgelebte Geschichte! Und die hängt Ihnen immer noch nach, oder?«

»Ach was, bin nur etwas sentimental geworden. Aber du solltest mich lieber duzen. Oder willst du es dir mit deiner zukünftigen Schwiegermutter verderben?«, unterbrach sie mich. In ihren Worten lag überraschend etwas Bitternis.

»Oh nein, wirklich nicht!«

»Lena siezt dich ja auch nicht, oder? Und zwischen euch beiden liegen auch nicht weniger Jahre als zwischen dir und mir…« Diese Feststellung ließ sie für einen denkwürdigen Moment verstummen und in ihr Glas blicken. Sie lächelte, als sie wieder aufsah. Und es war eben jenes freche, kokette Lächeln, das mich bei unserer ersten Begegnung zu der dummen Frage zu ihrem Ehemann verleitet hatte. Diesmal würde ich diesen Fehler nicht machen!, schwor ich mir. Stattdessen sagte ich diesmal gar nichts, sondern genoss den kecken Gesichtsausdruck, der mir gegenüber über dem Tisch schwebte.

»Ja, ist das nicht komisch, dass zwischen Lena und dir genauso viele Jahre liegen wie zwischen mir und dir?«

Wir starrten uns einen Augenblick lang wie hypnotisiert an.

»Zum Totlachen«, sagte ich. Aber keine von uns lachte.

7. Kapitel

Vorm Beginnen sich besinnen macht gewinnen

Ich saß an der Haltestelle zur Bahn Nummer 306. Gerade hatte mich der Arzt, unter Aufzählung guter Ratschläge für weitere Sprünge über Blumenkästen, von der lästigen Bandage befreit. Und nun wippte ich mit dem Fuß vor und zurück, testete, ob tatsächlich noch alles funktionierte.

Der vergangene Abend ging mir nicht aus dem Kopf.

Angela (wie seltsam ungewohnt diese vertraute Form der Anrede in meinem Kopf noch klang) hatte einen so merkwürdigen Eindruck auf mich gemacht. Nicht nur Lena befand sich mit ihren Plänen für die erste eigene Wohnung auf einem neuen Weg. Auch Angela war unterwegs zu unbekannten Gefilden, das spürte ich ganz deutlich. Mehr konnte ich darüber aber nicht denken.

Es verwirrte mich, wenn ich an ihre grünen Augen dachte, die mich so forschend betrachteten.

Nun hatte ich bereits durch sonderbare Zufälle zwei Abende mit ihr verbracht, die in all ihrer Ungewöhnlichkeit auch sehr schön und interessant waren.

Es war schon sonderbar. Zuerst hatte es mich irritiert, ja geradezu gestört, dass ich auf meinem Weg zu Lena ihrer Mutter begegnete. Denn als erwachsene Frau wusste ich nicht mehr mit Müttern umzugehen, die mich als eine Art Spielgefährtin ihrer kleinen Tochter zu betrachten schienen. Doch inzwischen wäre es mir fast lieber, wenn ich in Angela nur Lenas Mutter sehen würde. Sie wäre Frau Rose, die mir hin und wieder die Tür öffnen und mich mit jenem argwöhnischen Blick mustern würde, der mir bei unserer ersten Begegnung zuteil geworden war. Frau Rose, von der ich nicht viel mehr wusste als ihren baldigen Scheidungstermin und gerade mal die Berufsbezeichnung. Ich würde Frau Rose nur aus Lenas Sicht kennen, ihre Macken erfahren und dennoch aus Lenas Worten herausfiltern können, dass die beiden sich im Grunde liebten – wie Mutter und Tochter eben.

Aber genau das ging nun nicht mehr. Frau Rose war restlos verschwunden, ich hatte Angela kennengelernt. Und dadurch hatte sich einiges geändert. Ich sah in ihr längst nicht mehr die reifere Ausgabe von Lena. Was ich stattdessen in ihr erkannte, konnte ich aber auch nicht definieren. Das Ganze war mir ein wenig unheimlich.

»Liegt an den Sternzeichen«, hatte Jackie mir heute Morgen in ihrer Frühstückspause per Telefon mitgeteilt. Sie kannte sich natürlich mit Astrologie ebenso gut aus wie mit spirituellen, zukunftsweisenden Träumen. »Lena ist nun mal Skorpion. Uh, Vorsicht! Aber das weißt du ja. Hab ich dir oft genug gesagt. Finger weg von Skorpionen, Michelin, die sind für dich als Wasserfrau-Krebs-Typ geradezu Gift. Angela dagegen als Schütze-Zeichen, das sieht schon anders aus. Wasserfrauen und Schütze-Frauen ergänzen sich ganz automatisch, weil sie in ihrem Streben nach Selbstfindung und allgemeiner Gerechtigkeit sehr ähnlich sind. Schade, dass du ihren Aszendenten nicht kennst. Mit einer Waage-Frau Aszendent Löwe würden dir Welten offen stehen. Ihr könntet zum Beispiel …«

»Jackie?«, war ich ihr ins Wort gefallen. »Denkst du bitte dran, dass du da von der Mutter meiner zukünftigen Freundin sprichst?« Was Jackie sagte, beunruhigte mich – auch wenn ich das vor mir selbst nicht eingestehen wollte.

Und nun saß ich hier an der Haltestelle und dachte immer noch über Jackies Theorien zu Sternzeichen nach.

Ellen war Zwilling und hatte deswegen auch gut zu mir gepasst, hatte Jackie gemeint. Aber auch das perfekte Horoskop hatte nicht helfen können, wenn die eine sich eingeengt fühlte, während die andere auf der Suche nach der großen Verschmelzung auf der Strecke blieb.

Verschmelzen wollte ich inzwischen gar nicht mehr. Ich hatte wirklich genug vom Harmoniestreben. Ich sehnte mich nach einer Frau, die meine Alm kannte wie ihre eigene Westentasche, mit der ich mich den Herausforderungen des Lebens gemeinsam entgegenwerfen konnte, die dabei meine Nähe nicht nur leidlich ertrug, sondern sie mit aller Macht wollte …

Neben mir hupte ein Auto.

Ich wandte langsam den Blick. Ich war einfach zu neugierig, um nicht hinzuschauen. Auch, wenn ich Gefahr lief, gleich mehreren postpubertären Knaben ins Gesicht zu blicken, die fett hinter ihrem frischen Abi-Aufkleber weggrinsten. Aber statt potenzprotzender Jünglinge hing dort Lena hinter der Windschutzscheibe und machte mir hektisch Zeichen.

Wer glaubt eigentlich an Zufälle? Ich sprang auf und lief zu dem kleinen weißen Auto hinüber, das mit laufendem Motor mitten auf den Schienen hielt. Lena öffnete mir die Beifahrertür, und ich warf mich hinein, da sich von hinten die 306 mit beachtlichem Tempo näherte.

»Go!«, rief ich, und Lena schmierte über die rutschigen Gleise zurück auf die Straße.

Wir lachten uns an. Ihre Nase krauste sich. »Willst du nach Hause? Hey, dein Fuß ist wieder okay? Super, dass ich dich hier treffe. Ich wollte dich sowieso sprechen.«

Ich kam bei dem Tempo, das sie heute vorlegte, kaum mit.

»Ja. Ja. Ja? Wieso?«, antwortete ich chronologisch.

»Wieso? Wieso ich dich sprechen will?«, wiederholte Lena mit ungewöhnlich lauter Stimme. »Also, ich war zufällig zu Hause, als Mama gestern Nacht nach Hause kam. Ich habe ihr erst mal einen Kaffee kochen müssen. Sie war … sie war …«

»Stockbesoffen?«, schlug ich vor. »Aber du kannst mir da keinen Vorwurf machen, falls du das vorhast. Sie hatte schon einiges intus, als wir uns trafen, und der Rest war eigentlich eher eine Lappalie. Wie geht es ihr denn heute so?«

»Keine Ahnung, wie es ihr jetzt geht. Heute Morgen musste ich jedenfalls bei ihrer Chefin anrufen und sie krankmelden!«

Das hatte ich nicht anders erwartet. Als mein Wecker heute Morgen schellte, hatte ich ihn mit einem »handfesten« Argument gleich zum Schweigen gebracht. Frauke kam die letzten Tage aufgrund störrischen Bockens sowieso nicht ins Büro, und so fiel mein Schwänzen gar nicht auf.

Das Ausschlafen hatte bei mir ausgereicht, um den Nebel in meinem Kopf aufzulösen. Allerdings hatte ich gestern Abend nicht mal ein Viertel von dem zu mir genommen, was Angela an Alkohol konsumiert hatte.

Lena musste an einer Kreuzung halten und sah mich eindringlich an.

»Michelin, ich mach mir wirklich Sorgen. Das hat sie noch nie gemacht. Vielleicht ist das alles zu viel für sie, die Scheidung, mein Auszug aus der Wohnung?! Sie hat einen Hang zum Dramatischen.«

Ich lachte und versuchte ihre Bedenken mit einer Handbewegung wegzuwischen. »Gestern Abend hatte sie wohl einfach nur einen Hang zum Wein. Manchmal vergisst du im Überschwang der Ereignisse, dass es auch noch einen Morgen danach gibt.«

»Ich glaube, irgendwas geht da vor. Irgendwas, das ich nicht wissen soll.« Lenas Stimme klang dramatisch, und sie sah mich dabei bohrend an.

Sofort empfand ich eine Spur von Beklemmung. Sollte ich ihr vielleicht besser sagen, was ich Angela betreffend vermutete? Aber wie sollte ich das formulieren? Sollte ich ihr einfach sagen: ›Lena, hast du schon mal daran gedacht, dass deine Mutter auch Interesse an Frauen …?‹

»Weißt du zufällig, was ich meine?«, forschte Lena da fatalerweise auch schon weiter.

Ich stammelte etwas von Angelas Selbstfindung nach der Trennung und kam mir selbst nicht recht überzeugend vor.

Lenas Augen sprangen wie Pingpongbälle von meinem Gesicht auf die Straße und zurück.

»Ich bin total fix und fertig, weißt du. Meine Mutter will mir nämlich nicht sagen, über was ihr euch gestern so wichtig unterhalten habt. Ich kann mir aber vorstellen, was sie so alles zu meckern haben könnte über mich. Aber muss sie das ausgerechnet an deine Adresse tun? Wenn du so alt wärst wie ich, dann käme sie doch nie auf die Idee. Aber das Einzige, das ich gestern Abend noch aus ihr rausbekommen habe, war: ›Mit Michelin kannich redn wie mit meinesgleichn!‹« Lena lallte bei dieser Nachahmung ihrer Mutter und warf mir einen Seitenblick zu. »Ihresgleichen! Ja, da guckst du! Dachte ich mir, dass du so guckst. Ich meine, meine Mutter ist meine Mutter, eine ganz andere Generation, und ich bin ich. Da liegen doch Welten zwischen! Ich sage ihr, dass ich es gemein finde, wenn sie jetzt anfängt, irgendwelche Komplotte mit meinen Freundinnen zu schmieden, aber sie schweigt nur. Das macht mich echt rasend.«

»Sie meint's bestimmt nicht so«, meinte ich leichthin. Mein Herz schlug einen ungewöhnlichen Takt. Angela und ich, gemeinsam in einem Komplott gegen Lena? Ich kam ein wenig außer Atem. »Vielleicht möchte sie es dir später mal in Ruhe sagen, nicht mit brummendem Schädel?«

»Tja, oder vielleicht denkt sie auch, es geht mich einfach nichts an?«

Ich versuchte, sie zu besänftigen. »Das glaube ich zwar nicht, aber selbst wenn, wäre es zumindest ihr gutes Recht. Töchter wollen nicht ständig bemuttert werden. Aber Mütter auch nicht ständig betöchtert.«

Lena warf mir einen empörten Seitenblick zu. »Deshalb bin ich jetzt durch die halbe Stadt gefahren? Du willst mir auch nicht sagen, worüber ihr geredet habt?«

Ich zuckte mit den Achseln. »Ich könnte es tun, aber ich weiß nicht, ob Angela es gut fände …«

»Ah!«, kreischte Lena und schlug mit der Hand aufs Lenkrad. »Angela? Ihr duzt euch? Sie hat dir das Du angeboten?« Als sie mein verblüfftes Gesicht sah, riss sie sich sichtlich zusammen und schüttelte langsam den Kopf. »Das glaub ich nicht. Sie hat noch nie … Bei Susanne habe ich sie darum gebeten, und sie hat dabei ein Gesicht gemacht, als hätte ich von ihr verlangt, ihr den Hintern abzuwischen. Sie ist manchmal einfach stinkkonservativ. Ich duze viele Mütter meiner Freundinnen. Aber ihr ist es völlig schnurz, wenn ich blöd dastehe, weil sie sich so anstellt. Sie muss wirklich unheimlich viel von dir halten. Und sicher hatte sie dir eine Menge zu erzählen.«

»Eins kann ich dir ja sagen: Es ging nicht um dich!«, versicherte ich ihr, denn ich hatte den Eindruck, dass es ihr im Wesentlichen darum ging.

»Nicht?« Lenas Stirn runzelte sich misstrauisch.

»Überhaupt nicht. Wir haben uns nur über sie unterhalten und ein bisschen über mich. Aber du warst als Gesprächsthema völlig außen vor. Und ehrlich gesagt, hätte ich es auch sehr sonderbar gefunden, mir von …«, mühsam unterdrückte ich gerade noch das intime ›Angela‹. So schwer mir die Anrede zunächst gefallen war, so eifrig wollte sie mir nun in Gegenwart Lenas aus dem Mund hüpfen. »… deiner Mutter ihre Sorgen, ihre Tochter betreffend, anhören zu müssen. Ich glaube, dazu ist sie einfach zu klug. Sie würde nicht versuchen, mich auf ihre Seite zu ziehen. Wenn ihr einen Streitpunkt habt, und danach sieht dieses ganze Gespräch ja wohl aus, dann weiß ich jedenfalls nichts davon.«

»Sie hat nichts zu meiner eigenen Wohnung gesagt? Der Finanzierung und so?«, hakte Lena noch einmal nach und sah mich so angespannt an, dass ich rasch nachdrücklich den Kopf schüttelte, damit sie ihre Aufmerksamkeit bloß rasch wieder dem dichten Verkehr zuwandte.

»Worüber habt ihr dann geredet?«, murmelte sie verwundert, eher zu sich selber.

Als ich sie nur freundlich ansah und mit den Schultern zuckte, schaltete sie einen Gang herunter, nicht nur mit der Autokupplung. Sie atmete tief ein und aus und lächelte sogar ein bisschen.

»Da bin ich jetzt aber erleichtert. Ich dachte, sie wollte dich davon abbringen, mir mit der Wohnung zu helfen.«

»Keine Spur«, versicherte ich ihr ein letztes Mal und hoffte, sie würde nicht noch einmal fragen, worüber ihre Mutter und ich uns denn nun tatsächlich unterhalten hatten. Ich konnte ja durchaus Lenas Klärungsdrang verstehen. Aber es schien mir nicht richtig zu sein, etwas von dem auszuplaudern, was Angela mir anvertraut hatte – auch wenn manches an die Adresse ihrer Tochter ging.

Ein paar Straßen lang war es still im Wagen. Scheinbar war das wohl alles, was Lena von mir hatte wissen wollen. Konnte das sein? Sie hatte mich aufsuchen wollen, nur um mit mir über ihre Mutter zu reden? Sonst hatte sie mir nichts zu sagen? Wie konnte sie so beharrlich mein offensichtliches Werben um sie einfach ignorieren? Sie hatte zum Beispiel noch nichts zu der Kassette gesagt, die ich ihr aufgenommen hatte. Wie konnte sie all diese wunderbaren Liebeslieder noch nicht einmal mit einem zärtlichen ›Danke‹ quittieren? Sehr, sehr leise plärrte aus dem Radio *I'm so in love with you*, und ich spürte es plötzlich in meinen Fingern jucken. Sie wollten den Lautstärkeregler aufdrehen, bis die Message des Liedes wirklich nicht mehr zu überhören war.

Wir kamen in meiner Straße an, und sie hielt vor meiner Haustür.

»Noch einen Kaffee oder Tee?«, bot ich ihr an, in der Hoffnung, Frauke möge nicht wider Erwarten oben in der Wohnung sitzen und über einem neuen Auftrag brüten.

»Gern«, erwiderte Lena ohne zu zögern und bewegte sich nicht vom Fleck. Sie starrte auf ihre Hände, die immer noch auf dem Lenkrad lagen. Schöne Hände, weich und glatt. Ihre Finger waren lang und kräftig, ihre gepflegten Nägel hauchdünn mit einem hellen Lack überzogen, der perlmuttfarben schimmerte. Am Mittelfinger der linken Hand trug sie einen schlichten Silberring.

»Weißt du, dass ich Linkshänderin bin?«, fragte sie, meinen Blick bemerkend.

Ich hatte alle Mühe, meine Verlegenheit zu verbergen.

»Ist mir aufgefallen«, antwortete ich daher nur.

»Ich kann aber auch viele Dinge mit rechts sehr gut«, sagte Lena und zeigte mir ihre rechte Hand.

Mit einem Mal war ich wie elektrisiert. Etwas hatte sich geändert. In den letzten Minuten war etwas mit ihr geschehen. Dies hier war mehr als nur ein freundschaftliches Geplänkel, zu dem sich unsere Gespräche bisher immer entwickelt hatten. Lena war bereit, mir Dinge von sich zu zeigen, zu offenbaren, so, wie sie mir ihre Hand hinhielt. Vielleicht war das der Anfang zu etwas. Ich saß ganz still und wartete atemlos darauf, was sie als Nächstes tun würde. Mit einem Mal war mein Alltagskopf wie abgestellt, und ich konnte nur an Dinge wie Küssen, tiefe Augenblicke, wandernde linke und rechte Hände auf Haut denken. Ich konnte nichts dazu. Ich war eben auch nur eine Frau.

»Findest du meine Mutter attraktiv?«, hörte ich Lena da fragen.

Vor Schreck fiel mir mein Haustürschlüssel aus der Hand und landete mit einem leisen Klirren auf der Gummifußmatte.

Ich lachte etwas zu laut. »Wieso fragst du das? Willst du wissen, ob du noch wirken wirst, wenn du zwanzig Jahre älter bist?«

Lena strich nachdenklich mit den Händen am Lenkrad entlang.

»Irgendetwas kam mir heute so komisch vor an ihr. Sie war so … verklärt, ja, verklärt. Wie eine echte Schlafwandlerin. So langsam. Und dann immer dieses komische Lächeln. Hab ich noch nie an ihr gesehen. Und dann fragte sie plötzlich so merkwürdige Sachen …«

»Was denn?«, krächzte ich.

»Hat deine Mutter dich schon mal gefragt, ob es vererbbar ist?« Lena sah mich bedeutungsschwanger von unten herauf an.

»Mutter lesbisch, Tochter lesbisch?«, fragte ich ahnungsvoll.

»Die Betonung liegt in diesem Fall eindeutig auf ›Mutter lesbisch‹!«, stellte Lena klar. »Was würdest du denken, wenn deine Mutter plötzlich solche Dinge fragt?«

»Vielleicht hat sie Angst, etwas falsch gemacht zu haben

in deiner Erziehung?«, phantasierte ich ins Blaue hinein. In Wahrheit hätte ich mich sicher setzen müssen, hätte ich nicht ohnehin schon im Auto gesessen. Mein Gefühl hatte mich also nicht getrogen.

»Also, findest du sie nun attraktiv oder nicht?«

»Ja.«

»Ja?«

»Ja. Was soll ich mehr sagen. Ich finde sie attraktiv. Sei doch froh, dass du eine attraktive Mutter hast. Wo ist das Problem?«

Lena klopfte einen unhörbaren Takt aufs Lenkrad.

»Kein Problem. Überhaupt kein Problem.«

»Okay.«

»Und könntest du dir vorstellen, jetzt mal nur ganz theoretisch, könntest du dir dann vorstellen, mit einer Frau, die zehn Jahre älter ist als du, etwas anzufangen?«

Das war natürlich die vollkommen falsche Frage für eine Dreißigjährige, die sich unsterblich in eine Neunzehnjährige verliebt hatte!

»Natürlich!«

»Bitte?«

»Also, mal ehrlich, Lena, was sind denn so ein paar Jahre? Das Entscheidende ist, dass zwei Menschen sich verstehen, dass sie sich voneinander … angezogen fühlen, dass sie Verständnis für die womöglich etwas unterschiedlichen Bedürfnisse der anderen Altersklasse haben. Diejenige mit Reife und Erfahrung darf natürlich nicht versuchen, der Jüngeren etwas überzustülpen. Die Jüngere darf nicht wieder zum Kind werden, muss weiter eigenverantwortlich den ganz persönlichen Weg gehen. Es gibt vielleicht ein paar kritische Punkte in Beziehungen, in denen so ein Altersunterschied herrscht … Aber sollte irgendjemand sich davon abschrecken lassen? Sollten alle, die so empfinden, auf Liebe und all das Schöne verzichten, nur weil vielleicht ein paar Bekannte komisch gucken? Schau dir doch an, wie viele siebzigjährige Männer dreißigjährige Frauen haben. Da müssen wir uns doch um zehn Jahre wirklich keine Gedanken machen!«

Ich hatte lange genug alle erdenklichen Ideen zu dieser Thematik in meinem Kopf gewälzt. Von mir aus hätte ich noch stundenlang weiterreden können. Aber irgendwann musste ich auch mal Luft holen, und bevor ich den Mund schließen konnte, nutzte Lena die kurze Pause, um einzuhaken: »Ich glaube, meine Mutter steht auf dich!«

Natürlich konnte sie sichergehen, dass ich nach dieser Eröffnung den Mund nicht so schnell wieder aufmachen würde.

Mir verschlug es die Sprache.

So saßen wir stumm nebeneinander in Lenas Auto direkt vor meinem Haus und sahen auf den Bürgersteig, auf dem ein paar Reklamezettel willenlos hin und her geweht wurden.

»Kommt noch was?«, fragte Lena irgendwann trocken.

»Meinst du, du kannst den Geschmack deiner Mutter so gut einschätzen?«

Lena schüttelte ungeduldig den Kopf. »Darum geht es ja im Grunde gar nicht. Es geht noch um etwas ganz anderes.« Sie kramte eine Packung Zigaretten heraus und warf mir einen fragenden Blick zu.

»Nur zu!«, sagte ich. »Ich kann ja das Fenster runterkurbeln.«

Sie steckte sich hastig eine Zigarette an und pustete den Qualm aus ihrem Fenster.

»Mein Vater hatte eine andere. Meine Mutter ist dahintergekommen und hat sich deswegen von ihm getrennt. Obwohl diese andere Sache schon fast vorbei war. Sie war so sehr gekränkt, verstehst du?«

Ich nickte.

»Aber inzwischen hat sich alles geändert. Volker, das ist mein Vater, würde gerne das Kriegsbeil begraben. Er möchte wieder mit ihr zusammen sein. Aber sie lässt ihn gar nicht mehr an sich ran. Sie sagt, sie liebt ihn nicht mehr. Aber ich glaube, sie hat einfach Schiss, dass er sie noch mal betrügen könnte.«

»Nicht zu Unrecht«, warf ich ein.

»Ich glaube ihm!«, sagte Lena mit Überzeugung. »Neulich Abend, als wir uns so dumm verpasst haben, da war ich bei ihm, und es geht ihm wirklich schlecht. Tagsüber hat er ihr Blumen geschickt. Aber sie kamen zurück. Die hat sie einfach nicht angenommen.«

Ich hatte nicht besonders viel Mitleid mit ihrem Vater. Ich bin eine monogam lebende Frau. Lügen und Betrügen liegen mir nicht im Blut, und ich mag es auch nicht besonders bei anderen. Viel zu oft hatte ich mitansehen müssen, wie daran Herzen brachen und in furchtbarem Leid an dieser Verletzung fast verbluteten.

»Deine Eltern sind doch auch geschieden. Haben sie je noch einmal einen Versuch gestartet, wieder zueinanderzufinden? Was ich sagen will, Michelin ... Würdest du mir helfen? Ich hätte so gern, dass meine Eltern wieder zusammen wären. Ich glaube, das ist mein größter Wunsch.«

Ihre dunklen Augen glänzten verdächtig. Sie würde doch nicht weinen?

Ich wusste nicht, was ich zu all dem sagen sollte. Erst offenbart sie mir, dass sie glaubt, ihre Mutter habe ein Auge auf mich geworfen. Und dann bittet sie mich, ihr dabei zu helfen, eben jene Mutter erneut mit einem Fremdgeher zu verkuppeln.

»Wie hast du dir denn meine Hilfe so vorgestellt?«, erkundigte ich mich vorsichtig. Ich empfand nach unserem letzten gemeinsamen Abend Angela gegenüber durchaus eine gewisse Loyalität. Ich war nicht objektiv. Viel zu gut konnte ich verstehen, dass sie mit ihrem Ex nichts mehr zu tun haben wollte. Und so ganz allgemein fand ich es sehr vielversprechend, dass sie sich plötzlich an diese schöne Schauspielerin Jana erinnerte, in die sie ›vielleicht ein bisschen verliebt‹ gewesen war. Ich fand es vielversprechend, dass sie zumindest ansatzweise versucht hatte, Lena von ihren eigenen Gefühlen zu erzählen. Auch wenn jene Gefühle mich aus bisher nicht geklärten Gründen ein wenig beunruhigten.

Lena knetete das Lenkrad.

»Sie ist total angetan von dir. Ich glaube, sie mag dich wirklich. Und du sie doch auch?« Wieder konnte ich nur nicken. Lena nahm meine Bejahung mit etwas verkniffenem Gesicht auf. Irgendetwas daran schien ihr nicht recht zu behagen. »Du könntest mit ihr reden. Vielleicht hört sie auf dich.«

»Soll ich mit ihr reden oder soll ich sie eher überreden?«, fragte ich nach.

»Auf wessen Seite stehst du?«, erwiderte Lena wie aus der Pistole geschossen.

Oops! Ich war mir nicht bewusst gewesen, dass es zwei Seiten bei dieser Sache gab.

»Auf meiner selbstverständlich!«, sagte ich lachend. Diese Scheidungsgeschichte schien für Lena ein ganz heißes Thema zu sein.

Im Gegensatz zu ihr hatte ich damals bei der Trennung meiner Eltern versucht, mich vollkommen rauszuhalten. Sie waren erwachsene Menschen in einer zerstörten Beziehung, die selbst wissen mussten, wie es mit ihnen weitergehen sollte. Ich wollte nicht zwischen die Fronten geraten. Und ehrlich gesagt, lag mir diese Position heute immer noch nicht.

Lena beugte sich zu mir und sah mir eindringlich in die Augen. »He, mein Vater ist kein Arschloch. Falls du das denken solltest. Er ist ein super netter Typ, lieb und gescheit und … na ja, wir sind uns ziemlich ähnlich. Er hat einen Fehler gemacht, den er jetzt schwer bereut. Kann jedem mal passieren, oder? Ach, was rede ich hier die ganze Zeit? Du solltest ihn kennenlernen! Ja, was hältst du davon? Ich könnte euch einander vorstellen. Er wird dir gefallen, und du könntest bei meiner Mutter vielleicht erreichen, dass sie ihm zumindest die Chance auf einen gemeinsamen Abend gibt. Ein gemeinsamer Abend sollte doch wohl drin sein nach zwanzig Ehejahren, oder?«

»Warum studierst du nicht Jura statt Architektur? Du würdest jeden Geschworenen überreden.« Ich gab mich geschlagen. Um ehrlich zu sein, rührte mich ihr Vorschlag, mir ihren Vater vorzustellen. Es bedeutet auch in Lesbenkreisen eine Menge, die Eltern einer Frau kennenzulernen. Immerhin war das ein Schritt weiter zur festen Beziehung, die sich von einer Heten-Verlobung nicht mehr wesentlich unterschied.

»Überzeugen«, korrigierte sie lächelnd. »Komm, lass uns raufgehen. Ich hab einen Mega-Durst. Nimmst du meine Tasche? Ich trag mein Saxophon. Besser, wenn ich es nicht im Auto lasse. Zu heiß.«

Wir stiegen hinauf in meine Wohnung, und ich war froh, dass ich nach meinem ausgedehnten Schlaf heute Mittag die Küche aufgeräumt hatte. So konnte ich uns in aller Ruhe einen Tee machen, ohne dass ich in dreckigem Geschirr herumwühlen musste.

Lena hatte ihre Schuhe abgestreift, ein Glas Apfelschorle hinuntergestürzt und schlich nun auf Socken durch die Wohnung, inspizierte alles. So holte sie auf ihre ganz eigene, leise, aber einnehmende Art die neulich ausgefallene Wohnungsbesichtigung nach.

»Ich bin eine Katze«, erklärte sie mir, die ich ihr auf leisen Sohlen folgte. »Wenn ich irgendwo neu bin, muss ich alles beschnuppern. Da bin ich manisch.«

»Tob deine Neurosen ruhig völlig ungehemmt aus«, ermutigte ich sie und fragte mich, was ich heute sonst noch so über sie erfahren würde. Etwas war anders heute. Sie zeigte sich mir ganz ohne Scheu, und ich war entschlossen, alles aufzusaugen, was sie mir preisgab. Schon allein, ihr dabei zuzusehen, wie sie sich mein Heim eroberte, war ein Erlebnis. Sie betrachtete die Fotos, die im Regal standen, die Bilder an den Wänden, nahm Muscheln in die Hand, die ich vom letzten Hollandtrip mitgebracht hatte.

Schließlich kam sie vor der Schlafzimmertür an, die halb offen stand und den Blick aufs Bett freigab.

Lena zögerte nicht und ging hinein.

Ich dachte an die junge Frau auf dem Schwof, die sich an Infoblätter und Verzehrkarten geklammert hatte, deren Augen ruhelos herumgehastet waren, weil sie ein wenig eingeschüchtert war von der Übermacht der fremden Menschen und Rituale.

Diese junge Frau war nicht mit in meine Wohnung gekommen. Hier vor mir stand eine andere. Und die war nicht ängstlich, nicht nervös, nicht unsicher. Lena hatte vielleicht ein wenig Scheu vor der Szene mit ihren vielen Gesichtern und den eingeschworenen Gemeinschaften, aber sie hatte keine Scheu vor dem Leben.

Jackies Traum fiel mir ein. Das Kind und die Femme fatale. Wie hatte sie sich noch ausgedrückt? Das Kind wollte ganz und gar unschuldige Spiele spielen, ganz im Gegensatz zu der erwachsenen Frau …

Ich atmete tief ein und betrat hinter Lena das Schlafzimmer.

Es war ein wirklich schöner Raum, den ich in einem leuchtenden Orange gestrichen hatte, das in strahlendem Kontrast zu den weißen Möbeln und bodenlangen Vorhängen leuchtete.

Lena trat an die Verandatür und sah hinaus in den Innenhof, in dem zwei große Linden standen und Schatten spendeten.

»Nach Susanne hatte ich nicht mal ein kleines Knütscherchen«, sagte sie zu den sich leise bewegenden Blättern.

»Das ist doch erst ein halbes Jahr her«, erwiderte ich, einen Meter hinter ihr. »Lass mal den Kopf nicht hängen. Das kommt manchmal schneller, als man denkt.« Fast hätte ich über meinen eigenen Witz laut gelacht. Aber nur fast, denn sie drehte sich herum. Aber sie sah mich nicht direkt an. Ihr Blick huschte immer wieder an mir vorbei, an die leuchtenden Wände, auf denen das Nachmittagslicht durch das Blätterdach dort draußen tanzte.

»Könntest du vielleicht anfangen? Ich bin nicht so geschickt dadrin«, flüsterte sie plötzlich.

Mein Hals kratzte. Dann ging ich zu ihr, einen Meter näheran und umarmte sie. Und jetzt hob sie den Kopf, um mich zu küssen.

Der Geschmack ihres Mundes war ein neues Erlebnis für meine Sinne. Darin schwamm ein wenig Apfelsaft mit der vagen Ahnung von Zigarette und Pfefferminz.

Lena schob mich langsam rückwärts, und ich konnte die Bettkante an meinen Waden fühlen. Ich ließ mich von ihr hintüber schubsen. Ein wenig heftig vielleicht. Ich zog sie mit mir, und da sie nicht damit gerechnet hatte, stießen wir mit den Köpfen aneinander.

»Wow! Ich glaube, ich sehe schon Sternchen.« Mit der linken Hand hielt sie sich die Stirn.

Ich lachte. Aber nicht lange, denn ihre rechte Hand, die ich nicht beaufsichtigt hatte, kroch plötzlich unter mein T-Shirt und verursachte eine Gänsehaut, die mir bis in den Nacken kroch und bis zu den Fußspitzen. Ich dankte irgendwem, wer auch immer dafür verantwortlich war, dass ich heute Morgen keinen BH angezogen hatte. Ich habe da ein paar wirklich raffinierte Dinger, die sich jedoch allesamt dadurch auszeichnen, dass sie nur mit Gebrauchsanweisung oder viel Übung zu öffnen sind. Nichts ist schlimmer als dieses Gefummel, wenn BHs sich sträuben oder ein Reißverschluss klemmt. Apropros, Lenas linke Hand nestelte bereits mit Erfolg an meinem Reißverschluss. Sie küsste mich leidenschaftlich und zog mich so ganz nebenbei aus. Ganz offensichtlich hatte sie also mehr Geschick in diesen Dingen, als sie vorhin noch hatte zugeben wollen.

Da plötzlich, wie immer völlig unangebracht, meldete sich von irgendwo in mir drinnen das kleine Schäbig-Männchen zu Wort.

Das Schäbig-Männchen kennt bestimmt jede! Es haust an undefinierbarer Stelle mitten in uns und hält manchmal monate- oder gar jahrelang den Mund. Aber dann, wenn das Leben eine Situation zu bieten hat, die uns äußerst spontan die angenehmsten Seiten desselbigen präsentieren möchte, regt sich das Schäbig-Männchen und beginnt zu meckern.

Nun gehöre ich nicht zu den Menschen, die derartiges Gezeter nervlich leicht wegstecken können. Deswegen wurden meine Bewegungen plötzlich langsamer, und selbst meine Zunge, die gerade zwischen Lenas Lippen forschte, zog sich angewidert von solch penetranter Störung lieber zurück.

Lena in meinen Armen schlug die Augen auf und sah mich

verklärt an. Ihr Atem ging noch rascher als meiner, als sie irritiert flüsterte: »Was ist denn? Was hast du?«

Was ich hatte? Ich erschrak plötzlich darüber, hier mit ihr auf meinem Bett zu liegen und wild zu knutschen. Und das Bedrückende war nicht einmal die Tatsache, dass sie sage und schreibe noch ein Teenager war. Es war eher ein diffuses Gefühl von Unstimmigkeit, das sich wie ein Schleier über meine prickelnden Empfindungen legte, die gerade noch wie Schauer über meine Haut gejagt waren.

Plötzlich zögerte ich, ihr das T-Shirt über den Kopf zu streifen, das sowieso schon verdächtig hochgerutscht war. Alle Schranken fallen zu lassen, schien mir mit einem Mal nicht mehr richtig.

Ellens helles Gesicht tauchte vor mir auf. Sie nannte das Schäbig-Männchen schlicht ›Gewissen‹ und das, so meinte sie immer, sei nun mal von Natur aus nicht rein. Selbst bei einer Michelin Schwarz nicht.

Lenas Blick veränderte sich von fragend zu verständnisvoll, und sie wisperte mir ins Ohr: »Mach dir keine Gedanken. Ist doch alles okay. Wir sind beide solo. Wir haben keine Verpflichtungen. Lass es uns doch einfach … genießen …« Und mit diesen Worten schob sie sich selbst den letzten Stoffrest vom Oberkörper und mir ihre Zunge in den Mund, während ihre Beine strampelten, um die leichte Baumwollhose loszuwerden.

Das Schäbig-Männchen musste also den Rückzug antreten und das Feld kleinen wilden Nymphen überlassen, die stattdessen nun in meinem Bauch herumzuschwirren begannen.

Keine Ahnung, wie, aber nach nicht allzu langer Zeit hatte ich plötzlich auch nichts mehr an. Lena und ich, nackt auf meinem Bett. Küssende, saugende Münder. Wandernde, mal vorsichtig forschende, mal zielstrebige Hände und Fingerspitzen. Beine, die sich weich umeinanderschlangen.

Ich war sozusagen noch in der Aufwärmphase, aber Lena stöhnte und seufzte, dass mir sogar schon die Nachbarn einfielen. Als ich sie gerade lachend fragen wollte, ob sie Schaulustige anlocken wollte, zog sie mich plötzlich mit einen heftigen Ruck an sich. Ihre Beine bebten, und um meinen Finger spürte ich sanfte Kontraktionen, während sie ihr Gesicht im Kissen vergrub und daraus nur noch gedämpfte Laute zu hören waren.

Etwas überrumpelt sah ich auf ihren zerwühlten Haarschopf hinunter. Damit hatte ich nun wirklich überhaupt noch nicht gerechnet.

Meine Hand wollte gerne noch eine kleine Weile an dieser verführerischen Stelle bleiben, aber Lena schob sie weg und mir sofort ihre Zunge ins Ohr. Da bin ich aber leider enorm kitzelig, und ich hielt sie lachend davon ab.

»Nun mal langsam«, besänftigte ich sie. »Oder bist du eine von diesen Multiplen?«

Sie wurde doch tatsächlich verlegen und winkte ab.

»Aber was ist mit dir?«, fragte sie, während ich immer noch ihre geröteten Wangen und glänzenden Augen betrachtete.

»Oh, ich kann nicht«, murmelte ich und verbarg mein Gesicht an ihrem Hals. »Ich bin da etwas gestört, fürchte ich. Erste Male, weißt du. Ich kann mich nicht gehen lassen vor lauter Konzentration.«

»Das ist bei mir ja völlig anders!« Ihre Stimme war lauter als sonst, entspannt und fröhlich. Sie strahlte gute Laune aus. Irgendetwas irritierte mich daran.

»Hast du nie Probleme damit?«, wollte ich verwundert wissen.

»Womit? Beim ersten Mal gleich zu kommen? Nö. Aber so

viel Erfahrung habe ich ja auch noch nicht. Ich hatte doch erst vier … Und du? Mit wie vielen Frauen hast du schon geschlafen?«

»Das ist wirklich ein sehr romantisches Thema, das du hier für ›danach‹ ausgesucht hast«, bemerkte ich trocken. Sie wirkte so aufgeräumt und klar. Etwa so, als hätte sie gerade eine schwierige Klassenarbeit mit einer Zwei zurückbekommen. Diese gerade Fröhlichkeit stand ganz im Gegensatz zu dem Gemütszustand, in den ich normalerweise nach dem Lieben verfiel. Der schwankte dann, je nach Tagesform, zwischen himmelschreiender Euphorie und tränenbedrohter Melancholie. Aber diese Gelassenheit, die sie jetzt zeigte, war mir ganz fremd. Es war fast so, als hätten wir uns gemeinsam einen netten Kinofilm angesehen und würden jetzt darüber reden.

Keine Ahnung, womit ich gerechnet hatte. Vielleicht hatte ich gehofft, dass Lena mir nach diesem netten kleinen Orgasmus ihre Liebe gestehen würde? Aus Dankbarkeit, da ich schon beim ersten Mal alles aus ihr herausgelockt hatte?! Ihre heitere Plauderei beunruhigte mich. Es schien mir wie die Unverbindlichkeit derer, die nach der Intimität des Sex' Zugeständnisse tiefer Gefühle lieber nicht zulassen möchten – aus Angst, verbindlich zu werden.

Wollte Lena etwa nicht verbindlich mit mir werden?

Der Verdacht keimte in mir auf, dass Lena dieser Begegnung womöglich nicht so viel Bedeutung beimaß, wie ich es vor einer Stunde noch bereit gewesen war zu tun.

Gerade wollte ich den Mund öffnen und sie vorsichtig danach fragen, da grinste sie mich neckisch an und sagte: »Hoffentlich hat dich das jetzt von der Idee abgebracht, mit meiner Mutter etwas anzufangen?«

Und mir blieb vor Verblüffung der Mund offen stehen.

»Wie kommst du denn darauf, dass ich mit deiner Mutter …?«, wollte ich entgeistert wissen.

»Vorhin im Auto hast du doch gesagt, dass du sie attraktiv findest. Und du hast ein echtes Plädoyer dafür gehalten, dass der Altersunterschied zwischen euch kein Hinderungsgrund sei«, argumentierte Lena.

Mir wurde plötzlich sehr seltsam zumute. Leicht strich ich mit der Hand an ihrer Seite hinunter.

»Zehn Jahre sollten einen wirklich nicht abschrecken«, sagte ich dann ernst und sah sie herausfordernd an. »Oder hat es uns jetzt abgehalten?«

Lena guckte groß zurück. »Du hast vorhin uns damit gemeint? Dich und mich?«

»Sicher.«

Lena machte ein wenig den Eindruck auf mich, als habe ich ihr falsche Tatsachen vorgegaukelt.

»Das ist mal wieder typisch für mich«, grummelte sie. »Mama sagt immer zu mir, ich höre Flöhe husten.« Doch da fiel ihr etwas ein, und ein Ruck ging durch ihren Körper. »Aber vor einem Jahr, als das mit der Trennung war, da habe ich das auch im Gefühl gehabt, und damals meinte Mama auch, dass ich mir alles nur einbilde.«

»Das kann ich leider nicht beurteilen«, versuchte ich sie und auch ein bisschen mich selber zu beruhigen. »Eines kann ich dir aber ganz sicher sagen: Jetzt und in diesem Falle waren es wirklich nur Flöhe mit einem leichten Reizhusten.«

»*Reiz*husten?«, wiederholte Lena, drehte sich aufmerksam zu mir herum und ließ ihre linke Hand unauffällig mein Rückgrad hinaufschleichen. »Ich finde, das Wort klingt in diesem Zusammenhang irgendwie obszön.« Und dann begannen ihre Hände zu tanzen, in sehr angenehmer Weise. Fingerkuppen kreisten, Daumen neckten, Zungenspitzen umwarben frech meine Brüste.

Ich fand es wunderschön, was sie mit mir tat. Aber trotzdem blieb es dabei. Der Höhepunkt im eigentlichen Sinne blieb ausgeschlossen.

Ich vermisste ihn nicht, sondern genoss Lenas Spiele, genoss ihren heißen Atem und das Zittern ihrer Arme, als auch ihre Erregung sich steigerte. Aber schließlich wurde ihr Körper neben mir wieder weich und entspannte sich. Sie sah an die Decke und schwieg. Ich hatte den Eindruck, dass es sie wurmte, dass bei all ihren wundervollen Bemühungen nichts herausgekommen war, das in Büchern immer gern mit Verben wie »schmelzen«, »beben« oder auch »markerschütternd schreien« beschrieben wird.

Dieser Eindruck, zusammen mit meinem buntfarbigen Meer an Gefühlen, die sich wie der Deckel auf einen Schnellkochtopf über uns gestülpt hatten und mich zum Brodeln brachten, veranlasste mich zu dem Wunsch, Lena über ihr scheinbares Unvermögen hinwegzuhelfen.

Als hätte sie das erraten, fragte sie: »Und woran denkst du jetzt?«, und ich brauchte ihr nur ganz ehrlich zu antworten.

»Sagt dir der Name einer Schauspielerin etwas, die deine Mutter mal gekannt hat: Jana?«, fragte ich möglichst unverfänglich. Es interessierte mich brennend, ob Lena von der Möglicherweise-Verliebtheit ihrer jungen Mutter vor zwanzig Jahren etwas wusste.

Lena wälzte sich herum und legte ihre Stirn in nachdenkliche Falten.

»Jana? Jana? Wie weiter? Nein, kenn ich nicht. Was war denn mit der?«

»Sie ist wohl ziemlich berühmt geworden«, log ich. Leider konnte ich nicht sehr gut lügen. Lenas Blick huschte neugierig über meinen Bauch in mein Gesicht. Um sie abzulenken, sagte ich: »Weißt du, was ich gerade noch dachte? An deinen größten Wunsch, den du im Moment hast. Mir kam da gerade so eine Idee.«

»Und was?«

»Erschrick aber nicht!«

»Quatsch!«

»Was hältst du davon, wenn wir zwei zu einem Abendessen einladen, sozusagen, um deine neue Wohnung und vielleicht auch unser Kennenlernen zu feiern?« Ich wollte nicht ein Wort wie ›Beziehungsbeginn‹ sagen. Ehrlich, ich hatte keine Ahnung, ob wir von jetzt an eine Beziehung führen würden. Ich wollte Lena nicht verschrecken. Und ich wusste selbst nicht so genau, was ich von diesem Wort halten sollte: Beziehung.

Lena schaute skeptisch.

»Wir würden einige meiner Freundinnen einladen und ein paar von deinen, und natürlich deine Eltern. Würde deine Mutter da nein sagen? Sie wäre ja schließlich mit deinem Vater nicht allein, sodass sie nicht über ihre Beziehung streiten oder sich gegenseitig Vorwürfe machen könnten oder was weiß ich, was sie so tun, wenn sie miteinander allein sind.« Ich sah plötzlich Angela vor mir, wie sie mich kokett angelächelt hatte, und brach verwirrt ab.

Aber Lena bemerkte meine Gefühlsschwankung gar nicht. Sie fand meinen Vorschlag klasse, denn als Antwort bekam ich einen Kuss, der irgendwo zwischen Mund und Nase landete. Dann sprang sie aus dem Bett und lief ins andere Zimmer hinüber.

Ich lachte. »Was hast du denn vor?«

Immerhin hatte sie nicht mal den winzigsten Fetzen Stoff am Körper. Wenn die Nachbarn von gegenüber es raushatten, würden sie heute Nachmittag ordentlich etwas geboten bekommen.

Lena antwortete nicht, sondern kramte herum und kam strahlend zurück: mit ihrem Saxophon.

Der schwarze Lederriemen baumelte bereits um ihren Hals. Sie hängte das Instrument dort ein und legte es an die Lippen. Lena spielte. Es war unglaublich. Sie stand splitterfasernackt dort mitten im Raum und spielte für mich…

Drei, vier, fünf Melodien, eine schöner als die andere. Ihr Körper krümmte sich, bog sich und vibrierte im Rhythmus ihrer Finger, die über die Klappen huschten, zitterten, schlugen. Das war sinnlich, rasend temperamentvoll und stark. Es ließ meine Füße unter der Bettdecke zucken, denn sie wollten heraus und tanzen zu den hübschen Melodien, mit denen Lena es verstand, ihre eigene nackte Schönheit zu unterstreichen.

Eine einzelne Träne lief ungesehen über meine Wange und tropfte aufs Bettlaken. Es war eine Abschiedsträne. Ich verstand nur nicht, wieso ich sie weinte.

8. Kapitel

Die einmal lügt, der glaubst du nicht, und wenn sie auch die Wahrheit spricht

Lena blieb bei mir. Ich hatte befürchtet, sie würde sich anziehen und auf und davon fahren. Aber stattdessen legte sie sich ins Bett zurück, deckte sich fahrlässig zu und schlief ein. Ich regte mich nicht.

Die halbe Nacht lag ich wach.

Es war eine helle Mondnacht, und ich konnte sie ansehen, während sie träumte. Ich betrachtete sie und die Schatten, die das Mondlicht durch das Blätterdach der Bäume ins Zimmer warf. Es war eine verzauberte Nacht.

Zum ersten Mal eine Frau zu lieben, hat etwas vom Lösen eines Rätsels. Denn nie kannst du vorher wissen, was sie mag und wie sie sich selber beim Lieben verhält. Manche Frauen sind mit sich selbst auch im Alltagsleben so authentisch, dass du ihr Lachen, ihr Reden, ihr Tanzen geradezu eins zu eins umrechnen kannst mit ihrer Art, Sexualität zu leben. Andere tragen im Alltag ständig eine Maske, die sie plötzlich oder auch erst nach und nach fallen lassen in diesen intimsten Stunden des Zusammenseins.

Es kann dich überraschen. Es kann dich überzeugen. Es kann dich überwältigen. Wie auch immer. Es bringt dich nah zu ihr, bis du glaubst, dich in ihr aufzulösen … normalerweise.

Diese Nacht lehrte mich, dass es auch anders sein konnte. Während das milchige Licht durchs Zimmer floss, wurde mir mit jeder Minute klarer, dass ich trotz aller scheinbaren Nähe nicht mehr über Lena wusste.

Unsere Begegnung erinnerte mich an ein Erlebnis vor vielen Jahren. Als ich noch zum Volk der Zwerge gehörte, manche Leute nennen das Kindheit, hatten meine Eltern und ich einmal an einer langen Wanderung der Gemeinde teilgenommen. Viele Familien trabten fröhlich drauflos, aber irgendwann stellte sich heraus, dass meine Beine dem Tempo und den Kilometern nicht gewachsen waren. Meine Mutter blieb erleichtert mit mir auf einer sonnigen Lichtung zurück, wo die anderen uns etwa zwei Stunden später wieder abholen wollten.

Wir lagen im Gras, lauschten dem Blätterrauschen, und meine Mutter schlief ein, während ich in Wolkengebilden Elefanten und Glücksdrachen entdeckte.

Ich sah den jungen Rehbock erst, als er schon auf wenige Meter in unsere Nähe gekommen war. Zuerst dachte ich, er habe uns nicht gesehen. Aber dann merkte ich, dass er uns beim Grasen genau im Auge behielt und sich auf diese Weise immer näher an uns heran manövrierte.

Schließlich stand er direkt neben mir. Ich rührte mich nicht und wagte kaum zu atmen, aus Angst ihn zu verscheuchen. Meine Hand, die ich weit von mir ins Gras gestreckt hatte, wollte so gern über das goldfarbene Fell streichen, die feucht glänzende schwarze Nase berühren. Aber sie lag ganz still auf dem Boden und bewegte sich keinen Millimeter.

Das schmale Rehmaul schob sich vorsichtig heran. Stückchen für Stückchen näher. Er schnupperte an meinen Fingern. Ich konnte seinen Atem als warmfeuchten Hauch in meiner Handinnenfläche spüren. Ich selbst atmete vor lauter Anspannung einmal tief aus, und der junge Rehbock sah mich aus riesigen Augen lange prüfend an.

Dann wandte er den Kopf zum Waldrand, blähte seine Nüstern, wandte sich um und trabte mit raschen, tänzelnden

Schritten über die Lichtung davon. In wenigen Augenblicken war das Tier zwischen den Bäumen verschwunden.

Dies war die zauberhafteste Begegnung meines Lebens gewesen. Auch wenn ich vom ersten Moment an wusste, dass sie sehr flüchtig sein würde und einzigartig. Ich hatte die Berührung genossen, auch wenn mir ganz klar war, dass wirkliche Nähe ausgeschlossen bleiben würde.

Am nächsten Morgen flitzte ich zum Bäcker, während Lena noch schlummerte. Sie genoss den Luxus, im Bett zu frühstücken und führte sich auf wie eine Prinzessin. Doch eine Erbse würde sie unter meiner Matratze wohl nicht entdecken.

Doch so sehr ich mich auch ins Zeug zu werfen bereit gewesen war, ich fühlte mich nicht unbedingt so, wie ich es vom Morgen nach der ersten Liebesnacht gemeinhin erwarte. Es herrschte eine sonderbar aufgeräumte Stimmung zwischen uns. Lena sprach von der Uni, ihrem Seminar, das sie heute Morgen geschwänzt hatte, und von dem, zu dem sie gleich noch pünktlich kommen würde. Ich versuchte nicht, sie in meine Arme zu ziehen oder sie zu küssen. Und sie tat dies ihrerseits auch nicht. Ein bisschen kam es mir so vor, als hätten die Ereignisse des vergangenen Abends gar nicht stattgefunden.

Dann kam Lena auf das von mir vorgeschlagene Abendessen zu sprechen. Wir stellten eine kleine Gästeliste zusammen. Darauf standen an erster Stelle: *Angela, Volker*, denn die beiden waren ja die Ehrengäste, auch wenn sie nichts davon erfahren würden. Lena hatte zwischen den Namen das Wörtchen ›und‹ diktiert, das ich aber geflissentlich überhörte und nicht notierte.

Ich schrieb uns auch mit auf die Liste, weil ich es hübsch

fand, unsere Namen direkt nebeneinander auf dem abgerissenen Notizblockzettel stehen zu sehen. Es folgten noch: *Nancy, Ellen, Jackie, Frederike, Karolin.*

»Wir müssen auch ein paar Männer einladen«, grübelte Lena. »Volker fühlt sich sonst am Ende noch wie der Hahn im Korb, dreht mächtig auf, und Mama ist erst recht auf der Palme. Oder er ist so eingeschüchtert von dem ganzen Lesbenbrimborium, dass er keinen Ton rausbekommt.«

»Ich könnte meine Arbeitskollegin Frauke mit meinem besten Freund Lothar einladen«, überlegte ich und nahm mir vor, Frauke heute anzurufen und um eine Aussprache zu bitten.

»Okay. Dann lade ich noch Jan und Ulli ein. Die beiden sind zwar schwul, aber männlich genug, um Volker Konkurrenz zu machen«, meinte Lena und zählte auf der Liste noch einmal nach.

»Oh«, machte sie dann. »Das sind ja genau dreizehn …«

»Aber Lena!«, sagte ich lachend, »du bist doch nicht abergläubisch?!«

Als Lena bereits seit Stunden wieder fort war, hielt meine sonderbare Stimmung immer noch an. Ich fühlte mich ausgehöhlt und dumpf und konnte mir diesen Zustand nicht erklären. Das hatte ich mir doch gewünscht. Genau das hatte ich mir herbeigesehnt und es nicht erwarten können. Warum jetzt diese Trübsalblaserei? Ich hätte wetten können, dass Jackie in den Sternen einen Grund dafür finden konnte, und deshalb rief ich sie an und quatschte aufs Band. Und weil mein Klärungsbedürfnis damit noch lange nicht gestillt war, wählte ich Fraukes Nummer und sprach auch da auf den laufenden Anrufbeantworter.

Die Leute, die behaupten, Anrufbeantworter zu hassen und daher statt einer lieblichen Stimme ein monotones Piepen auf meiner Maschine hinterlassen, kann ich nicht verstehen. Nein, ich finde, ABs sind eine famose Einrichtung, die es möglich macht, Menschen zu sprechen, die eigentlich nicht zu sprechen sind. Endloses Tuten am anderen Ende der Leitung dagegen finde ich nervlich enorm belastend.

Ich beschloss also, die Wartezeit bis zu den Rückrufen sinnvoll zu verbringen, und kramte das Putzzeug aus der Ecke.

Ich wischte die Küche und die Diele, saugte und wischte Staub. Schließlich machte ich mich auch noch über das Badezimmer her, putzte den Spiegel blitzblank, ließ die Armaturen blitzen und sprühte die Kacheln in der Dusche ab.

Als ich den kleinen Abfalleimer leerte, rutschte mir als Erstes eine Einmalzahnbürste entgegen. Es war eines von diesen unauffälligen, aber praktischen kleinen Dingen, wie sie zum Beispiel in manchen Hotels für kurzentschlossene Gäste bereitliegen.

Ich starrte verwirrt auf das Ding in meiner Hand und wusste zunächst nicht, was ich genau denken sollte. Gestern, als ich den kleinen Müllschlucker für ein Ohrenstäbchen das letzte Mal geöffnet hatte, hatte sich diese Zahnbürste eindeutig noch nicht an diesem Ort befunden …

Ich nahm an, wenn ich heterosexuell veranlagt gewesen wäre, wäre das Pendant zu dieser Einmalzahnbürste ein Fünferpack Kondome gewesen, das mein Liebhaber gestern Abend griffbereit aus der Jeans gezaubert hätte.

Plötzlich schien mir der spontane Abend in einem neuen Licht. Für diese Zahnbürste gab es nämlich nur zwei mögliche Erklärungen:

Erstens: Lena trug immer eine Einwegzahnbürste bei sich in ihrer Unitasche, um für eventuelle Notsituationen wie

Teigtaschen mit Spinatfüllung in der Mensa gerüstet zu sein. Zweitens: Lena hatte ihren überraschend anmutenden Überfall geplant.

Der schale Geschmack in meinem Mund zeigte an, dass ich eher an letztere Variante glaubte.

Während ich noch dumm im Flur herumstand, in der einen Hand den kleinen Mülleimer, in der anderen die argwöhnisch betrachtete Zahnbürste, klingelte das Telefon. Ich stellte den Mülleimer ab.

Das war bestimmt Frauke! Auch das noch! Ich hätte mir wirklich gewünscht, für dieses Telefonat entspannter zu sein. Doch als ich mich etwas heiserer gemeldet hatte, ertönte nicht Fraukes helles Organ, sondern eine tiefere, nasale Stimme, die ich auch gleich erkannte.

»Ich hoffe, ich störe nicht?«, fragte Angela.

»Ach, was!«, lachte ich und hörte meiner eigenen Stimme an, dass sie nahe am Rand zur Hysterie balancierte.

Angela atmete tief ein, als koste sie dieser Anruf eine Menge Überwindung.

»Die Sache ist die: Ich will nicht aufdringlich sein oder gar indiskret, aber ich mache mir ein wenig Sorgen ... Ich war gestern Morgen in einem recht ... geschwächten Zustand, und ich fürchte, ich habe Lena damit etwas erschreckt.«

Ich spürte, wie ich sehr rasch feuchte Achselhöhlen bekam.

»Mach dir mal keine Gedanken«, besänftigte ich sie, während in meinen eigenen Adern unverdünntes Adrenalin zu brodeln begann. In unguten Ahnungen bin ich spitze! »Lena hat sich bestimmt auch schon mal betrunken. Sie wird ja wohl wissen, wie man sich danach fühlt.«

»Du weißt nicht zufällig, wo sie steckt?«, schoss es ihr heraus.

Ich seufzte innerlich.

»Ich schätze mal, sie wird jetzt an der Uni sein«, vermutete ich. »Wahrscheinlich kommt sie danach nach Hause. Aber sie wird bald zwanzig. Und sie zieht in eine eigene Wohnung. Was ich sagen will, ist: Meinst du nicht, du müsstest da ein bisschen mehr loslassen?«

War es tatsächlich nur ein gut gemeinter Rat? Oder war es nicht eher Eigennutz? Denn ich fühlte mich durch ihren Anruf seltsam kontrolliert. Das kleine Schäbig-Männchen knurrte ungehalten.

»Lena kann jederzeit ihre eigenen Wege gehen«, erklärte Angela mir. Ihre Stimme klang sehr kühl. Ich hatte offensichtlich meine Kompetenzen überschritten. »Aber in diesem speziellen Fall habe ich mit ihr dringend etwas zu klären. Ich fürchte nämlich, dass sie sich da in eine abstruse Idee verrannt hat. Eigentlich wollte ich dich auch danach fragen, ob sie dir nicht schon brühwarm alles erzählt hat...«

»Was denn?«, fragte ich, obwohl ich ahnte, dass ich es lieber nicht wissen wollte.

Es schien ihr schwerzufallen, es auszusprechen. Sie brauchte mehrere Anläufe, bevor sie den Ansatz einer unverständlichen Erklärung zustande brachte: »Ist eine ganz dumme Sache. Und es tut mir auch sehr leid. Ich weiß nicht, was da in mich gefahren ist. Es war eigentlich nur so ein Flachsen, ein Witz, aber so wie es scheint, hat Lena es wohl ernst genommen...«

»Ging es dabei um mich?«, fragte ich mit inzwischen weichen Knien.

»Na ja, ein wenig«, druckste sie herum. »Meine Güte, ist mir das peinlich. Seit Volker und ich getrennt sind... Also, diese Sache hat mich dermaßen mitgenommen. Ich bin so durch den Wind. Mir passieren nur komische Sachen. Ich führe mich auf wie ein Teenager!«

›Na, toll!‹ dachte ich. ›Noch einer!‹

»Aber ich wollte wirklich nicht, dass Lena …«

»Was ist passiert?«, wollte ich mit wachsender Ungeduld wissen.

Wieder ein tiefer Atemzug.

»Ich habe vor einer Stunde ungefähr einen Zettel gefunden, den Lena gestern Morgen geschrieben haben muss. Sie hatte ihn wohl auf den Tisch in der Küche gelegt, aber das Fenster war auf, und es gab Durchzug, und da ist das Papier vom Tisch gefallen. Ich hab ihn erst gerade gesehen, als ich das Altglas sortiert habe …«

›Was steht auf dem verdammten Zettel?‹

»Vielleicht missverstehe ich das auch alles. Kann ich es vielleicht mal vorlesen?«

»Bitte!«, brachte ich heraus.

Sie las: *»Komme heut nicht heim. Und wegen gestern Abend: Ich lass mir doch von meiner Mutter nichts vor der Nase wegschnappen. Trotzdem Gute Besserung. Lena.* Und da dachte ich so bei mir: Ruf doch mal an und frag, ob alles in Ordnung ist?«

Ich keuchte: »Es ist alles in bester Ordnung.«

»Nichts Schlimmes passiert, nein?«

»Alles bestens!« Ich starrte auf die Zahnbürste, die ich immer noch in der Hand hielt.

Angela lachte verlegen. »Das Ganze ist mir so unsagbar peinlich. Stell dir vor: Meine Tochter denkt, ich könnte … ich wollte … also, das ist ja vielleicht ein Ding. Meinst du, wir könnten vereinbaren, dass diese komische Sache unter uns bleibt?«

»Sicher«, antwortete ich mechanisch.

Ich lasse mir nichts vor der Nase wegschnappen. – Findest du meine Mutter eigentlich attraktiv? – Das hat dich jetzt hoffentlich davon abgebracht, mit meiner Mutter etwas anzufangen.

Die Sätze prallten bedeutungsschwanger gegen meine Schädelwände und wurden zurückgeschleudert an die gegenüberliegende Wand. Hin und her, hin und her. Mit jedem Mal schienen sie lauter zu werden. Die Einmalzahnbürste fiel mir aus der Hand.

»Ich hoffe, ich bin nicht schon wieder in ein Fettnäpfchen gelatscht?«, drang wie von fern Angelas Stimme an mein Ohr und brachte mit ihrer zaghaften Tönung das Echo in meinem Kopf zum Verstummen.

»Nein. Es war nett, dass du angerufen hast«, sagte ich, denn plötzlich war mir klar, dass ihre angebliche Sorge um Lena genauso gut nur ein Vorwand sein konnte. Vielleicht ging es ihr dabei nicht in erster Linie um ihre Tochter, sondern … um mich?

Konnte es sein, dass sie mich mit diesem Anruf hatte ›warnen‹ wollte? Warnen vor der sonderbaren Teenagerauffassung vom Recht der Zuerst-Interessierten? Ich öffnete schon den Mund, um so etwas schrecklich Ehrliches zu fragen, da rief Angela: »Oh, da ist sie ja! Ich stehe am Fenster und sehe gerade, dass Lena mit Nancy vor dem Haus ankommt. Na, also. Alle Aufregung umsonst. Tut mir leid, dass ich dich jetzt mit dem Anruf genervt habe.«

»Hast du nicht«, erwiderte ich schlicht, ohne einen der Sätze herauszubekommen, die mir gerade noch auf der Zunge gelegen hatten.

Wir schwiegen ein paar Sekunden.

»Tja, dann …«, sagte sie.

»Tschüss!«, sagte ich.

»Tschüss!«, sagte auch sie.

Und das war's.

Als wir aufgelegt hatten, hatte ich plötzlich keine Lust mehr, weiterzuputzen.

Ich starrte aus dem Fenster auf die Straße hinunter. Mehrere Leute kamen vorbei. Einige führten ihre Hunde aus. Die Rüden pinkelten alle an den gleichen Fahrradständer.

Was wusste ich eigentlich von Lena? Wir kannten uns erst kurz und hatten bisher nur wenig Tiefschürfendes geredet. Meine Gewissheit, sie auch ohne viele Worte zu kennen, hatte sich mit jeder Begegnung ein wenig mehr verflüchtigt. Und wenn ich nun den Inhalt des Zettels, den Angela mir gerade vorgelesen hatte, kombinierte mit einigen weiteren Indizien, dann kam dabei etwas geradezu Erschreckendes heraus. Denn demzufolge war Lena keineswegs die Frau, für die ich sie gehalten hatte. Der Lichtkranz auf dem Schwof, die Engelschöre, die zu ihrer Erscheinung in meinem Kopf jubiliert hatten, alles ein Irrtum? War Lena wirklich nur eine junge, eigenwillige Frau, die vermutet hatte, dass ihre attraktive Mutter plötzlich jener Frau Avancen machen könnte, auf die sie, Lena, ein Vorrecht zu haben glaubte? Und war sie deswegen kurzentschlossen losgeflogen und hatte ihr Revier markiert, so wie die Hunde da unten an das rotlackierte Eisen pissten? Vielleicht sollte ich froh sein, dass sie an mir nicht ihr Bein gehoben hatte? Mein kurzer Traum von Lena und mir zerstob wie ein Hauch Parfüm.

Ich wollte mich hinsetzen und weinen. Doch da hörte ich auf der Treppe bekannte Schritte, zusammen mit tapsenden Hundepfoten.

Es klopfte an die Tür.

Einen irrwitzigen Moment lang spielte ich mit dem Gedanken, mich einfach nicht zu melden und rasch im Schlafzimmer zu verstecken. Zoff mit Frauke konnte ich jetzt wirklich nicht gebrauchen. Aber sich in der eigenen Wohnung im Schrank zu verkriechen, war natürlich albern.

»Komm rein«, rief ich daher kraftlos.

Die Tür wurde aufgeschlossen, und im nächsten Moment wurde ich von Loulou umgeworfen, die ein paar Tage ohne mich offensichtlich als Vorhölle erlebt haben musste.

Frauke beobachtete das personifizierte Wiedersehensglück vom Türrahmen aus.

Ich nahm die Flucht nach vorn und ächzte unter Loulou vom Fußboden weg: »Frauke, ich hab mich so dumm benommen. Tut mir leid, wenn ich dich gekränkt habe. Ich …«

»Schon in Ordnung!«, unterbrach sie mich schonungslos und stakste durch die Wohnung ins Arbeitszimmer. »Und ›Schönen Tag‹ erst mal. Du hattest ja auch allen Grund, um stinkig zu sein. So, damit ist die Sache jetzt hoffentlich aus der Welt geschafft! Ich komme her, um dir etwas zu zeigen. Dringend! Kommst du bitte mit?«

Loulou und ich latschten gehorsam hinter ihr her.

»Diskriminierung lag bestimmt nicht in meinem Sinne. Ich bin wirklich die Letzte, die …«, machte ich noch einen Ansatz.

»Halt die Schnüss und setz dich hin!«, befahl Frauke.

Diese Aufforderung kam meinen eigenen Wünschen sehr nahe. Deswegen leistete ich ihr sofort Folge.

Frauke fummelte an unserem Anrufbeantworter herum, den wir fürs Büro nutzen. Aus ihrer Tasche kramte sie eine kleine Kassette, wie sie für diese Geräte benutzt werden.

»Lothar hat doch vor kurzem diese neue Telefonanlage installiert. ISDN mit allem Schnickschnack und Quäl-mich-nicht-was. Ich komme jetzt nach zwei Wochen endlich mal mit diesem blöden Anrufbeantworter zurecht«, sagte sie, als sei damit alles geklärt.

»Worauf willst du hinaus?«

»An dem Abend neulich, als ich dieses sagenhaft dumme Telefonat mit Nancy geführt habe … also, ich weiß nicht wie, aber irgendwie muss ich da eine Funktionstastenkombination gedrückt haben, und das Ganze hat sich von selbst in Gang gesetzt. Das komplette Gespräch ist aufgezeichnet worden.«

War ich nur begriffsstutzig oder verbarg sich dahinter ein höherer Sinn?

Frauke hielt triumphierend die winzige mitgebrachte Kassette hoch und tauschte sie gegen die im Anrufbeantworter aus.

»Durch ein weiteres Wunder wurde das Band nur bis zur Hälfte von unseren darauffolgenden Anrufbeantwortertexten übersprochen. Als ich vorhin mit Loulou reinkam und deine Nachricht hörte, also da setzte ich mich erst mal hin und dachte nach und vergaß ganz, das Band auszuschalten. Es lief weiter. Und nun hör dir das bitte mal an!«

Frauke drückte die Playtaste.

Kurz darauf hörte ich ihre säuselnde Stimme vom Band und sah sie überrascht an. Sie wurde aus Verlegenheit rot und deutete zur Ablenkung wichtig auf das Gerät.

»Ich kenne Frederike ja nur flüchtig. Aber es stimmt schon, dass sie bestimmt sehr nett ist. Ich hab ihr Buch übrigens erst vor kurzem gelesen. Wow. Ich war beeindruckt. So viel Szene könnte ich in meinem Leben wohl gar nicht ertragen«, philosophierte Fraukes Stimme da.

Nancy lachte geschmeichelt vom Band, als hätte sie selbst den Roman verfasst. »Ach, weißt du, man gewöhnt sich dran. Und so schlimm wie in Frederikes Büchern ist die Realität nun wirklich nicht.«

»Schlimm genug, dass es jemandem ein Dorn im Auge gewesen sein muss.«

»Wie meinst du das?«, fragte Nancys Stimme unschuldig.

»Das zweite Manuskript ist leider weg«, tönte Frauke. Ich konnte nicht anders, als ihr für den leicht sensationslüsternen

Ton einen missbilligenden Blick zuzuwerfen, und sie grinste verlegen.

»Was? Aber das gibt's doch nicht!«, rief Nancy jetzt.

»Tja, scheinbar war es zumindest einer Person zu heiß. Wenn dieses Manuskript erscheinen würde, würde anscheinend jemand verdammt kalte Füße bekommen.« Das war mal wieder ihre typische Marlowesche Art.

»Das kann ich einfach nicht glauben, Frauke«, protestierte Nancy, und ich konnte sie vor mir sehen, wie ihr die Zunge bereits aus dem Hals hing vor lauter Klatsch-Glückseligkeit über diese Neuigkeiten. »Frederike wird doch Namen und all das geändert haben.«

»Trotzdem! Auch im ersten Buch kamen ja Frauen vor, die trotz veränderter Namen von einigen mehr erkannt wurden, als ihnen lieb war«, erwiderte Frauke auf dem Band.

Frauke mir gegenüber hob den Zeigefinger, und ich hörte genau hin.

Nancy lachte und sagte: »Also, ich kenne jedenfalls niemanden, der so dumm wäre, am helllichten Tag irgendwo einzubrechen, nur um ein paar Blätter Papier zu stehlen.«

Hier stoppte Frauke das Band und sah mich Beifall heischend an.

Ich war verwirrt. Was sollte daran jetzt so weltbewegend sein?

»Und? Ich kann daran nichts Besonderes finden.«

Frauke schüttelte darüber nur den Kopf. »In deinen Adern fließt nicht das Blut der großen Marlowe!«

Sie spulte das Band ein Stückchen zurück.

Wieder hörte ich Nancy: »... kenne jedenfalls niemanden, der so dumm wäre, am *helllichten Tag irgendwo einzubrechen*, nur um ein paar Blätter Papier ...«

Und da fiel auch bei mir der Groschen!

»Frauke!«, kreischte ich. »Da! Sie hat sich verplappert!«

»Genau!«, rief Frauke, angesteckt von meiner Euphorie. Loulous Nackenhaar stellte sich auf. »Sie konnte gar nicht wissen, dass das Manuskript aus Frederikes Wohnung *gestohlen* wurde! Und sie konnte auch nicht wissen, dass das am *helllichten Tag* passiert ist!«

Ich fächelte mir aufgeregt Luft zu.

»O Gott, Frauke, wir haben eine Spur. Wir haben eine erste Spur. Wie sollen wir jetzt bloß vorgehen? Wir dürfen nichts falsch machen!«

Frauke holte ein kleines Schulheft heraus, in das sie häufig Adressen oder noch zu machende Erledigungen eintrug. Sie schlug eine Seite auf und las vor: »Neunter Mai. Frederikes Manuskript verschwindet spurlos. Fünfzehnter Mai. Schwof, auf dem wir Nancy und Lena kennenlernen. Dreiundzwanzigster Mai. Telefonat Frauke und Nancy, in dem Nancy sich offensichtlich verrät, etwas über das verschwundene Manuskript zu wissen. Fünfundzwanzigster Mai. Auftauchen Iris, die beteuert, keinen Grund für einen Diebstahl zu besitzen. Das ist das, was wir wissen. Ich würde sagen, wichtig ist, jetzt erst einmal herauszubekommen, in welchem Kontakt Nancy eventuell zu den Verdächtigen steht.«

»Pe kann sie nicht kennen«, kombinierte ich. »Denn die beehrte uns ja auf dem Schwof mit einem kurzen Besuch, und keine von beiden hat zu erkennen gegeben, dass sie vielleicht befreundet sein könnten.«

»Bleiben also diese Frau Grünapfel, die um die Karriere ihres Gatten fürchten muss, und Iris, die auch brav gleich hier auflief, um sich ein schlechtes moralisches Alibi zu verschaffen«, schloss Frauke und klappte das Notizheft zu.

Ich schüttelte den Kopf. »Tatjana Grünapfel kommt nicht infrage. Die ist schon Mitte vierzig und hat mit Neunzehnjährigen nichts am Hut.« Die Erwähnung der beiden Alterszahlen ließ in meinem Bauch ein unangenehmes Ziehen zurück.

»Also Iris.« Frauke sah mich auffordernd an.

Ich griff zum Telefon.

»Ich wollte dich auch gerade anrufen. Ich würde gerne mal mit dir in Ruhe reden«, sagte Jackie, als ich sie an der Strippe hatte.

»Können wir machen. Aber jetzt brennt es gerade, Jackie. Hast du einen blassen Schimmer, ob Nancy eventuell Iris kennen könnte? Wir sind sicher, dass da eine Verbindung bestehen muss. Nancy wusste etwas, bevor alle anderen es wussten. Eigentlich kann sie es nur von der Person haben, die das Manuskript gestohlen hat.«

Ich konnte hören, wie es in Jackies Szenegesichter-Kopf ratterte.

»Nancy ist neunzehn, hast du gesagt? Spielt sie Handball?«

»Weiß ich nicht.«

»Was weißt du denn noch über sie?«

»Sie studiert auch Architektur, im gleichen Studiengang wie Lena. Die beiden kennen sich aus ihrem Abi-Jahrgang. Als die einzigen Lesben unter hundertvierzig Abiturientinnen fühlten sie sich wohl verbunden«, erzählte ich. »Die beiden gehen erst seit einem Jahr in die Szene, und erst in letzter Zeit etwas regelmäßiger, weil sie jetzt beide solo sind.«

Wieder biss ich mir mit meinen eigenen Worten in die Eingeweide. Aber ich wollte verdammt noch mal ehrlich zu mir sein. Und wenn ich ehrlich war, dann war mir klar, dass Lena sich gewiss ›solo‹ fühlte, auch nach dem, was gestern Abend geschehen war.

Jackie schnalzte mit der Zunge.

»Hm. Kennst du noch Ingrid, diese niedliche Rothaarige, die früher immer die karierten Röcke trug?«, fragte sie.

»Klar kenn ich Ingrid noch. Wir haben früher im Café öfter mal Karten gespielt. Ist sie nicht Teilhaberin an der Computerfirma, die ihr schwuler Bruder aufgemacht hat?«

»Nicht nur das. Sie ist außerdem die neue Freundin von Iris, schon seit ein paar Monaten.«

Ich unterdrückte mühsam einen erstaunten Ausruf, was Jackie befriedigt registrierte. Ingrid war für mich immer eine Sympathieträgerin gewesen. Um sie gab es nie Szenegetuschel, keine Beziehungsdramen und keine Intrigen. Und diese nette Frau, die zudem auch noch verteufelt gut aussah, war nun zusammen mit diesem Biest von Iris, dieser schlangenzüngigen, widerwärtigen …?

Jackie fuhr nach ein paar Sekunden, in denen sie meine Überraschung bestmöglichst ausgekostet hatte, fort: »Die beiden sind ziemlich glücklich miteinander, so wie es scheint. Kein Wunder, Ingrid ist die erste Cheerleaderin des Teams. Stell dir das bloß mal vor: geteilte Sportbegeisterung, die verbindet, ohne dass Konkurrenz entstehen kann, weil beide ja was Unterschiedliches machen. Und dann: trainingsgestählte Körper, die gierig aufeinanderprallen …«

»Ja, ja, ich kenne deine Visionen von der Idealbeziehung zwischen zwei Sportskanonen. Was willst du mir mit dem allem sagen?«

»Will sagen«, begann Jackie und machte eine kleine Pause, um an einem Getränk zu schlürfen, »dass die Damen ziemlich verliebt sind. Und Ingrid scheint einen positiven Einfluss auf Iris zu haben. Seit Monaten gibt es keinen Stress mehr in der Handballmannschaft, hat Gudrun erzählt. Außerdem ist Iris nicht nur bei dir aufgetaucht, um reinen Tisch zu machen. Weißt du noch, dass sie Elke damals ziemlich listig aus der Mannschaft rausgemobbt hat?«

»Sag bloß, sie hat da auch um Versöhnung gebeten?«

»Könnte man so sehen. Und Ellen hat mir erzählt, dass Iris auch sie um ein klärendes Gespräch gebeten hat.«

»Warum weiß ich nichts davon? Wann hat Ellen dir das erzählt?«

Hier stockte Jackie. »Ich hab sie gestern zufällig auf der Straße getroffen.«

Hatte sie das bei ihrer letzten Begegnung mit Ellen nicht auch schon gesagt? Die beiden schienen sich recht häufig *zufällig* irgendwo zu treffen.

»Ich habe gestern auch jemanden auf der Straße getroffen«, erwiderte ich bedeutungsschwanger.

»Wen?«, hechelte Jackie.

»Erzähl ich dir dann später. Du wolltest doch sowieso noch mit mir reden, oder?«

»Ehm … tja, ja, eigentlich schon. Aber gib mir doch einen Anhaltspunkt! Hast du etwa heute Nacht Besuch gehabt?«

»Du mit deiner blöden Hellseherei!«, brummte ich, seltsam berührt, dass sie es erraten hatte.

»Ihr habt es getan?«, fragte Jackie, schon halb lachend.

»Ja, haben wir. Aber vielleicht ist das alles ganz anders als …«

»Irre!«, kreischte Jackie am anderen Ende der Leitung los. »Ich hab es im Urin gehabt! Ich wusste es, ich wusste es! Wie war es? Los! Lass dir nicht alles aus der Nase ziehen!«

Ich hätte mir gewünscht, Jackies Enthusiasmus noch teilen zu können. Doch leider fühlte ich mich momentan nicht mehr dementsprechend.

»Ich erzähl es dir ein anderes Mal, okay? Wir müssen hier noch etwas brüten, wie wir Nancy am besten überführen können. Auch wenn ihr euch von Iris' Sühnetour einwickeln lasst, ich bin sicher, dass die beiden irgendwie unter einer Decke stecken.«

Jackie grunzte. »Das *hättest* du gerne, Michelin. Aber das ist ein Unterschied!«

»Wir werden sehen. Dann bis bald.«

»Ich kann's kaum erwarten!«

Der Hörer fiel auf die Gabel. Frauke sah mich stumm an.

Ich hätte wetten können, dass sie an unsere Auseinandersetzung dachte. Dieser ganze Lesbenszene-Klüngel ging ja sogar mir auf die Nerven. Wie musste sie das erst empfinden?

»Ist ja interessant«, sagte Frauke und bestätigte somit nicht gerade meine Vermutung.

»Also gut, da hilft nur eins: Nancy beinhart festnageln. Ich würde Folgendes vorschlagen: Du saust zu Frederike und packst sie ins Auto. Wir treffen uns dann bei den Rosen, denn da ist Nancy vor einer halben Stunde aufgetaucht.« Die Aussicht darauf, Lena unter diesen Umständen wiederzusehen, verursachte mir Magenbeschwerden, aber jetzt musste rasch gehandelt werden. »Wir müssen sie sofort packen und zwingen, uns zu sagen, woher sie wusste, dass das Manuskript tagsüber gestohlen wurde! Der Überraschungseffekt wird auf unserer Seite sein!«

Frauke wiegte den Kopf. Sie schien nicht meiner Meinung zu sein.

»Ich schätze mal, es wäre besser, wenn du allein hinfährst und sehr, sehr vorsichtig herausfindest, ob Nancy und Iris bekannt miteinander sind. Wenn wir es auf die harte Tour versuchen, könnte das nach hinten losgehen. Sie könnte einfach alles leugnen, behaupten, es sei ein Zufall, und damit wären sie gewarnt.«

Mit einer Sache würde ich mich in meinem Leben einfach abfinden müssen: Meine GbR-Partnerin war einfach die bessere Detektivin von uns beiden.

»Aber du könntest trotzdem zu Frederike fahren und ihr

die Kassette vorspielen. Es ist bestimmt versöhnlich, wenn diejenige, die scheinbar etwas vermasselt hatte, plötzlich eine Lösungsmöglichkeit parat hat«, schlug ich vor.

Diesmal nickte sie und griff nach der Hundeleine. Loulou blieb aber auf dem Teppich liegen und grunzte nur müde. Sie hatte ein untrügliches Gespür dafür, ob Frauke tatsächlich gehen wollte. Und das war offensichtlich noch nicht der Fall.

»Was passiert ist, tut mir auch leid, Michelin«, sagte Frauke leise. »Ich hoffe, dass du mir diesen Ausbruch verzeihen kannst?«

»Hab ich doch längst«, erwiderte ich mit rauer Stimme. Plötzlich war mir sehr kläglich zumute. Wir hatten vielleicht eine Spur, was Frederikes Manuskript anging, aber genau deswegen würde ich jetzt gleich Lena gegenübertreten müssen – ohne zu wissen, was wir einander eigentlich bedeuteten. Meine leuchtenden Visionen unserer ersten Begegnung vor Wochen war zusammengeschmolzen auf ein kleines Fragezeichen in meinem Bauch.

»Alles okay mit dir?«, fragte Frauke. Und das war es, was ich noch gebraucht hatte, um den Mund aufzumachen und alles heraussprudeln zu lassen. Denn natürlich war nichts okay mit mir. Und als ich Frauke nun von der Einwegzahnbürste und dem mysteriösen Zettel erzählte, wurde ihre Miene sehr ernst.

»Hm. Was sage ich denn jetzt dazu?«, murmelte sie schließlich, nachdem ich geendet hatte und wir ein paar Minuten schweigend auf dem Teppich gesessen hatten. »Das klingt wirklich nicht besonders gut. Scheint ganz so, als solltest du dringend mal mit Lena reden.«

Das war es auch, was ich vorhatte und was ich fürchtete. Ich war keine Träumerin, die sich der Realität verweigerte, nur um schöner träumen zu können. Im Grunde wusste ich schon seit gestern Abend, dass etwas an der Geschichte mit Lena nicht so lief, wie es laufen müsste, wenn dies eine glückliche Liebesgeschichte werden sollte.

Frauke fühlte sich aufgrund meines Schweigens ein wenig unbehaglich.

»Tja, und ansonsten fallen mir so blöde Sprüche ein. Weißt du, so was, was wir früher immer zu hören bekamen, als wir noch nicht kapiert hatten, dass solche Themen wie Liebeskummer bei unseren Eltern einfach nicht gut aufgehoben sind.«

»Was denn für Sprüche?«, fragte ich.

»Willst du es wirklich hören?«

»Ich würd gern einmal herzhaft lachen!«

»Andere Mütter haben auch schöne Töchter!«, zitierte Frauke, nicht ohne ein gewisses Maß an Überzeugung.

Ich spürte, wie sich meine Lippen kräuselten. »Das werde ich mir gut merken«, sagte ich dann.

9. Kapitel

Die schönen Mütter anderer Töchter

Ich zog mein unwiderstehliches dunkelgrünes Kleid über einem knappen T-Shirt an und tuschte mir die Wimpern, die – obwohl durchaus hübsch – gegen Lenas immer spärlich und zu hell wirken mussten. Wenigstens würde es in Lenas Augen keinesfalls auffällig sein, wenn ich am Nachmittag nach einer gemeinsamen Nacht mal kurz vorbeischauen wollte. Allerdings könnte es ja durchaus sein, dass sie mich gar nicht sehen wollte. Immerhin lag inzwischen der Schluss nahe, dass ihr Motiv zu diesem kurzweiligen Abend nicht unbedingt in ihrer heftig entflammten Liebe lag. Sondern eher in kindischer Konkurrenz zu ihrer Mutter? Wie absurd!

Das alles machte mich nervös, und das konnte ich nicht gebrauchen, wenn ich klar bei Verstand sein wollte. Hier ging es nicht nur um mich, sondern auch um Frederikes Manuskript. Also verbot ich mir der Einfachheit halber jedes weitere Nachdenken über Lena.

Dass ich unten auf der Straße noch einen kleinen Abstecher in den Blumenladen an der Ecke machte, schrieb ich unter ›manischen Handlungen‹ ab.

Schließlich im Auto sank mein Mut mit jeder Kreuzung, die mich der Herzoginnenstraße näher brachte.

Als ich mit Lena ins Bett gesunken war, hatte ich mich so nah am Ziel meiner Träume gewähnt. Aber nun waren die zusammengeschmolzen auf die Greifbarkeit einer Fata Morgana. Ich hatte keine Ahnung mehr, was ich mir wünschte.

Und Lenas Träume, die waren mir ganz und gar verschlossen.

Auf mein Klingeln hin wurde gleich der Türdrücker betätigt, und ich schritt mit betont würdiger Geschwindigkeit die Stufen hinauf.

In der Tür stand Angela.

Sie lächelte matt, als sie mich auf der Treppe auftauchen sah. Ihr Gesicht sah müde aus.

Ich schwenkte den duftigen Strauß Blumen vor meiner Nase.

»Hi. Na, dachtest du, dass wir uns heute noch sehen?«

»Erfreulicher Besuch!«

Wie zwei Erstklässlerinnen standen wir auf dem Treppenabsatz voreinander und sahen jeweils knapp aneinander vorbei. Das erst vor wenigen Stunden geführte Telefonat hing in der Luft zwischen uns wie ein Witz mit schlechter Pointe: Sollten wir lachen oder ihn übersehen?

»Tja, Lena da?«, fragte ich kurzentschlossen und hatte prompt das Gefühl, mit der Tür ins Haus gefallen zu sein, denn ihre Miene wurde sogleich wieder förmlich.

»Nicht mehr«, antwortete sie. »Die beiden sind vor zehn Minuten wieder weg. Angeblich in die Bibliothek.«

Über ihr strenges ›angeblich‹ hätte ich fast gelacht. Eine mit Scham gepaarte Erleichterung machte sich plötzlich in mir breit. Sie war fort. Sie war nicht mehr da. Ich musste mich nicht mit ihr und Nancy per Small Talk unterhalten, mit gymnastischen Denkübungen zwischen Detektivarbeit und sentimentalen Anfällen.

»Gib her! Ich werde die Blumen für Lena ins Wasser stellen«, sagte Angela, während sie mich mit einer Handbewegung hereinbat und die Tür hinter mir schloss.

»Die sind für dich«, hörte ich mich sagen. Keinen blanken

Schimmer, ob das ursprünglich schon so gewesen war. Ich hatte die Blumen einfach auf dem Weg zur Herzoginnenstraße gekauft. Doch jetzt schien es mir mehr als recht, dass sie ihr gehörten. Sie passten zueinander, sie und diese Blumen.

»Mhm. Ich liebe Fresien!« Sie steckte ihr Gesicht in die weißen und gelben Blüten und sog den Duft ein. »Und keine einzige Rose dabei. Weißt du, wie ermüdend es ist, einen solchen Nachnamen zu tragen und dann lebenslang von jedem Besucher Rosen geschenkt zu bekommen? Und das Schlimmste ist: Jeder denkt, er sei damit unheimlich originell.«

Ich musste lachen. »Frag mich mal, wie es mich antörnt, wenn Leute in meiner Gegenwart etwas von heißen Reifen erzählen.«

Angela brach in ein lautes, volltönendes Lachen aus.

»Darauf wäre ich ja nie gekommen. Wie hohlköpfig!«, gluckste sie hinter vorgehaltener Hand.

Ich erschrak ein bisschen. Gut, ich würde ihr lieber nicht erzählen, dass Lena auch ›darauf gekommen‹ war …

Angela wählte sehr sorgfältig eine hübsche Vase aus und temperierte das Wasser an ihrem Handgelenk.

»Ich habe schon lange keine Blumen mehr geschenkt bekommen«, erzählte sie, während sie konzentriert den Strauß arrangierte. Ob das wirklich stimmte? So liebevoll wie sie jede einzelne Blüte ordnete, wäre das ein echter Jammer. Sie sollte eigentlich nichts anderes tun, als Blumen geschenkt bekommen und dann arrangieren. »Früher, na ja, viel früher hat Volker mir hin und wieder mal ein paar mitgebracht. Aber das wurde mit den Jahren immer mickriger. Geldverschwendung, meinte er. Die Dinger ständen eine Woche hübsch auf dem Tisch, und dann würfe ich sie weg. Kannst du dir vorstellen, wie ich reagiert habe, als ich letzte Woche einen dicken Strauß per Boten von ihm bekam?«

»Du hast die Blumen zurückgeschickt?«, antwortete ich, ohne rot zu werden. Genau davon hatte Lena mir ja so empört berichtet. Allerdings ohne diese Vorgeschichte dazu zu erzählen.

Angela sah mich erstaunt an, lachte dann aber. Sie sah plötzlich entspannt und fröhlich aus. Ganz anders als gerade noch auf der Treppe. »Das ist wohl das Erste, das einem einfällt, oder? Aber bin ich deswegen einfältig?«

Das war eine rhetorische Frage. Sie kannte natürlich die Antwort. Trotzdem schüttelte ich lächelnd den Kopf.

»Du scheinst deinen Kater gut verkraftet zu haben«, konnte ich mir nicht verkneifen.

Sie grinste nur noch breiter.

»Einen derartigen Fehltritt traut mir biederem Gerät sowieso niemand zu. Vor dir steht der Beweis. Mein Hausarzt diagnostizierte mich auf Frühjahrsgrippe. Jetzt habe ich bis zum Wochenende frei.«

»Aber das ist doch super«, sagte ich. »Du kannst dicke Bücher lesen, nachts fernsehen und Briefe an alte Freundinnen schreiben.«

Die Vase in den Händen, sah Angela mich kurz an. Ihr Blick war sehr lebendig. Ich glaubte, sie mochte, was ich ihrer Freizeit so zugedacht hatte.

»Tja, das klingt wirklich toll, nicht? Aber weißt du was? Mir fällt hier die Decke auf den Kopf. Statt all diese herrlich faulen Dinge zu tun, hätte ich viel mehr Lust, ein wenig rauszufahren.«

In meinen Händen und Füßen kribbelte es plötzlich. Ich wusste, ich sollte zur Uni-Bibliothek fahren und schauen, ob ich zufällig Lena und vor allem Nancy dort finden konnte. Doch das Kribbeln stieg bereits in meinen Armen und Beinen herauf. Es war kaum noch zurückzuhalten.

»Kennst du den Üschker See?«, fragte ich.

Angela wiegte den Kopf. »Ich war vor Jahren mal da. Ach, das ist irrsinnig lange her. Lena war noch klein. Ich habe kaum noch eine Ahnung, in welcher Richtung der liegt.«

»Es ist zwar eine kleine Strecke, aber es lohnt sich. Pack ein paar Handtücher ein und zwei Äpfel. Wir fahren hin!«, beschloss ich. Das Kribbeln durchströmte jetzt meinen ganzen Körper. Ja, genau das wollte ich tun! Zum See fahren. Die Natur sehen, und hören, und riechen. Vielleicht könnte ich dort ein Stückchen meiner Alm wiederfinden.

Mir gegenüber leuchteten die grünen Augen auf.

»Ich zieh mich nur schnell um!« Sie lief leichtfüßig durch die Wohnung und verschwand dann im Bad.

Die Tür zum Wohnzimmer stand offen. Ich sah neugierig hinein. Zwei der drei fensterlosen Wände waren vom Boden bis zur Decke mit Büchern gefüllt. Wer so viele Bücher hatte, war bestimmt stolz darauf und hatte gewiss nichts dagegen, wenn ich sie mir mal etwas genauer ansah.

Es gab alles. Von klassischer Literatur wie Tolstoi und Thomas Mann über Brecht, Heine, Woolf, Lasker-Schüler bis hin zu brandneuen Belletristikwerken. Auch ein bisschen Frauenliteratur war vertreten. Allerdings genau die Literatur, von der meist Männer glauben, dass alle Frauen zwischen zwanzig und siebzig darauf abfahren. Die Buchrücken wirkten nicht missbraucht, wie man es bei den Büchern von Weniglesern häufig sieht, waren jedoch an einigen Stellen lebendig eingeknickt. Sie musste all diese Bücher wirklich gelesen haben.

›Eine echte Leseratte also‹, dachte ich respektvoll. ›Sie nimmt alles, was sie kriegen kann und behält das Beste davon.‹

Und das Allerbeste fand sich in dem Regal zu meiner Linken. Da standen sie nämlich, die Bücher zu ihren Reisen im

Geiste. Wunderschöne, riesige Bildbände wechselten sich ab mit Reiseberichten und Tourenführern. Ich fuhr mit den Fingern an den Büchern entlang, die nach Ländern und dann nach Städten geordnet waren. Sie hatte in den letzten zwanzig Jahren in ihren Träumen fast die ganze Welt bereist. Mir fiel kein einziges Land ein, dessen Name ich nicht hier gefunden hätte. Und darüber hinaus fand ich noch sehr viele andere Namen, die mir gewiss nicht eingefallen wären.

Jeder, der diese Bücherwand sah, würde annehmen, Angela sei eine echte Weltenbummlerin und weitgereist. Welche Länder sie wohl tatsächlich schon einmal gesehen hatte?

»Andere haben eine Schatztruhe, ich habe ein Bücherregal«, ertönte ihre Stimme von der Tür her.

Ich erschrak nicht. Fast hatte ich ihre Anwesenheit hinter mir gespürt.

»Bemerkenswert, dass jemandem seine Träume auf unbehandelten Holzbrettern unterbringen kann«, sagte ich.

Angela trat zu mir und zog zielsicher ein großformatiges Buch aus der Front der vielen hundert anderen. Es klappte schon von selbst an einer Stelle auseinander, die gewiss schon viele Male aufgeschlagen worden war. Das Bild darin reichte über beide Seiten und zeigte in wunderbarsten Farben ein Stück felsenzerklüfteten Strand, hinter dem sich ein undurchdringlicher Urwald erhob. Über den entfernt liegenden Bergen am Horizont hing ein leuchtender Regenbogen.

Mir stockte der Atem.

»Neuseeland«, sagte Angela. »Kennst du einen Ort, an dem du lieber begraben wärst?«

»Nein«, antwortete ich ihr ehrlich. Dann musste ich lachen. »Aber ehrlich gesagt, möchte ich momentan nirgendwo begraben sein.«

Angela klappte das Buch wieder zu.

»Dann zeig mir jetzt mal, wo es sich lohnt, lebendig herumzulaufen!«

Natürlich waren wir ein seltsames Gespann. Dessen war ich mir die ganze Zeit bewusst.

Es war so vollkommen anders als mit Lena. Ich spürte immer wieder, dass Angela anders war als sie, einen anderen Horizont in sich trug und von anderen Voraussetzungen ausging. Aber sie war mir nicht fremd. Obwohl auch zwischen uns zehn Jahre lagen und obwohl sie seit zwanzig Jahren verheiratet war.

Wir saßen am See und warfen Steinchen hinein.

Keine von uns beherrschte es, diese flachen Dinger so geschickt über die Wasseroberfläche zu jagen, dass sie mehr als zwei- oder dreimal darüberhüpften. Doch wir gaben nicht auf und versuchten es immer wieder.

Manchmal sprachen wir minutenlang nicht. Doch Angela schien dieses Schweigen nicht als störend zu empfinden.

Und ich? Ich fand zum ersten Mal wieder ein wenig Ruhe, nach Wochen des Bebens und Zitterns, der Hektik und des Wünschens. Ein Ziel vor Augen zu haben, war zweifellos eine hehre Sache. Aber wenn dieses Ziel alles andere im Leben zur Seite schob, wenn es wichtiger wurde als der eigene Seelenfrieden, dann war es an der Zeit, an einen See zu fahren, Steine hineinzuwerfen und zu schweigen. Die Welt ausschalten, Erwartungen einstellen, sich dem Lauf der Dinge für ein paar Stunden zu entziehen.

Ich sah zum Auto hinüber, wo ich mein Handy ausgeschaltet unter dem Sitz versteckt hatte. Der Fluch der modernen

Technik, der uns scheinbar überall erreichbar sein lässt, ließ sich relativ leicht austricksen.

Manchmal, wenn ein geworfener Stein winzig kleine Miniaturwellen ans Ufer kräuseln ließ, dachte ich an den vergangenen Abend. Bilder tauchten vor meinem geistigen Auge auf. Lena, die an der Verandatür lehnte und sich langsam zu mir herumdrehte, mich ansah, an mir vorbeisah. Der Anblick ihrer Hände. Ihr Gesicht im Schlaf. Aber der Sex, nein, der ließ sich nicht von mir greifen. Diese Berührungen lagen in den Tiefen meines Gedächtnisses wie in Watte gepackt. Ich schnupperte heimlich an meiner Hand. Aber was bei langen Liebesnächten sonst untrüglich am folgenden Tag auf diese Art noch zu erinnern ist, fehlte hier. Es hatte schlicht und ergreifend einfach nicht lange genug gedauert, als dass meine Hand jetzt noch nach ihr riechen könnte. War am Ende alles nur ein Traum gewesen? Ein Hirngespinst, das ich mir zurechtgebraut hatte aus Angst … aus Angst wovor?

Ich schüttelte den Kopf.

»Was ist?«, erkundigte Angela sich ein wenig besorgt. »Du siehst plötzlich so blass aus.«

Ich erschrak darüber, dass sie in meinem Gesicht gelesen hatte. Wenn sie direkt in meinen Kopf hineinsehen könnte, würde sie darin die Befürchtung finden, dass Lena mich als Mutter-Emanzipationsobjekt benutzt hatte. Und Angela war nicht die Richtige, um mit ihr über diese Sorge zu sprechen.

»Ach, es ist so heiß«, wich ich ihr nicht besonders geschickt aus. Sie warf mir einen prüfenden Blick zu, der mir sagte, dass sie mir nicht glaubte, doch sie bohrte nicht weiter. Mir blieb eine Beklemmung zurück. Der aufziehende innere Frieden wurde bereits wieder in die Flucht geschlagen. Es war mir irgendwie unheimlich, dass Angela mich bei meinen Gedanken zu Lena überraschen konnte.

»Erzähl doch mal ein bisschen mehr von deinem Ex«, bat ich sie spontan. »Wie ist er so?«

Innerlich seufzte ich auf, denn auch diese Frage stellte ich nicht ohne Hintergedanken. Immerhin hatte ich Lena ein Versprechen gegeben, mich mit ihr um die Familienzusammenführung zu bemühen. Davon abgesehen interessierte es mich auch rein persönlich.

»Volker?«, Angelas Stimme klang so verwundert, als hätte sie jahrelang nicht an ihn gedacht und ich hätte sie nun plötzlich an etwas lange Vergangenes erinnert. »Du stellst Fragen. Ich kann dir das vielleicht gar nicht mehr beantworten. Ich meine, wir haben uns ziemlich auseinandergelebt. Wir wissen nicht mehr viel voneinander. Das war wohl auch der Grund, wieso er sich anderweitig umgesehen hat.«

Das war eine sehr nette Umschreibung für die Tatsache, dass sie ein Jahr lang betrogen worden war.

»Habt ihr vorher denn wenigstens über euer ›Auseinanderleben‹ geredet?«

»Reden?«, echote Angela. »Mit einem Mann?«

»War das eine dumme Frage?«

Sie zuckte die Achseln. »Du hast doch deine eigenen Erfahrungen. Vielleicht kannst du mich ja von dem Vorurteil erlösen, dass eine Frau mit anderen Frauen besser reden kann als mit ihrem eigenen Mann?«

Ich lachte. »Tut mir leid, wenn ich dich enttäuschen muss. Dieses Vorurteil kann ich dir leider nicht austreiben. Und was meine eigenen Erfahrungen angeht, erschöpfen sie sich in einer dreimonatigen Kurzbeziehung zu einem unheimlich lieben Teddybär-Typen, der rasend in mich verknallt war und nicht verstand, wieso ich nicht verrückt danach war, mein Gesicht an seiner übermäßig behaarten Brust zu vergraben.«

Jetzt lachte Angela. Ihre heitere Stimme hallte weit über das Wasser.

»Volker hat nur wenig Haare auf der Brust.«

»Oho!«, machte ich triumphierend. »Da hätten wir doch schon mal eine erste Aussage über ihn! Darauf hätten wir auch vorher kommen können. Wenn du glaubst, über seine inneren Werte nichts mehr sagen zu können, hättest du zumindest sein Aussehen beschreiben können. Es sei denn, du hast ihn in den letzten zehn Jahren mehr oder weniger auch nicht mehr angesehen?«

»Du kannst ja richtig bösartig sein! Aber ich kann dich beruhigen. Ich weiß genau, wie er aussieht: dunkle Haare, sehr dunkle Augen, immer gebräunte Haut, schlank, sportlich, groß, aber nicht riesig. Kurz gesagt: überdurchschnittlich gut aussehend. Zufrieden?«

»Pah!«, machte ich unbeeindruckt. »Diese Beschreibung passt auf Zigtausend andere Männer auch.«

Angela spitzte die Lippen. »Also, gut. Dann würde ich jetzt gerne mal eine individuelle Beschreibung deiner Ex-Freundin hören.«

Ich war erstaunt über ihre Frage, sagte aber nichts. Ich hatte einfach nicht damit gerechnet, dass sie das interessieren würde.

»Oder frage ich so was besser nicht?«, schob Angela provozierend nach.

»Warum solltest du nicht?«, fragte ich zurück und brauchte noch eine Minute, um anzufangen. »Ellen ist so alt wie ich und fast genauso groß. Sie ist eine Elfenprinzessin ohne Flügel, die versehentlich in die Menschenwelt geboren wurde. Ihre Haut schimmert hell, ohne dass sie blass wirkt. Sie tanzt beim Gehen einen langsamen Elfentanz, sodass ihre langen weißblonden Haare wie ein Brautschleier um sie wehen.

Obwohl sie zart und zerbrechlich aussieht, besitzt sie ungeahnte Stärken. Sie gewinnt überraschend jeden spielerischen Ringkampf, weil sie nämlich dreimal die Woche zum Kickboxen geht. Ihre Augen sind wie zwei hellblaue Monde, die voll strahlen, wenn es ihr gut geht. Wenn sie aber schlecht gelaunt ist, werden sie zu zwei stechenden Sicheln, deren Blick man lieber ausweicht. Und ist sie traurig, versteckt sich das Leuchten der Monde hinter dunklen Wolken.« Ich hätte noch weiterreden können, aber schon jetzt tauchte Ellens Bild derart deutlich vor mir auf, dass ich mich regelrecht beobachtet fühlte.

»Du hast recht«, sagte Angela leise, nach einer kleinen Pause, die zwischen uns in der Luft vibrierte. »Diese Beschreibung passt wirklich nicht auf viele Tausend andere Frauen. Im Gegenteil, es klingt so, als sei sie einfach einzigartig. Und wunderbar.«

Ihre unausgesprochene Frage hing in der Luft. Ich antwortete: »Ellen, mit ihrer dünnen Elfenhaut, hat immer Angst, dass sie sich regelrecht auflöst, wenn ihr ein Mensch zu nahe kommt. Ich brauche aber ein großes Maß an intensiver Nähe, um glücklich zu sein, und fordere es irgendwann ein, wenn es mir nicht freiwillig entgegengebracht wird. Deshalb haben wir uns nach vier Jahren getrennt.«

Obwohl ich immer geglaubt hatte, dass vier Jahre schon eine Menge gemeinsamer Zeit waren, erschienen sie mir jetzt plötzlich nicht mehr viel. Angela hatte mehr als zwanzig Jahre mit Volker verbracht. *Das* war eine *lange* Zeit!

»Er hätte alles für Lena getan. Aber schon lange nicht mehr für mich. Vielleicht weil auch ich nicht mehr alles für ihn zu tun bereit war? Es ist alles so vorhersehbar, wenn man auf einer asphaltierten Straße nebeneinanderher schreitet. So viele vor uns sind den Weg gegangen. Das Einzige, was man von uns sieht, ist ein bisschen Staub, aber keine Spuren, weißt du?! Wir haben unsere Chance nicht genutzt, um irgendetwas anders zu machen. Ich war Schauspielerin und er der Karrieremann. Dann kam das Kind, und es war klar, dass ich alles aufgeben musste, wofür ich bis dato gelebt hatte. Das ist scheußlich spießig, oder? Als Sekretärin für eine phantastisch nette Chefin zu arbeiten, in der Tochterfirma des Unternehmens, in dem Volker auch Abteilungsleiter ist, das war es, was ich später noch erwarten konnte. Ich weiß nicht, wann ich aufgehört habe, ihm meine neuen Bücher über ferne Länder zu zeigen. Und er? Hat sie vielleicht rumliegen sehen, fragte aber nicht. Er war müde von der Arbeit, abgekämpft für uns. Dankbarkeit wirkt sich da wohl nicht gerade als Aphrodisiakum aus. Natürlich schwindet die Erotik, wenn man so lange nebeneinanderher lebt und sich gegenseitig bei neuen Impulsen behindert.«

›Eine echte Biedermeier-Ehe‹, dachte ich. ›Und sie versucht, es sachlich zu betrachten. Dabei wird sie gelitten haben. Jahrelang gelitten. Was für ein Leben!‹

»Vor einem Jahr, im April, hatten wir eine Party geplant. Ich traf eine Bekannte beim Einkaufen, die sich sehr für die Einladung bedankte und dann fragte, wer denn noch alles erwartet würde. Ich zählte auf. ›Die Inge Schmoll nicht?‹, fragte sie. ›Ach, nein‹, sagte ich. ›Man muss ja nicht Volkers Mitarbeiterinnen zu jedem Popanz einladen.‹ Sie schaute kariert und meinte: ›Ich dachte nur, wo Volker doch hin und wieder mit ihr essen geht ins *La Cavernetta*. Letzte Woche hat Bärbel die beiden noch da getroffen.‹ Und dann ging sie weg und ließ mich am Boden liegen. Ich wusste sofort, was das bedeutete. Alles war mir sofort klar.«

»Aber er hat es geleugnet?«

Sie sah mich an, als grenze es an ein Wunder, dass ich das erraten hatte.

»›Hirngespinste! Übertriebene Eifersüchteleien! Hysterische Reaktion!‹ Was ich mir alles anhören musste. Aber als er das nächste Mal eine wichtige Abendveranstaltung hatte, bin ich schnurstracks ins *La Cavernetta* gefahren und habe da auf sie gewartet. Ich muss sagen, die Überraschung ist mir gelungen.«

Ich konnte es mir einfach nicht verdrücken: »Wie dumm von ihm, noch einmal dahin zu gehen. Er hätte doch gewarnt sein müssen.«

Sie verzog grimmig den Mund. »Er war sich viel zu sicher.« Doch dann lachte sie plötzlich, und darin lag nicht halb so viel Bitterkeit, wie ich jetzt erwartete hätte. »Weißt du, das Verrückte war, als ich sie da so zusammen Arm in Arm hereinkommen sah, dachte ich: ›Muss es ausgerechnet eine Sekretärin sein?‹ Ich meine, wenn es schon irgendeine Sekretärin sein musste, dann hätte er auch genauso gut mich nehmen können. Ich bin auch gut in meinem Job. Ich weiß, das klingt jetzt absurd, aber das war es, was ich dachte.«

»Ich finde es gar nicht absurd«, erwiderte ich. »Ich frage mich nur: Wenn es für dich schon unbedingt ein Abteilungsleiter sein musste, warum dann nicht deine nette Chefin?«

Angela warf den Kopf in den Nacken. Ihr Lachen war befreit von der Bedrückung, die gerade noch von ihr Besitz ergreifen wollte. In ihrem Gesicht blitzte etwas überraschend Übermütiges.

»Mir ist aufgefallen, dass du großartig darin bist, die richtigen Fragen zu stellen«, lobte sie mich.

»Nur an deinen Antworten müssen wir noch etwas feilen«, antwortete ich ungerührt.

»Was gefällt dir an meinen Antworten nicht?« Es gefiel mir, dass sie nachhakte und wissen wollte. Sie wollte meine Gedanken wissen. Sie waren ihr wichtig.

»Manchmal habe ich den Eindruck, sie entspringen einem Leben auf einem asphaltierten Weg«, sagte ich vorsichtig. »Hast du schon gemerkt, dass du ihn verlassen hast?«

»Du meinst, ich bin nicht ehrlich gegen mich selber?«

Ich wackelte mit dem Kopf, was sie als Nicken hätte auffassen können, wenn sie dazu bereit war.

Sie setzte sich auf der etwas ungemütlichen Unterlage einer einfachen Wolldecke auf Ufersteinen zurecht.

»Versuchen wir es noch mal!«, schlug sie mit gestrafften Schultern vor, gewappnet gegen jeden noch so starken Angriff. »Frag mich etwas!«

»Warum seid ihr dann so lange zusammengeblieben?«, sagte ich, ohne zu zögern.

Angelas Blick irrte weit über den See ans andere Ufer und dort hinein in den Wald, als hoffe sie, dort eine Antwort entdecken zu können.

»Weil Liebe nicht so einfach zu messen ist. Wann liebt man noch genug? Wann ist die Grenze überschritten, hinter der die Reste der Liebe eher weh tun als gut?«

Mein Herz zog sich zusammen. Diese Antwort war so ehrlich, dass ihr Schmerz mich frontal berührte und in mich hineintauchte. Diese Antwort galt gewiss für viele Lieben, bestehende und vergangene. »Egal, ob ein Mann oder eine Frau, egal ob vier Jahre oder zwanzig«, sagte ich. »Die Fragen, die wir uns irgendwann stellen, sind offensichtlich immer die gleichen.«

»Warum kann Lena nicht ein klein wenig mehr wie du sein?«, fragte Angela, ohne mich anzusehen. »Sie bringt so wenig Verständnis auf für die Trennung.«

Ein ungutes Gefühl galoppierte plötzlich in mir herum. Es behagte mir ganz und gar nicht, dass Angela mich mit ihrer Tochter verglich. Ja, ich ertappte mich dabei, wie ich von

Lena als ›Tochter‹ dachte. Verwirrt schwieg ich und vergaß, etwas zu erwidern.

»Was denkst du darüber?«, wollte sie schließlich wissen.

»Worüber?«

»Na, über Volker natürlich.«

»Ganz ehrlich?«

»Ich bitte darum!«

»Sei froh, dass du ihn los bist!«, sagte ich aus ganzem Herzen. Die Vision des geplanten Abendessens zog vor mir auf, und mir wurde übel. Wahrscheinlich war Volker für seine Prinzessinnentochter Lena ein herzensguter Papi, aber als Partner schien er mir eher begnadet schlecht veranlagt zu sein. Worauf hatte ich mich da nur wieder eingelassen?

Das Wasser glitzerte klar und silbern im Sonnenlicht. Bestimmt war es kalt und erfrischend. Niemand außer uns hatte heute den Weg hierher gefunden.

»Wollen wir schwimmen?«, schlug ich vor.

Angela schaute entsetzt. »Was? Ja, aber … es ist doch erst Anfang Juni.«

»Und es ist so warm wie im August!«

»Ich habe keinen Badeanzug dabei.«

»Den habe ich allerdings auch nicht.«

Wir saßen nebeneinander am Ufer und sahen hinüber zur anderen Seite.

»Das ist Jahre, ach, Jahrzehnte her, seit ich das mal gemacht habe«, murmelte Angela. Und dann, plötzlich, kam Leben in sie. Sie knöpfte sich die Bluse auf, zog die Jeans herunter und entledigte sich ihrer Socken.

»Und? Was ist nun?«, fragte sie atemlos. Ich schlüpfte aus den Schuhen und meinem Trägerkleid. Das T-Shirt, das ich darunter getragen hatte, ging mir bis kurz über den Bauchnabel. Es gab einen hervorragenden Bikiniersatz ab.

»Traust du dich bis ans andere Ufer?«, rief ich ihr zu und platschte ins Wasser.

Angela sah rüber. Es waren vielleicht hundertfünfzig Meter bis hinüber.

»Trauen schon«, flachste sie risikobereit. »Aber ob ich auch ankomme?«

Wir warfen uns in den See und schwammen im Bruststil hinüber. Das Wasser war eiskalt. Wir waren verrückt. Eine von uns konnte einen Krampf bekommen oder so was.

Aber nach ein paar Minuten kamen wir beide am steinigen Ufer der anderen Seite an. Wir schleppten uns weiter hinauf und ließen uns keuchend auf den spärlich mit Gras bewachsenen Boden plumpsen.

Ich wagte nicht, in ihre Richtung zu blicken, denn ihr weißer BH war vollkommen durchsichtig geworden. Die von der Kälte aufgerichteten dunklen Warzen hoben sich mehr als deutlich ab.

»Ho, ho! Hier kommt Bo Derek!«, witzelte Angela, als hätte sie erspürt, wohin ich *nicht* zu schauen versuchte.

»Hoffentlich verschont uns Tarzan«, ging ich darauf ein und sah mich um, als erwartete ich jeden Augenblick einen heldenhaften Wilden mit Lendenschurz aus dem Unterholz brechen. »Mit der Anakonda werde ich schon allein fertig. Ich meine, nur für den Fall, dass du vorhast, den Film nachzuspielen und dich hier mit einer Riesenschlange anlegen willst.«

»Tut es auch eine Blindschleiche?«

Wir kicherten, als sei das ein enormer Witz gewesen. Seltsam, zu welchen Mitteln wir manchmal greifen, nur um darüber hinwegzutäuschen, dass wir uns gegenseitig heimlich mustern.

»Gibt es eigentlich eine bestimmte Mode, die gerade so

›in‹ ist in der Szene?«, fragte Angela. »Dein T-Shirt zum Beispiel?«

Ich sah an mir herunter. Ein dunkelblaues Rippenshirt mit weitem Ausschnitt, das mir bis kurz über den Bauchnabel reichte.

»Gefällt es dir? Na ja, ich würde nicht sagen, dass das nur in der Szene Mode ist. Ich denke, in der Szene sind so viele verschiedene Richtungen vertreten ... Es gibt Anhängerinnen der Sechziger, der Siebziger, der Achtziger, des HipHop oder der Technowelle. Skaterinnen haben ihre eigene Mode und auch die spirituellen Esoterik-Frauen. Es gibt die Schicken, die Hippen, die Flippigen und die Schlunzigen. Nein. Nein, keine Mode, wenn ich so recht darüber nachdenke. Wie kommst du darauf?«

»Lena trägt auch manchmal so was. Und ihr seid nun mal die beiden Einzigen, die ich kenne«, antwortete Angela und legte damit ein minutenlanges Schweigen über uns. Es war das erste Mal seit unserer Begrüßung im Treppenhaus, dass eine von uns beiden Lena nicht nur als ihre Tochter erwähnte.

Ihre Existenz als lesbische Frau hing plötzlich zwischen uns, als sei Lena persönlich anwesend. Angela legte die Arme um den Körper. Sie hatte eine Gänsehaut. Ich hoffte, sie würde nicht noch etwas über Lena sagen. Ich wollte nichts über Lena hören. Gerade war es mir noch so gut gegangen ...

»Es gibt in letzter Zeit allerdings schon ein paar Trends, die sich so abzeichnen, in der *Szene*«, sagte ich, um allem anderen vorzubeugen. »Viele Frauen lassen sich jetzt die Haare wachsen. Ich selbst hatte bis vor ein paar Jahren auch einen Kurzhaarschnitt.«

»Ach, ja«, meinte Angela, als erinnere sie sich an etwas. »Die kurzen Haare. Früher erkannte man Lesben am Ultrakurzhaarschnitt und daran, dass sie sich wie in Säcke kleideten.«

»Protest gegen patriarchale Zwänge«, kommentierte ich auswendig. »Die BHs flogen auch in die Ecken.« Herrje, warum hatte ich das nun auch noch gesagt? Musste das nicht so wirken, als sei ihrer auch unangebracht? Ich war mir nicht sicher, ob ich noch verwirrter hätte sein können, selbst wenn sie keinen getragen hätte.

Angela ahnte natürlich nichts von meinen mich aufwühlenden Überlegungen.

»Und lange Haare sind jetzt im Kommen? Interessant. Entdeckung der neuen alten Weiblichkeit?«

»Vielleicht eher endlich wieder der Hang zur Vielfalt? Es schließen sich ja nicht alle dem Trend an. Viele mögen kurze Haare einfach lieber. Übrigens fällt mir gerade auf, dass du eine Frisur trägst, die sich unter den Kurzhaarlesben großer Beliebtheit erfreut«, stellte ich fest.

»Meine Frisur?«, echote sie und fasste sich ins Haar.

»Deine Frisur«, sagte ich. »Ja, viele Frauen tragen deine Frisur.«

»Du machst Witze!«

»Nein, ich mein's ernst. Dieser Haarschnitt ist in der Szene sehr beliebt. Im Nacken recht kurz, das Deckhaar länger, vielleicht mit einer verwegenen Ponysträhne. Das ist feminin und doch nicht tussihaft.«

»Ich werde morgen zu meinem Friseur gehen und mich darüber beschweren, dass man mir ungefragt einen Lesbenhaarschnitt verpasst hat!«

»Stimmt. Das könnte zu Irrtümern führen«, gab ich zu.

Ihre Augen wurden schmal. Als sie minutenlang nichts erwiderte, wurde mir unbehaglich zumute. Es war kein entspanntes Schweigen, das zwischen uns ruhen würde wie ein dickes Kissen, auf das wir uns ohne Bedenken fallen lassen könnten. Nein, in diesem Schweigen steckten ungestellte

Fragen und ungefragte Antworten. Dieses Schweigen war der Tropfen, der heute mein Fass zum Überlaufen bringen würde.

»Komm, wir schwimmen wieder rüber«, schlug ich rasch vor.

»War gar nicht so schwer, wie ich dachte«, sagte Angela da.

»Was denn?«

»Das Ufer zu wechseln«, antwortete sie kokett und warf sich ins Wasser.

Wir schwammen mit großen Zügen hinüber, ohne uns zu einem Wettschwimmen hinreißen zu lassen, und kletterten dort wieder ans Ufer. Angela zitterte. Das Wasser war wirklich noch sehr kalt. Ich selber hatte am ganzen Körper eine Gänsehaut.

Eigentlich wäre es schön gewesen, sich noch in der Sonne trocknen zu lassen, aber ich fürchtete eine Erkältung.

Angela schien etwas Ähnliches zu denken, denn sie schlug vor, dass wir uns unserer feuchten Wäsche entledigten und uns in trockenen Sachen ins Auto begaben. Mit ihren Sachen unter dem Arm stiefelte sie los ins Unterholz und ging hinter einem Busch in Deckung. Ich schmunzelte, denn diese Scham hatte ich nach der Baden-im-BH-Aktion eigentlich von ihr nicht erwartet. Aber ich fand es niedlich.

Ich riss mir an Ort und Stelle die nassen Klamotten vom Leib und zog mich wieder an. Das war ein ungewohntes Gefühl, so ohne Slip in einem kurzen Kleid herumzustehen. Deswegen setzte ich mich schon mal ins Auto – auf den Beifahrersitz, denn ich musste meine Schuhe an die noch feuchten Füße ziehen.

Angela kam aus dem Wald und schüttelte ihre Lesbenhaarschnittfrisur aus, dass die Tropfen flogen. Sie lachte und setzte sich zu mir, hinters Steuer.

»Komm, lass uns aufbrechen! Wie wär's, wenn du fährst? Ich sitz hier gerade so schön hingekuschelt«, schlug ich vor und mummelte mich wie zur Bestätigung noch etwas gemütlicher in den Sitz.

Angela sah verwirrt aus. »Geht nicht«, sagte sie. »Ich kann nicht fahren.«

Ich richtete mich verwundert auf.

»Aber der weiße Wagen ist doch auf deinen Namen zugelassen?!« Zum Glück fiel ihr nicht auf, dass ich das nicht unbedingt wissen konnte.

»Wegen der Versicherung.«

»Trotzdem musst du doch dazu einen Führerschein haben!«, beharrte ich.

Angela nickte. »Den hab ich auch. Aber ich bin schon seit Jahren nicht mehr gefahren.«

Verblüfftes Anstarren war das Mindeste, was sie mir unter diesen Umständen zugestehen sollte, aber sie wehrte mein Staunen ab.

»Nun guck nicht so. Das ist wirklich wahr. Ich bin total unsicher auf der Straße. Früher ist Volker immer gefahren. Und wenn ich dann mal hinters Steuer sollte, weil er auf einer Party zu viel getrunken hatte oder so ... also, diese ständigen Kommentare haben mich einfach furchtbar nervös gemacht. Kein Wunder dass es dann wirklich mal zu einem Blechschaden kam, oder? Und das hat meine Scheu auch nicht gerade beseitigt. Ich hatte einfach irgendwann das Gefühl, dass ich wirklich alles verlernt habe. Und mittlerweile ist es eine Tatsache: Ich kann nicht mehr fahren!«

»So ein Unsinn!«, entfuhr es mir. »Vielleicht bist du wirklich unsicher. Meiner Meinung nach fehlt dir tatsächlich etwas Praxis. Aber Autofahren verlernt man nicht. Du hast ein bisschen Angst, das ist alles!«

»Das bisschen Angst ist zumindest so groß, dass ich jetzt schon fünfzehn Jahre keinen Wagen mehr gelenkt habe. Ich schätze mal, das ist ein überzeugendes Argument, um mir jetzt dein Schmuckstück nicht anzuvertrauen.« In ihrer Stimme klang bereits der Triumph derer, die wer weiß wie oft die Erfahrung gemacht hatte, dass gewiss niemand den eigenen Wagen von ihr fahren lassen würde. Sie rechnete wohl nicht damit, dass ich ein risikofreudiger Mensch bin.

»Das *Schmuckstück* ist zehn Jahre alt und hat schon Schlimmeres erlebt, als langsam von einer Wiedereinsteigerin einen Feldweg entlanggefahren zu werden. Außerdem warst *du* diejenige, die gerne hier rausfahren wollte«, erinnerte ich sie. Den erhobenen pädagogischen Zeigefinger in meinen Worten konnte ich fast schemenhaft sehen. »Ich habe uns deswegen hierher gefahren. Ich finde es nur rechtens, wenn du uns jetzt wieder zurückbringst. Basta!«

Angela verschränkte die Arme vor der Brust.

»Ich lasse mich doch nicht erpressen!«

Jetzt fand ich ihr Verhalten langsam regelrecht kindisch albern. Sie konnte doch nicht allen Ernstes Angst davor haben, einen Wagen zu lenken.

»Also, ich an deiner Stelle würde mich lieber zur Selbstständigkeit erpressen lassen, als dass ich mir jahrelang von meinem Partner derart mein Selbstbewusstsein untergraben lasse, dass ich mir Dinge wie Autofahren und wer weiß was noch alles, nicht mehr selber zutraue.«

»Bei dir piept es wohl!«, fuhr Angela mich entrüstet an. »Nur weil ich dir ein wenig von mir erzählt habe, weißt du noch lange nicht, wie meine Ehe funktioniert hat.«

»Von funktionieren kann ja wohl nicht mehr die Rede sein nach einem Jahr in Trennung«, pflaumte ich zurück. »Und bild dir doch nicht ein, dass du die einzige Frau bist, die sich von ihrem Mann hat vorschreiben lassen, was sie kann und was nicht und dabei immer brav seiner Meinung gefolgt ist. Wenn du dich weiterhin klein und schwach fühlen willst, meinetwegen. Aber bitte nicht jetzt und hier, denn ich würde gerne nach Hause. Mir wird allmählich kalt, und ich verpasse die Nachrichten, wenn wir nicht langsam losfahren.«

Angela hielt mir den Schlüssel hin.

»Nun, der Wagen wird sich keinen Zentimeter bewegen, wenn du ihn nicht fährst, denn ich werde diesen Zündschlüssel bestimmt nicht herumdrehen.«

Jetzt verschränkte auch ich die Arme demonstrativ. »Das werden wir ja sehen!«

Es war stockdunkel am See.

Durch die Nacht zirpten leise einige Grillen, die noch ein wenig eingerostet klangen. Dies war noch nicht ihre Jahreszeit. Eine Eule glitt ohne einen einzigen Flügelschlag über den Weg und verschwand lautlos im Wald

Auf Angelas Gesicht lag ein feiner Schimmer von Schweiß. Ihre Stirn zerfurchte sich in drei große Falten, während ihre Augen weit aufgerissen waren und ihre Mundwinkel immer zwischen ganz oben und ganz unten hin und her hüpften. Ihre verkrampfte Haltung hinderte sie nicht daran, laut zu kreischen, sobald wieder einmal aus dem scheinbaren Nichts vor uns plötzlich ein Schlagloch auftauchte. Jedes Mal, wenn der Wagen unerwartet ruckelte und holperte, kicherten wir beide in hohen Tönen.

»O Gott!«, schrie sie. »Da vorne kommt die Straße!«

»Irrtum!«, erwiderte ich trocken. »Wir kommen zur Straße! Und wie! Halt dich einfach an die einfachsten Regeln, alles andere wird schon irgendwie funktionieren.«

»Welche Regeln?«, rief Angela und bremste abrupt am Ende des Feldwegs ab. Sie sah mich kurz an. Ihr Gesicht war erhitzt, und ihre Wangen strahlten in leuchtendem Rot. Sie sah jung und lebendig aus. Und sehr schön.

»Erstens: Nie gleichzeitig bremsen und Gas geben! Zweitens: Kupplung treten, wenn ein Gang eingelegt wird. Und drittens…«, ich hielt mir in gespieltem Entsetzen die Hand vor die Augen, »in Deutschland herrscht das Rechtsfahrgebot!«

»Oh!« Angela korrigierte schnell die Spur, die etwas zu mittig geraten war.

So lotste ich sie durch den schwachen Spätabendverkehr bis zu ihrer Haustür. Dort sprang sie aus dem Wagen und rief: »Geschafft! Das Einparken übernimmst aber jetzt du. Das üben wir das nächste Mal!«

Ihr ganzes Gesicht strahlte. Es hatte ihr Spaß gemacht. Und in ihrem Freudentaumel fiel ihr wohl gar nicht auf, dass sie mich nicht einmal gefragt hatte, ob ich noch mit raufkommen wollte.

Ich parkte also rasch und tadellos ein und überquerte hinter ihr die wenig befahrene Straße.

Als ich am Haus hinaufblickte, sah ich, dass die Wohnung im Dunkeln lag. Da es noch zu früh war, um im Bett zu liegen, schloss ich daraus, dass offensichtlich niemand zu Hause war. Fast hätte ich laut gelacht. ›Niemand‹ war zu Hause! Nun wich ich Lena bereits in meinen Gedanken aus.

Tatsache war, dass ich ihr heute nicht mehr begegnen wollte. Morgen. Ja, morgen war ein guter Tag, um sie wieder zu treffen und um vorsichtig zu ertasten, was zwischen uns eigentlich lief, was möglich war und was… nicht. Aber heute Abend wollte ich nur noch eins: das Gefühl des unbeschwerten Nachmittages behalten und ohne eine eiskalte Ernüchterung ins Bett fallen. Ich würde also den angebotenen Tee trinken, zum Aufwärmen, und mich dann rasch auf den Heimweg machen.

Während Angela in der Küche herumwurschtelte, holte ich mein Handy aus der Tasche und schaltete es ein. Die Mailbox zeigte mir fünf Anrufe an. Ich schaltete es wieder aus, ohne sie abzuhören. Es waren bestimmt Frauke, Frederike, Frauke, Frederike und vielleicht …

»Was ist los? Du bist so unruhig«, stellte Angela fest, als sie ihren Kopf kurz aus der Küche herausstreckte. »Musst du heim? Ich will dich nicht aufhalten.«

»Heim?«, wiederholte ich dumpf. »Da wartet niemand auf mich, außer Arbeit und ein vollgequatschter Anrufbeantworter. Nein, ich trinke noch den Tee mit dir. Dann komm ich noch früh genug zu all meinen Pflichten.«

Sie lächelte.

»Gut. Ich spring nur mal schnell unter die heiße Dusche. Ich glaub, ich bin blaugefroren.«

»Warum bist du auch nicht eher losgefahren?«, fragte ich sie grinsend.

Sie grinste zurück und verschwand im Bad.

Ich nahm mein Gesicht ganz deutlich wahr, wie es sich langsam entspannte und vom frechen Grinsen ein Lächeln übrig blieb, das auf meinen Lippen hing und in meinen Augen. Ich betreute den Tee, nahm rechtzeitig das Sieb heraus und goss zwei Tassen mit etwas Kandiszucker ein. Die Tassen nahm ich mit ins Wohnzimmer und stellte sie auf den Tisch. Die Dusche hörte auf zu plätschern, und ich ging im Wohnzimmer herum, stand an den Regalen wie heute Nachmittag schon. Aber diesmal las ich nicht mit schräg gelegtem Kopf die Titel, sondern war mit meinen Gedanken noch am See und im Auto. Ihre trotzig verschränkten Arme, die irgendwann zu zittern begannen vor Kälte. Und wie sie sich dann meinem noch größeren Starrsinn irgendwann beugte, fluchend und meckernd den Zündschlüssel rumdrehte, den Wagen abwürgte, es noch einmal versuchte. Es war eine Herausforderung gewesen, die ich ihr da gestellt hatte. Und eine Aufforderung. Wozu?

»Warum merke ich eigentlich gar nicht, dass du jünger bist als ich?«, fragte Angela da hinter mir. Sie hatte ein Faible dafür, sich anzuschleichen und dadurch einen gelungenen Auftritt zu inszenieren. Das war eindeutig die Schauspielerin in ihr.

Ich wandte mich um. Sie sah rührend aus in einem viel zu großen mausgrauen Frotteebademantel, der ihr bis zu den Knöcheln reichte.

»Ich spüre auch nicht, dass du älter bist«, erwiderte ich ehrlich. »Schätze mal, ab einem gewissen Alter sind zehn Jahre nicht mehr relevant. Besonders, wenn die Jüngere schon eine Menge erlebt hat und eine gewisse Reife mitbringt.«

Ich grinste, denn das sollte ein kleiner koketter Scherz sein. Angela sah jedoch sehr ernst aus, als sie nickte.

»Und ich bin eher unreif für mein Alter, weil mir die entsprechenden Erfahrungen fehlen«, sagte sie nachdenklich.

Ich ging zur ihr hin und reichte ihr eine Tasse.

»Du kannst das ja noch nachholen«, tröstete ich sie, »kein Grund zur Traurigkeit.«

Sie nahm die Tasse und stellte sie neben sich ins Bücherregal.

»Zu heiß?«, fragte ich, mit Blick auf das verschmähte Getränk.

»Heiß«, sagte Angela, mit Blick auf mich. »Aber nicht zu heiß.« Sie hob die Hand und strich mir über die Wange. Ein wenig unbeholfen wirkte das. Und es war nicht besonders gefährlich. Sie hätte jederzeit noch lachen können und so tun, als hätte sie in mir nur die Freundin ihrer Tochter gesehen, mit der sie einen amüsanten Nachmittag verbracht hatte.

Ihre Berührung elektrisierte mich. Sie war etwas, nach dem ich mich den ganzen Nachmittag gesehnt zu haben schien, ohne es zu wissen. Ehe ich mich versah, hatte ich den Kopf gedreht und die Hand geküsst, die dort an meiner Haut entlangzitterte.

Wir sahen uns einen Moment lang an. Ihre Augen forschten in meinen rehbraunen.

Ich schwöre, ich dachte ab dieser zarten Berührung nicht einen einzigen Augenblick noch daran, dass sie Lenas Mutter war. Sie war einfach eine bezaubernde Frau, die mich tief berührte und die wundersamerweise bisher wie unter einem Schutzmantel neben mir gestanden hatte. Mein Begehren und mein Wunsch, ihr nah zu sein, waren an diesem Mantel abgeperlt wie Wassertropfen am Ostfriesennerz. Aber jetzt hatte sie ihn ausgezogen. Keine Ahnung, warum. Keine Ahnung, ob absichtlich oder aus einem blanken Versehen. Aber nun war es geschehen, und ich war überwältigt von all diesen Möglichkeiten, die plötzlich auf mich einstürmten, durch mich hindurch zu ihr.

Deswegen hielt ich ihre Hand fest, als wolle sie sie mit einem Ruck fortziehen. Doch statt das zu tun, beugte sie sich ein Stückchen vor und küsste mich zart auf die Wange, ganz nah an meinem Mund. Ihre Lippen trafen meine Haut in einem entzückendem Blitz aus Erstaunen. Nur ganz kurz. Nur eine Sekunde lang. Aber es reichte weiß Göttin aus, um alles zu verändern.

Ich griff nach ihrem Bademantel, in den weichen Stoff, der sich unter meinen tastenden Fingern anfühlte wie ein flauschiger Pelz. Nun standen wir so, umarmt, und ich küsste sie.

Sie stand ganz still und hielt mir ihr Gesicht hin als etwas sehr Bewunderswertes, das liebkost werden musste, um ihm zu huldigen. Es gab ihre Stirn, auf der jetzt keine Falten mehr anzutreffen waren. Sie war ganz glatt poliert, und nur die geschlossenen Augenlider zitterten jedes Mal, wenn meine Lippen ihre Haut berührten. Deswegen küsste ich auch sie, sehr vorsichtig, denn nichts ist verletzlicher als diese feine Haut über unseren Augen. Und von dort wanderte ich weiter zu ihren Schläfen mit dem flaumweichen Haaransatz, von dem ich abrutschte und plötzlich in ihre Ohrmuschel hauchte, mit meinen Lippen an ihr entlangfuhr, bis ich am Hals ankam. Oh, der Hals war sehr gefährlich, denn in unmittelbarer Nähe befand sich der Ausschnitt des Bademantels, dessen Locken ich nur unter größter Mühe widerstehen konnte. Daher begegnete ich lieber ihrem runden Kinn und mit einem kleinen Hopser auch der Nasenspitze. Angela hielt die ganze Zeit ihre Augen geschlossen, während meine Lippen über ihr Gesicht wanderten. Doch als meine Erkundung fast wieder zum Ausgangspunkt angekommen war, wurde sie immer unruhiger in meinen Armen, drehte sich nach rechts und links, und ihr Druck gegen mich verstärkte sich – bis ich es endlich wagte und ihre Lippen berührte, die plötzlich in all ihrer Weichheit nach mir gierten. Angela klammerte sich an mich und seufzte sich in diesen Kuss hinein, der immer tiefer wurde und nicht aufhörte, bis wir beide wortwörtlich nach Luft schnappen mussten.

Und als hätten wir es gewusst und deswegen vorher nicht damit aufgehört, platzte mit dem Ende des Kusses auch die schillernde Blase, die um uns herum schützend gewabert hatte, als wehrhafter Wall gegen alle Gedanken, die uns hätten stören können. Die Blase platzte, und aus Angela schoss es heraus: »O Gott, was tue ich? Was tue ich hier? Ich spanne meiner Tochter die Freundin aus!«

»Aber wir sind doch gar nicht… Lena und ich sind kein Paar, weißt du das denn nicht?«, stammelte ich. Lenas Name und ihr Gesicht tauchten als fremde Wesen aus einem anderen Leben fern am Horizont auf.

»Woher soll ich das denn wissen? Glaubst du, Lena erzählt mir, mit welcher Frau sie ins Bett geht und mit welcher nicht?«

Ich versuchte wirklich, mein Gesicht unter Kontrolle zu behalten, aber es gelang mir einfach nicht. Ich war schon als Kind eine grauenhafte Lügnerin gewesen, absolut durchschaubar wie ein Sieb.

Angela merkte es natürlich und sah mich mit großen Augen an.

»Shit. Sag es nicht. Sag es bloß nicht. Ich weiß es schon!« Sie ließ abrupt die Arme von meiner Schulter fallen und biss sich auf die Lippe. »Dass ihr nicht zusammen seid, das bedeutet nicht, dass ihr nicht trotzdem zusammen im Bett gewesen sein könntet, nicht?!«

»Nein«, musste ich kleinlaut zugeben. »Das bedeutet es nicht.«

»Das glaube ich nicht!«, entfuhr es ihr, und sie wandte sich mit versteinerter Miene ab. »Das kann ich einfach nicht glauben. Ich fange etwas an mit einer… ja, wie nennt ihr das denn dann? Liebhaberin? Mit einer Liebhaberin meiner Tochter…«

Ich versuchte ein beruhigendes Lächeln, das mir aber ziemlich schief geriet. Ausnahmsweise war ich auch völlig überfordert mit der Situation. »Dass wir uns küssen, bedeutet doch noch nicht, dass wir etwas miteinander anfangen. Ich meine, da liegt ja noch einiges zwischen und ich finde…«

»Also, meine Liebe!«, brach Angela energisch gestikulierend mitten in meinen Satz. »Ist mir egal, was ihr untereinander so tut. Küssen. Fummeln. Gruppensex. Und nennt es meinetwegen, wie ihr wollt. Aber ich knuspere nicht einfach so in der Gegend herum. Ich küsse nicht jeden x-Beliebigen und erst recht keine Frauen, die mehr als zehn Jahre jünger sind als ich und eigentlich sowieso etwas mit meiner Tochter haben. Und denk bloß nicht, dass ich mich auf irgendetwas Sexuelles einlassen werde! Das werde ich nämlich nicht!«

»Ja, das ist ja auch okay für mich«, versuchte ich es noch einmal, aber sie fiel mir wieder ins Wort.

»Es ist okay für dich?«, keifte sie fassungslos. »Du hast also gar nicht vorgehabt, mit mir irgendetwas zu ... das hast du gar nicht vorgehabt? Was denn dann? Nur so ein bisschen unverfängliches Küssen? Verdammt, weißt du eigentlich, wann ich das letzte Mal so geküsst worden bin?«

Ich rang um Worte. »Es tut mir leid, Angela. Das habe ich doch gar nicht so gemeint. Natürlich würde ich gerne mit dir ... ich würde wirklich sehr gerne ...« War mir schon jemals etwas derart schwergefallen, es auszusprechen?

»Vergiss es!«, sagte sie und stampfte barfuß in die Küche. Die Tür knallte hinter ihr. Aus der Küche hörte ich ein Rumoren und das Klappern von Geschirr, Besteck und Töpfen in Schränken. Es klang, als räume sie die Spülmaschine aus. Ich war mir ziemlich sicher, dass sie erwartete, ihr nicht zu folgen. Obwohl mir ihre Übersprungshandlung, sich jetzt auf nebensächliche Hausarbeit zu stürzen, zum Lachen absurd vorkam, wartete ich. Vielleicht musste sie sich einfach abreagieren? Ich wartete nicht gerade geduldig, aber es blieb mir nichts anderes übrig. Die Geräusche verebbten. Es wurde still. Dann wurde die Tür langsam geöffnet, und Angela stand im Flur. Ihre Schultern hingen in dem übergroßen Bademantel.

»Tut mir auch leid«, sagte sie. »Können wir das einfach vergessen, was passiert ist? Können wir das?«

Konnte ich das?

Ich zuckte mit den Achseln und nickte leichthin. »Ja. Ja, wieso nicht? Vergessen wir es einfach!«

»Vielleicht gehst du jetzt besser.«

»Sicher. Ich gehe.« Ich sammelte meine Sachen im Flur ein, schlüpfte in meine Schuhe, und dann standen wir verlegen voreinander.

Der Schutzmantel, den sie seit unserer ersten Begegnung getragen hatte, lag bestimmt irgendwo in einer Ecke. Jedenfalls hielt mich nun nichts mehr davon ab, sie zu wollen. Ich hatte meine rosarote Brille verloren, durch die ich meine scheinbar schicksalhafte Begegnung mit Lena gesehen hatte. Mein Gefühl für Angela wühlte in mir herum und breitete sich in allen Winkeln aus, auch in den entlegenen. Natürlich. So war es. Blind war ich einer falschen Spur gefolgt und war sie dummerweise bis zum Ende gegangen, taub gegen alle inneren Stimmen. Die Realität, wahrhaftig viel schöner als alle Hirngespinste, hatte ich nicht an mich herangelassen. Jetzt erkannte ich all das. Ich stand einsam in der klaren Luft meiner Alm. Es hatte geschneit. Und ich hatte keine Schuhe an.

Alles in mir schrie mir zu, dass ich nicht gehen sollte. ›Bleib!‹, kreischte es in mir. Sogar das Schäbig-Männchen trommelte in mir herum gegen meine Magenwände. ›Bleib hier und sag ihr, dass du ihr Zeit lässt, dass ihr noch einmal reden solltet, und noch einmal küssen! Geh doch jetzt nicht einfach so, du dumme Kuh!‹

»Bis bald dann«, sagte ich, allen dröhnenden Stimmen in mir zum Trotz.

»Bis bald«, erwiderte sie, nicht so, als rechne sie mit einem baldigen Wiedersehen. »Ach, und Michelin?«

»Ja?«

»Bitte, erzähl Lena nichts davon!«

Ich sah sie an, in ihrem grauen Frotteemantel, der weder sie noch mich vor unseren Gefühlen schützen konnte. Irgendetwas, sagte ich mir, war hier verdammt falsch gelaufen. Und zwar nicht das, was vor ein paar Minuten geschehen war!

»Ist in Ordnung«, antwortete ich ihr und ging die Stufen hinunter.

10. Kapitel

Dreizehn bei Tische ...

Herzrasen. Nicht schlafen können. Wichtige Termine vergessen. Launenhaftigkeit. Die Talfahrt nahm kein Ende. Meine Alm, mein wunderbarer Ort des Selbst, meine Ruhe, mein Seelenfrieden – futsch!

Die ersten vierundzwanzig Stunden hatte ich noch das Gefühl, das Richtige getan zu haben. Und obwohl ich nicht glücklich damit war, befriedigte diese Erklärung ganz deutlich mein Gewissen: Angela war die Mutter meiner Geliebten, und unter diesen Umständen sollten keine tiefen Küsse ausgetauscht werden. Doch schon mit der fünfundzwanzigsten Stunde begann die Höllenfahrt der Zweifel.

Alles fing an mit einer simplen Frage, die plötzlich vor meinem geistigen Auge erschien: War Lena denn überhaupt meine Geliebte? Eine wichtige, eine raumgreifende Frage. Deren Beantwortung lag nicht allein bei Lena, von der ich übrigens tagelang nichts hörte. Die Antwort auf diese entscheidende Frage lag vor allem bei mir. Und ich wagte kaum, sie mir zu geben – denn es gab zwei Möglichkeiten, wie diese Antwort ausfallen könnte. Für den Fall, dass ich entscheiden würde, Lena als meine Geliebte zu wollen, wäre alles geklärt. Ich würde den Kuss mit Angela als einen dummen Ausrutscher abtun und ganz in meiner frischen Liebe zu Lena aufgehen.

Für den Fall allerdings, dass ich entscheiden würde, in Lena einfach nur eine begehrenswerte junge Frau zu sehen, mit der ich zwar eine nette Nacht verbracht hatte, die ich allerdings nicht wirklich würde lieben können… für den Fall also, dass ich so entscheiden würde, steckte ich bis zum Hals im Schlamassel. Deswegen traute ich mich kaum, darüber nachzudenken, wohlwissend, dass eine Entscheidung auch ohne Denken gefällt werden würde. Schließlich spielt bei derartigen Entscheidungen der Verstand nur eine höchst nebensächliche Rolle.

Um mich zu beruhigen und meinen inneren Frieden wiederzufinden, fuhr ich mit dem Fahrrad in den nahe gelegenen Wald und ging spazieren. Es war frisch im Wald. Ich war umgeben von hellem Grün. Blätter, die sich erst vor ein paar Wochen entfaltet hatten und nun um die Wette strahlten. Meine Schritte federten über den erdigen Boden, auf dem noch das Laub des letzten Herbstes ruhte, während sich über und neben mir bereits neues Leben zur vollen satten Blüte bereitmachte. Ich lief lange so, setzte mich hin und wieder auf einen Baumstamm und horchte in mich hinein. Doch ich konnte meine Gedanken nicht zum Schweigen bringen. Meine Alm verbarg sich vor mir, als habe sie etwas Schlimmes zu befürchten.

Plötzlich hörte ich über mir ein Flügelschlagen und sah mich um. Hoch hinauf schoss ein Pfeil und glitt durch die Lüfte. Der lange spitze Schwanz war unverkennbar. Ein Wanderfalke. Diese Vögel waren so selten hier in der Gegend, dass es ein kleines Wunder war, ihm für einige Momente zu begegnen. Ich starrte dem wunderschönen Geschöpf nach, bis der Falke nur noch ein winziger Punkt am Horizont war und schließlich verschwand. Es war ein Geschenk. Und zwar eines von denen, die ich nicht festhalten konnte.

Nach ein paar Tagen war ich furchtbar mit den Nerven am Ende. Ich startete mehrere Versuche, Jackie und sogar Ellen von meiner misslichen Lage zu erzählen. Doch jedes Mal scheute ich mich dermaßen davor, es auszusprechen, dass ich das Gespräch wieder in ungefährliche Bahnen lenkte, ohne auch nur ein verfängliches Wort zu diesem Thema fallen zu lassen.

Meiner Alm-Mentalität entsprachen diese Ausweichmanöver keineswegs. Auf meiner Alm gab es nur Klarheit. Etwaige Zweifel wurden dort sofort beseitigt, denn sie störten empfindlich den Frieden.

Wollte ich mir also selbst nicht die Rückkehr zum Ruheplatz meiner inneren Gelassenheit verbauen, musste ich als Erstes die Zweifel bekämpfen. Am besten, indem ich mich mit Angela traf und meine Gefühle daraufhin prüfte, ob sie immer noch in den roten Bereich ausschlugen.

Das, was zunächst schlug, war mein Herz, als ich die Telefonnummer wählte. Es hämmerte gegen meinen Brustkorb, als wollte es herausspringen.

»Hallo«, begrüßte mich Angelas warme Stimme vom Band. »Möchten Sie eine Nachricht für Lena oder Angela Rose hinterlassen? Nur zu! Wir freuen uns!«

»Ja, ja, ich würde gern eine Nachricht hinterlassen!«, stammelte ich. »Ich würde mich ... also hier ist Michelin. Michelin Schwarz, um genau zu sein. Und ich würde mich sehr über einen Rückruf freuen.« Ich legte auf und starrte den Apparat an. Ich widerstand der Versuchung, noch einmal anzurufen, um noch einmal ihre Stimme zu hören. Ich tat es nicht und bildete mir ein, dass meine Entscheidung noch nicht gefallen sei.

Spätabends klingelte das Telefon. Ich stürzte hin und meldete mich atemlos.

»Hi, Michelin, Lena hier«, sagte sie zögernd. »Du hattest angerufen?«

»Ich?«, fragte ich verwundert.

»Du würdest dich über einen Rückruf freuen«, erinnerte mich Lena, die nicht wusste, was sie von meinem Versteckspiel halten sollte.

»Oh, oh, ja, klar. Jetzt … jetzt weiß ich es wieder«, sagte ich lahm. Ich hatte auf dem Anrufbeantworter nicht geklärt, von wem ich diesen Anruf erhoffte.

»Tja, wie wär's, wenn wir uns mal treffen?«, wagte Lena einen Vorstoß. Ihre Stimme hatte nicht diesen leise flirtenden Singsang wie neulich Abend. Sie klang sachlich. Und unsicher.

»Gern«, erwiderte ich. »Was macht die Wohnung?«

Bei dieser Frage kam Leben in sie, und sie erzählte, wie sie sich die Einrichtung vorstellte und was noch alles getan werden musste. Ich versuchte mir meinerseits vorzustellen, dass sie im Wohnzimmer auf dem Sofa saß, mit untergeschlagenen Beinen. Ich versuchte mir vorzustellen, wie reizend sie dabei aussehen würde. Aber alles, was vor meinem geistigen Auge auftauchte, war jener Abend, an dem ich selber vor diesem Sofa gestanden hatte und Angela in ihrem Bademantel plötzlich in der Tür erschien …

»Wir könnten das Angenehme mit dem Nützlichen verbinden und uns morgen zum Tapetenabreißen treffen«, schlug Lena vor.

Fast hätte ich rasch einen Dreh fürs Lokalfernsehen erfunden, um keine Zeit zu haben, aber mahnend erschien mein inneres Bild der blühenden Almwiese vor mir. Wenn ich auch nur einen einzigen Zweifel hatte, sollte ich alles tun, um ihn auszuräumen. Also beschloss ich, Lena wiederzusehen. Vielleicht würde mein spontanes Gefühl eine weise Entscheidung treffen.

Als wir uns am nächsten Tag auf der Straße vor ihrer neuen

Wohnung trafen, standen wir uns verlegen gegenüber. Sie war natürlich immer noch wunderschön, und das verfehlte nicht ganz seine Wirkung auf mich. Ich blickte in ihre wunderbaren Kirschenaugen, von denen ich nicht wusste, ob ich ihnen trauen konnte. Warum hatten sie mir von so viel Nähe gesprochen? Hatten sie um meiner selbst willen mit mir geflirtet oder aus reiner Wettkampflaune heraus? Wollten sie *mich* erobern oder nur den einsamen Sieg über ihre Mutter davontragen? Jetzt blickten sie ratlos in die meinen. Gleichermaßen unschlüssig, wie wir uns nun zueinander verhalten sollten, sahen wir uns einige Sekunden lang an. Es war ein Messen und Wiegen auf beiden Seiten. Und plötzlich, als hätten wir uns verabredet, *jetzt* diesen Schritt zu tun, beugten wir uns vor und gaben uns zwei Begrüßungsküsse. Sie landeten nach französischer Manier links und rechts auf der Wange. Damit war die Entscheidung gefallen. Wir hatten in stiller Übereinkunft geklärt, kein Liebespaar zu sein.

Als wir die vielen Stufen hinauf zu ihrer ersten eigenen Wohnung unter dem Dach stiegen, prüfte ich mein Inneres auf klaffende Risse, Verletzungen und Brandwunden. Doch ich fand stattdessen Erleichterung über diesen gemeinsamen Entschluss.

Wir vermaßen die Wände, malten den Grundriss auf, rechneten, planten, kalkulierten. Das Zusammensein mit ihr war nett und harmonisch. Ich wurde immer fröhlicher und ausgelassener und wirbelte in den leeren Räumen herum. In meinem Kopf malte ich mir bereits aus, wie ich gleich heimfahren würde. Ich würde das Telefon in die Hand nehmen und Angelas Nummer wählen. Sobald ich sie am Apparat haben würde, würde ich ihr sagen, dass alles geklärt sei und dass ich sie gerne sehen würde. Ganz einfach.

Unbeschwert verabschiedete ich mich kurze Zeit später

von Lena und wankte trunken vor zukunftsträchtigem Glück nach Hause.

Dort ließ ich mich mit dem Telefonhörer in den Sessel sinken und wählte in Windeseile die Nummer, die ich inzwischen auswendig kannte.

»Rose?«

»Angela, hier ist Michelin«, begann ich, plötzlich mit weichen Knien und zittrigen Händen.

Ich konnte hören, wie sie die Luft einsog, ein zischender Laut zwischen Schmerz und Überraschung.

»Lena ist unterwegs«, erwiderte sie dann rasch.

»Ich weiß«, erklärte ich ihr. Mein Lächeln saß nur noch als nervöses Zucken in meinen Mundwinkeln. »Wir haben alles geklärt. Ich meine, wir haben geklärt, ob wir jetzt miteinander ... oder nicht ... ich meine, verstehst du? Es ist rein ... ehm ... platonisch zwischen uns.«

»Zwischen wem?«

»Zwischen Lena und mir.«

»So?«

»Ja.« Ich war verwirrt. Ihre Reaktion passte so gar nicht mit meinen Vorstellungen zusammen. »Ich dachte, das interessiert dich vielleicht. Du hattest doch gedacht ... beziehungsweise ich dachte ja auch erst ... Als ich Lena auf dem Schwof sah, da dachte ich wirklich, sie wäre ... aber ist sie gar nicht. Vielleicht war sie nur ein ... ja, so eine Art Wegweiser? Jetzt ist jedenfalls alles ganz anders. Vielleicht ist es für dich auch wichtig, das zu wissen?«

Angela räusperte sich unwillig. »Ein Wegweiser? Meine Tochter?«

Oh, Mist! Ich war in ein Fettnäpfchen getreten.

»Das meine ich natürlich nicht abwertend. Lena sieht es bestimmt nicht abwertend. Sie ist zufrieden damit, wie es jetzt ist.« ›*Zufrieden*‹ klang auch nicht unbedingt so glücklich, wie ich es gerne gehabt hätte. »Lena geht es wirklich gut damit«, korrigierte ich rasch. »Sie *will* ja überhaupt gar nichts anderes …«

»Michelin«, unterbrach Angela mich ungeduldig. »Was möchtest du mir eigentlich sagen?«

»Ich möchte dir sagen, dass ich jetzt weiß, was ich will.«

»Das freut mich ausgesprochen für dich, Michelin«, antwortete Angela hitzig. »Es freut mich wirklich, dass du in den vergangenen vier Tagen für dich alles geklärt hast. Ich kann das leider von mir nicht behaupten. Ich weiß nur, dass ich ein wenig kopfstehe, weil mir nämlich so etwas noch nie passiert ist und ich mir nicht erklären kann, wie es dazu kommen konnte.«

Ich schluckte. Das hatte ich mir anders gedacht. Mit Lena war es wirklich einfacher gewesen. Aber ich hatte vergessen, dass ich hier das verschärfte Modell vor mir hatte.

»Solche Dinge passieren wunderbarerweise nun mal einfach so«, versuchte ich sie in eine andere Tonart zu locken.

»*Mir* aber nicht!«, heulte Angela am anderen Ende der Leitung auf. »Ich bin so spießig und normal, wie du es dir nur vorstellen kannst. *Ich bin Mutter!* Ich fange nichts an mit den … platonischen Freundinnen meiner Tochter!«

»Rein theoretisch oder auch praktisch?«, piepste ich.

Angela schnaufte.

»Du findest das Ganze wahrscheinlich auch noch komisch. So eine alte Glucke vergisst sich und geht auf eine Dreißigjährige los. Vielleicht denkst du ja, ich bin ein bisschen verwirrt? Die Scheidung, Lenas Auszug, alles ein bisschen viel für mich, oder?«

Sie hatte sich richtig in Rage geredet, und ich hatte keinerlei Erfahrung mit Methoden, die zu ihrer Beruhigung führen könnten.

»Vielleicht hast du dich selber bisher noch nicht gefunden?«, wagte ich daher einen ersten Lösungsansatz.

»Und du denkst, du könntest mir dabei helfen? Denkst du, es ist damit getan, mich zu küssen und dann einfach wieder abzuhauen? Oder denkst du, wir könnten jetzt da weitermachen, wo wir vor ein paar Tagen aufgehört haben? Ich sage dir eins: Nach ein paar Wochen wird der Reiz des Neuen für dich verflogen sein, und ich stehe da vor den Trümmern einer Welt, in der ich mich sowieso nur leidlich zurechtfinde. Denkst du denn, dass du es aushalten könntest, wenn ich nicht mehr weiß, wo oben und unten ist? Denkst du das?«

»Ich denke, du bist wundervoll«, sagte ich leise.

Eine Weile kam kein Ton aus dem Hörer.

»Michelin, tu das nicht«, bat sie mich schließlich. Ihre Stimme zitterte. »Für dich ist das vielleicht alles nur ein nettes Zwischenspiel, ein neue Erfahrung unter vielen anderen. Für mich würde es ein komplett neues Leben bedeuten. Ich kann das nicht!« Damit legte sie auf.

Die wunderschön schillernde Seifenblase in meinen Kopf zerplatzte mit dem *Klick*, das aus dem Hörer erklang.

Ich versuchte, ihre Entscheidung zu akzeptieren. Denn eines hatte sie richtig erkannt: Auch ich konnte ihr keine Garantie geben. Keine Garantie dafür, dass sie die Veränderungen in ihrem Leben würde meistern können. Keine Garantie letztendlich auch für meine Gefühle.

Also endete hier, was ich für einen Anfang gehalten hatte. Es gab keine dazugehörige Geschichte.

Ich beschloss, einen Schlussstrich zu ziehen. Auch unter das Kapitel Lena. Sie war eine nette Frau. Unter anderen Umständen wäre sie eine Bereicherung für meinen Freundinnenkreis. Doch ich sah in ihren Zügen immer die Angelas und wollte mich nicht solcherart von ihnen verfolgen lassen.

Zum Renovieren hatte ich mich mit Lena noch einige Male getroffen. Jedes Mal zuckte ich zusammen, wenn ich ihre wohlproportionierte Gestalt auftauchen sah. Dem musste ich ein Ende setzen.

Doch an dem Tag, an dem ich Lena zum letzten Mal treffen und ihr meinen Entschluss mitteilen wollte, rief Frederike mich an.

»Michelin!«, schluchzte sie in den Hörer und klang dabei so herzzerreißend, als hätte sie drei Tage durchgeheult. »Du bist noch meine einzige Hoffnung. Wenn Frauke recht hat und diese Nancy wirklich etwas weiß, dann musst du es aus ihr herausbekommen!«

Ich erinnerte mich nur ungern an die wenigen Male, zu denen ich Nancy bei den voranschreitenden Renovierungsarbeiten getroffen und versucht hatte, sie auszuquetschen. Durch Frauke, Frederike und Karolin gespickt mit guten Ratschlägen für Überführungsversuche, ließ ich nichts unversucht. Doch Nancy reagierte niemals wie erhofft. Offenbar kannte sie Iris wirklich nicht und schien auch nichts über das verschwundene Manuskript zu wissen. Entweder sie war sehr schlau oder wirklich unschuldig an dieser Sache.

Der Silberstreif Hoffnung, der durch Fraukes Entdeckung auf dem Anrufbeantworter am Horizont aufgetaucht war, verglomm in der dunklen Nacht der Unwissenheit wie eine Sternschnuppe.

»Ich habe wirklich schon alles versucht, Frederike«, erklärte ich der Verzweifelten. »Mittlerweile glaube ich, ihr Versprecher war ein blanker Zufall. Aber ich bin auch nicht besonders gut in Detektivarbeit.«

»Deswegen dachte ich ja an dieses Abendessen, das du und Lena veranstalten wollt«, schniefte Frederike.

»Das Abendessen!«, keuchte ich. Das hatte ich völlig vergessen!

»Ja.« Frederike schluckte. »Bitte, Michelin, ihr müsst es vorantreiben! Ich drehe noch durch! In sechs Wochen ist mein Abgabetermin beim Verlag. Es ist absolut unmöglich, bis dahin alles noch mal zu schreiben. Aber es ist auch nicht das, was mich so fertig macht. Es ist die Mühe und die Kraft, die ich in die Geschichte gesteckt habe. Ich habe so viele wunderschöne Momente aufs Papier gebannt, und jetzt ist das alles plötzlich … weg.«

Ich umklammerte den Hörer und lauschte eine Weile hilflos dem Schluchzen meiner lieben Freundin.

Konnte ich ihr jetzt sagen, dass ich mich heute Abend zum letzten Mal mit Lena treffen würde und das geplante Abendessen damit ins Wasser fiel?

»Du-du hilfst mir doch, oder, Miche-michelin?«, hickste Frederike. »Ich-ich muss unbedingt das Manus-manuskript zurückbekom-kommen. Es ist eine-eine Sache auf Leben und-und To-tod.«

Ich brachte es nicht fertig, es ihr zu sagen.

»Ich helfe dir, Frederike«, sagte ich und versuchte, viel Zuversicht in meine Stimme zu legen. »Wir machen das schon! Irgendwie werden wir es wieder herbeizaubern!«

»Ich kann nicht hexen!«, maulte Jackie, die neben Ellen in meiner Küche stand und mit Schneckengeschwindigkeit Kartoffeln schälte. Alles dauerte meiner Meinung nach viel zu lange. Ich war nervöser als ein Vulkan vor dem Ausbruch.

Eigentlich hatte Lena das Essen in ihrer kleinen Wohnung geplant, doch die Arbeiten dort zogen sich hin. Und da meinerseits aufgrund der Frederike-Hilfsaktion die Zeit drängte, hatte ich meine Räume für dieses Unternehmen zur Verfügung gestellt. Jackie und Ellen waren so lieb, mir bei den Vorbereitungen zu helfen, sonst hätte ich wohl den Verstand verloren.

»Michelin, ich kapiere nicht ganz, wieso du hier fast Rad schlägst. Kannst du vielleicht mal eine Minute stillstehen, während du diese Soße anrührst?«, krittelte Ellen mit ihrer sanftesten Stimme von der Seite her.

Ich wusste, dass meine Augen vor festsitzendem Schrecken weit aufgerissen sein mussten, als ich sie jetzt ansah. Selbstverständlich musste ich ihnen total durchgeknallt vorkommen.

»Vielleicht sollte ich euch vor dieser Veranstaltung noch in etwas einweihen«, begann ich. Denn ich hatte es tatsächlich bis zu dieser Sekunde noch nicht fertiggebracht, ihnen von den Geschehnissen zwischen Angela und mir zu erzählen. Wahrscheinlich war dieser Zeitpunkt der ungünstigste, den ich mir aussuchen konnte …

»Wir sind ganz Ohr!« Jackie sah mich interessiert an.

Betäubt starrte ich einen Moment lang zurück und schüttelte dann den Kopf: »Nein, es geht doch nicht!«

Jackie heulte empört auf, und Ellen schnaubte leise.

Eine Weile arbeiteten wir schweigend weiter. Doch Jackie konnte irgendwann nicht länger den Mund halten. Sie kräuselte ihre vollen Lippen.

»Ehrlich gesagt, Michelin, finde ich es unverschämt, dass wir gleichzeitig als Küchenhilfe und als repräsentative Gäste fungieren sollen.«

»Ja«, stimmte Ellen ihr zu. »Das Mindeste, was du uns dafür schuldest, ist ein offenes Wort.«

Wir maßen einander mit Blicken. Da der Kampf zwei gegen eine unfair war, verlor ich natürlich.

»Also gut«, seufzte ich, im Grunde erleichtert über diesen Ausgang, und erzählte meinen beiden Freundinnen stockend von den letzten schrecklichen Ereignissen.

»Moment! Moment!«, rief Jackie, als ich geendet hatte. »Du willst uns jetzt sagen, dass du der wunderbaren Lena den Laufpass gegeben und dich für ihre vierzigjährige Mutter entschieden hast?«

»Sei nicht so ein Holzklotz!«, rügte Ellen, die sich offensichtlich um Gelassenheit bemühte. Dass sie im gleichen Augenblick begann, mit einer unglaublichen Geschwindigkeit Gurken klein zu hacken, unterstrich ihren eisernen Willen, sich nicht zu unüberlegten Äußerungen hinreißen zu lassen. »Es ist doch gar nichts passiert zwischen Michelin und … Angela.« Sie hatte zwar eine Sekunde gezögert, aber dann doch den Namen ausgesprochen. Ich war ihr sehr dankbar, dass sie nicht auch noch das Wort ›Mutter‹ in den Mund genommen hatte.

Jackie schüttelte ungläubig den Kopf. »Du bist zwar manchmal merkwürdig, Michelin, aber dass es so weit geht, das war mir nicht klar. Du warst doch schon am Ziel deiner Träume. Lena und dir stand doch der siebte Himmel offen. Ich meine, ihr hattet immerhin schon Sex!«

»Das muss noch lange nichts bedeuten«, erwiderte ich ruhig und berichtete von der Einmalzahnbürste und Angelas verstörtem Anruf.

Ellen nickte nachdenklich. »Da ist was dran. Irgendwie kam mir dieses Mädel noch nie so ganz koscher vor. Erst ziert sie sich derart, dass alle schon vermuten, sie sei nie aufgeklärt worden und habe keine Ahnung von Sex. Und dann stürzt sie sich plötzlich auf dich. Da musste irgendetwas dahinterstecken.«

Jackie staunte. »Unglaublich! Das musst du Frederike erzählen! Oder darf ich das machen?«

»Untersteh dich!«, knurrte ich. »Das bleibt unter uns! Kannst du dir vorstellen, wie erniedrigend es ist, wenn du nicht um deiner selbst willen begehrt wirst, sondern weil diejenige-welche nicht möchte, dass ihre Mutter ihr zuvorkommt?«

Jackie schnalzte respektvoll mit der Zunge und rollte den Blätterteig aus.

In diesem Augenblick klingelte es.

Wir sahen uns kurz an.

»Das wird Lena sein«, sagte ich und hörte deutlich den hysterischen Kiekser in meiner Stimme. Ich sah meine beiden Freundinnen eindringlich an. »Kein Wort darüber, kapiert?!«

Jackie salutierte knackig, und Ellen nickte.

Es war sogar nicht nur Lena, die dort die Treppe heraufkam. Nancy wurde vom Wirbel der Aufregung, den Lena um sich herum produzierte, förmlich in die Wohnung gesogen.

In meiner geräumigen Küche wurde es plötzlich voll. Ich stand wie gelähmt neben dem Kühlschrank und versuchte mich dran zu erinnern, was noch zu tun war. Unter normalen Umständen war ich gar nicht übel im Delegieren von Aufgaben. Aber Lenas Ankunft hatte mir überdeutlich gemacht, dass ich mich nicht in einer Art Wachtraum befand, aus dem ich jederzeit würde erwachen können. Oh nein, dies hier war die Realität. In etwa zwei Stunden würde Angela zur Tür hereinkommen. Sie würde mich mit ihren grünen Augen kühl mustern, und ich würde nicht die geringste Chance haben, dieser Seelenpein zu entkommen. Der Verlauf des Abends entzog sich vollkommen meiner Kontrolle. Nahe am Rand zur Panik, hielt ich mich am Messerblock fest. Da ich nichts sagte, standen Lena und Nancy etwas verloren herum. Jackie hatte sich eifrig über ihre Arbeit gebeugt und sah nicht ein einziges Mal auf. Vielleicht hatte sie Angst, ihr frischerworbenes Wissen völlig unbeabsichtigt gleich wieder auszuplaudern.

»Wollt ihr nicht vielleicht schon mal den Tisch decken?«, schlug Ellen schließlich an Nancy und Lena gewandt vor. »Wir haben schon die Möbel zur Seite geschoben und den Tisch ausgezogen. Aber mehr ist noch nicht passiert.«

Lena sah mich fragend an. Als ich nickte, zogen die beiden ins Wohnzimmer hinüber, von wo wir wenig später Tellerklappern und Gekicher hörten.

»So!«, sagte Ellen und wischte sich die Hände am Geschirrtuch ab. »Und jetzt noch mal von vorn: Weißt du denn, ob Angela ihrer Tochter«, sie deutete Richtung Flur, »von diesem ... ehm, Zwischenfall erzählt hat?«

»Bestimmt nicht«, flüsterte ich. »Das hätte Lena sich anmerken lassen.«

»Vielleicht hätte sie auch noch mal Sex machen wollen?«, wisperte Jackie durch den dichten Vorhang ihrer krausen Haare.

Ich grinste müde.

»Angela wird es niemandem erzählen. Sie ist viel zu sehr mit sich selber beschäftigt«, erklärte ich leise. »Die Angst vor ihren eigenen Gefühlen wird sie ganz schön in Schach halten.« Hörte ich da etwas Bitternis aus meinen Worten heraus?

Ellen hob den Zeigefinger und lauschte zum Wohnzimmer hinüber, bevor sie sagte: »Ich finde ihre Haltung überaus konsequent. Sie hat doch nur rechtzeitig und durchaus richtig gerade noch die Kurve bekommen vor einer dummen Dreiecksgeschichte, in der fatalerweise auch ihre Tochter eine Rolle spielt! Was sagt dein Schäbig-Männchen zu dieser Theorie, dass es nur die blanke Angst ist, die Angela auf Abstand zu dir hält?«

Sie kannte mich zu gut!

»Was wohl? Es revoltiert und tritt mich. Es ist nun mal nicht für einfache Lösungen. Immer muss es alles komplizierter machen, als es ist.«

»Weil es eben immer komplizierter ist, als du es gern hättest!«, erklärte Ellen mitleidslos. »Wenn jemand an der Unmöglichkeit zwischen euch die Schuld trägt, dann bist du es selber.«

»Ach, Ellen, das kannst du doch auch nicht so einfach sagen«, warf Jackie ein, mit einem feuchtschimmernden Blick auf mich. Ich tat ihr leid! Und das machte alles noch ein wenig schlimmer für mich. In Jackies Augen war ich offenbar verloren.

»Doch, Jackie«, seufzte ich. »Ellen hat leider recht. Ungerechtfertigte Scheu hat Angela tatsächlich nicht an den Tag gelegt. Eher im Gegenteil. Wenn ich an ihre Reaktion auf meinen Kuss denke ...«

Ich brach ab. Wahrscheinlich konnten meine Freundinnen mir sowieso schon überdeutlich ansehen, dass ich mich nach einer Fortsetzung dieses Kusses geradezu verzehrte.

»Die Entwicklung dieser Geschichte ist ganz außergewöhnlich!«, stellte Ellen gerade fest und unterzog den Salat einer gewissenhaften Prüfung.

»Ich kann es euch nicht erklären.« Ich rang wirklich um Worte. »Wochenlang bin ich um Lena herumgeschlichen wie die Katze ums Mauseloch. Und just in dem Augenblick, in dem ich scheinbar am Ziel meiner Wünsche bin, wende ich den Kopf und entdecke etwas ... das anders ist, mir näher, vertraut und rätselhaft zugleich. Ich frage mich selbst, wie das passieren konnte. Aber es ist nun mal passiert.«

Jackie schien gerührt. »Vielleicht war mein Traum neulich ein Hinweis auf die beiden als Einheit von Mutter und

Tochter? Was meinst du? Dann kann aber nun niemand so genau wissen, mit wem von den beiden du denn nun glücklich werden kannst. Vielleicht sind beide gemeint?«

Ich zog eine Grimasse. »So wie es momentan aussieht, wird keine von beiden gemeint sein. Dieses Abendessen hier wird nämlich in erster Linie deshalb veranstaltet, weil Lena ihre Eltern wieder vereint sehen möchte und sie zusammen an einen Tisch bringen will.«

Ellen hielt kurz inne und traktierte dann mit doppelter Geschwindigkeit das Gemüse. »Du bist irrsinnig, Michelin, oder eine Masochistin!«, behauptete sie überzeugt. »Nur eine Irre veranstaltet ein Dinner, bei dem die Frau, die sie vielleicht liebt, mit ihrem Ex-Mann verkuppelt werden soll. Oder fügst du dir gern selbst Schmerzen zu? Ich muss sagen, eine gewisse Tendenz dazu hattest du früher schon.«

»Sprich doch bitte nicht von Liebe«, bat ich sie gereizt. Dieses Wort machte mich nervös. »Frederikes Leben hängt davon ab, dass sie heute Abend irgendetwas aus Nancy herausbekommt. Und außerdem habe ich es Lena vor langer Zeit versprochen. Wie hätte ich es denn jetzt abschlagen können, ohne ihr von dem Grund für meinen Rückzug zu erzählen?«

»Vor langer Zeit?«, wiederholte Ellen mit ironischem Tonfall. »Wir sind nicht bei den Gebrüdern Grimm! Du kennst Lena seit ... seit ...?«

»Sechs Wochen«, half Jackie ihr weiter. Unter normalen Umständen hätte es mich verwundert, wie gut die beiden plötzlich miteinander harmonierten. In meiner momentanen Notlage fiel es mir jedoch kaum auf. Die ganze Welt schien kopfzustehen. Wieso sollten sich dann nicht auch Ellen und Jackie plötzlich verständigen können?

»Das sind allerdings Umstände, unter denen ich richtig

gerne an einem entspannten Abendessen teilnehme«, sagte Ellen ernst, nachdem wir eine Weile schweigend gearbeitet hatten.

»Genau!«, stimmte Jackie ihr zu. »Und dieses ganze Brimborium hier!« Sie deutete auf die Unmengen an Lebensmitteln, die sich auf allen Ablageflächen in der Küche türmten. »Warum hast du nicht einfach ein Blech Pizza gemacht und fertig?«

Ich ruderte mit den Armen. »Habt ihr eine Ahnung, was Angela neulich aufgefahren hat bei diesem Candle-Light-Dinner? Es war gigantisch. So sorgfältig vorbereitet, nur die besten Zutaten. Und es hat geschmeckt wie in einem Fünfsternerestaurant …«

Ellen schüttelte den Kopf. »Also, Michelin, so durcheinander habe ich dich noch nie erlebt. Weißt du überhaupt, was du willst? Geht es heute Abend darum, Lenas Eltern wieder zusammenzuführen? Geht es darum, eine Spur in Sachen Manuskript zu finden? Oder geht es eher darum, eine Vierzigjährige von deinen Fähigkeiten als Köchin zu überzeugen?«

»Heißt es nicht, dass Liebe durch den Magen geht?«, fragte Jackie unschuldig.

»Du brauchst ihr Alter nicht so zu betonen!«, übersprang ich an Ellen gewandt diesen Einwurf. »Zehn Jahre machen sich zwischen dreißig und vierzig so gut wie gar nicht bemerkbar.«

»Machen sich denn zwanzig Ehejahre und eine inzwischen erwachsene Tochter bemerkbar?«, fragte Ellen mit elfenhaftem Augenaufschlag.

Ich holte aus und verfehlte sie nur knapp mit einem Stück Gelatine. Sie duckte sich grinsend.

»Du solltest den Tatsachen ins Auge sehen«, bemerkte sie dann ernsthaft. »Selbst wenn Angela sich von deinen Kochkünsten überzeugen ließe, hieße das nicht, dass euch eine unbeschwerte Frischverliebtenzeit ins Haus stände. Du weißt nicht, wie es ist, mit einer Frau zusammen zu sein, die seit vierzig Jahren hetero lebt. Vielleicht will sie ja auch nur mal ausprobieren, wie es so wäre. Reine Neugierde.«

Ich legte mein Messer zur Seite und starrte sie an.

Was sagte sie da?

»Und dann wäre da ja auch noch diese schwierige Geschichte, wie du das der Tochter deiner Geliebten erklären sollst, ohne ihr das Gefühl zu geben, sie benutzt zu haben«, sagte Jackie gerade. Weder sie noch Ellen registrierten, dass ich mich auf meinen weichen Knien nur noch mühsam halten konnte.

Was hatte Ellen gesagt? Reine Neugierde? Wollte Angela etwa nur mal ausprobieren, wie es so war mit einer Frau? Wie es gewesen wäre und wie es hätte sein können, damals mit dieser wunderschönen Schauspielerin Jana?

Meine Freundinnen diskutierten gnadenlos weiter.

»Ob sie Lena beichten sollte, was zwischen Angela und ihr passiert ist?«, überlegte Ellen gerade.

»Bist du irre? Das wird ein Familiendrama!«, trompetete Jackie.

»Nicht so laut!«, mahnte Ellen. Und gerade noch rechtzeitig, denn schon waren Schritte zu hören, und Nancy stand in der Tür. Sie strahlte in die Runde und fixierte Jackie mit eindeutig zweideutigem Blick.

»Also, Lena ist zum Dekorieren nicht geeignet. Wie wäre es, wenn du mit ihr die Aufgaben tauschst, Jackie?«, fragte sie lächelnd und sah Jackie herausfordernd an.

Ich war verblüfft. Neben all meinen grundlegenden und schwerwiegenden Überlegungen dämmerte es mir plötzlich wie durch einen Nebelschleier herauf, dass Nancy mit ihrem hübschen hellblonden Pagenschnitt und den leuchtend blauen Augen dem Idealbild von Jackies Traumfrau verdächtig nah kam. Doch meine Freundin schien willens, diese sich so offensichtlich präsentierende Chance vorüberziehen zu lassen. Sie machte eine eindeutige Geste mit ihrem Messer und antwortete: »Niemand kann so gut Radieschen zu diesen kleinen dekorativen Röschen schnitzen wie ich. Ich bin hier unentbehrlich!«

Nancy zuckte enttäuscht die Achseln und verschwand wieder im Wohnzimmer.

»Wenn ihr mich fragt, ist sie einfach nur ein kleines Klatschmaul. Sie weiß mit Sicherheit gar nichts!«, raunte Jackie Ellen und mir über den Tisch hinweg zu und meinte damit Nancy.

»Scht!«, machte ich warnend.

»Das kann ja wirklich heiter werden«, bemerkte Ellen lakonisch und leckte einen Soßenlöffel ab. »Die Familienverhältnisse der Rosen sind schon anstrengend genug. Und nun werden Frederike und Karolin auch noch Nancy belauern wie die Katze das Mauseloch. Wir werden auf der Hut sein müssen, um notfalls mit klugen Bemerkungen diverse peinliche Situationen zu retten.«

»Na, bei klugen Bemerkungen scheide ich von vornherein aus. Bei meinem Talent würde ich alles nur noch schlimmer machen, falls das überhaupt geht«, kicherte Jackie.

»Also, bitte!«, mahnte ich sie. »Gerade du faselst doch immer von positiven Energien. Denkt doch nicht im Vorfeld schon an das Schlimmste. Wie soll das denn gut gehen?«

»Positive Energien sind manchmal aber auch nur halb so unterhaltsam wie das Chaos, das sich hier anbahnt, oder?«, sagte Jackie zu Ellen.

Es war ihr anzusehen, dass sie bei allem Mitgefühl für mich

diese prekäre Situation genoss. Ich konnte mir vorstellen, wie sie, von der Klatschsucht getrieben, auch in vierzig Jahren noch über den Zaun zum Nachbargrundstück hing und mit der Nachbarslesbe neue Geschichten austauschte. Dieses Bild vor meinem geistigen Auge ließ mich zum ersten Mal an diesem Abend entspannt lächeln. Ich ertappte mich regelrecht dabei und wurde wehmütig. Derlei friedliche Bilder waren es, die ich seit einiger Zeit so schmerzlich vermisste. In meinem Kopf schien kein Platz mehr für etwas anderes zu sein als Sehnsucht, Zweifel und Reue. Hätte ich mich doch bloß nicht so schnell auf Lena eingelassen. Hätte ich doch noch wenigstens einige wenige Tage gewartet. Hätte ich doch Ruhe bewahren können, statt loszugehen wie eine Rakete.

Es gab zur Zeit zu viele »hätte ich doch« in meinem Leben. Da war es schwer, im Einklang mit mir selber zu leben. Doch es sollte noch schwerer werden.

Nach und nach trudelten die Gäste ein. Als Erstes erschienen Ulli und Jan, Lenas schwule Freunde. Die beiden wurden von Lena durch die Wohnung geführt und warfen mit Komplimenten über die Einrichtung um sich. Ich fand sie auf Anhieb sympathisch, aber sie taten mir ein wenig leid. Denn sie hatten keinen blassen Schimmer davon, was heute Abend alles auf dem Spiel stand und waren daher die Einzigen, die sich in aufrichtiger Vorfreude auf einen gemütlichen Abend mit hervorragendem Essen ergingen. Frauke und Lothar kamen zusammen mit Frederike und Karolin an. Alle vier trugen einen verwegenen DetektivInnen-Ausdruck in den ernst blickenden Augen und sprachen nicht viel. Sie waren damit beschäftigt, sich mental auf Nancys Überführung einzustellen. Die ahnungslose Nancy plauderte und plapperte und sonnte sich in der Aufmerksamkeit, die ihr von allen Seiten zuteil wurde. Sie schien gar nicht zu merken, dass um sie herum ein feines Netz aus klebrigen Fäden gesponnen wurde – wohl durchdacht und konzipiert von Marlowe-Frauke.

Und dann war es Zeit für den Auftritt der Hauptfiguren: Lenas Vater, der sich uns allen als Volker vorstellte und mir minutenlang die Hand schüttelte, erschien sehr pünktlich. Er spähte vorsichtig ins Wohnzimmer hinein, und Lena kommentierte leise, aber für mich durchaus unangenehm vernehmbar: »Sie ist natürlich noch nicht da. Hast du was anderes erwartet?«

Volker lächelte dazu jovial und begrüßte alle mit Handschlag. Ulli und Jan blitzten ihn gleichermaßen begeistert mit neckischen Augen charmant an. Dann saßen Lena und er auf dem Sofa und unterhielten sich leise über Lenas Studium und Volkers Arbeit. Ich sorgte für die letzten Arrangements auf dem Tisch, ordnete noch einmal die Blumen und lief zweimal zur Tür, weil ich glaubte, die Klingel gehört zu haben.

Es missbehagte mir, wie Lena neben Volker saß, seinen Arm locker um ihre Schulter, ihre Hand auf seinem Bein. Sie sah für mich plötzlich wie eine Fünfzehnjährige aus. Es war der Eindruck eines symbiotischen Vater-Tochter-Verhältnisses, das mir zeigte, wie klein Lena in mancher Hinsicht noch war. Und Volker? Für ihn schien Lena das zu sein, was gemeinhin unter »Papas Prinzessin« läuft. Ich glaubte nicht, dass er sie wirklich ernst nahm. Er suchte nach einem Abziehbild seiner Superfrau. Und er war furchtbar nervös vor der Begegnung mit seiner Ex-Frau. Ich hätte gern gewusst, wie die Frau gewesen war, mit der er Angela betrogen hatte.

Insgeheim hatte ich mir bereits die ganze Geschichte bis ins Detail ausgedacht: Ich schätzte sie auf zehn Jahre jünger, Marke Bewunderin. Sie hatte ihm das Gefühl vermittelt, ein toller Hecht zu sein. Er war mit ihr ausgegangen. Anfangs Arbeitsbesprechungen im Restaurant um die Ecke. Doch dann war sie von ihrem Freund verlassen worden und hatte Volker ihr Herz ausgeschüttet. Er hatte getröstet, so gut er konnte. Sie hatte mit feucht schimmernden Augen zu ihm aufgeschaut, und in ihm war so etwas wie Beschützerinstinkt erwacht. Er hatte sie in seine Arme ziehen wollen. Und schon bei der nächsten Verabredung war es nicht bei diesem Wunsch geblieben. Und von dieser ersten zarten Umarmung bis zum Weg in ihr weiches französisches Bett war es nur noch ein Katzensprung. Dass der Kater dabei vergessen hatte, dass zu Hause seine Frau auf ihn wartete, war zunächst unbedeutend gewesen. Er hatte diese Geschichte ganz einfach von seiner Familie getrennt betrachtet. Denn selbstverständlich liebte er seine Frau und wollte sie nicht verlassen. Dass sie auf Umwegen von seiner Liaison erfuhr und ihn auf frischer Tat ertappte, war gewiss ein Schock für ihn gewesen. Die Welt war für ihn untergegangen, als sie ihm prompt die Koffer vor die Tür stellte. Und nun wollte er alle Hebel in Bewegung setzen, um ungeschehen zu machen, was er selbst verbockt hatte.

Ich betrachtete ihn skeptisch. Angela hatte recht gehabt mit ihrer Beschreibung. Er sah wirklich außergewöhnlich gut aus für einen Mann seines Alters. Seine dunklen Haare wellten sich perfekt am wohlgeformten Schädel, seine Augen blitzten unternehmungslustig, und seine Körperhaltung sprach von Selbstbewusstsein. Er besaß noch nicht mal einen Bauchansatz. Doch egal, wie gut aussehend und charmant er war, eine Frau wie Angela zu betrügen, war eine unverzeihliche Sünde. Ich gönnte ihm keine zweite Chance.

»Michelin?«, Ellen tippte mich an die Schulter und sah mich besorgt an.

»Wie?« Ich tauchte nur langsam aus dem Wust der mich beherrschenden Bilder wieder auf.

»Es hat geklingelt!«

»Oh!« Bevor irgendjemand mir zuvorkommen konnte, hastete ich zur Tür, betätigte den Türsummer und schaltete bereits das Flurlicht ein. Ich hielt die Tür weit geöffnet und wappnete mich. Allerdings hätte ich wissen müssen, dass kein Waffenschild der Welt mich hätte schützen können.

Als Angela vor mir auf der Treppe erschien, musste ich schlucken. Unsere letzte Begegnung lag mehr als drei Wochen zurück. Drei Wochen, in denen ich ihr Gesicht mühelos erinnern konnte, ihre Gestalt und ihre Stimme mir so präsent waren, als träfen wir uns täglich. Schon allein diese mühelose Vorstellung von ihr in meinem Kopf war so entsetzlich klar und überzeugend. Doch als ich sie jetzt leibhaftig vor mir sah, geriet mein Atemsystem aus dem Rhythmus. Ich vergaß, einzuatmen, und als ich diese Funktion wieder im Griff hatte, vergaß ich auszuatmen. Viel zu schnell war sie bei mir, in ihrem schneeweißen Sommerkleid, das um ihre Hüften herum bei jedem Schritt glockig schwang. Ich registrierte ihre sorgfältig hergerichtete Frisur und den dezenten Lippenstift. Ja, ich sah sie an wie ein atemberaubend schönes Gemälde, doch ich konnte ihr nicht in die Augen schauen. Die suchten sich beständig ein anderes Ziel, nur nicht meinen Blick.

»Schön, dass du da bist«, sagte ich wie einstudiert und reichte ihr die Hand. Sie zögerte einen Moment. Und im nächsten Augenblick kam von der Seite Lena durch den Flur herangeflogen und hing an ihrem Hals.

Sie beide brauchten ein paar Sekunden, um sich von dieser irgendwie unangebrachten Begrüßung zu erholen. Ich verstaute meine verschmähte Hand in der Hosentasche und bat zu Tisch.

Lena hatte es sich nicht nehmen lassen, Tischkärtchen zu beschriften, um die sorgfältig ausgeklügelte Sitzordnung zu wahren. Damit Angela nicht den Eindruck gewinnen könnte,

Ehrengästin zu sein, hatte Lena sich selbst und mich an den beiden Kopfenden des Tisches platziert. Rechts von mir saßen Frederike und Karolin. Neben Karolin Volker, auf den Ellen, Nancy und Jackie folgten. Auf meiner linken Seite, hatte Lena Fraukes und Lothars Platzkärtchen aufgestellt. Neben Lothar, also genau dem Ex-Mann gegenüber, sollte Angela sitzen. Es folgten Ulli und Jan.

Leider war ich von meinen eigenen Befürchtungen diesen Abend betreffend so okkupiert gewesen, dass ich mir bezüglich der Sitzordnung keinerlei Gedanken gemacht hatte. Und so schien Nancy nun für unser DetektivInnen-Quartett unerreichbar. Doch in dem Augenblick, in dem wir alle unsere Stühle in Besitz nehmen wollten, hatte Lothar die rettende Eingebung und protestierte lautstark: »Immer diese Pärchenkonstellationen. Frauke hat gesagt, ich hätte heute endlich mal wieder Gelegenheit zu einem langen Plausch mit Ellen. Quer über den Tisch geht das ja wohl nicht.«

Alle schauten einen Moment konsterniert, als sei es ihre Schuld, diesen Missstand fabriziert zu haben. Dann säuselte Frauke: »Wenn Nancy nichts dagegen hat, könntet ihr ja die Plätze tauschen?«

Nancy löste sich offensichtlich nur höchst ungern von Jackies Seite, wechselte jedoch brav den Platz mit Lothar und saß nun sowohl neben Frauke als auch Frederike und Karolin genau gegenüber. Jackie war auch nicht ganz einverstanden mit diesem Tausch. Sie sah enttäuscht vom anderen Ende des langen Tisches herüber. Aber weniger, weil sie Nancys Gegenwart verlor. Vielmehr hatte sie erkannte, dass sie wohl, so fernab, nicht allzu viel mitbekommen würde von der spannenden Befragung.

Wir nippten an unseren Aperitifs, und ich stand gleich wieder auf, um die beiden Suppenterrinen hereinzutragen, froh, meiner Unruhe nachgeben zu können. Gut, dass meine Mutter mich geschirrtechnisch so gut ausgerüstet hatte. Zwar hatte ich die meisten Schüsseln und Saucieren aus Kartons im Keller herauskramen müssen, aber zumindest machte es jetzt einen hübschen kompletten Eindruck – bis auf mein eigenes Gedeck. Denn schließlich wird Porzellan immer zwölfteilig gekauft. Niemand lässt dreizehn Leute zum Abendessen zusammenkommen. Niemand, außer ich.

Als die erste Kelle in die Suppe getaucht wurde, war mir so, als hörte ich einen Startschuss. Der Abend, den ich herbeigesehnt und vor dem ich mich so gefürchtet hatte, begann.

Gemäß der Vorspeise lief auch alles ganz langsam an.

Die Unterhaltung plätscherte leise dahin, und auch ich entspannte mich ein wenig.

Angela sah mich nicht an. Sie unterhielt sich anfangs mit Ulli und Jan, die sie flüchtig zu kennen schien, und natürlich mit Lena. Es ging um das geplante Geburtstagsgeschenk für eine Nachbarin. Während ich mich mit Frauke über ihren letzten Dreh unterhielt und Nancy gespannt an unseren Lippen hing, nahm ich aus dem Augenwinkel immer mal wieder wahr, wie Angela den Kopf wandte. Mal wollte sie sich scheinbar im Raum genauer umschauen, dann wieder musste sie dringend ihre Frisur ordnen. Immer wanderte dabei ihr Blick wie zufällig zu mir herüber, huschte über mein Gesicht und war schon wieder verschwunden. Wie eine kleine Maus auf dem Getreidespeicher, auf dem es vor Katzen nur so wimmelt.

Außerdem registrierte ich mit Wohlgefallen, dass sie, im Gegensatz zu den heimlichen Ausflügen ihrer grünen Augen in meine Richtung, ihren Ex-Mann kaum eines Blickes würdigte. Seine Augen hingegen klebten regelrecht an ihr und fielen meiner Meinung nach viel zu häufig ins verführerische

Dekolleté. Als er die Vergeblichkeit seiner Flirterei begriffen zu haben schien, wandte er sich Ellen zu. Die feenhafte Tischnachbarin in dem hellblauen Kleid schaffte es innerhalb weniger Minuten, Volkers Verkrampftheit zu lösen und ihm mehr als ein heiteres Lachen zu entlocken.

Dass Angela daraufhin auch Volker zu beobachten begann, passte mir natürlich gar nicht.

Von den Gesprächen um mich herum bekam ich anfangs so gut wie nichts mit. Ich war bereits mit der nonverbalen Kommunikation restlos überfordert. Also legte ich mir die geistigen Scheuklappen an und fokussierte meine Suppe.

»Nancy«, trällerte Frauke gerade neben mir. »Nun probier doch endlich mal diesen tollen Wein. Du hast noch keinen einzigen Schluck genommen.«

Nancy fächelte sich ein wenig Luft zu. »Ich trinke nicht oft Wein. Und ich muss sagen, dieser Sherry gerade hat mich schon fast angeschwipst.«

»Sherry ist ja auch etwas ganz anderes«, mischte sich Karolin von gegenüber ein. »Dieser Wein ist Spitzenklasse. Du wirst ihn kaum merken.« Frederike und sie prosteten sich liebreizend zu. Als auch Frauke ihr Glas hob, wollte Nancy nicht zurückstehen. Sie kostete einen großen Schluck.

»Mmh. Gar nicht so trocken«, meinte sie dann. »Ich mag trockene Weine nicht so gern.«

»Ach, der hier geht runter wie Wasser!«, versicherte Frauke zufrieden und stellte ihren Weinkelch vorsichtshalber wieder ab, während sie Nancy zu einem weiteren Schluck ermunterte. Anscheinend war es ein detektivischer Trick, eine widerstrebende mutmaßliche Zeugin zunächst betrunken zu machen.

»Wie läuft es denn gerade so auf der Arbeit?«, hörte ich Volker in Angelas Richtung fragen.

Nur Lena und ich bekamen mit, dass Angela scheinbar so interessiert Ulli und Jans Diskussion über Kabelfernsehen lauschte, dass sie sich nicht angesprochen fühlte.

Lena zog die Mundwinkel herunter und sah mich nervös an. Ich lächelte unergründlich.

Ellen und Lothar lachten laut über Jackies Witze. Wenn jemand durchs Fenster hätte hereinschauen können, hätte er dies für eine gemütliche Runde gehalten, in der alle Beteiligten sich überaus mochten und wohlgesonnen waren. Darüber musste ich nun meinerseits fast lachen.

Als der erste Gang erledigt war, räumten Lena und ich gemeinsam die Suppenteller ab.

In der Küche stieß sie mich in die Seite. »Hast du mitbekommen, wie sie versucht, ihn zu ignorieren?«

»Meinst du?«, fragte ich unschuldig.

»Logo! Sie führt sich auf wie ein Kindergartenmädchen. Aber ich finde, dadurch verrät sie sich!«

Ich war irritiert. »Wieso denn das? Offenbar will sie einfach nicht mit ihm reden.«

Lena schaute überlegen. »Unsinn! Ihre Abwehrhaltung ist doch nur ein Zeichen dafür, dass sie immer noch verletzt ist. Und wenn diese Verletzung noch weh tut, dann sind auch noch Gefühle da. Michelin, es ist bestimmt nicht zu spät!« Sie drückte mich kurz, und der Duft ihrer frisch gewaschenen Haare umnebelte mich für einen Moment. Bilder unserer gemeinsamen Nacht blitzten vor mir auf. Ich schüttelte den Kopf, um sie zu verscheuchen.

»Ich will dich ja nicht enttäuschen, Lena«, – und mich schon gar nicht! – »aber selbst in dem Fall, dass sie noch irgendwelche Gefühle für ihn hat, was ja nach zwanzig gemeinsamen Jahren nicht verwundert, ist die Ausgangssituation für eine weitere gemeinsame Zukunft nicht besonders günstig.«

Lena straffte entschlossen ihren hübschen Körper und griff nach zwei Schüsseln mit dampfendem Inhalt. »Glaub mir, ich kenne sie!«, sagte sie fest und ging hinaus.

Ich dackelte mit zwei weiteren Schüsseln hinter ihr her.

Mir entgegen prallte heiteres Gelächter. Scheinbar hatten die anderen die kurze Pause dazu genutzt, ein allgemeines Tischgespräch zu beginnen. Jetzt wandten sich viele Gesichter mir zu.

»Niemand scheint eindeutig zu wissen, wie ihr euch kennengelernt habt«, stellte Ellen mit hochgezogenen dunkel gefärbten Brauen fest.

Lena lachte hell und stellte ihre Schüsseln auf dem Tisch ab.

»Wie das nun mal so geht«, sagte ich, verlegen, dass die ganze Aufmerksamkeit auf mich gerichtet war. »Wir haben nebeneinander am Rand der Tanzfläche gestanden und dann …«

»Du hattest eine Wunderkerze dabei«, erinnerte mich Lena. »Es hat geknistert und gesprüht, und ich hatte eigentlich Angst vor dem Ding.«

»Ja«, sagte ich hilflos, als ich Angelas zusammengepresste Lippen sah. »Ich hab immer welche dabei.«

»Und es war gar nicht so leicht für dich, das Ding festzuhalten mit deinen Krücken und so.«

»Krücken?«, erkundigte Volker sich und sah an meinen Beinen herunter, was mir unangenehm war. Er konnte hundertmal Lenas Vater sein. Ich hatte ihn beobachtet, wie er Ellen ansah.

»Stauchung und Zerrung«, erklärte ich kurz und hielt meinen Fuß hoch.

»Mit diesen Dingern auf den Schwof zu gehen!« Lena lachte und bot Angela vom Gemüse an. »In dieser Menge herumzukrücken muss unglaublich nervig gewesen sein. Ist ja nicht so, dass die Frauen einem mal Platz machen würden. Nee, da verteidigt jede ihre Stellung, als sei es die letzte Bastion eines Gemetzels. Bloß keinen Zentimeter vergeben. Als ich Michelin sich da durchkämpfen sah, dachte ich, sie muss ziemlich mutig sein. So was imponiert mir. Wie ist das eigentlich mit deinem Fuß passiert, Michelin?«, unterbrach sie sich selbst in ihrem Redefluss.

Jackie kicherte verhalten, bekam sich aber noch rechtzeitig in die Gewalt.

»Eine dumme Geschichte«, sagte ich ehrlich. »Ich bin über einen Blumenkasten gefallen.«

»Wie ärgerlich«, meinte Jan. »Wonach hast du Ausschau gehalten?«

Ich ignorierte diesen Scherz, der so nah an die Wahrheit heranreichte.

»Zerrungen können wirklich eklig sein«, ereiferte sich Lothar. »Ich habe einen Kumpel, der hat sich beim Handball neulich gleich beide Knie auf die Weise verletzt.«

»Genau wie Iris! Meine Güte, die hat vielleicht ein Glück gehabt!«, trompetete Frederike und fixierte Nancy dabei scharf. »Kennst du Iris eigentlich? Sie ist eine echte Szenebekanntheit, Handballerin erster Garnitur.«

Nancy wirkte etwas verwirrt und sah zu mir. »Hast du mich das nicht auch schon mal gefragt, Michelin? Oder habe ich jetzt ein Déjà-vu-Erlebnis?«

Karolin ließ ihre Gabel neben den Teller fallen und murmelte eine leise Entschuldigung.

»Handball ist im Grunde doch eine lockere Angelegenheit«, wusste Volker, der sich offenbar als Sportskanone präsentieren wollte. »Was wirklich knifflig ist, ist Squash! Die Nummer eins der gefährlichen Sportarten. Augenverletzungen. Wenn so ein Ball mit hundertzwanzig Stundenkilometer gegen das Auge brettert, da ist alles zu spät.«

»Ja, ein Freund von uns hatte auch schon mal so einen Unfall. Und die sind fast nicht zu vermeiden, es sei denn, du spielst mit Schutzhelm. Die Leute, die sich auf so ein Risiko einlassen, müssen doch blöde sein!«, stimmte Jan vom oberen Ende der Tafel aus zu.

»Spielst du noch?«, wandte Angela sich da an ihren Ex. Es waren die ersten Worte, die sie an ihn richtete, und ihr Tonfall war von überraschender Nüchternheit. Es war allen klar, dass sie ihn nach Jans Einwurf mit der Frage bloßstellte.

Doch Volker schluckte diese Spitze herunter, als sei es ein Bonbon. Es schien ihm egal zu sein, was sie zu ihm sagte. Hauptsache, sie sprach mit ihm.

»Nur hin und wieder«, antwortete er ihr strahlend. »Ich will das Risiko so gering wie möglich halten. Es gibt ja auch andere Möglichkeiten, um sich fit zu halten. Ich jogge jetzt wieder mehr. Meistens nehme ich die Wege, die wir früher auch immer zusammen gelaufen sind.«

»Schön, dass du dich noch an sie erinnern kannst«, erwiderte Angela. Darauf wusste er nichts zu sagen. Sein Blick glitt verlegen zurück auf seinen Teller.

Ich rutschte unbehaglich auf meinem Stuhl herum und faltete die Serviette neu. Lena grinste mich vom anderen Ende der Tafel aus verschwörerisch an. Ihre gerade in der Küche aufgeworfene Theorie fiel mir ein, und ich lächelte etwas bitter zurück. Hatte sie am Ende recht, und Angelas verbale Schläge gegen ihren Ex bedeuteten in Wahrheit etwas ganz anderes? Nämlich, dass sie sich einen emotionalen und heftigen Austausch wünschte? Vielleicht auch einen positiven heftigen Austausch, in etwa so etwas wie Sex?

Ich schluckte.

»Um noch mal auf Iris zurückzukommen«, begann Karolin noch einmal. Nancy nahm sich gerade ein zweites Mal vom Gemüse und schien vollkommen ungerührt von diesem Namen. »Weiß eine, was sie gerade so treibt?«

»Keine Ahnung«, erwiderte Frederike laut. »Schade, dass wir sie so aus den Augen verloren haben.«

»Ich hab gehört, sie soll jetzt einen auf Hetera machen«, fabulierte Frauke wahllos und erntete Verblüffung von allen Seiten. Nur Nancy tauchte genüsslich ein Stückchen Brokkoli in die Soße und verzog beim Kauen genießerisch die Lippen.

Angela ordnete die Serviette auf ihrem Schoß und fragte spitz: »Ihr legt wohl großen Wert darauf, wie eine Frau sich selbst definiert?«

Frederike tappte ungewarnt in die offenstehende Falle: »Das ist eine wichtige Sache«, begann sie, und ich befürchtete Schlimmstes. Rasch versuchte ich, ihr unter dem Tisch einen Tritt vors Schienbein zu geben, traf jedoch nur auf Holz. Und so fuhr Frederike ungehindert fort: »Sexuelle Identität bedeutet mehr als nur die Antwort auf die Frage, mit wem ich ins Bett gehe.«

Angelas Miene wurde eisig.

»Sie verändert das ganze Leben«, setzte der Unglücksrabe Ulli weise hinzu.

Ich traute mich nicht mal mehr, in Angelas Richtung zu blicken.

»Ich kann Lena jedenfalls gut verstehen!«, verkündete Volker ungefragt. »Ich steh schließlich auch auf Frauen.«

»Ah, ich sehe gerade, hier fehlt ja schon wieder einiges. Dann werde ich mal Nachschub besorgen.« Ich floh in die Küche.

Als ich mich dort einen Augenblick an die Wand lehnte,

öffnete sich die Tür, und Ellen huschte herein. Wir sahen uns an und kicherten plötzlich beide, nahe am Rand der Hysterie.

Während ich neues Brot aufschnitt, flüsterte sie mir zu: »Michi, verzeih mir meine Skepsis. Du hattest absolut recht!«

»Womit?«, wisperte ich zurück.

»Mit deiner Wahl«, zischte Ellen. »Lena ist ja ganz niedlich, aber einfach noch viel zu unreif. Angela dagegen ... Die Dame hat echte Klasse, wenn du mich fragst.«

Ich starrte sie befangen an. »Du meinst, du findest sie attraktiv?«

Ellen grinste. »Attraktiv? Höllisch!«

»Finger weg!«, drohte ich ihr, bestimmt nicht nur zum Spaß.

»Ach, bei der macht doch eh der Ex das Rennen«, gab sie leise zurück und war schon mit dem Brotkorb aus der Küche, bevor ich widersprechen konnte.

Was sollte ich auch sagen? Wollte ich etwa Angelas Art, mich höflich und distanziert zu behandeln, mich nie direkt anzusehen, aber dafür heimlich zu beobachten, als Begründung anführen für meine Vermutung, dass sie sich in mich verliebt hatte?

Ellen hatte recht. Besser, ich würde Angela kampflos ihrem Sunnyboy Volker überlassen. Aber wenn sie das gar nicht wollte?

Ich fasste die gerade arrangierte Gemüseplatte fest an ihren Henkeln und atmete tief ein. Irgendetwas sagte mir, dass der heutige Abend im Chaos enden würde. Wir steuerten direkt drauf zu.

Die Unterhaltung plätscherte dahin. Alle schienen sich von der ersten Attacke erholen zu müssen. Nur Angela saß auf ihrem Platz, als brenne unter ihrem Stuhl ein kleines Lagerfeuer. Und ich sagte auch kaum etwas. Ich wusste einfach nicht, was ich zu dieser oberflächlichen Unterhaltung hätte beitragen sollen. Die Situation erschien mir absolut grotesk. Ich sah uns in meinem Wagen kreischend und lachend den Feldweg am See entlanghoppeln. Und ich sah uns an ihrem Bücherregal stehen, im ›Yellow‹ in der kuscheligen Nische sitzen, in ihrer Küche das sorgsam zubereitete Dinner verspeisen. Das alles war die Realität. Aber doch nicht das hier!

Irgendwo war Lenas fragendes Gesicht, mal mir, mal ihrer Mutter zugewandt.

Ich brachte es nicht einmal fertig, sie heiter anzulächeln. Ich konnte nur hoffen, niemand würde mir eine kompromittierende Frage stellen. Denn ich fürchtete, in meinem Zustand keine anständige Lüge zustande zu bringen.

»Mama, möchtest du noch Kartoffeln? Volker, gibst du ihr bitte mal die Schüssel rüber?«, orderte Lena. Ihre Wangen glühten aufgeregt.

Doch Volker unterhielt sich gerade mit Ellen, die ihn mit ihrem zart schimmernden Zauber seit zehn Minuten völlig in Beschlag nahm.

Ich dagegen hatte Angelas suchenden Blick über den Tisch schon vor Lena bemerkt und griff nach der Schüssel, die in meiner Nähe stand. Karolin wollte sie hilfsbereit weiterreichen, aber ich stand lieber auf und beugte mich ein Stück hinüber.

»Bitte«, sagte ich, und es klang, als hätte das Wort hinter den beiden ›t's‹ auch noch ein ›h‹. Angela sah mich zum ersten Mal an diesem Abend an. Ihre Pupillen vibrierten wie zwei aufgeregte Heuschrecken.

»Danke«, antwortete sie leise und griff nach der Schüssel. Doch als ihre Hand sich sanft um meine schloss, zog sie sie mit einem Ruck zurück, als hätte sie in Brennnesseln gefasst. Die Schüssel mit den Kartoffeln klirrte auf den Tisch und entließ ihren Inhalt, in alle Himmelsrichtungen kullernd, über das strahlend weiße Tischtuch. Alle lachten, machten halblaute Scherze über das Missgeschick, und zig hilfreiche spitze Finger sammelten die heiße Ware wieder ein.

Angelas Gesicht glühte, und ihr Lachen schrillte viel zu laut und hell. Ich murmelte etwas von »glitschigem Porzellan« und begegnete plötzlich Lenas Augen. Sie sahen mich aus ihrer Schwärze heraus voll erschreckenden Verstehens an. Wie in Zeitlupe glitt ihr Blick hinüber zu Angela, über deren entgleiste Miene und wieder zurück zu mir, durch meine Haut hindurch, unter die Oberfläche, wo ganz nah am Sichtbaren meine Gefühle schwammen.

Während alle anderen den kleinen Vorfall schon nach wenigen Minuten vergessen zu haben schienen, saßen Angela, Lena und ich wie versteinert auf unseren Plätzen.

Da erhob sich Volker und klopfte an sein Glas. Alle Gespräche verstummten schlagartig.

»Liebe Gäste«, begann er, und Lena unterbrach ihn mit »Ach, Volker, lass doch bitte!«, doch er ließ sich nicht beirren, sondern lächelte ihr nur mit rotweingezeichneten Wangen wohlwollend zu. »Liebe Gäste, wie ich schon sagte, wir sind heute hier zusammengekommen, um mit diesem netten Abendessen etwas zu feiern. Nicht nur, dass wir einige sympathische Menschen kennenlernen dürfen«, dabei prostete er Ellen zu, die, Schlimmstes ahnend, ihr Weinglas umklammerte, »nein, wir wollen ja auch ganz besonders zwei Personen hochleben lassen, die seit ein paar Wochen das Vergnügen haben, ein Paar zu sein.« Dabei sah er Lena und mich eindringlich an. Lena fing meinen verstörten Blick auf und wurde rot bis an die Haarwurzeln. Angela sah auf ihren Teller, wo ein Stück Zucchini bereits begann, braun zu werden.

»Das Leben als Paar ist wesentlich schöner, als allein durch die Welt zu ziehen«, fuhr Volker mit ungemindertem Pathos fort. Lothar hüstelte leise. »Viele Dinge machen zu zweit mehr Spaß als allein. Es gibt viele Herausforderungen und Erlebnisse, bei denen man sich sagen kann: ›Gut, dass ich nicht allein bin!‹ Denn nichts ist im Leben wichtiger als das Gefühl, jemanden an seiner Seite zu haben, der bedingungslos zu einem steht.«

›Jetzt hat er sich in eine Sackgasse bugsiert‹, dachte ich schon, trotz meines Schreckens amüsiert. Aber Volker hatte nur kurz Luft geholt.

Es ging weiter.

»Dann gibt es hin und wieder Phasen, in denen es vielleicht nicht so gut klappt. Vielleicht verliert man einander aus den Augen, vielleicht werden Fehler gemacht ...« Angela erwiderte seinen vielsagenden Blick nicht, sondern fixierte weiterhin die Zucchinischeibe auf ihrem Teller. Die meisten hier wussten ja sowieso, dass er nun eher von ihnen beiden als von Lena und mir sprach. »Aber auch in solchen schweren Zeiten heißt es immer wieder: zueinander stehen, beieinander bleiben, einander guttun! Und das möchte ich meiner Tochter und ihrer netten Freundin hiermit von ganzem Herzen wünschen!«

Er prostete einmal in die Runde und leerte dann das Glas in einem Zug.

Lenas Gesicht sah aus, als sei es mit roter Farbe übergossen worden. Wenn sie klug war, würde sie nicht aufsehen und sich damit ein paar Giftpfeile aus meinen Augen ersparen. Sie sah rührend niedlich aus, wie sie so über und über verlegen dort saß, aber ich hätte ihr liebend gern den Hals umgedreht.

Ihrem Vater gegenüber die angebliche Beziehung zu mir als Vorwand für diese Einladung zu nutzen, war schon peinlich genug für sie. Aber nun noch vor allen FreundInnen bei dieser Lüge erwischt und derart bloßgestellt zu werden, musste sie furchtbar beschämen.

Fast alle im Raum wussten ja über die tatsächlichen Verhältnisse Bescheid und saßen nun steif auf ihren Stühlen, bemüht, einander nicht anzusehen. Volker schien es jedoch gar nicht zu merken, dass nur Jan und Ulli, zwar mit verwirrten Mienen, aber zumindest willens, ihre guten Wünsche zu bekunden, ebenfalls an ihren zum Tost erhobenen Gläsern nippten.

»Zeit für den Nachtisch!«, rief Jackie da und sprang auf, um die Teller und Schüsseln einzusammeln. Lothar und Frauke taten es ihr nach. Es entstand eine regelrechte Abräumhektik, die scheinbar alle nutzen wollten, um ihrer Verwirrung wieder Herr zu werden.

Ich blieb betäubt sitzen und blickte Lena hinterher, die ebenfalls mit zwei Schüsseln in Richtung Küche verschwand.

Von der Seite brannte mir plötzlich ein Blick ins Gesicht, und ich wandte den Kopf. Angela lächelte. Mir lief ein Schauder den Rücken hinunter. Dieses Lächeln war so bitter, traurig und zugleich versöhnlich, dass ich am liebsten aufgesprungen wäre, um laut zu schreien: ›Hört mal zu! Das ist doch alles gar nicht wahr! Lena und ich sind kein Paar, sind wir nie gewesen. Na, gut, wir waren miteinander im Bett. Wir hatten Sex. Aber was bedeutet das schon gegen einen Kuss … gegen einen solchen Kuss?‹

Die kleinen Dessertschälchen und die Platten mit den vorbereiteten Küchlein erschienen wie von Geisterhand auf dem Tisch. Von irgendwo lächelte Ellen mich an. Jackie lachte laut über einen Witz. Ich nahm mir ein Dessert und vergaß, es zu essen. So abwesend und verstört war ich, dass ich zunächst gar nicht mitbekam, wie sich neben mir plötzlich eine gefährliche Situation immer weiter zuspitzte.

»Wenn du der Meinung bist, dass Autorinnen darauf Rücksicht nehmen sollten, dass sie andere Menschen nicht in ihrer Privatsphäre verletzen, frage ich mich natürlich, ob du schon mal schlechte Erfahrungen gemacht hast«, sagte Karolin gerade zu Nancy.

Die sah plötzlich düster drein und rührte mit dem Löffel in ihrem Schälchen herum. Frauke hatte Erfolg gehabt mit ihrer beständigen Betreuung, was den Weinnachschub anbelangte. Wenn Nancy die Beherrschung verlieren und ihr Geheimnis preisgeben würde, dann hier und jetzt.

»Ich persönlich nicht«, brummte Nancy da und schob sich einen weiteren Löffel Pudding in den Mund. Ein kleiner Rest blieb an ihrer Unterlippe hängen und lief in einem dünnen Faden hinunter zu ihrem Kinn. Ich widerstand der Versuchung, sie darauf aufmerksam zu machen. »Aber jemand, der mir am Herzen liegt ...«

»Kennst du Iris Landwerkler?«, platzte Frederike da heraus.

Nancy starrte sie, plötzlich feindselig, an.

»Kann mir mal jemand helfen? Redet ihr da jetzt von diesem Buch oder so etwas, das verschwunden ist?«, mischte sich in diesem Augenblick Angela ein.

Alle sahen sie an. Sie wurde verlegen und wandte sich an Lena. »Das hast du doch erzählt, oder nicht?«

Lena weilte mit ihren Gedanken immer noch ganz woanders. Sie bedachte mich mit finsterem Blick und antwortete: »Das hast du dir ja sehr gut gemerkt. Mir scheint, du hast momentan recht viel Interesse an der Szene und allem, was damit zusammenhängt.«

»Du hast also deiner Mutter von diesem verschwundenen Manuskript erzählt?«, flocht Frauke scheinbar neugierig das Netz weiter.

Lena zuckte mit den Achseln. »Ich hab's von Nancy. Nancy, woher wusstest du das? Hat Kati dir das erzählt?«

»Kati?«, stotterte Nancy, mit einem Male verwirrt. »Nein, ich…«

»Aber wer hat dir denn diesen Klatsch rübergereicht?«, wollte Frauke mit leiser Stimme wissen. Ihre schlanke, große Gestalt beugte sich ein wenig zur Seite in Nancys Richtung. Ich fand, es sah ziemlich bedrohlich aus.

»Ja«, setzte Karolin auch noch hinzu, während Frederike ihre Serviette mit feuchten Händen zerknautschte. »Woher wusstest du davon?«

Nancy sah rasch zu Lena, zu mir, zu Frederike und zu ihrem bereits wieder geleerten Weinglas. Hatte sie gemerkt, dass sie in der Falle saß?

Sie schwieg.

»Wir fragen nur deshalb, weil du zu einem Zeitpunkt von dem Diebstahl wusstest, zu dem nur sehr wenige Menschen davon unterrichtet waren«, bohrte Frauke weiter.

»Wenn wir es genau nehmen, konntest du unmöglich davon wissen. Es sei denn, du hattest direkten Kontakt zu derjenigen, die etwas mit dieser Sache zu tun hatte.«

Nancy starrte weiterhin auf ihr Glas. Ihre Augen füllten sich mit Tränen.

Lenas Stimme ertönte ungehalten vom anderen Ende des Tisches: »Mensch, Nancy, jetzt sag doch, wer dir das erzählt hat. Wir sind doch nicht hier, um eine von uns ins Kreuzverhör zu nehmen.« Damit war sie zwar im Irrtum, aber niemand wollte sie in diesem Augenblick korrigieren.

Nancys Unterkiefer zitterte leicht. Ihre Hand krabbelte über das Tischtuch zum Weinglas hinüber und klammerte sich daran fest. Volker räusperte sich vernehmlich, doch es fiel ihm Göttin sei Dank nichts Gehaltvolles ein. Ich hielt den Atem an, genau wie Frederike, Karolin und Frauke. Nancy war kurz davor, umzukippen. Das war ganz deutlich zu spüren. Frauke hatte recht gehabt. Nancy wusste etwas. Nur noch wenige Sekunden!

Gerade als sich Nancys Mund öffnete, sagte Angela: »Also, die Idee, einen Roman über die Lesbenszene zu schreiben, finde ich jedenfalls köstlich. Ich stelle es mir unheimlich spannend vor.«

Nancys Mund klappte wieder zu. Sie schüttelte kurz den Kopf, sich mit einem Schlag bewusst, dass sie um ein Haar alles ausgeplaudert hätte, was sie wusste.

Lena, die außer ihren Befürchtungen, ihre Mutter und mich betreffend, scheinbar keinen klaren Gedanken fassen konnte, fauchte: »Mama, wenn du so wahnsinnig neugierig bist, dann würde ich dir empfehlen, das Buch zu kaufen. Von Feldforschung kann ich dir in deiner momentanen Lebensphase jedenfalls nur abraten.«

Volkers Kopf flog herum. Sein Gesichtsausdruck wäre eine Karikatur wert gewesen.

»Also, ich muss mich schon wundern. Was ist denn das für ein Tonfall, Lena?«, versuchte er sie zu beschwichtigen. Nicht ohne Angela einen vorsichtig fragenden Blick zuzuwerfen. Da seine ehemalige Ehefrau in diesem Moment just zu mir sah, wanderten seine Augen in die gleiche Richtung und erstarrten plötzlich verstehend. Ich sah mich nach einer Fluchtmöglichkeit um. Doch der einzige Weg war durch Lothar versperrt, der eigentlich zum Bad unterwegs gewesen war und nun den raschen Schlagabtausch interessiert an der Tür abwartete.

»Entschuldigung, aber wir versuchen gerade, lebenswichtige Fragen zu klären«, meldete Karolin ihr Recht an, das Gespräch um Iris und das verschwundene Manuskript fortzusetzen.

»Meine Familie ist für mich lebenswichtig«, gab Lena pathetisch zurück.

»Wenn ich dazu auch mal was sagen dürfte«, meldete sich Volker.

»Lebenswichtig? Für wen eigentlich? Lebenswichtig für dich?«, höhnte da Nancy in Frederikes Richtung.

»Sag uns doch, für wen es lebenswichtig sein könnte, dass das Buch nicht erscheint. Vielleicht können wir diese beiden Leben in eine Waagschale werfen!«, ereiferte sich die Angesprochene mit hochrotem Kopf.

»Familie ist auch für mich von großem Wert«, stellte Volker thematisch fehlplatziert klar.

»Dass ich nicht lache!«, fuhr ihn Angela an. »Du scheinst ja in den letzten Monaten deinen Humor zurückgewonnen zu haben.«

»Zufällig brauche ich das Geld, das ich für das Manuskript bekomme. Ich muss Verträge einhalten. Ich muss es zurückhaben!«, sagte Frederike eindringlich.

»Es ist auch der ideelle Wert!«, warf Jackie ein, die es nicht ertragen konnte, dass die Diskussion an ihr vorüberging. Ellen gab ihr über Lothars freien Stuhl hinweg einen leichten Stoß.

»Es gibt keine Rechtfertigung dafür, das Leben eines Menschen zu zerstören«, schmetterte Nancy.

»Genau!«, rief Angela, mit wildem Blick auf Volker. »Oder den Zusammenhalt einer ganzen Familie aufs Spiel zu setzen!«

»Deshalb sollten alle vereint versuchen, Fehler wieder hinzubiegen und nicht noch dagegenarbeiten oder egoistische eigene Ziele verfolgen!«, setzte Lena entschlossen hinzu und beschoss mich mit Giftpfeilen aus ihren schwarzen Augen.

»Niemand verfolgt egoistische Ziele«, wagte ich schwach zu widersprechen.

»Aber natürlich!«, unterbrach mich Nancy. »Oder ist es nicht egoistisch, Kapital zu schlagen aus dem Schicksal von Menschen?«

»Das klingt, als betriebe ich Sklavenhandel!«, empörte sich Frederike.

»Egoistisch durchaus! In dem Sinne, dass du eigene Interessen über das einer ganzen Familie stellst!« Lena zeigte anklagend mit dem Finger auf mich.

»Angela, wie darf ich das eigentlich alles verstehen?«, fragte Volker.

»Warum veranstalte ich denn wohl hier diesen bekloppten Abend?«, hielt ich Lena entgegen, jetzt auch wütend.

»Was ist hier eigentlich los?«, ertönte da plötzlich Ullis Stimme von Ende der Tafel her. »Ist das hier ein nettes Essen oder eher eine Miniaturschlacht? Falls ja, dann würde ich gerne wissen, wer gegen wen Krieg führt.«

Alle saßen wie vom Donner gerührt da.

Ellen öffnete den hübsch geschwungenen Mund, den sie bisher wohlweislich geschlossen gehalten hatte, bekam aber keinen Ton heraus. Stattdessen sah sie mich auffordernd an.

Ich wollte gerne aufspringen und rausrennen. Und als ob die zuständige Wegrenn-Göttin mich erhört hätte, klingelte es an der Tür.

»Moment!«, sagte ich rasch und war in einer Sekunde aus dem Raum verschwunden. Hinter mir hörte ich Schweigen.

Im Treppenhaus erklangen die Schritte von klappernden Frauenschuhen. Eine Frau um die vierzig kam die Stufen herauf, geschminkt und trotz Sommer mit einem chicken, wahrscheinlich unglaublich teuren schwarzen Lackmantel bekleidet. Unter dem Arm trug sie eine Pappmappe, die aussah wie ein Päckchen. Sie kam mir vage bekannt vor, aber ich konnte sie nicht einordnen. In meinem Bekanntenkreis gab es keine neureichen mondänen Frauen, wie sie wohl eine war. Ihre Miene wirkte entschlossen. Ihr Lächeln war eher höflich als freundlich.

»Bitte entschuldigen Sie die Störung«, sagte sie mit klarer, lauter Stimme. »Ich bin auf der Suche nach meiner Nichte, Nancy. Man hat mir gesagt, ich könne sie hier finden. Ich würde nicht so hereinplatzen, aber es ist sehr wichtig.«

»Sicher«, antwortete ich, sie unverwandt anstarrend. Woher kannte ich sie? »Kommen Sie rein. Ich hoffe, es gibt keine schlechten Nachrichten?!«

»Das wird sich herausstellen«, erwiderte sie, während ich die Tür hinter ihr schloss.

Da ich hinter ihrem Besuch eine ernste Angelegenheit vermutete, wollte ich sie gerade bitten zu warten, und Nancy herausrufen. Aber die Frau ging bereits mit selbstsicherem Schritt die wenigen Meter durch den Flur hinüber zum Wohnzimmer.

Die sonderbare Ansammlung von Gästen starrte dieser beeindruckenden Gestalt entgegen. In mehreren Gesichtern stand Unglaube geschrieben. Karolin verschluckte sich am Wasser und kämpfte mit einem Hustenanfall. Frederike klappte den Mund auf und zu wie ein Goldfisch.

»Tante Tatjana«, hauchte Nancy.

Angela wurde bleich wie eine frisch geweißelte Wand. »Jana?«, sagte sie tonlos.

Tatjana Grünapfel, die ehemals erfolgreiche Schauspielerin Jana Jasper, stutzte einen Augenblick, als sie Angela erkannte. Ein Anflug von Wiedersehensfreude huschte über ihr Gesicht. Doch dann besann sie sich auf ihr eigentliches Vorhaben und blickte sich mit ernsthafter Miene im Raum um. Ich konnte nicht anders, als sie für ihre Standhaftigkeit zu bewundern, mit der sie dreizehn fragenden oder entsetzten Augenpaaren gegenübertrat. Ihr Blick blieb an Frederike hängen.

»Ich glaube, ich habe hier etwas, das Ihnen gehört«, sagte sie und reichte das Päckchen über den Tisch.

11. Kapitel

Wer vom Honig nascht, vergisst nur leicht den Bären

Es war ganz einfach.

Als Nancy weinend auf ihrem Stuhl in sich zusammensank, war allen MitwisserInnen klar, dass die mutmaßliche Zeugin in Wahrheit die Täterin sein musste. Und so war es auch.

Keine von uns, außer Lena natürlich, und die hatte ja keine Ahnung, wie wichtig diese Tatsache war, hatte geahnt, dass Nancy ihre halbe Kindheit bei der Schwester ihrer Mutter verlebt hatte und auch heute noch in deren Haus ein und aus ging. Nie im Leben wären wir schlauen Marlowes darauf gekommen, dass nicht die unschuldige Iris, sondern Tatjana Grünapfel das Bindeglied zum verschwundenen Manuskript war. Von Freundinnen darüber unterrichtet, dass ihre heißgeliebte Tante in Frederikes neuem Buch gar nicht gut wegkam, hatte Nancy nicht gezögert.

Sie war gar nicht erst auf die Idee gekommen, dass dieses Ärgernis vielleicht auch durch ein klärendes Gespräch mit der Autorin hätte aus der Welt geräumt werden können.

Tatjana Grünapfel selbst war ahnungslos. Bis zum heutigen Abend, an dem sie in Nancys Reisetasche das Manuskript entdeckte. Sie hatte nur eins und eins zusammenzählen müssen, um zu kapieren, was geschehen war. Denn selbstverständlich hatte auch sie inzwischen von dem verschwundenen neuen Buch erfahren.

Ein paar Anrufe bei Nancys Freundinnen später hatte sie

auch herausgefunden, wo ihre Nichte sich heute Abend befand und vor allem: wer sich dort noch aufhielt.

Tatjana Grünapfel zog sich zuerst mit Nancy und dann mit Frederike zu einer stillen Unterredung für kurze Zeit auf den Balkon zurück. Nancy verließ danach mit hochrotem Kopf und sichtlich zerknirscht eine Entschuldigung hervorstammelnd die Wohnung. Jackie fiel fast von ihrem Stuhl, als sie ihr hinterherschauen wollte.

Frederike hingegen hatte nach diesem Gespräch einiges zu erzählen. Nicht nur, dass sie selbst angeboten hatte, den Namen und die Lebensumstände der betreffenden Romanfigur komplett zu ändern und Frau Grünapfel das dankbar angenommen hatte. Nein, sie ließ auch die Bombe platzen: Tatjana Grünapfel hatte sich vor wenigen Tagen gemeinsam mit ihrem Mann zur Trennung entschlossen.

»Sie hat gesagt, sie will ihr wirkliches *Ich* nicht länger verstecken«, berichtete Frederike nach Frau Grünapfels theaterreifem Abgang.

Doch bevor die ehemalige Schauspielerin meine Wohnung mit wehendem Lackmantel und stolz erhobenem Kopf verließ, reichte ›Jana‹ Angela noch ihre Visitenkarte, und Angela versprach, sich bald zu melden.

Volker saß sprachlos auf seinem Platz und erlangte seine joviale Lässigkeit auch in der folgenden halben Stunde nicht wieder. Schließlich verabschiedete er sich und ließ verstört seinen Blouson an der Garderobe hängen. Lena, die blass und stumm die kläglich im Stich gelassene Tafel abgeräumt hatte, schnappte die Jacke und lief ihm nach, kam aber nicht wieder zurück.

Ulli und Jan, verwundert über so viel chaotische Beziehungsgeflechte, verabschiedeten sich ebenfalls recht bald. Ich hätte zu gerne gewusst, welche Gerüchte demnächst in der Schwulenszene über unseren FreundInnenkreis kursieren würden.

Wir Verbliebenen saßen und standen ratlos herum.

Frederike umklammerte immer noch ihre kostbaren Manuskriptseiten. Karolin saß fassungslos neben ihr und beteuerte immer wieder, was für ein Glück es doch sei, dass Frau Grünapfel ein so ehrlicher Mensch sei.

Frauke schien ein wenig missgestimmt ob der Ereignisse. Ein Fall, der sich plötzlich vollkommen von selbst aufklärt, indem die Täterin gesteht und sogar das entwendete Diebesgut zurückgegeben wird, entsprach nicht ganz ihren detektivischen Erwartungen.

Lothar tröstete sie leise damit, dass sie selbst ganz nah an der Lösung dran gewesen sei. Es habe sich quasi nur noch um Minuten gehandelt.

»Was für ein Abend!«, seufzte Ellen und reckte sich. »Ich denke, ich werde gleich vor lauter Erschöpfung ins Bett fallen. Falls du morgen eine Hilfe zum Spülen brauchst, ruf jemand anderen an, Jackie zum Beispiel.«

»Ja, klar, ruf nur Jackie an, wenn du Drecksarbeit zu vergeben hast«, maulte diese und schnitt Ellen eine Grimasse. Auch diese liebevolle Frotzelei fiel irgendwie müde aus.

»Wir brechen auch auf«, beschloss Lothar.

»Wir auch, nicht Frederike? War etwas viel heut Abend für unsere Nerven.«

Und so polterten alle sechs FreundInnen auf einen Schlag die Treppe hinunter.

Ich stand noch ein paar Minuten an der Tür, atmete dann tief durch und wandte mich um. Angela hatte ihre kleine schwarze Tasche geschultert und wartete. Wir waren plötzlich ganz allein miteinander.

Die Luft vibrierte in dem kleinen Flur.

»Du siehst müde aus«, stellte Angela mit weicher Stimme fest. »Geht's dir nicht gut?«

Ich fasste mir an die Stirn. »Ich fürchte, ich werde einen schrecklichen Adrenalin-Kater bekommen.«

»Dann werde ich jetzt auch gehen«, sagte sie, rührte sich aber nicht vom Fleck.

Ich hatte den dringenden Wunsch, etwas klarzustellen.

»Diese Tischrede von deinem Ex ...«, begann ich etwas hilflos.

Angela lachte betont heiter. »War er nicht schrecklich?«

»Lena hat ihm erzählt ...«, ich brach ab. »Es stimmt jedenfalls nicht. Wir sind kein Paar. Waren nie eins, werden nie eins sein.«

Sie nickte langsam. »War es das?«

»Ja, das war's. Das wollte ich nur loswerden.«

Schweigen zwischen den weißen Wänden, unter der Beleuchtung von Halogenlampen.

»Kannst du mir sagen, was das war vor drei Wochen?«, fragte sie schließlich zögernd. Sie klang bittend, als wisse sie wirklich nicht, was sie von unserer zaghaften Geschichte halten solle.

Meine Hände flatterten hinter meinem Rücken, wo ich sie vorsorglich verborgen hatte, aus Angst, sie könnten ganz ohne mein Zutun plötzlich nach vorn schießen und Angela festhalten. Ich wollte nicht, dass sie ging.

»Wann verläuft im Leben schon mal etwas gradlinig?«, fragte ich zurück. Ihr Kopf zuckte irritiert. »Das passiert in Filmen, aber doch nicht im Leben. Dass du eine triffst, dich verliebst, sie umwirbst, sie verliebt sich auch, und schon seid ihr glücklich miteinander. Und wenn sie nicht gestorben sind ...«

Angela wippte mit dem Fuß. »Sei mir nicht böse, aber ist das eine Antwort auf meine Frage?«

Ich fuhr mir mit der Hand durchs Haar und schätzte den Abstand zwischen uns ab. Vielleicht zweieinhalb Meter. Entschieden zu weit, als dass meine Arme sich schlagartig selbstständig machen könnten. Ich konnte mich also etwas entspannen.

»Ich meine damit, dass uns oft Umwege zu einem ersehnten Ziel führen …«

»Du meinst, das Ziel bin ich, und Lena ist der Umweg?«, unterbrach sie mich rasch.

»Nicht falsch verstehen!«, bat ich sie. »Vielleicht klingt das in den Ohren einer Mutter nicht besonders nett. Aber ja, so in etwa meine ich es.«

Angela lehnte sich an die Wand, und ihre Schultern sanken ein wenig zusammen. »Michelin, ehrlich, ich bin viel zu durcheinander, um jetzt meine mütterlichen Ohren aufzustellen. Ich müsste lügen, wenn ich dir jetzt sagen würde, dass mich deine Theorie kalt lässt. Aber ich habe dir am Telefon gesagt, dass ich zur entsprechenden Praxis einfach nicht die Kraft habe. Schon allein, dass du eine Frau bist … dass ich eine Frau bin … ich meine, dass wir beide … ach, du weißt doch, was ich meine. Schon allein das reicht aus, um mich total durcheinanderzubringen. Aber dass Lena darin verwickelt ist, macht es noch so viel schwerer. Ich kann mich nicht mehr konzentrieren. Meine Arbeit leidet darunter. Ich schlafe nur noch wenig und dazu noch schlecht. Ich muss das beenden, bevor ich ganz durchdrehe!«

Und als ob ihre eigenen Worte sie an den Vorsatz erinnert hätten, bloß nicht schwach zu werden, riss sie sich von der Wand los, straffte ihre Schultern und tat zwei Schritte in Richtung Tür. Und somit auf mich zu! Ich erschrak ein bisschen, denn meine Arme kribbelten plötzlich, als wollten sie zu eigenständigem Leben erwachen.

»Warte!«, sagte ich, etwas zu laut. Wenn sie noch näher kam, konnte ich für nichts garantieren.

»Das mit Jana damals war etwas anderes«, fuhr sie leise fort. »Ich war noch jung, und alle Wege standen mir offen. Ich hatte die Wahl. Und ich hatte keine Tochter, der ich mit meinem Verhalten entsetzlich weh getan hätte. Vielleicht hätte ich damals …«

»Hast du aber nicht!«, entgegnete ich, meine Arme eng an den Körper gepresst.

Angela sah mich an, und ihr Blick fiel auf meinen Mund.

›Sie will das Gleiche wie du!‹, kreischten die wilden Nymphen in mir. ›Pack sie dir! Los! Geh ran!‹

»Ich kann doch nicht einfach …!«, setzte ich ihrem hysterischen Gekreisch hilflos entgegen.

»Was kannst du nicht?«, wollte Angela ernsthaft wissen, ihren grünen Blick immer noch auf meinen Mund geheftet.

»Dich küssen?«, antwortete ich wahrheitsgemäß.

»Nein«, sagte auch Angela, während sie nervös mit der Zungenspitze ihre Lippen befeuchtete. »Unmöglich.«

»Du würdest es nicht wollen«, argumentierte ich.

»Auf keinen Fall«, stimmte sie zu.

»Es würde alles noch schlimmer machen.«

»Es würde ein einziges Chaos!«

»Vielleicht gehst du jetzt besser?!«

»Ja. Ja, ich werde jetzt einfach gehen.«

Angela machte noch zwei weitere Schritte auf die Tür und somit auf mich zu. Und da geschah es. Meine Hände schnellten nach vorn und wanden sich gleich lebendigen Enterhaken um das blütenweiße Sommerkleid. Ich konnte quasi gar nichts dagegen tun.

Angelas Arme schienen ebenso wenig Angelas Willen zu gehorchen, denn auch sie benahmen sich anders, als die gesprochenen Worte gerade noch verheißen hatten: Sie legten sich blitzschnell um meinen Körper, sodass wir aufeinanderstießen wie bei einem Ringkampf. Es blieb uns kaum noch Zeit, um einmal tief Luft zu holen, als sich auch schon mit atemberaubender Geschwindigkeit unsere Lippen einander näherten und in einem Kuss verschmolzen.

Und dann war Stille.

Alle Gedanken in meinem Kopf, alles Sehnen und Zweifeln und Leugnen kam mit einem Mal zur Ruhe. In der warmen Weichheit unserer Umarmung wurde alles unwichtig, was in den vergangenen drei Wochen geschehen war. Es war, als sei diese Zeit nie vergangen, als ständen wir immer noch in Angelas Wohnzimmer, dicht neben ihrem Bücherregal, und würden uns zum ersten Mal küssen. Immer noch.

Ich spürte sie mit meinem Mund, mit meinen Händen, aber auch mit meinem Bauch, meinen Schenkeln. So nah waren wir uns, dass unsere Körper einander zu küssen schienen, nicht nur unsere Lippen.

Doch das war noch nicht alles. Als wir uns kurz voneinander lösten und uns ansahen, erschraken wir nicht. Wir lächelten. Angela strich mit ihrem Zeigefinger sanft meine Wange entlang, und während meine feinen Härchen im Nacken sich aufrichteten, mussten wir den Kuss bereits fortsetzen.

Sie geriet nicht in Panik. Und ich vergaß, dass wir so dicht an der Tür standen, knapp neben dem Tor, das sie beinahe schon wieder in eine andere Welt entlassen hätte. Diese andere Welt, in der sie so unerreichbar für mich gewesen war. Doch jetzt war sie hier, und sie würde bleiben. Ich musste sie nicht festhalten. Sie würde nicht plötzlich wieder verschwinden.

Ich küsste und spürte sie und wurde sehr ruhig. In mir breitete sich ein grüner Teppich mit bunten Flecken aus. Vögel hoben sich in den Himmel, und hinter Schäfchenwolken kam die Sonne hervor. Tannen rauschten. Ein Bach gurgelte.

Die Alm war zurück.

Ich konnte ihre beruhigenden Töne, ihre frische Luft und die vielfältigen Farben deutlich in mir spüren. Sie floss von Angelas Schultern auf meine Lippen, von ihrem Hals an mein Ohr, von ihrem Mund an meine Haut, überall, wo sie mich berührte. Meine Hände machten sich nach einer Weile schon wieder selbstständig und eroberten mit Leichtigkeit den langen Reißverschluss ihre Kleides, der wie frisch geölt meiner sanften Bewegung folgte.

»Entschuldige«, unterbrach Angela mich ein wenig verlegen. »Würde es dir etwas ausmachen, wenn wir den Standort wechseln würden? Ich glaube, es ist etwa zwanzig Jahre her, dass ich so was an einem anderen Ort als dem Schlafzimmer getan habe.«

»Wieso?«, fragte ich, um sie zum Lachen zu bringen, und sah mich erstaunt um. »Wo sind wir denn?«

Sie lachte wirklich. »Du darfst mich nicht überfordern«, warnte sie mich.

»Okay«, sagte ich. »Gehen wir einen Kompromiss ein.«

Und wir bewegten uns langsam, küssend und lächelnd und schauend, durch den Flur. An der Wand entlang, an der Küche vorbei und durch die nächste Tür.

Dort blieben wir wieder geraume Zeit an der Wand kleben wie zwei Glühwürmchen im Liebestaumel.

»Du hast nichts von Bett gesagt. Nur von Schlafzimmer«, argumentierte ich, denn ich fand es wahnsinnig aufregend, so eng mit ihr an der Wand zu lehnen und meine Hände freilassen zu können, ohne die Notwendigkeit des Aufstützens, die sich in der Horizontalen leider meistens stellt.

»Das ist in Ordnung so«, raunte Angela, und ihre Finger

wühlten sich unter meine Bluse und berührten weich meine Haut. Ihr Kleid rutschte von ihren Schultern und entledigte sich so quasi ganz von allein.

Dann begegnete ich ihrem BH und wäre fast gescheitert. Meine Lesbenehre krachte schon fast aus allen Nähten, während ich mit zusammengebissenen Zähnen an dem Verschluss herumdokterte.

»Warte«, flüsterte Angela schließlich und zog sich das Ding einfach über den Kopf. »Ich hab ihn auch schon seit Jahren nicht mehr geöffnet«, scherzte sie.

Das wäre allerdings eine echte Schande gewesen. Sie hatte so schöne weiche Brüste, von deren Haut und Fülle ich gar nicht genug bekommen konnte. Und plötzlich hatten wir beide weiche Knie und deshalb genug vom Stehen. Von einer Sekunde auf die nächste lag sie federleicht in den Kissen, ganz ruhig, und genoss meine Liebkosungen mit genau der Sinnlichkeit, die ich in ihr schon gesehen, an die ich so brennend geglaubt hatte.

Es war die Erfüllung eines Traumes. Und zugleich wurden aus dieser Erfüllung viele neue, weitere Träume geboren.

Meine Fingerspitzen streichelten ihre Wangen, ihre Stirn, fuhren über den vor lauter Lächeln leicht gekrausten Nasenrücken hinunter, über die vollen weichen Lippen zum Kinn, um über dessen Bogen hinzuwandern zum Ohr und an den Schläfen hinauf zur Stirn. Wahrscheinlich hatte sie sich unter dem Sex mit einer Frau etwas anderes vorgestellt, als sehr, sehr lange das Gesicht gestreichelt zu bekommen. Doch ich konnte nicht davon lassen, musste jedes kleinste Fältchen auskundschaften und noch so winzige Härchen entdecken.

»Wundere dich nicht«, flüsterte ich, die ganze Schwere unserer Begegnung in meiner ernsten Stimme. »Du musst damit rechnen, dass ich jedem Körperteil so viel Aufmerksamkeit schenken werde.«

Angela schlug die Augen auf und suchte meinen Blick, der fasziniert an einer ihrer Stirnfransen gehangen hatte.

»Das ist … schön. Ich weiß nicht, wann das zuletzt jemand bei mir getan hat.«

»Was denn?«, fragte ich verwundert.

»Mein Gesicht gestreichelt. Dadurch fühle ich mich so … kostbar.«

»Das bist du!«, versicherte ich ihr. »Das bist du doch für mich.«

Sie atmete tief aus, als würde sie sich damit aller noch verbliebenen Reste von Schwermut und Trübsal entledigen. Ich konnte mitansehen, wie sie leichter und leichter wurde, schließlich nur noch Haut war und Augen und Stimme.

Alles an sich ließ sie mich entdecken, ohne Scheu und ohne Hast. Die Zeit verging, ohne dass ich sie spürte. Und irgendwann, lange später, ruhte ich mich an ihrer Seite aus, und sie nahm mich in ihrem Arm in Empfang. Mein Kopf lag an ihrer Schulter. Sie atmete ruhig und entspannt.

»Geht es dir gut?«, fragte ich.

Ihr Blick huschte über die Zimmerdecke in meine Augen. Das Grün darin sah sehr verletzlich aus. Mein Magen krampfte sich zusammen.

»Hat nichts mit dir zu tun«, murmelte sie undeutlich. »Ich glaube, ich bin ein bisschen durcheinander.«

»Kopf eingeschaltet?«, fragte ich.

»Zwei Köpfe.«

Sie spielte mit ihrer rechten Hand an meinem Hals, umfasste immer mal wieder zärtlich mein Kinn oder mein Ohrläppchen. Es hatte nichts Erotisches mehr, eher etwas Spielerisches. Plötzlich fühlte ich mich wie in einer mütterlichen Umarmung.

Ich machte mich frei und rutschte etwas höher, sodass nun ihr Kopf an meiner Brust lag. Sie lächelte und schmiegte sich genussvoll an mich. Wenn sie ihr rechtes Auge öffnete, sah sie genau vor sich meine Brustwarze. Sie plinkerte ein wenig mit ihrem rechten Auge, als würde sie mit ihr flirten, und sah mich dann an, ob ich über sie lachen konnte.

Ich lachte über sie und ein wenig auch über mich und meine verrückte Idee, irgendetwas an ihrem Verhalten könnte mütterlich sein. Wie oft hatte ich in Ellens Arm so gelegen und sie in meinem. Nie wäre eine von uns auf die Idee gekommen, wir könnten mütterliche Gefühle füreinander hegen, die über das normale Maß an gegenseitiger Fürsorge hinausgingen.

»Versprich mir!«, sagte Angela plötzlich unvermittelt ernst. Und ich wusste, es waren jene Gedanken an ihre unsichere Zukunft gewesen, die sie in ihren freien Gefühlen gestört hatten.

Ich nahm ihre Hand und hielt sie fest.

»Das kann ich nicht«, antwortete ich ihr ehrlich.

Sie schwieg lange, und ich dachte schon, sie sei eingeschlafen, als sie leise lachte.

»Haben wir nun Blümchensex gehabt?«, fragte sie.

»Bitte?«

»War das Blümchensex oder war es schon die …, na ja, du weißt schon, die wilde Methode?«

»Ich könnte dir die wilde Methode zeigen«, schlug ich ihr vor, einem weiteren Lehrstück nicht abgeneigt.

»Nein, warte!«, sagte sie und tat so, als ginge ein Schaudern durch ihren Körper. »Oh ja, ich spüre es ganz deutlich. In mir ist etwas Wildes, etwas Ungezähmtes. Es wartet nur darauf, hinausgelassen zu werden!«

Ich lächelte. »Dann lass es doch raus!«

Sie sah mich einen Augenblick lang zögernd an. Dann fragte sie, während ihr Blick über die Decke wanderte: »Kann ich irgendetwas falsch machen?«

»Ja«, antwortete ich ehrlich. »Du kannst währenddessen denken.«

Ihre Hand schlich sich verstohlen an meiner Seite herauf und wieder hinunter. Sie schien alles zu finden, was sie erwartete, wurde weich und neugierig und begann zu forschen.

»Du meinst, ich soll nicht daran denken, dass du mir nichts von dem versprechen kannst, was ich gern hören würde?«

»Denk daran, was du über Volker und dich gesagt hast. Es gibt keine Garantie. Manche Sachen laufen schief, und am Ende bleibt vielleicht eine auf der Strecke. Aber wenn sich zwei wirklich Mühe geben und vorsichtig miteinander sind und …«

»Hör auf!«, sagte Angela, als ihre Hand die Innenseite meiner Schenkel erreicht hatte. »Ich will nicht mehr denken.«

Ich schwieg nur zu gern.

Natürlich geschah kein Wunder. Ich hatte auch beim ersten Mal mit Angela keinen Orgasmus. Aber ich hatte alles, was eine Frau beim Sex sonst so erleben kann: das sehnende Drängen, das zärtliche Zögern, das leidenschaftliche Wollen, das liebevolle Wärmen. Es war ein wundervolles, ein einzigartiges, es war das schönste erste Mal, das es nur geben konnte.

Als Angela mich rundherum erkundet hatte, wurde sie satt und zufrieden und schnurrte wie eine große Katze, die mir gestattet, mich in ihrem Schoß einzurollen. Ihre noch feuchten Fingerspitzen tapsten über meinen Rücken und verursachten dort eine Gänsehaut.

Plötzlich fiel mir etwas ein, und ich horchte in mich hinein.

»Was ist los?«, erkundigte sich Angela sofort besorgt.

»Ach, es ist nur …« Ich legte die Hand auf meinen Bauch und tastete darauf herum.

»Was?«

»Es wundert mich ein bisschen, dass das Schäbig-Männchen sich gar nicht meldet«, erklärte ich ihr.

Sie schaute verblüfft. »Wer?«

»Das Schäbig-Männchen. Es sitzt ungefähr hier.« Ich legte meine warme Hand auf ihren warmen Bauch. Ihre weiche Haut knisterte unter meinen Fingerspitzen, als sei sie elektrisch aufgeladen. Unter der Haut, unter ihrem Fleisch, mitten in ihr drin, musste ihr Schäbig-Männchen sitzen. Oder hatte sie etwa keines? »Immer wenn du etwas tust, das sich verdammt gut anfühlt, fängt es an, herumzumeckern und einem dieses Wohlgefühl ganz gründlich zu vermiesen. Es ist ein echter Spaßverderber, kann ich dir sagen.«

Angela grinste und hielt meine Hand auf ihrem Bauch sanft fest.

»Schätze mal, du sprichst vom Gewissen, oder?« Das sagte Ellen auch immer. »Und das regt sich bekanntlich ja nur, wenn etwas geschieht, von dem man im Grunde weiß, dass es Unrecht ist.«

Ihre Aussage blieb zwischen uns hängen. Ich begriff erst langsam, mit jedem Atemzug ein wenig mehr, was sie mir sagen wollte.

»Du hältst unser Tun also auch nicht für Unrecht? Du hältst es auch für richtig und gut?«, fragte ich sie vorsichtig. Ein Schatten glitt über ihr Gesicht, und sie seufzte.

»Alles könnte wirklich wunderbar sein, wenn nur nicht …«

»Lena?«

»Ja, Lena.« Sie legte sich zurecht und räusperte sich, als fiele es ihr schwer, hier bei mir, in meinem Bett, auch nur an ihre Tochter zu denken. »Ich mache dir keinen Vorwurf. Alles ist so gekommen, wie es eben passieren sollte. Aber es wäre so viel einfacher, wenn du nicht …«

Wieder lauschte ich in mich hinein. Alles dort blieb still.

»Ich würde mir auch wünschen, dass ich das rückgängig machen könnte. Es war viel zu übereilt. Aber ich bin mir nicht mal sicher, dass es Lena so erschüttern wird, wie du jetzt annimmst. Wenn du willst, rede ich mit ihr?!«

»Stell dir das nicht so leicht vor.« Angela lächelte traurig. »Unser Verhältnis zueinander ist alles andere als einfach. Wir haben oft Reibungspunkte, und vielleicht ist es tatsächlich gut, wenn sie jetzt auszieht und lernt, ihr eigenes Leben zu leben. Ich hab in der Erziehung einiges danebengehauen. Sie kann nur schwer damit umgehen, nicht die Nummer eins zu sein.«

»Und sie hat es verdient, für eine tolle Frau die Nummer eins zu sein!«, setzte ich hinzu. »Sie wird diejenige gewiss finden. Nein, ich denke, das Problem liegt ganz woanders: Sie wird große Schwierigkeiten damit haben, wenn sie erfährt, dass aus dir und deinem Ex nicht wieder ein Paar wird.«

Stockend erzählte ich ihr von Lenas Vorhaben einer Familienzusammenführung. Dass dieses Abendessen eigentlich auf meinem Mist gewachsen war, ließ ich aber lieber aus. Es hätte nur noch mehr zur Verwirrung beigetragen. Und Angela sah sowieso schon sehr durcheinander aus, mit zerzausten Haaren und geröteten Wangen.

»Sie wird bestimmt nicht begreifen wollen, dass dieser Zug abgefahren ist und auch nie wiederkommt. Kannst du damit umgehen?«, endete ich schließlich.

Angela schüttelte zweifelnd den Kopf. »Ich kann nur versuchen, für sie da zu sein. Und Volker wird das ebenso tun, da bin ich sicher. Ihre Eltern wird sie jedenfalls nicht durch diese Scheidung verlieren. Es wird nur eben … anders werden.«

Ich hörte ihrer Stimme an, dass der Glaube daran auch bei ihr noch sehr unsicher war.

Um der Situation die bedrückende Schwere zu nehmen, fragte Angela: »Warum nennst du es nicht Schäbig-Frauchen? Was ist mit dem Anspruch der feministischen Sprache?«

»Ist das dein Ernst?« Ich schüttelte in gespieltem Unglauben den Kopf. »Wer ist denn in der heutigen Welt der Spaßverderber. Die Frau etwa?«

»Nein, bestimmt nicht!«, sagte sie überzeugt und beugte sich wieder über mich.

Als ich aus dem Bad kam, hatte Angela sich zur Seite gerollt und war eingeschlafen. Die Decke hatte sie fest vor ihren Bauch geklemmt und hielt sie umarmt wie mich noch vor zehn Minuten. Ihre Silhouette gegen das Hell der Balkontür war weich und schwang sich mal auf, mal nieder. Wie eine zarte Melodie schlich sich ihr Anblick in mein Herz. Lenas Bild schob sich dazwischen, wie sie mit ihrem Saxophon direkt vor mir gestanden und dem Instrument die verwirrendsten Töne entlockt hatte. Lena, das Saxophon, mit harten Akzenten, ekstatisch, laut und lockend, blitzendes Metall. Angela hier vor mir, das Cello in warmem Holz, an dem die Hand entlanggleitet wie an einer Welle. So unglaublich, dass ich es immerzu wiederholen möchte, jede Berührung eine Bestätigung des Wunders, jeder Zentimeter Haut ein weiteres Rätsel. Ihre Musik ein sinnlich leises Schwärmen, ein Hauch nur von der Ahnung, zu welcher Kraft Bogen und Saiten fähig sind.

Ich stand so lange in der Tür und betrachtete sie, bis mir selbst in der milden Sommernacht kalt wurde. Also schlüpfte ich unter die Decke.

Meine Haut an ihrer Haut. Da war plötzlich ein neues Bedürfnis. Es hatte nichts mit Sex zu tun, sondern mit der Sehnsucht, eng aneinandergeschmiegt zu schlafen – als könnten wir einander in unsere Träume begleiten.

Ich wachte auf.

Das Zimmer lag im blauen Licht der Nacht. Angela schlich im Zimmer umher und sammelte vorsichtig ihre Kleidungsstücke auf, die auf dem Boden lagen. Sie zog sich geräuschlos an. Auf der Kommode an der Wand lag eine Bürste, und sie gönnte ihren zerzausten Haaren ein paar Striche. Dabei betrachtete sie sich im Spiegel und beugte sich plötzlich vor, um sich lange und prüfend in die Augen zu schauen.

Sah sie Lena in ihren Zügen? Waren die Fragen nach Lenas Reaktion auf das, was mit uns geschehen war, übermächtig geworden? Wuchsen die Zweifel über ihr zaghaft sich entdeckendes Glück hinaus?

»Du musst wohl wirklich gehen, oder?«, sprach ich sie leise vom Bett her an.

Sie fuhr ertappt herum. Ihre Augen lagen in dunklen Schatten, und alle Nähe war aus ihnen gewichen. Ich robbte zum Bettrand und griff hinunter, in die dunkle Höhle unter der Matratze.

»Ich habe hier noch etwas liegen, was ich dir gerne mitgeben würde. Frederikes erstes Buch, du weißt schon. Möchtest du es lesen?«

»Tja, meinst du, ich sollte mich jetzt dringend ein wenig kundig machen?« Sie lächelte etwas verbissen und schloss mit einem energischen Ruck den Reißverschluss an ihrem Kleid. Ihre nackten Schultern entschwanden damit meinen Blicken. Doch dass sie so fern war, hatte nichts damit zu tun, dass ich noch nackt und sie wieder angezogen war. Ich war nicht verwundert über diese plötzliche Distanz zwischen uns. Fast hatte ich damit gerechnet. Und ich mochte sie dafür noch mehr. Sie war keine Frau, die über solch schwerwiegende Probleme wie die mit ihrer Tochter einfach hinweggehen würde.

Ich wog das Taschenbuch in meinen Händen.

»Es ist keine Gebrauchsanweisung«, schränkte ich ein. »Nicht dass du auf den Gedanken kommst, ich gebe es dir, damit du weißt, wie du dich zu verhalten hast als …«

»Als?«

Ich öffnete den Mund, bekam das Wort aber nicht heraus. Das war mir seit meiner Coming-out-Zeit vor zehn Jahren nicht mehr passiert.

»Lesbe?«, schlug Angela vor und wurde vor Schreck blass.

»Ehm«, machte ich.

Angela setzte sich zu mir, nahm mir das Buch aus der Hand und blätterte darin. Sie las einige Stellen, schüttelte den Kopf, blätterte weiter. Schließlich legte sie das Buch neben sich auf das Bett.

»Ich weiß nicht, wo mir der Kopf steht«, sagte sie zu sich selbst. »Nie hätte ich gedacht, dass ich … ich!« Dann sah sie mich traurig an, und ihr Blick schnitt mich an Stellen, von denen ich nie geahnt hatte, dort verletzbar zu sein. »Ich werde es lesen. Wenn du mir versprichst, dass du es persönlich wieder bei mir abholst.«

»*Das* kann ich dir versprechen«, sagte ich. Dann nahm sie ihre kleine schwarze Tasche und ging.

12. Kapitel

Ich seh die Hand vor lauter Augen nicht

Ich verbrachte den Sonntag in einem Trancezustand. Immer wieder lag ich auf dem Bett und atmete in die Kissen, um mir durch ihren Geruch vorzugaukeln, Angela sei noch hier, dicht neben mir. Ich hörte ihre Stimme in meinen Räumen, sah ihren Schatten an den Wänden. Sie hatte ganz und gar Einzug gehalten. Meine Türen standen ihr weit offen.

Abends wollte ich sie anrufen, aber ich wagte es lange Zeit nicht. Also saß ich auf meiner Alm und war allein mit mir. Warum auch nicht? Ich war dort immer allein gewesen. Ich hatte nie Gesellschaft vermisst.

Um kurz vor neun wählte ich die Nummer.

Es tutete ein paarmal.

»Lena Rose?«, erklang es dann hell aus dem Hörer.

Ich brachte vor Schreck kein Wort heraus. Nicht eine Sekunde hatte ich damit gerechnet, dass Lena an den Apparat gehen könnte. Eine bange Frage stürzte sich auf mich. Hatte Angela es ihr schon gesagt? Wie hatte Lena reagiert? Und was würde sie jetzt dazu sagen, wenn ich mich meldete?

»Hallo?«, fragte Lena.

Im Hintergrund hörte ich Angelas Stimme: »Wer ist es denn?«

»Vielleicht verwählt«, antwortete Lena und legte auf.

An diesem Abend hätte ich sogar meine Alm dafür hergegeben, mit Angela sprechen zu können.

Montagmorgen fegte Frauke mit Loulou auf dem Weg zum Hundeplatz durch die Wohnung. Wahrscheinlich wollte sie nur erfahren, ob es noch weitere Neuigkeiten von Nancy gab. Als ich nichts Neues zu berichten hatte und mich zudem als sehr schweigsam entpuppte, gab sie vor zu arbeiten. Sie schichtete die Berge von Papierkram auf ihrem Schreibtisch einmal von rechts nach links, nickte befriedigt und war wieder verschwunden.

In der neu einsetzenden Stille um mich herum kam mir ihre alltägliche Gestalt in meiner Wohnung wie eine Erscheinung vor.

Ich war regelrecht froh, als das Telefon schellte und ich mich realen Dingen zuwenden konnte.

»Schwarz?!«

»Hier auch, mein Schätzchen. Wie geht's dir denn so? Ich hab schon so lange nichts mehr von dir gehört.«

Meine Mutter! Niemand sonst schaffte es, mir im ersten Satz eines Gespräches ein schlechtes Gewissen zu machen.

»Ich von dir auch nicht, Mama. Es gibt nicht viel Neues, es geht mir gut. Und wie geht es dir?«

Die zwei Sekunden Schweigen am anderen Ende der Leitung sagten mir bereits, was jetzt kommen würde: »Ach, du weißt ja. Es geht immer so auf und ab. Im Moment geht es mir nicht so gut. Ich hocke hier immer so allein herum. Du bist sicher schwer beschäftigt, wie? Immer mit einem Haufen Leute unterwegs?«

Ich hatte es längst gelernt, mich an der Einsamkeit meiner Mutter nicht schuldig zu fühlen. Leider hatte meine Mutter das noch nicht gemerkt. Ich zögerte eine Sekunde. Vielleicht tat ich ihr auch Unrecht. Sie war meine Mutter, wie Angela Lenas Mutter war. Es fühlte sich für mich zwar ganz anders an. Aber womöglich hegte sie den gleichen Wunsch, etwas über mein wirkliches Leben zu wissen, wie Angela ihn bei Lena empfand? Ich gab mir einen Ruck.

»Eigentlich stimmt es nicht ganz, was ich gerade gesagt habe: Es gibt doch etwas Neues. Ich habe mich verliebt.«

Meine Mutter atmete schwer in den Hörer.

»Und wer ist es?«, fragte sie vorsichtig. Als ich ihr damals von Ellen erzählen wollte, hatte sie gefragt, ob es ein Mann oder eine Frau sei, und daraufhin hatten wir wochenlang keinen Kontakt, so wütend war ich über ihre Ignoranz. Dass ich lesbisch war, hatte sie zwar akzeptiert, doch hin und wieder schimmerte ihre Hoffnung auf ein Wunder durch und verletzte mich.

»Sie heißt Angela. Angela Rose. Und sie …« Ich stockte. Plötzlich fiel mir auf, dass ich nicht einmal wusste, was meine Mutter an meinen Freundinnen wohl interessierte.

»Ja?«

»Was willst du denn über sie wissen?«, versuchte ich, das Pferd von hinten aufzuzäumen.

Meine Mutter lachte irritiert. »Was ich wissen will? Na, was sie so macht zum Beispiel. Studiert sie noch?«

Ups. Das war die falsche Frage. Aber das konnte sie nun wirklich nicht wissen.

»Sie ist Sekretärin. Und sie ist älter als ich.«

»War Ellen doch auch.«

»Nein, ich meine eine ganze Ecke älter. Sie ist vierzig.«

»Hm«, machte Mama, nicht sicher, ob ich Trost oder Empathie wollte. »Wird schon gut gehen.«

Auf jeden Fall war dieser Satz nicht das, was ich mir erhofft hatte.

»Ach, dass das mit Ellen und dir auseinandergegangen ist, das verstehe ich heute noch nicht. Ihr habt so gut zueinander gepasst.«

Ich verdrehte die Augen.

»Nein, Mama, haben wir eben nicht. Deswegen haben wir uns ja getrennt.«

Jetzt schwieg sie auch.

»Ich hab ja keine Ahnung«, sagte sie dann mit bitterer Stimme. »Du erzählst ja auch nichts.«

Entsetzt lauschte ich ihren Worten nach. Hatte Angela nicht im ›Yellow‹ auch zu mir gesagt: ›Sie erzählt ja nichts.‹?

»Mama, tut mir leid, aber ich muss jetzt los«, log ich. »Ich melde mich bald mal bei dir, okay?«

»Natürlich. Hauptsache, bei der Arbeit stimmt alles«, sagte meine Mutter. »Bis bald.«

Ich legte leise den Hörer auf die Gabel.

Meine Mutter war meine Mutter, wie Angela Lenas Mutter war. War das so? Liefen zwischen den beiden ähnliche Muster ab wie jetzt gerade in diesem Telefonat?

Kurz darauf schellte das Telefon wieder. Ich starrte den Hörer an, ging aber nicht dran. Bestimmt war das noch mal meine Mutter. Sie hatte gewiss gespürt, dass etwas verdammt nicht in Ordnung war. Aber sie würde niemals direkt nachfragen. Sie würde niemals direkt sagen: ›Tut mir leid, wenn ich gerade in einen Fettnapf getreten bin. Ich wollte nur sagen: Ich wünsche dir wirklich alles Gute mit ihr!‹ Nein, meine Mutter würde vielleicht eine kleine unwichtige Anekdote erzählen und darauf hoffen, dass ihr nochmaliger Anruf mir schon zeigen würde, dass sie mich lieb hatte.

Während ich so an meinem Schreibtisch saß und auf die Arbeit blickte, die ich heute irgendwie nicht tun konnte, klingelte es an der Tür.

»Göttin! Ellen! Was hast du mit deinen Haaren gemacht?«, entfuhr es mir spontan.

Ellens sonst so pastellig anmutende Erscheinung hatte eine

sehr eigenwillige Komponente hinzubekommen: Ihre wunderbare, weißblonde Lockenpracht hatte die Farbe gewechselt. Sie leuchtete in beängstigendem Rot.

Ellen sah mich an, als wolle sie mich am liebsten auffressen.

»Musstest du mich daran erinnern? Ich vergesse es hin und wieder, wenn ich ein paar Stunden an keinem Spiegel vorbeigekommen bin. Hast du Zeit für einen Kaffee? Ich hab versucht, vorher anzurufen, aber erst war stundenlang besetzt, und dann bist du nicht rangegangen.«

Ellen schritt vor mir her in die Küche und kramte im Schrank nach Filtertüten. Ich konnte nicht aufhören, sie anzuglotzen.

»Aber wie ist das passiert?«, fragte ich und deutete auf ihre Haare.

Ellen schüttelte ihren Kopf, dass die rote Pracht nur so flog. »Ganz einfach. Ich wollte mal etwas Neues haben. Auch ich habe keine Lust, jahrelang im gleichen Look herumzulaufen, weißt du. Und dann war da diese Tönung. Völlig ungefährlich, weil auswaschbar. Und hinten auf der Packung stand: ›Verleihen Sie Ihrem naturblonden Haar einen Hauch von Feuer.‹ Da dachte ich, hm, ein Hauch von Feuer kann ja nicht schaden. Vielleicht könnte ich meinem Engelchen-Image damit endlich mal entkommen. Ha!«

Ich betrachtete sie skeptisch. Fortan würde sie gewiss nur noch wenig Ähnlichkeit mit einem zarten Engel besitzen. Vielmehr machte sie eher den Eindruck einer flammenspeienden Walküre.

»Was eine neue Haarfarbe so alles anders erscheinen lassen kann«, stellte ich verwundert fest. Ellen schürzte die Lippen.

»Süße, ich hab mir Sorgen um dich gemacht. Du hast gestern nicht angerufen, um mich dazu zu überreden, dir beim

Abwaschen zu helfen. Das ist immer sehr verdächtig. Zeig mal deine Hände, hm, ja, wir hätten uns das wohl lieber teilen sollen, Tilli.«

Ich lachte müde. »Ach, Ellen, du ahnst ja nicht ...«

Sie wischte mit ihrer Hand vor meinem Gesicht her, als wolle sie eine Fliege verscheuchen. »Red keinen Unsinn! Wenn ich nichts ahnen würde, wäre ich nicht hier. Kapiert? Also, wer oder was ist los?«

Unglaublich, aber wahr: Ich konnte das selige Lächeln nicht unterdrücken, das sich jetzt in Sekundenschnelle auf meine Lippen und in meine Augen stahl.

»Angela?«, mutmaßte sie.

Ich seufzte. »Ihr seid alle so plötzlich abgehauen ...«

»Übrigens hast du mir das zu verdanken. Jackie wollte ja gerne noch bleiben, um ›aufzuräumen‹, ha, natürlich wollte sie spannen, was denn noch so abgehen würde an dem Abend. Also, wir waren alle plötzlich auf einen Schlag verschwunden. Nur Angela war noch da. Richtig?«

»Richtig!«

»Ist sie bis zum nächsten Morgen geblieben?«

»Ja ...«, hauchte ich, doch dann schüttelte ich den Kopf. »Nein.«

»Ja, nein. Was denn nun?«

»Wir haben uns geküsst.«

»Oh, und ich hätte schwören könne, dass ihr ...«

»Haben wir auch«, korrigierte ich. »Aber zuerst haben wir uns geküsst. Und dann haben wir miteinander geschlafen. Und es war ... oh, Ellen, mir wird ganz komisch im Bauch.«

»Komm, setz dich hier hin. Hier hast du einen Kaffee. Der stabilisiert. Ihr hattet also wunderschönen Sex miteinander, und dann ist sie nach Haus gefahren?«

»So ähnlich.«

»Hm.«

Ich nippte an ihrem OP-Schwestern-Kaffeegebräu und schüttelte mich. Wenn ich etwas nach unserer Beziehung nicht vermisst hatte, dann war es ihr Kaffee.

»Das hätte nicht passieren dürfen!«, stellte Ellen mit Überzeugung fest.

Ich heulte auf: »Wie bitte? Es war das Wundervollste und Ergreifendste, was ich je erlebt habe. Selbst wenn ich sie nie wiedersehen würde, würde ich es nicht bereuen! Ich…«

»Ich meinte, dass du mit Lena geschlafen hast«, unterbrach sie mich.

»Oh.« Mein Mund klappte zu. »Ja. Da hast du recht. Das hätte nicht passieren dürfen.«

Wir schwiegen ein paar Minuten und dachten über das Dilemma nach, das sich uns nun bot.

»Aber, verdammt noch mal, soll ich denn jetzt so elendig dafür büßen, dass ich einen Fehler gemacht habe, von dem ich zu dem Zeitpunkt noch gar nicht wusste, dass es ein Fehler war? Was war schon dabei? Wir waren beide solo und wollten doch nur…«

»Du warst leichtfertig«, warf Ellen mir vor.

»Nein. Ich wollte sie wirklich.«

»Du wolltest sie vielleicht in deinem Bett haben. Aber du wolltest sie nicht mit Haut und Haar. Du wolltest sie nie im Leben, so wie du jetzt Angela willst, es hatte nicht die gleiche Dimension. Das kannst du mir nicht erzählen. Du warst geblendet von einer irrwitzigen Idee. Wie konnte das nur passieren?«, fragte Ellen sich und mich.

Ich wusste leider keine Antwort.

»Warst du für kurze Zeit blind? Ich hätte dir sofort sagen können, dass aus Lena und dir kein Paar wird. Es war ganz deutlich zu erkennen. Sie ist eine sehr attraktive Frau, hübsch, klug, witzig. Aber sie ist nichts für dich und deine Alm, meine Liebe.«

»Und Angela?«, fragte ich zaghaft. Ich wollte so gern, dass sie mir sagte, dass sie für Angela und mich eine große Chance sah, dass sie glaubte, dort sei eine gewaltige Liebe soeben im Entstehen.

Ellen wusste, dass ich darauf wartete, aber sie seufzte nur.

»Sie ist nicht bis zum Morgen geblieben«, murmelte sie dann und fuhr lauter fort: »Tatsache ist, dass Angela zu recht unsicher ist. Versetz dich mal in ihre Lage. Theoretisch sieht es so aus, als würde sie ihrer Tochter die Freundin ausspannen. Wirklich böse Familienverhältnisse!«

Ich schluckte.

Ellen starrte mich an. Ihre hellen Augen tauchten in mich hinein. Von diesem durchdringenden Blick hatte ich mich schon früher oft durchschaut gefühlt.

»Du bist absolut entflammt!«, stellte sie fest und legte ihre Hand an meine Stirn, als wolle sie meine Temperatur testen. »Was machst du nur für Sachen, Michelin? Du wirst dir den Hals dabei brechen.«

»Nicht den Hals, Ellen, aber das Herz.«

Als sie meine todtraurige Miene sah, warf sie plötzlich die Arme um mich und schmiegte ihren Kopf an meinen Hals. Es war eine Geste der Liebe und des Vertrauens, derer sie sich früher manchmal bedient hatte, wenn wir gestritten hatten. Es hatte so etwas Versöhnliches, ihr weiches Gesicht an meiner Haut zu spüren. Ich wurde ruhig davon, aber noch trauriger. Sie spürte es und strich mir übers Haar.

»Du hast Angst«, sagte sie traurig. »Ich glaube, ich habe dir eine tiefe Angst eingepflanzt. Die Angst, wieder zu lieben und wieder Nähe zu wollen. Nein, sag jetzt nicht, dass das nicht stimmt. Es ist doch wahr. Das wissen wir beide. Und es ist für mich nicht so schlimm, wenn ich es mir selber sage, als wie wenn du es mir eines Tages vorwerfen würdest. Tatsache ist: Ich habe leider versagt. Sich zu lieben ist wunderschön. Wenn dann die Liebe irgendwann verloren geht, dann tut das weh, aber so etwas geschieht leider, und deswegen ist es auf irgendeine traurige Art und Weise okay, nicht? Aber es ist nicht okay, die andere in Angst vor einer neuen Liebe zurückzulassen.«

»Aber das hast du nicht! Ich habe keine Angst«, widersprach ich ihr. Ich fand es furchtbar, dass sie sich so selbst anklagte. Aber ich hörte meiner eigenen Stimme an, dass ich mir selbst nicht glaubte.

»Warum sonst hast du dir diese törichte Idee eingeredet, Lena lieben zu können, und bist dabei an dem Menschen vorbeigelaufen, den du eigentlich hättest treffen sollen?«

War ich tatsächlich an Angela ›vorbeigelaufen‹? Der Gedanke entsetzte mich. Er klang in meinem Kopf so endgültig.

Ellen trank ihren Kaffee aus und verließ mich wieder. Ich blieb betäubt zurück. Ratlos starrte ich die Unterlagen auf meinem Schreibtisch an. Recherche? Anrufe? Fremde Stimmen? Politisch brisante Themen? Es war wie eine andere Welt, ein anderes Leben.

Warum rief Angela nicht wenigstens kurz einmal an? Ich wünschte mir, sie würde mich teilhaben lassen an ihren Gedanken, an der Entwicklung, die sie gewiss nahm. Ich konnte nur hoffen, dass ihr Schweigen nicht einen erneuten Rückzug bedeutete.

Ellens Besuch hatte nicht dazu beigetragen, dass ich mich besser fühlte. Eher im Gegenteil. Ich fühlte mich wie jemand, der beim Kochen einen Riesendreck veranstaltet hat und nun nicht abwaschen will.

›Ich sollte zumindest den gröbsten Dreck beseitigen!‹, dachte ich und machte mich auf den Weg zu Lena.

Wie ich erwartet hatte, stand sie mit Nancy zusammen in ihrer Wohnung und malte in Hüfthöhe mit Schablonen filigrane Muster auf die farbenfroh gestrichenen Wände. Als ich so unerwartet vor der Tür stand, konnte ich ihr ansehen, dass sie sich über ein paar zusätzliche Helferinnenhände freute. Leider hatte sie ihre Rechnung nicht mit Nancy gemacht. Der war nach der aufgeflogenen Manuskriptgeschichte meine Gegenwart derart unangenehm, dass sie sich nach wenigen Minuten unter einem fadenscheinigen Vorwand verdrückte.

Lena strich sich mit farbverschmierten Händen ein paar dunkle Strähnen aus dem Gesicht. Sie hatte sich ein helles Leintuch um den Kopf gebunden und sah in ihrer verdreckten Arbeitskleidung und dem schon frühsommerlich gebräunten Gesicht hinreißend aus.

Eine plötzliche Idee flog über ihre Miene, willkürlich und fröhlich. Sie legte die Arme um meinen Hals, und ihre Lippen näherten sich schon den meinen. Aber mein Kopf drehte sich wie von selbst zur Seite. Ich wollte keine Küsse mehr von ihr.

»Lena, bitte. Was machst du denn da? Wir sind uns doch beide im Klaren darüber, dass aus uns kein Paar wird. Also lass uns mit so was aufhören.«

Lena hielt sich an mir fest, und ich konnte durch ihren warmen Körper spüren, wie viele Träume in ihr bisher noch ungeträumt geblieben waren.

»Tut mir leid«, murmelte sie an meine Schulter. Ich wusste nicht genau, was ihr leid tat. Aber im Grunde war das auch egal. Mir tat es auch leid. »Wusstest du das von Anfang an?«

»Wenn ich ehrlich zu mir gewesen wäre, hätte ich es wissen müssen. Aber ich hab mir lieber etwas vorgemacht. Manche Träume sind eben sehr süß.«

Lena lächelte geschmeichelt und strich sich die dunkle Strähne erneut aus dem Gesicht. Ihre positive Stimmung schien mir eine überaus günstige Gelegenheit für mein Vorhaben.

»Lena, ich möchte dir gern etwas sagen. Aber ich weiß nicht so recht, wie. Ich meine …«

Innerhalb von Sekunden wechselte ihre Miene von ›Alles in Ordnung‹ zu ›Düsterste Vorahnungen‹.

»Hat es was mit Mama zu tun?«

Ich straffte alle meine Muskeln und wappnete mich für jede erdenkliche Reaktion ihrerseits: »Angela und ich haben eine Nacht miteinander verbracht.«

»Was hast du?«

»Nicht *ich*! Ich war es nicht allein. Angela hat auch …«

»Verschon mich!«, rief Lena und warf ihren Pinsel im hohen Bogen auf den mit Zeitungspapier ausgelegten Boden. Ein Farbspritzer verzierte fröhlich die frisch gestrichene Wand. Sie achtete nicht darauf. »Verschon mich bitte mit jeglichen Ausführungen! Das fehlt mir noch! Weißt du eigentlich, dass du meine letzte Hoffnung, dass unsere Familie wieder zusammenkommt, damit zerstört hast?«

Am liebsten hätte ich sie gepackt und geschüttelt. Ich rief alle meine friedlichen Almgedanken herbei, zu denen ich fähig war und atmete tief durch.

»Du irrst dich«, sagte ich dann ruhig. »Dass deine Eltern sich getrennt haben, hat gar nichts mit mir zu tun. Vielleicht hat es auch noch nicht mal so wahnsinnig viel mit der Affäre deines Vaters zu tun. Sie haben sich auseinandergelebt. Sie lieben sich nicht mehr. Aber das bedeutet nicht, dass sie dich nicht mehr lieben!«

Lena sah mich an. Ihre Augen schimmerten.

»Was weißt du schon davon?«, würgte sie schließlich heraus und sank auf den Boden.

»Ich hab auch Eltern. Und damals fand ich ihre Scheidung auch nicht besonders lustig. Aber ich hatte nicht das Gefühl, dass sie auch *mich* verlassen.«

Lena starrte gedankenversunken an mir vorbei. Ihr Gesicht drückte einen Widerstreit der Gefühle aus, und für einen kurzen Moment siegte ein letztes Mal das Kind in ihr, das sich ungerecht behandelt fühlte, weil ihm etwas genommen wurde. Sie schlug mit der Hand auf den Boden.

»Hab ich es doch gewusst! Sie ist so komisch um mich rumgeschlichen. ›Lenachen hier‹ und ›Lenachen da‹. Aber eins sag ich dir: Jetzt hat es sich ausgelenachend! Ich lass mir nicht länger gefallen, dass sie sich so in mein Leben einmischt!«

»Ach?«, machte ich ironisch. »Aber du darfst selbstverständlich in ihrem Leben Schicksal spielen, oder?«

Lena wusste sofort, was ich meinte. »Dieses dämliche Essen war ein Versuch, unsere Familie wieder zusammenzubringen!«, fauchte sie. Ich konnte ihren tiefschwarzen Augen ansehen, dass sie getroffen war. Schon im nächsten Augenblick senkte sie den Kopf, und Tränen rannen hinter dem dichten Vorhang ihrer Haare hervor, tropften mit leisem *Plopp* von ihrer Wange auf die Zeitung.

»Hast du dir eigentlich je Gedanken darüber gemacht, dass ich vielleicht mehr von dir hätte haben wollen als nur so etwas Flüchtiges, Lena?« Als ich es aussprach, war mir bereits klar, was sie antworten würde. Ich wollte es nur noch aus ihrem Mund hören. Irgendetwas kratzte in meinem Hals.

Lenas schwarze Augen waren wie tiefe Brunnen, auf deren Grund heilige Wasser schwammen, auf deren Grund Schätze lagen. Ich war hineingestürzt. Ich hatte getaucht. Aber dann hatte ich festgestellt, dass die Brunnenwände keine Stiege besaßen. Wer kann schon ein Leben lang schwimmen?

»Ich bin erst neunzehn«, hörte ich Lena leise sagen.

Dazu konnte ich ja schließlich nur nicken. Sie war neunzehn.

»Michelin, tut mir leid, wenn das jetzt so gekommen ist. Vielleicht hätten wir vorher drüber reden sollen. Vielleicht können wir ja Freundinnen sein?«, presste Lena hervor, und in ihren Augen schimmerte die Dramatik der Junglesben.

Ich nickte und berührte kurz ihre Schulter.

»Klar können wir Freundinnen sein. Aber tu Angela und dir einen Gefallen und benimm dich jetzt auch wirklich so, als seist du neunzehn und nicht mehr sieben. Mach ihr keinen Stress, okay? Sie macht sich riesige Sorgen darum, dass das etwas zwischen euch zum Negativen ändern könnte.«

Lena schniefte.

»Hey, überleg mal. Sie hat vielleicht demnächst ihr Coming-out«, brachte ich flapsig hervor, obwohl ich mir damit selbst nicht so sicher war. »Ich wette, sie könnte dann deine Unterstützung gebrauchen.«

Jetzt brachte Lena ein schwaches Lächeln zustande.

»Vergiss es«, sagte sie. »Du schaffst es nicht, mir ein schlechtes Gewissen zu machen. Aber ich werd mir trotzdem Mühe geben.«

Ich musste grinsen. Süß war sie allemal.

Als ich in der Herzoginnenstraße hielt, klopfte mein Herz bis zum Hals. Ich sah am Haus hinauf und dachte daran, wie ich mich das letzte Mal von Angela verabschiedet hatte, den Liebesduft noch an meinen Händen und in meinem Gesicht.

Warum war sie nicht geblieben?

Ich stieg langsam aus und ging wie in Trance zum Eingang hinüber.

Gerade als ich auf den Klingelknopf drücken wollte, öffnete

sich die Tür von innen, und Volker stand vor mir. Er erschrak ein wenig, fing sich aber sofort wieder und lachte betont erfreut.

»So fix sehen wir uns also wieder!«

»Tja, so kann es gehen.« Ich grinste dumm und wollte an ihm vorbei. Doch er versperrte mir mit seiner schlanken Sportlergestalt den Weg zur Treppe.

»Lena hat mir erzählt, dass sie mir vor eurer Feier vielleicht nicht ganz die Wahrheit gesagt hat«, begann er, während er immer noch die Tür aufhielt.

»Nein, das hat sie offenbar nicht«, erwiderte ich kühl. Sein Verhalten schien mir nicht unbedingt freundlich.

Wieder lachte er. »Aber dass ihr dieses Essen deshalb veranstaltet habt, um Angela und mich wieder näher zueinander zu bringen, das war wirklich süß. Das werd ich so bald nicht vergessen.«

»Ich wohl auch nicht.«

»Lena ist übrigens nicht da. Ich komme gerade von oben.« Er sah mich auffordernd an, als erwarte er, dass ich augenblicklich abdrehen werde.

»Das weiß ich. Danke für den Hinweis. Ich will sowieso zu Angela.«

Er strahlte. Doch seine Augen funkelten gefährlich. »Da wird sie sich aber freuen, wenn sie heute so viel lieben Besuch bekommt. Wir haben gerade auch schon eine ganze Weile gemütlich zusammengesessen.« Als ich ihn skeptisch ansah, nickte er. »Ja, eure Bemühungen scheinen gefruchtet zu haben. Also dann, wir werden uns bestimmt noch sehen.«

Er tippte mit der Hand an die Stirn, als wollte er den militärischen Gruß imitieren, schwang die Tür noch weiter auf und war schon an mir vorbei.

Ich schüttelte den Kopf. Eins musste ich ihm lassen: Er hatte instinktiv ziemlich klar erkannt, dass ich seine Konkurrentin war. Die Frage war nur, ob er wusste, wie scharf diese Konkurrenz inzwischen geworden war.

Mit dem Gefühl dieser merkwürdig feindlichen Begegnung im Bauch stieg ich die Treppe hinauf. Ich klopfte nur an die Tür. Es schien mir zarter und sensibler, als die Klingel zu betätigen.

Angela hatte wohl durch den Spion geschaut, denn ihr Gesicht war glatt wie Marmor, als sie mir öffnete. Keine Spur von Erstaunen. Auch keine Spur von Freude. Ausdruckslos. Ich bekam eine Gänsehaut.

»Ich komme, um das Buch wieder abzuholen«, sagte ich, um einfach irgendetwas zu sagen.

Sie konnte sich ein Grinsen nicht verkneifen. »Du hast mir nicht viel Zeit zum Lesen gelassen.«

Ich stutzte. Daran hatte ich gar nicht gedacht. Die Tatsache, dass die wenigsten Menschen einen Roman innerhalb von ein bis zwei Tagen hinunterschlingen, ließ meinen angeblichen Erscheinungsgrund so löchrig wie ein Stück Schweizer Käse wirken.

»Aber du liegst richtig. Ich habe es natürlich schon durch. Gestern gab es nichts anderes zu tun«, sagte sie und hielt mir die Tür auf. Als ich an ihr vorbeiging, konnte ich ihren Duft erschnuppern. Eine Mischung aus Parfüm, Körpergeruch und Haarshampoo, die die kleinen Nymphen in mir zu lautem Gekicher animierte. Ich legte eine Hand auf meinen Bauch, um sie zu beruhigen. Es würde nichts weiter geschehen, sagte ich mir, in der Hoffnung, mit dieser Vermutung falsch zu liegen.

Wir gingen ins Wohnzimmer, und sie bot mir einen Platz auf dem Sofa an.

Dort störte mich der aufdringliche Geruch von Aftershave.

Hier hatte sie also mit Volker gesessen. Sein Männerparfüm wirkte wie die Urinmarkierung eines Tigers. Ich spürte, wie sich meine Nackenhaare aufstellten. Befand ich mich hier womöglich doch in einem fremden Revier? Ich rutschte nach vorn auf die Sofakante.

Angela reichte mir das Buch, das im Regal gelegen hatte, und setzte sich mir gegenüber, den Couchtisch als unüberwindbares Hindernis zwischen uns. Ich schob das Buch auf dieser Hürde hin und her, weil ich vergessen hatte, eine Tasche mitzubringen.

»Hat es dir gefallen?«, fragte ich. Ich wollte sie unbedingt küssen.

»Ja und nein«, sagte sie. »Es hat mir gefallen, weil es humorig ist, lebendig geschrieben und interessant für eine neugierige Frau, wie ich es in letzter Zeit bin.« Sie lächelte über ihren eigenen feinfühligen Witz. »Es hat mir nicht gefallen, weil ich gemerkt habe, was ich alles nicht weiß. Das Buch vermittelt mir das Gefühl, als sei ich nur halb. Das alles ist eine andere Welt. Neu. Fremd. Und ich stelle mir vor, dass sie dir so vertraut ist, Lena auch. Alle diese Verwicklungen und Verstrickungen, diese Nähe, die zugleich eine Enge sein kann. Lesbenszene. Das war für mich ein schwammiger Begriff. Ich wusste doch nichts davon. Ich hatte auch nie das Gefühl, dass das eine Wissenslücke sein könnte. Es war nicht wichtig. Was ging mich das an?« Sie machte eine Pause. »Aber jetzt plötzlich frage ich mich, ob ich nicht etwas verpasst habe.«

»Glaub mir, von Verpassen kann hier wirklich nicht die Rede sein. Es ist nicht immer so lustig, wie Frederike es in ihrem Buch beschreibt. Im tatsächlichen Leben fehlt dir der ironische Abstand, und du findest manche Dinge gar nicht mehr zum Lachen.«

»Es sind die Erfahrungen«, erklärte Angela. »Du hast sie gemacht. Ich nicht. Und ich bezweifele, dass ich sie mit über vierzig noch nachholen kann.«

»Würdest du das gern?«, wollte ich wissen. Sollte ich ihr sagen, dass es genug Frauen in der Szene gab, die ihr mit Freude diese Erfahrungen zu Füßen legen würden?

Angela schüttelte den Kopf. »Ach, Michelin, du kannst manchmal Fragen stellen. Als ob das möglich wäre! Du kannst doch nicht losgehen und beschließen, jetzt eine gewisse Art von Erfahrungen zu sammeln.«

»Die Szene wirkt wie ein Brunnen des Vergessens«, versprach ich ihr. »Wenn du dich erst einmal darauf eingelassen hast, merkst du gar nicht mehr, was du ursprünglich geplant hattest, glaub mir.« Ich merkte selbst, wie ironisch mein Tonfall klang. Dabei enthielten meine Worte durchaus einen hohen Anteil an Wahrheit.

Der Rehbock von damals fiel mir ein. Das wilde Tier und ich auf einer Lichtung im Wald. Was wäre geworden, wenn er nicht wieder fortgegangen wäre? Wenn er sich einfach neben mich gelegt hätte, mit dem Kopf auf meinem Arm? Es wäre eine gewiss sehr ungewöhnliche Beziehung gewesen, aber bestimmt eine wunderschöne.

»Wollen wir den Abend miteinander verbringen?«, sprudelte es aus meinem Mund, bevor ich selbst über diesen Vorschlag nachdenken konnte.

»Tut mir leid, aber ich bin schon verabredet. Mit Jana. Wir bekommen scheinbar nicht genug davon, über alte Zeiten zu quatschen.« Sie lachte etwas zu laut.

Jana. Der Name saß mir sofort wie ein Dutzend Kaktusstacheln unter der Haut. Ihr Gift wirkte schnell. Ich fühlte mich innerhalb von Sekunden taub.

Volkers Leitwolfgebaren fand ich lästig, bestenfalls amüsant, aber er konnte mich nicht wirklich schrecken. Gegen ihn kam ich mit Leichtigkeit an. Aber Jana?

Angela schob ihre Hand vorsichtig näher und fuhr leicht damit über meine. Ich wollte den Tisch beiseite stoßen und sie in meine Arme ziehen oder in ihre sinken, am liebsten beides gleichzeitig.

»Ich habe noch nicht mit Lena geredet. Nein, sag jetzt nichts. Ich weiß, das ist unverzeihlich, und ich schwöre dir, ich habe es versucht. Aber es fiel mir so schwer. Und Lena ist so vollkommen, so absolut vollkommen arglos …«

»Quatsch!«, kommentierte ich ihre Ausführungen.

»Wie?«

»Lena war nicht ahnungslos. Sie wusste genau, was los war. Sie ist nicht blind, und sie hat … sehr feine Antennen für so etwas. Deswegen war mir klar, dass es für sie vielleicht ein kleiner Schock, aber bestimmt keine Überraschung sein würde, wenn ich mit ihr darüber reden würde …«

»Du hast was?«, entfuhr es ihr.

»He, das ist nicht nur eine Sache zwischen euch beiden. Ich war auch nicht gerade unwesentlich beteiligt, wenn du dich erinnerst.«

Angela sprang von ihrem Sessel auf und lief aus dem Zimmer in die Küche. Ich sah ihr verblüfft nach. Würde sie jetzt wieder die Spülmaschine einräumen? Doch sie kam sofort zurück.

»Habe ich dich jetzt richtig verstanden? Du hast Lena davon erzählt, dass wir beide miteinander … miteinander …«

»… geschlafen haben«, half ich ihr weiter. Die Nymphen in meinem Bauch grölten. Dieses Thema war einfach hochbrisant für sie.

»Angela, glaub mir, ich habe da nicht fahrlässig gehandelt und auch nicht falsch. Wenn du es ihr erzählt hättest, hättet ihr euch mit Sicherheit furchtbar gestritten, und wer weiß, was noch alles passiert wäre. So habe ich gleich alles ins richtige Licht rücken können. Zwischen Lena und mir herrschen nicht diese hochkomplizierten Mutter-Tochter-Geschichten. Es war viel einfacher so, glaub mir.«

Sie ließ sich wieder in ihren Sessel fallen.

»Aber ob das auch besser war?«, zweifelte sie.

Ich sah ihr ein paar Minuten zu, wie sie mit sich rang. Dann lehnte ich mich über den Tisch und angelte nach ihrer Hand.

»He«, sagte ich leise. »Du musst auch an dich selbst denken. Lena kommt klar damit, da bin ich sicher. Sie ist erwachsen, und sie wird dich bald ganz loslassen. Klammere du dich jetzt bloß nicht fest. Du lebst dein eigenes Leben weiter. Du bist doch noch so viel mehr als nur ihre Mutter. Du bist doch auch eine Frau mit eigenen Vorstellungen und Zielen.« In meinen Ohren trieften meine Worte nur so vor Selbstnutz, aber Angela schien das nicht zu bemerken. Sie lächelte mich dankbar an.

»Mensch, fühl ich mich ausgelutscht«, meinte sie dann.

Wir lachten uns an. Ich wagte den Versuch, mich glücklich zu fühlen.

»Und deshalb brauche ich noch ein bisschen Zeit«, fuhr Angela fort. Mein soeben gestarteter Versuch scheiterte kläglich. »Ich muss erstmal wissen, was ich selbst will.«

»Eine Kostprobe hattest du ja jetzt«, konnte ich mir nicht verkneifen zu sagen.

Angela spitzte die Lippen zu ihrem mütterlichen Mund: »Ich weiß, dass derlei Kostproben nicht unverbindlich sind, Michelin. Aber am Samstag ist die Situation einfach eskaliert. Ich war so durcheinander. Ich konnte einfach nicht anders als ...«

»Als deinen wahren Gefühlen zu folgen?«, bot ich hoffnungsvoll an.

Angela sah mich schweigend an.

Plötzlich befürchtete ich, sie könne anzweifeln, dass unsere gemeinsame Nacht ihren wahren Gefühlen entsprochen hatte. Konnte das sein? Auch wenn diese Stunden für mich so wundervoll gewesen waren, traumhaft schön und erfüllend?! Mein Herz ächzte und krachte, und ich war sicher, wenn sich derartige Worte ihrem Mund entwinden würden, müsste ich auf der Stelle sterben.

Doch sie schwieg.

Ich sah auf die Uhr. »Ich will dich nicht aufhalten. Schließlich bekommst du ja gleich noch Besuch.«

Darauf nickte sie nur und begleitete mich zur Tür.

»Meldest du dich?«, bat ich sie. ›Lass mich nicht wieder so hängen wie neulich!‹, lag mir noch auf der Zunge, aber ich beschloss, mich erwachsen zu benehmen und nicht herumzujammern. Was sie momentan nicht gebrauchen konnte, war gewiss noch zusätzlicher Entscheidungsdruck von mir.

»Natürlich«, versprach sie.

Nun ging ich schon wieder diese Treppe hinunter, obwohl ich viel lieber oben geblieben wäre.

Ich zählte die Stufen bis zur Haustür und hasste jede einzelne.

13. Kapitel

(K)Eine Rose ohne Dornen

Nichts in meinem Leben ist wichtiger, als auf der Alm zu sein.

Ich begann wieder zu atmen.

Ich konnte wieder schlafen.

Ich arbeitete wieder mit Konzentration und vergaß auch die Pausen nicht.

Meine Tage gewannen ihren Rhythmus zurück.

Fast hätte es scheinen können, als sei in den vergangenen Wochen nichts geschehen.

Doch nur für jene, die mich nicht kannten, die nur meine Schale betrachteten und denen dieser Anblick reichte, um festzustellen, ich sei wieder ganz die Alte. Diejenigen, die mich kannten, sahen mich an und schüttelten den Kopf.

Ich erklärte ihnen, es sei vorübergehend Winter geworden auf der Alm. Zum ersten Mal, seit ich dort weilte, lag Schnee, gingen Stürme um und wiegten sich die großen Bäume kahl im kalten Wind.

Und das im beginnenden Hochsommer!

Als ein Tag nach dem anderen herabtropfte, fielen auch die Temperaturen in meinem Innersten.

Sie hatte versprochen, sich zu melden. Doch kein Anruf erreichte mich, kein Brief, nicht mal eine E-Mail.

Das Wochenende drohte mir mit seiner Leere.

Ich machte keine Pläne. Während alle Verabredungen fürs Freibad trafen, wollte ich gar nichts anderes, als in meiner

Wohnung sitzen und auf die verschneite Winterlandschaft der Alm schauen.

Am Samstag las ich ein Buch und versagte kläglich bei dem Versuch, mir anschließend seinen Inhalt noch einmal klar vor Augen zu führen.

Also schlurfte ich in die Küche und sah in den Kühlschrank. Ich hatte morgens pflichtbewusst diverse leckere Sachen eingekauft. Aber so sehr mich auch Pudding, Obst und Süßkram anstrahlten, ich seufzte nur und belegte mir lustlos ein Brot mit ordinärem Käse. Irgendetwas musste ich ja essen.

Es schellte. So spät noch Besuch?

Als ich zur Tür ging, klopfte es von außen bereits an die Scheibe. Es waren Frauke, Lothar und Loulou.

»'n Abend. Warum habt ihr nicht den Schlüssel benutzt?«

»Hi, Babe, wir wollten nicht so reinplatzen. Man weiß ja nie …«, begrüßte Lothar mich, zwinkerte und gab mir einen dicken Schmatzer auf die Wange.

Frauke scharrte ungeduldig auf der Fußmatte. »Hast du zufällig heute Abend nichts vor und willst zu Hause bleiben?«, fragte sie.

Ich überlegte einen Moment, ob es mich befriedigen würde, vor den beiden auszubreiten, wie sehr dieser Abend mich deprimierte. Doch dann siegte meine Nächstenliebe, die ich für meine FreundInnen gemeinhin empfinde. Ich grinste Loulou an.

»Loulou, das klingt ganz so, als würdest du den heutigen Abend bei mir verbringen. Was hältst du von einem uralten Western und extra Hundekuchen?« Loulou war natürlich begeistert.

»Wir wollen zum Kulturbahnhof. Endlich mal wieder gemeinsam raus. Etwas tanzen und andere Tapeten sehen«, erklärte Lothar.

»Frische Luft schnuppern«, setzte Frauke rasch hinzu und hakte sich bei ihrem Freund ein.

»Dann viel Spaß«, wünschte ich ihnen. »Wenn es nach zwei wird, schellt bitte nicht mehr. Benutzt den Schlüssel. Und wenn es nach fünf wird, dann kommt bitte erst morgen früh. Loulou kann auch hier übernachten.«

»Danke, Michelin, du bist ein Schatz!« Die beiden drehten sich herum und schritten einträchtig nebeneinander die Treppe hinunter.

Da klingelte es plötzlich in meinem Kopf. Ich hängte mich übers Geländer und rief ihnen hinterher: »He, mir fällt gerade ein, dass ihr euch vielleicht einen anderen Schuppen aussuchen solltet. Heute ist im Kulturbahnhof ›Victor und Victoria‹. Ihr wisst schon, diese schwul-lesbische Veranstaltung.«

»Wissen wir«, rief Frauke vom Treppenabsatz, und ich sah nur noch, wie ihre winkende Hand weiter unten verschwand.

Das war ja 'n Ding!

Verdattert trat ich den Rückzug in die Wohnung an. Loulou klebte an meiner Seite, und ich wollte schon gerührt sein über ihre zärtliche Anhänglichkeit, als mir bewusst wurde, dass ich immer noch die Käsestulle in der Hand hielt.

»Es ist weit mit mir gekommen«, sagte ich zu ihr, während ich das Brot mit ihr teilte. »Jetzt besteche ich schon jemanden für Liebe.«

Loulou blieb ungerührt und leckte sich die behaarte Schnauze genüsslich sauber. Dann nahmen wir gemeinsam auf dem Sofa Platz, und ich zappte durchs Fernsehprogramm.

Es gab eine Menge Spielfilme, die alle von Liebe handelten. Es gab einen Krimi, in dem eine Frau ihre Rivalin umbrachte.

Es gab eine Talkshow, in der ein Musiker glückselig von seiner Ehe mit seiner wesentlich älteren Ehefrau berichtete.

Nach einer halben Stunde hielt ich es nicht mehr aus und rief Jackie an. Ich hörte viel zu selten von ihr in der letzten Zeit. Manchmal hatte ich regelrecht das Gefühl, sie würde mir aus dem Weg gehen. Und ich hatte bei all meinen emotionalen Verstrickungen keine Zeit dafür gefunden, sie wenigstens einmal zur Rede zu stellen.

Ein langer einsamer Waldspaziergang. Das wäre angebracht gewesen. Unter dem kühlen Blätterdach, am Ufer eines träge dahingurgelnden Baches, könnte auch Jackie gewiss leichter über das reden, was sie so sorgsam vor mir zu verbergen suchte. Ich konnte nur vermuten, dass es etwas mit einer Frau zu tun hatte.

Nun, es wurde jetzt Zeit, dass ich endlich wieder zu meinem inneren Frieden zurückfand. Und das beinhaltete auch meine ständige Bereitschaft, mich der Sorgen und Probleme meiner FreundInnen anzunehmen und – vor allem – einen möglichen Konfliktpunkt auszuräumen statt totzuschweigen. Vielleicht wäre ein klärendes Gespräch mit Jackie ein guter Anfang, um zu meinem alten geruhsamen Leben zurückzufinden?

Nach dem sechsten Tuten wurde abgenommen.

»Hi, Jackie, ich bin's. Na, was treibst du so an einem Samstagabend?«

»Oh, hi, hi. Treiben? Ich? Wie kommst du darauf?« Schon wieder diese Spur Misstrauen in ihrer Stimme. Oder war es nicht eher so etwas wie ein schlechtes Gewissen?

»Na ja, ich dachte, du gehst vielleicht zum Schwofen.«

»Heute?«, fragte Jackie.

»Ja, heute ist doch ›Victor und Victoria‹ im Bahnhof.« Jetzt wunderte ich mich wirklich. Jackie wusste nicht, dass sie heute eine Gelegenheit verpasste, zu der sie womöglich ihrer Traumfrau begegnen könnte? »He, Jackie, was ist eigentlich los mit dir?«

»Mit mir? Was soll los sein?«

»Komm schon, jetzt tu doch nicht so. Ich habe in letzter Zeit das Gefühl, du weichst mir aus. Es ist doch nicht normal für dich, dass du ...« In diesem Augenblick hörte ich im Hintergrund eine Stimme rufen: »Süße, hast du da immer noch den Pizza-Service dran? Ich hab noch was vergessen: Kannst du extra Oliven auf den Salat bestellen?«

Dann war es totenstill in der Leitung.

Jackie und ich atmeten beide nicht.

Ich konnte mir jedoch vorstellen, dass sie gerade verzweifelt versuchte, durch Zeichensprache quer durch den Raum Ellen am Weitersprechen zu hindern. Denn es war Ellens Stimme, die ich gehört hatte.

Ich rutschte vom Sofa auf den Boden und blieb dort sitzen. ›Extra Oliven auf den Salat‹ hatte Ellen früher immer bestellt, wenn wir einen unserer wunderbaren Sexnachmittage hatten. Sie entwickelte nach gutem Sex einen Wahnsinnsappetit auf Oliven.

»Michelin?«, erklang es dann zaghaft aus dem Hörer.

Ich brachte keinen Ton heraus.

»Michelin, bist du noch da?«

Dann gab es ein Handgemenge am Telefon, ich hörte ein geflüstertes »Nein!« und »Lass mich mal!«, und dann ertönte Ellens engelsgleiche Stimme aus dem Apparat.

»Michi, Schätzchen, lebst du noch?«

»Ellen«, brachte ich heraus.

»Denk jetzt nichts Falsches, Kleines. Ich meine, ich glaube, du denkst schon das Richtige. Aber wir wussten nicht, wie wir es dir ... also, wie wir es überhaupt irgendjemandem ...«

»Ihr hättet es mir einfach sagen können!«, plärrte ich sie an. »Wie komme ich mir jetzt vor? Meine beiden besten Freundinnen fangen was miteinander an, und ich weiß nichts davon?!«

»Wow, Michelin, ehrlich, vor ein paar Wochen wussten wir das auch noch nicht. Großes Indianerehrenwort. Ich meine, hättest du je geglaubt…? Hättest du gedacht, dass ich und diese kopflose, unterleibsorientierte, größenwahnsinnige…«

Der Hörer wurde ihr aus der Hand gerissen. »Sie hat sich regelrecht auf mich gestürzt. Ich konnte mich nicht mal wehren!«, schrie Jackie. »Und was sollte ich dann machen? Ein One-Night-Stand mit der Ex meiner besten Freundin? Also wirklich, das geht doch nicht! Es muss zumindest so aussehen, als meine ich es ernst mit diesem Biest…«

»Gib mir den Hörer!«, kreischte im Hintergrund meine elfenhafte Ex-Freundin. »Michelin, glaub ihr kein Wort! Sie hat angefangen, ganz bestimmt! Sie hat mir Blumen geschickt!«

»Habe ich nicht!«, brüllte Jackie dagegen. »Ich hab's dir schon zig Mal gesagt. Diese Blumen waren nicht von mir. Weiß der Kuckuck, welcher Perle du da wieder mal schöne Augen gemacht hast.«

»Quatsch keinen Unsinn! Du warst es! Und du wolltest mich damit rumkriegen. Du wusstest, dass mich das weich kocht. Keine außer dir weiß doch, dass ich so auf Lilien stehe!«

»Na ja, ich schon«, sagte ich ruhig.

»Du?«, fragte Jackie verblüfft, die den Hörer immer noch umklammert hielt. »Ellen, das mit den Blumen war Michelin.«

»Michelin?«, hörte ich Ellen stammeln. »Dann waren diese wunderschönen Blumen gar nicht von dir?«

»Süße, ich werd dir jeden Tag so schöne Blumen schenken, wenn du möchtest. Möchtest du?«, schmeichelte Jackie.

»Ja«, hauchte die Süße, gerade noch für mich verständlich. Was ich dann hörte, klang nicht so, als würden die beiden noch einen Gedanken an das Telefonat verschwenden.

»He!«, brüllte ich, so laut ich konnte, in den Hörer. »Wo ich es denn jetzt doch weiß, würde ich gern etwas sagen!«

Jetzt war es Ellen, die den Hörer aufnahm. Sie war etwas außer Atem.

»Was denn?«

»Ich wünsche euch, dass ihr sehr glücklich miteinander werdet.«

Ich konnte Ellen atmen hören. Mein Herz schlug gleichmäßig im Rhythmus ihres Atems. Es war der Atem, den ich vier Jahre lang gehört, den ich geküsst und liebkost hatte. Liebe, wahre Liebe, endet eben nie. Sie verändert nur vielleicht ihr Gesicht.

»Dank dir«, sagte Ellen leise.

Ich legte auf.

Eine Stunde lang saß ich auf dem Boden vor dem Sofa und dachte nach. Die letzten Wochen hatten mein Leben so aufgewühlt und verändert, dass ich mich kaum noch zurechtfand. Wie einfach waren die Zeiten gewesen, als ich mich einfach auf meine sommerblühende Alm zurückziehen konnte und dort meinen Frieden fand. Denn dann suchte ich nicht, sehnte mich nicht, ich war ganz bei mir und wollte nichts von dem, was ich nicht haben konnte.

Meine Welt war in Ordnung gewesen, so wie sie war. Und sogar als Ellen mich verließ, war ich nicht einsam gewesen auf meinem Platz oben in den Bergen, wo nichts war als Wald und Wiesen und scheue Rehe, die aus dem Dickicht traten.

Irgendetwas hatte sich verändert.

Ellen und Jackie. Und wenn ich über die beiden nachdachte, war es eigentlich fast schon ein kleines Wunder, dass sie nicht schon viel früher zueinander gefunden hatten.

Jackie mit ihrer Schwärmerei für blonde Engelchen und Ellen mit ihrem eigenwilligen Kopf, der nur zufrieden war, wenn er auf eine noch härtere Nuss stieß. Wie hieß es noch immer in der Physik? Reibung erzeugt Wärme.

Nein, niemals hätte ich gedacht, dass diese beiden Feindinnen aus Prinzip einmal ihre Liebe zueinander entdecken könnten. Aber das Leben hatte seine ganz eigenen Spielregeln. Es veränderte sich fortwährend. Und ich, ich konnte nicht als Einzige stehen bleiben und ihm dabei zusehen, wie es ohne mich davontobte.

Als ich das gedacht hatte, stand ich auf und zog meine Schuhe an.

Loulou war begeistert, dass es so spät noch einen Spaziergang geben sollte. Aber leider war es lediglich der Gang zum Auto, der sie erwartete.

Ich zitterte, als ich den Zündschlüssel ins Schloss steckte und ihn umdrehte. Diese Handbewegung an genau der gleichen Stelle hatte Angela auch gemacht. Ich hatte sie dazu gezwungen. Sie hatte hinter dem Steuer meines Wagens gesessen, so wie ich jetzt. Ich fuhr zur Herzoginnenstraße und parkte. Oben war Licht.

Die Treppe hinauf, wie im Traum.

Die Tür ging auf … und da stand Lena. Traf ich hier immer diejenige an, die ich nicht erwartet hatte?

»Hi, wie geht's?«, sagte sie und machte eine einladende Geste in die Wohnung, wobei sie Loulou die Kopfhaare zerzauste.

»Hm«, machte ich wenig aussagekräftig. »Und selbst?«

»Ich packe gerade Umzugskisten. Ist ein komisches Gefühl,

sag ich dir.« Wir gingen in ihr Zimmer, in dem es aussah, als habe ein Orkan gewütet. Überall standen Kleinigkeiten herum. Halb gepackte Kartons blockierten Bett und Schreibtisch. Der Kleiderschrank war bereits zerlegt. Sein Inhalt stapelte sich auf dem Boden. Lena seufzte theatralisch bei diesem Anblick. »Ich fürchte, ich hab es irgendwie falsch angefangen«, meinte sie.

Wie um das zu bekräftigen, legte sich Loulou direkt vor die Zimmertür. Anscheinend hatte sie beschlossen, dass das Betreten dieses Raumes für sie nicht in Frage kam.

»Ich kann dir helfen«, schlug ich vor und zog mir einen noch zusammengefalteten Karton heran.

Lena stand mitten im Chaos und hatte die Arme in die Seite gestemmt. Sie betrachtete mich schweigend, bis ich verlegen wurde.

»Was ist denn?«, fragte ich schließlich.

»Sie hat schon wieder ’ne Verabredung«, sagte sie mit hochgezogenen Augenbrauen.

›Allerdings nicht mit mir!‹, dachte ich und tat erst gar nicht so, als wüsste ich nicht, wovon sie sprach.

»Sie ist mit Nancys Tante unterwegs. Nancy findet das natürlich super. Aber ich … also, ich weiß nicht. Ich kann mich nicht an den Gedanken gewöhnen. Ich kenne sie ja nur mit Papa.« In diesem Zusammenhang entschlüpfte ihr die kindliche Bezeichnung. Es passte besser zu ihr als das pseudo-erwachsene ›Volker‹.

Ich antwortete nicht.

»Interessiert dich das nicht?«, wollte sie wissen.

»Doch. Aber ich bin nicht sicher, ob es mich etwas angeht«, erwiderte ich.

Lenas Augen füllten sich plötzlich mit Tränen, und sie wandte sich ab, um ziellos den Inhalt eines Regals auszuräumen.

Ich wurschtelte mich durch das Chaos und legte ihr die Hand auf die Schulter.

»Traurig?«

Sie hielt inne und wischte sich eine Träne von der Wange. »Ach, weiß nicht«, brummte sie und setzte sich auf die winzige Ecke des Schreibtisches, die noch nicht zugebaut war. »Dass Mama und Papa wieder zusammenkommen, kann ich mir wohl abschminken. Papa ist auch ganz deprimiert deswegen. Aber sie will ihn nicht mal sehen. Es ist das Gleiche wie vor unserer tollen Feier. Na ja, ich hätte es mir denken können. Ich hätte nur nicht geglaubt, dass sie sich so schnell nach etwas anderem umschaut. Ich meine, jetzt fällt unsere Familie auseinander wie ein trockener Sandkuchen. Jeder bröselt vor sich hin. Ich fühl mich so verdammt alleine.« Jetzt heulte sie hemmungslos.

Ich nahm sie in den Arm. Meine Schulter wurde feucht von ihrer Tränenflut.

›Arme Süße!‹, dachte ich und wiegte sie ein bisschen hin und her. Klar ist sie erwachsen – weiß Göttin, ist sie das! –, aber sie kommt noch nicht so recht klar damit.

Ich war ihr nicht mal ein winziges kleines bisschen böse darüber, dass sie sich so gar keine Gedanken um mich machte. Für sie spielte nur eine Rolle, dass es jemand anderer als ihr geliebter Papa war, der demnächst an Angelas Seite leben würde. Dass nicht ich es sein würde, daran verschwendete sie keinen Gedanken. Wahrscheinlich war diese Idee für sie auch zu absurd …

So standen wir eine Weile an ihren Schreibtisch gelehnt, bis Lenas Schluchzer immer seltener wurden.

»Willst du einen Tee und Kuchen?«, schniefte sie.

Ich musste über ihre Art der Selbsttröstung schmunzeln. Und während wir in der Küche saßen – in derselben, in der ich mit Angela dieses köstliche Essen zu mir genommen hatte, in der Angela nach unserem innigen ersten Kuss wie verrückt herumgewütet hatte – und Kuchen aßen, sah ich Lena immer wieder an. Ihre wunderschönen schwarzen Augen, die dichten Brauen, den leicht schmollenden Mund. Sie war eine einzige Versuchung. Doch nach einer halben Stunde stand ich auf, ohne auch nur mit einem Wort geflirtet zu haben. Es war etwas anderes, wonach ich suchte.

Als Lena schließlich aufstand, um weiterzupacken, ging ich kurz hinüber ins Wohnzimmer. Loulou hatte sich hier auf den weichen Teppich gelegt und schnarchte friedlich. Ich streichelte sie selbstvergessen, und sie drehte sich grunzend auf den Rücken, damit ich ihren Bauch kraulen konnte. Ich saß ein paar Minuten da und starrte in das überquellende Bücherregal, aus dessen Front mich ein Buchrücken besonders anzog. Als ich danach griff, erkannte ich sofort das Buch über Neuseeland, das Angela mir bei meinem letzten Besuch hier gezeigt hatte. Es klappte an der oft aufgeschlagenen Seite der wunderschönen Fotografie auseinander. Lange saß ich neben Loulou auf dem Boden und betrachtete das Bild. Ich glaubte, den aufsteigenden Nebel wie einen feuchten Film auf meinem Gesicht zu spüren, glaubte, das Meer zu riechen und die Bäume rauschen zu hören. Erst ein Geräusch an der Tür ließ mich auftauchen aus diesem Traum. Dort stand Lena mit den Arm voller Kleidung und sah mich hilflos an.

»Zeit zum Schlafengehen für Loulou«, sagte ich entschlossen und sprang auf. Es war spät. Aber natürlich nicht für eine Samstagabendverabredung. Angela würde vielleicht erst in drei oder vier Stunden heimkommen. Vielleicht gar nicht. Mein Magen krampfte sich zusammen.

»Verlieren werd ich dich doch nicht, oder?«, fragte Lena unvermittelt.

»Quatsch«, sagte ich, drückte ihr einen Kuss auf die Wange und ging die Treppe hinunter.

›Das letzte Mal diese Stufen?‹, fragte ich mich bei jedem Schritt.

Zu Hause machte ich mit Loulou noch eine Runde um den Block und beschloss, ins Bett zu gehen.

Es war Viertel vor zwei, als es an der Tür schellte.

Loulou knurrte.

»Nette Eltern hast du!«, grummelte ich, während ich mich aus dem Bett hievte. »Ich hab zwar gesagt, *wenn es nach zwei wird*, sollen sie nicht mehr schellen. Aber diese Viertelstunde hätten sie sich jetzt wirklich schenken können.«

Ich tappte barfuß in meinem Schlafshirt und Boxershorts zur Tür und wunderte mich, dass die beiden noch nicht vor dem milchigen Glas der Wohnungstür standen. Also betätigte ich den Drücker, und unten wurde die Haustür aufgestoßen. Loulou spitzte die Ohren, als sich die Schritte im Flur näherten.

Ich tätschelte ihren Kopf und flüsterte: »Kannst doch noch zu Hause in dein Körbchen kriechen, meine Kleene.« Sie wedelte skeptisch und schnüffelte an der Tür.

Die öffnete ich erst, als ich vage die Gestalt auf dem Treppenabsatz sah.

»War wohl doch nicht so der Bringer?«, fragte ich in den Hausflur hinaus und erstarrte.

Angela sah mich mit riesigen Augen an wie eine Nachteule. Unter ihren Augen lagen tiefe Schatten, ihre Haare waren zerzaust, auf ihren Lippen hing ein Rest von Lippenstift.

»Du glaubst gar nicht, wie recht du hast«, sagte sie dann und zeigte in die Wohnung. »Hast du etwas dagegen, wenn ich kurz reinkomme?«

»Ja«, antwortete ich, und sie hielt in der Bewegung erschrocken inne. »Ich meine, ich habe etwas dagegen, wenn du nur *kurz* hereinkommst.«

Meine Wohnung lag im Dunkeln. Das hell erleuchtete Treppenhaus beschien diese Situation geradezu grotesk.

Angela trat ein und schloss rasch die Tür hinter sich. In diesem Moment erlosch das Licht, und wir standen komplett im Dusteren. Ich griff zum Lichtschalter, doch ihre Hand hielt meinen Arm zurück.

»Nein, bitte«, sagte sie. »Vielleicht kann ich das, was ich sagen will, besser im Dunkeln rausbringen.«

Mein Herz raste.

Sie war nicht glücklich. Ihre Körperhaltung, ihr wirres Äußeres, ihre brüchige Stimme. Es ging ihr nicht gut. Und sie würde mir sagen, dass alles vorbei war. Ich hatte es gewusst. Nicht umsonst hatte es auf meiner Alm geschneit.

»Jana«, sagte sie. Ich nickte.

»Dachte ich mir«, versuchte ich möglichst ruhig zu antworten. »Du warst wohl ziemlich häufig mit ihr zusammen?«

»Häufig?«, machte Angela. Es klang wie ein Kiekser. »Täglich.«

Ich war jetzt auch froh, dass es dunkel um uns war.

»Sie hat mich von der Arbeit abgeholt, und wir saßen bis abends zusammen. Es war ein bisschen wie früher und doch ganz anders. Wir wussten ja jetzt Dinge voneinander, die wir früher nicht wussten. Entscheidende Dinge…«

Loulou hatte aufgehört, mit dem Schwanz zu klopfen, und sah fragend zwischen Angela und mir hin und her. Es musste ihr als ein sehr merkwürdiger Besuch erscheinen, mitten in der Nacht, im Dunkeln, ohne die Fröhlichkeit, die Besuche sonst so mit sich bringen.

»Um es kurz zu machen: Diese alten Gefühle… sie waren nicht komplett versiegt, bei keiner von uns. Wir leben in ähnlichen Situationen, getrennt von unseren Ehemännern, mit ungewisser Zukunft und dem Gefühl, uns selbst im Grund hinterherzuhinken. Ich meine, es ist im Grund doch lächerlich, mit über vierzig zu entdecken, dass … dass …«

»Wenn du deine Unsicherheit ändern willst, gehört als Allererstes dazu, dass du lernst, es auszusprechen: lesbisch!«, sagte ich und hörte die Grausamkeit in meiner Stimme ganz deutlich heraus. Angela zuckte kaum merklich zusammen.

Als ich sie auf der Treppe gesehen hatte, hatte die Hoffnung mich überflutet und hatte meinen Verstand für einige wenige Augenblicke mit sich gerissen. Doch jetzt kehrte er zurück. Ich wartete darauf, dass sie mir endgültig den K.O.-Schlag verpassen würde.

»Du hast recht«, erwiderte sie und musste sich gegen die Wand lehnen. »Lesbisch.«

»Prima. Das klappte doch schon ganz gut.«

»Du bist zu recht sauer.«

Wir sahen uns forschend an. Die Dämmerung um uns herum schützte uns vor allzu scharfen Verletzungen durch unsere Blicke. Dennoch tat es weh.

»Warum bist du also hergekommen?«, wollte ich wissen.

»Ich dachte, wenn doch alles so ähnlich ist bei Jana und mir, dann müsste es mit ihr viel einfacher klappen. Lena bemüht sich zwar, aber sie konnte wohl nicht wirklich begreifen, was ich mit dir … also, sie war sehr verwirrt. Ich dachte, ich müsste sie davor beschützen, sich vollkommen verloren zu fühlen. Aber du hast zu mir gesagt, ich muss mein eigenes Leben leben. Und du hattest recht. Also dachte ich, es sei eine gute Lösung so. Mit Jana.«

Ich hätte den Krimi vorhin vielleicht doch zu Ende gucken sollen. Vielleicht war die Rivalinnen-Mörderin ungeschoren davongekommen?

»Und was sagt Jana so dazu?«, erkundigte ich mich. Schließlich gehören zu einer Liebesbeziehung immer zwei.

Angela seufzte. »Jana. Sie steht ja selbst noch am Anfang und ist doch schon so viel weiter als ich. Heute Abend hat sie gesagt, dass es nicht egal ist, welche Frau es ist.«

»Bitte?« Ich glaubte, mich verhört zu haben.

»Die Einsicht, dass ich vielleicht Frauen liebe, führt nicht unweigerlich zu dem Schluss, dass es egal ist, um welche Frau es geht.«

»Nicht egal?«, wiederholte ich. Wie Sisyphos schob sich bereits wieder die Hoffnung am Horizont den Berg herauf und ging als Sonne vorsichtig auf.

»Ganz und gar nicht egal!«, bestätigte Angela. »Alle Theorien über gleiches Alter, ähnliche Lebenssituationen und konfliktloses Zusammentreffen mit meiner Tochter sind doch im Grunde wertlos, wenn nicht …«

»Wenn nicht?«

»Wenn ich nicht wirklich liebe.«

Die Hoffnungssonnenstrahlen tasteten sich über den Bergkamm. Wie Finger ertasteten sie den Boden und erhellten ihn Stück für Stück.

Loulou spürte deutlich die Spannung, die in der Luft hing, und winselte leise. Ich war für einen Augenblick davon überzeugt, dass ich selbst diesen weinerlichen Ton hervorgebracht hatte.

»Könntest du dir nach all diesem Chaos noch vorstellen …?«, begann Angela und streckte ihre Hand nach mir aus. Ich nahm sie und hielt sie fest, als könnten ihre Gedanken durch diese Verbindung zu mir herüberfließen.

»Könnte ich.«

»Aber ich brauche Sicherheit!«

»Kein Problem. Kannst du haben.«

»Und Geduld.«

»Ich bin wahnsinnig geduldig.«

»Auch neugierig?«

»Wie ein Waschbär.«

»Und ...«

»Angela!«, unterbrach ich sie.

»Ja?«

»Bist du jetzt hierhergekommen, um mir zu sagen, dass du mich magst und dass vielleicht eine wunderschöne Liebesbeziehung auf uns wartet?« Ich wollte ganz sichergehen, sie nicht misszuverstehen.

»Ja«, sagte sie, als ständen wir am Altar.

»Warum hast du das nicht sofort gesagt?«

»Wie?«

»Ich dachte, du willst mir mitteilen, dass alles aus ist, dass du demnächst mit Jana nach Kanada auswandern wirst und mich nie wiedersehen willst. Wie kannst du nur so umständlich sein?«

»Umständlich?«, echote Angela. »Also, bitte schön, ich bin alles, aber nicht umständlich! Ich wollte dir nur in Ruhe erklären, wie es dazu gekommen ist, dass ich jetzt bestimmt nicht mehr den Kopf in den Sand stecke.«

»Ich hätte fast einen Herzinfarkt bekommen!«, übertrieb ich – aber nicht wesentlich – und rang die Hände. »Stell dir vor, ich wäre in Ohnmacht gefallen vor lauter Schreck, bevor du dazu gekommen wärest, mir mitzuteilen, wieso du wirklich gekommen bist. Ich hätte ...«

Angela legte einen Finger an ihre Lippen, und ich verstummte. Der Finger schwebte durch die Luft zu meinen Lippen. Ihr ganzer Körper schwebte ihm hinterher und landete zart an meinem.

»Es ist nicht so, dass damit alle Probleme einfach so verpuffen«, gab ich leise zu bedenken, für den Fall, dass eine von uns noch würde denken können.

»Ist okay«, hauchte Angela. »Wir können ja einfach noch mal von vorne anfangen. Wie war das mit den wilden Blümchen?«

Hätte nicht gedacht, dass sie sich derart gut erinnern konnte…

Um elf am nächsten Morgen bewegte sich ein Schlüssel im Wohnungsschloss, und Loulou raste hin.

Angela neben mir blinzelte verschlafen. Ihre nackten Schultern verursachten in meinem Bauch ein Gefühl von Entzücken.

»Michelin?«, flüsterte Fraukes Stimme den Flur entlang.

Ich antwortete nicht und legte, zu Angela gewandt, den Zeigefinger an die Lippen.

Kurz darauf hörten wir das Geräusch der Hundeleine, die von der Garderobe genommen wurde. Die Wohnungstür wurde leise ins Schloss gezogen.

»Muss ja nicht sein, dass ich ihr die freudige Nachricht erzähle, während wir beide nackt unter der Decke liegen«, sagte ich fröhlich grinsend.

Angela rekelte sich und sah unglaublich glücklich dabei aus.

»Ich habe noch nie so viel blaugemacht wie in dieser Zeit«, sagte sie versonnen.

Ich musste amüsiert grinsen. »Du machst doch aber gar nicht blau. Es ist Sonntag.«

Sie zuckte die Schultern. »Aber *wenn* heute nicht Sonntag wäre, *würde* ich blaumachen!«

Ich war davon überzeugt, dass das die Wahrheit war.

Und weil ich sie in ihrer Konsequenz so wundervoll fand, küsste ich sie auf den Hals und auf die Schultern und knabberte an ihrem Ohrläppchen.

»Warte!«, sagte sie und sprang, nackt wie sie war, aus dem Bett und lief ins Bad. Nach ein paar Sekunden erschien sie wieder in der Tür.

»Michelin?«, fragte sie ein wenig verlegen. »Hast du vielleicht eine zweite Zahnbürste?«

Ich hatte eine. Und fand sie süß, wie sie mit Schaum vor dem Mund am Waschbecken stand, neben mir. Wir schütteten uns beide Wasser ins Gesicht und rieben es am Hals der anderen trocken. Das war kalt, und wir quiekten und lachten. Doch dann wurden wir wieder ernst und küssten uns mit Pfefferminzgeschmack. Angela wurde mutiger und erfinderischer und fordernder. Und der Schnee auf meiner Alm schmolz dahin.

Es dauerte lange, bis wir wieder ruhig nebeneinander lagen.

Die tiefe, schwere Bedeutung unseres heiteren Liebens hing über uns, und ich fand es so ganz genau richtig. Es waren diese Minuten, in denen mir niemals etwas Unwichtiges zum Reden einfallen würde.

Angela blickte über meinen Körper hinweg hinaus aus dem Fenster. Wolken zogen langsam am blauen Himmel dahin. Ein Zweig der Linde vor dem Haus reckte sich in dieses Bild und ergänzte es mit dem satten Grün ihrer Blätter.

»Weißt du, dass ich mich mit dir ganz anders fühle als jemals sonst in meinem Leben?«, flüsterte sie, als habe sie Angst vor ihrer eigenen Stimme. Manche Worte können einen erschrecken, wenn man sie ausspricht.

»Wie fühlst du dich?«, flüsterte ich zurück, um sie nicht aus dieser verletzlichen Stimmung zu reißen.

»Ruhig. Ich bin ganz ruhig hier drinnen«, sie legte ihre Hand auf ihren Bauch, kurz unterhalb der Brüste, auf das Sonnengeflecht, wo all unsere Gefühle wohnen. »Es ist, als wüchse von da eine Landschaft aus mir heraus. Ich bin so oft im Geiste verreist. In so vielen Ländern bin ich gewesen, ohne deren Boden je zu berühren. Aber das waren immer Orte, die es wirklich gab. Diese neue Landschaft in mir, die ist ganz anders. Sie ist mir nicht fremd, und sie ist nicht aufwühlend und erfüllt eigentlich nichts von dem, was ich sonst von meinen Reisen im Geiste verlange. Es ist eher so, als käme ich nach Hause. Und niemand kann dort eindringen, niemand stört diesen Frieden.«

Sie hielt kurz inne und lauschte ihren eigenen Worten nach. »Du musst dir vorstellen: Um mich herum tobt der Mob. Zum Beispiel im Büro, da stehe ich unter Zeitdruck und bin konfrontiert mit aggressiven, störrischen Menschen. Aber ich ertappe mich dabei, wie ich sie anlächle. Sie erreichen mich nicht mit ihrer Hektik. Manchmal lächeln sie sogar zurück, überrascht. Ich bin irgendwo, wo mich nichts wirklich erschüttern kann, an einem wirklich friedlichen Ort. Wie auf einer grünen, blühenden, duftenden Wiese, hoch oben in den Bergen, auf einer …«

Sie brach ab und sah mich ein wenig verlegen an. Wie rührend sie war in ihrer Art, sich selbst noch nicht immer ganz ernst zu nehmen. Wie berührend.

Ich nahm ihre Hand.

»Da triffst du aber mich«, sagte ich sehr, sehr leise. Sie konnte mich trotzdem verstehen. Sie gab sich Mühe, mich zu hören. Sie hatte, ohne dass wir beide davon ahnten, den Weg zu meinem stillen, friedlichen Ort gefunden.

Kontaktanzeigen und andere Versuchungen – Im Labyrinth der Liebe geht's munter zu

Mirjam Müntefering
EMMAS STORY
Roman
304 Seiten
ISBN 978-3-404-15480-7

Emma hat eine langjährige Beziehung hinter sich und ist hoffnungslos in ihre Chat-Bekanntschaft Frauke verliebt. Leider ist die jedoch schon vergeben. Statt sich nach neuen Möglichkeiten umzusehen, pflegt sie ein eher ungewöhnliches Hobby: Sie besichtigt jedes Wochenende Wohnungen – obwohl sie eigentlich gar nicht umziehen will. Dabei trifft sie Lu wieder, ihre verhasste Schulkameradin und Nachbarin aus der Jugendzeit. Als Emma sich schließlich auf eine witzige Kontaktanzeige im In-Blättchen der Stadt meldet, ahnt sie nicht, was dieser Schritt nach sich ziehen wird …

Bastei Lübbe Taschenbuch

Kinderwunsch, aber bitte ohne Mann ...

Mirjam Müntefering
JETZT ZU DRITT
Roman
ca. 320 Seiten
ISBN 978-3-404-15663-4

Michelin und Angela sind seit einem Jahr ein glückliches Paar. Der Altersunterschied zwischen ihnen störte bisher niemanden – doch das ändert sich, als Michelin offenbart, was ihr in ihrem Leben noch fehlt: ein Baby! Angela, bereits mit einer erwachsenen Tochter geschlagen, sträubt sich mit Händen und Füßen gegen diesen Plan. Auch die Freundinnen aus der Szene begegnen dem Kinderwunsch mit sehr gemischten Gefühlen. Und schließlich stellt sich ja auch die Frage: Wie soll das gehen, mit dem Kind – wenn kein Mann im Spiel ist?

Turbulenter Frauenroman und eine etwas andere Liebesgeschichte

Mirjam Müntefering
DAS GEGENTEIL VON SCHOKOLADE
Roman
ISBN 978-3-404-14854-1

Sich mit Anfang dreißig vom langjährigen Freund zu trennen, ist schon ein Hammer. Auch wenn dabei alles recht friedlich zugeht, ist die dreißigjährige Frauke um jeden Tipp zur Ablenkung dankbar. Als ihre lesbische Arbeitskollegin Michelin ein paar Internet-Adressen empfiehlt, zögert Frauke daher nicht lange. Und tatsächlich lernt sie auf diesem Wege rasch die witzige und charmante Emma kennen. Doch schon bald geht es bei den immer häufigeren virtuellen Treffen nicht mehr nur darum, den Kummer zu vergessen. Dieses gewisse Herzflattern, das Frauke bei den wunderbaren Chats mit Emma spürt, ist ihr nur zu gut bekannt. Und als Emma ein wirkliches Kennenlernen vorschlägt, steht plötzlich nicht nur Fraukes Welt auf dem Kopf …

Bastei Lübbe Taschenbuch

Was wäre, wenn Ihre Familie, Freunde und Bekannte wüssten, was Sie wirklich über sie denken …

Kerstin Gier
FÜR JEDE LÖSUNG EIN PROBLEM
Roman
304 Seiten
ISBN 978-3-404-15614-6

Gerri schreibt Abschiedsbriefe an alle, die sie kennt, und sie geht nicht gerade zimperlich mit der Wahrheit um. Nur dummerweise klappt es dann nicht mit den Schlaftabletten und dem Wodka – und Gerris Leben wird von einem Tag auf den anderen so richtig spannend. Denn es ist so eine Sache, mit seinen Mitmenschen klarzukommen, wenn sie wissen, was man wirklich von ihnen hält!

Eine Lach-Therapie für alle Schwarzseher!

Bastei Lübbe Taschenbuch